aynada batan güneş

AHMED GÜNBAY YILDIZ

aynada batan güneş

AHMED GÜNBAY YILDIZ

TİMAŞ YAYINLARI

Bu kitap
***Emine Eroğlu**'nun yayın yönetmeliğinde,*
*Kapak tasarımı **Kenan Özcan***
tarafından yapıldı.
27. baskı olarak 2007 Temmuz ayında yayımlandı.
Kitabın Uluslararası Seri Numarası
(ISBN) : 975-7544-26-4

Baskı ve cilt
Sistem Matbaacılık
Yılanlı Ayazma Sok. No: 8
Davutpaşa-Topkapı/İstanbul
Tel: (0212) 482 11 01

***İrtibat :** Alayköşkü Cad. No: 11*
Cağaloğlu / İstanbul
***Yazışma :** P.K. 50 Sirkeci / İstanbul*
***Telefon :** (0212) 511 24 24*
***Faks :** (0212) 512 40 00*

www.timas.com.tr
timas@timas.com.tr

TİMAŞ YAYINLARI/6
ROMAN DİZİSİ/5

aynada batan güneş

AHMED GÜNRAY YILDIZ

TİMAŞ YAYINLARI
İSTANBUL 2007

AHMED GÜNBAY YILDIZ

1941 yılında Tokat'ın Reşadiye kazasına bağlı Kızılcaören köyünde doğdu. Annesi Saniye Hanım, babası Haydar Bey'dir. Öğrenimine köyünde başladı ve on yaşına kadar orada sürdürdü. Daha sonra babasının işi dolayısıyla Ankara'ya yerleşen ailenin bir ferdi olarak, Hüseyin Güllüce Ortaokulu ve Yeni Mahalle Lisesi'nde öğrenimine devam etti. Bu arada edebiyata ilgi duydu ve şiirler yazdı. İlk zamanlarda şiir bir tutku haline gelmişken, zamanla edebiyatın diğer dallarına da ilgi duymaya başladı. Hikâyeleri ve makaleleri muhtelif dergi ve gazetelerde yayınlandı.

Ahmed Günbay Yıldız, asıl çıkışını romanla yaptı ve romanda karar kıldı. "Çiçekler Susayınca", "Yanık Buğdaylar" ve "Figan" romanları muhtelif gazetelerde tefrika edildi ve daha sonra kitap haline getirildi. Bunu diğer romanları takip etti.

Yazar, eserlerinde Türk toplumunun her kesimini ele aldı ve işledi. İyi ve kötü yönleri ile insan ve toplum arasındaki etkileşimin ötesindeki sebepleri tespit ederek gözler önüne serdi. Ayrıca çözüme yönelik ipuçları da verdi.

Yayımlanmış eserleri:

Çiçekler Susayınca
Yanık Buğdaylar
Boşluk
Sitem
Figan
Benim Çiçeklerim Ateşte Açar
Aynada Batan Güneş
Dallar Meyveye Durdu
Bir Dünya Yıkıldı
Üç Deniz Ötesi
Sevdalar Sözde Kaldı
Sahibini Arayan Mektuplar
Hayata Dair Notlar (deneme)
Gün Solar Akşamın Mateminden (şiir)
Afedersin Hayat
Gelirim (şiir)
Yürekte Büyümek
O'na Secde Yakışıyor
Sokağa Açılan Kapı
Gurbeti Ben Yaşadım
Sular Durulursa
Ekinler Yeşerdikçe
Mavi Gözyaşı
Azat Kuşları
Gönül Yarası
Aşka Uyanmak
Bahçemde Hazan (şiir)
Al Yüreğim Senin Olsun (şiir)
Ülkemin Açmayan Çiçekleri
Siyah Güller
Hülyalar Hüzün Açtı
Güneşe Matem Düştü
Leyl Işıkları
Günahın Rengi
Sevmekten Korkuyorum
Gül ve Hüzün (şiir)

Kış bütün şiddetiyle gelip geçmiş taze bir bahar havası Çifteturna köyünü burcu burcu kokuları ile sarmıştı. Topraktan hayat fışkırırken Bozca, çiftliğin güney kesimindeki ahırın köşesinde yeni doğan bir buzağıyı seviyordu.

Havva'nın başucunda beklediğinden bile habersizdi. Utangaç ve duygulu bir ses, geldiğini bildirince, Bozca kafasını yukarı kaldırıp baktı.. Kısık bir ses:

—Erkek mi? diye sordu...

Bozca buzağıyı sevmeyi bırakıp ayağa doğruldu. Hayran hayran kadının yüzünü gözetlerken:

—Erkek diye mırıldandı.

Havva, mahcup bir edayla kafasını önüne eğip Bozca'ya seslendi:

—Erkek çocuğun mu olsun isterdin, yoksa kız mı?

Bozca önce aptallaştı, derin derin düşündükten sonra:

—Erkek diye böbürlendi...

Sonra bön bakışlarla Havva'yı tepeden tırnağa süzmeye başladı.

—Yoksa? diye mırıldandı.

Mahcup bir çehre biraz daha öne doğru eğildi ve yüzündeki lekesiz deriyi al al benekler istila etti... Böylece eşine hamile olduğunu anlatabilmişti.

Bozca, beklemediği bir anda garip bir manzara olup çıkmıştı.

Sevinmesi gerekirdi, ne var ki Havva'nın düşündükleri bir türlü olmuyordu.

Ona tek kelime bile karşılık vermeden, köşk adı verilen evden yana koşmuştu. Donuk bakışlar Bozca'nın arkasında bakıp kaldı. Hemen sonra derin düşüncelerin adamı olarak üzerinde beklediği toprağa çömelip kaldı.

Eline geçirdiği bir çöple toprağı eşeleyip sıkıntısını dağıtmaya gayret etti.

Arada bir küskün bakışlar elli yüz metre kadar uzağında toprağa fidan diken erkeği ile meşgul oluyordu...

Alnının terini elinin tersine silen Bozca, sıkı sıkı kavradığı kazmanın sapını bırakıp toprağa daha yeni diktiği servi dalına can alıcı hevesle bakmaktaydı...

Havva manâ veremediği gelişmelerden şaşkına dönmüştü. Yerinden usulca kalkıp, uzaktan takip ettiği erkeğinin yanına doğru yürüdü. Bir iki adımlık mesafede durup daha Bozca'nın bir nefes öncesi toprağı açıp diktiği iki servi ağacına bakıyordu.

—Ne ifade ediyor bunlar?

—İkimizi...

—Anlamadım?

—Baştaki servi beni, ikinci servi seni temsil edecek... Bir kaç gün öncesi alıp hazırladım.

—Sonra...?

—Sonra her dünyaya gelen çocuğumuz için, onları temsilen de birer servi ağacı dikmeyi düşünüyorum...

Bu arzu bende ta çocukluk yıllarımın tutkusudur. Daha doğrusu aileden her ferdin birer ağacı, hayat ağacı olmalı, onunla büyüyüp onunla ölmeli.

Herkes kendi ağacına isimler yazmalı nakış nakış. Kolyeler kazdırıp bağlamalı gövdesine, tıpkı görkemli gerdanlıklar gibi...

Havva, Bozca'yı daha yeni anlamıştı. Acı acı bir tebessümün arkasından...

—Oğlumuz olursa..? Sonra gelinimiz, onlar için ne düşündün..?

—Onlarda aile reisi olacağına göre, babalarının adeti hoşlarına gitmişse devam etsinler...

Hassas duygu dolu bir ses yürekten sökülüp:

—Etsinler, dedi. Güzel bir adet bence...

* * *

Yıllar ne kadar da çabuk geçmişti... Bozca otuz beşlerinde dimdik dağlar gibi heybetli ve güçlüydü. En baştaki büyük servinin dibinde durup uzun uzun düşündü... Servilerin birbuçuk metrelik yükselen gövdesinde üzerlerine isimler yazılı künyeleri asılmıştı... Tıpkı gençlerin zincirlerle kollarına, boyunlarına astıkları kolyeler gibi, servilerin üzerinde isim kolyeleri vardı.

Omuzunda bir fotoğraf makinası asılıydı... Sırası ile bütün servilerin üzerindeki künyeleri düzeltip okudu...

Servilerin adedi tam altı tane olmuştu.

Bozca, Havva, Erdem, Ekrem, Meryem ve Kerem, diye okudu...

Anlaşılan (4) çocuğu olmuştu. Üç oğlan bir kızı...

Az sonra romantik bahçenin sükunetini azametli bir ses ihlal etti...

—Havvaaa...

Gök gözlerinden süzülen pırıltılar diken dikendi. Köşkün balkona açılan kapısını gözetliyordu...

Çok geçmeden balkonun kapısı açılıp, başında siyah yün örgülü lacivert zemin üzerine beyaz çubuklu entarisi topuklarını yelpazeleyen bir kadın belirdi.

Genç kızlık günlerini çoktan geride bırakmıştı...

Şişmanlaşmış, başındaki şal biraz geriye sıyrıldığında arkaya düz taranan saçlarına beyazlar düşmüştü...

Bu köye genç kızlık hayallerini gerçekleştirmek için gelen Havva, oldukça değişik bir manzara arzediyordu şimdi. Baygın bakışlarıyla balkondan seyire durduran kadın, kocasını önce seyredip sonra cevap gönderdi:

—Efendim.

Bozca isteklerini bağırarak iletti:

—Çocukları toplayıp buraya gel. Kavakların dibinde resim çekeceğim.

Köşkün merdivenlerinden inen çocuklar kavaklara doğru koşuyorlardı.

Hepsi de adeta sevinçlerinden kelebek gibi uçuşan halleri vardı.

Herkes kendi kavağına sol kolunu yaslayıp poz verdi...

En son gelen evin tek kızı Havva olmuştu... O da kavağına yaklaşıp herkesin yaptığı gibi poz verdi. Önce neşe dolu bir yüz, tebessüm edip Bozca'ya baktı.

—Hadi çek...

Bozca;

—Ben diye itiraz etti. İşte Yunus da geliyor, makinayı ayarlayayım da o çeksin.

Yunus bu çiftliğin emektarıdır. On yaşlarındaki oğlu Ömer'in daha beş yaşlarında bulunan kızı Çiğdem'in elinden tutmuş kavaklara doğru geliyordu.

Kavakların dibinde poz verenler onları sabırsızlıkla bekledi...

Bozca makinayı Havva'ya verip çocukları birer birer düzeltti. Önce onikilerinde bulunan gök gözlü, sarı diken diken saçlı, ablak sıfatlı Erdem'i düzeltti. Erdem çocuklarının ilkiydi... Üstelik çocuklarının içinde en çok kendisine benzeyenin de Erdem olduğu söylenirdi..

Sonra, daha çok anasını andıran, kumral dalgalı saçlı kahverengi gözlü, onbir yaşındaki Ekrem'i sıraya soktu. Ve çift örgü saçlarına beyaz kurdela bağlamış, kırmızı kadife entarili beyaz çorapla on yaşındaki Meryem'i düzeltti. Şimdi, belki de çocuklarının en güzeli, kıvırcık, kuzgunî siyah saçlı, ela gözlerinin içi insana baktıkça kaynaşan gönüllere yürek dolusu muhabbet ikram eden, mahçup buğday benizli, gülümsedikçe yanaklarında gamzeler batan, dokuz yaşlarındaki oğlu Kerem'i hizaya soktu...

Sonra karşılarına geçip bir güzel baktı..

—Kimse kımıldamasın.

Hepsi de:

—Olur diye bağrıştılar...

Yunus, kavakları karşısına alıp Bozca'nın yanında durdu.

—Hayrola ağa?

—Hayır hayır. Sen şimdi çocukları bırak ta tarif ettiğim biçimde düğmeye bas.

Makinayı Havva'dan alıp Yunus'a tarif etti...

—Anladın inşaallah?

—Anladım.

—Geç o zaman.

Kendisi de kavağının dibine geçip poz verdi.

Yunus'un oğlu Ömer hayran hayran onları seyrederken kızı Çiğdem, havuzun kıyılarında oynuyordu.

Yunus tam makinenin düğmesine basarken, Ömer içinden kopan bir merakla sordu:

—Baba!

Durup ara verdi ve yüzleri merak doluydu:

—Efendim.

—O elindeki de ne?

—Makine, resim makinesi.

—O makine şimdi resim mi yapacak?

—He yaa.

Bozca Yunus'u ikaz ediyordu:

—Hadi canım bırak konuşmayı...

Yunus makinayı tarif edildiği gibi gözüne yaklaştırıp düğmeye basarken Bozca, acı bir sesle herkesi sıçrattı:

—Duuur...

Ömer kavaklara doğru koşuyordu...

Bozca kızgın kızgın yerinden ayrılıp Ömer'in kolundan tuttuğu gibi gerilere sürükledi.

—Ne işin vardı orada?

Ömer'in canı yanmıştı.

—Ne yaptım ki amca? diye sızlandı. Kerem'in yanında benim resmim de çıksın diyordum.

—Çıkmasın sen ne yapacakmışsın resmi.

Ömer gerilerde suskun suskun dururken, Yunus'un neşesi kaçmıştı.

Kerem çivilenmiş gibi yerinden oynamıyor, gözleri ıslak ıslak uzaklardaki arkadaşını seyrediyordu, sadece hazin bir sesle:

—Baba diye dudakları büzüştü.

Yunus çarçabuk bir ikiz poz resim çekip, makinayı Bozca'ya uzattı.

Belli ki moralı bozulmuştu. Çocuklarının elinden tuttuğu gibi oturdukları lojmandan yana istikamet tayin etti...

Havva Kerem'in yanına gelip hıçkırıklarını içine akıtan oğlunun gözlerini sildi...

—Ağlama.

Kerem kafasını annesinin omuzunda bırakıp hıçkırdı:

—Ana...

Bozca dişlerini sıkıp Havva'nın baş ucunda dururken, diğer çocuklar bahçede oynamaya dağılmıştı...

Bozca:

—Eeh be! diye öfkelenip, bıktım bu çocuğun akıl almaz nazından, diye bitirdi.

Havva sitemli konuştu:

—Unutma ki bir gönül yıktın.

—Bir gönül mü..? Çocuğun gönlü mü olurmuş?

Havva sustu. Hem de içinde biriken dudağına kadar gelen bütün gerçekleri acı acı yutkuna yutkuna.

O göğsü çubuklanan çocuğun arkasından baka baka sustu...

Kerem'e de aynı tavsiyede bulundu:

—Sus ağlama, başka birgün Ömer'in resmini de çekeriz.

ÇOCUK

Çifteturna köyü mevsimin en sıcak günlerinden birisini yaşıyordu.

Çocuklar sokakların arasında yolun hemen kenarındaki hendeğe çıplak ayaklarını indirmiş, bostanlara akıp giden sularla oynuyorlardı.

Arkadaşlarına su serpenler, hatta öfkelenip taş atanların hesabı bile yoktu...

Kerem yeni evlerinin beş on metre ilerisinde etrafındaki çocukları duygulu bakışlarla seyretti...

Yeni evleri yani babasının Bozca'nın çocukluk günlerini geçirdiği ahşap ev, bugün Çifteturna köyünde örnek teşkil eden bir köşk olup çıkmıştı...

Dışı sütlü kahve ve kirli sarının, bölüm bölüm yer aldığı renklerden, nakış nakış işlenen bina, iki kat üzerine inşa edilmişti...

Bozca, ustalarından evi teslim alıp kasıla kasıla bahçeye indi...

Köyün, değme ustası kör Sabri'ye, yeni bir teklif getiriyordu.

—Sabri Usta?

—Söyle ağa.

—Evin bahçe duvarını da sen yapsan?

—Olur ağa sen nasıl istersen.

Haki renkte İngiliz kilotu adı verilen pantolon, lacivert bir ceket giyinmişti.

Elinden hiç eksik etmediği deri örgü, kamçısını havaya kaldırıp duvarın çekileceği yerleri işaretledi...

Kör Sabri baygın baygın Bozca'nın suratına bakıp itirazlı konuştu:

—İşaretlediğin yer yanlış ağa, senin duvarının hemen bitiminden başlayan toprak, Yunus'un arazisi...

—Sen karışma o işe...

—Yani Yunus burayı sattı mı?

—Sattı.

Allah Allah daha dün buracığa ev yapacağını söyleyip pazarlık ettik.

Bozca şaşırmıştı.

—Ne? Buraya ev mi?

—Ev ya.

—Buraya ev mev olmaz yanlış bu...

Karşıdan elinde su bakraçları pınara giden 9 - 10 yaşlarında bir kızı seyretti.

Sonra hemen yanında duran oğluna bakıp:

—Kerem, diye seslendii.

—Efendim.

—Uzaktan geçen kızı gördün mü?

—Gördüm.

—Hadi ona yetiş yanaklarından öp bakalım.

—Olmaz.

—Neden?

—Olmaz işte...

—Ulan erkek dediğin yırtık olmalı, bak sen Erdem nasıl yapar.

Erdem yılıştı, sırnaşık bir eda ile sırıttı:

—Söyle baba.

—Şurda giden kızı gördün mü?

Şımarık bir hareketle kafısını oynatıp:

—Gördüm dedi.

—Koş onu öp buraya gel.

Erdem, kızın ardından yıldırım gibi koştu.. Yetişti, hırçın bir hareketle kolarına kızı dolayıp öptü... Babasının söylediğini yapmıştı.

Kızcağız irkildi, korktu. Şaşkınlık esamesinden olmalı ki elinden bakraçlar düşmüştü. Eğilip aldı. Ağlaya ağlaya pınara giderken, gözlerinden inci inci akan yaşlar yanaklarından toprağa dökülürken:

—Pis herifin oğlu diye lanetledi...

Erdem babasının yanına zafer kazanmış kumandanlar gibi varıp durdu.

Sabri usta ne söylesin, ne etsin bilemiyordu.

—Kötü bir tarif diye mırıldandı...

Bunlar Bozca'nın umurunda bile değildi...

—Aferin Erdem, erkek dediğin böyle olur işte diye sevindi.

Kerem'i yeniden kollarının arasına aldı, aklı sıra Kerem utangaç pısırık bir çocuktu. Onu cemiyete yırtık, daha doğrusu tuttuğunu koparan utanmadan yaşayan birisi olarak yetiştirip yüzündeki ar perdesini yırtacaktı.

Çocuklar yeniden oyuna dalmışlardı. Bozca yüreğini serinletebilmek için sigaranın dumanlarını efkâr efkâr çekti, kör Sabri'ye:

—Şimdilik kendi arsamızın üzerine duvar çek geri kalanını sonra yaparsın dedi. Kafasını Kerem'e takmıştı. Oturduğu iri taşın üzerinde oynayan çocukları uzatmalı bir şekilde seyretti. Sonra Kerem'yi yeniden yanına çağırdı. Kollarının arasında sıkı sıkı sarıp sordu:

—Beğendin mi evimizi?

—Beğendim.

Ayağını bitişikte duran taşın üzerine uzatmış karşılarında duran köyün muzip delikanlısı Cello'ya baktı. Adı Celaldi. Fakat herkes onu Cello diye çağırırdı.

Kerem'in kulağına eğilip fısıldadı:

—Şu Cello amcana bir sövsene.

Kerem:

—Neden, diye sordu.

Bozca Kerem'e yeniden kızmaya hazırdı:

—Söv işte, nedeni var mı? Hadi oğlum, söv şu Cello amcana.

Kerem kızardı, bozardı, utandı. Kafasını önüne yıkıp öylece kaldı.

Cello böyle şakalara alışkın adamdı. Ancak kör Sabri'nin suratındaki deri al al oldu. Bozca'ya artık bir başka türlü bakıyordu.

Cello sırnaşık bir tavırla konuştu:

—Ağa ettiğine bak hele taze evliye de sövülür mü heç?

Bozca:

—Kerem söver işte diye ısrar etti. Hadi Kerem, söv şu Cello amcana.

Kerem incinmişe benziyordu. Dudaklarına kilit vurmulmuş gibi sustu.

Bozca Kerem'e fena halde kızmıştı. Kollarını boşlayıp bağırdı:

—Git yanımdan pısırık herif sende.

—Erdem.

Erdem'in gözleri oynaktı. Rüstem'in yanından ayrılıp babasına geldi.

—Efendim baba.

—Bak sen oğula amcası, bu oğulların hasıdır hası.

—Erdem Cello amcana güzelce söv bakayım.

Bozca kibir doluydu. Kasıldı gururlandı... Erdem Cello'ya dönüp yılışık bir hareketle bağırdı:

—Cello senin...

Kerem Rüstem'in yanında suçlu suçlu dikilirken:

—Kerem dedi. Hadi bakayım, Rüstem'le güreş tut, yenersen, suçunu affederim.

Kerem çocuklarının en küçükleri olmasına rağmen güçlü çocuktu.

Baba ısrarını sürdürdükçe, aldırış bile etmeden bekledi. Oğlunun içine kapanık hali Bozca'yı her zaman çileden çıkartırdı... Ayağa hırsla doğrulup kamçısını iri bir taşa vurdu:

—Pısırık çocuk. Tutsana len, diye kükredi...

Kerem küskün çehresini babasına çevirirken dudakları büzüştü kırıştı...

Ağlamak üzere olduğunu farkeden baba, dişlerini sıkarak öfkesini firenledi. Yalım yalım yanan gözleriyle, şimdi Erdem'e bakıyordu:

—Oğul değil şahindir bu diye kabardı.

—Hadi Erdem, tut bakalım Rüstem'i.

Erdem şer işin peyiği derler ya, işte öyle bir çocuktu.

Daha Rüstem'in tutuşup tutuşmayacağını hesaba katmadan yıldırım gibi koştu. Muhatabını canavar gibi kavradı.

İlk hamlede yere hırsla vurup, babasından (Aferin) alacaktı.

Kör Sabri, sakin bir hareketle olayı seyredip acı acı gülümsedi.

Rüstem, Erdem'i kavrayıp kesilen çam gibi yere devirmişti.

Bozca kızgın kızgın koşup Rüstem'in ceketinin yakasını kavrayıp oğlunun üzerinden kaldırdı.

—Olmadı bu defa, yeni baştan. Erdem kendi oyununa geldi sayılmaz bu...

Rüstem, derin bir nefesle muhatabını önemsemez gibi konuştu:

—Olsun dedi. Yeniden olsun.

Bozca, Erdem'in üstünü düzeltip ceketini çıkartıp meydana saldı.

—Bir iki üç hadi.

Erdem acımasız bir şekilde yeniden yere serilince, Bozca hışımla eğilip alttaki oğlunu üste çıkardı.

Erdem fırsatı ganimet bilip gücü yetmediği Rüstem'i hırpaladı, ezdi... Körü Sabri ateşlendi, köpürdü. Bozca'nın oğlunun alta gitmemesi için sırtına çöken elini, lanetle üzerinden çekip oğlunu kaldırdı.

Bozca hâlâ oğluna moral veriyordu:

—Aslan Erdem, nasıl da yendin Rüstem'i...

Rüstem, Bozca'nın alev alev kızaran suratına bakıp, sitem etti:

—Yanlış ettin ağa yanlış ettin. Çocukların tertemiz dünyasına girip aralarına fitne sokmak iyi olmaz.

Az önce dostça geldiler buraya, şimdi düşman gibi ayrılacaklar.

Bozca alaylı alaylı güldü:

—Düşman mı? Bire kör senin oğlun Erdem'den düşmanca ayrılsa ne çıkar. O güçlü bir ağanın oğlu, sende bir ırgatsın.

Sabri ustanın çektiği nefes ciğerlerine hançer hançer battı...

—Bari tutuşturdun, adaletli davranmalıydın. Büyükler küçüklere kötü örnek olmamalı ağa.

Yarınlara kendisini aldatan bir insan olarak yetiştirmemeliyiz onları...

Karşısındaki cahal bilme, çok kaldırım eskittim ben.

Sabri usta oğlunun elinden tutup, Bozca'nın suratına kızgın kızgın baktı...

Bozca elindeki kamçıyı havada ıslık çaldırarak, çizmesine vurdu.

Bir çocuğu alttan alıp üste çıkarmak, adaletsizlik mi olurmuş?

—Elbette.

—Ama o Bozca'nın oğlu, mağlubiyeti hazmedemez, üzülür. Mutlaka galip gelmeli.

—Nedenmiş o. Her çocuk aynı hissiyata sahip deği mi ki?

—O zengin ve güçlü bir babanın oğlu. Güçlü yürekli yetişmeli.

Sabri ustanın suratındaki deriler, acı dolu çizgilerle gerildi.

—Unutma sen de bir çobanın çocuğuydun. Özgürlük savaşı verdiğin günleri ne çabuk unuttun Bozca?

İnsanlar et kemik kan ve sudan yaratılmıştır, kimse kimseden üstünüm diyemez. Acı ve saadet tokluk ve açlık bir milletin müşterek serveti olmalı diyen sendin...

—Bendim ama şimdi de değilim işte...

—Göğsünde iman olmayan insan eşitlik nedir bilmez. Sadece ezberlediği birkaç sözü, samimiyetsiz harcar. Hatta çoğu kere kendisi bile söylediğine inanmaz.

Sabri usta Rüstem'in elinden tutup çekti. Yürümek için adımını, hazırlarken son sözlerini harcadı:

—Evladı senin gibi yetiştiren babaların, sonunda şikayetten başka laf ettiği görülmemiştir.

Duvarı başkasına yaptır. Bundan böyle seninle hiçbir ilişkim yoktur unutma, Sabri usta Allah'tan başkasına kul olmaz.

* * *

Gökkubbe lekesiz ve açıktı. Mavi bir çarşaf gibi dünyanın üzerinde şemsiyesini açmış, yıldızlar üzerinde nakış nakıştı...

Ay, yıldızlara, yıldızların cümlesi aya, nisbet edercesine gülümsüyor, loş ışıklarını muhabbet bukleleri halinde birbirlerine ikram ediyorlardı..

Havva üzerine pembe bir gecelik giyinmiş, başına bal rengi bir yemeni bağlamıştı...

Bozca daha bir nefes öncesi çiftliği dolaşmak için yanından ayrılmıştı.. Çocuklar yatalı aradan epey zaman geçmişti..

Ana her gece olduğu gibi, yatmadan evvel çocuklarını dolaşmayı hatırladı... El fenerini her zaman koyduğu rafdan alıp düğmesine bastı...

Önce Ekrem'le Meryem'in kaldıkları odanın kapısını usulca açtı. Fenerin ışınlarını üzerlerinde gezindirip dikkatlice baktı... İkisi de mışıl mışıl uyuyordu. Kapıyı yavaşça kapatıp hemen bitişikteki odanın kapı koluna usulca çöktü. Kapı mırıltılı bir sesle geriye dayanmıştı... Ana fenerin geniş daire halinde yansıyan ışıklarını önce, Erdem'in yattığı döşeğin üzerinde tuttu. Uyumuştu.

Sonra onun karşısındaki somyaya getirdi.. Kerem'in ıstırap notalı bakışları, fenerin yansıttığı ışıklardan mütessir olmuştu.

—Anne diye mırıldandı. Çek o feneri gözlerimden...

Ana, fenerin ışık dairesini yere düşürüp, oğlunun somyasının ucuna iğreltı bir şekilde oturdu. Fenersiz elini üzgün duran çehresinde bir gölge gibi gezindirirken, mülayim bir sesle sordu:

—Uyumamışsın?

Kerem ellerini kenetleyip kafasının altına koymuş, sırt üstü yatmıştı. Derin bir nefes alıp mırıldandı...

—Uyuyamadım.

—Üzgün gibi duruyorsun.

—Bilmem.

—Gücüne gidecek bir şey mi oldu yine?

—Belki de.

—Nedir o söyler misin?

Tilki uykusuna yatan Erdem hemen gözlerini açıp yüksek sesle konuştu:

—Kerem babamı dinlemedi.

Ana, Erdem'e dönüp hayret dolu bir çehre ile baktı.

—Neden?

—Bilmem pısırığın ödleğin birisi dedi babam. Rüstem'le tutuş dedi, tutuşmadı. Cello'ya söv dedi, sövmedi, Memişlerin Sefa'yı öp dedi, öpmedi. Babam da kızdı tabi...

—Sonra?

—Sonra ben babamın her dediğini yaptım. Aslan oğlum dedi bana. Sen oğulların hasısın dedi, hası.

Ana, renkten renge girmişti. Ağlasa mı gülse mi bilemiyordu. Bozuk bir morelle konuştu:

—Ama bunların hepsi de ayıp şeyler evladım.

—Sen kadınsın. Böyle şeyleri babalar bilir. Oğlun da tıpkı senin gibi düşünüyor işte, pısırığın birisi...

Ana kızdı, üzgün bir çehre oğlunu manidar seyretti.

A H

Çiftliğin cümle kapısı açılıp içeriye bir gölge süzüldü..

Bozca, cep fenerini çıkartıp düğmesine çöktü... Kendisine doğru gelen adamı tanımıştı.

—Yunus diye mırıldandı...

Meraklı durgun bakışlar kendisine yaklaşan adımları saydı. Yunus bir kaç metre mesafe kala Bozca'yı tanıyınca rahatlamıştı. Selâm verdi.

—Selamün aleyküm ağa.

—Aleyküm selam Yunus.

—Yatmamışsın.

—Canım sıkıldı dolaşıyorum.

—Camiden mi?

—Öyle.

—Hele şöyle havuzun başına oturup biraz konuşalım.

—Olur ağa nasıl istersen.

Bozca cebinden sigara paketi ve çakmak çıkardı.. Sigarasını yakıp Yunus'a da ikram etti. Ay ışık gecenin lekesiz gök yüzüne halka halka dumanlar üfürdüler ve Bozca konuştu...

—Yunus.

—Söyle ağa.

—Bilir misin ben sana danışmadan bir iş tuttum.

—Estağfurullah ağa.

—Bilirim aramızda teklif yoktur, ama yine de haber vermekte faide mülahaza ettim.

—Beni çok meraklandırdın ağa.

—Köydeki yapılan ev hoşuna gitti mi?

—Gitmez olur mu ağa.

—Onun bir eşini de sana yaptırsak derim.

Yunus, kararsız şekilde sevinmişti..

—Biz de öyle düşündük ağa.

—Yarından tezi yok, eski evi yıktırıp başlat...

—Oraya değil ağa, senin evin yanındaki toprağa yapmayı düşündük...

Bozca, sıkıntılı başını yukarı kaldırmadan ay ışıklı geceye kalyon kalyon duman boşaltırken, soğuk çehresinin yapışık dudakları itirazlı konuştu:

—Ben senin dediğin toprağı bizim bahçeye katmayı düşünmüştüm. Onun için de eski evinizi yıkıp yap derim.

Yunus'un rengi sarardı, sevinci boğazında zehirli lokmalar gibi tıkanıp kaldı..

—Olmaz ağa, anamdan vasiyetliyim ben. Toprak satarsan hakkım sana helal olmaz, dedi anam.

Bozca alaylı alaylı güldü:

—Anasından vasiyetliymiş. Bırakın şu asılsız şeyleri... Vasiyette neymiş?..

—Onu ben iyi bilirim ağa...

—Duvar çekilmesi için emir bile verdim.

—Olmaz ağa toprak satmam ben.

Bozca, Yunus'a düşman gibi bakıyordu.

—Sen de bilirsin ki köyde ne demişsem yaptım.

—Bunu yapamazsın ağa. Her bir şeyi yapsan bile bunu yapamazsın. Toprak satmam ben.

—İyi düşün Yunus. Sen akıllı adamsın. Desem ki ya çiftlikte kalır orayı satarsın ya da...?

Yunus, Bozca'nın ne demek istediğini anlamıştı. Ciğerlerini sökercesine göğüs çekti.

—İşten çıkarmakla mı tehdit edersin ağa?

—İyi bildin Yunus. Eski arkadaşız böyle olsun istemem tabi...

Yunus, yorgun yorgun ağaya doğruldu.

—Sen istersin ağa, dediğin olmadı mı düşündüğünü yaparsın.

* * *

Havva'yı bir türlü uyku tutmamıştı. Kapının gıcırtısı, gecenin sessizliğini homurdanarak bozdu. Havva pencerenin kanadını örtüp soğuk bir hareketle içeriye giren kocasına baktı...

Bozca'nın çehresindeki asıklık odanın havasını bile gerginleştirmişti. Garaz pırıltılı gözler Havva'ya rastlamıştı. Ceketini soyunurken sordu:

—Daha uyamadın mı sen?

—Hayır.

—Beni bekleme diyorum sana.

—Beklemedim zaten.

—Neden yatmadın öyleyse?

—İçimi dökmek için.

—Dök öyle ise.

—Bozca! dedi biraz da beni dinle. Hep geçim olsun diye çok şeyi mesele bile etmedim, sustum.

—Anladık ne istiyorsun onu söyle.

—Benim İstanbul'dan buralara neden kaçıp geldiğim nedendi sanırsın?

—Ne bileyim ben.

—Sokakları dolduran ahlâksızlıktan, manidar bakışlara hedef olmaktan kaçtım. İnsanların menfaat savaşından, cemiyetlerin ahlâksızlığı fazilet bilişinden kaçtım. İğrendim bu bayağı davranışlardan. Benim nefret ederek kaçtığım o basit dünyanın ahlâk yapısını, çocuklarıma öğretmekten vazgeç... Aksi takdirde yuvamız bile...

Lafını yarıda kesmişti.. Bu sözden çok mana çıkardı. Bozca, meseleyi daha da uzatmak istemeyişinden olsa ki, kurnazca bir yolu seçti:

—Uyuyalım dedi. Oldukça tatsız birgün geçirdim, bir de sen yorma beni..

Havva:

—Olmaz dedi. Bu mesele benim için çok mühim...

—Konuş o zaman.

Yüzünde kara bir öfkenin derinleşen izleri vardı.

—Çocuklarımızın ahlâkını bozma dedi. Sonra son defa söylüyorum, onların tertemiz dünyasını kirletme.

Oğlum amcana söv bakayım, oğlum yoldan geçen kızı öp, oğlum şu geçen çocuğu döv...

Bozca ceketinin cebinden sigarasını alıp dudaklarına götürdü, yeleğinin cebinden çakmağını çakarıp yaktı.

Derin bir nefesle dumanı ciğerlerine çekip soba borusundan çıkar gibi üfledi.

—Meğer arzular ne kadar çeşitli. Ben de istiyorum ki çocuklarım pısırık değil, yırtık, atılgan, tuttuğunu koparan, cesur olmalı. Herkes onlardan çekinsin, yılsın.

—Ama doğru değil bu. Yarın bizi bile dinlemezler. Az önce Erdem bana hakaret etti. Böyle yetişen çocukların zararı önce başkalarına, sonra ailesine en acısı da döner kendisine dokunur.

* * *

Sokaklar cıvıl cıvıl kaynaşan çocuklarla doluydu... Çeşmenin ayağından az ileride, küçük bendi andıran su birikintisinde ördekler gevezeliklerini sürdürerek yüzüyorlardı. Çeşmeden kovalarına su dolduran kızların sohbetleri güzeldi.

Suyun hoş bir eda ile kabları dolduruşu başlı başına bir alemdi... Bütün güzellikler adeta birden sustu. Hayret yuvalı gözler, çeşmenin yirmi otuz metre ilerisindeki yolda kaldı. Herşey beklenmedik bir anda olup bitmiş yolun ortası içler acısı bir manzaraya pazar olmuştu. Çeşmenin başında bekleyen kızlar yoldan geçen kadınlar çocuklar ve erkekler, herkes aynı isimi acınarak hayıflanarak mırıldandı:

—Selma bu...

—Sabri ustanın kızı...

Ondört onbeş yaşlarında yetişkin bir kızdı.. Başına intizamlı biçimde örttüğü yemeğin çözülmüş uzun, mavi üzerine, beyaz motiflerle dökülen entarisi tozlara belenmişti. Su doldurmak için koluna taktığı kovalar, kendisinden uzaklara yuvarlanmış çamurlanmıştı.

Başına biriken kalabalıktan bile habersizdi. Sol kulağının hemen üstünden koyu kırmızı bir kan seli eğreklenerek yürümüştü.

Yaşlı bir kadın üzerine eğilip acı acı çığlıklar attı:

—Selma, kızım duyuyor musun beni?

Taştan ses gelse, Selma'dan gelmez olmuştu...

Bir kız çocuğu evlerine haber vermek için koşarken, hadiseyi yakından seyreden on yaşlarında bir erkek çocuğu meraklılara hadiseyi anlatmaya çalışıyordu..

Şapkasının siperi sağ gözünün üzerine kadar çökmüştü.

—Gördüm dedi. Hemi de buracıkta durudum. Selma abla pınara giderken Bozca'nın Erdem'i habersizce arkasından sokuldu, tıpkı bir itin adamın arkasından ısırmak için habersizce sokuluşu olur ya, tıpkı öyle, sonra da kolunu tutup çekti. Az havaya hopladı, sonra yüzünü öptü... Selma abla geri dönüp eycenem bir şamar vurdu.. Vurdu emme, Erdem kızdı yerden iri bir daşı alıp kafasına dedi savurdu... Sona küt deyin düşüverdi fukara, küt deyin

Haber kör Sabri'ye can alacak alevli alevli bir lisanla ulaşmıştı.

Taze bir kız, nefes nefese haneye dalıp, heyecan yüklü bir sesle feryad etti:

—Sabri dayııı, Sabri dayı yetişin.

Günlerden cuma idi. Sabri ustanın karısı kocasına abdest suyu dökerken, ortalık birdenbire karıştı:

—Kadın ibriği bir tarafa fırlattı. Sabri usta hışımla ayağa doğruldu. Haberci çocuğun yüzüne hayretle bakıp sual etti:

—Ne var be kız söylesene.

—Sabri amca Bozca'nın Erdem kızını vurdu. Yolların ortasında kanlar içinde yatıp durur.

Kadın yerle göğü dolduran bir çığlık atarken, Sabri usta duvarda asılı mavzeri kavradı...

Çıplak ayağına lastiklerini geçirip sokağa fırladı. Yollarda fırtına olup esti, şimşek olup çaktı.

Ana, erkeğinin arkasında düşe kalka ikisi birden tozu dumana kata kata koştular.

Yolun ortası ana baba gününe dönmüştü... Sabri usta kalabalığı yara yara kızının uzandığı noktayı buldu. Vahşet örneği manzara, gözlerini döndürecek kadar içler ürperticiydi..

Kızının ölü pırıltılar yansıtacak kadar gözlerini açtığını görünce, sevindi. Kederine müşterek olan sevincin coşkusu gözlerini ıslamıştı. Ana ve baba en derin duygularla kızlarının üzerine abanıp gözlerinin içine baka baka sarıldılar... Selma kirpiklerini güçlükle araladı.

Baygın bakışları zoraki tebessüm ederek adeta:

—Korkmayın demek istiyordu...

Sabri usta kulağına gelen sesleri bir an hayretle dinleştirdi.

—Bozca'nın Erdem'i yapmış.

—Öpmek istemiş.

—Selma tokatlayınca...

Sabri usta elektrik akımına kapılmış insan gibi sarsıldı, titredi...

—Kızı eve götürün, diye kükredi...

Mavzeri sıkı sıkı kavramıştı. Kalabalığı bir nefeste aşıp yel gibi koştu. Karamboldan sesler yükseliyordu...

—Çiftliğe doğru gitti...

—Bozca'ya...

—Koşun başını dolaştırmadan koşun...

—Mani olun...

* * *

Köşk evinde akşam başlayan münakaşa sabah yeniden körüklendi.. Havva küskün çehresini önüne yıkmış, ayaklarının ucunu gözetleyerek münakaşayı sürdürdü:

—Ayrı bir hissiyatın var senin. Bir türlü anlamıyorum. Her yerde mutlaka en üstün olmak istiyorsun. Dünyayı sana verseler kimseye pay vermeyecek kadar ihtiras dolusun. Sanki yeryüzünde Bozca'nın dokunulmazlığı var.

Bozca, Havva'yı sabırla dinliyordu. Karşılıklı oturdukları sedirin üzerinden iki de bir pencereden dışarıya bakıp durdu...

Bozca tam taşacaktı... Gözleri irildi rengi birden bire değişti. Kapıdan nefes nefese içeri giren Erdem'e bakıyordu...

—Baba diye haykırıp kollarına atıldı. Boynuna sıkı sıkıya sarıldı...

Baba iri elleri ile Erdem'in omuzlarından tutup bağrına yapışan oğlunu araladı. Yüzlerinde boncuklaşan iri iri terlere bakıyordu. Çatlayacak gibi nefes alıp veren Erdem'e kararsız bir öfke tufanının verdiği alabora ile sordu.

—Ne oldu sana böyle... Bu halin ne?

Erdem henüz nefesini genişletemediği için, konuşamadı. Yorgunluktan ve korkudan kendisini babasının kollarını pelte pelte bırakıp kalmıştı...

Ana hışımla yerinden doğrulup pencereye geçti. Meraklı gözler dumanlı pırıltılarını yollara boşalttı.. Hiç bir şey göremiyordu, gönlü biraz daha hayrete düştü. Erdem'in heyecanı onu korkutmuştu.

Baba kollarından ayrılmayan Erdem'e tekrar tekrar sordu.

—Söylesene be çocuk kim ne yaptı sana?

Kesik bir nefesle babasını cevapladı:

—Koştum tam köyden buraya!

—Orasını anladık ama neden?

—Şey baba şey Sabri ustanın kızını...

Odanın kapısı yeniden hışımla açıldı.. Derin derin sökülen bir hıçkırık:

—Baba diye ortalığı sarstı...

Bozca, sorularını bırakıp feryad eden Kerem'e baktı...

—Sana ne oldu?

Kerem inci inci yaşların sıralandığı gözlerini, şahadet parmağını ikiye katlayarak siliyordu...

Evin tam ortasına durmuş ağlayan bir sesle Bozca'ya kızgın kızgın sordu:

—Beğendim mi yaptığını?

Ana, Kerem'e kollarını açıp evin ortasına diz çöktü ve sordu:

—Babayla nasıl konuşmak o?

Kerem göğsünü çeke çeke kekeledi:

—Yunus amcayı neden kovdunuz?

Kadın hayretler içinde kalmıştı:

—Ne kovması delirdin mi sen? diye öfkelendi.

—Kovuldunuz işte göçlerini yüklemiş gidiyorlar.

Ana, Bozca'ya şaşkın bir eda ile çevrilip, kızgın bir sual açtı:

—Neler dönüyor bu çiftlikte?

Bozca geveleyerek eşine isteksiz bir cevap gönderdi:

—Hiiiç, Yunus'un işine son vermiştim herhalde gidiyor olmalıdır.

Hiddet dolu bir soru barut fıçısına kibrit çakmış gibi parladı:

—Neden?

Daha sorusuna beklediği cevabı bile gelmemişti. Binanın içi aniden karıştı. Camlar birer birer evin ortasına parça parça indi.

Bozca oğlu ile birlikte evin ortasına uzanırken, Havva çıldıracak gibi olmuştu.

Odaya dolan kurşunların korkunç sesleri ev halkını paniğe düşürmüştü.

Kerem:

—Anam diye Havva'ya sarıldı. Erdem kollarını babasının boğazına kenetleyip, vücuduna kene gibi yapışmıştı.

Havva sığındığı duvarın dibinden hayretler içinde konuştu:

—Bu da ne?

Köşk denilen çiftlik evinin önündeki meydanlıkta yürekleri hoplatan bir ses göklere merdiven kura kura yükseliyordu:

—Bozcaa, erkeksen dışarı çık.

Karı koca sesin sahibini bilmişlerdi. İkisi birden gözgöze gelip aynı ismi mırıldandı:

—Kör Sabri bu...

Dışarıdan acayip sesler yükseldikçe ananın endişesi körüklendi. Dişlerini sıka sıka oğluna seslendi:

—Erdem söylesene bana yine ne halt işledin?

Babasına biraz daha sokulup mırıldandı:

—Hiç anne hiç bir şey. Kör Sabri'nin Selma suya gidiyordu. Kolundan çekip öptüm. O da tokat vurdu bana.

—Başka?

Tokat vurunca çok kızmıştım. Yerden iri bir taşa eğilip aldım. Sonra da hırsla kafasına vurdum.

—Sonra?

—Selma yere düştü. Kafasından kanlar akarken korkup kaçtım.

Havva kocasını öfke dolu gözlerle süzdü...

Bozca'nın dünyası birden bire kararmıştı.

İyi bilirdi ki Kör Sabri'nin hiç mi hiç şakası olmazdı.

Kafasından bir kazan kaynar su boca edilmişcesine iri iri terler döktü: Tıpkı ecel terlerine eş...

Havva ayağa doğrulup pencerenin kıyısından evin önündeki meydanlığa baktı. Kör Sabri mavzeri koltuğuna dayamış havuzun kıyı betonunu kendisine siper alıp, namluyu köşkün penceresine nişan almıştı. Sık sık acı narasını atıp bekliyordu.

—Bozca dışarı çıksana ödlek herif. Sana amus dersi vereceğim.

Havva çiftliğin cümle kapısının duvar arkasına bakıyordu. İrili ufaklı yaşlı genç herkes yığın yığın insan, seyre susamış gözlerle içerleri gözetliyorlardı.

Hışımla geriye dönüp, diri bir sesle kocasına bağırdı:

—Gördün mü yaptığını?

Övünerek dışarıya bakabilirsin artık. Ektiğin tohumlar en güzel şekilde meyvesini verdi...

Evladınla iftihar edebilirsin. Bedel olarak seni istiyorlar. Namlu kapımıza çevrilmiş ateş kusmakta, karşılık versene...

Ana hırsından dudaklarını geve geve ağlıyordu. Düşük bir sesle yalvarmakla konuştu:

—Hayatta tek nefret ettiğim şey, insanlarda hayanın sükutu, ahlâkın iflas edişidir... Nasıl adamsın sen?

Aynı hadise senin kızının başına gelse ne yapardın?

Bozca kızgın kızgın eşine bakıp elini beline attı. Tabancasını kılıfından çıkarmıştı.

—Bozca'nın kızına kimse el süremez, diye bağırdı.

Havva çileden çıkmışcasına isyan etti:

—Bozca'nın kızına dokunmazlar belki ama, bak şimdi Bozca'nın kapısına namlu çevrilmiş, evini haysiyetini harab etmiş yalan mı bu?

Sen bilmez misin ki, hiç kimsenin namusu kırlarda açan çiçek değildir? O yüzden de kimse dilediğini koklayamaz. Kalk ayıkla pirincin taşını. Tabancayı çekmek hangi bir meseleyi halleder sandın?

Terleri yüzünde soğudukça yüzündeki derilerde o nisbete sertleşmiş, gerginleşmiş, kayışlaşmıştı.

Yeniden evin ortasında vızıldayıp duvara hışımla çarpan kurşunun gürültüsü ve hemen arkasından yükselen ses Bozca'yı sıçratmıştı.

—Bozca avrat kılıklı herif, çıksana dışarı...

Havva evin kapısını açıp dışarı antreye süzüldü...

Tam bu sırada Bozca çocukları evin orta yerine yatırıp tabancısını pencerenin kıyısından dışarıyı hedef alarak ateşledi...

—Git buradan, pis kör. Hangi cesaretle çiftliği basarsın...?

Seyirci taife duvarın dibine patır patır döküldü yattı...

Herkes yattığı yerden kulaklarını kabartmış sesleri dinliyorlardı.

Sabri siperini derinleştirip deliler gibi bağırdı:

—Dışarı gel. Gün gelir bir köyüne dünyayı dar edersin, meydana çık erkeksen.

Bozca, cevap yerini ikinci kurşunu göndermişti.

Az sonra binanın cümle kapısı açılıp geriye dayandı.

Başında siyah yün örgülü şalı, uzun topuklarına kadar inen entarisi açılan kapının boşluğunda peydah olan Havva idi...

Azametli çehre, makamlı adımlar ata ata merdivenleri indi. Ne olursa olsun artık umurunda bile değildi.

Gördüğü manzara, Sabri'nin sanki ellerini bileklerinden kırmıştı. Önce bilekleri mantarlaştı. Bir ara siperinden hışımla kıpırdadı, parmağını tetiğe indirirken yeniden durakladı.

Havva hiç istifini bozmadan yolculuğunu sürdürdü. Havuzun başına Sabri'nin namlusunun tam karşısına kadar gelip dinelmişti.

Bozca pencerenin gerilerinden ürpererek bakarken, Sabri tüfeğini düzeltip yeniden Bozca'ya seslendi:

—Bozca buraya bak. Şayet dışarıya çıkmazsan çocuklarının anasını vuracağım.

Bozca başı kesik tavuklar gibi evin ortasında döndü... Can tatlı şeydi, öfkesinden nefes nefese soluyordu...

Havva azametli çehresi ile Sabri ustaya hitab etti:

—Sabri gardaş gel öfkene yenik düşme. Anladığım kadarıyle kızın yaralı. Hemen arabayı alıp, doktora götürelim.

—Olmaz, sen şu kenarda dur hele. Zalimlere isyan etmek Allah'a itaat etmek gibitir. İşi buraya kadar getirmişken geberteceğim o herifi.

—Sabri gardaş.

—Sus be kadın, sana dokunmadıysak sebebi var.

—Sabri gardaş beni dinle. Doktara gitmemiz gerek, ben götüreceğim sizi. Hiç hatırı yok mudur bu yabanın. Yalvarırm sana, babasın üzüntünü anlarım. Bu yüzden de özür dilerim senden. Kabul olursa tabii. Yetiştiremedik çocuklarımızı. Beni daha fazla üzme, bırak elinden silahı... Çocuk aileden bir aynadır ne görürse onu aksettirir. Ne demek isterim anlamış olmalısın üzme beni.

Sabri dertli bir ananın ısıtrabına daha fazla koyamadı.

Kafasını önüne düşürüp mırıldandı:

—Onu sana bağışladım bacı. Ne var ki ölsem bile unutmam bu günü..

—Kalk oradan doktora gidelim sen önümden yürü ben arkandan siper olarak geleceğim.

Sabri usta tüefeğini elinde terazileyerek kalktı...

Havva hayrete yanında peyda olan Kerem'e baktı. Çoktan gelip kolunun altına durmuştu bile. Şaşkın anaya parmağı ile dürtüp sağ şehadet parmağı ile çitfliğin lojman denilen evlerinden yüklenen göç işaretledi.

Göç çıkıştaki cümle kapısına yaklaşmak üzereydi.

Havva içli içli ağlayan çocuğa ve parmağının çizdiği istikamete baktı...

Ciğerlerine hançer hançer batan bir nefesi alırken önlerine yaklaşan göç arabasına baktı. Duygulu bakışları, duman dumandı. Ömer'i Çiğdem'i, Asiye'yi ve Yunus'u teker teker seyretti. Garip manzara onu biraz daha incitmiş çökertmişti... Araba tam önünde durunca:

—Yunus diye mırıldandı. Nereye gidersin böyle?

Hazin bir ses kurumuş dudaklarından sitem sitem döküldü:

—Evimize.

—Senin evin çiftliktir.

—Şimdi değil.

—Neler dönüyor burada? Dönüp evine git...

—Olmaz bacı. Artık çok geç.

Atların dizginlerini tutup itiraz etti.

—Dön dedim sana...

—Var sen işine bak. Senden memnunuz. Bozca ise artık çalışılmaz.

—Ne yaptı sana?

—Kovdu.

—Dön geri. Seni çiftliğe alan benim.

—Benden geçmek zorundasın bacı. Yuvanız yıkılsın istemem. Bozca inat adamdır.

—Sonra konuşuruz. Acelem var. Kerem'in elinden tutup pikaba doğru çekti...

Çocuğun gözleri göç yüklü arabada ve arkadaşlarında kalmıştı...

Havva az ilerideki pikabın kapışını açıp, Kerem'i yanına oturttu...

Pencerenin camını aralayıp Sabri Ustaya seslendi:

—Binsene!..

Cümle kapısından, göç arabasından daha evvel çıkmışlardı. Aniden durup müteessir bir çehre ile baktı...

Duvarların dibi adam doluydu. Herkes yerinden doğrulmuş aval aval arabanın içine bakarken, Havva hiddet dolu bir sesle haykırdı:

—Seyir seyir, seyir, başka hiç bir işiniz yok mu sizin? Bir felaket olduğu yerde önlenmeli... Hadise zamanında bastırılıp yaygınlaşmasını durdurmak varken, sadece seyir uğruna felaketleri biraz daha körüklemek insanlığa yakışmaz.

Hiç düşünmez misiniz ki gün gelir sizleri de böyle seyrederler... Hiç beklemediğiniz bir anda korkunç bir hadisenin dehşeti, sizi boğarken, sürülerce insanın yardım yerine seyiri tercih etmesi sizlere de zor gelecektir.

Araba homurdanarak kalkıp yollarda tozu dumana kattı. Havva'nın bakışları yolların üzerine efkar efkar dökülürken, Sabri usta mırıldandı:

—Senin hatırın olmasaydı...

KAVAKLAR

Son onbeş gün içinde Çifteturna köylüsünü meşgul eden bir sürü hadise zuhur etti...

Diller tersine düzüne döne döne pasını açtı... Yine dar bir sokağın girişinde iki kadın konuşuyordu:

—Duydun mu?

—Duyduk ya, kızcağızın kulağı sağır olmuş....

—Kör Sabri hâlâ o oğlanın yanına komam dermiş...

—Ama aşkolsun yabana. İleride ameliyat ettirecekmiş o zaman açılır diyorlar.

* * *

Evleri köyün en ahşap evlerinden birisiydi. Çamdıları taş duvarın üzerinden förtleyip kaymış çöktü çekecek görünümü veren bir manzarası vardı...

Yunus yıllarca çalıştığı uğrunda gün gelip canını ortaya koyduğu arkadaşına, Bozca'ya cehrederek yıkılması beklenen harabenin bir odasına çocuklarını yerleştirdi... Yabanın ısrarlarına aldırış bile etmemişti. Onu kırmadan nazik bir lisanla reddetti. Yunus küstüğü dağın odununu yakmazdı. Kovulduğu yere dönmezdi. Herşeyi izzeti nefis mahkemesinde karara bağlayıp:

—Yok dedi.

Asiye o dar odanın içinde iki çocukla sıkışıp kalan, diri zayıf, uzun boylu gün yanığı benizli mühür gözlü kadın.

Kocası dışarıdan telaşeli girince, yüreği hop etmişti.

Ezik duygularla erkeğinin suratına bakıp hatır sordu...

—Telaşeli bir halin var?

—Üzülme kadınım. Yunus'un gurbete gider oldu. Cemal ile kavilleştik, az sonra ayrılık başlar.

Asiye'nin bakışları duygulu her hali, tavrı perişandı...

—Demek gurbete gidersin...

—Kader öyle istedi bizden. Ömer'i Çiğdem'i birer dizine oturtup ocağın kenar taşına sırtını yaslandı...

Asiye kocasına çamaşır, çorap azık hazırladı. Sonra önlerine bir sofra kurup karşısına oturdu... Islak gözler seyrini sürdürürken, duygulu bir ses kocasını hüzünlendirdi:

—Ayrılık yemeği he! Dilerim bizi yurtsuz yuvasız edenler de yuva bulmasın.. Bizden kötü günlere kalsınlar...

—Beddua etme, iyi saymazlar.

—Ciğerimin başı yandı, Yunus.

—Bir yıl dediğin nedir ki Asiye kadın? Göz açıp yumana kadar gelip geçer. Senden tek arzum şu. Birikmiş paramızla arsanın üzerine oturabileceğimiz evi yaptır. Çocuklarıma iyi bak, ellere muhtaç etme. Birkaç koyun bir iki inek alacak para kazandın mı gurbetçilik bitti say.

Yün örgü heybeyi omuzuna atıp, önce Ömer'e sonra Çiğdem'e hasretle sarılıp tekrar tekrar öptü.

Çocuklar gurbeti bir gün, birgece gibi tanrıyordu... Çünkü baba onlara öyle söylemişti.

—Bir yıl dediğin ne kö, gözünü açıp yumuncaya kadar tükenir. Gel gör ki Asiye kadın içine sızısı alev alev çöken gurbeti tanımaz olur mu hiç?

—Sağlıcakla git, sağlıcakla dön dedi.. Asiye'nin gözlerini yollarda koma, mektupsuz bırakma bizi, ergel ağam ergel..

—Hakkını helal et gidip gelmemek, gelip görmemek var.

—Helal olsun ağam anamın ak sütü gibi helal.

* * *

Yunus Cemal'le birlikte ısmarlaşıp yollara düştü. Belki de yaban Yunus'un gidişine köyde en çok üzülen insan olmuştu... Haberi olur olmaz, yel gibi içeri girip Bozca'ya seslendi:

—Bozca.

Sedirin üzerine oturmuş, keyifli keyifli nargilesini fokurdatıyordu.

Yavaş bir hareketle kafasını sesden yana çevirip aval aval baktı...

—Ne var?

—Yunus gitmiş.

Havva'nın suratına istihzalı bir tavırla bakıp güldü:

—Ne var bunda şaşacak?

Evin tam orta yerinde çivi gibi çakılıp kalmıştı. Yüzündeki deriler, gözlerinden boşalan pırıltılar, isyan ediyordu:

—Öyle değil, diye bağırdı. İstanbul'a gitmiş.

—Hürriyeti elinde değil mi istediği yere gider...

—Bozca düşünsene bir kere bir köy vicdanımıza tükürür bizim. Tam on iki yıl emek verdi; çitliğin bu hale gelmesini daha çok ona borçluyuz.

—Emeğinin karşılığını almadı mı?

—Aldı.

—Çok bencil adamsın... İşine yaramayan kimseyi işe yaramayacak hale getirip atamazsın. Onu işe ben almıştım...

Nargilenin hortumunu hırsla bir yana fırlatıp, ayağa doğruldu. Kaşları çatık, sinirleri gergindi:

—Ne demek istiyorsun daha açık konuşsana?

—Yunus'un arkasından yetişip geri çevirmeni...

Evin ortasında öfkeli öfkeli dolaştı.

—Senden ilk defa bir şey istedim, kırma beni. Sen gidersen, dönderirirsin. Hakkı geçti üzerimize...

Adaletsizliği işleyen çekenden daha sefildir derler. Git getir onu.

Düşündü beynini çatlatırcasına düşündü... Bütün hayatını dolduran korkunç didinmelerin yorgunluğunu çekercesine tefekkürün derinliklerinde boğulur gibi düşündü...

Beynindeki, mahkeme bütün bağların kopuşunu yuvanın yıkılışını imkanların iflasını ve çocukların hasretini, herşeyi beyin pazarına sergileyip alış-veriş yaptı. Diri bir sesin azameti ile irkilir gibi olmuştu...

—Tamam dedi, gidiyorum.

—Sağol.

—Kasabadan birşey lazım mı?

—Ne istersen.

Sevinmişti.. Düşüncelerin komasında boğulur gibi olan adamın, yüzüne muhabbet dolu gözlerle baktı..

Bozca telaşı adımlarla dışarı süzüldü.. Havuzun hemen solundaki yolda duran pikabın kapısını açtı...

Kerem ve Ekrem ikisi birden arabanın yanında peydah olmuşlardı.

Ekrem arabaya binen babasına heyecanlı heyecanlı seslendi:

—Baba, bizi de götürsene.

—Olmaz.

—Nereye gidiyorsun?

—Kasabaya.

—Bana mızıka alır mısın?

—Olur.

Kerem çekingen bir tavır, hatta titrek bir sesle babasına sslendi...

—Bana da fülüt.

—Olur.

—Unutma sakın.

* * *

Saat onüç kırkbeşe gonk vuruyordu. Deli Hasan uzaklardan gelen pikabı görüp ısrarlı ısrarlı baktı...

Bozca'nın kasabaya gittiğini duymuş sevinmişti.. Aklındaki işi unutup bekledi.

Yunus'u çok severdi.. Yıllardır onlarla birlikte yiyip içmişti. Asiye kadın, yılların çökertemediği adama az mı hizmet etmişti... Sakalları diken diken uzamıştı. Bozca süratle çiftliğin açık kapısından dalıp havuzun sağ kesimine kıvrılan yolda durdu.

Hasan pikabı boş görünce yüreği yaralı çocuklar gibi efkarlandı. Umutlarını yel almıştı. Umursamaz bir tavırla Bozca'ya bakıp, aksi istikamete dönerek yürüdü.

* * *

Bozca elinde heybesi, arabadan inip, köşk evinin merdivenlerine tırmandı...

Havva pencereden yaşlı gözlerle bakıp az sonra geriye çekildi...

Çocuklara sofra kurmuş, kahvaltı yaptırıyordu.. Üzgün bir çehre ile tabaklarına yemek boşalttı.

Kapı açıldı. Bozca eli heybeli içeri girdi...

Çocuklar, kalkıp birer birer babalarının etrafını sardı...

—Baba.

—Baba.

Kerem hep babanın gözlerinin içine baka baka durdu:

—Fülüt aldın mı?

Müteessir görünen çehre:

—Aldım dedi.

Ekrem telaşlı biçimde sordu:

—Mızıkayı?

—Aldım.

Ananın sorusu artık diğerlerine fırsat vermemişti. Bezgin sızılı bir ses oldukça titrekti:

—Gitmiş mi?

—Yetişemedim.

Havva kurumuş ağaçlar gibi karşısında donup kaldı.. Bozca evin ortasına çömelip çocuklarla ilgilendi.

Meryem, Erdem, Ekrem, Kerem hepsi başına üşüştü...

Heybenin ağzını açtı. Eline ilk gelen fülüt olmuştu.. Çıkartıp Kerem'e uzattı.

—Al bu senin.

Kerem sevinçten uçmaktaydı. Alıp fülütü ağzına götürdü.

—Düüt diye çaldı.

Gözleri heybeden çıkacaklarda kalmıştı.

Bozca hemen peşinden büyükçe bir mızıka çıkardı.. Gözleri Ekrem'i arıyordu. Bulup önüne doğru uzattı..

Kerem belki de hayatında hiç yapmadığı bir haksızlığa hazırlandı.. Gözleri mızıkanın üzerinde ısrar etti.

Ekrem sağ elini mızıkaya uzattı...

Kerem, çabuk bir hareketle fülütü heybenin üzerine atıp, mızıkayı babasının elinden kaptı.

—O benim.

Ekrem'in eli havada asılı kalmıştı.. Neşesi birden bire döndü, yüzündeki deriler kırıştı.

—Benim! diye odanın dolusu bir çığlık attı...

Kerem kurtuluşu kaçmakta bulmuştu. Odanın açık kapısından yel gibi çıkıp selameti bahçede buldu.

Bozca, içten bir tebessümle arkalarından baktı. Ekrem, Kerem'in peşini bırakmadı. Ana kaygısız bir tavırla olanları seyrediyordu. Ekrem ağlayan bir sesle kardeşinin peşinden koştu.

Kerem havuzun kıyısına varınca cin gibi etrafını gözetledi, sonra da mızıkayı özlem dolu bir hareketle dudaklarına götürüp gürültülü seslerle çaldı.

Ekrem hâlâ peşinden koşuyordu. Kerem mızıkayı pantolonunun cebine sokup kavaklardan yana kaçtı.

Servilerin dibine gelince, şöyle bir kafasını kaldırıp doruğunu gözetledi.

Ekrem'in kendisine yaklaştığını görünce ellerine tükürüp dibinde durduğu servinin gövdesinden yapıştı.

Kedi gibi kıvrak ve çevikti. Bir nefeste yolu yarılamış, sayılırdı. Durup ağacın dibinde öfkeli öfkeli bekleyen ağabeyisine baktı. Üstelik daha da sinirlendirmek için, Ekrem'e dil çıkardı.

—Mööööö..

Nefesini genişletip yeniden yoluna koyuldu. Kavağın sivri ucuna yakın bir noktada, müsait yer bulup iğrelti oturdu... Ayağını iri bir dala basıp bir kolunu kavağın gövdesine doladı... Boşta kalan elini cebine sokup mızıkayı çıkardı...

Ağacın dibinde öfkesinden patlayan Ekrem'e baka baka çaldı çaldı. Kulakları rahatsız eden cırlak çirkin bir sesle düzensiz gürültü sürdü.

Ekrem kavağın ucunda kartal gibi oturan kardeşine öfkeli öfkeli bakıp seslendi:

—İn oradan, yanına gelirsem bir güzel döverim seni..

Kerem mızıkayı dudaklarından çekip nisbetli bir cevap verdi:

—Gelemezsin ki?

Ekrem, biraz daha tahrik olmuştu.

—İn diyorum sana gelirsem...

—Gelemezsin erkeksen gel al.

Ekrem hırsından patlayacak duruma gelince dayanamayıp, kavağa tırmandı.

Kerem endişesiz ve rahattı. Ekrem'in ağaca tırmanma kabiliyetinin zayıf oluşunu defalarca görüp onunla alay etmişti... Arada bir mızıkasını o sevimsiz sesiyle öttürüp, sonra alayını sürdürdü:

—Yoruldun mu?

Ekrem daha iki metre bile tırmanmadan duraklayıp nefesini genişletti.

Kızgın kızgın gözlerini ağacın tepesine dikip, yorgun bir sesle bağırdı:

—İn diyorum sana, gelirsem fena yaparım...

—Gelemezsin ki.

Ekrem'in sırtındaki çamaşır sıkılacak gibi terdi... Yüzünde deriler kızardıkça buhar buhar nemler çoğaldı.

Takati kesilen bacaklarına, hatta kollarına bile aldırış etmeden tırmanma hareketini sürdürdü... İçinden diri bir his, gergin bir gurur gayret diyordu.

İyice yorulmuştu... önce ağacın tepesine sonra aşağılara baktı... Başı döndü, gözleri karardı. Nedense "pes" demek bir türlü içinden gelmiyordu...

Kerem'in yanına kadar tırmanmayı izzeti nefis meselesi yapmıştı... İç güdüsünün emrine uyup inatlaştı..

Yeniden gayretlenip tırmandı.. Ne var ki bacakları ve kolları artık ona müsaade etmiyordu...

Halsizliği arttı, mecali kesildi. Yeniden aşağıya baktı... Başı değirmen taşları gibi dönüp gözleri duman duman görmeye başlamıştı. İçi bulandı, sinirlendi boşalıp vücudu titredi. Artık kendisini tesadüflerin kollarına bırakmıştı.

Önce acı bir çığlık duyuldu, sonra Kerem kavağın dibinde yatan ağabeyisine hayretler içinde baktı...

Göklere merdiven kuran bir ses, kavağın doruk noktasından dünyaya dağıldı...

—Babaaa...

Çığlık içler ürpertircesine köşk evinin içini doldurmuştu...

Ana irkildi, hayretle pencereden dışarı baktı. Şaşırmış korkmuştu.

Bozca yel gibi kapıdan süzülüp merdivenlerden kavakların dibine doğru seyirtti....

Can havli ile eğilip kavağın dibinde sessiz sedasız yatan oğluna sarıldı...

—Ekrem Ekrem...

Toprağın üzerinde cansız yatan oğlunu kavrayıp, bileğindeki damarına parmağını çöktü. Yüzünde ümit dolu bir tebessüm belirmişti...

Erdem elindeki, oyunca tabanca Meryem babasının kasabadan yeni getirdiği kırmızı bir taçla koşmuşlardı. Ana nefes nefese gelip, yerlere eğildi...

—Ekrem!

Kerem sebebiyet verdiği hadeseden üzgün kavağın başında, titreye titreye bekliyordu.. Elinde mızıka gözleri ıslak ıslaktı. Büzüşen dudakları, korkusundan çığlıklarını içine göme göme ağladı...

Bozca:

—Yaşıyor, dedi.

Ana titrek ellerini Ekrem'in soğuk ter döken yüzlerinde gezdirirken çocuk sönük bakışlarını koyu bir ıstırapla dünyaya açtı.

Dudaklarından güç çıkan bir inilti, ölüyorum diye mırıldandı...

Bozca anaya:

—Araba dedi. Arabanın kapısını aç.

Ekrem'i kollarının arasına incitmeden alıp ayağa doğruldu...

Gözleri yıllar önce kendisi için diktiği kavağın duvaklanmış ucunda kaldı.

Kerem iğreti biçimde kavağa tutunmuş bir elinde mızıka, sessiz sessiz ağlıyordu...

Babasının nefret dolu bakışları Kerem'i lanetlercesine tehdit ettikten sonra yere indi... Kulaklarını Ekrem'in iniltisine kabartmıştı...

Çarçabuk arabanın arka kanapesine Ekrem'i yatırıp yanına oturdu... Çiftikte herkes başlarına üşüşmüştü.. Bozca'nın gözleri çiftliğin şoförüne ilişip:

—Hasan, diye bağırdı.. Direksiyona geç.

—Geçmiş olsun ağa.

—Bırak sormayı da atla.

Ana:

—Ben de dedi ben de gelmeliyim.

—Olmaz sen çocuklarla beraber kal.

—Bekleyemem burada gelmeliyim.

—Çocuklar dedim sana.

Ana dişlerini sıka sıka inleyen Ekrem'e bakıp, için için ağladı.

Çocuklar şaşırmış, dişleri dişlerine kenetlenmiş gibi suskunlardı. Kararsız bir süratle yollarda homurdanan, az sonra kanatlı kuşlar gibi uçup gözlerden kaybolan pikabın arkasından hepsi de hasret dolu gözlerle baktılar...

Ana, pikap gözlerinden silinince kafasını yukarı kaldırıp, suçluluktan ölürcesine sararmış Kerem'e baktı...

—Gel buraya diye muhatab oldu...

Kerem omuz kaldırıp itiraz etti...

Ana kararsız bir ıstırabın hırçınlığı ile bağırdı:

—Gel diyorum sana...

Mızıkayı titreyen eli ile güçlükle cebine sokup iki eli ile kavağa sarılıp kaldı. Endişeli ana kararsız oldum olası inmeye çalışan oğlunu güç bir durumda olmasına rağmen talimat yetiştirdi.

—Yavaş yavaş, dikkatli ol, iyi sarıl...

Kerem ağaçtan inmeyi başardı. Ne var ki çehresini yukarı doğrultup başı ucunda bekleyen yüzlere bir mümkün bakamıyordu...

Ana elini küskün, suçlu suçlu dikilen oğlunun omuzuna koyup, teselli etti.. Hassas bir sesle, Kerem'in saçlarını okşarken mırıldandı:

—Bir daha böyle şeyler yapma olmaz mı, bak hepimiz üzgünüz.

HASTAHANE

Karanlık gökleri öterken, zaman yatsı vaktini bile gerilerde bırakmıştı..

Havva'nın gözleri pencereden dışarıya bakmaktan yoğrulmuştu.. Erdem, Meryem uyumuş, suçluluğun verdiği eziklik Kerem'i annesinin dizlerinin dibinden ayırmıyordu..

Az sonra çiftliğin giriş kapısında bir kıpırdanış oldu. Sonra iri bir vücudun hayal meyal içeriye süzüldüğünü heyecan dolu bakışlarla takip etti...

Eline feneri aldığı gibi sokak kapısından yana koştu...

Hasan efendi merdivenlerin dibine daha yeni gelmişti. Işığı, görünce durakladı...

Havva merdivenleri kararsız bir çırpınışla tüketip, iri kıyım adamın üzüntülü gözlerine baktı...

—Hasan Efendi anlatsana seninle beraber gidenler nerede?

—?...

—Neden yalnız geldin?

—Ağam Ekrem'i de alıp, şehre gitti. Kasabadan öyle söylediler...

—Nasıldı Ekrem?

—Kolu kanıyordu kan dursun diye çabudunan sıktılar. On dakikada çöz yeniden bağla dediler... Şeher hastahanesine yetiştirmeliymiş tabip öyle dedi...

—Ağladı mı?

—Çok...

—Ağam durumu bildiririm dedi...

—Eyih sağol..

Kerem koşarak dışarıya çıkıp, kafasını ananın eteğine yaslanmıştı. Rengi sarı benzi geçik neşesi sönüktü. Damla damla gözlerinden yaşlar hücum etti, sıcak tuzlu ve acı...

Havadis köyde dilden dile yayıldı, büyüdü.. Asiye kadının kulağına kadar ulaşmıştı...

—Ekrem mi? diye üzüldü...

Ben canına gelsin diye yalvardım Rabbime, canına o da dönüp Ekrem'e mi gelmiş...?

* * *

Günler su gibi akıp geçti. Şehirden sıhhat haberi bildirir bir tel bir mektup ve 12 gün sonra Bozca çiftlik kapısından klakson çala çala içeriye girdi...

Ev halkı pikabın korna sesini ezberlemiş gibidir. Herkes bir nefeste dışarıya döküldü...

Ananın hatta çocukların ilk işleri arabanın içine bakmaktı... Ön kanepede Ekrem'i sapasağlam görünce herkes sevinçten uçarcasına coştu kaynaştı...

Yarışı ana kazanmıştı. Nefes nefese arabanın önünde durup, sevinerek kapıyı açtı. Kollarını kanatlaştırıp Ekrem'in boynuna doladı.

Ana heyecanlanmıştı:

—Ekrem.

Ana oğluna sarıldı, sarıldı, sarıldı. Hasretini acısını giderinceye kadar sarıldı.

Ekrem oturduğu kapeneden aşağıya sarkıp yere indi.. Ana daha yeni yeni birşeyler seziyordu.

Gözleri az sonra irkildi, bakışları matlaştı, rengi uçtu... Aniden bir hoş olmuştu. Çömeldiği yerde o çıldıracakmış gibi şekil değiştiren gözlerini Ekrem'in sol kolunun üzerinde perçinleştirip, ısrarlı ısrarlı baktı...

Titreyen elini Ekrem'in sol ceket kolu üzerinde kuşkuyu ürperten duygularla dolaştırdı...

Ölü bir ses ter döken çehre baygınlaşan gözler, hepsi de perişandı.

—Ekrem diye sızlandı senin kolunun birisi nerede?

Ana, coştu, taştı. Hıçkıra hıçkıra bir taşıştı bu:

—Söylesene oğul, nerede senin kolun?

Ekrem acı acı irkilip göğüs geçirdi:

—Kestiler, artık yok ki...

Bozca öfkeli bakışlarla anayı, sonra arkasında ıstırap komasında mumya bebekler gibi bekleyen Kerem'i dağlarcasına baktı.

Erdem, Meryem müteessir bir çehre ile Ekrem'e sokulup ezik duygular içinde seslendiler... Önce Erdem:

—Geçmiş olsun diye inledi...

Hemen arkasından, Meryem sızılı bir sesle, aynı sözü tekrarladı:

—Geçmiş olsun.

Ekrem üzgün, kendisini kollarının arasına alıp, saran ananın bağrına kafasını yaslamış; gözleri düştüğü, kavağın gövdesinde gezip durdu...

Bozca ilk defa konuşuyordu...

—Artık ağaca tırmanmak yok. Ekrem belki de kimseyi duymadan seyrini sürdürdü.

Bozca evden yana yürüdü. Ana oğlunun sağlam kolundan tutup güçlükle ayağa doğruldu.

—Gidelim, evimize gidelim yavrum. Elinden sıkı sıkı tuttu... Yönlerini köşkten yana çevirince, Kerem daha ilk defa Ekrem'le göz göze gelmişlerdi. Suçluluktan hiç konuşamamıştı. Suskun, durgun bir hali vardı. Kuruyan göz pınarlarının bendi, sessiz sedasız açıldı. Yaralı kuşlar gibi ağabeyisinin koluna baktı, gözleri ıslak, gönlü yaralıydı. Titrek elini cebine indirip boğucu hıçkırıklarına yol vermeden, cebinden mızıkayı çıkartıp, Ekrem'in önüne uzattı... Ana oğlu durmuşlardı...

Ekrem kardeşine hassas pırıltılarla baktı, baktı... Olumsuz ağlamaklı huzursuz bir çehre ile kafasını iki yana oynattı... Konuşamadı. Gözleri ıslak ıslaktı.

Kerem'in eli havada kalınca, hıçkırıkları yükseldi, mızıkasını cebine indirip şimşek gibi yollarda aktı...

Doğru odasına koşup kapıyı arkasından kapamıştı...

MIZIKA

Aradan 20 gün daha rüzgar gibi akıp geçti. Ekrem yeni dünyasına alışmak zorunda kalmıştı. Ne var ki bazen arkadaşları bazen düşünceleri, içindeki duygularını kararsız bir şekilde kamçıladı.

Baba, Ekrem'e biraz daha yakınlık gösterirken, her halükârda Kerem'e düşmanca davrandı.. Konuşmadı, irdeledi. Hatta zaman zaman sebepsiz yere tokatladı...

Ana hadisler arasında eridi, çöktü...

Çiftlikteki çocuklar kavakların dibinde toplanmış, yine Ekrem'i kızdırıyorlardı..

—Adam şu kavağa çıkamaz mı heç?

—Bi nefeslik yer la...

Bir çocuk alaylı ve oldukça meraklı bir tavırla Ekrem'e bakıp aptal aptal sordu:

—Sahiden de çıkamadın mı?

Ben tek kolumu cebime sokar da tepesine çıkarım.

Ana habersizce başlarında dikilip, çocukların konuşmalarını dinledi...

Daha fazla dayanamıyordu. Ekrem'in boğulur gibi oluşunu görüp, imdadına yetişti. Elinden tutup, gidelim dedi...

Çocuklara öfkeyle dönüp:

—Siz de işinize bakın, kavağa çıkmak marifet değil, gördünüz işte olanları...

Ekrem'in kafasında binbir sorunun uyanışı vardı... Dalgın içine dönük hislerle perişan bir şekilde adımlarını sürükledi...

Çocukların konuşmaları kulaklarında derinlik kazana kazana yürüdü.

—Tek elimi cebime koyar gene de çıkarım. Hem de ta tepesine çıkarım... Çıkarım, çıkarım, çıkarım.

* * *

Hadiseden bugüne, aradan kırk gün geçti.. Ekrem o günden bugüne Kerem'le küskündü. Ne yapsa onunla konuşmadı, oynamadı. Belki de bu küskünlükte Kerem'in tırmandığı yerlere tırmanamayışının büyük payı vardı..

Gün doğmak üzereydi. Hava ılık gökyüzü açıktı.. Yeni yatağından heyecanlı bir rüya ile sıçrayıp uyandı. Buram buram terlemişti. Usulca yatağından sıyrılıp pencereden dışarıyı seyretti. Gürültü çıkarmamak için dikkat ederek pantolonunu gömleğini giyindi. Kolunun yarası iyileşmiş vücudunda zindelik hissetmeye başlamıştı...

Bülbüller dallarında tünemiş bahçedeki güllerin açışını seyrettiği vakitti. Onların tatlı namelerle şakıyışı, uyanan tabiat yeni doğan gün ve içinden kendisini teşvik eden duygular, irade dışı bir his Ekrem'i bahçeye çağırıyorlardı.. Yorgun kafasının dimağında garip bir faaliyet uyanmıştı.

Kapıyı yavaşça açıp, sokak kapısının anahtarını ustaca çevirdi. Maharetli bir soğukkanlılıkla kapıyı açtı...

Bahçeyi gezdi, derin derin nefes alıp verdi. Gülleri karanfilleri koklayıp okşadı.

Kavak ağacının tepesinde şakıyan bülbülleri hassas bir gönülle dinledi...

Gözleri hep bülbüllerin tünediği noktayı inceliyordu... İrade dışı bir arzu, onu aynı ağacın dibine kadar çekip getirmişti.

Ağacın dibinde hissi bir tavırla durdu, dibinden en yüksek tepelerine bakıyordu.

Sağlam kolunu dala pençeleyip ayakkabılarını çıkardı... Ağacın gövdesini bacaklarının arasına alıp tırmandı...

Daha bir iki metrelik yeri tırmanıncaya kadar kan ter içinde kalmıştı.. Hırslıydı.. Zor durumda kaldığını bildiği halde tırmandı.. Anlaşılan tek gayesi vardı. Ağacın doruk noktasına çıkıp, dibini gözetlemek.. Belki o zaman kan ağlayan gönlünde bir rahatlık olacaktı... Dünyada bundan başka herşeyin artık Ekrem'e göre manâsı kalmamış gibiydi.

Büyük bir gayret harcayıp eski çıktığı yer kadar gelebildi...

Güneş tepelere billur ışıklarını yansıtırken, sabahın sessizliği acı çığlıklarla bozuluyordu...

Bozca, hemen arkasından ana yataktan sıçrayıp uyanmışlardı.

Ana "çocuklar" dedi.

Üzerinde uzun geceliği yelpazelene yelpazelene bitişik odaya koştu...

Kapıyı açınca hayretler içinde kalmıştı.. Ekrem yatağında yoktu. Aklı kavakların dibinde kalmıştı. Koştu, koştu...

Göğsünü çatlatan bir nefesle kavakların altına doğru yıldırımlar gibi koştu.. Hemen arkasından Bozca, gürültüye uyanan çocuklar hepsi boğucu bir panik hareketi ile bahçede buluşacaklardı...

Ana etrafı can alıcı bakışlarla seyretti, şaşırmıştı en son aklına kavak geldi. Ve şimdi hayretler içinde oraya bakıyordu.

Ağacın dibinde oğlunu uzanmış yatıyor görünce eli ayağına dolaştı, koştu, çırpındı ve kavağın dibinde taze mezar gibi yatan oğlunu, eğilip canına sokacakmış gibi sarıldı.

Yaralı kolu kanamış gözlerindeki ışıklar sönmüştü. Damarına baktı, yüzlerini okşadı. Bozca, çocuklar hepsi yatak kıyafetleriyle Ekrem'in üzerine üşüşmüşlerdi. Ana yerleri yırtarcasına çığlık attı.

—Ekreeem!

Bozca can acısı ile yere eğilip kollarının arasına aldı.

—Çıkamamış, diye doluktu, hep bu kavağın tepesinde beklerdi gözleri. Şimdi uyumuş...

Ağlıyordu hayatında belki de ilk defa...

O ölümün ne demek olduğunu bilmeyen çocuklar bila avaz avaz ağlıyorlardı.

Çiftlikteki bütün sakinler garip bir sabahla uykularını açmıştı.

Akın akın herkes köşke doğru koştu...

Harekete geçmeyen tek can kalmamıştı. Ne var ki Kerem kardeşine yaklaşamadı. Kanadı yaralı kuşlar gibi tünediği köşeden garip duygularla olup bitenleri seyretti. Istırap bir noktaya gelince insanın gözlerindeki yaşlar bile kururdu... İşte Kerem de öyle oldu...

Ağlasa belki açılırdı. Gözyaşları içinde kuruduğu için başaramadı. Gidenlerle gidememek kardeşini yakından olsun görememek onu kahretmişti. Belki gidecekti ama babanın korkusu onu durdurdu. Nefesini bile alamadan kucakta giden taze ölüyü seyrederken, boğulur gibi olduğunu hissedip yutkundu. Nefes almaya çalıştı...

Çok geçmeden köylü her şeyi duymuştu.. Herkes akın akın çiftliğe yürüdü...

Bozca Ekrem'i evlerinde yere serilen döşeğe yatırıp, üzerini, örttü. Kalabalığa dönüp:

—Kapının önünde ateş yakılsın su kaynasın dedi.

Her bir hazırlık yapılsın, oğlum toprağın koynuna verilecek.

Dişlerini sıka sıka odadan çıktı.. Aşağıdan balta, kürek ve kazma alıp kavakların dibine doğru yürüdü. Hareketleri şaşırtıcıydı.. Ekrem için diktiği kavağın dibine yaklaşıp balta hariç elindekileri bıraktı... Çiftliği dolduran kalabalık kendisine yaklaşırken, kavağın gövdesine baltayı vurdu...

Köyden daha yeni gelen, Sarıların Hasan, Koca Mustafa etrafını sardı... Koca Mustafa hayretle sordu:

—Ne yapıyorsun ağa?

Ters ters baktı.. Ağaca asılı künyenin zincirine asılıp kopardı... Islak gözler onu okumaya çalışırken görmeye değerdi. O katı adam ağlıyordu.. Künyeyi cebine koyup baltayı yeniden kavağa hırsla vurdu.

Herkes şaşırdı. Ancak şimdi ses çıkartan olmuyordu...

Kavak az sonra acı bir gürültüyle devrilirken yabanın gözleri acı manzaraya dayamadan kafasını avuçlarının içine gömüp pencerenin önünden geri çekildi...

* * *

Mezar, kesilen kavağın dibine kazılmıştı. Bozca bu işi kendisi yaptı.

Adem hoca bahçede yudu yıkadı ve altı kavağın arasında, körpe bir servi ve 4 kardeşten birisi mezarlaştı... Üzerine taze taze topraklar atıldı. Başucuna bir tahta dikildi. Bozca cebindeki künyeyi çıkartıp tahtanın başına astı.

Herkes koyu bir üzüntü içinde eve çekilmişti...

Tâ uzaklardan kardeşinin son yatağına konuşunu seyreden Kerem, herkes çekilince tünediği duvarın dibinden dökük bir hissiyatla ayrıldı. Kırık duygulu ve yara almış gönülle taze mezarın başına geldi.

Başucunda diz çöktü. Masum bakışlar gören her gözü yaralayacak kadar hazindi.

Gözlerinden inci inci yaşlar yanaklarına doğru dizilirken cebinden mızıkayı çıkartıp, titrek elleri ile mezarın kabarık toprağını tırnaklarıyla açtı. Sonra mızıkayı açtığı toprağın içine koyup üzerini kapadı.

Ebedi istirahatgâhına çekilen küskün kardeşine rızayı gönülle aldığı mızıkayı geri veriyordu...

—Al dedi al ve...

Kendisini tutamayıp hıçkırıklarını koyulaştırdı...

Kafasını toprağın üzerine koyup, boşanırcasına ağladı...

* * *

Ana kederinin arasında oğlunun yokluğunu hissetmişti. Kendisini sürükleyerek kalkıp kavakların dibine yaklaştı. Yorgun kolunu uzatıp elini usul bir hareketle Kerem'in üzerine bıraktı...

Keder dolu bakışlar bir başka türlü karşılaşmıştı...

Ana oğula, oğul anaya öyle hazin pırıltılar gönderdi ki, belki de lügattaki kelimeler bir araya gelseler, bu hali tasvirde acizlik çekerlerdi...

* * *

Bozca, ana, çocuklar artık üzgündü. Günler var ki kırık bir tebessüm bile ev halkına haram oldu.

Ne yapsalar Ekrem'in yokluğuna alışamıyorlardı...

Ya, bir hatırası dile geliyor ya da bir köşeden karşılarına ona ait eşya çıkıyordu.

Hiçbir şey olmasa gözleri kavakların dibinde kalıyordu.

Bozca bir yanlış iştir tuttuğunu daha yeni yeni anlamıştı...

Kerem her gün suçluluğun verdiği ezikliği sinesinde biraz daha büyüttü artırdı...

Kardeşinin acı sonu ve kendisinin sebep olduğunu düşündükçe içi hep kan ağlıyordu.

Ana elinde geldiğince yaklaştı, teselli etti. Bozca, ananın tam aksine Kerem'i gözüm görmesin etti..

Küstü konuşmadı. Hareketlerinden tavırlarından mana çıkardı, bahaneler bulup üzdü.

Ana herşeyi görüp hissetti. Bir gün Bozca'yı köşeye çekip içini döktü...

—Bir daha irdeleme onu. Suçluluğu ona yetti.

—...

—Kerem böyle olsun ister miydi?

Alah aşkına Bozca beni kahretmek istemiyorsan böyle yapma bir daha...

Bozca, Havva'nın boşalışını hep dinledi. Sadece bu kadar...

Ailede herkes huzursuzdu. Havva çare bulduğunu zannedip Bozca'ya açıldı:

—Bir seyahate çıksak diyorum, sahilde bir yere. Az da olsa açılır hadiselerin tesirinden kısmen bile olsa kurtulurduk.

Havva'nın fikri aile meclisinde kabul olundu.

Bozca sadece sordu:

—Ne tarafa?

Ana:

—Alanya'ya dedi. Babam bizi hep oralara götürürdü.

ARKADAŞ

Villa tipi evin alçak balkonunda Bozca çayını yudumluyor, Erdem ve Meryem denizin mavi sularını avuçlarına doldurup birbirlerine serpiyorlardı. Kerem kumların üzerine oturmuş kardeşlerini ve denizin sihirli sularını seyrediyordu...

Günler 1, 2, 3, derken, sahile geleli bugün tam dokuzuncu gün olmuştu.

Kerem, sıkıldı. Kardeşleri Meryem ve Erdem artık kendisi ile oynamıyorlardı. Oturdukları eve birkaç metre uzaklıktaki villada mukim bir Hristiyan çocukla arkadaşlık kurmuştu.

Samimiyetleri oldukça da ilerlemişti. Günlerden pazardı.

Sabahın ilerlemiş saatlerinde dışarıya çıkıp sokaklarda onu aradı...

Aradı, dolaştı.. Ne evde ne sokakta kimseler yoktu. Üzüldü.

O gün bir türlü akşam olmak bilmemişti. Yalnızlık zordu.

Eve üzgün bir çehre ile girip daha kahvaltısını bile yapmadan odasına çekildi.

Ananın ısrarına rağmen, yalnız kalmayı istemişti...

* * *

Bitmeyeceğini sandığı uzun gece tükenmişti...

Giyindi, küskün çehrelere bakmadan sadece bir bardak süt içip dışarıya çıktı..

Arkadaşını sokakta görünce az da olsa rahatladı...

—Toni diye seslendi.. Nerelerdeydin?

Toni hıristiyan aileye mensup bir çocuktu.

Sarı saçları gözlerinin önüne kadar dökülmüş güneş ve deniz yanaklarına ahenkli biçimde çilli nakışlar dökmüştü.. Her yıl İstanbul'dan kalkıp buralara gelir, Türkçeyi konuşacak kadar olsun, bilirdi. Sesini alınca bakıp:

—Kerem diye koştu.

—Sahile gidelim mi?

—Gidelim.

—Dün nerelerdeydin, o kadar aradım ki seni...

—Babam, annem, kardeşlerimle birlikte kiliseye gittik.

Kerem şaşkın bir çehre ile durup arkadaşına sordu:

—Kilise ne demek?

—Sen bilmiyor muydun? İbadet yeri..

—İbadet de ne demek?

—Sen de hiçbir şey bilmiyorsun ki. Nasıl söyleyeyim, bilmem ki. Allah'ı anış, yalvarış yeri...

—Allah kilisede mi?

Toni Kerem'in haline katıla katıla güldü.

Toni'nin davranışı Kerem'in gururunu zedelemişti. Hissiyatı acılı acılı burkulurken Toni'yi dinledi:

—Hıristiyanlar toplu olarak seyahata gelip kaldıkları yerlerde bile geçici ibadet evleri açarlar.

Tabi bunlar o büyük güzelim kiliselere benzemese, bile ibadet etmemiz için yeteri olur.

Bu yılda ibadet için ayrı bir ev kiralamışızdır...

—Bir dahaki gidişimizde beni de kilisenize götürmek ister miydiniz?

—Bilmem babama sormalıyım, müsaade ederse gelirsin.

—Ama mutlaka sor olmaz mı? Ben de annemden müsaade alırım.

—Olur, sorarım.

Oyunları bitince koşa koşa evlerine döndü...

Oturdukları evin önüne gelince durakladı. Evin balkonuna bakıyordu. Aile öğle yemeği için sofranın başında toplanmıştı...

Çekingen bir eda ile içeri girip balkona geçti...

Masada boş duran sandalyeyi çekip oturdu...

Baba tam karşısına düşmüştü. Keskin gözler ister istemez birbirine rastladı. Asık çehreli baba, yanlış bir iş tutmuş gibi istikamet değiştirip çorbasını kaşıkladı.

Kerem babasının bu davranışından incinmişti... Duygulu gözlerle bakıp, kimbilir, belki de aralarındaki buzların erimesini arzulamışcasına meraklı bir sesle hitap etti:

—Baba...

Baba kafasını Kerem'den yana çevirip soğuk bir çehre ile baktı...

Kerem ufkuna çevrilen alevli gözlerin cehenneminde erircesine kavruldu. Ancak sorusunun sonunu getirmeye kararlı görünüyordu...

—Baba!

O sert çehre lanetlercesin oğluna bakıp, öfkelendi:

—Ne var! Adımı mı ezberliyorsun?

Suçlu suçlu alevli gözlerine bakıp direndi:

—Bir şey sormak istiyorum...

—Neymiş o?

—Beni kiliseye götürür müsün?

Yüzündeki deriler kırıştı, öfkesi bir başka türlü kabarmış, katmerlenmişti:

—Neee! diye hayret etti.

—Beni kiliseye götürsene dedim.

—Ne yapacaksın kilisede, günah mı çıkartacaksın?

Çocuklar, ana, hepsi de dikkat kesilmişlerdi.

—Hayır insan Allah'a daha çok yaklaşırmış orda. İbadet edilirmiş...

Öfke dolu bir hareketle bedeninin içinde çakalandı. Sıkıntıdan ayağa fırlayıp kalktı:

—Müslümanlar kiliseye değil, camiye giderler.

Kerem şaşırmıştı.

—Yani biz müslüman mıyız?

Dişlerini sıka sıka bağırdı...

—Eveeet.

—Toni, hıristiyanlık iyi dedi?

—Herkes kendi inancını daha üstün bulur.

—Demek biz müslümanız? Öyle de neden camiye gitmiyoruz? Toni'nin babası çocuklarını toplayıp her pazar kiliseye götürürmüş. Sen de bizi götürsene!..

—Camilerin yolu açık, dileyen gider...

—Baba...?

Bozca sigarasını ateşlerken, delirecek gibiydi...

—Ne var gene?

—Baba, bana dinimizi öğretsene? Din nasıl bir şey?

—Yeter! Senin arzuların bile öteki çocuklardan değişik...

Ana perişan bir gönül, soluk bir çehre ile erkeğine müdahale etti:

—Mehmed çocukların sorularını en doğru şekilde cevaplamak, onları geleceğe hazırlamak vazifemiz. Bunun aksi bizlere vebal olur.

Kerem, annesini yatıştırmak için bir söz söylerken, babasını küplere bindirecek bir laf etti.

Sakin mülayim bir çehrenin harcadığı sözler oldukça manidardı:

—Üzülme anne, babam sorumun cevabını bilmediği için kızdı...

Ana belki de günlerdir ilk defa tebessüm etti.

Bozca, asık bir çehre ile yerinden hışımla doğrulup içeriye süzüldü.

Kerem'in sorusu Erdem'in ve Meryem'in içinde merak uyandırmıştı.. Ancak fazla şey bilemedikleri için hevesleri çabucak sönüp gitti.

Anlayamadılar, çünkü din duyuş meselesidir. Merak araştırma ve sonra kavuşulan büyük kıymet. Bilemediler...

Kerem anasına dönüp hassas bir sesle mırıldandı:

—Ana!..

—Efendim.

—Sen öğretebilir misin?

—Neyi?

—Mensup olduğumuz dini... Allah'a ibadeti... Yalvarışı...

Ana belki de hayatında böylesine eziklik hissetmemişti... Buna rağmen doğruyu söyledi:

—Din hakkında fazla bir şey biliyorum sayılmaz. İnanıyorum ki, mutlaka iyi bir şeydir. Sen o merakını en iyisi dönüşe sakla...

Adem hoca sana istediğin gibi yardımcı olacaktır.

Kerem hüsran dolu bir kıpırdanışla toparlanıp, dudak büktü.

Meğer Toni'lerin bu kadar önem verdikleri dinden bizim evde kimsenin haberi yokmuş...

HASRET

Alanya'da bugün yirminci günleriydi...

Çocukların sevip kaynaştığı bu yerde, Bozca daha fazla duramadan, pikabı hazırladı.

—Toplanın dedi artık gidiyoruz.

Çifteturna köyünde ekinler biçilmeye başlanalı hayli zaman olmuştu...

Köylü tarlada çayırda yoğun bir çalışmaya başlamıştı...

Bozca, sıcağın etkisi ile terli ve yorgundu...

Pikap çiftlikten içeriye girer girmez bütün çiftlik sakinleri tarafından merasimle karşılandı.. Çocuklar daha içeriye yeni yeni taşınırken, Ana'nın ve Kerem'in gözleri kavakların altında perçinlenmiş gibi bekledi.

Yunus'un yerine işe alınan Cello kaşla göz arasında yanlarında peydah olup Bozca'nın kulağına birşeyler fısıldadı.

Bozca'nın gözleri faltaşı gibi açılmış irilmişti:

—Ne zaman diye kızdı!

Cello:

—Sizin gittiğinizin hemen ertesi sabahı diye mırıldandı.

—Taşındı mı?

—Yooo emme taşınacak dediler akşama sabaha.

Yolun verdiği yorgunluğa bile aldırış etmemişti...

Cello'ya yanıbaşında duran İsa'ya çıtak Ali'ye karanlık bir çehre ile bakıp emir verdi:

—Arabaya atlayın...

Daha yol yorgunluğunu çıkarmadan kendisi de arabaya bindi...

Yolları tozda dumanda koaya koya gitmişti.

Yeni evinin kapısında durup öfkesinden patlayacak gibi etrafı seyretti...

Taze saraylar kadar göz alıcı evinin tam böğrüne çileden çıkmış gibi bakıp gözlerini aynı noktada bekletti.. Kızgın beyin ani bir karar vermişti...

—Cello, Ali, İsmail diye isim saydı.

Üçü birden etrafında toplanıp ses verdiler.

—Buyur ağa.

—Yeni evin kapısını açın.

—Kazma kürek ne bulursanız dışarıya çıkartın.

Cello merakla sordu:

—Ya sonra ağam, ya sonra?

Bozca delice bir öfkenin yüksek tansiyonu ile bağırdı:

—Sonrası var mı be? Yıkın bu harebe kılıklı evi. Sarayın gölgesinde kümes istemem.

Üçü de şaşırmıştı.. Cello, pişman bir tavırla Bozca'nın yüzüne bakıp titrek bir sesle mırıldandı:

—Olur mu dersin ağam.

Öfkesi tazeliğini korudu.

—Yıkın dedim size...

Çekingen uşaklarına bakıp kükredi:

—Parası ile değil mi be? Şikayet ederlerse parasını alıp çıkarlar. Bütün suç benim, davranın siz.

Bozca'nın kümes dediği Yunus'un eviydi... Asiye erkeğinin yılların emeği olarak biriktirip ev yap diye bıraktığı parayla başlarını içeriye sokacak kadar üstü sergenli alçak, iki odalı kerpiçten, bir ev yapmıştı...

Bugün ekin biçmeye ırgat olarak gittiği tarladan döner dönmez taşınacaktı...

Daha adresini bile bilmediği, günlerdir kuru mektubuna bile hasret kaldığı Yunus'un sözünü tutup ev yapmıştı...

Hem de Bozca'nın saray dediği evin böğrüne.

Kazmalar, o insanın yüzüne garip garip gülen yapıya hayin, ve acımasız biçimde indi indi... Çok geçmeden, dibinde bir yığın, harabe kalmıştı.. Yuvayı yıkanlar geldikleri gibi geriye dönüp gitmişlerdi...

Asiye kadınların son günlerde terketmek için hazırlandığı, o yıkık görünümlü evine bekçi diye bıraktığı Çiğdem, kapılarının önünde aç sefil oynarken, mahalleli çocuklardan içini sızlatan bir haber aldı.

—Evinizi yıktılar..

—Yeni yapılan evinimiz...

Çıplak ayakları kuru toprağa ine kalka koştu.

O günlerdir taşınmak özlemini çektikleri evlerine yaklaşınca durdu.. Göğsü çubuklanmış gözleri dolu dolu olmuştu.. Dizleri artık kendisini çekemeyince yıkık harabenin beş - on metre uzağında çömelerek oturur, duygulu gözlerle yıkıntılara bakarken avaz avaz yükselen hıçkırıklar gönülleri deldi.

Köyde herkes duydu ve bildi... Hadise yine bir sürü seyirci toplamıştı başına....

Kızgın kızgın laflar edildi.. Kınandı. Çiğdem çömelip kaldığı yerden kımıldamadı.. İçinden geldiği biçimde diller döküşü, yürekler sızlattı, incitti. Gök gürledi, şimşekler çaktı. Hava koyu bulutlarla kaplanmıştı. Aniden boşalan yağmur herkesi evine kaçırmıştı. Harabenin tek seyircisi vardı şimdi Çiğdem...

O da beş altı yaşlarındaki yavru...

Sırılsıklam olmasına rağmen, yerinden oynamadı.. Saçlarından gövdesine sular aktı aktı..

* * *

Yağmur alev alev kızaran buğday başaklarının üzerine düşmeye başlayınca, Asiye orağını koltuğuna aldığı gibi biçilen ekinleri bağlayan Ömer'in elinden tutup, köyden yana yönelip seğirtti

Birlikte ekin biçtikleri daha bir sürü kadına, kızana bakmadan Ömer'in elinden tutmuştu. Ana oğul, yağmurun çamurlaştırdığı yollarda yeller gibi esti...

Yağmur hortumdan boşanırcasına yağıyordu. Yağmurla birlikte azgın, ters bir yel esmeye başladı. Rüzgar yağmur sularını şamar şamar yüzlerine çarptıkça Ömer yorgun düştü...

Ana oğlunun kesildiğini ağırlayan kolundan bitmişti... Dönüp hayrete baktı. Yalvarmaklı bir ses:

—Gayret dedi aha bir kırık yolumuz kaldı. Çiftlikteki gürbüz sıhhatli Ömer artık eskisi gibi değildi.. Zayıfladı, her geçen gün biraz daha yıpranmıştı..

Halsiz sefil bir tavırla kesik kesik nefes alırken mırıdandı:

—Yoruldum ana. Bacaklarım gitmem diyo gayri.

Daha onbir yaşına yeni basmıştı.. Ana, Ömer'in haline bakıp dayanamadı.. Yağmur amansız, oğlu yorgundu. Sırtını Ömer'e dönüp:

—Bin, dedi.

Ömer çilekeş anaya itiraz dolu gözlerle baktı:

—Olmaz ana, binmem.

Ananın acelesi vardı:

—Bin dedim oğul. Binmem olur mu heç yoruldun işte.

—Gören olur güler bize ana.

Asiye kadın oğlunun ısrarına karşı koydu. Bileğini kavradığı gibi sırtına çekti. Gayretlendi, canlandı... İri adımlara yorgunluğunu sezdirmeden köyün içine girdi. Ömer'den iniltili bir ses geliyordu:

—Ana bırak beni, arkadaşlarım görürlerse ayıplarlar.

—Hastasın oğul, rengin uçtu, gözlerin buhar buhar kaynak oldu. Elalem ayıplaması senin neyine lazım.

Ana soluk soluğa kalmıştı. Yolları yeni evlerinin yanından uğrak verdi.

Yağmur hızını kesti... Yaz yağmuru ne de olsa, umumiyetle hükmü kısa sürerdi.

Göklerden, ince ince uçuşup, nemler haline gelen yağmur dünyaya yansıyan güneş pırıltılarına adeta cila oluyordu..

Asiye kadın geçtiği yolun kenarında duraklayıp kafasını omzunun üzerine yıkıp ilerilere baktı...

Yorgunluğundan sırtına, bedenine yapışmış gibi duran Ömer'i çömelerek yere sağlattı...

Bu hareketleri yaparken, mahmurlaşan gözleri aynı noktada perçinleşmiş gibi bekledi.

Islanmışlığını, hatta yorgunluğunu bile bir çırpıda unutan kadın, ayakta aktarılır gibi oldu. Kederinden, acısından düşmemek için mukavemet gösterdi, direndi.

Acı acı kırışan yüzü dudaklarından çıkan sızılı sözlere tercüman oluyordu:

—Neler görüyorum ben, söylesene oğul, bu gördüklerim doğru mu? Evimiz yıkılmış mı Ömer'im? O taşın üzerinde oturan Çiğdem değil mi?

Ömer titreyen bacaklarının üzerinde güçlükle dururken:

—Evimiz yıkılmış ana, orada oturan da Çiğdem. Yanış görmedin sen.

Asiye neye benzemişti...

Titrek dudakları:

—Yaaaa diye hayret etti...

Gözleri kin doluydu.. Kararsız bir feryadla uzaklarda duran kızının ismini çığırdı...

—Çiğdeeemm!..

Gönlü gözü matemle dolup kalmıştı. Feryadı arşa çekilirken Çiğdem, o yağmurun ıslanmışlığına aldırmayan çocuk, oturduğu taşın üzerinden kalkıp anasına koştu.

Ana fersiz kollarını kanatlaştırıp kızına sarıldı.. Üşümüş, titriyordu.. Dizlerini toprağın ıslanmış, çamurlaşmış, zeminine koyup, Çiğdem'in gözlerine baka baka sordu:

—De bana Çiğdem! Ne ağlayıp durursun öyle. Şurada yıkılmış dağılmış yağmurun altında yuvanın başı beklenir mi heç?

Çiğdem yeniden hıçkırdı:

—Sen beni bekle diye kodun ana, bekleyemedim, işte...

Ömer sararmış, solmuş üşümüştü...

Ana Çiğdem'in kollarından sıkı sıkı tutup diz çöküp kaldığı çamurların üzerinden doğrulmadan ıslak gözlerle sordu:

—Kim yaptı bu işi bildin mi sen?

—Bildim.

—Kim o elleri yanlarına gelesi?

—Bozca!

Gözlerinden elmacık kemiklerinin üzerine sıcak damlalar dizilmişti..

Çömelip diz üstü durduğu yerde, kızının belinden boşalan ellerini Mevlasına açıp gökleri gözetledi...

—Allah'ım alemleri yaratan Rabbim yuvamızı yıkan zalimlerin kollarını kırmadın mı?.. Benim tek sığındığım sendin. Senden başka kimim vardı? Neden pis canlarını şuracıkta almazsın? Ben senin kulun değil miyim ha... Değil miyim?

Değil miyim...

Birkaç erkek yıkık evin harabesine bakarken vicdanları sızlamış dayanamamış olsalar ki, konuşuyorlardı...

—Ayıp etmiş Bozca...

—Bunu onun yanına komamalı.

Kör Sabri söz sahiplerine alevli pırıltılarla baktı:

—Yeter bunların yaptıkları o adamın evini başına yıkmalı, var mı benimle gelen?

Taştan ses çıktı da az önce konuşan söz sahiplerinden çıkmadı...

İhtiyar bir adam zor konuştu:

—Garip birisi suç işlese köyde üzerine yürümedik kimse kalmazdı...

—Gitseniz ya Bozca'ya...

İçlerinden birisi:

—Çiftlikte en az onbeş, yirmi adamı var, dedi. Bugün giden yarın pişman olur.

Kör Sabri Hüsmen'le Koca Mustafa'yı görüp, alevli gözlerle baktı:

—Muhtarsın, Allah senden de soracak, elbet. Adaletli davranıp Bozca'nın yakasından sarılsana?

—Senden bile güçlü değil mi? Bu işi yapan garip birisi olsa inletseydiniz. Seyirli olurdu.

Muhtar, Koca Mustafa yaman kızdı:

—Sus be kör herif, intikam almak için yanına adam mı ararsın?

—Benim bir gözüm kör, sizin iki gözünüz birden...

Kalabalığın arasında yalnız kalmıştı. Eli ile insanları gerilere itip, aralardan yol bulup sıyrıldı.

Asiye kimseye o mahşeri kalabalıktan kimseye iltifat bile etmeden çocuklarının elinden tutup yürüdü...

Mustafa önünde durup sordu:

—Ne yapmak niyetindesin?

Konuşmadı, ilerilere baka baka yürüdü...

Muhtar kızdı:

—Kadın sana dedim, ne yapmak niyetindesin?

—Dilerim yuvamı yıkanlar da yuva bulmasın.

Önüne gerildi:

—Soruma cevap versene sen?

—Sen muhtarsın Koca Mustafa, nasıl yapmalı dersin?

Muhtar Asiye kadının yüzüne kararsızlık içinde baktı:

—Şey bilmem. Bozca'yla bir konuşayım hele, neden yapmış bu işi. O zaman söylerim sana...

Asiye kadın muhtarın suratına nefret dolu pırıltılarla baktı:

—Zalime, neden zulüm işlersin diye sorulur mu heç... Sen nasıl adamsın muhtar.. Bir yuva yıkılmış, yanacak bir ocak söndürülmüş, sen hâlâ adamla eğlenir gibi konuşursun. Çekil git karşımdan. Gölge barim eyleme.

Muhtar kızdı.

O çaresizlik cehenneminin gönlünü daraltıp, buram buram terlettiği kadına bağırdı:

—Boyundan büyükçe laf edersin. Ben muhtarım, saygı ister sorduklarıma doğruca cevaplar isterim...

—Gönlün rahat olsun, öyleysem. Hükümete gideceğim... Hemi seni hemi de onu şikayet edeceğim.. Hemi seni hemi onu. Bu devlet hep güçlünün, söz sahabısının lafını dinlemez ya. Bakarsın bizim gibileri de dinleyen bulunur.

Muhtar alaylı alaylı konuştu:

—Sana uyup şahitlik eden çıkar mı dersin? Bir öfkeye uyup yıkmış işte, kanı kan ile yumazlar a.

Sinirlendi, titredi, gözleri dolu doluydu. Kaynadı, bunaldı, hıçkırmamak için dişlerini sıktı.. Ömer'in tuttuğu elini avucunun arasında pres gibi yapıştırdı. Ağlamaklı olmuştu. Buna rağmen diri bir ses kin dolu bir eda ile meydan buldu:

—Gidelim Ömer'im yürü... Elbet gün olur senin baban da döner... O zaman zalimler zulüm nasıl işlenirmiş görsünler..

Çocukların yuvasız kaldı Yunus'um diye doluktu.. Yürüdü, kulaklarında bir ağıtın yükselen sesini yaralı gönlünün başında duya duya yürüdü.

—"Tez gel ağam tez gel gel de geri git...

Gurbet icad eden görmesin Cennet..."

Yollarda seyirtir gibi yürüyordu. Acele acele ahşap evin kapısını açıp ocağa ateş yaktı...

Çocuklarının üzerine çıkartıp urbalarını giydirdi.. Ömer hastaydı...

Ana çorba pişirip ekmek getirdi. Ömer yemedi. O tombul tombul çocuk son günlerde erimiş gitmişti...

Ana belki de eskiden olduğu gibi çocuklarına bakamıyordu. Gıdasızlık yorgunluk, Ömer'i sarstı...

Ana hemen ocağın başına yatak serip Ömer'i yatırdı...

Sıcağı görünce yorgun vücut uyudu gitti.. Ana oğlunun baş ucunda hüzün dolu bir çehre ile seyrini sürdüre sürdüre oturdu. Efkar bütün dünyasını kara bulutlar gibi sarmıştı.

Dar, sıvaları dökük pencereden dışarıya bakıp, gördüğü manzaradan anladı ki gece koyu bir karanlıkla dünyayı sarmıştı. Çiğdem anasının dizine başını koydu.

Ocakta sönük ışıklarıyla can çekiştiren ateş artık ipil ipil ederek yanıyordu.. Aklına lamba geldi...

—Gaz yok, diye mırıdandı. Çıra da yok, mum, o da yok...

Efkar gittikçe kararan gönlünde büyürken, dizinde uyumaya çalışan Çiğdem'e ninni söyleyip gönlünde kararıp kalan duygularını diline verdi...

Yanık hüzün dolu bir ses, dar ahşap karanlık odanın sessizliğini hazin namelerle doldurdu...

—Uyu yavrum yine hava karardı.

Işığı yanmayan yine biz olduk.

Baban olsa gelir bizi arardı.

Hatırı sorulmayan yine biz olduk.

O ahşap evin kapısında eli fenerli yanında kız çocuğu ile bir kadın bekliyordu. Hemen yolun kenarında çiftliğin pikabı, durduğuna bakılırsa, ziyaretçi kadın, Havva yanındaki çocuk Meryem'den başkası olamazdı.

Bekledi kulaklarına boğuk boğuk gelen ağıtı dinledikten sonra kapıyı duyuracak biçimde dövdü...

Asiye Çiğdem'i Ömer'in yatağına sokup el feneri ile evin antresine çıktı.. Bekledi dinleştirdi ve dışarıya ses verdi:

—Kim o?

Bir kadın sesiydi gelen:

—Havva.

—Ne işin var burada?

—Aç hele. Biz eski dostuz. Dertleşelim biraz. Gönlüm pek hoş değil.

Tereddüt dolu kararsızlık dolu bir harekete kapıyı açtı...

—Gel.

Havva fenerini yakıp içeri girerken:

—Kapat dedi yalnızım. İkisi birden içeriye geçtiler. O sönmek üzere olan ocağın başına karşılıklı oturmuşlardı. Havva elindeki feneri yakıp odayı aydınlatırken, konuştu:

—Üzgünüm. Az önce Kerem'den duydum.. Kuşlar bile yuvasız olmazlar dedi.. Ağladı.. Duramayıp geldim...

Asiye senden bir ricam var. Sana bu evin yerine saray gibi bir ev yaptırsam, oraya ev kurmaktan vazgeçer misin?

Muzdarip çehrenin dudakları:

—Geçmem. Diye mırıldandı Ölsem bile geçmem.

—Arsan yine senin olsun, yanlış anlama. Paranı da ben vereceğim. Yine de toprağını kimselere verme sakın..

Düşündü. Çaresiz insanların yaptığı tek şey budur. Mücadeleden vazgeçmiş pehlivan gibi pes etti.

Kafasını duygulu bir hareketle önüne eğerken, cevap vermiş oluyordu.

Ciğerlerine çektiği nefeste en derin bir ahın sökülüşü vardı.

Havva.

—Kimse duymasın dedi. Bozca hiç. Anlaştık mı?

Garip bir eda ile kafasını hareket ettirdi.. (Olur) deyişiydi bu.

—Bizim Hasan'ın evi boş, konuştuk. Eşyanı oraya taşı dilersen hemen yıkalım burayı.

Koynundan bir demet para çıkartıp yatağın altına soktu:

—Dilediğin gibi harca, Yunus'um gönderdi dersin. Hem seni kızdıranlar da anlasın ki, Yunus'un vefasız değil. Unutma sıkıntıda olursan bana haber gönder...

* * *

Asiye ne zaman bir müşkülatla karşılaşsa, gücünün yetmediği durumlarda hep yaşlı gözlerle muhatabını tehdit ederdi:

—Gelecek elbet, evimin erkeği birgün gelecek. Hepiniz göreceksiniz, hepiniz.

Bozca ettiği yanına kalmışcasına böbürlendi. Asiye söz etmedi... Evini deli Hasan'ın evine taşıyıp ustaları çağırdı.. Sabri usta:

—Ele beşe, sana üçe dedi. Korkma sen, bir ev olsun ki, Bozca'nın evi gölgede kalsın...

* * *

Kerem, son günlerde Adem Hoca'nın yanından ayrılmadı... Sureleri namaz kılmayı büyük bir merak ve iştahla öğrendi. Hoşuna gidiyordu. Aklına gelen soruları sorup cevaplar aldı...

Din, onun yalnızlığını, içindeki sıkıntıyı tamamen almıştı..

Mektepler açıldı, okullar başladı. Kerem artık dersleri ile başbaşa kalmıştı.

* * *

Taşınmak zoruna gitmişti... Eşyaların ardından çocuklarının elinden tutup yine sicim sicim yağan yağmurun altından birlikte yürüyorlardı.. Yunus'unu hatırladı. Günlerdir ne mektup ne de havadis vardı. Kırık duyguları yaralı hissiyatı hep Yunus'la doluydu...

—Sen bu kadar vicdansız olamazsın Yunus... Gel de gör Asiye'n çocukların ne haldadır. Gel de gör...

Onu yolcu ettiği günü hatırladı...

Çamaşırlarını bohçalamış azık sarmıştı..

—Güle güle demişti erkeğine tembih etmişti.

—Er gel...

Cemal ve Yunus ellerinde bohçalarla geri geri adımlarla zorlanıp gurbet yollarını adımlamışlardı...

Gurbet kolay şey mi?

Yunus'un ayrılırken, gözleri ıslanmıştı.

Asiye kadın onun ağladığını ilk defa görüyordu.

—Acep şimdi ne hallardasın. Muhanet Yunus...

GURBET

Bilmem gurbetin kaçıncı günündelerdi...

Cemal'ın dediği gibi. Mahmud'un iki odalı Gülhane Parkı'nın Sultanahmet kesimine düşen bir sokakta ahşap evin boş odasına yerleşmişlerdi.

Hergün sabah erkenden kalkıp Sirkeci Eminönü civarında biriken işsiz yurtsuz insanların arasına karışmaya başlamışlardı. Bu gün de erkenden kalkıp aynı şeyi yaptılar.

—İşçi lazım mı? Ya da adam lazım mı? Burası sigara dumanlarının efkar efkar tütsüdüğü, gözleri işçi arayan insanlarda gönülleri sılada tüten yanık yüreklerin yığın yığın birikip, insan kümesi haline geldikleri yerdir.

Ne Marmara'nın mavi denizi ne vapurların can alıcı sinyal sesleri ne caddelerde koşuşan insan seli onları ilgilendirmez. Hep "sen" diyen sesi tanır onlar...

Cemal, Yunus, aylardır bu sokağı mekan tuttu. Kâh duvarcılık yaptı, kâh inşaat işçisi. İşçi tutanlar onları kamyonların arkasına yığın yığın doldurup taşıdı...

Yılmadan, yorulmadan ikisi de çalıştı, çalıştı...

Günler, hatta aylar birbiri ardından böylece akıp geçti...

Yunus köyüne mektup yazdı... Dişinden tırnağından artırıp, Çifteturna köyüne haber ve para uçurdu... Her satırında geleceğim diyordu...

Takım tezgah parasını kazanır kazanmaz oradayım...

Güz bitti, kış gitti, mevsim yeniden dolanıp devran yine bahara kavuştu...

Gurbette sıla hasreti çekeli tam koskoca bir yıl, oniki ay tükenmişti.

Artık Cemal ve Yunus, Eminönü kaldırımlarında insan pazarı adı verilen yeri yurt edinmişlerdi...

Gökyüzü pırıl pırıl, deniz sakindi. Martı kuşlarının sularda yıkanışı, Yunus balıklarının cilvesi vapurların iskeleye yaklaşışı hemen arkasından sokakları dolduran insan selini biraz daha artırışı, kulaklarının zarlarını zorlayan gürültüyle İstanbul yine bir alemdi...

Yunus etrafı baygın bakışlarla seyre koyulmuş sigarasının dumanı efkar efkar tütüyordu. Bugün kiralanmak için bekleyen insan yığınının kenarında durmuştu..

Bir iki metre ilerisinde bekleyen sarışın dolgun vücutlu daha otuzlarında zor gösteren bir hanım onu ısrarlı bakışları ile inceledi...

Kararını vermişti. Adımını tazeledi, yaklaştı...

Sağ bacağını çekerek yürüyüşünden topal olduğu kolayca anlaşılıyordu.

Çantasını sol koluna değiştirip Yunus'a seslendi:

—Bakar mısın...

Dalgın adam toparlanıp muhatabına baktı:

—Buyur abla...

—Bahçemde yapılacak işlerim var da...

—Olur abla gidelim.

—Gündelik olarak ne istersin?

—Ne münasipse, verirsiniz. İtiraz etmem.

—Pekala peşimden gel. Hemen ileride arabam var.

Yunus durakladı, gitmek için hazırlanan hanıma yumuşak bir lisanla seslendi:

—Abla!

Kadın kafasını hafif arkasına çevirip cevapladı:

—Efendim?

—İstersen bir de arkadaşım var.

—Yok istemez. Fazla işim de yok zaten.

—Olur.

Yürüdü. Cemal'e haber vermek için arandı. Bulamadı, sonra işi kaçırmamak için aksaya aksaya yürüyen hanımı takip etti...

Caddenin hemen sağında polisten müsaade alıp park ettiği arabasına bindi. Açık pencereden Yunus'a arka kanepeyi işaretleyip:

—Gel dedi.

Kapıyı utana sıkıla açıp bekledi.

Kadın hayretle baktı:

—Binsene.

Önce arabaya sonra kirli elbiselerine baktı. Sıkıldı ezildi...

—Şey diye zorsundu.. Bu üstünen bu arabayı..

Hanım ön koltukta oturan yaşlı annesine bakıp tebesüm gönderdi.

Sonra merhametli bir ses:

—Geç, geç diye ikilendi...

Yunus utana sıkıla arabanın arkasına oturup kapıyı çekti...

—Tamam abla.

Anasının konuşmasından anlaşıldığına göre hanımın ismi Zeynep'ti..

Az ilerideki kavşaktan arabasını yük vapuruna doğru sürdü... Vapurun kalkışını beklerken, arkasına çevrilip, sıkılan adamla konuştu:

—Evimiz Beykoz'da...

Yunus:

—Ben bilmem oraları, diye mırıldandı.

—Yeni mi çıktın gurbete?

—Bir yıl kadar oldu.

—Evli misin?

Yunus durakladı, sebebini bilmeden araştırmadan kısa bir cevap verdi:

—Bekâr...

Yalan söylediğini sezecekler gibi de ürperdi, utandı...

—Kimin kimsen yok mu?

—Hiç...

—Doğru dürüst bir iş bulamadın mı?

—Yok be abla bu yerlerde adamı olmayana ölse bile kimse dönüp bakmıyor.

—Nerede kalıyorsun?

—Sultanahmet civarında ahşap bir bekâr evi tuttuk.

Vapur iskelesine yaklaştı, ihtiyar kadın:

—Geldik deyince, Zeynep arabayı çalıştırıp hazırlık yaptı..

Uzun zaman gittikten sonra, araba denizin kenarında, Osmanlı devrinden kalmış bir konağın bahçesine girip park etti...

Zeynep, burası deyince Yunus arabanın kapısını açıp indi...

—Aşı yapmaktan fidan dikmekten anlar mısın?

—Anlarım, 8 yıl bir çiftliğin kâhyalığını yaptım...

Kadın meraklandı:

—Sonra?

—Bir anlaşmazlık çıktı, nefesi gurbet ilde aldık...

O gün Yunus çalıştı. Zeynep hayran hayran kendisini seyretti. Aşı yaptı, fidan dikti, bel belledi. Hanım çay getirdi. Yemek verdi.Gün yorgun bir çalışmanın arkasından tükendi gitti...

Zeynep Yunus'dan memnun kalmıştı:

—Yarın yine gel. Bellemesini de bitirsek bahçe güzel olacak.

—Gelirim gelirim elbet diye sevindi...

* * *

Yunus akşam uyuyamadı. Cemal hayran hayran dinledi. Yunus anlattı:

—Kadının bakışları ayrı bir çeşit. Sordukça sordu. Bekârım, kimsesizim dedim.

Uyumuştu...

Sabah erkenden kalkıp hazırlandı.. Eminönü, Üsküdar Beykoz dolmuşlarına binip tanıdığı durakta indi...

Çekingen adımlarla bahçe kapısına içeri girdi. Zeyneb'i bahçede görünce sevinmişti. Geldiğini belli etmek için öksürdü:

—Öhüüü...

Başındaki şapkayı atmış, saçlarını güzelce taramıştı.

Zeyneb sabahın mahmurluğu ile Yunus'a dönüp gülümsedi:

—Hoş geldin

Sıkıla büzüle:

—Hoş bulduk dedi.

—Hemen başlayacak mısın?

—Başlarım.

—İyi sen çalış ben sana kahvaltı hazırlayayım.

Gurbet ilde belki de en çabucak biten günü olmuştu...

Zeyneb'in verdiği parayı itiraz etmeden cebine koydu.. Artık işi bitmişti. Adeta bahçeden ayrılmak istemeyen bir gönlü vardı... Buna rağmen zor bile olsa:

—Allah'a ısmarladık dedi...

Yürümek için hazırlanmıştı. Zeyneb'in sesi onu geri çevirdi:

—Şey iş demiştin, üzeri yazılı bir kartı uzatıp, yarın doğru bu adama git dedi.

—Belediye encümeninde ismi yazılı şahsı bulup kendisine ver. Sonra da müsbet ya da menfi bir ara bana uğrayıp malumat ver. Sıkıntın oldukça kapımızı çalabilirsin...

Sevindi.. Üzülüp kopan umutları dirilik kazandı.

—Sağol abla, Allah senden razı olsun...

* * *

Gecenin sabahı yine zor tükenmişti. Cemal hep ona sen şanslısın dedi.

—İşe girince beni de unutma diye tembih etti...

Yunus kartın sahibine sevinerek çıktı...

Belediyeye tahsildar olarak alınmıştı...

Aylığını alır almaz ilk işi paçasını düzmek oldu...

Yakışıklı çocuktu. Elbise de onu seçkin bir delikanlı kılığına soktu...

Cemal arkadaşına hayran hayran sordu:

—Bana göre de bir iş yok mu?

—Hele tanışıp bilişeyim, gerisi kolay. Olmazsa bir kartta sana yazdırırım.

—O günden beri kadına uğradın mı?

—Uğramadım.

—O kadını ihmal etme, iyilik etti sana.

Aslında uğramaktan bile korkar olmuştu. Hissiyatı alt üst dünyası korktuğu ismin varlığı ile doluydu. Yine de bütün bunlara rağmen.

Ertesi gün Zeyneb'lerin evine diye çıktı.

Bu defa daha değişik karşılanmıştı...

İhtiyar kadın bile iltifat etti. Ziyaretinden bir kaç gün sonra Cemal'e kart almak için uğradı. Akşam, Cemal'e olanları uzun uzun anlattı.

Cemal Yunus'u meraklı meraklı deşti:

—Kart yazdı mı?

—Kartı konuşamadım bile.

—Bir şey mi oldu?

—Bir daha gitmem.

—Neden?

—İhtiyar kadın beni sevdi. Hatta kızı çay getirmeye gidince bana:

—Artık evlenirsin dedi...

—Evet dedim, utanıp yere baktım...

—Sonra?

—Namuslu birine benzersin dedi. Kızıma sormadım amma olur dersen Zeyneb'i sana verebilirim... O zaman işten bile çıkarsın...

Başımı yere eğdim. Bir daha yüzlerine bakamadım. Bence bu mesele önceden konuşulmuş. Demedim mi ben sana çok ayrı, bakıyordu diye...?

—Aptal mısın sen? Şaka maka derken Allah yüzüne baktı. Durma da git kurtulursun köyden.

—Bekârım dedim.

—Mesele değil bu. Önce köydekilere gizli gizli yardım eyler sonra her iki tarafa da açıklarsın.

—Olmaz...

—Sen bilirsin. Bozca'yı düşün.. Ah bu fırsat benim elime geçecekti de görecektin.

—Alır mıydın..?

—Durulur mu be. Çekilir hayat mı bizimkisi?

—Bahçe, gül budama aşı derken?

Cemal sanki Yunus'un konuşmalarını palavra kabilinden sanıp:

—Yap dedi, et dedi... Teşvik eder gibi konuşup yalanını yüzüne vurmamak kabilinden konuşturdu: Kimbilir belki de hep inanmadığı için sordu soruşturdu.

Üstelik gıpta etmiş gibi gözüküp Yunus'u hayallerle avunan bir insanın hüviyetinde seyre koyulmuştu...

—Bırakma dedi. Devlet kuşu bu. Yarından tezi yok yanına uğra. Uğra da belki...

SERVİLER

Aradan uzun yıllar acı tatlı bütün hatıraları maziye terk ede ede geçti. Şimdi Kerem boylu poslu gözlerin kıskandığı filiz gibi bir yiğit olup çıkmıştı...

İstanbul'da babasının kiraladığı kaloriferli lüks bir dairede ağabeyisi ile birlikte kalıp, lisede okuyordu...

Erdem Ticari İlimler Fakültesi talebesiydi...

Tıpkı, babasının gençliğini andıran fiziki, düz kirpi gibi saçları, balık etinde, kırmızı yanaklı, göz yüzlü bir genç olmuştu...

Çocuklar büyüdükçe ana baba yaşlandı. Meryem baharlar kadar taze, çift örgülü taranıp, bağlanmış saçları omuzlarına lüle lüle dökülmüş, gözleri hayat dolu, kumral yapılı genç bir kız olmuştu... Evin tek kızı oluşundaki evla bütün hareketlerine yansıyan gneç kız Bozca'nın sözüne pek değer verdiği bir sima olarak yetişmişti...

Bütün işi çiftlikte ata binmek, araba sürmek, havala havalı gezmekten ibaretti. Bugün ağabeyisi ve Kerem'in yolunu sabırsızlıkla bekliyordu.

Bozca sakalları kırlaşmış, yüzündeki çizgiler inadına çoğalmış adam Erdem'i bağrına basıp kucakladı... Kerem'e elini soğuk bir edayla uzatıp sadece öpmesine müsaade etti. Kerem bu hareketlere sık sık muhatap olduğundan artık alışmıştı...

Anasına sarılıp, Meryem'le kucaklaştı.. Evlerindeki sedirin üzerine sıra sıra oturmuşlardı.

Ana Kerem'in hemen yanına oturdu. Kerem, merakla sorup havadisler istedi:

—Ömer nasıl?

Ana durgunlaştı, sustu.

—Ana Ömer'i sordum senden?

Kuru bir söz soğuk bir eda ile cevap oldu:

—Menenjit dediler?

—Sonra?

—Artık yok...

Üzülmüştü...

—Yunus amca, diye ilave etti. Hâlâ dönmedi mi?

—Dönmedi...

* * *

Mevsim bahar aylardan Hazirandı... Hava açık ve berrak saat onbiri birkaç dakika geçiyordu...

Kerem çiftliği dolaştı... Her yeri herşeyi özlem dolu bakışlarla inceledi, seyretti...

Üzgündü... Ezik duygular, bozuk bir morelle çiftlikten ayrılıp köye giden yolları adımladı...

Köye girerken bile dalgın ve ıstırap doluydu...

Adem Hoca'nın kendisini tanıyıp, ardından sesleniştyle toparlayın, sesin geldiği tarafa baktı... Utandı, kızardı, sıkıldı... Mülayim bir çehre ile tebessüm ederek durakladı.. Hoca sitem dolu bir tavırla kendisine yaklaşıp konuştu...

—Hayrola Kerem, Adem Hoca selam vermeyecek kadar yabancılaştı mı?

Utancından sesinin tonu bile düşmüştü:

—Estağfurullah hocam, farkına varamamıştım...

Eğildi, nezaket dolu tavırla elini öptü...

—Hoş geldin.

—Hoş bulduk Hocam.

Birlikte köyün meydanlığından yana yürüdüler. Bir müddet Adem Hoca Kerem'i Kerem Adem Hoca'yı inceledi.. Nedendir bilinmez, Adem Hoca'da hissedilir derecede durgunluk ve üzgünlük vardı...

Eski talebe hocasına hatır sordu:

—Nasılsın Hocam?

Derin bir nefesi ciğerlerine çekerken, perişan bir hali vardı:

—Allah (C.C.) bugünlerimizi aratmasın. Gözlerini Kerem'in gözlerine çevirip.

—Ya sen, diye sordu. Sen nasılsın?

—İyiyim.

—Vakit yakın hazır mısın?

Kerem suçlu suçlu önüne bakıp sükut etti.. Adem hoca cevabını çoktan almıştı...

Hoca acı acı yutkundu... Asında üzüntüsü de buydu.

—Demek gönlünde yanan o dev gibi iman meşalesi söndü?

O merak dolu saf temiz çocuğun, insanı hayretlere düşüren teslimiyeti o nurdan duygular küllendi demek..?

İstanbul'un garplaşma modası senin de hayat ağacının can damarını kangrene mi çevirdi?..

Adem Hoca yanılmıyordu...

Sonunda Kerem de bozuk düzenin adamı olup çıkmıştı... İstekleri arzuları yaşayışı tıpkı onlarınki gibiydi...

Kerem, o filiz gibi delikanlı Adem Hoca'nın yanında bodurlaştı, durgunlaştı.

Hüzünlü bir ses:

—Aynen dedi.. Hocam. Aynen buyurduğunuz gibi bir insan olup çıktım.

Adeta gizli bir el beni yakalayıp benden çaldı...

Arzularımla isteklerimle modern insan dedikleri kalıba sokuldum..

Adem Hoca'ya çocukluk günlerinde bana dinimi öğret diye yalvaran Kerem sanki başkalaşmış, değişmişti...

Hoca umutsuz bir gönülle sordu:

—Benimle geliyor musun?

Nezaketini bozmadan hocasını cevapladı:

—O küllenmiş duygular alevlenip yalım yalım yanıncaya kadar gelemem... Sanki içimden bir ses dur diyor bana... İşte o zaman harekete geçen duygularıma acımasız bir hançer saplanıp öldürüyor beni. O sese kulak verip duruyorum.

—Anlıyorum seni Kerem... Yalnız o külleri durmadan karıştır, bakarsın beklenmedik bir günde parlar, alevlenir...

—Seni üzgün gördüm hocam?

—Öyle...

—Anlatsana biraz, seni herşey kolay kolay üzmezdi...

—Değişen gittikçe bozulan dünyada her nedense... Bahar geldi mi üzüntülerim artar benim...

Sonbahara kadar aynı şekilde sürer gider bu.

—Beni daha da meraklandırdın şimdi... Bahar adamı üzer mi hiç?

—Şu anda sanırım şehirde okuyan bütün talebeler köyde.

—Ne var bunda?

—Artık eskisi gibi değil, Kerem. Din adamlarının işi zor...

Kışın köydeki gençleri birer birer toplayıp Kur'an dersi veriyorum..

Tam okumayı öğrenecekleri sıra bahar geliyor. Hemen arkasından da gurbette okuyan lise ve üniversiteli talebeler...

—Ne zararları var gelsinler...

Ben gençlere kaşık kaşık birşeyler vermeye çalışıyorum. Gel gör ki, gurbetten gelen talebeler onlardan kepçe kepçe çalıyorlar.

—Anlamadım?

—Topladığım talebelerin kafasını yıkıyorlar. Mekteplerinden öğrendikleri bir takım, hayal mahsulü fikirleri o saf beyinlere şırınga edip, berbatlaştırıyorlar.. Onlara inançsızlığı aşılıyor, boş yere kafa yormamalarını öğütlüyorlar. Gençlere gayesizlik, macera daha cazip geldiği için gerçekten kopup farkında bile olmadan gayesizliğin kucağına düşüyorlar. Tabi yeniden toparlanmakta oldukça zor oluyor.

Dünya insanı bunalım istiyor, macera istiyor, isyan istiyor... Huzuru bozuk, kafa yapısı bozuk, çarpık düşünceli nesiller, sokakları karıştırıyor.. Haya yok, iman yok, inanç yok. Faziletlere kelepçe vurulmuş, rezaletleri çılgınca alkışlayan bir dünyada yaşıyoruz. Allah (C.C.) sonumuzu hayırlı eylesin.

Saatine baktı:

—Vakit yakın dedi. Zamanın olursa uğra, uzun uzun konuşuruz...

—Memnuniyetle hocam...

Kıvırcık siyah saçlarını lüle lüle taramıştı.. Üzerindeki koyu lacivert ceket, beyaz gömlek, güzelliğine canlılık katıyordu...

Daha onaltı onyedilerinde taptaze fidanlar gibi gençti...

Kafasında kaynaşan bir sürü düşüncenin yorgunluğu ile yolların üzerinde sakin usul adımlarla yürüyüp geçti.

Köy odasının önüne yaklaşmıştı. Gözleri ağaçların altındaki kanepelerde kaldı... Gördüğü manzara vicdanını sızlatmıştı.. Hassas gönlü yaralandı, tüyleri diken diken oldu.. Sanki insanlığından utanmış gibi ürperdi titredi...

Gözlerini içler acısı manzaranın üzerinden çekemeden ısrarlı ısrarlı baktı.. Sanki uyuşmuş, yerine çivilenmiş kalmıştı... Hayretler içinde buruk bir hissiyatla dişlerini sıka sıka duygularını, gönlünü yaralayan manzaradan, gözlerini aralayamadan baktı baktı...

Köyün meydanlığı demiştik. Odanın önünde sıra sıra servi ağaçları vardı. Ağaçların altında derme çatma çürümeye terk edilmiş tahta kanapeler yerleştirilmişti. Yolun iki üç metre kenarında bulunan kanapelere şehirden gelen talebeler oturmuştu. Gençler Asiye anayı kızdırıyorlardı.. Onun izzeti nefsini umursamadan üzüntüsünden katmerli neşe duya duya...

Bozca'nın Erdem, koca Mustafa'nın oğulları Yavuz, Kenan ve Hüsmen'in oğlu Yaşar...

Hepsi de kanepeye lakayıt biçimde oturmuşlar, kadıncağızı hem kızdırıyorlar, hem de katıla katıla gülüyorlardı.

Yavuz, köyden her densizin yaptığı gibi, alaylı bir sesle, Asiye ananın ağıtını tutturdu:

—Tez gel ağam tez gel eğlenmeyesin.

Elde güzel çokmuş evlenmeyesin...

Yıllardır ıstırabı ile alay etmişlerdi.. Hele son günlerde köyün çolu çocuğu hatta bazı yaşlıları bile Asiye anayı görünce aynı ağıtı tuttururlardı...

Çocukların sürü sürü peşine takılıp kızdırdıkları çok görülmüştür.

Onu deli yerine koymuşlardı. Huylanmıştı bir kere...

Kimin ağzından bu sözleri duysa gerçekten de deliye dönerdi. Yerden taşlarla ya da eline ne geçerse kızdıranların üstlerine atar kovalardı... Kızdıran arsız birisi olursa, işte o zaman işi zordu. Hem karşısına dikilir hem kötü şeyler söylenir, elini havalara kaldırıp kabarırdı. Karşılık bulur daha da horlanırsa, o zaman gücü kendisine yeter elleri yanlarına düşerdi...

Vicdanı ölülere bakıp kanı damarlarında kuruyup kalırdı... İşte bugünde öyle oldu...

Yavuz Koca Mustafa'nın şımarık Üniversiteli oğlu önce kızdırmış, sonra üzerine taş sopa atınca bir de suratına kuvvetlice tokat indirmişti...

—Yeter be deli kadın, biraz alay ettik diye ne yani?

Asiye ana yıkılmıştı. Başına bağladığı puşa çözülmüş derin, hıçkırıklarına oylum oylum derinleşen nefesine bir de titreyiş eklenmişti. İskeleti, zelzeleye tutulmuş bina gibi sallanıyordu...

Çiğdem o daha çiçekler kadar taze kız, Yavuz'un suratına lanetleyerek bakıp, anasının bacaklarına sarıldı...

Böylece o yüreğinden yaralı kadının kendisini bilmez bir serserinin tokatı ile düşmemesini sağlıyordu...

Yavuz ayakta katıla katıla gülerken, arkasındaki kanepede oturanlar da zevkten dört köşe görünüyorlardı.

Hemen arkasından Hüsmen'in Yaşar yine alaylı alaylı ağıt tutturdu:

—Tez gel ağam tez gel gel de gene git.

Gurbet icad eden görmesin cennet...

Asiye mücadele gücünü yitirmişti... Gözyaşları içinde dişlerini sıka sıka hasmına baktı, baktı, baktı...

Sonra ıslak gözler yakınından geçen Cemal'e ilişti...

Gücünü topladı, öfkesi yeniden alevlendi. Hışımla varıp Cemal'in ceketinin yakalarını toparlayıp kuvvetle sarstı:

—Söylesene Cemal, Yunus'um nerelerde? Neden saklanırsın benden. Daha gelmeyecek mi? Gayri gelip te bu soysuzlardan öcümü almayacak mı benim? Köyün delisi soytarısı ettiler beni.

Bir feryadından bin bir ıstırabın cefası fışkıran kadın Cemal'i salmadı:

—Söyle bana Cemal söyle. Yunus'um şimdi nerelerdedir...

Cemal'in yakalarını yırtacak gibi sarstı, sarstı.. Cemal taşlaşmış katılaşmıştı.. Cansız heykeller gibi soğuk soğuk baktı...

—Gelecek de, gelecek de seni alaya alan herkesten hesabını soracak desene...

Cemal yolun ortasında şaşırmış kalmıştı.. Dayanamadı...

Dudakları yıllardır içine gömdüğü bir sırrı soğuk bir lisanla meydana verebilmenin sıkıntısını çekiyordu. Öyle zamanlar olur ki, bütün ızdıraplar bir araya gelse, vicdan azabına eş olamazlardı...

İşte Cemal böylesine insafsız bir sarsıntının çilesini çeke çeke terledi.

Suratında yakasından tutup, silkeleyen ellerin sahibi için, vicdanını vazifeye davet eden haberci çizgilerin cirit attığı vakitti... Birden:

—Öldü diye heyecanlandı...

Cemal sanki rahatlamıştı...

Asiye kadının gözleri irildi, rengi uçtu. Kolları pelte pelte, yanına düştü.

Gözlerinde kaynaşan ahuzar dolu pırıltılar muhatabının suratına bir yürek dolusu sitem gönderiyordu...

Hıçkırıkların amansızığından titreyen çene, zor konuşuyordu... Yıkılmış dökülmüştü... Daha bir ayrı çaresizliğe düşmüştü... Feri kaçmış bilekleri halsizce yanlarına düşüp kaldı.

Yorgun beyninde eskimiş bir şüpheyi kudurtan adama öfkelendi kızdı... O perişan vücut ayakta zorla durup Cemal'in anlatacağı hikayeyi dinledi:

—Daha gurbete çıkarı beş ya da altıncı ayı doldurmuştuk... Sen Eminönü'nü bilmezsin. Oraya Eminönü demişler, Sirkeci demişler...

Oralar gurbette işsiz kimsesiz insanların kiralanmak için bekledikleri yer...

Anlayacağın kiralık köle pazarı demek bile yanlış değil...

İşsiz insanlar her sabah boğaz tokluğuna para kazanmak uğruna orada toplanır, kiralanacakları zamanı beklerler. Sonra bir ses duyulur:

—Adam lazım...

Bu sesin peşinden yüzlerce insan koşar... İtişmeler kakışmalar kavgalar hesapsızdır..

—Beni seçti.

—Beni çağırdı.

Her doğan günün sabahı hayat kavgası işte böyle başlar...

Yunus sanki para kazanmaya susamıştı...

Günlerden bir gün bir kadın gelip, (Adam lazım) dedi. Yunus'u seçmişti.

Başka bir işçi ben dedi.

Yunus:

—Ben dedi.

Kavga bir anda büyüdü...

Az sonra Eminönü kaldırımlarının mermer taşlarının üzerinden kırmızı bir sel aktı.. Kıvrıldı.. Eğreklendi, dolandı... Koyu kırmızı bir kan seli kaldırımları suladı.. Yunus, tam ciğerinin başından iri bir kamayı yiyip serilivermişti...

—Kahpece vurdular Yunus'u.

Son sözü:

—Yunus'u gurbet eller yuttu dersin, oldu...

Yunus öldü bacım, önce bir kadın çağırdı, sonra bir kan aktı, Yunus öldü. Var içindeki hasreti büyütme gayri. Gittikçe büyüyen hasret insanı telef eder. Tıpkı yıllardır içimde sakladığım bu sırrın beni yiyip bitirdiği gibi... Varsın küllensin gönlünde yanan hasret...

—Yunus öldü, öldü...

—Yunus...

Cemal adeta içindeki kurtların hepsini dökmüştü...

Rahatladı, gevşedi. Suratında buhar buhar kaynayan terleri silerken Asiye kadın eriyerek dinledi...

Eller fersiz bir hareketle yanlarına düşerken, kırışan dudaklar acı dolu sözleri peş peşe sıraladı:

—Beni sen bilmez miydim sanırsın? Yıllardır bilip de dururdum ben. Kırık bir umut yüreğimi serinletir diye üsteleyip sormazdım. Bir gün acı gerçeği duyarım diye üstelemezdim. Heç Yunus'um yaşasa durur muydu? Zincire vursalar bilem durmaz gelirdi o.

Ben öfkelenip sordum diye, adam hemen haber verir mi be Cemal? O kırık umut bile bana güç verirdi. Çoklarına adını verip korkuturdum...

Çiğdem anasını tokatlayanların yanında ağlamamak için kendisini zorladı, sıkıldı, dudaklarını dişlerinin arasına verip, kanatırcasına gevdi. Anasının boynu bükük yüzlerine çaresizlik nişanesi düşmüştü...

Asiye kadın sızılı bir sesle kızının elinden tutup söylene söylene uzaklaştı oralardan.

Kırık bir ses anasına sordu:

—Babam ölmüş mü ana?

—Ölmüş diye sızlandı...

Ana kız yolların üzerine yıkılır gibi yürürlerken Kerem'in gözleri yuvalarına sığmayacak gibi irildi.

Ayakta yay gibi bacaklarını germiş zafer kazanmışcasına dinleyen Yavuz'a cehrederek baktı... Sonra arkalardaki kanepede oturan ağabeyisine ve yanında bulunan arkadaşları aynı kızgınlıkla gözden geçirdi.

Yavuz'un gülen çehresi birden bire değişti. Kuşku dolu gözler Kerem'i incelemekle meşguldü.. Kerem üzerine doğru geldikçe kısa ve irade dışı adımlarla geri geri çekiliyordu...

Kerem'den kimse macera, kavga ummazdı. Ne var ki adım atışı hareketleri ateş püskürен bakışları, endişelenmesine sebep teşkil ediyordu...

Bir nefes denilecek kadar yaklaşıp burnu dibine kadar sokuldu.. Asık çehrenin titrek dudakları kızgın laflar etmeye başlamıştı:

—Önce alay edip, sonra güçsüz bir kadını tokatlamaktan utanmaz mısın sen?

Koyu esmer kalın dudaklı düz siyah saçlı delikanlı şaşırmıştı...

—Sana da ne? diye öfkelendi. Köyün delisinin kahyası sen misin?

Kerem kararlı ve sertti:

—Sana o kadını neden tokatladığını sordum.

Yavuz kurtuluşu kesin tavır takınmakta buldu:

—Canım öyle istedi de ondan...

Herşey beklenmedik anda olup bitti... Kanapedekiler birer bire ayağa doğruldu. Çiğdem, anası, uzaklardan gelen seslere hayretle gerileri seyrettiler.

Önce kızgın bir bilek yumruklaştı, sonra irade dışı atılan kararsız yumruk, Yavuz'un suratına bolyaz gibi indi.. Yavuz yerde debelendi, kanayan burnunu elinin tersi ile silerek doğruldu... Önce başucunda şaşkın ve kararsız dikilen Erdem'e sonra küçük kardeşi Kenan'a baktı.

Sanki herkes taşlaşmış uyuşup kalmıştı...

Erdem öfkeden patlayacakmış gibi soluyan kardeşine baktı, konuştu:

—Herkesin eğlencesi olmuş bir kadın için kavga etmeye değer mi?

—Sen karışma dedim... Onlar da bizim gibi insandı.

Yavuz mendilini çıkartıp burnunun kanını silerken, mücadeleyi göze alamayışı her halinde beli oluyordu...

Erdem, Kerem'e yeniden bağırdı:

—Dua et seni o kadından bile kötü yapardım. El arı var içimde...

Kenan koyu bir düşüncenin adamıydı. Ağabeyisi Yavuz'un kolundan tuttu...

Erdem kardeşine dişlerini gıcırdatarak bakarken, Kerem yenemediği öfkenin verdiği rahatsızlıkla yürüyüp gitti...

YUNUS ÖLDÜ

Az sonra köyün içi alıp alıp verdi:

Yunus ölmüş...

—Cemal daha fazla saklayamadan söylemiş...

—Bozca'nın Koca Mustafa'nın çocukları birbirine girmiş...

İşte böyle... Çifteturna köylüsü bugün de diline dolayacak sözleri buldu...

Erdem yenemediği öfkesini Bozca'ya getirip yalan yanlış döktü...

Kerem, Erdem'e kızgın kızgın bakarken, Bozca:

—Bu pısırık herif mi diye güldü. Ölsem bile inanmam...

—Neredeyse beni bile dövecekti baba. Köyün orta yerinde, öyle kabardı ki, görmeliydin...

Ana, Erdem'e kızgın kızgın baktı:

—Erdem!

Meryem, üzgün duran kardeşinin yanına oturmuştu. Kerem kafasını önüne yıkıp, içini kaynatan sinirlerine hakim olmaya çalışıp, sustu.

Bozca öfkelendi:

—Elin ırgatını köyün delisini adamdan sanmak sana mı düştü?

Kerem öfke doluydu:

—O kadını o hale sen getirdin; eserini şimdi de beğenmiyor musun?

—Bir de utanmadan karşılık mı verirsin?

Kerem acı doluydu:

—Ne garip şu dünya diye mırıldandı. Hemen arkasından sabrı taşmıştı:

—Bir zamanlar sen de köyün sığırını gütmüşsün. Fakirlik ayıp mı? Yunus amca seni koca Mustafa ile Hüsmen'in elinden alırken, evinin tek ineğini vererek seni kurtarmış... Karşılığını çok acı ödedin onlara..

Bana aileden birisi gibi gelen o kadına her zaman yardıma hazırım. Bunu bir nevi senin günahlarını ödemek olarak bile kabul edebilirsin.

* * *

Çifteturna köyü Temmuz ayının ilk haftasını yaşıyordu. Açık, berrak bir gökyüzü, kristal ayna gibi yeryüzünü yaldızlarken vakit kuşluk zamanıydı.

Bu aylarda köydeki yalnızlık kendisini hissettirir derecede artardı.

Köyün büyük bir çoğunluğu, hayvanlarını alıp göçünü yükledikleri gibi yaylaya çıkmışlardı. Koyunsuz, kuzusuz sığırsız, hatta köpeklerin havlama seslerinden bile tamamen denilecek kadar mahrum kalmış, sessizliği yudumlayan bir köy vardı şimdi...

Yine her yıl olduğu gibi, Bozca'lar da yaylaya göç etmişti. Yayla evleri içinde şirinliği göze çarpan, muntazam bir evleri vardı.

Meryem herkesin bir gece bile olsun misafir olma özlemini çektiği böylesine güzel bir yayla evinde kalıyordu.

Erdem günün erken vakitlerinde yayladan dönmüştü. Ana kızının yalnız kalışını merak ederek, Kerem'i yaylaya gitmesi için hazırladı..

Kerem, yaylaya aşık gibidir. Ana daha hatırlatır hatırlatmaz sevindi.

Yayla, köye yürüyerek bir ya da bir çeyreklik mesafededir..

Yolu yüksek dağların, yeşil çam ormanlarının arasından uzayıp gider... Bazen düz, bazen yokuş bazen dönemeçli uçurumların kıyısından ahenkli bir görünümde şeritleşir, kıvrılır...

Eline bakracını, sırtına heybesini ya da, buna benzer yükünü alan, köyden çıkıp yaylanın tozlu yollarda düşler kura kura, aşıp gider. Göç etmiş olanlar köyden yaylaya, yayladan köye, bu mevsimlerde mekik dokuyup dururlar.. Tâ köye ininceye kadar bu hal böyle devam edip gider...

Kerem kıraç yolları çoktan gerilerde bırakmıştı.. Ormanlığın başladığı kıyıları, yeşil otların bezediği oyulmuş tozlu yollardan, rahvan giden atını mahmuzlayıp, dört nala kaldırdı...

Yeşil çam ağaçlarının arasından, güneşin göz kamaştırıcı ışınları, yollar inci inci serpilirken, Kerem seyri bırakıp yolların düz bir şerit gibi uzanıp gittiği mesafelerin ötesinde hayretine mucip olan bir manzaraya esefle baktı...

Atını yavaşlatıp, hadisenin içindeki insanları seçebilmek için dikkat kesildi...

Hadise ormanın arasında genişleyen meydanlıkta, çimenli arazinin gözlere güzellik ziyafeti veren bir mahalde tezgahlanmaktaydı.

Oduncuların gelini Seher, görümcesi Münevver'le birlikte sessiz sedasız yolları adımlarken, Yavuz ve Yaşar peşlerinden iyice yaklaşmışlardı...

Seher, kocası askere gitmiş daha taze bir gelindi, görümcesi daha ömrünün baharında, onbeşlerinde şirin bir köylü güzeliydi...

Yavuz o asrın yüksek mektebinde talebe olan genç ve aynı mektebin sıralarında okuyan Yaşar, o gözlerin kıskandığı güzelim manzaralı yolların üzerinde çirkin bir dekor olup çıkmışlardı.

Yavuz, o bulunduğu şehirde garbın yabancı ahlâkını benimseyen genç, Hüsmen'in oğlu Yaşar'a fısıldadı:

—Ne dersin ha?

Yaşar hiç birşey anlamamış gibi durgun bir çehre ile arkadaşını seyrederken mırıldandı:

—Neyiiii?

—Oduncuların gelini ile kızını...

İçinde bir ürperti yüreğin bir heyecanla kararsızlık içindeydi:

—Bilmem.

—Sen korktuysan kal, ben düşündüğümü yaparım. Hem korkma, kimse görmedi mi tamam demektir, ar edip açığa koyamazlar. Bilirim huylarını.

Yaşar'ın nefsinin mağlubiyetine uğradığı belliydi. Beş ya da on metre uzaklarında yürüyen Seher'e ve görümcesine baktı baktı.

Anlaşılan o da Yavuz'a uymuştu.. Sessiz bir kapırdanışla kafasını salladı...

Seher'in görümcesinin gözlerinden bu hal hiç de kaçmamıştı.

Yengesine birşeylerf ısıldadı, hemen arkasından ürkek adımlarla yolları biraz daha hızlı geçmeye çabaladıkları artık aşikardı.

Kerem işte bu anı sezmiş ve kuşkusu çoğalmıştı..

Yaşar hızlandı. Yavuz hızlandı ve ikisi yolun iki tarafına açıla açıla yürüdüler.

Gelin görümce iki namlunun arasına sıkışmış ceylanlar gibiydiler... Tehlikeyi sezdiler ama neye yarar.. Çekingen adımlarla ürkek bafkışlarla yolları ölçe ölçe yürüdüler.. Yürüdüler ama az sonra ortalık çirkin bir manzayara yataklık etti. Yaşar ve Yavuz yaba gibi ellerini gelin ve görümcenin bellerinden dolayıp, boşta kalan elleri ses veremesin diye ağızlarına kapak yapmışlardı.

Yavuz Seher'le Yaşar görümce ile kıyasıya bir mücadeleye başladı...

O iri yarı, güneş yağını tenli genç, ayaklarını yerlere direyerek gerilen gelini hırpaladı... Seher can havli ile ağzına kapatılan eli sökmek için tırnakları ile yoldu, yoldu... Başarmıştı da... Ağzı açılır açılmaz ormanı yırtarcasına güçlü bir çığlık attı:

—İmdaaaat...!

Yavuz endişe içinde mücadele verirken, avaz avaz çığlık tazeleyen gelini kolllarından tutup sürümeye çabaladı...Genç kız su ter içinde çırpınıyor, kıvranıyordu...

Kerem içinde derinleşen bir öfke ile atını kamçıladı:

—Deeeh...

—Yolların üzerindeki tozlara belene belene direnen kadının hemen yamacında atını durdurup, hışımla yere atladı...

Saldırıya uğrayanlar Kerem'i görünce sevinçten gözbebekleri karanlıkları delen çıra ışıkları gibi yandı parladı.

Saldırganlar şaşırdı pirelendi.. Yavuz'un siyaha yakın derisi birden bire küllenmiş mosmor olmuştu.

Kerem atın dizginini boşlayınca, Yavuz pençesinde inlettiği Seher'i bırakıp cebinden çıkardığı sustalının düğmesine çöktü.

Yaşar aynı biçimde bir hareket tarzını sürdürürken, Kerem elindeki kamçıyı savurup, havada ıslık çaldıra çaldıra Yavuz'un suratına şimşek gibi çaktı...

Kamçı havada hışımla savrulup acı acı ıslıklar çaldıkça, Yavuz'un elindeki sustalı şaşkınlıktan küt diye yere düşüp, tozların, arasında belendi. İyice sersemlemiş canı yanmıştı.. Yavuz'un üzerinde kamçılar şakladıkça, Yaşar ceblerinde aradığını bulamamanın şaşkınlığı içinde perişandı..

Münevver'in kin dolu gözleri yerde iri bir taşı görmüştü, hışımlı yere eğilip elini pençeleştirerek kavradı.

Az sonra havaya kalkan iri taş, Yaşar'ın ense köküne sert bir savruluşla indi...

Yaşar pırasa gibidüz dağınık saçlı delikanlı, toprağın üzerine diz çöküp hemen arkasından tartamadığı bedenini tozlu yolların üzerine sereserpe bıraktı. Anlaşılan bayılmıştı.

Genç kız kinlenmiş öfkelenmişti. Yaşar'ın yıkılışına aldırış bile etmedi. Belki ölse bile üzüntü duymayacak kadar garazlıydı.

Yavuz belki de hayatının en ağır darbesini yemekle meşguldü... Artık halsizlikten yolun içine yıkılmış, üzerinde rastgele şaklayan kamçılar için ellerini yüzüne kapamış, sızılı bir sesle aman diliyordu:

—Yeter, yeteeer...

Artık eli yüzü tanımmaz hale gelmişti. Derisi kanadı, morardı külleşti... Mecalsiz düşmüştü. Yavaş yavaş kafasını uyuşuk bir hareketle kıpırtadan Yaşar'a bakıp öfkeli öfkeli bağırdı:

—Köpekler. Kocası askerde sizleri bekleyen bir kadından, daha dünyayı zor seyreden bir kızdan ne istersiniz..? Elin alemin iffetine el uzatmaya utanmaz mısınız siz?

Nefesini zor alıp veren, bakışları matlaşmış, mücadele gücünü iyice yitiren Yavuz'a iğrenerek bakıyordu... Baş ucunda himayeye muhtaç çocuk hüvviyetinde bekleyen gelin görümceye utanarak bakıp mahcup bir sesle:

—Gidebilirsiniz diye mırıldandı.

Gelin, yüreği hızlı işleyen saat gibi atan gelin, Kerem'e yalvarmaklı bakıp:

—Gardaş diye seslendi...

Kerem dikkat kesilmiş hicaptan yüzü al al olmuş gelini dinliyordu:

—Buyur Bacım.

—Yoksam sen yaylaya gitmez misin?

—Giderim elbet.

—Bile gitsek...?

Kerem korkularını anlamıştı:

—Olur dedi. Siz yürüye durun. Ben sizi takiben gelirim....

KAVGA

Kerem biraz önce dizginini salıverdiği atını yakalayıp ayağını üzengiye götürdü.

Yaşar zor bir hareketle çabalayıp dizlerinin üzerine doğrulabildi. Elini uyuşuk bir çaba ile ense köküne götürüp usul bir hareketle boynunda gezdirirken, yüzündeki deriler acıdan kırış kırıştı.

Fersiz bakışları dünyayı üşengeç pırıltılarla seyrederken, toprağın üzerinde sefil bir manzara olan arkadaşını merakla seyre koyuldu...

Cılız çabalarla ayağa doğrulup, arkadaşının yanına sokuldu. Acılı bir hareketle eğilir gibi belini kavislendirip eline uzandı... Ayağa doğrulmasını sağlamak istiyor olmalıydı. Üzgün muzdarip bir ses, Yavuz'a zor yetişti:

—Gayret et. Dönmeliyiz.

—Nereye?

—Tabii ki köye...

* * *

Yayla Kerem'in tam kafasına göre bir yerdi.Atını Seher'le Münevver'in arkasından yavaş yavaş yürüttükçe, yollar gözlerinde, tükenmez olmuştu.. Etrafı üzgün bakışlarla seyrede seyrede mesafeleri iple çekti, anlaşılan yaklaşmışlardı. Yaylaya kuşbakışı duran yüksek bir tepenin hemen böğründen açılmış yolun, kıvrılan şeridinden, uzaktan kibrit gibi gözüken ağaç evlere baktıkça, gözleri parladı.. Yayla bütün şirinliği ile gözlerinin önüne serilip, o can alıcı yeşil manzara, zarif bir dekorla bezendikçe içinde çöreklenip kalan sıkıntı söndü. Gönlü tabiatın cömert manzarası karşısında rahatlamıştı... Sinirleri gözbebeklerindeki hayranlığın tesiri ile katılığını yitirip yumuşamadı.. Seher'e mahcup bir sesle hitab etti:

—Bacım bana destur var mı?

Seher'in yüzleri utancından kızılcık çıkarmış çocuk suratı gibi al aldı.

—Rabbım tuttuğunu kolay getire. Destur senindir gardaş.

Kerem atı mahmuzlamadan evvel unuttuğu bir şeyi hatırlamış gibi seslendi:

—Sakın kimselere bir şey söylemeyesiniz. Böylesi hadiseler artık erkek için leke sayılmaz oldu. Gel gör ki kadın milleti için mezara kadar zulümdür.

İftira olursa iffetinizin temiz kaldığı için şahidim. Onun için de hiç bir üzüntünüz olmasın...

Atı sıkı sıkı mahmuzlarken son defa konuştu:

—Geçmiş olsun.

Gelin görümce şahlanan atın süvarisinin arkasından bakarken mırıldandı:

—Allah ne muradın varsa versin... Senin gibilerin yeryüzünde adedini artırsın.

Kar beyaz bir attı. Yayla yollarında dört nala şahlandı, tozları dumanlara kata kata kişnedi, eşindi...

Yayla eşine kıt rastlanan yeşil bir halı gibi, iki tepe arasında çanaklaşan orta yeri tepsi gibi düz, küçük ova görüntüsü veren bir arazinin üzerindeydi.

Alabildiğine yükselen tepelerin arasında düzleşen çimenlik ovanın, tepelerinde çam ormanları yükseliyor, çanağın ovalaştırdığı arazide dört köşe kibrit çöplerinden yapılmış gibi evler, çimenlerin üzerine nakış nakış serpilmişti...

Kollarında kovalar pınarlara gidip gelen gelinler, kızlar, tepelerin yamaçlarına çitlerle çevrilmiş, mandıralara sağılmak için güdüden getirilip doldurulmuş sürüler, tepelerin doruk noktasından mandıraların olduu yerlere analarının kokularını alıp meleşe meleşe koşuyan kuzular, çimenlik arazinin üzerinde papatya çiçeği gibi nakışını döke döke inerlerken, yayla başka bir özellik başka bir değer kazanırdı.

İşte yayla da tam bu manzaranın dekorlaştığı bir andı...

Bu hal, bu hava, her zaman Kerem'i büyüler, tesim alır, gönlünü mest ederdi...

Tabiat o kuvvet ve kudret sahibi Yaratıcının, muhteşem eseri, gecesiyle gündüzüyle Kerem'in gönlündeydi.

Kır at kapılarını ezberlemişti.. Evlerinin önüne gelince derin, bir solukla durdu.

Meryem kapılarının önündeki ağaç sedirde otururken kır atın kişnemesini duyup, sesin geldiği yollara muhabbetle baktı... Kerem'in geldiğini görünce sevinmişti. Doğrulup ayağa kalktı. Kır atın dizgininden tutup:

—Hoş geldin diye sevindi...

Kerem ablasına bakarken neşesizdi:

—Hoş bulduk.

Atı hemen evlerinin böğründe taştan örülmüş küçük ahıra çekip üzerindeki eyeri aldı. Heybeyi Meryem'e verip, eğeri münasip bir köşeye koydu. Atın dizginini kafasından çözdükten sonra, kır atı yaylanın geniş çimenli ovasına başboş salıverdi..

Atın kişneye şahlana ovaya doğru akışını seyrettikten sonra, evlerine geçti... Yayla'nın kanunu böyledir. Sığır yaylanın orta yerindeki geniş daire biçiminde taş duvarlardan çevrilmiş mandırasında geceler. Evlerin önlerinde sağılan hayvanlar yine getirilip buraya bırakılırdı.

Atlar hariç. Onlar sığırla gelip giderler, lazım olmadıkça geceleri hariç tutulup, ya da bir yerde kapatılması bekenilmez. Kerem de bunu bildiği için kır atın hürriyetini eline vererek saldı.

Meryem Kerem'in halinden birşeyler sezmişti.

—Seni üzgün gördüm.

—Yorgunluktan olmalı.

—Saklama benden bu yorgunluğun verdiği bir alamet sayılmaz.

—Bırak şimdi soruşturmayı. Yemeğin var mı?

—Var.

—O zaman birşeyler hazırla yiyelim. Sonra da birlikte istersen gezeriz. Pınarları, tepeleri sonra gelirken pür getirip, evimizin önünde aleyhen yakarız.. Tıpkı çocukluk günlerimizde olduğu gibi.. Var mısın?

Meryem sevindi:

—Oldu. Dediklerinin hepsi de kabul.

* * *

İki kardeş obaları aşıp yaylanın doğusunda bütün ihtişamıyla duran tepeye tırmandılar.. Hemen eteğinden doruğuna doğru yükselen çam ormanının kenarından çizgi çeken cılga yoldan ayrılıp ormana doğru yürüdüler.

Kesilen çam ağaçlarının dalları kuru gövdelerinin diblerinde kızarıp kalmıştı... Tıpkı ateş rengini alarak kurumuş al al olmuşlardı.

Kerem çam dallarının üzerlerinde kuruyan sivri yapraklarına baktıkça aleyhin yakmayı hatırladı. Eğilip pür dallarını toplamaya başlayınca, Meryem de sevinmiş, o da Kerem'e yardımcı olmaya başlamıştı. Kısa zamanda topladıkları pürleri en geniş ve yaygın olan dalın üzerine yığıp, iki kardeş tepenin doruğundan, eteklerine doğru sürüklemeye başladılar... Kapılarının önüne kadar su ter içinde yüklerini çekip getirmişlerdi...

Kim bilir bu gece yayla evlerinin meydanlığında kaç obada aleyhin denilen meydan ateşi yanacak ve hangi obanın yaktığı aleyhinin alevleri gökleri tutarcasına yükselecekti.

İki kardeş getirdikleri pürlere tıpkı piramitler gibi biçim vererek, dibi geniş yükseldikçe ucu sivrilen, heybetli bir manzara meydana getirdiler.

Yaylada gece başlamak üzeyerdi. Karanlıklar, yeşil halının üzerine koyu bir kabus gibi çöreklenip kaldı.

Yüksek dağların arasında ovalaşan yaylaya karanlık çöreklenip kalınca, aleyhiner yandı... Rakım, ikibin elli olan yaylanın tepesinde duvaklanan karanlığı, ovalardan göklere yalım yalım yükselen alevler tuttukça, ortalık loş bir aydınlığın kucağına düştü...

Mandıranın seyvan denilen çoban evinin önünde yanan küçük ateşler, parlarken, hazin kaval seslerine eşlik eden, yanık bir ses yaylanın ahengine cilve katar.

—Yaylam sana hiç mi duman inmedi?

İndi ama mor sümbülün solmadı.

Yarensiz yaylanın tadı kalmadı.

Neleyim yaylayı yar olmayınca

Yar olup da gonca gül olmayınca.

Aleyhinler söner, küllenir, gençler güle şakalaşa, ihtiyarlar külleşmiş ateşin başından kalkıp elleri bellerinde uğrun uğrun evlerine giderlerken, iki ihtiyarın konuşmalarından ilki mutlaka şöyledir:

Aleyhinler söner, küllenir, gençler güle şakalaya, ihtiyarlar külleşmiş ateşin başından kalkıp elleri bellerinde uğrun uğrun evlerine giderlerken, iki ihtiyarın konuşmalarından ilki mutlaka şöyledir:

—Eeeeh, bir dahaki yayla vaktine kim öle kim kala.

Kerem ve Meryem evlerine çekilip, yerlere serilen döşekleri açıp, birbirlerine iyi geceler diledikten sonra sessiz sedasız uykuya varabilecekleri zaman için gözlerini kapadılar...

Gün her yerde doğar yükselir de yaylada saat sekiz on demeden sisler çekilip, güneş billur ışıklarını dünyaya veremezdi. Hiç bir uyku bu yaylanın uykusuna benzemez... Uyumuşlardı...

Kerem o herkesin kederi ile üzülüp huzuru ile sevinen taze genç, belki de hayatına hayat olan, hayatına mana verecek rüyayı görmekle meşguldü... O ne hayran hayran seyredişti Yarabbi... Gözlerinin ışıkları, en yüksek derecede ziya veren devreleri adeta sükut ettirircesine, dehşet verici voltajla bu keskin bakışlar acaba dikkatle nereyi seyretmekteydi?

Yeşil çimenlerin üzerini seccade yapmış, yönünü Beytullah'a çevirip Mevlası'nın huzurunda el bağlamış, siyah kısa sakallı, uzun boylu dolgun vücudlu, gözleri kamaştıran nurdan çehresi ile güneş gibi dünyaya doğan İki Cihan Serverini kıyamda dururken bir ya da iki adım ağ gerisinde, yan tarafına durmuş bozulmayan bir seyre koyulmuştu...

Kendisinden geçercesine dalmıştı. Usul kısa bir adım daha yaklaşıp adeta arada yarım adımlık bir mesafe kala durdu. Beline kavis çizdirir gibi eğip kafasını Nurdan çehreyi iyice görebilmesi, için öne doğru uzattı. O Nurdan çehreyi doyasıya seyredebilmesi için dikkat kesildi.. Can alıcı merak dolu bakıştı... Seyrin, en hararetli anında kendi arkasında peydah olan babaannesi vardı... Kerem koyu bir merak dalgası içinde dalgalanıp dururken, dönüp kısık bir sesle babaannesine fısıldadı:

—Babaanne.

Aynı dikkatle çıkan bir fısıltı cevap verdi:

—Söyle.

—Namaza durmuş olan bu Nurdan insan kim?

Babaanne yine kısık sesini yükseltmeden fısıldadı:

—İki Cihan Serveri. Cenab-ı Peygamber (S.A.V.) oğul, O senin gördüğün, Muhammed Mustafa (S.A.V.)'dır. O'nu dikkatle seyret...

Kerem'in yüreği çatlarcasına atmaya başlamıştı. Daha da heyecanlandı. Göğüs kafesi çatlarcasına nefes alıp verdiğinin farkındaydı. Seyrini aynı bakışlarla sürdürürken, içinden bir söylenti büyüyüp dudaklarından sorulaştı:

—Demek ben iki Cihan Serveri Hazret-i Muhammed Mustafa (S.A.V.)'yı görmekteyim öyle mi? Efendim diye mırıldandı...

Uykudan ürpererek uyanmıştı. Göğüs kafesinin sıkıştığını hissedip yatağının içinde doğrulup oturdu...

Gözlerini açmak için övşeledi, sanki bu o kadar zordu ki, iki kirpiklerine tonlarca yük asılmıştı... Açamadı. Uğraşırken aklından bir soru yükselip heyecanın daha da körükledi:

—Allah'ın Resulünü rüyasında görenler Nurunu da görebilirse Allah (C.C.) o insanı ateşinde yakmaz. Cennetinden köşkler verirmiş.

Bunu Adem Hoca'dan dinlemişti.

Gözlerini açtı. Uğraşıp neden açamadığının daha farkında bile olmadan ...

Evin içi hayret vericiydi... Sanki hayaller aleminde yaşarcasına bir gerçeği görüp yeniden ürperdi, titredi. Sonra şeffaf bir rahatlık içindeydi... Yayla evinin ağaçtan çamdılarının arasında gözlerin dayanamayacağı kadar kuvveti Nurdan ışıkların odanın içini doldurup yerdeki yatağın ortasında kıyasıya birbirini kesiştiğini seyrediyordu. Küçük damlaların kirpiklerinin arasından yanaklarına ılık ılık döküldüğünü hissede hissede seyretti...

Belki de dünyanın, güneşin bütün ziyaları bir araya gelseler bu kadar kuvvetli keskin ışıkları oluşturabilmekte acze düşebilirlerdi... Kerem resmen, gözleri açık rüya aleminden sıyrılmış olarak Allah (C.C.)'nun Nuruna gark olmuş ve şimdi usanmadan bıkmadan onu seyretmekteydi... Gözleri kamaşa kamaşa, kırpa kırpa uzatmalı bir seyrin eylemine başlamıştı...

Tükenmesin bitmesin isteği ile seyrini sürdürdü... Bir ara içine düşen şüphe yüreğinin başını burkarcasına sızlatmıştı.

—Acaba sabah oldu da odaya güneşin keskin ışıkları mıydı vuran?

İşte bunun doğru olup olmadığı için kolundaki saate baktı.

Oysa saat daha gecenin üç otuzunu yeni yeni gonkluyordu.

Ve içindeki sevinç dalgası coştu, coştu. Allah'ın Resulünü, gördüğünün müjdesi ve onun belirtisinin emaresi olarak Allah (C.C.) Nurunu, bulunduğu eve cömertçe yansıtmıştı.

Telaşesi daha da çoğaldı, heyecanı son raddesine varıp dayanmıştı. Bir ara kardeşini uyarıp, onun da Nurdan incileri seyretmesini arzuladı.

Hemen arkasından bilinmeyen bir hissin verdiği emirle vazgeçmişti.

Yatağında oturup üzerine sedef sedef dökülen keskin pırıltılar halineki Nuru seyretmişti. Gün karanlıkların çarşafını aralamaya başlayınca, hayatına mânâ veren gece ve Nur artık çekilip gönlünde ilahi bir çırpınış ve mânânın izlerini bırakıp gitmişti... Daha ilerisine aklı uzanmasa bile, ömrünün en büyük mükafatını aldığını Allah (C.C.) tarafından ödüllendirildiğini anlamış olmak onu bahtiyar kılmıştı...

* * *

Çifteturna köyünde yine diller hareketli haraketli döndü:

—Bozca'nın Kerem, yayla yolunda Yavuz'la Yaşar'a tuzak kurmuş.

—Yabandan beş on kişi toplayıp ikisini de bir güzel benzetmiş.

—Bozca küplere binmiş.

—Zaten sevmez Kerem'i...

UĞURSUZ

Kerem ablasını da alıp, sabah erken saatlerde kalkıp köylerine geldi. Daha havuzun önünde attan inip terkisine aldığı ablasının inişine yardımcı olurken, birşeyler sezmiş gibiydi.

Bozca, öfkeden kuduran bir suratla, ateş püskiren gözlerle, oğluna bakarken, Erdem sinirinden dişlerini yumruklarını sıkıyor, adeta babasının yanında şiddet harekâtına geçemememiş olmanın çilesini çekiyordu.

Bozca gerilen sinirleri çatık kaşları ile bir heybet olup çıkmıştı. Sanki gözbebeklerinin içinde birşeyler arar gibi bakan Kerem'e:

—Köpek! diye bağırdı. Bu köyün huzurunu bozmakiçin mi geldin? Başımızı belaya sokmak mı istersin sen? Daha birkaç gün öncesi yaptığın serserilikler yetmiyormuş gibi, şimdi de yabandan adamlar toplayıp köyün çocuklarını başkalarına dövdürmeye mi başladın?

Kerem her işini bırakıp babasının yüzüne bön bön baktı. Babasının ne demek istediğini anlamıştı.. Alaylı alaylı gülümsedi:

—Ben tuzak nedir bilmedim hayatımda.

Bozca hiddetli bir sesle bağırırken, rengi kızıllaştı, gözleri öfkeli pırıltılarla yataklık etti:

—Utanmadan bir de yalan mı söylersin?

Öylesine içten öylesine duygulu bir feryattı ki bu, yüreğini, pareleye paraleye babasına itirazda bulundu:

—Ben yalan söylemekten Allah'a sığınırım.

Bu ses, Bozca'nın tepesine hançer hançer saplanıp kaldı:

—Yalan söylemeyen adama da bak. Yavuz'un suratı tanınmaz hale gelmiş. Yaşar korkusundan aptal aptal bir hal almış. Kim yaptı bütün bunları?

Hadi bir yalan daha söyle, bütün bu yiğitliği tek başına yaptım de, mertçe boğuştum, bana hiç birşey olmadı de. Onları perişan ettim de...

Daha da hiddetlenmişti. Sesi oldukça yükseldi:

—Ne duruyorsun söylesene?

Kerem muzdarip durgun çehresini babasına çevirip soğuk bir lisanla:

—Ben yaptım, işte bu doğru, diye mırıldandı. Ben?

Bozca, istihzalı bir suratla oğluna baktı:

—Sen öyle mi? Hem de tek başına.

—Ben ve tek başıma. Diye tekrarladı.

—Neden yaptın?

—Öyle istediler.

Yürüdü.. Hayretler içinde, heykelleşmiş gibi bekleyen ablasına hatta anasına bile bakmadan yürüyüp köşk evinin merdivenlerini tırmandı.

Erdem şeytani bir tavırla babasına yaklaşıp kulağının dibine sinsice fısıldadı:

—Billahi de yalan baba. Yavuz'la Yaşar bana herşeyi anlattılar. Köyün söz sahiplerini kendimize düşman kazandık. İkisi birden yemin ederlerken kulaklarımla duydum... (Böyle giderse yaşatmayız onu) diyorlar.

Sükutu kendisine sığınak edinen ana, artık dayanamıyordu. Beklenmedik bir anda infilak etti:

—Erdem sen sus bakayım. Benim bildiğim Kerem yalan nedir bilmez.

Ananın takındırdığı tavır Bozca'yı kendisine sataştırmaya yetti.. Merdivenlerden ağır adımlarla çıkan Kerem, babanın ortalığı kuşatan gür sesi ile, adımını yarıda bırakıp durakladı.

—Söyle ona yarından tezi yok çekip gitsin buradan. İstemiyorum onu buralarda anlıyor musun istemiyorum.

Bu aileye uymasını beceremeyen, uğursuz oğlun gitsin buradan, gitsiiin...

Ana Kerem'in arkasından hüzünlü gözlerle bakarken, Bozca'ya mırıldandı:

—Uğursuz biri varsa o da sizin akılsız kafanızdan başkası değil.

Bozca dişlerini sıka sıka anaya bağırdı:

—Onun şımarıklığı serseriliği yüzünden köydeki huzurumu kaçıramam ben. Anlıyor musun kaçıramam... Yarın Koca Mustafa, Hüsmen ağa ve çocukları ellerinde silah intikam almak için köşe kapmaca oynamaya başlayınca bu işin sonu gelir mi sandın?

Gidip buralardan uzak kalsın, kalsın da İstanbul'da ne hali varsa görsün.

—Bir baba değil, tıpkı düşman gibi konuştun. Haksız yere bir intikam yarışı başlarsa unutma, Kerem'i babası da sensin. Varsın onlar Bozca'dan korksunlar.

Kerem, bozuk bir asapla odasına çekilmişti. Acıları içinde yiv yiv derinleşirken, arzuları boğazına ham armut gibi tıkanıp kalmıştı... Koyduğu yerden valizini çekip kapağını açtı. Perişan bir gönülle içine çamaşırlarını doldururken, öfkesi başında düğümlenen ana kapısı açık duran odadan içeriye girdi. Ana odanın ortasında hayalet gibi durup oğluna hayretle baktı.

Başına bağladığı eşarp çözülmüştü. Gergin bir sinirin dağınıklığını düzeltip, yeniden kendisine çeki düzen verirken ılık bir ses oğluna yetişti:

—Kerem:

Valizinin kapağını kapatıp kilitledi, sonra dönüp anasına baktı:

—Nereye?

—İstanbul'a.

—Ne yapacaksın İstanbul'da? Gurbetçilikten bıkmadınız mı hâlâ?

Anasının yüzün bakarken acı acı gülümsedi. Derin bir nefesle solurken nefesin basıncından beyni sarsılır gibi olmuştu:

—Ana, benim için gurbet ile sıla arasında ne fark var?

—Kırıldın mı?

—Bilmem farkında mısın? Artık dayanamıyorum. Asi gelirim diye korkuyorum. Bu yüzden de gitsem en iyi işi yapmış olurum. Belli ki insan dışından belli olmuyor ana. Şu göğsümü yarıp, baksanız belki de yüreğim içimde pare paredir.

—Vazgeç. Aksi halde beni de yanında bulacaksın. Hem senin gibi de değil bu bir daha dönüp geriye bakmamasına bir gidiş olur. İster misin bunu?

—Kuşlar kurdukları yuvayı sadece birlikte yapılan göç için feda ederer. Bölünmek için değil...

—O zaman valizi yerine kaldır, gitmekten vazgeçtiğini söyle, bana.

—Duydun kovdu beni. Uğursuz dedi. Yalancı dedi. Bir insana yalancı gözü ile bakıp itimatsız davranmak kadar acı çok az şeyler vardır...

—Ananın öldü mü sandın sen. Seni kimse bu evden kovamaz. Bu evi bu yurdu bu yerleri ben kurdum... Daha da zor ederse varıp kendisi gitsin.

Kerem elini annesinin ağzına kapatıp susturdu:

—Sus ana bu nasıl söz? Varsın kızsın bana, o benim babam.

O benden geçse bile, ben kendisinden geçtim mi sandın sen.

Meryem koşa koşa yanlarına gelmişti... Ana ve oğlunu son konuşmalarını dinledikten sonra, kollarını açıp hıçkıra hıçkıra Kerem'in boynuna doladı.

Kerem ile Meryem çok iyi anlaşan iki kardeşti... Elini ablasının saçlarının üzerinde gezindirirken:

—Sus, diye teselli etti. Ağlama...

Meryem az sonra aralanıp ıslak gözlerle Kerem'in suratına bakarken hassas bir sesle sordu:

—Kerem çok mu acı çekiyorsun?

—Unut şimdi bunları.

—Rahatlayabilmen için cevaplamalısın.

Ablasını ta can evinden sökülen pırıltılarla süzdükten sonra:

—Kolay değil, diye mırıldandı. Bir babanın evladından her nefeste nefret etmesi üstelik ne zaman gözgöze gelse nefretini yüzüne vurması çekilir cinsten değil. En doğru hareketimi bile lanetledi. Bir defa bile olsun oğlum diye seslenmedi bana. Anam ve sende olmasan...

Ana yaralı gönlünden sökülen duygularla hassas sesini oğluna kavuşturdu:

—Aldırma sen onlara. Biraz da duymamış gibi davran. Ben yıllardır hep böyle yaparak bugünlere geldim. Bakarsın gün olur o da hatasını anlar...

KURŞUN

Bozcaların evinde soğuk hava esedursun Koca Mustafa oğlunun yaralı bereli yüzlerine baktıkça, küplere bindi.

Anası morarıp, siyahlaşan yaralara merhem sürdükçe sokrandı, homurdandı:

—Elleri teneşire gelesi lanet, nasıl da kıydı sana?

Yavuz anasının elleri yüzlerinde dolaştıkça sızlandı, yalanlar uydurdu:

—Tam yedi kişilerdi ana, tam yedi. Aniden üzerimize hücum edince şaşırıp kaldık.

—Ne alıp veremedikleri varmış sallara sarılasıların?

Yavuz'un gözlerindeki pırıltılar baygınlaştı, daldı.. Kuyudan yalan çıkarışın zorluğu, esmer yüzünü biraz daha karartmış, soğutmuştu. Durgunlaşan çehre ciddi bir tavırla kinli konuştu:

—Çok eskilere dayanan bir hesap bu...

Koca Mustafa sigarasını efkar efkar tüttürürken dikkat kesilip oğluna baktı. Kenan, adeta ağabeyisine iğrenerek seyirci olan genç, sebebin ne olduğunu derin bir sükut içinde dinledi.

—Babam yıllar öncesi babasını dövmüş. İşte onun intikamı bu.

* * *

Kerem günler var ki babası ile yüz yüze göz göze gelmeyeye gayret ederek günleri geçirmeye çabaladı.

Bugün canı yine uzaklarda gezinmeyi arzulamıştı.. Kır atı eğerleyip köyün kuzey doğusuna uzanan, kırsal kesime doğru mahmuzladı.

Efkârını böyle yenip gönlünde depolanan ıstırabı sessiz yamaçlarda soğuk su başlarında unutmaya çalışıyordu.

KAÇAK

Bu yıl yaylaya göçmeyen üç haneden bir tanesi de Asiye anaydı. Tek ineğini sığırdan ayırıp köyde kaldı. Kâh tarla kenarlarından, su başlarından, yeşil otlar yolup getirerek kâh Çiğdem'in önüne ineği katıp güdüye göndererek hayvanı beslediler.

Çiğdem bugün yine anasının beline sardığı azığı alıp elindeki dayağı önünden sürebilmek maksadı ile ineğin sırtına vura vura yollara düştü:

—Hov hov...

Asiye ana tedbirli kadındı. Yunus'tan kalma berabellum tabancayı tetiği çekilecek hale getirip kızının kuşağının arasına sokmadan, Çiğdem'i güdüye göndermesi mümkün olmamıştır. Her gün aynı sözlerle kızının kulaklarını çınlatmadan yolcu da etmezdi:

—Vara yoğa tetiğe dokunma sakın. Olur ya, son yıllarda dünya yaman bozuldu. Belkim düşmanlık eden olur. İşte o zaman heç acımadan tetiğe bas... Yeni dünyanın arzuları istekleri vicdanları bilem değişik, unutma. Ölüm tesim olmaktan hayırlıdır...

* * *

Çiğdem o tek ineğin sığırtmacı olan kız, sıkılmıştı. Tarlaların kıyısında ineklerini güderken, bayatlamış sessizlikten inleyen arazinin katı yalnızlığında bunalmış darlanmıştı.. Sessiz dünyanın iniltili manzarasını emen hüzünlü gözleri kâh tarlalardaki ahlat, anzap adı verilen meyve ağaçlarına, kâh gönlüne şenlik veren kuşların cıvıldaşmalarına ve berrak havanın pırıltıları arasında kanat çırpan kelebeklerin peşlerinde gezdi durdu...

Hatta ayaklarının dibinden vızıldayıp geçen kertenkelelere yuvalarına yem taşıyan karınca ordularına, böceklere bakıp oyalandı... Sonra gözleri köyden kendisine doğru uzanan cılga yolların üzerinde süzüldü. Şahlanmış bir kır at ve süvarisi geliyordu. Çiğdem önce hayran hayran baktı, kendisine biraz daha yaklaşınca tanıdı... Kerem'di bu...

Kır atı dörtnala kaldırmış, ekinlerin arasından uzanan dar yollarda kanat açtırmıştı... Çiğdem, kendilerine arka çıktığı için değil, daha önceden ta, çocukluk günlerinden beri, Kerem'i ağabey duygusu ile severdi. Çiftliğin, çiftlikte tükenen günlerinin arkadaşı ağabeyisiydi Kerem.

Daha onüç ya da on dörtlerde bahar bahar tüten bir kızdı. Uzun kumral saçları, sarı çiçeklerle desenlenmiş yazmasının altında hilalleşen kaşları, masum çehresi elâ gözlerinin bebeklerinden muhabbet pırıltıları kaynaşan sempatik bir kızdı... Boyu yaşına göre uzun sayılırdı. Üzerindeki urbası yer yer yamalıklı bakımsız bir goncaydı...

Belki de Kerem'i o vadileşen arazinin ileri tepesinde, soğuk su gözesinin başında saatlerce oturup, gezindiğine çok şahit olmuştu.

Fakat bugün hergünkünden çok başka bir gündü. Kerem'in hemen arkasından Koca Mustafa'nın Yavuz da at sürüp gözlerden uzaklaştı.

Vadileşen arazinin kendisinden tarafa kalan yamacın başına hayretler içinde baktı, baktı, baktı... İnek tarla kenarındaki otları bırakmış ekinleri yayılırken, Çiğdem'in işi başka şeyler olup çıkmıştı.

Yavuz önce atından inip hayvanı kıyıdaki çalılıkların arasına çekti. İpini bir meşenin gövdesine bağladığını, dehşet pırıltıları boşaltan gözleri ile hayal meyal seçebildi. İlerideki yamaça arasındaki mesafe yüz ya da yüzelli metreden daha fazla sayılmazdı.

Ekinlere sonra yayılan ineğe bakıp boynundaki ipinden çekti, kenardaki yaban fındığına sıkı sıkı bağlayıp, Yavuz'u gözetlemeye gayret etti. Kıyıda durmuş elinde birşeylerle oynadığını seyretti.

Az sonra çalılıkların arasına kaynayıp gözlerden kaybolunca endişesi çoğaldı, gönlü sebebin zor bildiği bir sıkıntının burkuluşuna dayanmaya çabaladı.

Çiğdem birşeyler sezmişti. İşte onun acısını çekiyordu... Sanki bir ödüncün ödenmesi için kendisini vazifeli hissedip, kafasında mahkeme kurmuştu. Adeta irade dışı hareketlerle cılga yolu takip ede ede yürüdü. Yamaç arazinin dibine varınca uzakları gözetledi.

Kerem vadinin ikinci dilimini oluşturan yüksek bir bayırın doruğunda iri, yerli bir kayanın dibinden çıkan su gözesinin başında arkasını sarp kayaya vermiş, tabiatla hem hal olmuştu. Etrafını ısrarlı ve dalgın bakışları ile seyirdeydi...

Çiğdem Yavuz'a gözükmeden tıpkı ürkek ceyanların tehlikeyi sezdiği anlardaki bakışları ile takip etti... Saklandı, doğrusu oldukça dikkatli hareket etmeyi de başardı.

Bütün bunlara rağmen korkulu bir hali vardı... Usul, sessiz adımlarla kayalıkların arasından, saklana saklana yürürken, göğüs kafesi sıkışmış gibi nefes alıp verdi.

Kerem, oturduğu kayanın dibinde kaygusuz, Yavuz, sinsi tilkiler kadar kurnazdı. Kerem'in oturduğu kayanın arkasında düşen başka bir kayanın dibine yerleşip siper aldı.

Kerem, Yavuz'un siperine hedef teşkil edercesine sere serpe ve cömertçe bir dalgınlığın kucağında, kendisini tehlikenin kollarına salıvermişti.

Yavuz, tabancasını sessizce çıkartıp, onbeş yirmi metre uzaktan nişan aldı...

Öylesine tabiatla haşirneşirdi ki, bu yüzden kör bir umursamazlığın sağırlığı, varlığını çepeçevre sarmıştı.

En serseri kurşunlar vardır, gafletin kollarına terkedilmişlerin ense köküne patlayan. Kerem, işte böylesine bir tehlikeye hedef olduğundan habersizce etrafı derin bir sükut içinde seyirdeydi.

Bir kısır çekişmeye gebeydi zaman. Yavuz'un içinde fırtınalı bir deniz boğuşmaktaydı. Ve bir çığlık düştü kırsal yamaçların ölü sessizliğine... Çılgın bir parmağın tetiğe çöküşünün hemen arkasından kurşun sesleri kimsesiz vadinin ufuklarında gök kubbeyi velveleye verircesine patladı. Çiğdem, saklandığı kayanın arkasında ellerini yüzlerine kapak yaptı. Korkmuş sararmıştı. Sanki Çiğdem dünyaya yeniden cesaretle bakabilmek yeteneğini yitirmiş hali vardı.

Bir ceylan ürkekliği ile çırpınan kalbi beynini mazideki günlere götürmüştü. Çocukluğundan tut daha bir kaç gün öncesi kendilerini arkaladığı düşmüştü aklına. Ellerini gözlerinin üzerinden sıyırıp, perişan bakışlarını ileri istikametlerde gezindirirken, kuşağının arasından tabancayı usulca çekip meydana çıkardı. Sıkıca kavrayıp Yavuz'u namluya hedef tuttu.

Kerem yaralanmıştı... Can havli ile yerinden sıçrayıp, Kayanın arkasına sürüklendi. Heyecan saçan gözleri Yavuz'u görmüştü. Koyu bir düşünce eşine az rastlanılan bir çaresizlik kuşatmıştı varlığını. Kavuştuğu siperde bacağından akan kanlara baka baka çırpındı. Anlaşılan silahı da yoktu.

Yüzlerinden boncuk boncuk sıkıntı terleri döküldükçe elini kalçasından akan kanların üzerine bastırıp, bekledi...

Avucu kanlarla dolmuştu.. Al al öz bedeninden sızan kanla. Buğulu gözleri acı ile kırış kırıştı.. Umutsuz pırıltılarla ilerideki kayadan yana baka baka ses dinledi.

Anlaşılan Yavuz Kerem'in yanında silahının olmadığını anlamıştı. Ya da başka bir ihtimalle hayatını yitirmiş olabileceğini düşünüp, sinsi bir sıyrılışla, etrafını gözetleye gözetleye, kayanın ucundan açığa çıktı... Ancak emin olması için eli tetiğin üzerinde bekeye bekleye bağırdı:

—Çık ortaya köpek. Seni gebertmeden döner miyim sandın?

Kerem sesleri iğrene iğrene dinledi... Buna rağmen büyük bir sabırla hakaretlere ehemmiyet vermeden bekledi. Avucunun içine sığacak büyüklükte bir taşa sarılıp cılız bir umutla tetikte durdu...

Çiğdem dehşet verici heyecanla olanları seyrediyordu...

Yavuz'un usul adımlarla Kerem'in siperlendiği kayanın üzerine üzerine yürüdüğünü görünce sabrı taşmıştı.. Acı bir ses Yavuz'u amansız bir çalkantıya düşürdü ve sıçrattı:

—Bırak o silahı elinden. Yoksam heç acımadan vururum seni.

Çiğdem'di bu. İki eli ile tabancayı sıkı sıkı kavramış. Yavuz'u hedef seçmişti...

Yavuz korkusundan titrerken yüzündeki berelenmiş deri gerildi. Tuzlu sıcak terler dökmeye başladı. Yarım çehre arkasına dönüp kararlılık içinde direnen Çiğdem'e seslendi:

—Bırak elindeki silahı. Sen karışma işimize çekilip git buradan bakayım. Hem bunun babası senin babana düşman adamdır.

Çiğdem ürkek çekingen bir tavır içinde, tabancayı sıkı sıkı tutarken terlemişti:

—O ayrı dedi, babası değil. Biraz daha tabanca elinde beklersen billahi de vururum seni. İnanmazsan elime bak tetiği çekiyorum işte.

Yüzlerinde korkunç bir sezginin bozgunluğu dudaklarında boğuk bir telaşla mırıldandı:

—Dur.

Gururu küçük bir kızın kararlılığı karşısında yenik düşüşün çilesini çeke çeke ilave etti:

—Sadece buradan uzaklaşıp gidinceye kadar sabret...

—Tabancayı elinden bırakmazsan sabretmem.

Bu ses, bu öfke, gönül telini insafsız bir şekilde titretmişti. Tabancası elinden küt diye toprağın üzerine düşüp kaldı. Hırsından korkunun telaşesinden git gide irileşen gözleri vehim doluydu... Bedeni kaynak kaynar buharlaşan terlerin hücumuna uğramıştı...

Namlunun gölgesinde korka korka yamaç araziyi geri adımlarla yürüyerek uzaklaşıp gitti... Yamacın uçurumlaşan noktasına, gelince yönünü kaçacağı istikamete doğru çevirerek yokuş aşağı ürkek tilkiler gibi akıp uzaklaştı...

Çiğdem korkunç bir heyecanın çırpınışı içindeydi... Yere atılan tabancayı alıp, usul, ürkek adımlarla siperi aralayıp açığa çıktı. Mahzun, sıkıntı dolu bir çehre ile Kerem'in karşısında dikildi.

Kerem endişeyi yenmiş kurtuluş umutları canlılık kazanmıştı.. Yarasına aldırış bile etmeden karşısında dikilen Çiğdem'e mülayim pırıltılarla bakarken, ilk soru Çiğdem'in dudaklarından çözüldü:

—Yaran ağır mı Kerem ağabey?

Al kanları toprağın üzerine pıhtılaşıp donarken, yüreği serin bir cevap verdi:

—Merak etme, korkulacak bir şey yok. Kalçamın kalın etini parçalayıp çıkmış.

—Eyi. Anam heç bir erkeğe gövenip sokulma dedi. Yardımcı olmadan kalkıp gidebilecen mi?

Kerem derin bir düşüncenin çalkantısında Çiğdem'e bön bön bakarken kendisini yoklayıp sonra mırıldandı:

—Sanırım gidebileceğim. Sadece atımı buraya kadar getirebilirsen kâfi..

Çiğdem sevinmişti. Koşarak gidip Kerem'in atının yularına, sarıldı.

Kerem, sol bacağının üzerine dayana dayana kayadan tutup sızılı bir hareketle ayağa doğruldu.. At tam önüne kadar getirilmişti.. Elini, eğerin kaşına uzatıp, sıkı sıkı kavradı.

Çiğdem'in görevi tamamdı. İçini saran yeni bir korkunun dirilişi içinde nefes alıp, verirken yüzünün rengi uçuk gözlerindeki pırıltılar ürkekti...

—Kerem ağabey diye seslendi.

—Efendim.

—Dilersen Yavuz'un tabancasını da yanına al. Arkasından yetişip vur onu..

Kerem karşı yamaca baktı... Yavuz çoktan atına binmiş tarlaların arasından yıldırım gibi akıp gidiyordu... Arkasından kızgın pırıltılar yetiştirirken, Çiğdem'i cevapladı:

—Lazım olmaz. Buralarda meşhur bir söz vardır, duyarsın. Kanı kan ile değil kanı su ile yuyarlar, denir. Şu anda endişem intikam almak değil, senin evine selametle kavuşman olacak. Şimdi sen de tıpkı benim gibi şuursuz ve amansız bir düşmanın sahibi oldun.

Sanki Çiğdem'in aklı yeni yeni başına geliyordu. Bu sözler körpe kızı yeniden titretti.

—Doğru diye sızlandı. Bundan böyle inek güdüsüne bilem çıkamam gayrı...

Kerem acılı bedenini kıpırdatırken:

—Hele sen şimdi yürü dedi. Evine kavuştuktan sonrası kolay.

* * *

Atın üzerinde bir hayli kan kaybetmişti. Eğerin derisinden, atın beyaz tüylerini boyaya boyaya, yerlere damlayan kanlar, gören gözleri dehşete salacak kadar korkunçtu.

* * *

Çiftliğin kapısından içeriye atın savuştuğunu ilk gören Meryem olmuştu. At kapının önünde soluya soluya durunca, Meryem'in gözleri irildi benzi külleşti.

Kerem'in feri kaçmış, atın üzerinde halsiz duruyordu. Atın beyaz tüylerini kızıla boyaya boyaya toprağa ılgıt ılgıt süzülen kanları görünce, köşk evinin merdiven dibinde kararsız bir çılkı kopardı:

—Kereeeeemm...

Ayyuka kemend atan feryad çiftliğin göklerinde boğulup kaldı. Korku Meryem'in göz bebeklerinde soğuk don renkli mermerler gibi oturup kalmıştı.

Ana duyduğu acı çığlıkla evdeki meşguliyetini bırakıp kendisini dışarıya attı.

Baba Erdem'le birlikte çiftliğin doğu kesimindeki gezisine ara verdi. Herkes Meryem'in feryadına dikkat kesimişti...

Erdem, sesi algılayınca:

—Meryem diye hayretini ortaya koydu. Babasına bön bön bakıp, yeni seslen dinleştirdi... Başka ses yoktu...

İkisi de kararsız adımlarla toprağa oldum olası basa basa köşk evinden yana seğirttiler.

Çiftlik bir nefeste ana baba gününe dönmüştü. İşçiler çocuklar herkes, çığlığın peşinden koşup aynı noktada buluştular...

Kerem acı çektiğini hissettiren bir sesle önce:

—Abla diye inledi. Heyecanlamayı bırak da yardım et. Korkacak bir şey yok.

Ana merdivenleri yıldırım gibi iniyordu. Kerem'in sağ kalçası köşk evinden yana çevrikti. Oğlunun bacağından akan kanların atın tüylerini yalaya yalaya toprağa damladığını görünce, başı döndü. Ayakta sendelenen dengesini zor sağlarken, ikinci bir çığlık kararsız bir şekilde aynı ismi vererek yükseldi:

—Kereeem.

Kerem ablasının iğrelti desteği ile kanları damlaya damlaya ayağını toprağa basmayı başarmıştı. Şaşkınlığını sürdüren ablasına:

—Koluma gir dedi. Beni odama götür..

Ana, kararan gözlerine değirmen gibi dönmeye duran başına aldırış bile etmeden, merdivenleri tehlikeye meydan veren adımlarla, deli dolu indi...

—Kerem, diye yürekten bir sesle irkilip boşta kalan koluna girdi.

—Ne oldu sana?

Kerem ananın soluk benzine bakıp endişeye düştü:

—Ana önce merakı bırak, kendine gelmeye bak. Gördüğün gibi hayatta, üstelik ayaktayım. Beni odama kavuşturun yeter...

Kalbi çatlayacak gibi atıyordu. Yağmurda ıslanmış zor kanat çırpan serçeler gibi perişandı. Etrafına endişe dolu pırıltılarla bakıp mırıldandı:

—Bak herkes buraya sökün etti. Biraz gayret edin, hiç kimseyi görmek istemiyorum.

Ana tek eli ile gözlerinin kaşlarının üzerini övşeleye övşeleye baş dönmesini durdurmayı denedi...

Böylelikle az da olsa başının döngünlüğünü hafifletmiş oluyordu.

Gücünü toplamaya çalışıp Meryem'in gayreti ile birlikte oğlunun merdivenleri çıkmasına yardımcı oldu. Bir an önce kalabalığın gözlerinden kaybolup cümle kapısından içeriye fersiz gölgeler gibi süzülüp geçmişlerdi.

Bozca ve Erdem kapısı kapatılan odanın önüne nefes nefese geldi.

Önce kapının önünde biriken kalabalığa ve kır atın tüylerinin üzerinde pıhtılaşan kanlara baka baka dikilip kaldılar.

Bozca, kalabalığa dönüp merak dolu bir soru yöneltti:

—Ne var, ne oldu burada?

Kalabalıktan gelen bir çocuk sesi, herkesin merakına mührünü vurdu:

—Kerem ağabeyi vurmuşlar ellağam.

Bozca, beklenmedik bir durgunluk içinde donup kalmıştı. Erdem hayret dolu gözlerle babasının yüzüne baktı.

Ana ve abla Kerem'i odasına güç taşıyabilmişlerdi. Kerem sedirin üzerine yüzü koyun uzanınca ana ecza dolabını duvardan söküp yanına koydu.

Kerem sızılı cılız bir sesle mırıldandı:

—Ana.

His dolu bir ses:

—Oğul. Diye karşılık verdi. Söyle...

—Önce kapıyı arkasından kilitle. Gelen babambal ağabeyim bile olsa sakın içeriye alma. Bu perişan halimi görsünler istemem.

Ananın gözleri dolu doluydu:

—Kerem oğul söylesene anana ne yarası bu?

—Kurşun.

—Hangi kahbenin eli tetik çekti?

—Yavuz.

—Doktora gitmeliyiz.

Kerem itiraz doluydu:

—İstemem... Kurşun kalın eti parçalayıp sıyırdı.. Sen anlarsın bu işten, yaramı senin ellerinden başkası sarmamalı, duydun mu beni?

Ana dişlerini sıka sıka acıyan yüreğini tahammül göstermeye zorladı. Meryem kapıyı arkasından kilitleyip anaya yardım için yanına sokuldu.

Ana kanların akıp pıhtılaştığı pantolu makasla kesip, yarayı bulmaya çalışırken, kapı acı acı vurdu...

Ana aldırış etmeden yarayı temizleyip pansuman etmeye çabaladı. Meryem kırılırcasına dövülen kapıya bakıp, dışarıya cevap gönderdi:

—Biraz sonra gelirsiniz. İçeriye kimseyi istemiyor.

Bozca öfkeli bir sesle bağırdı:

—Aç kapıyı dedim sana.

—Baba biraz sabırlı olmalısın, kimseyi istemiyor dedim.

Bozca Erdem'le birlikte kapının dibinde sinir harbi içinde beklediler. Baba sigarasını yakıp kısa adımlarla evin hayat adı verilen uzun holünde dolaşıp, geçmeyen bir zamanı eritmeye çalıştılar...

Ana görevini başarmıştı. Yarayı temizleyip sardı. Dayanabilmek için dişlerini sıka sıka perişan olmuştu. Kan dindikten sonra sevindi. Az da olsa yüreğine bir ferahlık gelmişti. İşini bitirince terini silip zorla konuştu:

—Bu iş tamam, buna rağmen doktara gitmekte yarar var.

Koyu ter tabakasını buram buram derisinden söken Kerem, itiraz etti:

—Hiç bir yere de gitmem.

—Baban girebilir mi?

—Girsin, yalnız önceden tembih et, incitmesin beni.

Ana:

—İncitmez dedi. Ne de olsa babadır. Böyle günde nasıl davranacağını bilecek kadar...

Kerem uzandığı sedirde rahat bir nefes almıştı. Ana Meryem'e kapıyı açması için işaret verdi. Kızı anasının arzularını yerine getirmişti. Kerem sedirin üzerinde sol kalçasının üzerine dönüp arkasını yastığa dayamış, suçlu çocuklar gibi sükût içinde beklerken, Bozca, açılan kapıdan içeriye alev püskürten gözlerle baktı.

Erdem arkasından, baba önden açık kapıdan birlikte süzülürken, ana Bozca'nın gözlerinin içine endişeli baktı.

Baba evin orta yerinde dikilip tedirgin gözlerle sedirin üzerini gözetlerken, Kerem'in çehresi pencereden dışarıya dönüktü...

Sert kıvılcım kıvılcım kaynaşan kırıcı bir ses, evin ortasında okkalı bir kuvvetle dalgalandı. Sakalları iyice uzamış, saçları dağınıktı. Bu hal mimiklerini olduğundan daha da sert bir hüvviyete sokuyordu.

—Neden açmadınız kapıyı?

Ana mülayim hatta yalvarmaklı bir sesle cevap verdi:

—Yarasını sararken kalabalık istemedim.

—Ne yapmış ki yaralanmış?

—Üsteleme. Geçmiş olsun de önce...

Bozca avazının çıktığı kadar bağırdı:

—Ben neler olduğunu sordum sizden?

Meryem babasının asık öfke dolu çehresine hayretle bakıyordu.

—Neden bağırıyorsun baba. Kerem ölümden kılyapı kurtulmuş. Kahpece kurşunlamışlar. Hepsi bu.

—Vuran kim?

—Yavuz.

Bozca'nın gözleri faltaşı gibi irildi, parladı. Sesi düştü:

—Yavuz mu? Diye mırıldandı. Demek bu köydeki beklenilen kavga başladı ha? Sürekli akacak kanların kavgası. Sönmeye namzet ocakarın kavgası başladı nihayet öyle mi?

Kerem umursamaz seyirini bitirip, ıstıraplı yüzünü babasına çevirdi ve ona kahırlı bir sesle mırıldandı:

—Bu kavga benim şahsi kavgamdı baba. Benimle başlayıp benimle bitmeye namzet bir kavga bu. Siz boş yere üzülmeyin demek istiyorum.

Bozca:

—Neden kapıştınız yine?

—Arkamdan sinsici takip etmiş. Çoban çeşmesinin başında kayanın dibinde otururken, tabancasını ateşledi.

—Sonra?

—Sonra sağ kalçamdan yara aldım.

—Ateş edip kaçtı mı yani?

—Hayır.

—Senin yanında silah yok muydu?

—Hayır.

—Nasıl kurtuldun?

—Yunus amcanın kızı Çiğdem oralara yakın yerlerde ineğini gütermiş. Kurşunu yer yemez orada peydah oldu. Birden öfkeli bir ses Yavuz'u tehdit etti:

—Tabancını yere atmazsan seni vururum diyordu...

Yavuz tabancasını bırakıp kaçmayı tercih etti.

—Yani seni Çiğdem mi kurtardı?

—Allah onu vesile kıldı.

Bozca ayakta sinirli sinirli dolaşırken, alaylı alaylı konuştu:

—Kötü bir hareketin uğursuzluğu durmadan hortlar demedim mi sana?

—Yayla yolunda yabanın adamları ile yolunu kesip döversin de elin oğlu yanına bırakır mı bunu?

Kerem, yarasını unutup acı bir tebessümle güldü:

—Ben kimseye tuzak kurmadım. Yayla yolunda iki mahsumenin iffetine uzatılan çirkin elleri araladım. Hepsi bu. Beni söyletmeyin vara yoğa, ikisinin pestilini çıkartırken de yalnızdım. Onlar yalanların gölgesinde şereflerine ve gururlarına sürülen lekeyi silmeye çalışan iki adiden başka şeyler değiller.

Bozca şaşkın bir çehre ile deşildi:

—Kimin iffetine el uzandı ki sen araladın?

—İsimlerin hiç bir önemi yok. Kurtuldular ve temiz kaldılar, hepsi bu kadar.

—Sen güçsüzlere yardım kampanyası açacak adammışsın meğer. Ulan sana mı düştü elalemin belasını üzerine çekmek...? Sanki görmemiş gibi bağlayıp geçemez miydin?

—İşte o benim insanlık anlayışına tabanı tabana ters düşerdi.

Ana, ıstırabını içine göme göme sustu. Meryem, Kerem'in acıdan kırışan yüzlerine baktıkça eridi.

Erdem hali tavrı ile babasını tasdik eder biçimde seyire koyulmuştu. Kerem yarasının yenilenen sancısını atlatınca, yutkundu. Suratı ter içinde kalmış, dudakları kuruluktan çatlak çatlaktı.

Hassas bir sesin sahibi Bozca'nın ta gözlerinin içine baka baka konuştu:

—Derler ki bir zamanlar köylüyü ağalara karşı ayaklandırmışsın. Fakir halkı zenginlere isyan için çağırmışsın. Derler ki fitne bayrağını açmış öncüsü olmuşsun. Herkesi ağalara zenginlere çalışmamaya çağırmışsın.

Köyde direnmeyi sen başlatmışsın derler. Fakirlikten aç gezdiğin günlerde her gördüğüne açlık edebiyatı yapıp gönülleri acındırmaya zorladığını söylerler.

—Ah bir zengin olsam, diye haykırırmışsın sokaklarda. Gördüğüm her fukarayı doyurup yüzünün güldüğünü görmeden boğazıma lokma indirmek bana haram olsun demişsin. Bir lokma ekmeği on açla bölüşecek fikri getirdim size, direnin diye bayrak açmışsın..

Nerede kaldı o günlerin? Hiç merak edip düşünebildin mi? Tefekkürü için bile olsa kendine zaman ayırdın mı bari?

Bak Allah özlediğini sana vermiş. Zengin olmuşsun. Şimdi o zamanında lokma bölüşmek istediğin insanları ezmekten başka hiç bir fikrin yok mu?

Bana ömründe bu güne kadar yapmayı başardığın, fazilet timsali bir hareketini anlatabilir misin?

Bozca öfkesinden kuduracakmış gibiydi... Bedeni namlunun ağzını yeni terketmiş kurşunun sıcaklığı gibi hareretle yanıyordu. Sigarasını derin derin çekip, Kerem'e bağırdı:

—Bana insanlık dersi verinceye kadar başındaki belanın ciddiyetini düşünüp kaç git buralardan. Hem bahsettiğin günler bir aptallık çağından ibaretmiş. Neden verecekmişim ekmeğimin yarısını? Benimle beraber mi kazandılar? Ne demiş Napolyon "İnsanın dostu yoktur, saadetine ortak olmak isteyenler vardır."

Sen fukaranın tebessümünü yakınlık olarak mı kabul edersin? Fakir, her zaman zengin olan asil takımına muhtaçtır. Korkma onlara ne yapsan, dostluklarını kaybetmiş sayılmazsın.

Odanın içinde birden bire herşeyin manası kaçmıştı. O yaralı kalbi kırılmıştı... Bozca'nın kafasında kan, dibek döverken Kerem kurşun yarasını bile unutup içini dökmeyi tercih etmişti:

—Biliyor musun bana, beni en çok kahreden şey nedir? İnsanların gerçeklere kör gözlerle bakıp hakikatleri görmemezlikten gelişleri var ya? Aslını unutup önceki hayatına düşman kesilişi var ya, insanların işte bu hali hep azap verir bana.

Seni de servetini de mahvedecek bir anın, hiç ama hiç beklenmedik bir zamanda gelip çatabileceğini düşündün mü? İnsanlar, Alemlerin Sahibi Allah (C.C.)'nun kanuniyetine tabidir. Düşünsene bir kere?

Bu servetin, bu seni mağrur eden madde gücünün ve onun verdiği kibrin... Daha doğrusu tapmakta olduğun maddenin sonsuzluğa kadar seni terketmeyeceğine inanıyor musun? Ne acı ki, maddenin dışında herşeyini yitirdiğinin bile farkında olmayışın en büyük kayıp olsa gerek. Doğru düşünceyi ve acıma duygularınla birlikte maneviyatını da yitirmişsin.

Düşün bir kere baba. Karıncaların bin bir güçlüklerle yaptıkları yuvalarını düşün. Bunların varlıklarından habersizce yürüyen bir ayak, belki de binlercesini bir anda ezip yok edebilir. O küçük alemde bir sürü karıncaların bir adımın darbesinden, her zaman için yok olmaya mahkum olduğunu hiç düşündün mü sen?

Bir tüfeğin namlusundan kurtulan, bir avuç saçmanın, tetiği çeken bir parmak darbesi ile, yüzlerce kurşun insafsızca göklerden, yağmur gibi yerler döküldüğüne hiç şahit oldun mu?

Belki, ne bir karınca yuvası ne de göklere kanat çırpan bir kuş katarından değilsin. Ama sık sık tekrarlanan dünya felaketlerini unutmamakta faide var. Depremler, seller acımasız kasırgalar ve utanç verici harplerin meydan koyduğu bir dünyanın insanlarıyız.

Güç ve güçlü dediğin her şey bir imtihan malzemesinden ibaret olduğunu anamaya çalış. Her insan er ya da geç güçlü ya da güçsüz Yaratanına dönecektir. Bunu her zaman düşünmek bile ürküttü seni. Düşün.

Bozca:

—Küstah diye bağırdı. Geri kafalı budala. Yine Adem hocadan ders alıp gelmiş gibi konuştun. Benim sana sorduklarıma cevap versene:

—Akça'gili şikayet edecek misin, yoksa etmeyecek misin?

Baba dikkat kesilmiş, oğluna bakarken, Kerem yüzünü başka tarafa çevirip mırıldandı:

—Hayır.

Şaşırıp kalmış gibiydi:

—Neden! Diye hayretini ortaya koydu.

Kerem babasına kahırlı bir cevap verdi:

—Düşman olursunuz diye.

Bozca kızdı:

—Sersem, daha bir evlat gibi konuşmayı bile beceremiyorsun.

Kerem yıllardır içini kemiren bir sorunun cevabını kısık bir sesle mırıldandı:

—Neden beceremediğimi pekala biliyorsun.

Kerem münakaşaya tahammül gücünü yokladı, anlaşılan kalmamıştı. Sitem dolu bir sesle duyulabilecek kadar yükselen ses düşüncelerini açığa vurdu:

—İyi ya o sebepleri düşünerek beni yalnız bıraksanız, iyilik etmiş olurdunuz..

Bozca Kerem'in bulunduğu odayı terk ederken, bozuk bir asap içerisinde ve perişandı... Düşüncelerin verdiği yorgunlukla, beyninde, kıyasıya debreşen sancıların dibek dövdüğü anı yaşıyordu. Gittikçe benzinde koyulaşan bir ıstırabın yüzlerine titizlikle işlediği elem nakışları vardı... Belki de hiç bir yürekde böylesine bir burukluğu başka bir hiç bir ıstırap, hiç bir maraz ortaya çıkartamazdı. Anlaşılan Bozca şimdi bir vicdan azabının pençesine tutsakdı.

Kavakların altına doğru yürüyüp, sonra üzerinde isim kolyesinin asılı durduğu servi ağacının dibine oturup, sırtını gövdesine yasladı. Düşüncelerin ağırlığından, dik tutamadığı kafasını, öne yıkıp yeniden daldı. Anlaşılan vicdanını geçmişten bugüne devam edip gelen bir mahkemenin, adil bir karara bağlanabilmesi için duruşmaya hazırlıyordu.

—Kerem! diye düşüncelerini genişletti. Uzun yıllardır hazin bir hikâyenin suçlu sandalyesine oturttuğu oğlunu Kerem'i yargılayacaktı.

Ona haksızlık ettiği yolunda hülyalarını genişletip, mahkemeyi bu istikamette sürdürmeye başlamıştı. Öyle bir mahkeme ki, gerçekleri anladıkça içinde yeni yeni ılımaya başlayan duygular, yüreğinde hakim olan kin bulutlarını dağıtıp, yerini sevgi ve şefkat tomurcuklarının filizlediği hislere terketti. Öyle ki yıllardır, bitmek bilmeyen garazın sınır taşını yıkıp, sevgi çiçeklerinin açtığı bahçe gibi, Bozca'da kollarını Kerem'e açmayı düşündü... İçindeki en büyük engeli aşıp düşüncelerini gerçekleştirebilmek için, daha ne bekliyor olmalıydı? İçinden bir ses:

—Kalk diye haykırdı: Yanlışta ısrar en korkunç boyutlara varır. Sıcağı sıcağına duygularına karşılık ver. Yık şu pis gururun çemberini yııık.. Var de ki.. Kendimde hissettiğim suçluluk payı bana yanlış yolda olduğumu haber verdi... Artık ömrümüzden, geride kalan günleri bir baba oğula yakışır duygular, davranışlar içinde geçirmeye çalışalım.

İçinde sakin yumuşak, muhabbet vurgulayan duyguların dirilişi vardı.

Sigarasını dudaklarında efkar efkar körüklerken, yerinden doğruldu. Gel gör ki, içinde şeytanın dürtüsü o bayatlamış pis gururun dirilişi de kendisi ile birlikte ayağa doğrulmuştu...

* * *

Köyde günün olayı kulakları dele dele yayıldıkça, gönüller, iki devin karşı karşıya geleceği anı sabırsızlıkla beklemeye başlamıştı.

Meraklar git gide körüklenirken, dillerde başka bir hadisenin boy verişi vardı...

—Yavuz Asiye'nin sabısına ateş püskürmüş...

—Çocuk mocuk demem, onu elaleme rüsvay ederim dermiş.

—"Atlar tepişse, olan arada kalan eşeklere olur" diye boşa mı demişler?

—Kaçıp da gitseler barim. "Irzı olmayandan, ırzını satın al" demişler.

Cemal bu sözleri üzüle üzüle duydu... Duydu da çenesi felçli insanlar gibi sustu. Rengi bir hasta beniz gibi sararmıştı. Öylesine bir nefes tazeledi ki, can evinden bir şeylerin söküldüğünü adeta bakan gözlerin görebileceği kadar belliydi.

Soluyuşu.değişti, suratındaki keder çizgileri çoğaldı, kabardı. Efkarı daha da derinleşmeye başladı... Cemal'in vicdanında sancılı bir ihtilal vardı...

Başındaki şapkayı siperinden kavrayıp indirdi. Buram buram terlemişti.

Boğulur gibi darlanan nefesine rahatlık verebilmek için, yeniden derin bir nefes ciğerlerine boca ederken, vicdanında başlayıp biten bir mahkemeyi sonuca bağlayıp sıkıntılı bir hareketle ayağa doğruldu.

Ayakları irade dışı bir istikameti adımlamaya başlamıştı. Perişan bir gönülle varıp Adem hoca'nın önünde durdu... Onu camiye giderken yakalamıştı:

—Hocam diye sızlandı. Biraz dursan.

Adem hoca Cemala bön bön bakıp durdu:

—Söyle.

—Aramızda sır kalsın.

—Nasıl istersen öyle olur.

—Ben yıllardır bir gerçeği bana verilen bir yemin yüzünden saklayıp, yanlış bir iş tuttum. Onu bozsam ne gerekir.

—Nasıl bir yemin bu?

—Bildiğim bir sırrı açığa vurmama yemini.

—Bir suçu saklamak için verilmiş bir yemin mi?

—Tamamen öyle sayılır. Söylemezsem madur olan insanlar var.

—Üç gün oruç tutarak kefaretini ödersen. İçinde azap olarak sakladığın, başkalarına maduriyyet verdiğine de inandığın sırrı sahibine açabilirsin. Tabi açışın seni daha büyük bir azaba götürmeyecekse.

—Götürmez. Açarsam sevap işlrim. İşte öylesine bir sır bu.

—O zaman hiç bir mahzuru yok.

—Sağol.

* * *

Cemal'in kafasında başlayan ihtilal, Asiye ananın hanesinde kıyametler kopardı.

Herkes gibi olup bitenleri konuşulup söylenenleri o da duymuştu. Gerçekleri düşündükçe dünyasına korku salmaya başlayan Çiğdem perişandı... Anası yüzüne kırışan çehresiyle bakıp, siyem siyem yaşlar dizdikçe, titredi ürperdi. Çiğdem olayı anlattıkça Asiye kadın dizlerine yumruklaşan ellerini kıyasıya vurdu, vurdu...

—Akılsız kızım benim. Yandık desene sen? Köyden sürüldük desene. Koyarlar mı sanırsın yanımıza? Ateşle oynanır mı be kız? Isırgan çiçek bellenip koklanır mı heç ? Yandık desene anana, akılsız kızım benim... Hemi de kıyamete kadar yandık dede, başka deme bana.

Çileli başımıza püsküllü belayı satın aldık desene...

Dizlerini işte böyle dövdü... Çiğdem anasına baka baka gözyaşları içinde donup kaldı... Sarardı, soldu. Benzi uçuk, göz bebeklerine derinleşen korkunun kara bulutları acımasızca çöreklenip kaldı.

Ana kız yaslı yüreklerle konuşurlarken dış kapı aralıklı olarak tam üç defa vuruldu...

Ana dışarıdan gelen sese dikkat kesilmişti.. Çiğdem'in donuk bakışları kapının dövüldüğünü duyup kıvılcım saçan ateşler gibi parladı.

Yüksek bir heyecanla yeniden dikkat kesilmişlerdi. Ana kızının kuşağının arasında duran berabellümü çekip, kapıdan yana yürüdü...

Usul, fersiz adımlarla sokak kapısının ardını dinleştire dinleştire yürüdü. Kapının arka dibinde duraklayıp dışarıya dalan bir sesle sordu:

—Kim o?

Cevap olarak içeriye gelen ses yüreğini az da olsa serinletir gibi olmuştu:

—Cemal Cemal. Sana bir haberim var.

Titrek elleri ile kapının arkasındaki sürgüyü aralayıp kapıyı, açtı... Cemal'in suratına korkuyu silemediği gözlerle bakarken, dudakları güçlükle tebessüm etti:

—Benim desene? Ben Cemal'ım desene...

Cemal'in adetidir. İçeriye girmezdi. Kapının söyesine sırtını dayayıp garip bir tavırla bekledi. Duyguları harap sesi hazindi:

—Dışarılarda birşeyler duydum diye mırıldandı.

Asiye titrek bir sesle konuşurken, heyecanı yeniden kabardı:

—Duydun demek. Çok mu kötü?

—Çoook...

—Nederiz ya?

—Düşündü. Tek bir yolu var kurtuluşun, dedi. Tek...

—Nasıl bir yol ki bu?

—Hemen yola çıkıp uzun zaman buralardan kayıp olmak.

—Bu çare mi sence Cemal. Ben garip bir kadın tek başıma yanıma bir bir kız çocuğunu da alıp, nelerede giderim öyle?

—Gideceğin bir yer var bacı...

—Nersi ki o?

Cemal içinde sıkıntı olan bir sırrı dudaklarının arasına verirken çatlayacak gibi oldu.

—Yunus diye zorlandı... Yunus'a gideceksin.

Asiye kadın bir hoş olmuştu.. Göz pınarları hiç beklemeden iri iri damlaları zamansız sıralarken, yanaklarında buhar buhar kaynaşarak inmeye başladı:

—Ne diyon ki sen Cemal. Kendi lafınla kendin mi alay ediyon? Sen dayanamayıp yolların ortasında beni fersiz bırakıp o acı habarı vermedin mi bana..? Şimdi de Yunus'a git diyon? Şu acılı günümde benimle sen de mi alay ediyon? He, desene bana alay mı ediyon yosam.

—Alay filan değil bacı. Yunus yaşıyor. Adresi bilem cebimde...

Çiğdem'in gözleri sevinçten çıralar gibi yanarken, Asiye kadın öfkeden bayılacak duruma gelmişti.. Boğulacakmış gibi soluyordu. Yüzlerinde nefret bulutları koyulaşırken, iğrenerek Cemal'a baktı.

—Sen heç de eyi bir adam değilsin Cemal. Hal bu türlü de senelerdir bana neden ağıtlar söyletirsin?

Yunus öldü demedin mi? Evimize figan düşürmedin mi sen?

—Düşürdüm.

—Öyle isem şimdi ne demek istiyon?

—Suçluyum bacı. Yunus kadar ben de suçluyum. Yemin verdi, öldü dersin dedi. Yıllardır dilim varıp da diyemedim sana. Öylesine bir sır odu ki bu belkim küpün içinde dursa küpü bilem çatlatırdı. Aha işte şimdi rahatladım.

—Demek Yunus yaşıyor ha?

Cemal kafasını oynatarak cevap vermiş oldu...

—Hanı sırtından galleşce bıcak yiyip, İstanbul'un Eminönü meydanına kanları akmıştı..? Hanı yutmuştu İstanbul Yunus'u?

Cemal zor konuştu:

—İstanbul Yunus'u yuttu bacı... Ne var ki öyle değil de başka biçimde yuttu.

—Nasıl bir yutuş bu desene bacına.

—İhtiras dedikleri sonsuzluk... Madde dedikleri bataklık. Para dedikleri el kiri... Hanı derler ya zenginlik hırsı bazı olur ki insanı kendi hayırlarına bile kör baktırır. Tıpkı öyle oldu işte. O da sılasına geride bıraktığı insanlara karşı kulakları sağır vicdanı kör olup çıktı. Yunus çirkin bir zengin oldu... Tıpkı Bozca gibi...

Ceketinin cebinden adres yazılı kâğıdı, çekingen bir hareketle Asiye kadının önüne uzattı:

—Al bunu İstanbul'a varınca bir taksi şoförüne uzat. Bizi, bu adrese bırak de.

Asiye'nin titrek eli adres yazılı kâğıda uzanırken, içinde büyüyen endişeyi açığa verdi:

Cemal sustu. Derin bir sükûneti sığınak seçmişcesine sustu.

Asiye birşeyler anlamıştı. Bir of çekti ki derin bir nefes indi ciğerlerine yakıcı mı yakıcı...

—Kapıyı kitleyip gitmeli, gitmeli emme, ya inek, diye sızlandı. Nederiz şimdi onu?

—İneği bana satmış ol bacı. Parasını aha şimdi vereyim. Eve de kendi evim gibi mukayıt olurum. Söz... Dilersen, sizi kasabadan otobüse bindirip uğurlayıncaya kadar yanınızdan ayrılmam.

Kimbilir belki Allah'ımın hoşuna gider de bakarsın beni affeder.

Asiye kadın mahmurlaştı, kolları bezgin bir hareketle yanlarına düşüp kaldı.

—Tek çare de bu diye sitem etti. Varsın köylü kendisine başka bir deli arasın. Biraz da başka birisine ilişsinler başka bir fukara bulup gönül eğlensinler..

Yavaş yavaş göç tutalım gurbet ele. Tutalım emme, Yunus'umdan eyi bir haber vermedin bana. Madem yaşıyodu neden dönüp bakmaz sılasından yana? Neden bana yanık türküler söyletip durdu yıllardır.. Elalemin delisi etti beni buralarda.

Bir oğul kurban verdik, bak az kalsın bir kızı da kurban ederiz, heç bilmez mi ki bu hallarımızı bizim..? Ne dersin Cemal bilmez mi ola?

Ağladı.. İçini söke söke ağladı...

* * *

Köyden kaçak bir yolculuk başlamak üzereydi. Ana ve kız bir nefeste hazırlanıp Cemal'in kendisine dediği gibi yaptı... Gizlice Çiğdem'i alıp, köyün dışında buluşacaklardı... Tıpkı öyle de oldu. Cemal arabasını koşup hanımı ile kasaba yoluna çıktığında Asiye ana, korkak endişe denizinde boğulur gibi yolları gözetliyordu... Yol kenarında bir ağacın gölgesine Çiğdem ile gizlenmiş heybesi yanlarında bekliyorlardı.

Cemal ana kızı yol üstünden alır almaz atları kırbaçladı:

—Deeeh.

KÜSKÜNLER

Hava pırıl pırıldı. Göz kamaştıran parlak ışıkların kaynaştığı bir gündü. Hükümet caddesinde dolaşan gençler, kapalı güzel, tesettür içinde evlerine girip çıkan hanımlar, kızlar ve biraz sonra İstanbul'a yolcu götürecek olan boyası dökülmüş harabe manzaralı otobüsün etrafında kaynaşan kalabalık... Bir yandan muavin otobüsün üzerine attığı yüklerin ücretlerini istiyor, yolculardan bir tanesi çok gördüğü teklif için muavinin yakasına sıkı sıkı sarılmış bağırıyordu:

—Gözünüze dizinize dursun be. Adam fiyatına çuval mı gidermiş?

Bir başkası adama arka verdi:

—Bizim yüzümüzden ekmek yediğinizi unutup bizi itler gibi azarlıyorsunuz. Böyle mi olmalı esnaflık?

Cemal etrafı gözetleye gözetleye kalabalığa yaklaşırken, gözleri fildir fildir etrafını arandı. Eski ahşap kulübemsi yazıhanesine girip bilet aldı:

Yazıhaneden çıktı. Gözleri hükümet konağının merdivenlerinde perçinleşmiş gibi çakılıp kaldı.

Bozca dünyaya metelik vermez bir umursamazlıkla cebinden sigarasını çıkartıp dumanladı... Koca Mustafa efkar efkar tüten bir tavırla Bozca'nın arkasından sokulup seslendi:

—Mehmed.

Bozca yalvarır gibi çıkan bu sese aldırış bile etmeden yürüdü.

Ses yenilendi:

—Bozca sana derim duymaz mısın?

Merdivenleri inince çatık bir çehre ile dönüp Koca Mustafa'ya baktı.

Gözbebeklerinin siyahları intikam pırıltıları boşaltıyor, kan kırmızı suratı, artık dostluklarının bitmiş olduğunu haber veriyordu...

Koca Mustafa gururunu fedakarlığa davet etti...

—Biz çocuk kavgası yüzünden birbirimize düşmeyecek kadar sadık dostlardık. Şimdi koca bir köy durmuş da seyirimize bakarlar. Varıp şikayetini geriye al. Daha birkaç gün öncesi Kerem yayla yolunda oğluma tuzak kurdu. Ölüm derecesine vardırıncaya kadar dövdü. Ben varıp hükümete şikayet mi ettim. Gelip, birşey mi dedim sana?

Bozca, sert taşlar gibi Koca Mustafa'nın karşısında katılaşıp soğuk bir heykel gibi bekledi.. Sigarasını dumanlarken, bir yandan da don bakışlarla arkadaşını seyretti... Koca Mustafa ısrarını sürdürdü:

—İki cahal dedi sana Bozca. Diye sertleşti. Duysana beni iki cahal, iki tokata bakar kavgalarının sonu.

Asık suratlı sinirleri gergin adam, hâlâ kaskatı kesilmiş gibi, yolun orta yerinde bekliyordu. Tanzimle kıpırdayan dudakları kin doluydu:

—Daha mahkemeye başvurmadım. Dilekçe istediler. Arzuhalciye gidiyorum. Gel gör ki davamdan vazgeçmem. Oğlun oğlumu vurdu. Dağların eteğindeki topraklara kan aktı. Benim kanımdı o, oğlumun kanıydı...

—Seninki oğlu da benimki taş mı? Ben arkadaşlık hatırı içün susmayı bilmiştim ya!

—Bunu yapmamalısın Bozca. Sonu kötü hadiselere açılan kapıları gel şimdiden birlikte kapayalım. Hemi oğlun hemi de o zavallı Çiğdem mahfolur. Kanı kan ile yumamalı. Yavuz'u kaçırdım, kimseler bulamaz. İnat etme.

Bozca avının üzerine atlamaya hazır yılan gibi tetikte bekliyordu.

—Yavuz'u intikamını almazsan oğlum değilsin diye Kerem'in üzerine salan bir başkasıymış gibi gevşeyip kaldın.

—İkisi de tahsil yapıyorlar dedim sana. O zaman hırsa kapılıp bir ciğir illetinden kurtulamadan söyledim.

—Ya şimdi?

—Şimdi sen ikisinin selameti için davadan vazgeç. Birbirimize durmak ellerin işine yarar. Kendi kendimizi tüketir itibarımızı yitiririz... Oğlum üniversite son sınıfta. Bildiğin gibi avukat olacak.

Ben düşündüm. Yavuz bana defalarca hatırlattı:

—Ağa kızı ağa oğluna yaraşır dedi. Akraba oluruz. Eskisinden daha can ciğer olduk mu onlar da barışıp giderler.. Hemi de bizi kanlı kinli dört gözle köyde bekleyenler, yüreklerini soğutmadan yanarlar.. Sen mert adamsındır Bozca istersen bu böylece olur..

Cemal bu curcunalı manzaradan faydalanıp hareket etmek üzere olan otobüse Çiğdem'le anasını yetiştirdi... Yerlerini bulup, oturttu ve az sonra otobüs cırlak klaksiyon sesi ile kasaba ufuklarını yırta yırta yollara düştü.. Cemal için artık gerisi mühim sayılmazdı. Herkes varsın ne derse desindi... Derin bir nefes tazeleyip, arabasının durduğu kapıdan yana yürümeye başladı...

Yollar tekerleklerin çemberlerinde ölçüldükçe, gece eridi...

Gün iyice yükselmişti. Etrafı seyrede seyrede İstanbul'a girdiler. Mevsim bir Haziran sabahı ve günlerden pazardı... Otobüs Harem'deki garajda durunca muavin:

—Evet diye bağırdı. Buraya kadar...

Ana ve kızın ayakları İstanbul topraklarına basar basmaz biraz daha garipleşip, tedirgin, ürkek gözlü kuşlar gibi etrafı seyre koyuldular.

Ana Çiğdem'in elinden sıkı sıkı sarılmış, avucunun içinde parmaklarını kıyasıya sıkıp terletmişti. Kızının yüzüne bakarken nefes alışı bile başkalık arzediyordu. Sıkıntılı bir gönülle konuştu:

—Sakın elimi neyim bırakam deme, bakarsın gayıp oluruz. İstanbul bir sancı daha ekler yüreğimizin başına.

Gelmeye gelmiş olsak gerek emme, bundan sonrasını netmeli?

Çiğdem etrafı dinleştirip anasını uyardı:

—Ana duysana bir. Taksi var diye bağırıyor yaban. Varıp yanına Cemal emminin verdiği kâğıdı uzatıp götür bizi bu adrese desek ya.

Ana gençten bir delikanlının suratına dikkatle bakıp dinledi:

—Taksi var taksi. Boş taksi var...

Ana Çiğdem'i usulca dürterken gözlerini delikanlıdan ayırmadı:

—Bak bak Çiğdem aha şu oğlanda taksi diyo...

Çiğdem anasının işareti doğrultusuna bakıp mırıldandı:

—İyi ya ver o kâğıdı...

Ana tereddüt dolu bir tavırla yanından bağıra bağıra geçen delikanlıya seslendi:

—Bize lazım.

Delikanlı dönüp keskin keskin baktı:

—Ne tarafa gideceksiniz?

Ana avucunun arasında sıkıştırdığı kâğıdı delikanııya doğru uzatırken yalvarmaklı konuştu:

—Adresimiz işte. Buranın garibiyiz, yavrum. Gençliğinin hayrına bizi bu adrese kavuştur.

Delikanlı adresi okurken dudak büküp, yeniden ana kıza baktı:

—Uzak yer burası.

—Her neyise oğul. Hakkını alırsın elbet.

—Yükünüz var mı?

—Garip dediklerinin yükü üzerindekiler derler ya, bizim ki de öyle işte...

—Pekala binin bakalım.

Delikanlı, ana kızın haline bakıp acımıştı. Eski model arabasının kontağını açıp, adresin istikametine açılan yollara doğru sürdü...

—Bu adrestekiler neyiniz olur?

—Bizim adam...

—Yani kocam demek mi istedin?

—He ya.

—Bu adres zengin bir muhit.

—Bilmem. Sekiz yıldır kayıp...

Şoför başka şey sormadı.

Araba Beykoz sırtlarına doğru süzülürken, yavaşladı ve numaralara dikkat kesildi. Deniz kıyısında bir yerdi. Yavaş yavaş arabasını sürerken bir yandan da hane numaralarını okumayı ihmal etmedi.. Gidiş istikametinin sol tarafına düşen evin bahçe kapısında asılı numarayı okuyup, arabayı müsayit bir köşede durdurdu.

—Geldik, işte. Şu karşı demir kapılı bahçenin içindeki ev.

Ana bel kuşağının arasına sıkı sıkı iğnelediği para çıkınını çıkartıp açtı. Çıkını olduğu gibi şoförün önüne uzatıp:

—Al dedi. Hakkın ne kadarsa içinden al.

Delikanlı Asiye ananın suratına bakınca içi burkulmuştu:

—Benzin parası diye mırıldanıp, bir miktar aldı. Hadi bakalım işiniz rastgele.

—Sağol oğul, tuttuğun kolay gele...

Arabadan inmişlerdi. Delikanlı vitesi birledi gaza dokunup uzaklaşırken, ana kız arabanın arkasından bir hoş duygularla bakıp kaldılar...

Gözleri şimdi her tarafı çiçeklerle bezenmiş çimenli yeşil, kıyısı rengarenk ağaçların yaprak açtığı bir Osmanlı devrinin mührünü yiyen köşkün, bahçe kapısını aralayıp usulca içeriye süzüldüler...

Bahçenin ara yollarında üç tekerlekli bisikletine binmiş, dolaşan sarışın oldukça sempatik çocuğu seyre koyuldular. Daha beş ya da altı yaşlarında, düz sarı saçları, güneşin tesiri ile parlayan çocuk bisikletini yürüten pedallere basmayı durdurdu...

Ana ve kız çocuğun başucuna kadar gelip durmuşlardı. Birbirlerine tuhaf bir iç sancısını hissettiren duygular içinde bakıştılar.

Ana sessizliğe gömülen çocuğun saçlarını çekingen bir hareketle karıştırırken sordu:

—Adın ne senin?

—Atilla...

—Ya bubanın adı?

—Yunus.

Çiğdem hayret ifadeli bakışlarını Atilla'nın üzerinde şimşekleştirirken, ananın göz pınarlarının bendi yıkılmıştı. Anlaşılan maşuk diyarında çoktan hazan olmuş, bağlar bozulmuştu... Titrek kısık, hıçkırıklı bir ses Atilla'ya sorusunu yeniledi:

Demek babanın adı Yunus...

Ana hıçkırıklarına mani olmak için zorlanırken, Atilla korktu... Bahçenin içinde hiç beklenmedik bir çığlık, kulakların zarını yırtarcasına etrafı vaveylaya verdi:

—Anneeee...

Evin sokak kapısı hışımla açıldı. Sarışın sağ bacağı iyice aksayan bir kadının gözlerinden yansıyan pırıltılar alevli alevli etrafa dökülerek dışarıya çıktı.

Atilla bisikletinden inmiş annesine doğru koştu...

Ana kız bahçenin ortasında suçlu suçlu beklediler... Asiye ana ağlamamak için dudaklarını dişlerinin arasına verip gevdi. Sadece gözyaşları kendisini dinlemiyordu. Sorumsuz biçimde aktı.

Ev sahibi sanılan kadın Atilla'yı sıkı sıkı sarıp bağrına basarken bahçenin orta yerinde dikilen ana kıza öfke dolu gözlerle bakıp hiddetli bir sesle bağırdı:

—Ne işiniz var burada?

Asiye zorla konuştu:

—Burası Yunus Sabancı'nın evi değil mi?

—Evet.

—Biz Yunus'u görmek için geldik de.

—Ne yapacakmışsınız Yunus'u. Çıkıp gidin buradan. Çocuğumu da korkuttunuz. Dilenci misiniz yankesici mi çabuk gidin buradan.

—Gideriz elbet. Emme görmeden değil.

—Kimsiniz siz? Neden aradınız Yunus'u?

Asiye kadın ev sahibini alıcı gözlerle süzdükten sonra:

—Yunus asıl senin neyin olur, onu bir söylesene?

—Kocam olur? Hem evde de yok. Geç vakitlerde gelir. Boşuna beklemyin buraları.

Çiğdem daha yeni yeni hıçkırmaya başlamıştı. Yaban bir kadının babasına kocam diyişi bütün duygularını harabeye çevirip bırakmıştı.

Asiye kadın kolunu Çiğdem'in boynuna dolayıp göğsüne sıkı sıkı bastırırken, kadını cevapladı:

—eç de zorlanıp durma, başından savamazsın. Gidecek başka heç bir yerimiz de yok.

—Akraba mı olursunuz?

Daha Çiğdem'e bakarken buruk bir acı yüreğinin başını can alıcı kurtlar gibi kemirdi.

—Aha şu ağlayan kızın babası olur.

İhtiras yüklü gözlerle bakan kadın, şaşırmıştı. Çocuğunu sıkıca doladığı kollarının arasından bırakıp, çömeldiği yerden doğrulup kalktı.

—Ya sen?

—Ben de bu kızın anası olurum.

Huzursuz gönülle karşılarında bekleyen kadın taştı:

—İşte şimdi yalan söylediği açığa çıktı.

Asiye kadının hazin sesi çiçekli bahçenin orta yerinde dalgalandı:

—Nedenmiş o?

—Yunus'un bir evlilik geçirdiğini biliyorum.. Ama böylesi değil tabi.

—Nasılmış öyle ise?

—Babası yüzüne bakımayacak kadar çirkin bir kadınla evlendirmiş. Öcü gibi bir kadınla. Daha gerdeğe girmeden, nikahını, üzerine bıraktığı gibi İstanbul'un yolunu tutmuş.

Asiye'nin gözleri karıncalanmıştı. Tıpkı başı değirmen taşları gibi fırıl fırıl döndü. Belki de Çiğdem'e yaslanmasa, bahçenin orta yerine yığılıp kalabilirdi. O bin bir ıstırabın nevcelendiği gözler, bahçedeki sesleri duyup kapının merdivenlerinde beliren Yunus'u görmüştü. Yunus bahçelerinde yabancı yabancı bekleyen ana kıza yara almış duygularla baktı, baktı...

Anlaşılan hiç ama hiç beklemediği bu manzara Yunus'u destek direkleri göçmüş harabelerin toz duman bulutları püskürten haline çevirmişti...

Bir müddet uzaklardan olup bitenleri yaslı bir sükût içinde seyredebildi. Yılar öncesi umutlar vererek ayrılıp gurbete yolcu eden kadını tanımıştı. Yanında duran kız Çiğdem olmalıydı. Yaralı ve sızılı hülyalarını böylece genişletirken:

—Ya Ömer diye mırıldandı. Neden o da yanlarında değildi?

Üzerinde perçinleşen gözlerin öldürücü pırıltılarına muhatap olan adam yürüdü...

Yakasından yapışıp kalan ellere bakıp, sonra pençeleşen parmakların sahibini garip bir ifade ile süzdü.

—Baksana Yunus, bahçede duran bu kadın sana kocam dedi. Yanında duran kızın da babası diyor...

Güçlükle açılan dudaklar:

—Doğruyu söylemişler, diye mırıldandı:

Hemen arkasından yalvarmaklı çıkan bir fısıltı Zeynep'den merhamet dilendi:

—Bunları önce bahçeden içeriye alsak da meseleyi evimizde konuşsak.

Kadın hırçınlaştı, homurdandı. Ağlamaklı bir ses:

—Öyle bir pazarlığı benimle yapamayacağını bilmelisin.

—Devamlı bir kalmak değil bu sana şerefim üzerine söz veriyorum.

—Seni başka bir kadınla paylaşabileceğimi hiç ama hiç bir zaman düşünmemelisin.

—Nasıl istiyorsan öyle olsun, yeter ki bana şu zor anımda yardımcı ol... Unutma, senden istediğim fedakârlık sadece bu kadar...

Bu konuşmaları ana kıza, arkaları dönük olarak fısıltı yapmışlardı. Öfkeye takılmış bir susturucunun kumandası altında bir konuşma...

Az sonra Yunus oldukça mahcup bir yüzle, Asiye'nin ve Çiğdem'in heykelleşmiş gibi durdukları noktaya yaklaştı. Asiye'nin gözlerinin içine baka baka:

—Hoş geldin diye mırıldandı:

Asiye'nin göz pınarları iri iri yaşlar sıralarken, kocasının suratına buruk bir acıyla bakıyordu. Susmuştu. Lisanen cevapsızdı. Islak bakışları, lugatta kelime dizisi bırakmadan derin manalarla yüklü cümleler sıraladı. Yunus herşeyi anlıyor olmalıydı. Cevapsız kalan dudaklarının kırıştığını görünce, Çiğdem'e dönüp nemli gözlerinin içlerine baka baka konuştu:

—Ne kadar da büyümüşsün?

Elini uzatıp kucaklamak için yanına çekmek istedi. Ne var ki, Çiğdem önüne uzatılan eli lanetleyerek geriye iteklemişti.

Yunus kızmadı, ancak zor anlar yaşadığı belliydi...

—İçeriye girelim dedi. Orada daha rahat konuşurduk.

Asiye itiraz doluydu. İçine sığmayan hıçkırıklarını sessiz, sessiz boşaltabilmek için çabaladı:

—Senin dediğin yerlere gelmem gayrı...

Karşısında şaşkınlığın dondurduğu kadını titrek parmağı ile işaretlerken hıçkıra hıçkıra konuştu:

—Sen davet edersen içeriye girer misafirin olurdum. Bu adamı yanıma sokmamak şartı ile tabi. Ağlayan çehre Yunus'a dönüp maziyi hatırlattı. Onun yaralarını da deşecekti, tıpkı kendi yaralarının deşildiği gibi.

—Ne demişti aşık Ömer?

—"ikimiz bir dala yuva kuralım.

Gavil muteberdir dönmemesine..."

Ama sen o yuvayı yıkıp, gavilden döndün. Bizi unutup, yollarına bakıta bakıta başka yuvalar kurmuşsun neye yarar... Erkek olanın kitabında böyle galleşlik yazar mıydı... Ha... Yazar mıydı...? Sonunda ne demiş Aşık Ömer...? Orasını da çok iyi bilirsin sen:

Hemi de sık sık türkü edip söylerdin üstelik:

"Bahçenin gülü başımın tacı,

Söylediğin sözler ağudan acı.

Eğer senin gönlün ben de yok ise,

Sen bana kardeş ol, ben sana bacı."

Ne dersin, türkülerin yalan mıydı? Düşmanı olduğun sözleri bilem sever olmuşsun. Varıp gurbet elde mekan tutmuşsun. Arkanda da aç susuz bıraktığın insanları kaderine terkedip yalancı olmuşsun... Onun içinde senin davetine gelmem. O yaban gel derse, bir iki gece misafir olurdum belkim.

Kadın üzülmüştü. Duyguları iradesini yenip kocasına sert bir çıkışla bağırdı:

—Sen Atilla'yı içeriye al; biz birlikte eve giriyoruz.

Acınmıştı. Hiç bir şeyi düşünemeden vicdanını muhasebeye çağırdı. Asiye'nin yanına yaklaşıp:

—Buyurun dedi. Benim misafirim olarak birkaç gün kalabilirsiniz.

Misafirlerinin önünden sağ bacağını çeke çeke yürüyüp yol gösterirken Yunus Atilla'yı kucağına alıp arkalarından onları takip etti.

Asiye kadın ve Çiğdem evin hanımı tarafından oturma odasına alınmıştı:

—Oturun siz ben de hemen gelirim deyip yanlarından çıktı.

Asiye ana arkasından seslendi. Garip yalvaran bir sesti bu:

—Sen gel ama Yunus gelmesin sakın.

Ana ve kız bön bön etrafı gözetleyip, perdeleri halıları oturdukları koltuklara varıncaya kadar herşeyi birer birer seyre koyulmuşlardı. Geniş kadife koltukların üzerinde tedirgin, sıkıla büzüle oturuşları görmeye değerdi.

Çok geçmeden bulundukları odanın kapısı usulca açıldı. Asiye ananın gözleri kapının aralığında yalım yalım yandı, alevlendi. Kapının boşluğundan beliren Yunus'tu. Asiye ana hiddetlendi, yıldırımlaşıp, ayağa doğruldu. Parmağı ile Yunus'a kapıyı işaretliyordu:

—Get buradan, gelme get. Yosam misafirin bilem olmam senin.

Buna gücü yetmemişti Asiye anının. Gözleri yeniden doldu, dudakları kırıştı:

—Vefasız adam sen de diye hıçkırdı.

Yunus, Asiye kadını dinlemeden yakınına kadar sokuldu. Sokuldu ama evin içi acı bir çığlıkla inim inim inledi:

—Gelmeee.. Uzak dur benden. Yevmül Kıyam'da bile iki ellerim yakalarına asılı duracak. Alemlerin Rabbısı olan Allah'a bu adam beni herkese rüsvay etti, hakkımı çocuklarımın hakkını al ondan diyeceğim.

Yunus ağlayan kadına utanarak bakıp, ezik bir duygu ile mırıldandı:

—Otur hele, git diyorsan gene de giderim. Yalnız bir sualim var senden.

Ben sizi buraya gelirken, üç nüfus bırakmıştım. Aranızda Ömer'i göremedim, o nerede?

Asiye kadın dertleri daha da debreşmişti. Arkasındaki koltuğa pelte pelte yığılıp kaldı.. Fersiz gözler Yunus'un çehresine öldürücü pırıltılarla bakarken acı acı mırıldandı:

—Merak ettin he? Şimdiye kadar o akıl başında değildi demek?

Ahiret sırrı olsun diye Cemal'ı yeminlerken herşeyi unuttuydun da şimdi demek... Yunus aha şimdi öldü, haberin var mı? Aha şimdi..? Ömer'i ellerin elinde aç sefil bırakınca sordun mu heç? Beni ellerin delisi ettiğini akıl ettin mi?

Yunus dişlerini sıktı, rengi kederinden uçuk dünyası kararmıştı:

—Asiye Allah aşkına yeter. Biraz da sen öldürme beni. Siz buradasınız. Ömer nerede diye sordum? Sordum da cevap vermedin bana...

Asiye derin bir nefesle içini soğutmak isterken bile alev alev yandı. Hani ateşi başından düğümlenmişti derler ya, işte öylesine bir sıkıntı sarmıştı anayı.. Yanakları mor mor, dudakları çatlak çatlaktı. Göz pınarları ıslak sesi sazın dertli teli gibi mızrabı yiyince ağlamaklı çıkar ya, işte öylesine hüzünlü bir ses doldurdu odanın içini:

—Ömer dedi, Ömer varya? Görmelisin şimdi...

Dudaklarının etini kısmen dişlerinin arasında çiğneyip acıtırken konuşmasını zorla sürdürdü:

—Ellerini bilem koçlar gibi kınaladım. Beyaz urbalar giyindirip, güvey ettim. Aslanlar gibi yiğit oldu Ömer...

Al duvak takıp gelin getirdiler kapımıza. Ay yıldızlı bayrak çektiler evimizin burcuna...

—Demek güvey oldu Ömer.

—Oldu ya sayende öyle bir güvey oldu ki. Dillere destan... Babasız, ellerin omuzunda gitti. Aldın mı haberi.

Zeynep odaya girdiğinde Yunus'un elleri yüzlerine kapalı hıçkırıyordu.

Daha fazla ayakta duramayacağını anlayıp açılan kapıdan, perişan bir vaziyette yalpalaya yalpalaya süzülüp gitti...

Zeynep hadisenin nasıl biteceğini bilmeden, Asiye'nin yanına yakın oturup hüzünlü havayı dağıtabilmek için konuştu:

—Geldim işte. Önce adını sorayım bari.

Kederli kadın:

—Asiye diye mırıldandı. Bu da Çiğdem...

Kızını işaretlemişti... Zeynep derin derin bakışlarıyla ana ve kızı süzdü:

—Başka kimseniz yok mu?

—Allah'tan başka... Ya senin?

—Anam vardı. Bir yıl önce kaybettik. Gerisi de gördüğün gibi.

—Çocuk bir mi?

—Bir. Atilla koyduk adını... Şey ne yapmayı düşündün?

—Bilmem. Geldik işte. Düşman sahabısı olduk. Geri dönmek müşkül oldu bize kimsesizlik insanın başına karlı dağlar gibi çöküp kalanda, alemin elinde gönül eğlencesi oluyor insan...

Kadının yüzüne baktı:

—Senin heç bir suçun yok. Kandırmış seni Yunus. Yalan düzmüş sana. Benim de bir arzum var.

—Nedir o?

—Dedim ya köye dönmemiz gayri pek zor. Buraların garibiyiz biz.

Bana tutabilecek bir iş bulabilir misin? Üstelik sevaba girersin. Zor haldayız. Eksik etek sahabıyım. Ne iş olsa tutardım.

Kadın uzun uzun düşünmeye durdu:

—Şimdilik benim misafirimsiniz. Bir kuş bir çalıya sığar derler. Bu ara dostlarımızı telefonla arar iş sorarım.

—Burada bir şartla kalırım.

—Nedir o?

—Yunus'u yanımıza salma.

—Söz.

Derin bir of çektikten sonra, Asiye kadının içine dertler salacak şekilde mırıldandı:

—Kader bu gördün işte, elden ne gelir. Sen yıllardır yalnızlığa alışmışsın. Çiğdem de babasızlığa... Ama Atilla daha çok taze. Bu yuvayı bozmamak ta sizin elinizde.

Zeyneb'in konuşmaları Çiğdem'i ta yürekten yaralamıştı... Ağlattı...

* * *

Zeyneb evin bir köşesine çekilip, belki de yirmi yere telefon açtı. Hepsi de selahiyet sahibi insanlardı... Kimisi yok dedi, kimisi araştıralım.

Ama, Zeynep bıkmadı. Önünde yazılı duran tanıdıklarının telefon numaralarını karıştırdı ve konuştu. Derin hülyalara dalıp kalmıştı. Şayet Asiye'ye iyi ya da kötü bir iş bulamazsa evin bacasını koyu bir huzursuzluk fırtınası saracaktı. Hep bu yüzden olmalı ki, konuştuğu her ahbabının vicdan tellerini sızlatırcasına hassas ve yalvarmaktaydı.

En son konuştuğu telefondan sevindirici bir haber almış olsa ki yüzü gülümsedi, gözleri parladı. Asiye'ye dönüp yaşını sordu:

—Yaşın kaç?

Asiye kuması olan kadına bön bön bakıp mırıldandı:

—Benim mi?

—Evet evet. İş için.

Zeynep aldığı haberi aynen karşıya iletti:

—Otuz altı. Bir kız çocuğu bir de kendisi.

Hemen arkasından da teşekkür etti:

—Sağol Şaziye abla, yarın ben kendi elimle getiririm.

Ahizeyi kapatıp Asiye'ye döndü. Sevinçliydi. Tıpkı zafere ulaşmış kumandanlar gibi, göğsünü kabarta kabarta konuştu:

—Şansın varmış dedi? İstediğinden de alası oldu...

Asiye kadının kederli yüzündeki deriler de gamzeler battı:

—Oldu demek?

—Oldu ya. Tam da sana göre bir iş. Yatacak yer bile veriyorlar...

—Kim bu biraz anlatsana?

—Müdiresinin, uzaktan akrabam olduğu bir kız yurdu.

Ana kız kaldıkları odadan geç vakitlere kadar ayrılmadı. Zeynep, yemek verdi, boş vakitlerde uzun uzadı dertleştiler... Yunus birkaç defa görüşmek istese de mümkün olmamıştı. Çiğdem'i yanına istedi. Çiğdem de anası gibi inatlaşıp reddedince, artık onları rahatsız bile etmek istememişti...

Ana kız geceyi aynı odada kapıyı arkasından kilitleyerek geçirdiler...

* * *

Yunus kaldığı odada huzursuzdu... Zeynep yanına döndüğünde, odanın içini sigara dumanlarının ağır havası ile boğucu bir halde buldu... Kadın kocasını daha fazla suçlu hissetsin, ezilsin istemiyordu. Bu yüzden de ne söylesin nasıl hareket etsin, bilemiyordu. Zeynep huzursuzluğu büyütmemek için kocasının yanına sessizce oturup sakin bir sesle sordu:

—Hayatımın başka gizli biryanı kalmışsa hepsini dinlemek bilmek istiyorum.

Sigarasını efkar efakar dumanlarken, mırıldandı. Kaygısız umursamaz edaya bürünmüştü:

—Her şeyi öğrendin dedi. Başka bir gizli kalmadı.

—Hiç vicdan azabı çekmedin mi?

—Azapsız bir saniye geçirdin mi desen daha doğru bir soru olurdu.

—O zaman neden susmakta ısrar ettin?

—Her şey bir yanlış davranışa kurban gitmişti. Bir yanlışa bir başka yanlışı eklememek için sustum. Onun için de Cemal'e yemin verip, Yunus'u vurdular dersin dedim. İstanbul sokaklarında kanı aktı... Kırmızı kırmızı bir kan, Eminönü'nde ekmek parası kazanırken sokakları yolları kaldırımları sulaya sulaya akıp gitti dersin demiştim. O da varıp demiş... Artık benden olan umutlarını kesmeliydiler... Anladın mı şimdi..?

—İş buldum. Ne kadar sevindi bilemezsin. Yarın yatılı bir kız yurdunda sigortalı olarak işe alınacak. Müdüre hanım bir oda bir aralı lojman da vaad edince, işler oldukça düzeldi.

* * *

Sabah pırıl pırıl bir güneş doğmuştu. Asiye ve Çiğdem erken vakitlerde kalkıp namazlarını kıldılar.

Zeynep giyinip yanlarına gelmişti. Kahvaltı yapıldı, sonra ana kız Zeyneb'in arkasına düşüp bahçedeki arabaya bindikleri gibi, evin pençeresinden yaşlı gözlerle kendilerini seyreden Yunus'dan uzaklaşıp kayıplara karıştılar.

Müdüre hanım Asiye'nin hikâyesine üzüldü. İlgi gösterip önüne düştü, yapacağı işleri bir bir kendisi gösterip tarif etti. Sonra kalacakları lojman adı verilen odayı gösterdi. Ve Zeynep Asiye'ye telefon numarası bıraktığı gibi vazifeyi bitirmişliğin rahatlığı içinde vedalaştı.

* * *

Kerem'in kaldığı odayı istikamet çizip, kapının koluna çöktü. Durgun bakışlar içeriyi derin bir ifade ile kolaçan ettikten sonra, içeriye girdi... Aile efradının hepsi de bir araya gelmişlerdi... Kerem kapı açılır açılmaz dışarıya hayretle baktı.. Babasını gören gözlerde muhabbet pırıltıları kaynaşıyordu. Acısına aldırış bile etmeksizin uzatmalı baktı... Bozca bu gönülden pırıltılara, ciddi vakur bir çehre ile karşılık verdi.

Meryem oturduğu koltuktan kalkıp babasına yer gösterirken, Havva bütün hissiyatı ve merakı ile Bozca'nın gözlerinin içindeydi...

Bozca Kerem'i karşısına alacak biçimde konulmuş olan koltuğa oturdu. Erdem kanepenin üzerinde sanki karşılıklı bakışların muhabbetini kıskanmış gibi suratını astı... Bozca gururu vazifeye çağıran duygularına mağup olmuştu.

Adeta bayatlamış, paslanmış kırgınlığı mazinin derinliklerine atmak için kendisini zorladı... Yerine oturduktan hemen sonra derin bir nefes aldı.

Hassas oldukça güç meydan bulan bir ses, oğluna sual etti:

—İyisin ya?

Yıllardır özlemini çektiği bir sesi duyuyordu. Duygulanmış hatta heyecanlanmıştı:

—Sağol diye mırıldandı. Endişe edecek bir şey yok.

Sigarasını yakıp dumanlarken konuştu:

—İşte buna sevindim.

—Kasabadan mı geliyordun?

—Kasabadan.

—Anlatsana?

Bozca'nın tavrından zor durumda kaldığı anlaşılıyordu.

—Önce avukata varıp meseleyi hülasa ettim. Sonra şikayet için dilekçe yazdırdım. Savcılığa verecektim, Koca Mustafa yeniden elime ayağıma kapandı. Onun da elinde mahkemeye müracaat için bir dilekçe mevcuttu... Seni mahkemeye vermeye hazır bir dilekçe... Hani şu tuzak dedikleri hikâye.

Kerem heyecanlanmıştı:

—Sonra?

—Sonra oğlunun sana ateş etmediğini yazdırmıştı. Çiğdem'in seni yaraladığını iddia eden bir dilekçeydi bu.

Böylece her halukarda ikinizin tahsil hayatı da zarar görebilecek durum arzetti. Tabi Çiğdem'in başı da ister istemez belaya girecek, Mahkeme kapılarında onlar da sürtecekti. Sonunda yalvarmasına da dayanamadım. İki baba olarak barışmaya karar verdik.

Kerem öfkesini içine göme göme gözlerini tavana dikip öylece kaldı.

* * *

BARIŞ

Bozca'nın Koca Mustafa ile olan muhabbeti son günlerde daha da derinleşti. Kerem bir de ananın dışında herkes yüreğindeki kini silip atmıştı... Hatta ve hatta Meryem bile...

Geride bıraktığı birkaç gün ve içinde yaşadığı zaman, Kerem için müşkülat dolu ömür olarak sıralanıp geçti. Git gide daha kötüye doğru istikamet tayin eden hayat mantıksızlık yarışına katılan kafalar, herşey ama herşey onun için zor ve tek kelime ile talihsizlikti.

Bacağı oldukça düzelmiş yarası iyileşmeye doğru yüz tutmuştu.

Asiye ananın köyden kayıplara karışması garip kuşlar gibi yuvasından zamansız ayrılışı, Çiğdem'in doğup büyüdüğü topraklardan kopuşu... Bunların hepsinden kendisini sorumlu tutup kahroluyordu...

Kerem günlerdir bunları kurup durdu. Hatta Cemal'e çiftlikten bir işçi gönderip gittikleri adresi istedi. Ne var ki bu isteği sonuç vermemişti. Gönderdiği işçi Kerem'e Cemal'in cevabını ulaştırdı:

—Mümkünatı yok haber vermedi. Allah şahidim olsun dedi ağam. Ölsem bile vermem dedi de başka şey demedi. O bir sır, dedi. Sır.

Yavuz Bozca'nın elinip öpüp barıştı... Zaman öylesine bir ortam hazırladı ki gerçeklerin oturduğu çerçevenin üzerine kalın perdeler çekilip, herşey unutulmuşluğa gömüldü... Tabi Kerem ve ana hariç...

Günler geçtikçe fısıltılar bile serbestlik kazandı... Hani derler ya kavgaların arkasındaki dostluklar, sağlam temellere arkasını vermiş gibi gözükmeye mecburluk kazanır... İşte Bozca ve Koca Mustafa ailesinin arasında öylesine iç içe bir samimi hava esti... Koca Mustafa resmen Meryem'i Yavuz'a istemişti...

Aldığın haberin esintisi, Kerem'in kafasında acımasız bir bomba gibi patladı. Önce şaşırdı, umursamadı. Sonra kendisini bile aşan bir mesele olarak karşısına çıkınca kanadı kırık kuşların çırpınışı gibi çırpındı.

Tıpkı ana da Kerem gibi hadiseye şiddetli bir tepki göstererek reddetti:

—Asla! diye odanın içinde haykırmıştı.. Asla!... Bütün olmazlar bir anda olup çıksa bile işte bu olmaz.

Bağırdı da dediği oldu mu sanki? Sonunda onun önüne de, büyük kayalar kadar sarp bir engel çıkınca dudaklarında arzuları çatlak, çatlak kuruyup kaldı... Meryem'in cevabı, anayı şaşırttı: "Babam olur derse bana ne demek düşer?

Meryem Yavuz'a işte böyle cevap göndermişti.

Ananın ve Kerem'in önünde dağlar gibi duran engel buydu.

Havva Kerem'e duyurmadan önce erkeği ile kıyasıya bir kavgaya tutuştu...

—Meryem istese bile olmaz dedi. Bu kör bir maceraya göz kırpmak. Bile bile ölmeye yatmak gibi bir şey bu.

Karı koca ayrı bir odaya çekilip tartıştılar.. Bozca oturduğu kanepenin üzerinde sırtını kırlente yaslamış sigarasını efkârlı efkârlı tüttürürken eşinin suratına bozuk bir asapla baka baka konuşmuştu:

—Kin ve garaz gönüllerde beslendikçe, fertler haneler dolusu insanlar hatta, cemiyetler huzura hasret kalırlar. Senin takdir ettiğin ve ömründe yapabilmek bana bir türlü nasip olmayan güzel bir huyun vardır. Affedebilmek...

Daha doğrusu suçluyu yaptığına pişman edebilmek. Onu yüreğinin başında duyabileceği pişmanlık üzüntüsü ile cezalandırabilmek. Aslında bundan daha büyük bir cezanın insana verilebilmesi de düşünülemez...

Sen bu köyde gücünle kuvvetinle değil, işte böylesine fazilet duygularını harekete geçirebildiğin için kalmayı başarmıştın. Sonunda seni köyden kovanları utandırıp şimdi gönüllerde kimsenin sahip olamadığı bir köşkü elde ettin.

Bak koca köyün anası oldun... Köylü seni sen söylüyü sevdin. Bırak da bir defa da ben insanca bir iş yapayım... Barış olsun, huzur olsun.

Havva erkeğini garip duygular içinde debreşe debreşe dinledi... Suratında acımaklı bir tavır, gözlerinde muhatabını küçümseyen pırıltılar kaynaşa kaynaşa mırıldandı:

—Senin yapmak istediklerinle anlattıkların birbirlerinden çok farklı şeyler.Adeta gerçeklerle yüz yüze gelmek seni korkutuyor gibi birşey bu. Burada bir hayat söz konusu. Öp öz kızının hayatı bu. Üzerinde kumar oynanmak istenilen bir tuzağa evet demek. Öz kızının idam fermanını kendi ellerinle imzalamak gibi korkunç bir macera bu... Kerem daha öncesinden Yavuz'un ağzından duyduğu sözleri anlatmadı mı? Ne çabuk unutuldu o adice haykırdığı laflar?

Bozca Havva'nın sözlerini umursamamış gibi alaylı alaylı güldü:

—Bunların her birisi kızınca her delikanlının ağzından çıkabilecek sözlerdir. Unutmamalı ki şu köyde her delikanlanın hülyası, Bozca'nın kızına sahib olmak tutkusudur... Hani devlet kuşu derler ya, şimdi Meryem o işte...

Havva şartlanmıştı. Son çare olarak pazarlığa girdi:

—Meryem'in üzerinde benim de bir reyim var mı, yok mu?

—Var tabi...

—O zaman ben olmaz diyorum. Bu fikrim de hiç bir zaman değişmeyecektir.

—Meryem'in reyinin evet olduğunu sanırım sen de duydun?

—Bence bu hiç bir şeyi değiştirmez. Meryem'in Kerem'e düşman olan bir insanı hayat arkadaşı seçmekte ısrar edeceğini hiç sanmam.

—Unutma ki gençlik başka şeye benzemez. Birbirlerine mektup bile gidip geldiğini duydum. İster misin olmayınca, Yavuz herşeyi köylünün gözlerinin önüne serip bıraksın.. İsmimizi beş paralık etsin ister misin?

Ana suratına bir kazan kaynar su boşaltılmışcasına terledi. Halsiz ve yorgun düşmüştü. Kurumuş bir hararetin tesiri ile çatlayan duyduklarından bir soru güçlükle muhatabatına ulaştı:

—Buluştukları da olmuş muş?

—Hayır. Sadece çiftlikten bir kız aracılık edip mektup getirip götürmüş. Duyduklarımın hepsi bu.

MERYEM

Gece oldukça ilerlemişti. Havva bitkin bir vaziyette erkeğinin suratına bakıp, inceledikten sonra, içinde oturduğu yatağa fersiz bir hareketle uzanıp kaldı.

Kerem son günlerde içine kapanıp kaldığı odadan dışarı çıkmak arzusunu bile duymamıştı. Kâh oturup kâh kalktı. Kâh yaylada gördüğü rüyanın sevinci içinde zaman zaman tefekküre dalıp kaldı.

Ana ve abla, aslında Kerem'i yalnız bırakmamaya gayret ediyorlardı. Ne zaman Meryem'le göz göze gelseler, birşeyler sormak için kendisini zorlamasına rağmen beceremeyip hep sustu... Erdem ara sıra odasına uğrayıp alay edercesine konuşup kızdırma alışkanlığını sürdürdü.

Bir defasında müteessir çehresini koyu ıstırap çizgileri gerginleştirilmiş olarak Erdem'e bağırdı:

—Tıpkı babamın yolundasın. Adeta onun kopyası gibisin. Fizik ruh beden herşeyinle babam gibisin.

Erdem öfkeyi kudurtan bir çehre ile gülümserken:

—Sen de tıpkı anam gibisin dedi. Cemiyetten uzak kalışın, insanlardan kaçışın, bazan hassas, romantik, bazan, beklenmedik anda aslan kesilişin, hep anamdan kalma huylar bunlar...

Kerem:

—Git, başımdan diye bağırdı. Saçmalarını dinlemek istemiyorum.

Erdem, Kerem'in davranışını istihza ile karşıladı. Sonra yılışık bakışlarına, pencereden dışarı yol verip baktı.

—Üzülmek istiyorsan dışarıya bak, dedi. İşte üzüntü için sana o manzara yeter.

Kerem'in aklına kavakların altı gelmişti:

—Ne varmış orada diye bağırdı?

Erdem alaylı ve sakindi:

—Yok yok, senin düşündüğün gibi değil. Korkmadan bak.

Kafasını oturduğu yerden pencerenin camına çevirdi. Aynı noktaya odaya daha yeni giren Meryem ve ana da bakıyorlardı. Kerem'in gönlünde biriken yılların ızdırabı hançer yemiş gibi sızladı...Can düşmanına dost olan bir babayı adeta lanetleyerek seyrederken, gönlü kanamıştı.

Ananın gözleri uzaklarda beklerken, dudakları kin dolu bir cümleyi sıraladı:

—Ne işleri var sanki o pis adamların burada?

Erdem kuşkuları kudurtan bir laf atarak onlarla alay etti:

—Fazla bozulma kıymetli anam, bakarsın şimdi lanetlediğin insanlarla akraba olur çıkarsın.

Ana:

—Akrep soksun öyle akrabayı.

Erdem'in işi tamamdı. Kapıyı yüzlerine kapadığı gibi dışarı çıktı.

* * *

Yavuz'un suratındaki kamçı izleri kabuk bağlayıp soyulmuş, esmer derinin üzerinde iri beyaz lekeler olarak kalmıştı. Yavuz babasının hemen yanında Erdem'le birlikte suçlu bir tavırla beklerken, Koca Mustafa Bozca'ya hitap etti:

—Köyün diline düştük... Dostluğumuzun devamlılığını görenler bile hâlâ gönüllerinin dilediği gibi konuşmaktan vazgeçmediler.

Yavuz Kerem'i vuracak. Kerem Yavuz'u... Ve sonunda beklenen şu.

Köyün iki devi vuruşacak. Orta yerden kan akıp, ocaklar sönecek... Sen bana bir gardaş gibisin Bozca, sıra köylünün beklediğine gelmeyecek ama, çirkin düş kuranlara da iyi bir ders vermek yine bize düştü...

Bozca, hayret ifadesi bir tavırla sordu:

—Nasıl?

—Akraba olarak... Kerem'e benden yana geçmiş olsun de. Kavga bitti artık... Gayri elin günün içinde hepimizin aklını başına devşirmesi lazım...

* * *

Bozca misafirlerini ayak üstü uğuradıktan sonra, evlerine doğru yürürken Erdem'den akıl sordu:

—Sen ne dersin bu işe?

Erdem şer işlerin peyiği gibidir. Düşünmeden babasını cevapladı:

—Münasip derim baba...

* * *

Kerem artık iyileşmişti. Aylardan temmuzdu. Güneş yine sıcaklığını cömertçe yeryüzüne yansıtıyordu.. Çiftlikte çalışan işçiler, etrafta dolaşan çocuklar, lojmanların önlerinde oturan kadınlar, bahçelerde renk renk açan çiçekler ve dallarında salkın saçak insana gülümseyen meyveler.

Karpuzlar sırtını nemli toprağa yaslamış herşey her güzellik toprağın bağrında... Toprak o her zaman veren cömert ana yemyeşildi.

Herşey, ama herşey bugün Kerem'in gözlerinde bir başkalık arzedercesine mükemmel ve güzeldi...

Çiftliğin batı yakasında bulunan bir kayısı ağacına sırtını yaslamış, köylülerin Cennet bahçesi dedikleri kesimi, arzu dolu bakışlarla seyre koyulmuştu.. Satı kadın, bostan denilen yerde sırık fasülyelerini suluyor, kabakların ve salatalıkların arasında biten yaban otlarını ayıklamaya çabalıyordu. Son günlerde içine düştüğü sıkıntı, ona çok kötü bir de arkadaş kazandırmıştı. Sigara. Dudaklarında yanıp küllenen dostunu, istekli istekli çekip ciğerlerine duman ziyafeti verdi. Hemen yanıbaşından geçen arktan suyun tatlı bir musiki sesiyle akışını dinliyor, sonra kaçamak bakışlarla yeşil otları, meyveleri, çiçekleri seyrediyordu. Kayısı ağaçlarının meyveye durmuş dallarında, gülün kırmızısında, karpuzun yeşilinde gezdi gözleri.

Tefekkürün böylesi insanın ömründe bir kaç defa zor misafir olurdu...

Kuvvet ve kudret sahibi olan, ölüden diriye, diriden ölüyü halkeden ebedi ve ezeli olan Allah (C.C.)'nın yüce sanatına hayran kesilerek kendisinden geçmişti.

Her zaman eline ayağına takılan, çiğneyip ayaklarının altında ezilen otların tut da yiyip içtiği meyvelerin, sebzelerin kokladığı sevdiği çiçeklerin adeta gizlilik perdesini aralamış, esrar perdesini yırtmış olarak seyre koyulmuştu...

Meryem o hülyaları perişan, son günlerin sıkıntılı kızı, Kerem'i uzaklardan görmüş yanına doğru yürüdü... Saçlarını at kuyruğu adı verilen biçimde tarayıp bağlamış üzerine papatya çiçeği desenli, sarı basma bir elbise giyinmişti.

Kerem'in arkasından usul, sessiz adımlarla oturduğu ağaca doğru yürüdü.

Hemen sağ yanında burnunun dibinde derler ya, işte öylesine yakınına sokulup durdu.

Kerem'e manidar baktı. Şaşmıştı. Belki de öylesine iç alemine dalıp dünyaya kör kir bakışın başka bir örneğine daha şahit olmamıştı. Sessizce toprağın üzerine diz çöküp meraklı gözlerle kardeşini seyre koyuldu... Dudak büktü, dalgınlık da ısrar eden gözlerinin içine bakıyordu. Sol elini, dizine götürüp usulca dürttü. Bu hareket Kerem'i iç aleminden koparmıştı.

Dış dünyasına dönük olarak daha yeni bakıyor sayılırdı. Kısık bir sesle ablasına:

—Sen misin? diye mırıldandı.

—Başka bir beklediğin mi vardı yoksa?

—Başka kim olsun? Anam ya da sen...

Meryem o baygın seyirin esrarında boğulur gibi olmuştu. Hâlâ mahmurluğunu yitirmeyen gözlerine baka baka konuştu:

—Öyle içli içli neyi seyrediyordun?

—Tabiatı. Büyük sanatkarın yeryüzünde açtığı sergiyi.

—Bunlar her zaman gördüğümüz şeyler, etrafda değişen hiçbir şey yok. Oysa senin bakışlarında, insanın ilk gördüğü bir sanatın inceliklerine dalış ve o halin hayranlık pırıltıları vardı.

—Sen etrafında gördüğün herşeyi tanıdığını söylemek mi istiyorsun?

—Bundan daha tabi ne olabilir?

—Bence büyük bir yanılma bu. Seninki tanımak sayılmaz. Gördüğün şu varlıklara verilen isimleri bilmekten içeriye gidememek derler ona...

Düşünsene bir kere Ay'a, Merih'e giden insan daha bir gülün yaprağını yeterli bir şekilde incelemiş değil. Üstelik, insan kendisini tanımıyor, diye yemin etsem, başım ağrımaz. Hatta, yeryüzünde şımarık şımarık dolaşan insan, yaratılış gayesini bile idrak edebilmiş değil... Onlarda isimlerini öğrenmekten başka şey bilmiyorlar... İsimleri tanımak o varlığın incelik sırlarına inebilmek demek midir sence?

Gördüğümüzü sanıyoruz, ama körüz. Bildiğimizi sanıyoruz ama cahiliz.

Yorgun bir hareketle yerinden doğrulup ayağa kalktı. Ablasının kendisine uzatılan elinden tutup, yukarı çekti. Böylece, onun da ayağa kalkmasını sağlamıştı.

—Gel diye mırıdandı.

Meryem hayretler içinde kalmıştı. "Ne yapıyor bu" diye eğilip Kerem'in gözlerinin içine bile baktı. Hareketlerinden kuşkulanmış hatta yüzündeki ifadeler onu meraklandırmıştı.

Kuvvetli bir el kendisini peşi sıra çekip götürürken, hep bunları düşündü. Meryem'e göre Kerem, artık akli dengesini bozmuş olmalıydı.

İri, enine yeşil çizgili bir karpuzun baş ucunda durdu. Şahadet parmağını karpuzun üzerine namlu gibi tutup, heyecanlı bir sesle de hitap etti:

—Buna iyi bak abla... İyice bak... Tanıdığını sandığın bu iri yuvarlak varlığa alıcı gözüyle bak.

Kayısı ağacının dibine doğru koşup sıçrayıp yakaladığı daldan avucunun içine gelen iki üç kayısıyı koparıp aldı... Sonra gül ağacının dalında katmer katmer açılmış bir gül koparıp, üzgün bir çehre ile karpuzun dibinde kendisini bekleyen ablasının yanına geldi... İki avucunu da açık olarak Meryem'in önüne uzattı... Kolları titrek titrekti... Gül ve kayısı yaprak yaprak açılan avuçlarının içinde sergilenirken ablasına aynı heyecanla sordu:

—Bunları da tanıyor musun?

Baş ucunda şaşkın şaşkın dikilen abla:

—Evet diye mırıldanabildi. Tanıyorum tabii..

Kerem avuçları göklere açılmış vaziyette dururken dizlerini bükerek, toprağın üzerine çöktü.

—Demek tanıyorsun ha. Karpuz kayısı ve gül.

Bön bön yüzüne baktı:

—Çömelsene diye mırıldandı.

Meryem, garip bir hareketle vücudunu dizlerinin üzerine bıraktı. Göz bebeklerinin siyah noktasında elem pırıltıları kaynaşa kaynaşa Kerem'e baktı:

—Yunus derler bir Hak dostu vardır, duymuş musun?

—Duydum diye mırıldandı.

—Derler ki, Tabduk Emre'nin kapısından ayrılınca, düşüp gittiği yollarda iki yabancıya rastlamış. Ve yine derler ki, onlarla arkadaş olup birlikte yürümüşler. Acıktıkça, her iki arkadaşı sırası, ile ellerini dua için Allah'a açıp yalvarmışlar. Dilekleri kabul olup, önlerine sofra kurulmuş.

Sıra Yunus'u bulanda kaygulanmış, tedirgin olmuş, yaralı bir gönülle ellerini Yaratanına açıp yalvarmış..."Yanımdakilerin duası yüzü hürmetine benim dualarımı da kabul buyurup bu aciz kulunu da utandırma.."

Derler ki, önlerine çeşit çeşit yiyecekler gelmiş.

Abla, meraktan çatlayacak durumda kardeşini dinlerken, hâlâ gözlerinin içine aynı kuşkulu pırıltılarla bakıyordu:

—İyi ama, bütün bunları bana neden anlatıyorsun?

—Sana bir sır vereyim mi?

—Ver.

—Bu hikâyeyi her ne zaman kimden duyarsam duyayım, içimden gülmek gelirdi. Ölesiye katılasıya bir gülmek. Ve sonunda, idrak ettim ki, Allah her kulunun önüne hem de hiç karşılık beklemeden sofrasını hazırlayıp, gönderiyormuş meğer.

—Pekala şimdi böylesine bir saçmalık anlatana rastlarsan gülmez miydin..?

—Aksine şimdi de o gülen halimi hatırladıkça içimden kendime gülmek geliyor.

—Yani inanıyor musun buna?

—Elbette inanıyorum.

Meryem'in içindeki kuşku gittikçe artıyordu. Kerem'in cevapları düşündüklerini tastik eder durumdaydı.

—Çok komik bir inanış bu diye mırıldandı.

—Bizler körler ve sağırlarız abla. Duyduklarımızı anlayamayan gördüklerimizi tanımayan kara cahilleriz biz.

Karpuzu toprağa bağlı duran yeşil otundan, hayat memesinden koparttıp, ayaklarının dibine çekti.

Tepesine acımasız yumruğunu vurup, ikiye bölmüştü.

—Otur dedi, otur.

Meryem toprağın üzerine bağdaş kurup oturmuştu. Kerem, bölünen karpuzun bir parçasını ablasına ikram etti.

—Bak Allah bize de hazır bir yemek gönderdi. Allah (C.C.) yemez misin?

Meryem çekingen hatta donuk bir hareketle elini uzatıp önüne bırakılan karpuzun parçasını aldı...

Kerem ablasına:

—Ye ye diye ısrar etti.. Önce toprağa bak, sonra da yediğin karpuzun lezzetine. Şu önemsemeden çiğneyip gezdiğimiz toprağın marifeti şaşırtmıyor mu seni?

Gül bitirir, kokulu karpuz bitirir akıl sır ermez, elma bitirir sayısız meyveler... Bak önündeki karpuza, içinde yiyecek, dışında paketi var.

Bizleri yaratan paketleyip paketleyip dallarda toprakta yemekler pişirip önümüze hazır olarak ikram etmiyor mu?.. İşte onun için her şeye hayretler içinde baktım, durdum. Anladın mı beni?

Yaratan kullarına ne güzel ziyafetler hazırlayıp sunuyor... Her bir şeyi bizim için, bize hizmet etsin diye yaratmış... Ama tek soru var bunların sonunda... İnsanların öğrenmek istemediği bir soru bu:

Bizleri niçin yaratmış? Sen bunu düşündün mü hiç? İşte az önce bunun için tefekkür dalmıştım. Bize bu meyve sebzeleri yiyin beslenin diye yaratan Allah acep bizi neden yaratmış?

Belki şu anda olduğu gibi bu halim herkese komik gelebilir. Hatta az öncesi gözlerimin içine dikkat kesilip, bakarken neler hissettiğinin farkında olduğumu bilmelisin? Sanırım normal bildiğin insan modelinin dışında bir çehre ile yüz yüze gelişin seni şaşırtmıştı.

Arayış içinde bir gönül teslim olmuş bir düşünce... Senin korktuğun o halimden ben hiç bir zaman müşteki değildim.

Tefekkürün derinliklerinde boğulurken, gözlerimden yanaklarıma doğru akan yaşlara aldırıp endişeye kapılma sakın. İşte onlar beni teselli ediyor.

Gayesiz geçirdiğim günlerin aptallıkları için ağlayabilmek, gerçeğe bir adım daha yaklaştığımı müjdelediği için ızdıraplar bile o anda sevimli oluyor.

Söylesene abla sen hiç niçin yaratıldığımız hakkında düşündün mü?

—Yook.

—Allah'ın kulları için gönderdiği. Kitabını okuyup inceledin mi?

—Hayır...

—Şimdi körler ve sağırlar olduğumuzu anlayabildin mi?

Kendisine hiç düşünme payı ayırmadan cevap verdi:

—Anladım.

—O zaman teslim olmayı da düşünüyorsun demektir.

—Neye?

—Gayesizlikten gayeye, şeytandan Allah'a... İşte benim o seni şaşırtan halim buydu... Seni de yanımda benimle beraber olarak düşündüm...

Meryem şaşırıp kalmıştı:

—Beni mi?

—Seni ya... Birlikte Allah'a dönüp teslim olmayı...

—Anlatsana biraz.

Toprağın üzerine sere serpe oturmuşlardı. Kerem hassas bir sesle duygularını ablasına açtı:

—Üzüntüm var günlerdir. Sana bir türlü sorulaştıramadığım düşüncelerim.

Yüreğimin başında her gün biraz daha acımasız olarak çöreklenip kalan üzüntülerim. Dilimin ucuna kadar gelip biriken dertlerimi sana bir türlü acımayışımın üzüntüleri var.

Meryem'in içinde koyu ıstırap bulutları kaynaşmaya başlamıştı. Gittikçe irilen, birbirini kıyasıya kesip biçen, azgın dalgalar gibi yüreği kabardı burkuldu:

—Kerem, anlatsana bana neler söylemek istiyordun. Meraktan beni çatlatacak gibisin...? Yalnız bana düşündüğün gibi konuşmaya söz ver?

—Yemin ederim.

—Anlat şimdi..

Kafasını önüne eğip , gözlerini toprağa dikti :

—Koca Mustafa seni oğluna istemiş. Duydun mu?

—Duydum.

—Duyarım ki içimi yaralayan mektuplar gelip gitmiş? Bunlar doğru mu?

Meryem utanıp gözlerini başka istikamete çevirerek mırıldandı:

—Kim söyledi?

—Saklamayı bırak.. Birbirimize söz verdik.

Meryem ısrarlı bir sükûtla dudaklarını kilitleyince, Kerem ablasına bakıp yalvarmaklı konuştu:

—Dilersen, fikrini ve olanları konuşmalarımızın en sonuna ertele. Bak yemin ederim ki Yavuz, sadece benden intikam almak için seninle evlenmek çabasında.

Sadece bir yaz tatil için geçerli bir evlilik olacak bu. Her şeyden önce sakın bu yanlışa evet deme. Sen böyle bir yanlışa gönüllü olma ki ben babama karşı haklı olarak direnebileyim. Senin kararın çok mühim. İnan bana bütün iğrenç düşüncelerini kızınca yüzüme karşı haykırdı.

—Bana enişteciğim diyeceksin dedi. Kısa bir müddet için dedi. Duydun mu? Kısa bir zaman tahammül edeceğin bir eniştelik bu.

Meryem deşildi:

—Seninki sadece çocukça bir endişeden ibaret diye mırıldandı.

Kerem heyecanlıydı:

—Nasıl? Zaten sen de istemiyordun onu değil mi? Açıkça söylesene abla günlerdir içimi kemiren kurtlar varsın kahrından felç olup ölsünler.

Meryem'in cevabı Kerem'i sevindirmemişti:

—Senin daha bilmediğin bazı meseleler var diye fısıldadı:

—Anlat, nasıl bir mesele o? Söyleyemediğin tek şey o cahillik hevesine kapılıp şuursuz sonunu düşünemeden karalayıp yolladığın mektupların mı? Bilmediğim mühim meseleler sadece bunlar olmalı.

—Demek herşeyden haberin vardı?

—Bırak o hatanı mazinin derinliklerine gömüp unut. Zararın neresinden dönülürse kârdır.

—Dile düşmek istemem.

Kerem acı acı gülümsedi:

—Bak unut dedim. Başka bir kardeş olsa böyle davranmazdı sana. Zor durumda kalmasam, ben de başka türlü hareket ederdim.

—İstersen bu konuda hiç ısrar etme bana. Babam ağabeyim gönüllü, ben de istiyorum. Sonunda mutlaka birisine enişte demeyecek misin?

Hem diğer konuda sana katılırım. Çok eski bir arzu bu... Hevesten de öte.

—Bak abla beni korkutan bir erkeğe enişte diyebilmek korkusu değil. Seni mesut edebileceğine inanabilsem, işte o zaman bana saadetler dilemek düşerdi.. İşin doğru tarafı benim anlattığım tuzak. Gerisi kendimizi aldatmak için yapılan tahminlerin dışına çıkmaz. Üstelik o adamın yaptığı bir sürü çirkin hareketler var ki, Allah'la binem aramda sırdır. Hem durup dururken, neden kötü olayım onunla düşünsene?

Meryem sustu. Ne söylese Kerem'i ikna edemeyecekti. İşte, bunun için de sustu. Kerem, şimdi iç dünyasının sırlarını veriyor gibiydi. Çile dolu bir ses:

—Yepyeni bir dünyanın başlangıcındayım diye mırıldandı. Sanki yeni baştan bir kuruluş bu.

İçimdeki bozuk yapının beynimdeki mantıksızlığın yıkılış şaikası...

Sanki bütün bunları göğüslemeye tek başıma gücüm yetmedi de seninle birlikte üslenelim istiyordum... Anam sen ve ben... Belki de arkamızdan babam ve Erdem...

Sen İslamın tarif ettiği biçimde kapanacak, anam aynı modeli seçecekti. Ve üçümüz yepyeni bir dünya kurup, sahteden gerçeğe adiden mükemmele, gayesizlikten gayeye birlikte yürüyecektik.

Söyle bana kafamda dirilen, yeni yeni kurmaya çalıştığım dünyayı sen hiç acımadan yıkmak ister miydin?

—Yani sen dediklerini yapıyor musun?

—Başlamaktan söz ettim. Sade bir işe başlamak, kötüyü yıkıp yeniden mükemmeli yapabilmek arzusu bu.. Birlikte başlayacaktık.. Yaşadığın ev, yürüyüp geçtiğin sokaklar, selam verdiğin insanlar, herşey bir zelzelenin geride bıraktığı enkaz yığınından başka şey değil. Birlikte dedim sana.

Birbirimize destek olarak kuracağımız bir dünya demek istedim.

—Yine olur. Belki Yavuz bile.

Kerem derin bir nefes alıp verdi... İskeletini sarsarcasına bir nefes..

—Pekâla abla, bildiklerimi söyledim. Bundan böyle mesul sayılmam.

Kerem ablasından beklediği cevabı alamayınca, sükûtu hayale uğramıştı...

Perişan bir gönülle Meryem'in yanından ayrılırken, yıkılmış, dökülmüş perişan bir manzara arzediyordu.

Fersiz adımlarını çabuklaştırdı, arkasına bile bakmadan evlerinden yana yurudu.

Meryem suçlu gibi olmuştu.. Kolay değildi elbet, sevdiği bir yüreği kırmış, bu yüzden de üzüntüsü dayanılmaz olmuştu.

Bütün bunlara rağmen yine de gönlünün başında hakimiyetini sürdüren bir sevdanın okyanusunda boğulmayı tercih etti.

Kerem odasına geçmişti... Holde duran, yüzüne baygın baygın bakan anaya aldırış bile etmeden...

Ana oğlunun arkasından bakıp, şaşırmıştı. Hemen peşinden yürüyüp, ana da Kerem'in girdiği odaya geçti.

Karşısında hayalet gibi dikilip kalmıştı. Az sonra hayreti üzüntüye dönüştü. Kerem yine aceleci bir hazırlık içindeydi...

Ana tam karşısında durup, çamaşırlarını valizine dolduran oğluna seslendi:

—Kerem.

Sesi alır almaz meşguliyetini bırakıp anasına baktı:

—Buyur ana?

—Anladığım kadarı ile zamansız bir hazırlık içindesin.

—Evet.

—Beklenmedik bu kararla, nereye böyle?

—İstanbul'a.

—Mekteplerin açılmasına daha çok zaman var.

—Buna rağmen gitmem lazım.

Ana ve oğulun konuşmalarını bitişik odada oturan baba ve oğul da duymuşlardı. Az sonra ikisi birden yanlarına geldiler.

Ana huzursuz bir yürekle oğlunun devam eden hazırlığını seyrederken Kerem'e garip ifadelerle bakan baba sordu:

—Yolculuk mu vardı?

—Var.

—Sebep.

—Bilmiyorum. İçimde git gide büyüyen bir sıkıntı var. Sanki beni alıp gidecekmiş gibi boğucu. Belki İstanbul bir kısmını alıp hafifletir diye düşündüm.

—Neymiş o sıkıntı. Bize de söyler misin?

—Bilmediğimi söyledim.

Ana:

—Kerem derdini bilmiyor değil, söylemekten çekiniyor olmalı.

—Merak ettim doğrusu.

—Meryem'in ailemiz tarafından Yavuz'a münasip görülmesi.

Bozca kadının yüzüne istihzalı bir tavırla bakıp güldü:

—Kerem daha çocuktur. Bu konuda söz sahibi olması bence çok erken. Neyise gitsin bakalım, belki de buralarda sahiden sıkılmış olabilir.

YOLCU

Kerem'i kasabaya bırakması için çiftliğin şoförü hazırdı. Valizi arabaya atıldı ve Kerem sırası ile herkesle ısmarlaştı. Anasına sarıldı, babasının elini öptü, Erdem'e soğuk bir eda ile elini uzatıp:

—Allah'a ısmarladık dedi.

Ve Meryem ellerini önünde bağlamış, mahzun bakışlarla suçlu tavrını üzerinden atamadan kardeşinin ısmarlaşma sırasını bekledi.. Zaman sanki hiç geçmeyecekmiş gibi bir iç burkusuna muhatab olmuştu.. Kerem'i severdi. Kendisinin yüzünden gittiğini hissedince, daha da perişan oldu. Sıra kendisine gelmişti. Önünde bağladığı ellerini usul bir hareketle çözüp kardeşinin yüzünü hüzünlü pırıltılarla gözetledi.. Oysa beklediklerinin dışında bir hareket oluyordu, şimdi Kerem ablasının yüzüne bile bakmadan valizinin bagajına atıldığı arabaya doğru yürüyordu... Herkeste bir hayret ifadesi vardı... Noksan bırakılan bir merasimin yorumu, kafalarda enine boyuna, dalgalandı, bulandı...

Meryem'in gözleri nemlenmişti. Kanı damarlarında donmuş gibiydi. Olduğu yerde hareketsiz bekledi. Sonra dudakları kırıştı, buruştu. İçinden oylum oylum yükselen bir hıçkırık ve ellerini yüzlerine kapak yaparak evlerinden yana çevrilip koştu...

Araba, bakan gözlerin arasından kulakların zarını tırmalayan bir gürültü ile kalkıp yollarda süzüle süzüle akıp gitti...

* * *

Güneş tabiatla cilveleşiyordu. Marmaranın dalgalı sularına gömülüyor, sonra kıyılara çarpıp, kristal aynalar gibi gözleri kamaştıra kamaştıra parçalanıyordu.

Üsküdar iskelesinin önü insan seli ile kaynaşıyor, iskeleden kalkmak üzere olan vapurun düdüğü yürekleri hoplatırcasına tok bir sesle ötüp duruyordu.

Kerem kiraladığı taksi ile beylerbeyi istikametine geçerken etrafı duygusal bakışlarla seyretti...

Evleri Beylerbeyi sahilinin hemen kıyısında arka pencereleri denize, ön cephesi caddeye bakan bir apartmandı. Ana çocuklarının tahsil boyu kalabilmeleri için onlara burayı satın almıştı.

Taksi kapılarının önünde durdu. Kerem ücretini ödedikten sonra valizini aldığı gibi, bitişiklerindeki apartmanın üçüncü katından bir ses geldi:

—Kereeem.

Durakladı. Kafasını usulca kaldırıp, sesin geldiği istikamete doğru baktı. Sesin sahibini tanımıştı. Oturdukları evin balkonları, karşı karşıya bakan bir kızdı. Reyhan.

Ne zaman balkona çıksa ya da pencerenin önüne yakın otursa, her zaman Kerem'le delicesine ilgilenirdi. Israrlı ısrarlı bakar, el sallar daha akla gelmeyen hareketler icad ederek Kerem'in dikkatini çekmeye çalışırdı.

Üstelik aynı lisede ve aynı sınıfta okuduğu bir talebeydi, güzeldi. Yaratılışındaki en ince sanata muhabat olmuş bir kıdı. Sorumsuz oluşu kadar da ailesinin hoşgörüsüne sığınmıştı.

Seçtiği arkadaşlarını evde anlatan, hatta nasıl gezip yürüdüklerini duygularına varıncaya kadar hülasa edebilen bir evlattı.

İşte Kerem, böylesine kendi iradesinin, arzularının emrettiğini yapabilen, çılgınlar gibi yaşama hevesine kapılmış bir kızın gönlüne ve dünyasına girmişti.

Çoğu kere Erdem birşeyler sezmişse de Kerem olanları ağabeyisinden gizlemeyi başarmıştı.

Bir insan için su ekmek ve hava nasılsa, Reyhan için de Kerem adeta o hale gelmişti. Kerem durup kendisine bakınca:

—Hoş geldin, diye bağırdı.

Kerem:

—Hoş bulduk diye karşılık verdikten sonra, oturdukları binanın cümle kapısından içeri süzüldü...

Dairelerinin kapısını açıp, valizi bir tarafa bıraktıktan sonra uzun zamandır kapalı kalan odaları havalandırmak için pencerelerin camlarını açtı. Karşı balkona bakan pencereyi aralarken birden durakladı.

Reyhan kendisine bakıyordu:

—Yalnız mı geldin?

—Yalnız diye karşılık gönderdi.

—Ne iyi ettin de geldin. Öyle sıkılıyordum ki?

Kerem utandı ve sustu.

—Hey baksana yarın adalara gidelim mi?

Kerem hiç düşünmek fırsatını beklemeden cevap verdi:

—Olur.

ÇIRPINIŞ

İstanbul'da günler kafasında hakim olmasını beklediği dünyanın çok ötelerinde mayasını tutmuş olarak geçiyordu. Çırpınış içindeydi. Bir yandan İslâma göre hayatını düzenlemek, manayı gönlünde hakim kılarak yaşamak istiyor, öte yandan, değişik biçimde dönmeye devam eden dünyanın çarkı, onu da ekseni etrafında insafsızca döndürmeye devam ediyordu.

Kafasında dirilen yepyeni bir dünyanın, kurallarına ayak uyduramayışın çilesini çektiği her halinden aşikardı... Yalnız kalıp, iç alemine çekildiği zamanlar, kendi kendisine sorduğu vakitler oluyordu.

—Ben miyim Yaratılış gayesine uyacak olan adam? ben miyim o alemleri yaratan Allah'ın Kanunlarına yürekten bağlanacak kul.

O kuvvet ve Kudret sahibi olan Allah'ı yaratılışına muhatab olan insan ben miyim? Hiç emirlerini tutmaya yaklaşmayan, isyancı, o ben miyim beeeen?

Ateş yanmayan yerde duman tütmez derlerdi. Ateş düştüğü yeri yakardı elbet. Kerem'in yüreğinin başına kıvılcım sıçramıştı. İçinde yiv yiv derinleşen, içe doğru oylum oylum işleyen bir kıvılcım ve beynini acımasız şekilde bir sancı çepeçevre sarmıştı... Bir dirilişin yeniden yapılışın sancıları başlamıştı Kerem'de... Öyle ki son günlerde kendisinden nefret ettiği zamanlar bile oluyordu.

Artık bir dürtüye, alıştığı bozuk düzenin çarkına tersine çevirebilecek bir güle ihtiyacı vardı... Benliğini sımsıkı saran, esaret zincirini kırıp, prangaya vurulmuşluğunun kaderini değiştirmek çabası vardı içinde.

Sahteden gerçeğe uzanan yolu arıyordu. Çabaladı, ama yapamadı...

Hastalık bir noktaya gelince insan tedavi olmaktan bile korkar, tabipden kaçar, ya, tıpkı öyle.. Hastalık teşhir edilmiş, ilacı, başı ucunda dururken, uzanıp almayan hastalar gibi. Zehiri kendisine kurtuluş şifayı işkence mi bilirdi insan? Bilinmez ki...

İşte Kerem, son günlerde böylesine bir rahatsızlığın ve peşini bırakmak bilmeyen kararsızlığın çile kabında pişiyor kaynıyordu.

Bir yandan gönül kürsüsünde yerleşmeye çabalayan duygularını tahrik eden güzel bir kız vardı... Öte yandan, gönül kafesinden kapısını açıp, içeriye girebilmek çabasın veren hayatında diriliş şaikasını başlatacak hisler vardı... Kalbinde dama damla akan, İlahi Muhabbetin şebnemleri...

İşte bu iki tutkunun aynı zamanda bedeninde dirilişi, onu ne tamamen bir yanlışın kollarına bırakabildi, ne de Maneviyat ağacının içinde dal budak salarak boy verişine...

Çırpınış içinde bir yüreği vardı... Buna rağmen bir gün mutlaka doğruyu bulabileceğine inanarak yaşadı...

Son günleri gezerek, dolaşarak hatta bazen çılgınlar gibi eğlenerek eriyip gitti.

Reyhan yakasından bir sülük gibi yapışmış, peşini bırakmıyordu. Birlikte İstanbul'u aylak aylak dolaştılar durdular.

Kerem zaman zaman Reyhan'a içini açmak istedi. Yeni yeni kurmayı tasarladığı dünyadan ona da aldatmak, hatta onun dünyanın da kendisi ile birlikte değiştirebilmenin çabası içinde kıvrandığı zamanlar oluyordu. Aslında gönül verdiği dünya görüşü hakkında, çok şey bilmediği için açılamadı.

Artık mevsim sonbahardı. Aylardan Eylül. Ağaçların dallarındaki yaprakların, toprağın üzerindeki yeşil yeşil otların, bütün nebatatın rengi yavaş yavaş sarıya dönmeye yüz tuttuğu günlerdi.

Mektepler açıldı.. Böylece Kerem ve Reyhan beraberliği daha da sıklaşmıştı...

Sabahları okula birlikte gidiyorlar. Akşam yine dönüşte beraberce geliyorlardı. İkisi de aynı sınıftalardı ve bu yıl son seneleriydi.

Kız ve erkek karışık olan okulda, Reyhan Kerem'i en yakın arkadaşlarından bile kıskanıyor, bahaneler uydurarak tenffüslerde bile başkalarından onu ayrı tutmaya çabalıyordu. İşte günler böyle bir akışın potasında eriye eriye geçti.

Günlerden cuma idi. Mektep dönüşü doğru evlerine geldi. Kitaplarını bir köşeye bırakıp, elbisesini soyunmaya başlamıştı. Zilin cırlak sesini duyup vazgeçti... Kapıya doğru yürüyüp açtı. Genç uzun boylu, siyah düz saçlarını itina ile taramış bir delikanlı ile yüz yüze gelince şaşırdı:

—Sedaat diye isim verdi...

Sarıldı, kucakladı elinden sıkı sıkı tutup içeriye çekti. Delikanlı içeriye girmek taraflısı değildi. Kerem:

—Gelsene diye hayretle baktı.

Sedat itirazlı konuştu:

—Biraz dolaşalım diye geldim. Yarın da tatil...

Kerem Sedat'ın teklifini itiraz etmeden kabul etti. Hazır giyinik durumda olduğu için kapıyı çekip:

—Gidelim dedi.

Sedat Kerem'den iki yaş daha büyük ve Eczacılık Fakültesi talebesiydi. Üstelik babasının sokak başında açtığı eczanede zaman zaman çalışırdı da.

Kerem yol başında durup arkadaşına sordu:

—Ne tarafa gidiyoruz?

—Doğrusunu istersen münasip bir yerde oturup kafaları bulalım diyordum...

Kerem duraklayıp arkadaşına hayretler içinde sordu:

—Anlamadım?

—İçelim demek istiyorum.

Kerem kararlı bir tavırla itiraz etti:

—Hayır artık ben o işlerde yokum.

—Neden?

—İnsanlar sevdiği işi yapınca mesut olur derler ya? Ben içkiyi alınca huzursuz oluyorum...

Sedat Kerem'in koluna girip yavaş yavaş çekti:

—Bugün hiç itiraz istemem. Kafam allak bullak. Hatta geceyi de dilersen siz de geçiririz kırma beni.

* * *

Vakit gecenin sıfır üçünü gösteriyordu... İki arkadaş geç vakitlere kadar sorumsuz biçimde akıllarına geldiği gibi eğlendiler. İkisi de ayakta duramayacak kadar sarhoşlardı. Hani bırak sarhoşu yıkıldığı yere kadar gitsin derler ya, tıpkı öyle... Yıkıla, yalpalaya evin merdivenlerini tırmanmaya başladılar.

Girdikleri odada bulunan karşılıklı sedirlerin üzerine güçlükle soyunduktan sonra üzerlerine birer yorgan çekerek sızıp kaldılar.

Gün doğmuş vakit oldukça genişlemişti. Güneş perdeleri açık kalmış olan odanın içine bütün cömertliği ile yansımıştı.

Sedat üzerinden sıyrılıp yere düşen yorgandan bile habersiz derin derin soluyarak uykuyu sürdürmekteydi. Boğucu bir sıkıntı teri alnından boynuna doğru yol bulup buhar buhar kaynaşırken, rahatsız olduğu aşikardı.

Uyku herkes için sıkıntılı değildir. Kerem Sedat'a rağmen uzandığı yatağında oldukca rahat bir manzara arzediyordu.

Suratı buram buram kaynayan Sedat'ın nefesi biraz daha derinleşmişti. Ciğerleri az sonra körük gibi çalışmaya başladı...

Daha fazla uyuyamamıştı. Az sonra uzandığı yatağın içinde sıçrayıp oturdu. Gözlerini ellerinin tersi ile övşeleyip, etrafını ürkek bakışlarla süzdü. Gözbebekleri yuvalarının içinden fırlayacakmış gibi oynak oynaktı.

Perişan bir hali vardı. Önce yüzündeki deriler gerildi. Kırıştı sonra gözleri buhar buhar kaynadı ve ellerini yüzlerine kapak yaparak hıçkırmaya başladı. Canevinden vurulmuş derler ya, işte öylesine bir feryad odanın içinde ayyuka çıktıkça, çok geçmeden Kerem'i bile uyardı.

Yerinden hışımla doğrulup, sersem sersem yatağının içinde oturdu. Birden şaşırıp kalmıştı.

Sebebini henüz bilmediği bir çilenin işkence kazanında pişercesine feryadını yükselten arkadaşına baktı, baktı baktı...

Şaşkınlığı bir noktada yenebilen Kerem:

—Sedat diye seslendi.

Yerinden fırladığı gibi kalkıp arkadaşının oturduğu sedirin ucuna ilişircesine eğrelti oturdu.

Elleri hâlâ yüzünde kapak olan, hıçkırıklarından kimseyi duymaya bile zamanı olmayan arkadaşının omuzlarından sıkı sıkı tutup sarstı:

—Sedaaat...

Sedat ellerini yüzlerinden çekti. Gözlerinden akan yaşlar suratında çamurlaşmış gibiydi. Gözlerinin içi kan çanağına benzemiş, benzi geçik, bitap düşmüş bir hali vardı.

Kerem merak içinde sordu:

—Nedir bu halin anlatsana?

Sustu, katılaşıp oturduğu sedirin üzerine kalmıştı. Kerem, ısrar ettikçe sükûtunu sürdürdü...

Hıçkırıkları kesildi, göz pınarları kurudu. Dondurulmuş heykeller gibi soğuk bir yüzle tefekküre dalmıştı...

Kerem, arkadaşının ölü pırıltılar aksettiren gözlerinin içine, baka baka ısrarını sürdürdü:

—Meraktan çatlatacaksın beni, konuşsana ne oldun böyle?

Dişlerini sıktı, dudaklarını gevdi sesi düştü:

—Söylesene neden ağlıyorsun? Akşam iyi hastın... Sessiz sedasız gelip yattın. Yoksa bilmeden sana karşı bir hata mı yaptım? Öyle bir hareketim varsa özür dilerim...

Sükûtu bozmayan heykelin kafası sadece fersiz bir hareketle:

"Hayır" der gibi kımıldadı.

—Öyle ise?

Derin bir nefesi ciğerlerine indirdikten sonra, yorgun bir hareketle ayağa doğrulup kalktı. Yine hiç konuşmadan üzerini giyinip, gözlerini ufkundan ayırmayan Kerem'e mırıldandı:

—Sen de giyin.

—Nereye?

—Bugün içimde çok değişik bir arzunun dirilişi var.

—Anlatsana biraz.

—Anlatabilmem için benimle gelmelisin.

—Geliyorum.

Sokakların arasından yan yana yürüyerek geçip gittiler. Sedat'ın suratın hâlâ koyu bir ıstırap dalgası hakimdi. Yolları, üzerinde "Erkekler hamamı" yazan bir binanın önünde tükendi. Sedat arkadaşına dönüp hassas bir sesle mırıldandı:

—Önce güzelce bir temizlenelim.

Kerem itiraz etmedi:

—Olur diye cevapladı.

İki arkadaş birden hamamdan temizlenmiş olarak çıkmışlardı. Kerem hâlâ neler olduğundan ve olacağından bile habersizdi. Sedat'a dönüp sordu:

—Ya şimdi? Şimdi nereye gidiyoruz?

Sedat kolundaki saatine baktı. Kafasında kurduğu vakit yakındı. Sonra Kerem'e dönüp mırıldandı

—Bana mutlaka uymaya mecbur değilsin, diye başladı. Öğle vakti yakın, ben namaza gidelim diyecektim. Benimle gelir misin?

Adeta Sedat'a bakarken Kerem'in ta gözlerinin içi gülmüştü:

—Gelirim diye sevindi. İşte beni hep böyle yerlere davet etmelisin.

Sedat şaşırmış gibiydi:

—Sahi mi?

—Şaşılacak ne var bunda?

Kalabalık bir cemaate katılıp öğle namazını aynı safta ve birlikte kılmışlardı. Üsküdar iskelesinin hemen karşısında bütün heybeti ile duran Cami'nin merdivenlerinden yine birlikte iniyorlardı. Dolmuş durağını geçip deniz kenarında durup, vapurları martı kuşlarını balıkçı teknelerini seyrettiler. Kerem Sedat'a sual açtı:

—Bana birşeyler anlatacaktın? Yatağın içinde ağlayışından. Berbat başlayan bir gecenin tükenişinden senelerdir taşıyıp hizmet ettiğin bir fikre yıldırım hızı ile sırt dönüp yürekli bir hareketle, yıkışından... Yeni kurmak istediğin dünyanın modelinden...

Sedat:

—Yıkılıp yeniden yapılmak diye mırıldandı. Tıpkı ördüğü duvarı beğenmeyip, emeklerine acımadan o duvarı yıkıp, gönlünce örmek isteyen ustalar olur ya, tıpkı öyle bir his bu...

—Beni şaşırtan bu değil... Akşam isyan sabah pişmanlık neden hemen sabah başlayan bir değişiklik..?

—Bundan tam iki yıl kadar evveldi. Çok sevdiğim bir arkadaşımı da alıp seyyahate çıkmıştık. Egeyi adım adım dolaştıktan sonra, İzmir'e de uğramıştık. Doğru dayımlara vardık. Dayım imamdı... Herkesin hürmet ettiği bütün günahlardan kaçan iddialı bir müslümandı.

İzmir'de birkaç gün kalacağımızı duyunca sevinmişti... Beni, her zaman dizlerinini dibine alıp, noksanlarımı öğretmeye bayılırdı. Bence de gelişime sevinişi bunun için olsa gerekti...

Oturup konuştuk. Hal hatırın arkasından içimi bir şeytanın eli dürter gibi oldu... Müsaade istedik:

—Nereye diye sordu?

Tabii söylemek işimize gelmiyordu. Bir şeyler sezmiş olsa ki ısrar etti:

—Gitmeyin dedi, ne istiyorsanız alıp yaptırayım. Oturup biraz da sohbet ederiz..

Tabi dinlemedik. Sonunda da yüzsüzlük edip söyledim:

—Dayı hem biraz gezip hem de arkadaşımla bir yerde içmek istiyorum.

Yüzündeki ifadelerden üzüntüsü beliydi... Vazgeçirebilmek için elinden ne gelirse yaptı. Tabi dinlemedik.

Başı ağrımış olsa ki şakaklarını parmakları ile övşeledi. Ve sızılı bir lisanla mırıldandı:

—Bari karışık pis bir yere gitmeyin. Başınız belaya girer diye mırıldandı.

Adeta pazarlıktı bizimki:

—O vakit bildiğin temiz bir lokanta varsa orayı söyle.

—Tarif edemem lokantaların çoğu içkili oldu. Ben size muhit olarak göstereyim bari...

Bizimle birlikte sokağa çıkıp, belki de yüz metre gerilerden bir lokantayı bize işaret etti:

—Bizimle gel diye ısrar ettik...

Bari oturup yemek ye dedik. Yüzümüze bakıp acı acı gülümsedi:

—Mümkün değil, dedi. Ben sizi Allah'ın emirlerine çağırdım gelmezken, siz beni şeytanın emirleri için çağırıyorsunuz olacak iş mi hiç? Ve:

—Sonraaa?

—Dayım geçen sene öldü... Bu gece onu rüyamda gördüm.

Bacakları dizilerine kadar sağ kolu dirseğine kadar yanıktı. Dudakları sarkmış, ağzından dışarı uzanan dili çatlak çatlak kabarmış, kozaklamışmıştı.

Öyle bir yanmış ki, simsiyah kömür gibi... Dayı diye hayretimi kendisinden gizleyemeden sordum:

—Bu halin ne senin? Sen dünyada iken çok temiz, herkesin hürmet ettiği, dindar bir insandın. Şimdi bu da ne?

Yüzüme bakarken, küskün gibiydi... "Beni bu hale sen getirdin dedi. Bari aklını başına al da kendini kurtarmaya çalış."

—Ben sana ne yaptım ki?

—Hatırlıyor musun? Arkadaşınla bize gelmiştin. Israrına dayanamayıp, sana içkili bir lokantayı işaret ettim.

—Evet evet hatırladım. Ne var bunda?

—Sizi Allah'ın kullarına haram kıldım dediği içkiyi alıp isyan edişinize aracı oldum.. Lokantaya kadar getirdiğim için ayaklarım yandı. Uzaktan işaret ettiğim için kolum yandı. Lisanımla tarifini yaptığım için de dilim yandı. Üstelik bununla da cezamı ödemiş değilim.

Allah'ın azabı çetin, Allah'ın azabı çetin, Allah'ın azabı çetin... Kendini kurtarmaya baaak.

İşte böylesine bir manzaranın ahitçisi olduktan sonra, uykudan uyandım.

Beni değiştiren gecenin hikayesi bundan ibaret.

Sedat yangının merkezine merkezine yürümüştü. Kendisi bedenini sımsıkı saran miskinlik kozasını yürekli bir hareketle parçalayıp içinden çıkmış, şimdi arkadaşına tebliğ görevini üslenmişti. Kerem'in gözlerinin içine bakarken, zamana en büyük manayı kazandıran sözleri harcıyordu:

—Şu son günlerdeki çırpınışım, ancak bizleri Yaratan Allah'a ayandır. Öyle zamanlar gelmeye başladı ki, yürekleri Allah sevgisini muhafaza edemeyecek kadar çürümüş cemiyetlerin içinde yaşayan bir fert olmaktan bile utanmaya başlamıştım.

Bugün maneviyatın en şifalı ilaç olduğunu duyarak, bilerek ve alemlerin sahibinin huzurunda durup, secde ederek idrak etmeye çalıştım. Ona teslim oldum. Bu duruş bu teslimiyyet bundan, böyle en acımasız silahlarla en azgın fırtınalarla ve dehşet saçan ateşlerle, hatta milyonlarca karşı davranışın baskısı, tehdidi altında bile olsa, beni o kapıdan koparamaz.

Arkadaşının gözlerinin içine bakarken tedirgin bir tavırla sordu:

Kerem, omuzlarına çöküp kalmış, binlerce kilo ağırlığındaki yükü atmış gibiydi. Sedat'ın yüzüne bakarken gözlerinin içine güldü:

—Ben de diye mırıldandı. Bu can bu gövdede kaldıkça...

* * *

Yıkılmak ve yeniden yapılmak... Yılların titizlikle ördüğü saliseleri, saniyeleri, dakikaları, saatleri, günleri, haftaları, ayları ve üst üste örülen seneleri temelinden yıkıp, yeniden sıhhatli bir şekilde yapabilmek... Kolay mıydı..?

Her günün nasıl ki bir gecesi varsa, elbette her gecenin bir sabahı olacaktı...

Kerem Yatsı namazını camide kılmıştı. Yollarda yalnızlığın verdiği gariplikle yürürken tefekkür ederek kapılarının önüne kadar geldi. Gönlü koyu bir muhabbet esintisi ile dolu olarak evlerine girdi. İlk işi masa saatini Sabah namazına ayarlamak olmuştu.

Karşı balkonun lambasının yanıp yanıp sönüşü dikkatini çekti. Odanın orta yerinde yüzünü pencereye çevirmiş olarak durdu... Karşılık vermeden, kararsızlıkların içinde istikametine baktı, baktı.

Reyhan balkonlarından durmadan sinyal veriyordu. Kerem'in tereddüt dolu davranışlarından isteksiz olduğunu kolayca anlamak mümkündü.

Daha doğrusu bilmediği bir durum ortaya çıkmıştı. Daha yeni yeni içinde filizlenip çiçek açam azimle yaşamaya başladığı İslam dini ve yasaları acaba bu gibi arkadaşlığa cevaz veriyor muydu? İşte hep bunları düşünerek balkona çıkmadı, sinyallere karşılık bile vermedi.

Odanın lambasını söndürüp soyundu... Sabah düzeltmeden dağınık bıraktığı yatağın yorganını üzerine çekip uyumaya çalıştı.

Odanın lambasını söndürüp soyundu... Sabah düzeltmeden dağınık bıraktığı yatağın yorganını üzerine çekip uyumaya çalıştı.

Bugün ilk defa sabah namazına kalkmıştı. Çocukluk yıllarından bugüne kadar ara verilmiş, ayrılığın ilk namazıydı. Vakte kurduğu zilin kulakları çınlatan sesini duyarak yatağından fırlayıp kalktı. Çarçabuk hazırlığını yapıp, huşu içinde huzura durup namazını kıldı. Ellerini dualar için-Yaratanına açarken, suratında duru bir güzellik vardı...

Canı yatmak istemiyordu. Kütüphanesinin baş ucunda dikilip gözleri ile kitapların sırtını taradı. İçlerinden seçtiği kitaba uzanıp, aldıktan sonra pencerenin kenarına oturup koyu bir merak dalgası yansıtan bakışlar, okudu. Günü evde okuyarak akşam etmişti... Reyhan balkona çıktı, etrafı arzulu bakışlarla aradı. Aradığını bulamayışı onu üzmüştü.

BİR GÖNÜL HİKÂYESİ

Okul vakti gelip çatmıştı. Evde dini kitapları okuyarak geçirdiği uzun bir günün arkasından, sabah erkenden kalkıp, görevini yaptıktan sonra derslerine çalıştı. Sonra da çantasını eline aldığı gibi okula gitmek için yola düştü.

Kapıların önündeki kaldırımda, caddenin hemen kanarında şemsiyesini açmış gibi duran akasya ağacının altına ürkek, tedirgin gözlerle kaçamak ve kararsız baktı.

Reyhan küskün bir çehre ile kendisini bekliyordu. Tıpkı kapana sıkışmış tavşan gibi huzursuzdu. Çaresiz Reyhan'ın yanına gidecekti. Elbette durup dururken selamı sabahı kesmek mantıksızca bir davranış olacağından, umursamadan çekilip gitmeyi hiç te uygun bulmamıştı.

Mahcup bir çehre ve isteksiz adımlarla Reyhan'ın ısrarla beklemekte olduğu akasya ağacının altına doğru yürüdü.. Soğuk bir yüzle karşısında durdu:

—Hayırlı sabahlar.

Reyhan daha cevap vermeyi bile düşünmeden, ısrarlı ve meraklı bakışlarla Kerem'i tepeden tırnağa kadar süzdü, inceledi.

Mektep üniforması içinde duru bir güzelliği vardı. Saçlarını çift örgü yaparak iki omuzunun üzerine birbirine paralel şekilde, bırakmıştı. Siyah kıyafetine, kolalı beyaz yaka doğrusu renk katmıştı.

Yüzündeki keder çizgileri az önceki duru güzelliği silmiş, kaşları daha bir öfkeli çatılmıştı. Suratında çift mühür gibi duran gözlerinin siyah bebeklerinde ihtiras dolu pırıltılar kaynaşırken, soğuk bir eda ile mırıldandı:

—Sence dün gece yaptığın hareket doğru muydu?

Hayret ifadesi yansıtan gözler muhatabının ufkunda dolaşırken:

—Anlamadım diye cevapladı. Hangi hareketim?

—Balkona çıkmıştım. Seni apaçık görüyordum ve sen de beni. Ama hiç de umursamadın. Üstelik hakaret dolu bir davranışla balkona bakan odanın lambasını söndürüp yattın.

Devresi düşük bir ses tonu ile Reyhan'ı tasdik etti:

—Evet dediklerin aynen oldu.Fakat bütün bunlardan ne maksat çıkardığını bilmiyorum.

İrade dışı adımlar ikisini de harekete geçirmişti. Yolun kenarından, adeta birbirlerini tanımayan iki yabancı gibi yürüyorlardı...

Arzuları tek tek yerine getirilmeye çalışılmış, hürriyeti eline istismar edebileceği şekilde teslim edilmiş gönlü havalarda uçuşan bir kızdı.

Kerem'i deliler gibi sevmeye başlamıştı. İşte bu yüzden uzun zamandır gönlü dünyalara sığmaz olup çıkmıştı.

Duyguları hayalleri ve hatta düşünceleri sorumsuzdu... Mantıksız arzularının akışına kapılmış, hayatını derin bir umursamazlık içinde, zamanın deli rüzgarının önüne salıvermişti.

Şimdi üzgündü... Beklenmedik anda kırılan duyguları onu çetin bir iç kargaşasına itmişti. Kerem'in yüzüne dikkatle bakıp, ihtiras dolu bir sesle mırıldandı:

—Rengin uçuk. Davranışında hareketlerinde acayip bir soğukluk var. Söylesene bana duyduğun gördüğün ya da seni benden uzaklaştırmaya sebep teşkil eden bir hadise mi var?

Kerem düşünceden ağırlaşan başını itiraz dolu bir eda ile her iki tarafa oynatırken, hassas, duygulu hatta ürkek bir sesle Reyhan'ı cevapladı:

—Yok bir şey ama, ya da çok mühim bir şey var.

—Ne demek istiyorsun anlamadım? "Yok bir şey, ya da çok mühim bir şey var." Hem yok bir şey diyorsun hem de daha cevabını bile bitirmeden çok mühim bir şeyin olduğunu haber veriyorsun...

Kerem utanıyordu. Kafasını önüne hafifçe yakıp, yürümekte oldukları yolun müsait bir köşesine çekildi ve durdu.

—Sana açmak istediğim bir mesele var. Olumlu karşılarsan, birşey yok demektir. Şayet olumsuz karşılarsan işte o zaman çok mühim bir şey var demektir...

Reyhan meraklanmıştı. Kerem'in suratına kırık umutlarla bakarken kısık bir sesle mırıldandı:

—Bugün mektebe gitmesek?

—Neden?

—Deniz kenarında tenha bir köşeye oturup, uzun uzun konuşurduk.

Önce Reyhan'a itirazlı bir çehre ile bakmasına rağmen sonunda kabul etmişti.

—Olur diye cevapladı.

Deniz koyu yeşile boyanmıştı. İri dalgalar kıyıları insafsızca dövüyor, dövüyordu. Beyaz beyaz köpükler azgın dalgalardan kopup kıyıdaki kanepede oturan iki gencin suratına nemler getiriyordu.

Bugün martı kuşları denize küskündü. İri, inadına kudurmuş dalgaların üzerinde telaşlı telaşlı uçuşuyor, kanatlarını sulara indirememenin üzüntüsü içinde, kendi lisanlarınca cıvıldaşıp, viyaklayarak delice bir panik içinde dalgaların sakinleşeceğini bekliyorlardı.

Gökyüzü bulutlarla yer yer kapalı, güneş yırtılmış bulutları aralayarak zaman zaman dünyaya gülümseyip, yeniden kayboluyordu. Önce ikisi de oturdukları kanepenin üzerinde denizin ve göklerin sihirli manzaralarını seyredip, sonra romantik pırıltılarla bir bir yüzlerine bakıştılar.

Reyhan karışık düşüncelerin keşmekeşinde huzursuzluk çeken bir gönülle Kerem'i baygın bakışlarına hedef tutup seyretti.

Saçları kıvır kıvır, itina ile taranmış, boyuna çizgili kuzguni siyah kumaştan dikindiği elbisesi güzelliğine katkıda bulunmuştu...

Reyhan büyülü bakışlarla delikanlıyı ısrarlı ısrarlı seyrettikten sonra, sükûtta ısrar eden muhatabına hitap etti:

—Konuşsana. Yok bir şey, ya da çok mühim bir şey var, demiştin.

—Aslında çok zor bir iş bu. Ancak yine de anlatmaya çalışacağım.

Bak Reyhan, biz seninle iki arkadaşız. Yetişkin iki arkadaş. Çocukluk yıllarını gerilerde bırakmış bir delikanlı ve bir genç kız demek istedim.

Artık yaşlarımız itibarı ile, yaratılış gayesine uymak zorunda olan iki insanız demek istedim.

Sesi hassas ve devresi oldukça düşüktü. Mülayim pırıltılarla Reyhan'a bakarken, konuşmasını sürdürdü:

—Sen kuşları tanır mısın? Hani yuva yapan cinsten kuşları. Serseri haylaz kuşları değil, anaç kuşları demek istemiştim. Saadeti, çileyi paylaşabilecek cinsten yuva kuran kuşlar olur ya? Anladın değil mi? Tıpkı insanlar da öyledir işte. Dönüp dolaşıp, çalışıp didinip, gelecekleri bir yuvaları olmalı.. Yuva... Ve bundan daha da mukaddes olan bir vazifesi var insanın...

Reyhan'ın gözbebekleri bayatlamış keder pırıltılarını bir anda biçmiş, içinde derinleşen bir sevinç rüzgarı, yüreğinin başındaki harareti silmiş, ılık pırıltılarla, Kerem'in gözlerinin içine bakıyordu.

—Yani sonunda evleneceğiz mi demek istedin?

Kerem daha da utanmıştı:

—Öyle tabi diye mırıldandı. Yanız o noktaya gelebilmek için bazı hususlarda mutabık kalmamız lazım. Asrımızda evlenecek çiftler birbirini görüp tanıyor, beğenip sevdikten sonra karar verebiliyorlar. Benim anlayışım bundan oldukça farklı:

—Neymiş o fark?

—Fikir.

—Seninle çok iyi anlaştığımızı sanırdım.

—İki gün öncesine kadar öyle sayılırdı.

—Yani son iki gün seni değiştirdi mi demek istiyorsun?

—Belki sana komik gelebilir ama öyle. Değiştim ben. Hem de düşünemeyeceğin biçimde bir değişme oldu hayatımda.

—Nasıl bir değişme bu? Biraz anlatsana...

—Sahteden gerçeğe doğru...

Reyhan garip bir manzara gibi oturduğu kanapenin üzerinde uyuşup kaldı... Yüzlerinde hüsran çizgileri diriliş sancılarını çekerken, esefle muhatabının suratına bakıp, sıkıntılı bir sesle mırıldandı:

—Adeta çatlatacaksın beni. Önce dilinin altındaki baklayı çıkar.

Kıyılarda oltayı denize salanlar, avare avare denizin kenarında dolaşanlar vardı.. Kerem ne denize, ne oltayı denize salanlara ve ne de gezinenlere aldırış bile etmeden, Reyhan'a hitab etti... O da en az Reyhan kadan gizli bir telaş içerisindeydi:

—Ya ömrümüzce beraber olmak, ya da ömrümüzün sonuna kadar beraber olamamak var ucunda. Derin bir endişe denizinde çırpınıyor kalbim. Sen havai gönüllü bir kızsın. Söyleyeceklerim senin dünyana çok yabancı şeyler.

Reyhan meraktan çatlayacak duruma gelmişti. Sabırsız bir davranış içinde konuştu:

—İyice aptallaştırıp bıraktın beni. Düşündüklerini çekinmeden söyleyebilirsin. Çünkü senin bütün isteklerine gözlerim kapalı olarak evet demeye hazırım.

—Tanırım seni. Okuyup ezberlediğim kitaplar gibisin. Senden çok yabancı olduğun bir dünya görüşüne uymanı istesem, yine de hiç düşünmeden evet der misin?

—Seninle birlikte olacağım hiç bir dünya bana yabancı olmaz, alışırım.

Kerem'in yüreğinin başında bir umut belirdi ve gözlerinin, içinde yalım yalım yandı:

—Sahiden de kabul eder misin?

—Ederim dedim ya?..

—Öyle ise beni dikkatle dinlemeni istiyorum. Biraz damdan düşer gibi olacak sanırım. Benimle hayatını birleştirecek olan kız, İslâmı yaşamalı. Ona candan bağlanıp gönülden teslim olmalı. Kurtuluşa çıktığımız yollarda bana kafa kol olmalı, manevi destek olup güç vermeli.

İslâm'ın yasaları neyi emretmişse onu yapmalı, ayrıca ondan haz almalı.

İşte bu dünyanın neferi olmaya aklın kesiyorsa, hemen haber vermelisin. Yıldırım telgrafı çeker telefon eder, babamla annemi çağırırım. Babanla annenden isterim seni... Hemen nikâh kıyar, haram gezmelerden kurtulurduk.

Dinimizde nikâhın bağlamadığı kadın erkek beraberlikleri günahtır.

Reyhan'ın gözbebeklerinden yansımaya çalışan ışıklar don, suratının rengi külleşmişti. Duygusallığı kelimelerde biçimini bulamayacak kadar derindi. Cevap bulamamış gibiydi. Artık onun için belki de en çıkarlı yol, en iyi anlatış susmaktı. O da hüsran dolu bir suratla baygın baygın hatta ıslanmaya yüz tutmuş gözlerle Kerem'e bakarken öyle yaptı...

Tıpkı bir balon gibi. Hani iğneyi yiyince sönen, şişkin balonlar olur ya, işte öylesine bir haleti ruhiye içinde Kerem'in neşesi, umutları da sönüp gitmişti... Reyhan'ın karanlık bakışlarından sıkılmıştı. Rahatsızlığını ortaya koydu:

—Ne o? Adeta suç işlemiş bir insanın suratına bakar gibisin... Karşısındaki suçlu bir vicdanı lanetliyormuş gibisin. Bakışların bana bunu anlatıyor.

Reyhan tavrını değiştirmeden Kerem'in yüzüne bakarken, bezgin bir hareketle cevapladı:

—Hayır. Söylediklerinde ne bir kusur ne de bir meziyet var. Sadece çok tuhaf şeyler...

Ağlamaya başlamıştı. Tıpkı dayak yemiş horlanmış çocuklar misali. Sessiz ve derinden:

—Beklemedim bunu doğrusu, diye sızlandı.. Alçak bir sesle hıçkırıklarına fırsat vermeden, fısıltı halinde kesik kesik konuştu:

—O çağların gerisinde bırakılmış dünyayı ve böylesine asılsız, hayali bir dünyanın nizamına teslim olup, herkesin alay edeceği bir modele girmemi benden nasıl istiyorsun? Biz aydın kafalı insanlarız... Ben senin düşüncelerinin tam aksine ikimizi, modern dünyalıların bile kıskanacağı biçimde medeniyetin doruk noktasına tırmanmış bir çift olarak, hayal ederdim...

Şu anda bütün hülyalarımı hiç acımadan yıktığını düşünebiliyor musun? Öğretmenlerimizin bizlere okul sıralarında anlattıkları dünyayı ne çabuk unuttun? Sen onlardan daha iyi mi tanıdın hayatı? Hocamız evrim teorisini anlatırken dinin bir safsatadan ibaret olduğunu söylememiş miydi...? Gerçekten bir Allah'ın olmadığını insanın iç güdüsünün, korkunun ve korkutmanın mahsulü olarak ortaya çıkartılmış hayali bir kuvvet, bir yalan olduğunu çoğu derslerimizde bizlere anlatmamış mıydı..? Buna benzer bir kaç hocanın aynı fikirlerde birleştiğine yine beraberce şahit olmamış mıydık?

Kerem kızmış sarsılmıştı:

—Onlar bir bohemden başka şey olmayan insanlardır. Toplumun inançları ile alay eden suçlu vicdanlar...

—Sen öğretmenlerden iyi mi biliyorsun? Sen gerçeksin, onlar yalan mı?

—Öğretmenler de insandır. Onlar her zaman doğruyu söylemezler ki?

Okumamış, dinden nasibini almamış, merak edip bu konuda yorulmamış, insanların uydurukçu sözleri sence isbat mıdır? Körlük sence sadece göz damarlarının kuruyuşu mudur? Aya güneşe, dünyaya kör kör bakan insanlar var ya, işte onlar gerçek körlerdir bence... Gökyüzüne baksana bir kere. Güneş bir milim yerinden oynasa, Dünyamızdan uzaklaşsa, hayat sükût etmeye hazır. Bir buz tabakası kesilip gider... Bir milim yaklaşsa, yanarız... Bir yıldız dünyamıza çarpsa, ya da denizler yataklarından taşsa yer çekimi kuvveti bitse, nizam da ufacık bir değişme hayatiyeti bitirmeye kafi. Ama her sistem Yaratanından aldığı emri yürütmekte. Hatasız olarak... Bunları bir tesadüfe bağlamak cahillik değil midir sence? Nasıl kalkar da o hayata kör bakan gözlerin sahibinin ağzından oldum olası çıkan sözleri benimsersin?

Reyhan şartlanmış bir düşüncenin mahsulüydü. Yaralı bir gönülle çırpınışını sürdürüp, Kerem'in fikrinden vazgeçmesi için yalvardı:

—İnsan bir gecede bu kadar değişmez. İnanmam buna, hadi bana o çöl kanununun yasaklarına uymamı isteyecek kadar ham fikirli olmadığını söyle.

İstediğin kadar delil göster, ben hayali bir kuvvete, görmediğim bir Yaratıcıya inanacak kadar aptal değilim.

İhtiraslar büyüdükçe insan kendisini kontrol etmeyi beceremezdi. Reyhan daha da hırçınlaştı, isyan etti.

—Senin dediklerine inanmıyorum. Hatta Allah'a bile.. Şayet varsa, benim gücümü enerjimi şu anda yok etsin. Konuşturmasın bakalım. Göster bana o Allah'ı... Hadi?

Kerem acı acı gülüp, derin bir ah çekmişti.. Aklına bir kitapta okuduğu satırlar gelince rahatladı, anlattı:

—Bak sana bu konuda bir kitabın sahifelerinde rastladığım bir hadiseyi nakledeyim.

Tıpkı senin gibi inançsız bir hoca, İlkokul talebelerine hem de Din dersi verirken şöyle hitab etmiş:

—Çocuklar Allah yoktur. Sakın var diyen cahillere inanmayın siz.. Sınıftaki talebelerin karşısında dikilip sormuş:

—Allah'ı gören var mı?

Çocuklar hep bir ağızdan:

—Hayır diye bağırmışlar...

—O halde beni dinleyin. Sıraları görüyor musunuz?

Çocuklar hep bir ağızdan:

—Görüyoruz.

—Önlerinizdeki defterleri kalemleri görüyor musunuz?

—Görüyoruz.

—Beni görüyor musunuuuuz?

—Görüyoruz...

—Allah'ı görüyor musunuz...

—Hayıııır....

—O halde Allah yoktur. Bu konuyu anlamayan var mı?

Melul mahzun bakan bir öğrencinin kalbi incinmiş... Parmak kaldırıp söz istemiş... Öğretmen talebeye bakıp sormuş:

—Anlamadın mı, yoksa?

Kırık bir ses, çekingen bir tavırla sırasından ayağa doğrulup, öğretmenini cevaplamış:

—Müsaade ederseniz bu konuda arkadaşlarıma ben de bir şey anlatmak istiyorum.

—Gel bakalım.

Talebe ürkek, tedirgin adımlarla arkadaşlarını karşısına alacak şekilde ileriye çıkıp, öğretmeninin hemen yakınında durmuş.

—Arkadaşlar. Öğretmenimi görüyor musunuz?

Çocuklar hep bir ağızdan:

—Görüyoruz.

—Kıravatını görüyor musunuz?

—Görüyoruz...

—Saçlarını görüyor musunuz?

—Görüyoruz....

—Kaşlarını görüyor musunuz?

—Görüyoruz....

—Gözlerini görüyor musunuz?

—Görüyoruz.

—Öğretmenimin aklını görüyor musunuz?

—Hayıııır.

Ellerini umursamaz bir şekilde yaprak gibi havaya açıp:

—Yok ki. Diye mırıldanmış... Olsaydı hepiniz de görürdünüz...

Aklının varlığını kabul eden, Allah'ın varlığını kabul etmek zorundadır. Allah'ın varlığını kabul eden de, onun emirlerini yapmaya mecburdur. İşte herşey bu kadar basit ve kesin. Bir Fransız Profösör de talebelerine bunu şöyle izah eder:

Allah'ın varlığını inkâr eden çocukları, güneşin iyice parladığını hissettiği bir anda dışarıya çıkartıp:

Bize Allah'ı göster ki, varlığına inanalım, diye güneşin kızgın sıcaklığı altında talebelerine hitab eder:

—Hepiniz on dakika gözlerinizi hiç ayırmadan güneşe bakın...

Talebeler gözlerini güneşe çevirip bakarlar... Profösör birkaç saniye içinde gözlerini kırparak sersemleşen talebelere daha yarım dakika bile dolmadan seslenir:

—Yeter...

Çocuklar gözlerini ovuştururlarken onlara seslenir...

—Biraz daha bakmakta ısrar etseniz, hepiniz kör olurdunuz. Şimdi aklınızı düşünceye çağırın. Güneşe kısa bir müddet bakamayan gözler, Allah'ın yarattığı güneşten kamaşırsa, onun asıl nuruna bakabilir mi hiç...

İşte hepimiz gerçeklerin üzerine atılan inançsızlık örtüsünün mahsulleriyiz. Senin kurtuluşunu istiyorum ben...

Reyhan'ın kanı damarlarında donmuş gibiydi. Oylum oylum derinleşen bir hıçkırıkla ağlamaya başlamıştı. Elinden çukulatası alınmış çocuklar olur ya tıpkı öyle...

Kerem kızardı öfkelendi. Bedeni alev alev yanan bir hararete yataklık etmekteydi...

—Sana baştan da söyledim, diye kızdı. İstediğim gibi olmaya mecbur değilsin. Bu sadece bir teklif. Ancak inançlarıma olan hakaretleri, hiç birzaman affetmeyeceğimi iyi bilmelisin...

Sesi biraz daha düştü ve sakinleşti:

—Salim bir kafa ile düşünsene. Senin kafanda yaşattığın insan modeli nedir ki?

Bazen herşeye gücünün yettiğini hissedip, bununla gurur duyan, kendisini yüceleştiren bir dev mi?

Muhtaç olduğu vakitlerde, o sonsuzluğa uzanmış olarak gördüğü gücünden mahrum kalmıyor mu? Çoğu kez çaresizlikler içinde çırpındığın vakitleri hatırlasana? O en dar zamanlarında yalvardığın, kuvvet ve kudretin sadece tek kurtarıcının elinde gördüğün zamanlar olmuyor mu? Keder ve eleme boğulduğun zamanlar hem anını eşit tutamadığını gördükçe, hiçbir şey düşünmedin mi? Hatta sımsıkı sarıldığın şu dünyadan bir gün görüp gideceğini akıl ettiğin zamanlar olmadı mı? O kaybolmak korkusu içinde yanıp tutuştuğu zamanları hatırlayıp, genişlemiş anlarında gerçekleri neden unutuyor insan? Bunlara senin de zaman ayırıp, düşündüğün oldu mu hiç?

Bak iyi dinle beni. Haddini bilmek en büyük meziyettir. Bak ne diyor Pope:

"Meleklerin ayak basmaya korktukları yerlere, dediler koşarak giderler."

Sanki Allah'a isyan etmek sana neyi kazandırdı? Ben de kafamda yeni kuracağımız dünya için neler hazırlamıştım. Sanki sen benim kurduğum dünyamı yıkmadın mı?

Yorgunlukların yaşı olmaz. Reyhan oturduğu kanepenin üzerinde halsiz düşmüştü... O halsiz ve şuursuz iç örgüsüne sahip olan genç kız, kendisinden istenileni araştırma cesareti gösterememiş, bir hiç uğruna direnip gözyaşlarını tuğyan etmişti.. İçinde kabaran kin ve nefret fırtınasının azgın dalgalarından boğulurken Kerem'e isyan dolu pırıltılarla bakıyordu.

Hatasa araştırmaya değer miydi? Bunu düşünmedi bile. Kendisinden oldukça emin visale ermiş bir insan cüretiyle Kerem'e bakıp kibirli ve gururlu tavrını muhafaza ederek, muhatabına sual açtı:

—Senin İslâm dediğin nedir ki? Çağımız da cahil insanların talip oldukları bir akım... Reyhan fazla kızmamıştı. Ortadaki manzara iki yüzlü cemiyetin gelenekleri olduğu için muhatabını ürkütmeden ikna yolunu seçtiği belliydi.

—Sana kızdığımı sanmamalısın. Kurtuluşunu arzuladığım için ısrardayım. Yanlış anlama beni. Bak sana büyük bir itirafta bulunayım dilersen.

Gerilerde bıraktığım o gayesiz geçen günlerimi ömrümün en büyük ayıbı olarak saklayacağım.

Çocukluğumda ve geçmişimde yalanla dolu bir mutluluğun kaynağı bende olduğu gibi, imdi de İslâmdan, Mânâdan, Allah ve Resul'undan uzak olarak geçirdiğim o günlerin ıstırap ve acılarını yüreğimin ta başında bir yiyici, kerimci kurtlar gibi hatta unutulmayan en büyük ayıp gibi saklayıp affım için Yaratana dua edeceğim.

Önceki kalbim, çıplaklık dolu, çirkin arzulara yataklık edip taşarken, her nefes alıp verişte gençliğin geçici arzuları ile dolup boşalan zavallı kalbimin visale erdiğini sanıp Cennet bahçelerindeymiş gibi gezerken, etrafa sığmayan kalbimle bütün dünyayı kucaklayacakmışım gibi tuğyan olup gezerken, şimdi o gerçeklerden ve asıl gayeden uzaklarda tükettiğim günlerimi hatırlayıp, gazabından hıçkıra hıçkıra ağlamak geliyor içimden.

Vaadedilen cennet yollarını bu dünyanın aldatıcı çehresine kapılarak kaybettiğimi görmek, dünyanın aldatıcı cilvelerine kapılıp, asıl olan imtihanı, görevlerimizi umursamadığımız için kaybetmek, Allah'ın huzuruna mahzunve isyancı bir kul olarak çıkmak aklıma düştükçe kahroluyor, hıçkıra hıçkıra ağlıyorum... Bazen ağlamak, günlarım için ağlamak bile bana en büyük teselli oluyor, rahatlıyorum.

Sana komik gelebilir. Ta çocukluk yıllarımdan beri bir dürtü bekliyordum, bir çağırış... O da kendiliğinden oluverdi.

Zaman zaman Din hakkında çeşitli kitaplar okudum. Merak dolu bir gönülle boş vakitlerimde bir köşeye çekilip durmadan araştırdım. Bir eksiğim kalmıştı. Kuvveden fiile geçebilmek.. Kısa bir zamanda değil yılların birikimi bu. Sen de zamanla hak vereceksin. Tabi bu konuda yorulursan...

Reyhan oturduğu kanepeden kalkarken, Kerem'e bakıp, alaylı alaylı güldü.. Kibirli bakışlarını Kerem'in ufkunda gezdire gezdire konuştu:

—Duygu ve hayal, mantığı her zaman ezer. Bunlar hiç bir zaman birbirleri ile uyum sağlayıp geçinemezler...

Dinin bütünlüğüne sindirilmiş bir telkin, toplumlara mistik bir güç vermek, birlik ve beraberliği sağlayabilmek için baş vurulmuş bir unsurdan başka şey değildir. Ben dünyaya yaşamak için gelmiş bir kızım. Arzularıma kelepçe vuramam.. Elimdeki hayatı, dilediğim gibi değerlendirip yaşayacağım.

Yalnız hayatı yaşamak ayrı şey, harcamak ayrı şeylerdir.

—Anlaşıldı. Sen öyle olmuşsun ki, seninle artık aynı fikirde birleşmemiz bile imkansız. Demek hayali inançlarına beni tercih edecek kadar beynini yıkadılar senin?

Hıçkırıkları susmuştu ama ağlıyordu. Gözyaşları sessiz sessiz yanaklarından aşağı akarken, Kerem'e son kere bakıp deşildi:

—Oysa değer mi? Daha doğru dürüst tarifini bile yapamadığın bir inanç için..? İşte sana son kez sesleniyorum. Yolun sonuna kadar gidilmedikçe ilk adımların izleri bile çabucak silinip gider. Bir hayali arzu yüzünden dilersen birbirimizi kırmayalım. Örümcek kafalı cahillerin talip oldukları adına İslâm dedikleri, o insanlığa hayalden başka şey veremeyen çöl kanununa uyup beni kırma. Söyler misin bana İslâm nedir?..

Son sözleri dudaklarından taşkın bir öfke olarak çıkmıştı.

Kerem oturduğu yerden ezik duyguların yorgunluğu ile doğrulup ayağa kalktı... Reyhan'ın gözlerinin içindeki lanetleyici pırıltılara bakarken üzgündü. Hassas bir sesle genç kızı cevapladı:

—İnsanın bilmediği bir şeye düşman oluşu kadar komik hiç bir şey olamaz.

Sen İslâmiyet hakkında ne biliyorsun ki onu nefretle anıp, isyan ve hakaret ediyorsun?

Zavallı Reyhan. Sen dini öğrenmekten, öğretmekten ve araştırmaktan bile korkan bir neslin çocuğusun. İnsan bilmediği araştırmadığı bir fikir hakkında kesin hükümler yürütebilir mi hiç? Bence bu davanın bayraktarlığını en çok kadınlar yapmalı. İslâmiyet kadınları her şeyden evvel şahsiyetine kavuşturup alınır satılır bir mal olmaktan kurtardı. Boyunların kölelik zincirleri vurulup, meydanlarda teşhir edilerek kim fazla para verirse ona satılmaktan kurtardı. Senin hakarete cüret ettiğin İslâmiyet, kız çocuklarını diri diri toprağın derinliklerine gömülmekten kurtardı. İslâmiyet kadına eşini seçebilme ve reddedebilme hakkını tanıdı. İslâmiyet kuvvetlinin zayıfı zenginlerin fakiri ezişini yasakladı. Kadınlara miras hakkını İslâmiyet tanıdı. Ve İslâmiyet herkese eşitlik ve hürriyet tanıdı. Kölelik müessesesini yıkıp, herkesin et ve kemikten olup, birbirinden üstün olmadığını, üstünlüğün sadece takva yolu ile olabileceğini bildirdi. Fakiri ayakta tutabilmek için zekat müessesini sadaka müessesini getirdi. Şimdi, söyle bana bu yasaların hangisi insanlık aleyhinde ve cahilcedir, cehalet devrini yıkan İslâmiyetin yasasını okuyup bilen kimse Allah'ı inkâr edemez. Ayrıca aklı başında olan insan böylesine adaletli bir yasaya çöl kanunu demez.

Reyhan Kerem'in heyecan selini emen gözbebeklerine bakıp, korktu. Söylediklerini anlamamıştı. Ya da anlamak istemiyordu. Ürkek pırıltılı gözleri seyirde beklerken, dudakları cevap verdi:

—Sanki hal ve hareketlerinden cebir kullanarak, fikirlerini kabul ettirmeye çalışacakmış gibi tavırlar seziliyor.

Kerem kalbinde bahar bahar çiçek açan yeni yeni deşilen duygularını bir nefeste bütün cihana anlatıp, herkesin iltifatla karşılayacağını sanmıştı. Bilmiyordu ki, Allah'ın Resulü bile İslâmı yayarken, tüyler ürpertici güçlüklerle karşılaşmış, horlanmış taşlanmış, bütün zorluklara sabır gösterip, mücadele ve çilelere göğüs gere gere zahmet dolu bir hayat sürmüş, bıkmamıştı...

Sanki Reyhan'a değil de bütün dünya insanına hitab ediyormuş gibi bir hali vardı.

—Beni korkutan şey fikirlerimin paylaşılmayışı değil. Bütün dünya insanının dönüşü olmayan korkunç uçurumların diplerine götürüp bırakan yollarda ısrarla yürüyüşleri.

Endişem, korkum yalnız ve yalnız senin için sanma. Bunu yüreğimin başında bütün insanlık namına duyuyorum. Şu anda senin şahsında bütün insanlığı, gözleri kamaştıran, dev bir aynanın akislerinden seyrediyor gibiyim.

Gökyüzündeki o eşsiz sanatın, akıllara durgunluk veren o mükemmel sistemin kurucusuna, yeryüzü ve etrafında dalgalanan kuvvetlere kör kör bakan, gördüklerini inkâr eden, yalan söyleyen gerçeklerin üzerine örtü atıp ondan kaçan, kendisini bir hiç uğruna aldatan kaçakların içler acısı halini seyrediyor gibiyim.

Birbirlerinden daha akılsız daha çirkin ve basit düşüncelerini, dünya insanlarınca rağbet gördüğüne şahit oldukça nesillerin mahfı için kurulan alalade düzenler ve her halleri ile dünyanın iyi niyetlerini yok etmek yarışına katılan toplumların seyredip, üzüntümden çıldıracakmış gibi oluyorum.

Yaratılışını tesadüflere bağlayan basit bir felsefeye itibar edenlerin bu gözleri kamaştırıcı sisteme kör kör baktıklarını görüp kendilerini bile tanımaktan ürktüklerine şahit oldukça o, kaçaklar nesline mensup insanların Yaratanından kaçışlarını seyrettikçe, inan ki bütün kaçaklar namına kahroluyorum...

Az önce bana mensup olduğum fikrin yasalarına gönül verip, benimsediğim İslâm'ın tarifini yapamadığımı söyledin. Şayet bütün konuşmalarımdan birşey anlamamışsan sana tarifini de yapayım istersen...

—İslâm sahteden gerçeğe, geceden gündüze, ihtirastan vicdana, çürümüşlükten hayata, cehennemden cennete, gayesizlikten Allah'a kavuşturan yoldur.

İşte bunu böylece kabul edinceye kadar, sana gönlümde en ufak bir muhabbete bile yer yoktur. Çünkü bence aşkların en yücesi Allah aşkıdır. Onu muhafaza edemeyecek kadar çürümüş yürekli insana da hayatımda yer vermem bile gülünç olur. Var şimdi dilediğin yere git. Hakla batılı ayırt edinceye kadar istemem seni... Bizleri Yaratan şahit olsun ki istemem.

* * *

Kırılan gururunun hırpalanan duygularının, asıl sebebini nerde aramalıydı bilmedi? Ayakta sallandı, yalpalandı. Hafif bir esintinin önünde boyunlarını büken solgun laleler gibi halsizlikten yıkılacakmış gibi duruyordu.

Arkasına bakmak cesaretini bile kendisinde bulamadan çantasını iki elleri ile göğsüne bastırıp ayaklarını sürüklercesine adımlarını tazeleyerek, Kerem'den uzaklaşmaya çabaladı.

Kerem de en az Reyhan kadar kırılmış, yıpranmış ve hırpalanmıştı. Genç kızın arkasından duygusal pırıltılarla baka baka mırıldandı:

—Git bakalım. Ey şuursuz bir kaçış ve aranış curcunası içinde olan insan, neyi bulacaksın? Daha kimden kaçıp nereye saklandığını bilmeyecek kadar cahil olan insan. Alemlerin Rabbısı olan Allah'tan kaçılır mı hiç? Akılsız Reyhan.

HÜSRAN

Aynı sınıftalardı. Günlerdir ayrı gidip gelişleri dargın oturup kalkışları bütün sınıfın dikkatini çekti...

Arkadaşları onları barıştırmaya yeltendikçe, Kerem hırçınlaştı, sertleşti.. Reyhan barışmayı cana minnet bilmesine rağmen, yapmacı kaçışları, nazlanışı beklediklerini kendisine bir türlü geriye vermiyordu...

Kerem'in her geçen gün biraz daha katılaşması, onu şaşırtmıştı. Önce geçici bir heves olarak kabul ettiği fikirlerindeki ısrarı gönlünü yaralamış kendisini üzmüştü.

Aradan koskoca bir ay küskünlüklerini perçinleştire, bayatlaştıra geçip gitti.

Reyhan artık değişmişti.. Dayanamadı. Bazen kaçamak bakışların peşinden manidar tebessümler gönderdi, bazen geçtiği yolların üzerinde önüne dikilip konuşmak için bekledi... Sadece Kerem'i değil bütün dünyasını kaybetmişti. Artık umursanmıyordu. Hiç bir hareketine aldırış etmiyor, ufacık bir umut belirtisi, kabul edilir cinsten olsun karşılık vermiyordu. Hatta balkondan el sallayışına, geceleri ışık sinyalleri verişine varıncaya kadar her şeyi umursamaz olmuştu...

Fikrini kabul etsem diye düşündüğü zamanlar çok oldu. Kendisini Kerem'in yeni dünyasına alıştırmak için bile zorlamadı değil. Ne var ki bunların hiç birisi sonu verir cinsten olmuyordu. Yüksek derecedeki gururu bütün bunları engelledi.

Mağlup olmuş sayılacaktı. Üzüntüsü kendisini yiyip tüketse, bile içinde beslediği kibir hayatta en kıymet verdiği varlığı ebediyyen yitirişi pahasına bile olsa, ona pes dedirtmeyecekti. Gururu ondan bunu istiyordu...

Ya etrafı, muhiti...? Bu da Reyhan için çok mühimdi. Örtünmek namaz kılmak... Sorumsuz eğlencelere veda edip nefsin istek ve arzularını kesinkes reddetmek... Bütün bunları yaşamak.

* * *

Düşünceli ve yorgundu. Sokaklarda suçlu suçlu dolaşan insanlar gibi ürkek ve bakışları gecenin karanlıklarını emiyordu.

Yatsı namazını kılmış evlerine dönmekteydi. Kapılarının önündeki akasya ağacının altında dar bulujin bir pantolon ve üzerine füme kazak giyinmiş genç kızı görünce kaçamak yapan gözlerini hışımla çekti.

Reyhan, bu bakışlardan cesaret almıştı. Elindeki sigarayı caddenin ortasına doğru fırlatıp, Kerem'e doğru yürüdü. Kerem adımlarını çabuklaştırıp adate kaçarcasına aradaki mesafeyi aça aça uzaklaştı.. Reyhan kahrolmuştu...

—Örümce kafalı sende. Diye isyan etti...

Kerem duyduğu sözlere aldırış bile etmeden apartmanlarının cümle kapısından girdiği gibi merdivenleri tırmandı.

Üçüncü kata çıkıp kapılarını açmak için cebinden anahtarını aradı. Nefesi genişlemiş sayılırdı. Anahtarını bulup kapıyı açtı. Gözleri açılan kapının hemen arkasında çıkartılıp, uygunsuz biçimde bırakılmış bir çift ayakkabıya ısrarla bakıp kaldı. Meraklı adımlarla evin salonuna doğru yaklaşıp içeriye bir gölge gibi sessizce süzülüp girdi.

Erdem gelmişti... Onu koltuğun üzerine gömülmüş otururken görünce az da olsa sevindi.

—Ağabey diye seslendi.

Erdem karşısında donuk ve soğuk bir çehre ile oturmasına rağmen eğilip boynuna sarıldı:

—Hoşgeldin.

Erdem adeta bu sıcak ilgiye şaşmıştı. Uyuşuk bir hareketle kalkıp

Kerem'in yüzlerini öptü.

—Hoşbulduk.

Kerem Erdem'in gözlerinin derinliklerine baka baka havadis sormaya hazırlandı:

—Ne zaman geldin?

—Az önce.

İki kardeş karşılıklı duran koltuklara oturmuşlardı. Kerem, köyden sormaya devam etti:

—Anam, babam nasıl?

Erdem mizacı itibarı ile soğukkanlı ve ilgisizdir. Dudaklarından cevaplar aynı karakterin mahsulü gibi döküldü:

—İyih.

—Ablam nasıl?

—İşte o çok daha iyi.

—Anlamadım?

Erdem alaylı alaylı Kerem'in yüzüne bakıp gülümsedi:

—Evlendiler... Nerede ise iki ay oldu.

Kerem aniden zonklamaya başlayan kafasını önüne eğerken sus pus olmuştu... Başka şey sormadı.

Erdem kardeşinin suratındaki koyu ıstırap dalgalarından, üzüldüğünü anlamıştı... Hassas olduğu bir konuda yaralandığını bildiği için, başka sorular sordu:

—Derslerin nasıl?

Sönük isteksiz bir cevap verdi:

—İyi.

—Böyle geç saatlerde, nereden geliyordun?

—Namazdan.

Hayret ifadesi ile Kerem'e bakarken, adeta yüzlerindeki deriler gerilip ekşimişti.

—Anlamadım?

—Camiden, dedim.

—Demek çocukluğundaki duyguların yeniden hortladı.

—Hayır tekamül etti.

—Biliyor musun her zaman garip şeylere heveslendin. Seni bildiğim bileli böylesin işte. İnsanca yaşamaya, zevke, eğlenceye genç yaşında gönül işlerine bile tavır aldın.

Duyguları tedavisi güç yaralar almıştı. Hüzün göz bebeklerinde bulut buluttu. Bakışlarından yansıyan pırıltılar bile acımak doluydu.

—Yaşamak diye mırıldandı.. Zevk ve eğlence nefsin arzuları istikaminde şuursuzca akıp gitmek... Kainata alil alil kör kör bakmak... Neden, niçin ve nasıl dünyaya geldiğini incelememek... Toprağı incelememek... Baharı incelememek... Kışı sonbaharı yazı incelememek... Güneşi, Ayı, Yıldızları, yeri gökleri Kâinatı incelememek, basit bir korku yüzünden herşeyi tesadüflere bağlamak. Akıllara durgunluk veren bir sistemin mükemmelen vazifesini yaptığını her zaman tesadüflere bağlamak... Korkmak... Ölmekten korkmak. Ahiret gününden korkmak...

Hayatı değerlendireceğim diye ebediyyen harcayan zavallı kardeşim, var rahat yatağında uyu... Tıpkı "Gözlerimi kaparım, vazifemi yaparım" diyenler gibi uyu... Fikirsiz insanların sığınağı korkunç rahatlık... Senin de sığınağın olsun...

ACI HABER

Kış bütün şiddeti ile İstanbul'un üzerinden geçip gitti. Bahar kocadı yaz aylarında merdiven kuralı çok oldu.

Bugün okulda düzenlenilen törenle birlikte Kerem ve Reyhan diplomalarını aldılar. Küslük o günden bugüne sürüp gitmişti.

Kerem, gazetecilik yüksek okuluna puan tutturmayı başardı...

Reyhan hiç bir yüksek okula giremiyordu.

Aynı yıl Erdem Ticari İlimler mezunu olarak babasına müjde götürürken, Kerem, köye gitmeyi bile düşünmemişti.

Yavuz aynı sene Hukuk fakültesini bitirmişti. Hemen arkasından sıtaja başladı.

* * *

Kerem son günlerde evlerinin balkonuna bile çıkamaz olmuştu. Hatta Reyhan'ların evine bakan pencerenin önüne oturup, perdesini açmak dahi uzun zamandır nasip olmamıştı.

* * *

Bu yıl Kerem Erdem'i beklemiyordu. Ne var ki köy artık Erdem'i sıkmıştı. Zaman zaman babasına yalvardı durdu... Çiftliği satıp İstanbul'a taşınsınlar istiyordu. Babasını ikna etmişti ancak ananının muhalefeti yüzünden göç bir türlü gerçekleşmiyordu.. Birgün iyice sıkılmıştı. Çiftlikteki son model opel taksiyi aldığı gibi İstanbul'un yolunu tuttu...

Erdem Kerem'i hayret komasına sokacak olan bir haberi de İstanbul'a beraberinde getirmişti.

—Meryem kocasından ayrıldı...

Kerem'in vücudundaki kan beynine hücum etmiş gibiydi. Ağabeyisinin yüzüne bakarken, benzi solmuş öfkeden adeta yüzündeki deri morarmıştı...

Erdem'in gözlerinin içine baka baka sustu... Erdem vurdum duymazlığını bozmadan şımarık bir tavırla konuşmasını sürdürdü:

—Ayrılış sebebini duysan kahrolurdun. iki satır bir mektup:

Kerem'e eniştesi olduğumu isbat ettim, artık babanın evine dönebilirsin.

Meryem'e böyle yazmış..

Hırsından delilere dönmüştü. Erdem'e cevap vermek arzusunu bile hissetmeden, yerinden doğrulup ayrı bir odaya geçti...

Son günlerde oldukça üzüntülü bir hali vardı. Devam ettiği Gazetecilik Yüksek Okulu'nun ikinci sınıfına geçmişti.. Köye gidip gitmemekte kararsız tereddüt içinde çırpınırken son günlerde, gönlünü üzen bir macera dizisi daha başlamıştı. Adeta bütün olaylar zinciri onun mahvını, sonunu hazırlıyorcasına gelişmeye başlamıştı.

* * *

Gün parlaktı. Baharın insanı muhabbetle ısıtan havası, gönüllere ferahlık bahşediyordu. Günlerden pazardı. Caddelerin kenarında, karıncalar gibi kaynaşan insan seli, kapıların önlerinde cıvıldaşan çocuklar, balkonlarında semaver kaynatıp, çayını demleyen aileler, İstanbul bugün her manzarası ile güzeldi...

Reyhan, güneşin cömertçe yeryüzüne yansıdığını görüp, muhabbet pırıltılarının getirdiği sıcaklığı, vücudunda daha bariz hissedebilmek için balkonlarına çıkmıştı...

Bugün gözlerindeki seyirin esrarı adeta her gününden daha fazlalaşmıştı.

Israrlı bakışları Kerem'lerin, perdesi açılmış penceresine raptedilmiş gibi bekliyordu.

Pencerenin arkasında gördüğü insana, yine her zaman olduğu gibi bir takım şımarık hareketlerle el salladı, işaretler verdiği ışmar etti...

Taşkınlığını sürdürürken, pencerenin arkasında oturanın Erdem olduğunu bilememişti. O yüzden olsa ki mukabele görüşü onu çokça sevindirdi...

Erdem böylesi fırsatları kaçırmazdı. Hemen balkona dolanıp açığa çıktı.

Aptal aşıklar bir bakıma deve kuşlarından farksızdırlar... Kafasını kuma gömüp, sakandığını zannederlerdi. Reyhan hatasının, farkınca varın, tıpkı deve kuşu misali saklandı.

Çarçabuk kapısı balkona açılan odaya geçip, tülün arkasına oturdu... Erdem'i uzun uzadıya seyretti..

Aslında Erdem'i iyi tanır fırsatları affetmeyen bir delikanlı olduğunu bilirdi. Önce korktu hemen arkasından kafasında değişik bir rüzgar esti.

Kimbilir, belki de yanlışlıkla yaptığı bir hatayı düzeltmek için bile olsa, yeniden balkona çıkmıştı. Kerem bitişik odadan kıt görünen manzaraya önce umursamadan baktı, sonra kafasında şimşekler çaktı. Anlaşılan o da birşeyler sezinmişti. Çabuk bir hareketle yerinden doğrulup, balkona, kapısı açılan odaya geçti. Reyhan'ın özür dileyen sesi kulaklarına kadar gelip doldu:

—Kusura bakmayın sizi Kerem sanmıştım da.

Erdem, vurdum duymaz bir tavırla karşılık verdi.

—Zararı yok.

* * *

Yemyeşil bir zemin, masmavi bir hava ve koyu yeşildi deniz...

Hilal yeryüzüne muhabbetle gülümsemekte, yıldızlar, gamze, gamze gökkubbenin çarşafı üzerinde serpilmiş yürekler dolusu tebessümler boşaltmaktaydı.

Ay ışıklı bir geceydi. Kerem oldukça sessiz, yollardan yürüyordu. Namazını kılmış evlerinin önüne yaklaşmıştı. Reyhan aniden önünde peydah oldu.

Tefekkürü dağıldı hülyaları bozulmuştu. Ekşimiş bir suratla yönünü başka istikamete çevirip yürümek istedi. Ancak için ok gibi işleyen bir ses onu durdurmaya yetmişti.

—İnandığın Allah aşkına biraz dur.

Kerem duyduğu sesin azametinden irkilerek olduğu yere çakılmış gibi kaldı. Yüzüne bakmaktan korkarcasına yeri gözetleyerek sert bir mizaçla sordu:

—Ne istiyorsun?

Mağrur bakışlarını Kerem'in ufkunda istekli istekli gezindirirken yüce acı dol çizgilerle kaplıydı:

—Çok inatçısın diye mırıldandı. Seninki sadece fikrinin kabulü değil, bence mağlup olmamak, mağlup etmek tutkusu var direnişinde.

Unutma, inad muradın celladıdır. Mağlubiyet sana çok mu acı gelir?

—Allah aşkına Kerem, bana gerçeği söylemekten çekinme. Yoksa beni eskisi kadar cazip bulmuyor musun?

Sıkıntı terleri yüzünün derilerinden sökün edip çıkarken, nefret notalı bir ses karanlık caddede inilti gibiydi:

—Sen günahlar kadar beyaz ufkumuzu örten karanlıklar kadar aydınlıksın. Başka türlü tarifini yapmak içimden gelmiyor.

Zamanın edep perdelerini yırtmış korkunç hummalarından birisiydi.O vehim dolu çehre katran renginden daha kara ve kin pırıltıları boşaltan gözbebekleri her hali ile isyan doluydu.

—Pis gerisi sen de. Örümce kafalı yobaz. Ben de seni adam sanıp gönül vermiştim, diye lanetledi...

Kerem'in duyduğu son sözler, bardağı taşıran son damlalar, olmuştu.

Gecenin sessizliğe bürünen caddesinin ortasında bir el hışımla havalandı ve acımasız bir kuvvetle varıp hedefine oturdu.

Reyhan beklemediği tokatın darbesi ile boşlukta sallandı, yalpalandı. Dengesini iyice kaybetmişti. Az sonra dümeni kırık gemi gibi, varıp elektrik direğine çarparak durdu... Ellerini acıyan, yanan yüzünün üzerinde kapak yapmıştı. Ciğerli isyanını sürdürdü:

—İnanmıyorum işte senin inandığına. İnanmıyorum... Bütün anlattıklarını reddediyorum işte. Sonsuzluk dediğin kuvveti de...

Kerem ilk defa ve iğrenerek Reyhan'ın suratına baktı:

—Kafanı alt üst eden, o çılgın düşüncelerin cehenneminden, kurtulmadıkça neye yararsın ki? Gönlünde Yaratan'ın muhabbetini misafir bile edemeyenin sevgisine muhatab olmak bile bana işkencedir, zulümdür. Sen sağır ve kör bir cemiyetin malısın.

Sonsuzluğu inkar eden bir felsefenin olduğu aşikar, yalnız bir de ayı, yıldızları ve güneşi inkar eden bir felsefe de vardır. Körlük... Nasıl âmâ, ayı, yıldızı ve güneşi göremediği için reddedebiliyor, diye onların varlığını yok edemiyor, zarar getiremiyorsa, senin gibi manaya kör bakan insanların Allah'ın inkar etmesi hiç birşeyi değiştiremez.

Reyhan yaslandığı direğin dibinde damarlarında kan yerine günah dolaşan ruhsuz bir heykel gibi kalmıştı. Kerem bela zindanından kurtulmuş gibi iri adımlarla evlerine doğru yürüdü...

İNTİKAM

Reyhan kozunu en kısa zamanda kullanmayı başarmıştı. Öyle ki, Kerem'in üzüntü ile karşılayabileceği en iğrenç hareketleri yaparken bile zafer kazanmış insan gibi göğüsleri kabarıktı.

Son günlerde Erdem'in balkona giriş çıkışları fazlalaştı...

Kerem Reyhan'ın koz dediği bu çirkin manzaranın manasını daha yeni yeni anlamıştı. Günlerdir boğazında ham armut gibi tıkanıp kalan düşüncelerini Erdem'e nasıl açabileceğini düşünüp durdu. Oturduğu bitişik odadan balkona açılan kapının gıcırtısını farketti. Erdem Kerem'in pencere önünde oturduğundan habersiz, bin bir eda ile yine balkondaydı... Birden bire kafası, düşünceleri allak bullak olmuştu. Kendisini günlerdir yiyip bitiren bu çirkin manzaraya artık son vermeliyim diye düşündü...

Balkona çıkmadı ve onlara görünmek bile istemedi. Ağabeyisinin içeriye gireceği zaman sabırsızlıkla beklemeye koyuldu.

Erdem, karşısında heykel gibi dikilen kardeşinin donuk ve nefret dolu bakışlarından rahatsız olmuştu. Aniden durakladı, dudaklarında yarım kalan bir ısık tükendi ve neşesi kaçmış bir suratla Kerem'e soru açtı:

—O ne biçim bakış be?

Gözleri kıvılcım kıvılcım kaynaşırken, Erdem'e öfke bir cevap gönderdi:

—Sana daha başka türlü bakabilmek elimden gelmiyor.

—Ben öyle üstü kapalı sözlerden anlamam, sen o dilinin altındaki baklayı çıkarsana.

Durgun bir bakış ve çatık bir çehre azamet doluydu. Sadece:

—Reyhan diye mırıldandı.

—Daha açık söyle.

Tehdit dolu bir ses ağabeyisini ikaz etti:

—Bırak o kızın peşini. O bir yılan. Seni bana düşman etmek için kurduğu tuzağa düşmek üzeresin.

Kerem'in yüzüne bön bön baktı:

—Sözlerinden hiç birşey anlamadım desem, yalan olmaz.

—O zaman daha da açık konuşmalayım. Daha önce tam iki yıl arkadaşlık ettik. Gezdik yürüdük. Cahil aklıma uyup senin anlayacağın gibi günah bile işledik... Bunlar ufak tefek bile olsa, ayıp şeylerdi.

Erdem, yüksek bir kahkaha tufanı ile güldü:

—Deli çocuk ne var bunda?

Kerem'in damarlarındaki bütün kan beynini sıkıştırırcasına, akışa geçmişti. Bu kez duvarlara şamar şamar inen gür bir sesle yankılaştı:

—Şimdi de seninle arkadaşlık kurmak üzere.

Erdem kabardı ve kızdı:

—Ne var sanki bunda? Arkadaşlık kurarsa, kıyameti mi kopar?

Münakaşa ciddiyetini sürdürmeye başlamıştı. Kerem dişlerini yumrukarını sıkarak, bağırdı:

—Beni çıldırtacakmış gibi konuşma. Bu çirkin hareketler bizim mezhebimize sığmaz.

Erdem kardeşine reddiyeli bir karşılık verdi:

—Hadi oradan geri kafalı herif. Benim mezhebim filan olmaz. Aklım ne demiş, nefsim neyi istemişse ben onu yaparım.

Kerem buram buram terlemeye başlamıştı. Sesi yalvarmaya döndü. Kederli bir eda ile kısıldı boğuldu:

—Düşün bir kere, ağabeyimsin. Öp öz kardeşiz seninle. Böyle bir yanlışlığa kurban gidersen ömrübillah aynı çatının altına sığmayız bir daha. İkimizi ebediyen ayırıyor anlasana...

Erdem umursamadı bile. Alaylı bir sesle insanı çileden çıkartacak sözler ediyordu:

—Medeni bir kız, bir kaç erkekle flört eder, böylece de içlerinden hayat arkadaşını seçer... Bu ister iki kardeşten birisi bile olsa farketmez.

Medeni ol, medeni...

Kerem, tek kelime ile kahrolmuştu... Dişlerini öfkesinden çatlarcasına sıktı ve aniden ateşler fışkıran bir yanar dağ gibi patladı:

—Ben böyle medeniyetin temeline...

Kerem'in, haykıran gür sesine aldırış bile etmemişti. Üstelik, onu daha da çileden çıkartan sözler etti:

—Yarın bu evde çay partisi düzenleniyor. Reyhan ve diğer arkadaşlarım gelecekler.. Sana o bahtiyarlar topluluğu arasında büyük bir sürprimiz de olacak. Reyhan'la aramızda söz yüzüğü takacağız.

Kerem hayretinden boğulur gibi olmuştu. Farkına varabildiğinden çok ileriye gitmiş bir arkadaşlık söz yüzüğü takmaya kadar varmıştı.

Yıkık bir duvar harabesi gibi, evin ortasında dikilirken:

—Nişan mı? diye mırıldandı. Hem de bu çatının altında öyle mi?

—Yapamazsın bunu. Bu evde senin dediklerin gerçekleşmişse ben ölmüşüm demektir...

Erdem iddialıydı.

—Bilirsin ki şimdiye kadar ne söylemişsem yaptım. Bunu da yaparım.

Kerem azamet dolu çehreye haykırdı:

—Senin dediklerinin hepsi de babamın kanatları altında sığındığın zamanlar oldu. Unutma, şimdi babam yok ve sen yalnızsın...

—Yani meydan mı okuyorsun?

—Hem de ölümüne bir meydan okuyuşu bu... İstiyorsan karşı dur.

—O zaman git buralardan. Hır çıkmasın...

—Aksine, bunları duyduktan sonra dışarıya bir adım bile atmam.

—O zaman canını çok ucuza satacaksın demektir.

* * *

Kerem yatsı namazından sonra ağır bir yorgunluğun kırıklığı ile yatağına uzanmıştı. Az sonra, sızıp kaldı...

Taptaze bir gün odanın içine doğarken, Kerem bugün ikinci defa uyanmış oluyordu. Yatağından hışımla doğrulup ayağa fırladı. İlk işi sehbanın üzerine koyduğu saatine bakmak olmuştu...

—Dokuz diye mırıldandı.

Dikilip kaldığı evin ortasında, birden bire durgunlaştı. Gözbebekleri irileşti, beyni balyoz yemiş insan gibi sersemledi. Erdem'i hatırlamıştı. Koşarak salona geçti. Etrafa heyecan dolu pırıltılarla baktı. Her taraf mükemmelen düzeltilmiş hazırlanmıştı bile.

Anlaşılan Erdem inadında duracaktı. Olacakları düşündükçe aptallaştı.

Reyhan gelecekti. Değişik şartlar altında bir gelişti bu. Ve dahası da vardı. Erdem'in davetlisi olarak içeriye dolacak arkadaşlarının ve yaşadığı çatının altında inançlarına aykırı olarak işlenilen binlerce cinayetin başlayacağı bir gün.

Çarçabuk elbiselerini giyinip hazırlandı. Kapıyı arkasından sürmeleyip, anahtarın kumanda edemeyeceği duruma getirdikten sonra odasına çekildi.

Yoğun bir kararsızlık içinde ve endişe denizinde boğulur gibi bekleyerek zamanı eritmeye çabaladı... Çetin bir maceraya merdiven kuracak vehim dolu bir zamanı bekliyordu. Saat tam on çeyreği gösterirken, kapının kulakları yırtarcasına cırlayan zil sesine dikkat kesildi...

Tedirgin ürkek bir hareketle yerinden doğrulup usul adımlarla kapının arkasına kadar yürüdü...

Erdem'in dışarıda anahtarı dürte dürde kapıyı açmaya uğraşırken mırıldanışı, kulaklarına hançer hançer batıp çıktı.

—Hay Allah arkasından kilitlemiş olacak.

Rengi soluk benzi uçuktu. Kavgadan, ya da karşı koymaktan değil bir kardeşin ağabeyisine karşı açtığı mücadelenin sonu onu örtüyor olmalıydı.

Zil yeniden acı bir çığlık gibi ötmeye başladı. Kerem kapının gözetleme merceğine gözünü dayayıp dışarıyı pulu bir görüntü ile süzdü.

Bir süzü kız, bir o kadar da erkek, kapının önünde sabırsız gönüllerle bekliyorlardı...

Erdem'in elinde bir file dolusu içki şişesi vardı. Ve Reyhan endişe içinde ürkek bakışlarını kapıya çivilenmiş gibi durmuştu.

Erdem'i sabrı taşmıştı. Zile karşılık cevap alamayınca bağırdı:

—Kereem, aç kapıyı.

Herkes koyu bir merak içinde susmuştu. Dışarıya bekleyenleri tedirgin eden bir ses geldi:

—Ağabeyimsin. Huzursuzluk çıksın istemem. Ne olur çekilip gidin buradan. Ne içkiyi ne kadınlı erkekli birbirinize sarılarak edebin arın perdesini yırtan hareketleri, ne de başka günahları işletmem bu çatının altında. Bütün bunları medeniyet adına yapmış olsanız bile. Gidip o rezaletinize başka bir yeri seçin.

Bu cevap bu haykırıp, Erdem ve Reyhan'ın dışında bütün misafirleri şaşırtmıştı. Erdem'in suratına içerideki kardeşini ayıpladıklarını ifade etmek için bakıyorlar ve dudak büküyorlardı. Herkesin suratında hoşnutsuzluk simgeleyen ifadeler vardı. Erdem bu tavırlardan gocundu, öfkesi körüklendi. İçeriye azametli bir sesle karşılık gönderdi:

—Aç şu kapıyı. Aksi halde kırarak içeriye girmek zorunda kalacağım.

Kerem hiddetlendi, asabı daha da gergin sinirleri bozulmuş olarak bağırdı:

—Açmıyorum. Gidin buradan dedim size...

Reyhan Erdem'e fırsat tanımadan seslendi:

—Aç kapıyı Kerem. Senin inançların evinize gelmek isteyen misafirlere böyle davranmanı mı emrediyor?

Bu sesin kuvveti Kerem'in beynine hançer gibi saplanıp, kanını emdi...

—İnsanlığın düşünce yapısını istila eden zorba misafirlere saygı gerekmez.

—Şu hareketlerinle daha da yobazlaştığının ve bayağılaştığının farkında mısın..?

Sinirleri boşalmış gibi titreyen Kerem, dışarıya olanca kuvveti ile bağırdı:

—Basitlik insanların inançlarına saygı göstermemektir. Gidin buradan.

Erdem boğucu bir öfkenin hamallığını yapıyordu. Elindeki fileyi hippi kılıklı arkadaşına uzattı. Beklenmedik bir kuvvet deşilen bir kinle, kapıya gerilip omuz verdi.

İşin şekli daha da değişmeye başlayınca, Kerem içeriden sırtını kapıya verip bağırdı:

—Duuur. Kapıyı kırmayı başarsan bile, içeriye giremezsin. Yeminliyim.Ancak cesedimin üzerinden geçebilirsiniz.

Erdem dinlemedi bile. Hareketini yineleyip yeniden kapıya olanca kuvveti ile yüklendi. Kerem kapının kırılacağnı anlayınca, sürgüyü çekip kapıyı on santim kadar aralayabilen zincire terketti.

Buhar buhar kaynaşın gözleri dışarıdaki kalabalığa, kalabalık da Kerem'e bakıyorlardı. Erdem, kızgın bir tekme ile kapının zincirini kırdı.

Kerem, önce suratına çarpmaması için yana sonra hışımla kollarını kapının kasasına yay gibi gerip, sağ dizini silahlaştırarak durdu.

Kapı içeriyi, hayret ifadesi ile seyretmeye susamış olan gözlere açılmıştı. Ancak geçit vermeyen bir açılıştı bu.

Reyhan, Erdem'in hücumunu kolundan yapışıp, kendisine çekerek durdururken, Kerem'e ihtiras dolu duygularla ulaştı:

—Tatsızlık çıkarma. Bugün Erdem'le benim en mesut günümüz. Bu mutlu günümüzde sen de aramızda bulunmak istersin diye burayı tercih ettik.

Kerem Reyhan'ın yüzüne bakarken bir yürek dolusu nefret boca etti:

—O kadar adileşmişsin ki, seni yolda gören namuslu bir insan, mutlaka kaldırım değiştirmeyi tercih eder.

Ve Reyhan'ın suratına bir top tükrük fırlatmıştı.

Erdem, Reyhan'a yapılan hakarete seyirci kalamadı. Sağ elini hışımla havaya kaldırıp kıyasıya bir tokatı Kerem'in suratına indirdi...

Kerem, iradesi felce uğramış genç, sabrını yitirmişti. Sağ bacağını Erdem'in karın hizasına kaldırıp kuvvetli bir tekme indirmesi bir olmuştu. Ortalık bir anda karıştı. Erdem hınçla savrulan bir yumrukla yere yıkılırken, arkadaşlarından ikisi kollarını açıp düşmesini engelledi.

Reyhan Kerem'in suratına lanetleyerek bakarken haykırdı:

—Senin inançların ağabeyine yumruk vur, tekme at mı diyor? Utanmadın mı?

Suratı yağmur boşaltmaya hazır gökyüzünü andırıyordu. Buhar buhar kaynayan derileri gergin ve çehresi korkunç bir hüviyet arzediyordu.

—Benim inançlarım Allah'a itaat etmeyenlere, itaat etmememi emrediyor.

Erdem kollarını hışımla savurup kendisini tutan arkadaşlarından kurtuldu. Cebinden çıkardığı sustalının düğmesini çöküş seyircilerin akıllarına durgunluk verecek kadar korkunçtu...

Önce bir el havalandı. Sonra hücuma uğrayan bir can, önünden kaçmak için çırpındı ve ne yasa sol kalçasına oturup kalan hançerin darbesini yemekten kendini kurtaramamıştı. İçi bulandı.. Bacağında sıcak sıcak bir yanma oldu. Başı değirmenler gibi döndü, gözleri birden karanlıklaştı.

Gelen misafirler ikişer üçer çıktıkları merdivenlerden patır patır inerlerken, Kerem evin eşiğinin üzerine kurbanlık koçlar gibi düşüp kaldı...

Erdem, dehşet pırıltıları yansıtan gözleri ile önce elindeki ucu kanlı bıçağa sonra da kendisini bırakıp kaçan arkadaşlarına baktı. Daha sonra yere, yıkılıp kanlar içinde uzanan kardeşine ürkek ceylanlar gibi bakarken korkusundan elini bile süremeden bön bön dikildi. Ve gidenlerin peşi sıra o da kaçtı.

Kerem az sonra kendisine gelebilmek için yerlerde sancılı, kıvranışlarla debelendi sızlandı. Gözlerini açtığında elini sol kalçasının üzerine götürdü. Avucunun içi kanlarla dolup kalmıştı.

Kimseler imdadına gelmemişti. Bütün kapılar sonuna kadar kapalı apartman çıldırtıcı bir sessizlik içinde inliyor gibiydi...

Gücünü toparlayıp sağ bacağının üzerinde sürüklene sürüklene telefonun bulunduğu odaya kadar güçlükle gelebildi. Dizlerinin üzerine çöküp titreyen elini kaldırarak, ahizeyi yuvasından çekip, aldı.

Numaratörü çevirdi. Beklediği insandan sinyal gelince sevindi.

Aradığı yer bir eczaneydi.

—Sedat diye sızlanarak konuştu. Çabuk gel, evdeyim ve yaralıyım. Sargı ilaç getir.

Daha cevap bile beklemeden ahizeyi kapadı.

* * *

Sedat'ın ısrarlarına rağmen hastaneye gitmedi. Kanı dinmiş aldığı ilaçlar ağrılarını hafifletmişti. Sedat moral verdi:

—Tehlikeli değil, demişti. Ancak istirahata ihtiyacın var. Yalnız evde olmaz. Bize gidelim. Birkaç gün birlikte kalır, hem pansumanını da ellerimle yaparım.

SABAH

Kerem, Sedatlarda tam beş gün yattı yaraya dikişide atılınca biraz daha rahatlamıştı. Sedat yanından bir yere ayrılmamış eczanede babası kalmıştı. Yalnız iyice sıkıldığı bir gerçekti. Bedeninde iyileşmeyi hisseder hissetmez aklına anası geldi. Ve köy.

* * *

Günlerdir Kerem'in eve uğramayışı, Erdem'in endişesini körüklemişti.

Çifteturna köyü için hat istemiş telefonun başında bekliyordu.

Köye elektrik bağlanmış, Bozca evlerine artık telefon bile almıştı. Erdem bunu biliyordu...

Birden telefonun sesi cırlak cırlak çalınca, heyecanlı bir tavırla ahizeyi kaldırıp sinyal verdi.

—Konuşun, diyen ses, aradan çekildi ve kalın bir ses devreye girdi. Erdem:

—Baba diye sevindi. Nasılsın?

Konuştu konuştu konuştu ve hemen arkasından babasından Kerem'i sordu:

—Oğlun köye geldi mi?

—Hayır...

—O zaman gelebilir. Yalnız anlatacağı bir sürü palavraya daha şimdiden inanmamanızı isterim. Baba son günlerde daha da çekilmez olup çıktı. Arkadaşlarımla birlikte eve gelmiştim. Beni içeriye almadı. O kadar adileşti ki anlatamam. Söz yüzüğü taktığım nişanlıma herkesin önünde sarkıntılık etmeye kalkıştı. Dahası var müdahale edince de bana bıçak vurmaya yeltendi. Bir tesadüf eseri elinden kurtuldum. Ancak bıçağı alayım derken kalçama vurdu.

Bozca telefonun başında küplere binmişti:

—Yaran ağır mı?

—Çok değil ama doktor önemli dedi. Suçluluğundan eve bile gelmedi.

—Üzülme sen, nişalandım dedin. Nişanlını da alıp köye gel. Özledim seni...

* * *

Şafak sökmek üzereydi. Bülbülün sanat tezgahında dokuyarak şakıdığı, gönüllere ferahlık veren nameler ve güneşin bulut dağlarının arasından sökülüşü görmeye değerdi.

Bülbüller servi ağacının dallarına tünemiş, güllerin açılışını bekliyorlar ve sevdalılarının aşkına her birisi yeni yeni besteler yapıyorlardı.

İnsana neşe veren o nameler kim bilir belki de bülbülün ruhunun ta derinliklerinden kopup gelen bir figanın iniltisinden, başka şey değildi... Onun da içinde bulunduğu haleti ruhiyesi ancak Yaratanına aşikardır.

Çiftlik bu yıl daha da mükemmelleşmiş olarak gözükmekteydi. Sabahın erken saatlerinde, çiçek bahçelerinin nefis kokuları burcu burcu, esen rüzgarın önüne katılışı ciğerlere, ziyafet çekerken, servi ağaçlarının doruğunda bekleyen bir çift göz ıstırap pırıltıları boşaltıyordu.

Her çiçek her yaprak o ısrarlı bekleyen gözler gibi doğuya çevrilmiş, duvağından, sıyrılıp dünyaya gülümseyecek güneşin sedeften pırıltılarını sabırsızlıkla bekleşiyorlardı.

Sol elini sol kalçasının üzerine koyup, bekletti. Anlaşılan yarası sızlıyordu.

Dalmıştı... Ölümüne bir dalıştı bu... adeta dış dünyadan etkilenmeden hayatının filmini seyrediyordu... Gözleri ıslak ıslaktı... Kendisini seyreden her göz tahammül gücünü aşan bir ıstıraba düçar kaldığını daha görür görmez farkedebilirdi.

Elbette insandı, sadece, gülen ve algılanan bir heykelden çok daha ayrı üstelik ince bir ruh yapısına sahipti.

Duygularının dış aleme aksedişi yüzlerine çileli nakışlar dökmüş, gözbebekleri kahrolmuşluğun pırıltılarını yansıtıyordu.

Hep bu yüzden olmalı ki arkasından yerlere usul usul inip, kalkarak kendisine yaklaşan, ayak seslerinden bile habersizdi..

Neden sonra yorgun bir el havaya kalkıp, yine usul bir hareketle o yelpaze kadar hafifliğini muhafaza ederek, omuzunun üzerine bırakılıp bekledi...

Uyuşuk bir hareketle kıpırdadı... Muzdarip çehresini sol omuzunun üzerinde duran elin sahibine çevirip hüzün dolu pırltılarla baktı...

Yaralı bir gönlün masum çehresi muhatabının dünyasında, eşine kıt rastlanılır bir gariplik getirmişti... Daha fazla o duygularını galeyana getirdiği insana karşı, umursamazlığını sürdüremezdi...

Yorgun hareketlerine az da olsa canlılık kazandırıp, merhamete muhtaç bir tebessüm geliştirdi... Dudakları sükutu bozup, yine hazin bir sesle mırıldanır gibi konuştu...

—Anaaa!

Bu sözleri sarfederken, hilal kaşların altında duygulu kıvılcımlar saçan ela gözleri, buhar buhar kaynaşıyor, bulanıyordu.

Ana sabahın içlere uğultulu, sessizliklerle dolan hazin havasından bile efkârlıydı... Birbirlerini uzun uzun bozulmayan bir sükutla inceleyerek süzmeye durmuşlardı...

Ananın başında turuncu bir eşarp bağlıydı. Yeşil zeminler üzerine papatya çiçeği motifli, sabahlığını üzerinden hâlâ çıkartmamıştı. Çifteturna köyünün yaban kadını hâlâ bahar kadar taze ve güzeldi... Yaşının kırkların üzerine merdiven kuruşu, ondan fazla, birşey çalamamıştı. Hâlâ diri ve duru bir güzellik bedeninde misafirliğini sürdürmekteydi...

Hassas, duygulu bir ses uzatmalı bakışların, sükutlu geçen zamanın peşinden incinen bir yüreğin tercümanı oluyor gibiydi.

Mülayim bir ses:

—Kerem, dedi. Geldin de neden dışardasın?

Gözlerini yeniden alıp götüren servi ağaçlarının tepesinden, çekip ananın ufkuna çevirdi... Sızılı bir kıpırdanışın arkasından kollarını kartal kanadı gibi açıp ananın boynuna hasretle sardı...

Ana:

—Sabahın bu erken saatlerinde diye, bir yürek dolusu merhametle mırıldandı... Seni pencereden seyredip dayanamadım... O ne hazin manzara tıpkı yetim çocuklar gibi...

Öyle dalgın, esrarlı bir seyir içindeydin ki. Yoksa bu kadar çok mu özledin çiftliği?

Kısık bir ses fısıldadı:

—Bilmem.

Ana meraklı bir davranışla Kerem'in gözlerinin içine baka baka tahrik edip, deşmeye çabaladı.

—Üzgün bir halin var. Gözlerinde şebnem şebnem beliren nemleri görmediğimi sanma...

Kerem dişlerini biraz daha sıktı.. Başka başka şeyler konuşulsun istiyordu. Kendisini kısa kısa sorular sormaya zorladı:

—İyisin ya?

—Pek sayılmaz.

Ana Kerem'den tatmin edici cevaplar beklerken hayretle parlayan gözler köşk denilen evin merdivenlerinde dolandı.. Hareketlerinde, tedirginlik göz bebeklerinde ürkeklik vardı.

—Baban! diye hayretli konuştu. Uyanmış... Aslında seni pencerelerin önünde beklerken uyanmaması için, özen bile göstermiştim.

Kerem anasının hayretini kuşkulu tavırlarla inceleyip sordu:

—Uyanmış olmasında bir sakınca mı vardı?

Perişan gönüllü ana, içkilli bir tavırla Bozca'nın yanlarına yaklaşmasını gözetlerken, oğlunu kısık bir sesle cevapladı:

—Oldukça.

—Anlatsana.

—Tam uyumadan iki gündür seni bekledik.

—Ben geleceğimi size bildirmemiştim ki...

—Erdem bildirdi.

Ananın suratındaki koyu ıstırabın anlamını daha yeni yeni, anlamaya başlamıştı. Ana Kerem'in yüzüne bakarken tedirgin ve yalvarmaklıydı:

—Sakın babana aksi davranma olmaz mı? Hatta seni hırpalasa bile.

—Ben babama ne yaptım ki beni hırpalasın?

—Sana çok kızgın.

Hayretler içinde kalmıştı. Anasının yüzüne bön bön bakarken garip bir eda ile mırıldandı:

—Ama neden?

—Erdem diye kısa kesti.

—Ne yapmışım ben Erdem'e?

—Onu arkadaşlarının içinde bıçaklamışsın. Hastahanelerden telefon ettiğini söyledi.

Suratında acı ve ıstıbın çizgileri dekorlarını kurarlarken, iğrenç bir haberin tesiri çehresinde ekşi ekşi duyguları sergiledi.

Bozca öfke dolu bir fıçı gibi Kerem'in karşısında durup, hayaletler gibi korkunç ve azametli bir çehre ile dikilip kaldı. Gözleri yüzleri kızarmış kan beynine hışımla hücum etmişti. Derisi al al yanan alevin rengine-boyanmıştı. Saçları kirpi tüyü gibi kabaran baba, sabahın sessizliğini azametli birsesle ihlal etti:

—Hangi yüzle geldin buraya?

Kerem ters yüz edilmiş bir hadisenin babasının beyninde bomba tesiri ile patlayacağından hiç te şüphesi yoktu.. Onun içinde davranışlarını garipsemeden babasının alevler saçan gözlerinin içine esefle baktı:

—Utanacak bir hareketim olmadı. Önce hoş geldin, diyeceksiniz diye gözetledim. Oysa siz bana bir düşman gibi davrandınız. Hem de koskoca iki yıllık bir ayrılığın arkasından...

Öpmek için elini babasının önüne kadar uzatmıştı. Baba, öfkesinden hiç bir şey kaybetmemişti. Önüne uzatılan eli lanetleyerek itekleyip, hırçın bir tonla bağırdı:

—Senin gibi asi, hain bir evladın dudaklarında ellerim kirlenir.

Ana koruyucu bir melek gibiydi... Her hali perişan, çaresizik içinde kıvranan bir insanın manzarasını arzediyordu. Kerem'in sol kolundan titrek parmakları ile yapışıp huzursuz bir tavır bozuk bir asapla erkeğine bakıp muhalefet etti:

—Çok yanlış hareket ettiğinin hemen farkında olmalısın. Bir de Kerem'i dinledikten sonra tavır almaya kalk.

Kerem tırnaklarının ucundan tut, tepesindeki en cılız tüyleri sömürürcesine derin ve kahırlı bir nefes alıp verdi. Babasının üzerinde alev alev parıldayan bakışları, hiddetinin gittikçe çoğaldığına işaret vermekteydi...

—Ağabeyisine kalleşçe bıcak vuranlar bu eve elini kolunu sallaya sallaya giremezler.

Yaralı bir yüreği vardı. Bu hayatında kıt rastladığı bir durum değildi. Çiftlikçe günleri hep böyle geçmişti. Duygulandı içi burkuldu; kısık bir ses:

—Ben Erdem'e bıçak filan vurmadım, diye feryad etti.

Öyle bir feryad ki, yürekleri parça parça edecek kadar kuvvetliydi. Bozca daha katılaşarak oğluna bağırdı:

—Daha da adileşerek onun sözlüsü olan kıza, sarkıntılığa yeltenmişsin.

Kerem'in rengi tamamen uçtu, heyecandan soğuk bir hava iliklerine işlemiş gibi titredi... Artık tahammül gücünü yitirmişti:

—Baba! diye çiftliğin ufuklarını yırtarcasına bağırdı.

—Çok iğrenç basit karakterli bir oğlun varmış senin...

Baba daha bir başka türlü celallenmiş öfkesi geçilmez olmuştu.

—Suuuus! diye atılan bir nağra evlere şamar şamar inerken sabahın sessiz semalarına yankılar yükseldi... Ve Kerem'in suratındaki uçuk deride, Bozca'nın tam beş parmağının izleri, en görkemli pembe çiçekler gibi desenlenip kaldı...

Kerem tokatın şiddetinden sendelendi, sızlandı.

Zaten bozuk olan dengesini iyice yitirmişti.

Ana, oğluna şaşkınlık esamesi ile sımsıkı sarılmamış olsa, Kerem acılı bir tökezleyişin arkasından dibinden kesilmiş kuru ağaçlar gibi devrilebilirdi.

Yalpaladı, sallandı ve ananın da yardımı ile ayakta zorla durabilmeye gayret gösterdi.

Kalçasında utanç mühürü gibi sarılı duran yarası, ani bir darbe hareketiyle insafsız biçimde kanamıştı. Hareketlerinde, anlamamalarını isteyen bir hali vardı.. Oldu bitti acınmaktan nefret ederdi. Şamar gözlerini sulandırmış ve buharlandırmıştı.

Havva erkeğine kindar bakışlarla perçinlemiş gibi bakıp:

—Yeteer! diye haykırdı:

Bu ne katılık? Karşısında duran insan da, senin evladındır.

Bozca'nın yinelemeye çalıştığı ikinci tokatın bileğini havada yakalayıp:

—Dur! diye isyan etti. Daha onu dinlemedin bile.

Kerem babasına itaatsizik olmasın diye karşısından ayrılmadan, süklüm büklüm durmaya çabaladı. Ve ananın içini burkan bir sesle babasına dönüp konuştu:

—Ana yorma tatlı canını. Bırak babamı da rahatsız etme. Hırsını alıncaya kadar vursun bari.

Ana sızılı bir bakış işkilli bir manzara gibi, oğlunu seyrederken, Bozca şaşmıştı...

Havadaki eli, Havva'nın parmakları arasından sıyrılıp, halsiz bir hareketle yanına düştü. Suratında az da olsa pişmanlık ifadesi, simgeleyen belirtiler vardı.

Oysa yine de manidar bir çehre ile öfkesini yitirmemiş görünebilmek için suratının derilerini sert çizgiler kaplamıştı... Neden sonra, öfkeli görünen bakışların çehresi iğrendiği bir manzarayı seyreder gibi tavır alıp sonra beklenmedik anda yürüyüp yanlarından uzaklaşmaya çabaladı...

Arkasında bakmayı, sorup dilemeyi, aklının köşesinden geçirmeden oldum olası atılan adımlarla yürüyüp gitti. Kimbilir belki de Kerem'i dinlemek cesaretini bile kendisinde bulamıyor, ya da gururuna o inatçı lüzumsuz gururuna yediremiyordu.

Ana oğlunun Bozca'nın arkasından seyahat eden bakışlarına aldırmadan, bileklerine sıkı sıkı parmaklarını kelepçeleştirip:

—Gidelim diye yalvarmaklı konuştu:

Kerem ananın çile dolu yüzüne bakarken, durgun bir hareketle:

—Gitmeli mi yoksa gitmemeli mi? Aslında bu bile düşünmeye değer.

Ana havuzun hemen kenarındaki ağaç tahtalardan yapımış, silik boyalı kanepeyi işaretledi:

—İstiyorsan aha şuracıkta birazcık oturup, nefes alaydın?

Kerem:

—Olur diye mırıldandı. Sen nasıl istersen.

İkisi birden, arzın üzerinde yorgun bir kaç adım tazeleyerek kanepeye yaklaşırken, Kerem aksayan bacağını anasına göstermemek için gayret etti... İki üç adımlık yolu güçlükle tamamladı. Yarası incinmiş kanamıştı...

Ana oğul yüzlerini doğuya, arkaları havuza dönük olarak kanepeye oturmuşlardı. Ana içini tırmalayan buruk bir acı ile oğlunun gözlerinin içine baka baka konuştu:

—Nolada keşke bu yılda gelmemiş olaydın. Tek ben yüreğimde yaralar açan hasretine dayanmaya çalışır, bağrıma taşlar sarardım.

Kerem vücudunu sağ kalçasının üzerine yıkar gibi oturmuştu. Hassas bir ses, sabahın duru havasında dalgalandı:

—Neden bu yıl ana? Yoksa senin için uğursuz bir yılmı bu?

Yüzündeki deriler bile kırış kırıştı:

—Yavuz da geldi...

—Yeryüzü birimiz için fazla, ikimiz için az mı sence?

—Bilmem.

—Bırak şimdi o manasız meselelerin derdini çekmeyi de söyle. İyi misin?

—Gördüğün gibi. Ya Sen?

—Bildiğinden farklı bir şey yok.

—Ben sordukça kapatmaya çabaladığın bir sır var. Erdem'in telefonda söyledikleri doğru mu?

—Ana diye mırıldandı.

Bana hâlâ itimadın var mı?

—Sonsuz.

—O halde kısaca konuşursam başka birşey sormaz mısın?

Ana ezik duyguların zincirine vurulmuş gibi boyun büktü.

—Sormam.

—Anlattıkları yalan.

—Babana bunları bir bir anlatırım.

—Neyi değiştirir ki? Babam hep öyle bir eser vücuda getirsin istedi... Ve şimdi İstanbul'un sokakları hep ağabeyim gibi yetişen bir nesille dolu. Babam da, babam gibi düşünenlerde istedikleri modeli vücuda getirmekte muvaffak oldu. Şimdi neden kalkıp geldiğimi anladın mı? Tıpkı senin kaçıp geldiğin gibi bir şey oldu bu.. Ağabeyim ve sarkıntılık etti dediği bir kızın yüzüne iğrenerek bakmamak için kaçıp buralara geldim.

Ana müteessir bir çehre ile oğlunu seyrederken mırıldandı:

—Meğer kaçıp gelmek bile çare değilmiş. Sana onu da söylemiş miydim..?

Ana oğluna gönül üzüntüsünü az da olsun unutturmak istiyordu. Sanki hiç bir şey olmamıştı. Ya da olup biten herşey bir kelimede silinip gidecek kadar basit ve geçersizdi... Kim bilir belki de oğlunu bir nefes olsun genişletebilmek endişesine kapılmıştı.

—Kerem dedi bana biraz İstanbul'dan anlatsana? Ne var ne yok bizim eski diyarda?

Anasının suratına bakıp acı acı gülümsedi:

—İstanbul'un neyini sorarsın ana? Herşey yerli yerinde. Binalar daha görkemli yükseltmiş başını göklere, deniz eskisi kadar güzel ve esrarlı manzarasını yitirmemiş, martılar yine eskisi gibi kanat çırpıyor dalgaların üzerinde. Eski medeniyyetle boy ölçüşen yeni medeniyyet kucaklaşmış. Fiziki bir diriliş devrinin eşiğinde İstanbul.. Ama manada beklenmedik bir sükût var.. Dindarlar korkak, sokaklarda namusluların sesi namussuzlar kadar yükselmemekte haneler huzursuz sokaklar perişan. Velhasıl caddeler meydanlar kirli manzaralara sahne olmuş bir İstanbul var şimdi.

Sorduğun manadaki İstanbul perişan... İçler acısı bir manzara olup çıkmış. Senin yıllar öncesi gazabından korkup kaçtığın felaketlerinin, azgın en azgın kasırgalarının arasında, çocukların boğuldu.

Viranesi baykuşları bile barındırmayan, harabelerden farksız şimdi İstanbul...

Ana oğlunu yeniden tahlil ederek, yüzlerine bakıp, ısrar etti:

—Yorgun bir halin var. Üstelik de uykusuzsun. Gidelim istersen, yatıp biraz olsun istirahat et.

Anasını daha fazla yormak istemiyordu. Halsiz bir kıpırdanışla ayağa doğrulurken gerilen sertleşen yarası acımıştı... Yönünü bir kaç metre uzaklarda bıraktığı valizinden yana dönüp, ufak ve sancılı adımlarla yürürken hareketlerinden yarasının çatlak çatlak sızan kanları, cılız bir yol bulup aktı... Ananın gözleri parladı ve irkildi. Kerem'in kanlı aksayan bacağında bakışları ısrarını sürdürdü.

Endişesi gönlünde acı çalkantılara dönüşürken, oğlunun arkasından iri adınlarla yürüyüp tam valize eğilirken kolundan hışımla yapıştı.

—Kerem diye hayretini dudaklarının arasından taşırdı. Az evvel mühim birşey değil diyerek geçiştirdiğin aksayışın yürümene müsaade etmeyecek kadar, adımlarını zorluyor...

Israrlı ve merak dolu gözler, Kerem'in gözbebeklerinin içine duygulu duygulu bakarken, hassas bir sesle sordu:

—Benden sakladığın bir sır var. Yaralısın sen...

Kerem valizi almaktan vazgeçip belini doğrulttu. Anasına bakıp:

—Aldırma ona dedi. Önemsiz dedim ya. Şimdi yarasız insan mı arıyorsun dünyada?

Ana oğlunun sol kalçasına daha dikkatle bakıp, titreyen elini sakınarak yaranın üzerinde gezindirdi...

—Ama oğul bu derin bir yaranın akıttığı kanlar gibi....

Ananın ürpererek baktığı açık bej rengindeki pantolunun sol kalça kısmı kızıl kan lekeleri ile katılaşmıştı.

Ana:

—Ne oldu sana diye sabırsızlandı...

Kerem anasının omuzlarına ellerini bırakıp gözlerinin içine baka baka konuştu:

—Üzülme ana o da geçer. Erdem bıçak vurdu, babam yeniden kanattı.

Oğlunuz yaptığını kendisine yapılmış gibi nakletmiş.

Ananın gözleri buhar buhar kaynadı. Kerem'e hıçkırıklarını belli etmemek için valize eğiip yukarı kaldırdı. Boşta kalan kolunu Kerem'in koluna giydirip:

—Gidelim diye hıçkırdı...

Ortalık iyiden iyiye ağarmıştı. Güneş kristal pırıltılarla dünyayı yaldızlarken, ana oğul yorgun adımlarla köşk evinin merdivenlerini tırmandılar.

Kerem, merdivenlerin bitiminde süzülen gözleri ile, evin açılan cümle kapısından içeriye ezik duygularla baktı...

Üzerinde geceliği ve gözlerinde hâlâ uykunun mahmurluğu olan Meryem peydah olmuştu. Gözlerini övşeledi sulandırdı, tekrar tekrar sabırsız bir gönülle Kerem'e baktı ve aniden parlayan kuşlar gibi kollarını açа açа kardeşine koştu.

—Kereeem.

Merdivenler bitmişti... Evin açılan giriş kapısının önünde boydan boya uzanan geniş beton zeminin üzerinde kararsız bir tavırla durdu.

Önünde dikilen kardeşine küskün bir çehre ile baktı.

Meryem karşılık görmeyen ılık davranışından üzgündü. Havada kalan kollarını fersiz bir hareketle yanlarına bıraktı. Dalgın buğulu gözlerle kırık kalbinin duygularını açığa vurmuş, yine de Kerem'e ısrarlı ısrarlı bakıyordu.

—Ahret küskünleri miyiz?

Kerem Meryem'i umursamamıştı bile. Anlaşılan kırgınlığı geçmemişti.

Meryem derin bir hıçkırığın başlamasının hemen arkasından yönünü evin giriş kapısından yana çevirip, yel gibi savrularak içeriye savuştu.

Ana hayret ifadeli bakışlarını Kerem'in üzerinde bekletirken sordu:

—Kerem sen de mi değişmişsin ne? Doğrusu şaşırttın beni. Meryem kanadından yaralanmış kuşlar gibi. Teselliye ılık bir sevgiye muhtaç. Bunu bile bile nasıl yaparsın ona?

—Ablam büyük bir yanlışa göre göre evet dedi. Benden dünyanın en acı intikamını aldırdı. Bırak ki varsın biraz da o çeksin.. Hep ben mi çilelerin adamı olma yolunu seçmeliyim, anne?

—Hatasının cezasını çok büyük ödedi.

—Şuursuz hareketlerin yolcuları hep öyledir...

—Kerem. Sen bu anlattıklarını yapabilecek yapıda değilsin.

—Söylemişsem yaparım demektir. Hem iki koca yıldır buralara neden gelmediğimi sanırsın? Yalvarışlarıma aldırış bile etmeden, gönlündeki adi bir macera hevesine beni tercih eden, ablam değil miydi?

Ana öfke doluydu. Oğlunu içeriye alıp, yarasını pansuman yaptı. Gözlerinin içine baktı, uykusuz ve yorgundu.

—Biraz istirahat etmelisin diye mırıldandı.

Benzi solgun, gözlerinin akları kanlanmıştı. Ananın teklifini itiraz etmeden kabul etti.

* * *

Arzın bütün yükünü omuzlarında taşıyormuşcasına, ufku kararmıştı. Başındaki örtüyü düzeltmeye çalışarak cümle kapısından merdivenlere doğru inmeye başladı.

Kırık umutların sönük pırıltılar yansıttığı gözleri, çiftliğin güneydoğu istikametine doğru bakıyordu. Tâ uzaklardan Bozca'yı hayal meyal görüp tanıdı. Etrafına bile bakmak ihtiyacını duymadan, çiçeklere ağaçlara, dallarda cıvıldaşan kuşlara ve etrafta oynayan çocuklara hatta işçilere aldırış bile etmeden çizdiği istikamete doğru süzülüp gitti.

Bozca bir kayısı ağacının dibine oturmuş eline geçirdiği çöple toprağı karıştırıyordu. Suratındaki çizgiler oldukça gergin küme küme ıstırap yüklenmişti. Başı ağır bir düşüncenin çıkmazına girmiş boyun meyveden eğilen dallar gibiydi... Başucuna kadar gelip duran kadının varlığından bile haberdar olmayışı, bunları isbatlıyordu. Havva nefesini tazeleyip, gergin bir sinirle konuştu:

—Mehmeeed.

Kafasını hışımla geriye çevirip, sonra umursamaz bir tavırla yeniden önüne dönüp toprağı eşelemeye devam etti.

Havva'nın asabı daha da bozulmuştu.

Erkeğini karşısına alır biçimde durup dizlerinin üzerine toprağa çömeldi. Hiddet dolu pırıltılarla, Bozca'nın gözlerinin içindeydi:

—Sorup sual etmeden Kerem'e neden vurdun?

Bozca eşinin yüzüne kızgın bir eda ile bakıp bağırdı:

—O bir bozguncu.

—Nedense bir baba gibi davranmasını beceremedin ona.

Lanetleyici bir sesle eşini cevapladı:

—Öz evladına bıçak vuran bir canavarı hâlâ nasıl savunursun?

Bozca'ya acıyarak bakıyordu:

—Dünyanın en büyük yanlışı belki de düşünmeden, peşin bir karar içinde olmaktır. Senin haberini aldığını yara Kerem'in kalçasında... Ve sen o yarayı vurduğun tokatla ikinci defa kanattın.

Bozca, Havva'nın suratına bön bön baktı.. Gözbebeklerinde garip bir duygunun beyninde hakim olmaya başladığının işaretleri vardı.

—Erdem'e bıçak vurmuş dedim sana.

—Ben de yalan dedim.. Gidip bir baba gibi özür dilemelisin oğlundan.. Şefkatini merhametini hissettirir bir davranışla. Yuvamızdaki bozuluşa mani olmalısın. Erdem'in yanlış evliliği daha tehlikenin eşiğindeyken, sona ermeli.. Sana telefondaki anlattıklarının hepsinin, adi birer yalan olduğuna inanıp, suçluyu bir daha mükafatlandırmamalısın..

Bozca esefle eşinin suratına bakıp kinayi konuştu:

—İşin ta başından beri, ya sen yanıldın ya da ben. Sen oldum olası Erdem'e inanmak bile istemedin...

—Doğru. İnanmadığım zamanlar oldu. Lakin hiç bir zaman bir evlat olduğunu unutarak davrandığımı da söyleyemezsin. Hiç bir zaman dışlamadım onu.. Aynı şefkati göstermeye çabaladım.

—Yanılıyorsun. Hiç bir evladını Kerem kadar sevdiğini söyleyemezsin.

—Hareketlerinde ve davranışlarındaki samimiyyet hayatının akışındaki duruluk ve dürüstlük bu duyguları ortaya çıkarmış olabilir...

Ama bahçıvanın yetiştirdiği meyveleri tadına göre sevmesi suç sayılmaz ki.. Ötekiler de aynı bahçenin meyveleri...

—Başka diyeceğin var mı?

—Kerem'in gönlünü al. Evladını sevmek zor şey değildir. Azmetsen kolayca başarabilirsin...

* * *

Gün ilerledi. Vakit ikindiye oldukça yakında. Kerem derin bir uykunun rahatlığında, saatleri gerilerde bırakarak uyuyup kalmıştı...

Gözlerini mahmur mahmur açtığında kolundaki saatine derin bir pişmanlık içinde baktı. Üzülmüştü. Kendisini yokladı dinlenmişti. Yarasının sızıları bile azalmış gibiydi... Hazırlık yapabilmek düşüncesi ile bulunduğu odanın kapısını sessizce açıp lavobaya doğru yürüdü.

Herkes evde olmasına rağmen odasına dönüşünü bile kimseler duymamıştı...

Ana oturduğu bitişik odada oğlunu uyandırmamak için zamanı sabırsız bir gönülle tüketmeye çalışıyordu. Dışarı çıkıp bitişik odanın kapısını açtı. Tatlı bir tebessümün yumuşaklığı ile huzuru ilâhiye duran oğluna bir miktar baktı. Çarçabuk mutfağa koşup bakır bir tepsinin üzerine yemekler hazırladı.. İşi bitmişti. Yanıbaşında dikilen Meryem'e manidar bir çehre ile bakıp mırıldandı:

—Al istersen sen götür. Belki barışman için vesile olur.

Meryem tepsinin başı ucunda derin hülyalara dalmıştı.. Ana suratına baygın baygın bakarken, uykudan uyanmış gibi hareketlenip, anaya seslendi...

—Az dur, götürme sakın.

Mutfaktan yel gibi çıkıp, yatak odasına geçti. Duvarın dibinde duran ceviz tahtadan, üzerine oymalı nakışlar dökülerek yapılmış sandığın kapağını kaldırıp, kırmızı desen üzerine dal dal beyaz çizgileri bulunan eşarbı çıkartıp başına doladı. Bindallı basmasından elbisesini giyinip, bahar kadar taze ve duru bir güzelliğe bürünerek mutfağa koştu.

Ana, yemek dolu tepsiye uzanan kızana bakarken, ılık ılık pırıltılar boşaltıyordu:

—Anlaşılan Kerem'le barışmak pahasına herşeye razı gibisin.

Sadece:

—Seviyorum dedi. Kardeşim değil mi?

Başuçlarında beliren Bozca, elindeki sigaranın külüne parmağını dokunurken Havva'ya mırıldandı:

—Tembih et, Yavuz da buralardaymış...

Havva erkeğinin suratına kızgın kızgın baktı:

—Sen baba değil misin? Gelip kendin tenbih etsene.

Elindeki sigarayı dudaklarına verip efkarlı efkarlı çekti. Gurununu zorladığı her halinden belliydi. Bozca da arkalarından yürüdü...

Meryem elinde yemek tepsisi Kerem'in bulunduğu odanın kapısı önünde beklerken ana kapının koluna dokunup açtı...

Sanki odanın içinde şaşırtıcı bir manzara vardı. Bozca işte içeriye böyle bir eda ile bakıp kaldı. Kırlaşmış saçları, diken diken kabarmış, ak düşen kaşları çatıktı... Ananın ve Meryem'in gözlerinde pırıltılar ve Bozca'nın dünyasında yabancı bir tablo... İşte babayı vehim dolu çehre ile seyrettiren manzara buydu...

Meryem usul adımlarla içeriye girip, elindeki tepsiyi üzeri muşamba örtülü masanın üstüne bıraktı. Ana eşiği içeriye adımladı ve arkasından Bozca...

Kerem selamverip namazı bitirmişti. Sakin ve rahat bir gönülle tesbihatını sürdürüp dua için ellerini Rabbısına açtı...

Önce başındaki beyaz iplik örgülü takkesini sıyırıp dürdü... Sol bacağını çeke çeke ayağa doğrulup, bir kaç tarak darbesi ile saçlarını düzeltti...

Meryem'e sonra anasına baktı... Bozca düzeltilmemiş yatağın çarşafı üzerine oturup Kerem'i kesik bakışlarla seyire koyuldu.

Kerem'i şaşırtan Meryem'in başındaki örtü oluyordu. Küskün bakışlarında sevinç pırıltıları kaynaştı.

Meryem utangaç çekingen bir tavırla köşede bulduğu bir sandalyenin üzerine kendisini bırakırken, Bozca, soğuk isteksiz bir eda ile oğluna:

—Hoş geldin diye mırıldandı...

Kerem kalkıp babasının eline uzanıp öptü. Baba oğlu göz göze yüz yüze oturmuş, ana erkeğinin yanına çökmüştü:

—Demek namaz da kılıyorsun artık?

Kerem yürekli bir cevap verdi:

—Her müslüman gibi.

—Neyse o senin şahsi meselen, bana Erdem'le aranızda geçen hadiseyi anlat.

Kerem'in yüzündeki deriler bile kırış kırış oldu:

—İsterseniz unutmaya çalışalım.

Bozca ısrarını sürdürdü:

—Ben herşeyi bilmek istiyorum.

—Anam sana anlatmış olmalı.

—Yüzüne gelmemeli sözünü tutmalıydın. İtaat etmeliydin ona. Herşeyden evvel ağabeyindi o senin...

Kerem babasına bakarken buruk bir acı ile gülümsedi:

—Allah'a itaat etmeyene itaat edilmez. Ben de etmedim.

—Bir baba olarak ben de var mıyım bunun içinde?

—Herkes kendisinin neyin içinde, ya da dışında olduğunu az ya da çok tahmin edebilir. İsterseniz daha açık konuşurum.

Mukaddes Kitabımız Kur'an-ı Kerim'in Et-Tevbe suresinde mealen şöyle buyuruluyor:

"Ey iman edenler. Babalarınızı, kardeşlerinizi, eğer küfür sevip onu iman üzerine tercih ediyorlarsa, veliler edinmeyin. İçinizden kim onların velilikleri altına girerse, onlar zalimlerin ta kendileridir."

Bozca öfkeyle yerinden doğrulup dışarıya çıktı. Meryem fırsatı değerlendirip ılık bir sesle konuştu:

İpek anadan aylardır Kur'an dersi alıyorum. Sureleri ezberledim.

Kerem sevinmişti. Küskünlük eridi yüzlerindeki gergin hatlar bir bir yumuşadı:

—Tesettürsüz bir giyim imanın törpüsüdür, diye mırıldandı... Bundan böyle işte böyle giyin...

Ana garipleşti. Birden acze düşmüş bir hüvviyete haiz tavır almıştı. Ürperdi soldu. Kızı Kur'an okumuş oğlu namaz kılıyordu. O bu zamana kadar çocuklarının yaptıklarını araştırmak ihtiyacını bile duymamıştı.

Artık daha görmekli bir merak içinde çırpınmaya başlayan bir yüreği vardı:

Şimdiye kadar, dine karşı böylesine bir heves, ölümüne bir istek içinden doğmamıştı. Yorgun bir hareketle elini Kerem'in omuzuna bırakıp sordu:

—Kerem oğul, anlatır mısın bana, namaz kılmakla ne yaptığını sanıyorsun? Bunu seni kınadığım manasına alma sakın. Hep görüp duyarım ama bu yaşıma kadar üzerime vazife bilip, araştırmadım bile. İster yetiştiğim evin isterse muhitin kabahati bil. Dilersen, gerçeklere kör baktığımı alelade bir insan olarak hayat sürdüğümü yüzüme vur. Utanıp kimselerden soramadığım namazı anana anlat hele...

Ana yürekli bir itirafta bulunmuştu.. Her insan özellikle yirminci asrın insanı, herşeyi bildiğini zannedip bilmediklerini araştırıp ya da bilenlerden sormayı bir küçüklük duygusu olarak yüreklerinde saklarlardı. Belki de bu yüzden olsa ki ana da noksanlarını kimseden sormamış, belki de buna lüzum hissetmemişti.

Kerem anasının suratına bakarken duygulandı. Hassas bir ses bayatlamış bir merakla ışık zaviyesindeydi:

—Namaz Allah'la kulun irtibasını kesmemesidir. İkisinin arasında en sağlam bir rabıtadır diye başladı...

—Allah (C.C.) "Kulum sana gönderdiğin Kelamı bana oku, senin sesinle dinleyeceğim" diyor.

—Namaz kulun Allah'la konuşmasıdır ana. Namaz mü'minin miracıdır. Namaz dinin direği, İman ağacının en olgun meyvesidir. Dinde namaz vücutta baş gibidir. Üzerinde baş olmayan bir vücudun hayatta olduğunu gördün mü hiç?

Namaz kalbe imansızlık zehirleri akıtan mikropların öldürücü ilacıdır. Namaz dirilip mezarı başında dikilen Mü'minin Allah'ın huzuruna hesap vermek üzere, mahşer toplantısına giden yolun kılavuzudur.

Namaz kulun kendisini Allah'a verişi, onun ortaksız olduğuna gönül rızası ile teslim oluşudur.

Namaz Allah'ın inanmış kulları için, Miraçtan Resul-i Ekrem'le gönderdiği en kutsal hediyesidir. Söyler misin güzel anam Allah'ın gönderdiği hediyeyi onun kulu olarak kabul etmez misin yoksa? Yaratanın hediyesini geriye gönderen kabul etmeyen bir insan kul olabilir mi dersin?

Ana perişan bir gönülle çaresizlik içinde çırpınırken, tek kelime ile cevap verdi:

—Kabul ettim, kabul ettim.

* * *

Kerem günler var ki, ananın ısrarı yüzünden çiftlikten dışarıya adım atmamıştı. Bu hal onu sıkmıyordu bile. Artık evde ve gönüllerde manevi bir huzurun diriliş şaikası vardı...

Bozca bu dirilişe uyamadı. Kalbi her geçen gün biraz daha katılaştı, karardı... Kaçıyordu.. Nereye kadar kaçabileceğini hesaplamadan.

* * *

Kerem'in yarası iyileşti. Günler uzadıkça çiftlikte sıkılmıştı.

Baba, Kerem'e barışması beklenirken, daha da kinleşti. Onunla aynı sofrada yemek bile yemedi, bulunduğu odada oturmadı.

Sabah kahvaltısını yapmışlardı. Ana, pencereden dışarılara baktı, hava pırıl pırıldı. Düşünceli bir çehre ile çocuklarına dönüp baktı:

—Kerem diye mırıldandı.

Diliyorsan hep birlikte kasabaya gidelim. Önce alışveriş yapar dönerken de dağların eteklerinde piknik kurarız.

Hepsi de aynı fikre katılmışlardı. Çarçabuk hazırlıklarını yapıp bahçeye indiler.. Kerem pikabın kapısını açıp, direksiyona geçti.

Ana ve kız, ön kapıyı açıp hemen Kerem'in yanına oturdular. Bozca birden arabanın yanında peydah olmuştu. Ana sağ kolunun dibinde bulunan kapının cam kolunu çevirip, sonuna kadar indirdi... Erkeğine bakıp, malumat verdi:

—Biz kasabaya gidiyoruz. Dilersen sen de gel.

İtirazlı bir ses, asık bir çehrenin hüvviyetine yabancı kalmıyordu.

Kasaba yolu çok uzun sayılmazdı. Kerem bir nefes denilecek kadar zamanda yolların tozlarını savurta savurta kasabaya geldi.

Ana, çocukları ile alışverişi bitirmişti. Aldıklarını birlikte getirip az evvel hükümet meydanının köşesine park ettikleri arabaya yerleştirdiler. Anne Kerem'e:

—Gidelim dedi.

Yine geldikleri gibi üçü birden ön kanepeye oturdular.

Kerem arabanın kontağını açtı, gaza basmak üzereydi.. Ana camı açık penceden dışarıya baygın baygın bakıyordu...

Kasabaya homurdana homurdana girip, Hükümet meydanında duran üzeri tozlu topraklı İstanbul otobüsüne dikkat kesilmişti.

Otobüsün ön ve arka kapısından inen yolcuları birer birer seyrederken, arabayı harekete geçiren Kerem'e sert bir emir verdi:

—Duuur. Bekle biraz!

Kerem, hayret ifadesine bürünmüş çehresini anasına çevirip mırıldandı:

—Gidelim demiştin?

—Acele etme hele.

Kerem anasının ısrarla baktığı noktaya dikkat kesilip sordu:

—Öyle istekli istekli nereye bakıyorsun?

Ananın hali Meryem'i de hayrete düşürmüştü. Bütün gözler ananın baktığı noktada buluştu...

Uzun orta arası boyda, pür tesettür bürünmüş genç bir kız ve elinde iri bir valizle orta yaşlarda gözüken bir kadın otobüsten indi...

Gözler bu iki simanın üzerinde meraklı seyirlerini sürdürürlerken, ana çocuklarına sordu:

—Otobüsten inenleri tanıyabildiniz mi?

Kerem garip bir eda ile mırıldandı:

—Asiye ana değil mi o? Yanındaki de Çiğdem olmalı.

Ana:

—Ta kendisi diye mırıldandı.

Meryem:

—Köye gidiyor olmalılar.

Ana:

—Öyle olmalı dedi. Vasıta arıyor olmalılar.

Kerem:

—Onları yalnız bırakmamalı.

Ana oğlunu tasdik eder mahiyette konuştu:

—Doğru. Yardımcı olmamız lazım.

Ana yanında oturduğu kapının koluna çöküp açtı. Arabadan iner inmez etraflarında vasıta arayan ana kızın hemen karşılarında dikilip, hazin bir sesle seslendi:

—Asiyee!..

Biraz şişmanlamış, eskisine nazaran çok daha derli toplu ve zarif bir görünüm kazanmıştı. Durgun bakan bir çift göz sesin sahibine bakınca şaşırdı:

—Havva!..

İkisi birden kollarını açıp, sarmaş dolaş oldular. Havva hemen sual açtı:

—Demek geldiniz?

Çiğdem Havva'nın elini öperken, Asiye ana muhatabını cevapladı:

—Sılayı rahim edelim dedik.

—Güzel etmişsiniz.

Havva gözlerini Çiğdem'in üzerinden ayıramıyordu. İçi kaynadı.

—Büyümüşsün dedi. Şaşırtacak kadar serpilmiş, güzelleşmişsin... Allah kem gözlerden korusun seni.

Çiğden utanmıştı. Çehresini önüne yıkıp, sükut etti.

—Güzel bir tesadüf oldu doğrusu. Valizinizi arabanın arkasına atın gidelim.

Asiye boğucu bir kararsızlık içinde durakladı. Terüddüt gönlünde vehim dolu duyguların tohumunu yeşertmişti. Havva Asiye'nin endişesini anladı.

—Arabada başka kimseler yok. Kerem Meryem ve ben.

Asiye:

—İyih dedi. Şimdi bir mahsuru yok.

Kafile pikaba doğru yaklaşırlarken, Kerem ve Meryem iki kardeş arabadan inip misafirlerini karşıladılar.

Kerem, Asiye anasının elinden valizini alırken; mahcup bir çehre ile yüzüne bakıp:

—Hoş geldiniz dedi.

Asiye ana, Kerem'i severdi. Güleç bir yüzle kendisine karşılık verdi:

—Hoş bulduk.

Valizi pikabın arkasına attı. Meryem el öptü ve Çiğdem'i kucakladı. Üçü arka kanepeye, ana Kerem'in yanına oturmuştu. Asiye kadın:

—Zahmet verdik size dedi.

Havva:

—Memnun bile olduk diye cevapladı.

Ana, dönüp dönüp arka kanepeye baktı. Sonra da, aynı hissiyatı sürdürerek, Kerem'e baktı. İçinden "tam Kerem'e layık bir kız" diye geçirmişti.

Yüreğinin başında ılık bir sevgi peydah olmuştu. İçinden ilgilenmek geldi.

—Tesettür sana çok yakışmış.

Asiye ana söze girdi:

—Okuttum Çiğdem'i. Kız Kur'an Kursunu bitirdi. İmam Hatib'in dışarıdan imtihanlarını da verdi.

Kerem kaçamak bakışları ile dikiz aynasından arka kanepeye bakmadan edememişti.

Havva içinde sıkıntı olan vehim dolu bir üzüntüyü dudaklarının aracılığı ile kurtuluşa kavuşturdu:

—Çiğdem çok güzel bir kız olmuş. Gözlerden kıskanacak kadar şirin. Sadece içimde bir kuşku var.

Asiye bön bön Havva'nın yüzünü gözetleyip sordu:

—Nasıl bir kuşku?

—Köyde rahatınız kaçabilir. Koca Mustafa'nın oğlu da burada.

Meryem, ateşe düşmüş gibi sıçradı. Anasına bakarken, gözlerinin içi alev alev yanıyordu. Kerem Asiye anaya cesaret verdi:

—Herkes can taşıyor. Bizim yüzümüzden düşman sahibi olmuşlardı. Çiğdem'e bir can borcum var. Her zaman ödemeye hazırım...

Çiğdem'in yüzleri al al olup kızardı. Utanmış sıkılmıştı...

Köye sessiz sedasız girip Çiğdem'le anasını evlerine bıraktılar. Asiye kadın valizini alıp kapılarının küf tutmuş kilidini açıp içeriye girinceye kadar Kerem onları beklemişti.

Ana pikabın içinden dalgın dalgın gidenlerin arkasından bakan oğluna mırıldanır gibi konuştu:

—Tam senin arzuladığın gibi yetişmiş güzel bir kız. Dilersen her zorluğa karşı direnip, onu sana alabilirim...

Kerem anasına cevap bile vermedi. Ana karşı bir direnişten bahsedişindeki sebep Bozca'ydı.

Meryem:

—Ben de çok sevdim diye lafa katıldı. Doğrusu ikisini bir arada görmeyi arzulamamak mümkün değil...

* * *

Çiftliğin pikabı kapılarının önünde durunca Çiğdem şaşırmıştı.

Erkenden uyanıp kalkmış, yıllardır hasretini çektiği köylerini pencerelerinin camından seyrediyordu.

—Ana diye seslenerek geriye çevrildi.

—Ne var? Neden heyecanlandın birden bire?

—Misafir geliyor.

—Kim.

—Havva ana, bir de Meryem.

—Erken erken niye ki?

—Bilmem.

—Bekleme öyle varıp kapıyı aç bari.

Yel gibi savrulup kapıya dolandı. Açtı:

—Buyurun.

Havva arzulu pırıltılarla Çiğdem'e bakarken:

—Yatak toplamaya geldik diye de espri yaptı.

Mahcup bir ses, nezaketle mırıldandı:

—Kalktık. Ezanla beraber.

Asiye yarım yamalak düzeltmeye çalıştığı eve misafirlerini aldı.

Çiğdem, Meryem karşılıklı el öpüp merasimi bitirmişlerdi. Herkes yer bulup oturunca, Çiğdem yanlarından ayrılıp dışarıya çıktı. Az sonra elinde bir tepsi kahve pişirmiş ikram için önlerine uzattı.

Havva Asiye kadına garip bir tavırla bakarken, sözünün neresinden başlayacağını bile şaşırmıştı.. Elindeki kahveden bir nefes çekerken:

—Uzun sözün kısası diye başladı: Doğrusu pek beceremeyeceğim ama. Asiye hanım sana mühim bir sözüm var.

Asiye hayrete düşmüş gibi Havva'nın suratına baktı:

—Hayırdır.

—Kerem'i nasıl buldun?

—Allah bağışlasın...

—Uzun sözün kısası. Ben de Çiğdem'i beğendim. Allah'ın izni Peygamber Efendimizin gavli ile Kerem'e istemeye geldim.

Hiç beklemediği bir havadis Asiye kadını şaşkına çevirmişti.

Elindeki kahve fincanını hemen yanına münasip bir yere bırakıp cevap aradı.

—Bilmem ki nasıl olur?

—Bence münasip bir iş olur. Dün arabada ikisini birbirine yakıştırıp bugün erkenden söz kesmek maksadı ile buraya geldim.

Diledikleri yerde ikamet etsinler. Maddeten desteğimi üzerlerinden çekmeyeceğim. Dilerlerse İstanbul, dilesinler Çiftlik...

Çiğdem kabuğuna çekilmiş bir kablumbağa gibiydi. Bir köşeye sıkışmış utancından kalkamamıştı.

Asiye Çiğdem'in ürkek pırıltılar yansıtan gözlerine baktı.

—Kerem'i severim. Madem sen de layık görüp geldin...

Havva sevinmişti. Parmağında ta kızlığından beri takıp sakladığı pırlanta yüzüğü çıkartıp, sevinç ve sıkıntısından titreyen Çiğdem'i yanına çağırdı:

—Çiğdem utanmayı bırak şimdi. Biz bizeyiz burada. Gel yanıma.

Çiğdem önüne uzatılan eli, buhar buhar terleyen suratına götürdü.

Havva elindeki yüzüğü Çiğdem'in sağ bileğini tutup parmağına taktı.

* * *

Köy bir nefeste alıp alıp verdi:

—Duydunuz mu?

—Duydunuz mu?

Evet herkes duydu ve bildi. Çiğdem Kerem'e eş seçilmişti.

Aynı günün akşamı köyün Adem Hocası Asiye anaların evine çağırılıp dini nikahları kıyıldı.

Köyün kimsesiz Asiye anası arkalanmıştı. Yavuz olanları duyup, dinledikçe kafasında bin şeytan birden kuyruk sallanmaya başladı.

Günler var ki, tek merakı köyde dillere destan olan Çiğdem'i uzaklardan bile olsa, bir defa görebilmekti...

* * *

Bütün hazırlıklar kısa zamanda bitti. Düğün bile yakındı. Yalnız bir eksikleri kalmıştı. Bozca oğluna "Hayırlı olsun" bile demedi.

Nikahda bulunmadı. Gelinini görmek arzusunda olmadı.

* * *

Kerem yağmurun arkasından güneşle buharlaşan toprağın kokusunu, çok severdi. Ablası ile birlikte dolanıp bahçeye indiler. Onların hemen arkasından da ana.. Üçü birden havuzun kuzey kesimine düşen gül bahçesi adı verilen mahalde buluşmuşlardı.

Tükenen yağmurun kalıntıları kırmızı, al açan güllerin yaprakları üzerinde şebnem şebnemdi. Ama burnunu bir tomurcuğun yeni patlayan yapraklarına yaklaştırıp derin bir nefes aldı...

—Topraktan gül, gülden en nefis koku ikram eden Allah'ım, diye mırıldandı...

Güneş tatlı bir ısı, gözleri kamaştıran pırıltıları ile kendisini hissettirirken, çiftliğin cümle kapısından içeriye beyaz steyşin bir taksi klaksiyon sesi ile ortalığı velveleye vere vere girdi.

Ana oğul ve Meryem'in gözleri aynı noktada birleşti...

Ana:

—Erdem diye mırıldandı.

Hepsi de hayretle havuzun kenarında parkeden arabaya bakışlarını sürdürürken ana yeniden mırıldandı:

—Yanında yabancılar da var.

Bozca, arabalarının klaksiyon sesini tanırdı. Önce evlerinde uzanıp yattığı sedirin üzerinden sesin velvelesi ile doğruldu, sonra aceleci hareketlerle pencerenin karşısına geçip, puslu camdan havuzun kıyısını seyretti. Oğlunu tanımış ve sevinmişti. Antreye oldukça telaşeli çıktı. Pabuçlarını bulup ayağına taktığı gibi nefesi bahçede aldı...

Kerem'i hareketsiz bırakan manzara anayı ve Meryem'i şaşırtmıştı.

Arabadan ilk inen Erdem oldu. Onun hemen arkasından genç bir kız ve daha sonra orta yaşlı sarışın şişman tombul tombul bir kadın indi.

Kerem, o hayat dolu delikanlı bir nefeste ne hale gelmişti. Yıkılmış dökülmüş rengi kehribar gibi sararmıştı. Her hali ile sefil, perişan bir adamın manzarasını arzetmeye başlamıştı.

Erdem, mumya gibi hareketsiz bekleyen anasına yaklaşıp, kollarını boynuna doladı.

—Anneee. Bak sana kimleri getirdim.

Kollarının soğuk bir bedene dolandığının farkına varmıştı. Yanaklarını öpüp aralandı.

Ana ne kadar ilgisiz kalırsa kalsın, Erdem tanıştırma merasimini çoktan başlatmıştı. Anasının gözbebeklerinin çakıldığı noktaya bakıp:

Baş uçlarında duran kadını anasına takdim etti:

—Nişanlımın annesi. Bu da annem.

Ana emrivakilerle başbaşa kalmıştı. Don bir bakış, soğuk bir yüzle burnunun dibine kadar sokulan kadına bakarken, kolunu yorgun bir hareketle kaldırıp mırıldandı:

—Hoş geldiniz.

Etrafı gayet hoşnut bir gönülle süzen kadın:

—Hoş bulduk dedi. Nasılsınız?

Durgun beden yerinden tazimle kıpırdadı:

—Gördüğünüz gibi...

Bozca dalan bir nefesle yanlarında peydah oldu. Gözleri sevinçten parıl parıl yanarken, oğlu ile yüz yüze gelmişti:

—Erdem diye kollarını açıp, oğluna sarıldı.

Yüzlerini şapur şupur öpüp:

—Hoş geldin, dedi.

Erdem hasret ifadesi simgeleyen bakışlarla babasını seyrederken:

—Hoş bulduk diye karşılık verdi.

Merasim canlanmıştı. Kayın validesini işaretleyerek:

—Annem dedi.

Bozca keyiften dört köşe derler ya tıpkı öylesine neşeliydi. Elini asrın nezaket kurallarına uygun biçimde uzatıp tokalaşırken:

—Hoş geldiniz diye mırıldandı:

Kayınvalide namzedi, iyice nazikleşti, sesini biraz daha incelterek:

—Mersi.

Ana, soğuk manzaradan müşteki olmuştu. Erdem, yanında duran Reyhan'ın omuzuna elini bırakarak, anasına takdim etti:

—İşte bu da gelinin.

Ana önüne uzanan elin sahibine isteksiz bir sesle fısıltı halinde hitab etti:

—Hoş geldin kızım.

Kibir genç kızın en büyük sermayesi gibidir. Gururlandı, kasıldı, şımarık bir eda ile anının elini sıkarken kaçamak bakışları, Kerem'in üzerinde mekik dokuyor gibiydi...

—Hoş bulduk efendim...

—İyisin ya?

—Teşekkür ederim.

Bozca'nın hoş geldin diye uzanan elini aynı yapmacık tavırla uzanıp öperken:

—Hoş bulduk, diye mırıldandı.

Meryem'in daha ilk bakışta misafirlere kanı ısınmamıştı. Daha evvel duydukları hikâye ana ve kızın üzerinde şok tesiri yapmış olmalı ki, her hallerinden memnuniyetsizlikleri okunur gibiydi... Meryem anadan başladı ve hemen arkasından sanki azarlarmış gibi sert bir mizaçla misafirlere:

—Hoş geldiniz, deyip kıyıya çekildi.

Erdem, Meryem'in başındaki örtüye alışamadığı bir manzara gibi bakıp:

—Başınımı üşüttün sen?

Meryem isteksiz bir tavırla ağabeyisine baktı:

—Hayır.

—O zaman başındaki o gerici maskesi ne?

—Tesettür bir kadının asaletini tasdik eden hüvviyet haizdir. Ona hakeret istemem.

Erdem Meryem'e bozuk bir asapla bakmıştı. Hırpalanmış bir gururla kaşları bir başka türlü çatıldı ve mağlup bir kumandan edası ile anasının suratına baktı.

Her ne türlü olursa olsun, ana oğlunun misafirleri yanında ezilmesine dayanamamış, üzülmüştü.. Vücuduna bir canlılık kazandırabilmek için çabaladı... Esrarlı bakışlarını Kerem'in üzerinden ayırmayan, Reyhan'a incinmiş bir gönülle bakıp, hemen arkasından heykel gibi yanı başında bekleyen Kerem'i inceledi.

, Kanı damarlarında donmuş, sol eli tomurcuk bir gülün üzerinde okşar gibi kalmış ve manasız pırıltılara yataklık eden gözleri, ayaklarının dibinde bekliyordu.. Tıpkı enteresan bir pozu yakalanmış, fotoğraftan farksızdı...

Ana Kerem'den misafirlere "hoş geldin" demesini beklerken Kerem, hiç birisine aldırış etmemişti... Benzi solgun ufku kararan oğlunu biraz da kendisinin yaralamış olacağını kestiremeden, Kerem'e emri vaki yaptı:

—Kerem, oğlum neden şaşıp kaldın öyle. Ağabeyine, misafirlerimize hoş geldiniz demeyecek misin?

Kerem'in o hitap eden sesin, tesiri ile yalım yalım yanan gözleri ananın üzerinde amansız şimşekler çaktırdı:

—Sizler dediniz ya.

—Bizler ayrıyız, sen ayrı bir insansın.

Hışımla arkasını kalabalığa çevirip, gergin bir sinirle elini üzerinde tuttuğu gül ağacının taze goncasını ve dalı kararsız bir kuvvetle sıktı. Avucunun içini al bir renge boyamıştı..

Bozca'nın suratı amansız geceler gibi kararmıştı.. Bakışları çehresi gibi hiddet kusuyordu. Kerem'e:

—Bozguncu diye sokranarak öfkesini açığa vurdu. Ailemizin yüz karası.

Misafirlere dönüp güçlükle tebessüm etti:

—Kusura bakmayın dedi. İnasn ne kadar özense bile evladını dilediği gibi yetiştiremiyor işte.

Misafir kadın, Kerem'e bakarken dudak büktü ve sükûtunu uzattı. O bir ana olarak herşeyi bilen birisiydi. Doğrusu Kerem'den iltifat beklemeye haklarının olmadığını biliyor olmalıydı.

Sosyete uğruna bütün varını seve seve feda eden, konken masalarının çay partilerinin dans salonlarının anasıydı o.. Bütün bildikleri, fikrince hiç bir mani ifade etmeyen, derinlemesine bir hoş görüye sahip olan anaydı.

İşte onun içindir ki Kerem'in davranışlarını kınayacak kadar çağın medeniyet bataklığına saplanmıştı.

Erdem ezilmişliğini silebilmek için başka başka hakaretlere başvurdu:

—Bırakın şu geri kafalı yobazı diye homurdandı. Çok mu lazım sanki hoş geldin demesi. Adeta bu ailenin içinde hepimizi mahcup etsin diye, özel yetiştirilmiş bir mahluk o. Çağımızın gidişatına ayak uyduramayan bir kardeşim olduğu için her zaman utanç duymuşumdur.

Kerem hışımla Erdem'e çevrilip, içinden kopan amansız fırtınanın önünü dudaklarından boşlayıp dışarı verdi:

—O kadar adileşmişsin ki. Kendine hayat arkadaşı seçişine bile bu adiliğin sinmiş. Kimbilir belki domuz hayvanı bile senin yaptığın alçaklığı yapmaktan utanç duyardı...

Ne var ki, bu hareket sana çok görülmez. Asırlık bir seyir içerisinde acımasızca, bozulmuş dejenere edilmiş bir cemiyetin malısın...

Erdem kalbinden bıçak yese, belki de kanı akmazdı. İşte o kadar şuursuzlaştı...Elini Kerem'e vurmak için yumruklaştırdı ve üzerine doğru hümledi...

Bozca böyle bir harekete meydan vermiyordu. Erdem'in bileğini tutup:

—Dur dedi. Sen uyma o ite. Günlerdir hadise çıkarmak için kendisini kuruyordu. Belki de senin saadetini kıskandı.

Kerem babasına bakarken, acı acı güldü;

—Hikâyeyi başından sonuna kadar bilmeyenimiz mi kaldı. İkimiz de senin evladınız baba, Allah'dan kork.. Beni dinlediniz, her rezaleti kulaklarınızla duydunuz. Bu kız, artık bu evde gelin olabilir mi?

Erdem yeniden Kerem'e hücum etti... Ancak Bozca müsaade etmiyordu...

Kerem'in bedeni alev alev yanmaktaydı. Reyhan'ın gözlerinin hedefinden çekilip, gitmek için hazırlanırken, Erdem'e iğrenerek baktı.

Meryem kararsız adımlarla seğirterek, Kerem'i tutabilmek için koşuyordu.

Köşk evindeki odasına nefes nefese varmıştı.. Köydeki evin anahtarını asılı olduğu yerden alıp giderken, Meryem'le yüzyüze gelmişlerdi.

Meryem daralan nefesle önünde durup sordu:

—Nereye?

—Köydeki evimize. Onlarla aynı çatının altında kalmamak için yemin ettim.

—O halde ben de geliyorum. Sen direnişinde haklısın. O kız bu evden gidinceye kadar ben de gelmeyeceğim.

Kerem, ablasının gözlerinin içine duygulu pırıltılarla baktı. Merhamet bekçisi gözleri yüreğini az da olsa serinletmişe benziyordu.

Erdem, mahcubiyetinden deliye dönmüştü. Sadece, babası onu anlayışla karşılaşmıştı. Zaten çözülme sancıları içinde kıvranan aile, adeta taraf tutarak bölünmüştü...

Kaynana namzedi Şeyda hanım, Kerem'in arkasından bozuk bir moral koyu bir mahcubiyetle bakarken, Bozca, gönül alıcı sözler sıraladı:

—Sizler onun kusuruna bakmayınız. Dedim ya maalesef dilediğimiz gibi yetiştiremedik onu...

Ana, sükûtu sığınak kabul etmişti. Istırabını yaralı gönlüne basa basa sustu.

Şeyda hanım kibirli tavrını, mağrur gurununun emrinde kabartarak dudak büktü:

—Bu tavrı neden alsın, mana veremedim. Kıskançlık olsa gerek. Oğlunuzu iyi tanırım. Reyhan'ın yıllardır en yakın arkadaşı olurdu. Yanyana balkon balkona aynı mahallenin insanlarıyız. Sık sık evimize de gelip giderdi.

Bozca, gönül alayım derken Reyhan'ın kafasında saati gelmiş bomba gibi infilak eden bir sözü sıraladı:

—Bugünlerde aklı havalarda. Kendi kafasına kendi mantığına göre bir kız bulup nişanlandı. Hoca Nikahı kıydı şimdi düğün hazırlığı içinde.

Reyhan dünya kafasına yıkılmışcasına sarsıldı, bir hoş oldu. Rengi uçtu, başı değirmen taşları gibi fırıl fırıl dönmeye başladı. Kimbilir Kerem hesabına kafasından neler geçiriyor ne hesaplar kuruyordu ki, duyduğu sözler bütün dünyasını altüst edecek kadar kafasında fırtınalar kopardı.

* * *

Bugün misafirler çifliğe geleli tam üçüncü gündü. Ana kız çiftlik hayatını çok sevmişlerdi. Erdem yanlarından bir nefes bile ayrılmadan onları gölgeleri gibi takip etti. Ormanların eteklerine, doğru akıp giden soğuk su başlarında kuzu ziyafeti çekti. Sarp dağların eteklerinde piknikler kurdular... Reyhan kâh ata binmeyi denedi kâh çiftliğin birbaşından öteki ucuna uzanıp giden toprak yollarda araba sürmeyi öğrendi...

Maddeci bir ruha sahipti. Mal mülk sorumsuzca bir hayat onu gitgide biraz daha celbetmeye başlamıştı.. Koyunlar, kuzular, her cinsten, hayvanlar topluluğu gözünün alabildiğince yepyeni bir dünyaya kavuşmuştu.

En fazla ilgilendiği "Kerem'in" dedikleri at olmuştu... Arzularını alırcasına sırtından inmeden hep onunla dolaşmaktan usanmadı, bıkmadı.

Gün, iyice yükselmişti. Kahvaltılarını bahçede, havuzun kenarında gölgeleyen çam ağacının köşesine kurulmuş şadırvanda yaptıktan sonra Reyhan yine atabinmek istemişti... Yoruluncaya kadar dolaşıp, çiftliğin yol kenarında bulunan akasya ağacının altında, kendisini bekleyen Erdem'in yamacında atını durdurdu. Morali düzelmiş, neşesi yerindeydi. Erdem yüzündeki memnuniyet belirtilerine baka baka seslendi:

—Nasıl hayatından memnun musun?

—Oldukça.

—Çiftliği beğendin mi bari?

—Çok dedi. Ancak bir kusuru var.

—Nedir o?

—Büyük bir şehirden uzaklarda oluşu.

Bozca, yine çiftliği kontrol için çıkmıştı.. Erdem'le Reyhan'ı görünce yaklaşıp onları selamladı:

—Merhaba çocuklar.

Erdem dibinde oturduğu akasya ağacından, yasladığı sırtını aralayıp ayağa doğruldu:

—Merhaba baba.

Bozca atın üzerinde kendisine bakan Reyhan'ı hoşnut bir çehre ile süzdükten sonra, yürümeye hazırlamıştı.

Erdem:

—Nereye diye seslendi.

—Siz sohbetinizi sürdürün dedi. Ben biraz dolaşacağım.

Reyhan:

—Sohbetimiz bitmişti, çiftlik hakkında konuşuyorduk.

—Nasıl buldunuz, çiftliği beğendiniz mi bari?

—Güzel ancak İstanbul'dan uzak oluşu büyük bir eksiklik, doğrusu.

Aynı imkanlarla orada kurulmuş olsaydı paha biçilmez bir kıymeti haiz olurdu. Bu kadar imkanın bulunmasına rağmen bir sürü imkansızlıkları saymak da mümkün.

Mesela doktor, hastahane, bar, pavyon, sinema, tiyatro, daha bir sürü eksikliklerin mevcut olduğu bir dünya burası.

Bozca derin bir nefes çekti.

—Bu saydıklarını her an hissetmedik değil. Gel gör ki ana kız ve Kerem bu göçe engel teşkil ediyorlar. İstanbul'dan kaçmış bir eşiniz olursa, İstanbul'da çiftlik kurabilmek elbette zorlaşır... Bununla beraber, umutlarımız büzülmüş sayılmaz tabi. İkna ettiğimiz takdirde, İstanbul'da benzeri bir çiftliği kurmak mümkün.

Ana, Kerem'i ve Meryem'i pek yalnız bırakmış sayılmazdı... Arada sırada köydeki evlerine uğrayıp evden ayrılmamalarını tembih etti.

—Yarın kasabaya inelim dedi. Hem resmi nikâhınızı da kıydırıp eksik görürüz...

Kerem düşünceli ve durgundu:

—Bunlar kolay şeyler, diye mırıldandı. Ancak sen babamı ikna etmeye bak. Erdem, babamı kırmaz. Siz tanımazsınız onu o tam manası ile bir yılan gibidir... İhtiraslarının sonu gelmeyen gönlünün darıldığına acımayan esrarlı bir ruha sahip. Erdem bu felaketin tuzağına düşmemeli.

Ana umutsuzdu. Oğlunu tek kelime ile cevapladı:

—Zor.

* * *

Köyün sokak lambaları yandı. Çifteturna köyü elektriği bulunalı bir kat daha güzelliğe kavuşmuştu.

Artık eteklerine, sırtını yasladığı yüksek dağların tepesinden Çifteturna köyüne bakış, bir başka türlü manzara olup çıkmıştı....

Köyde kocamış günün aydınlığı çekilip, gecenin karanlık yüzlü çarşafı gökleri perdelemişti.

Kerem ablası Meryem'le birlikte Asiye anasının evine doğru istikamet tayin ederek yürümeye başlamışlardı. İki kardeş yolları köyün üzerine kabus gibi saran geceyi ve yoldaki direklerden sızan ışıkları seyrede seyrede Asiye ananın kapısının dibine kadar gelmişlerdi.

Kerem, heyecanlı bir gönülle elini zile götürüp bekledi...

Az sonra içeriden ince, kısık bir ses duyuldu:

—Kim o?

Anlaşılan bu Çiğdem'in sesiydi. Kerem ablasının yüzüne baktı. Meryem içeriye karşılık gönderdi:

—Biziz, yabancı yok. Kerem ve ben... Yarın nikah için gidilecek de bazı şeyler konuşmamız gerek.

Kapı usul usul açılıp geriye dayandı... Çiğdem mahcup bir çehre ile yerleri gözetleyerek dururken, abla, kardeş içeriye girdiler.

Kerem, ablasının arkasından yürürken, sesin sahibini arayıp, buldu.

İtinalı bir tesettürle kapadığı başını, hicab ederek önüne eğmişti.

Kerem, muhatabını daha fazla utandırmak istemeden, gözlerini üzerinden çekip yürüdü...

Asiye ana odanın kapısı önünde misafirlerini bekliyordu.

Meryem'in arkasından içeriye giren Kerem'i görünce heyecanlandı şaşırdı.

—Gelin hele. Misafirlere de bakın. İyi akıl edip de geldiniz.

Meryem hemen arkasından Kerem elini öptüler. Asiya ana, Kerem'in suratına hayran hayran baktı:

—Rabbım sizleri kem gözlerden korusun.

Abla kardeş pencerenin dibine yerleştirilmiş sedirin üzerine yan yana oturmuşlardı. Kerem hep açık kalan odanın kapısındaki aralığı gözetleyip durdu. Asiya ana böyle yürekten bekleyişin farkına varmaz mı hiç.

İçinden iplik iplik sökülen bir tebessümle dudakları gülümsedi...

Yüksek perdeli bir ses dışarılara uzandı:

—Çiğdeeem. Gel buraya. Nikahı kıyılmış olanların birlikte oturmalarında bir mahzur yok...

Başında desensiz açık gül renginde bir eşarbı vardı. Uzun açık, yeşil renkli gömlek yakalı, kendisinden düğmeli bulüzü güzelliğine renk katmıştı.

Lekesiz kumrala kaçan benzi tesettürün arasında uzun görülen yüzü vardı. Sürmeli gibi kıvrılan kaşlarının altında bir çift mühür gibi duran yeşil ela arası gözleri, kendisine bakan her insana Allah'ın en ince sanat yapılarından birisini sergiliyor gibiydi.

Fiziki güzelliğini anlama kavuşturan tesettür ve inanmış bir genç kız olarak yaşadığı asrın diriliş neslinden bir gonca hüvviyetine haizdi.

Utana sıkıla evin ortasına kadar gelip, durdu. Kaçamak bakışları göz altından Meryem'in oturduğu noktayı tayin edince, yürüdü...

Eline uzanıp öptü... Meryem, gönülden gelen bir hüsnü kabulle sarılıp kucakladı ve yanaklarından öptü.

Heyecanlı oldukça kısık bir fısıltı:

—Hoş geldin abla diye mırıldandı.

Nezaketli bir ses karşılık oldu.

—Hoş bulduk.

Meryem Çiğdem'in elini bırakmamıştı. Yüzüne hayran hayran bakıp seyretti. İçinde misafir edemeyeceğini anladığı bir gerçeği Kerem'e samimi bir lisanla fısıldadı:

—Allah sana böylesine güzel bir eşi lütfettiği için, durmadan, şükretmelisin.

Çiğdem biraz daha sıkıldı, kızardı. Ana mahcup gözlerinin içine kızararak bakıyordu. Genç kız anasının ne demek istediğini çoktan anlamıştı.

Haya dolu bir çehre tesettürün üzerindeki ağırlığını hisseden duygular ve İslâm'ın arzuladığı bir hüvviyete haiz, edepli bir eda ile yüzünü Kerem'e çevirip, uzaktan:

—Hoş geldiniz, diye mırıldandı.

Kerem'in gönlü sevinçten uçuşur gibiydi:

—Hoş bulduk Çiğdem. Şayet bizden sıkılıyorsan, başka odada oturabilirsin.

—Yok diye fısıldadı. Sıkılmadım.

* * *

Çiftliktekiler çay sohbetinde bulunmuşlardı. Herkes masanın etrafında çevrelenmiş, Erdem misafirlere ve baba, anaya elinde tepsi çay dağıtıyordu.

Reyhan çok iyi anlatığı Bozca'nın tam yanına oturmuştu. Yine İstanbul'un eteklerinde kurulmuş çiftlik hülyalarından bahsederken, Havva karanlık bir çehre ile Reyhan'ın ufkunda misafir oldu:

—Akşam üstü Emirgan bahçelerinde çay içmek denizi seyrederken başka bir anlam kazanır. İstanbul başka bir alemdir, babacığım. Bence bu ücra köşeler sizin gibi hayat fışkıran bir yürek için çileye rıza göstermektir.

—Sonunda dediğin gibi olacak sanırım. Yine de siz ufak ufak çiftlik kurmaya ugun bir arazi bakabilirsiniz. Yine orada da en mükemmelini kurarız.

Sevinçten Erdem'in gözlerinin içi parıldamıştı.

Ana, eşinin gözlerinin içine bakıp, mevzuu değiştirdi:

—Yarın kasabada Kerem'in resmi nikah merasimi var, isterseniz biraz da ondan konuşalım.

Bozca çehresini zor bir acının sancısını çeker gibi karıştırdı:

—Benim o tabakta kaşığım yok. Dileyen gidebilir.

—Babasının, en mutlu gününde yanıbaşında bulunmalısın.

—Bu benim isteklerim dışında yapılan bir evliliktir.

—Ben istedim. Kerem istedi.

—İyi ya sen git bir de oğlun gitsin...

Reyhan yeni aldığı haberdan rahatsızlanmış gibi kıvrandı:

—Biz mani olmayalım dedi. Bu gece Çifteturna köyünde son gecemiz.

Bozca itiraz dolu bir çehre ile bakarken, Erdem şaşırmıştı.

Bozca:

—Olmaz öyle şey diye Reyhan'ın fikirlerini reddetti. Bir kaç gün daha gezip tozmalısın.

—Hayır hayır, babam daha fazla bir yalnızlığa dayanamaz.

Erdem:

—O halde ben de gidiyorum diye fikir yürüttü.

Reyhan Erdem'e itirazlı konuştu:

—Sen kalmalısın. Gönlünce gez yürü, sıkılınca da kalkar gelirsin. Bizi kasabada otobüse bindirmen yeterli.

Gece boyunca uyuyamadı.. Rahatsız tükenen bir gecenin yeni yeni parlayan sabahında yatağından doğrulup kalktı. Hazırlandı, anasını uyardı. Sonra bütün aile birlikte kahvaltılarını yapınca ana nikâhı bahane ederek müsaade isteyip, onlara iyi yolculuklar diledi.

Ana ve kızı kasabaya geldikleri araba il Erdem götürecekti. Arabayı çalıştırıp beklerken, yeniden ısmarlaşma merasimi başlayıp bitti...

* * *

Kasabada İstanbul otobüsü henüz kalkmamıştı. Bagajı daha yeni yeni verilen otobüsün açıklarında ana kız ve Erdem üçlüsü durmuş, konuşuyorlardı.

Reyhan'ın arayış içinde çırpınan gözleri hükümet meydanında frenleyen taksinin üzerinde ısrarını sürdürdü... Yüreğindeki burukluk, içindeki ağlamak duygularını geliştirmişti. Kirpiklerinden engelleri aşarak yanaklarına doğru sıyrılıp, inen göz yaşlarına ne yazık ki, mani olmak elinde değildi.... Ana ve Erdem Reyhan'ın duygusal seyrine sürpriz gözü ile bakamazlardı...

Ana, herşeyi biliyordu sustu. Erdem:

—Reyhan diye sızlandı. Ne oldu böyle sana?

Arkası özlediği insana dönük olarak ağlayan bir sesle cevapladı:

—Yok bir şey.

* * *

Reyhan gitti. Erdem küskün olduğu kardeşinin nikahını beklemeden kasabaya gelenlerin, semtine bile uğramadan çiftliğe geri döndü...

Akşam daha gün kızıllaşıp batmadan evvel bütün ailenin fertleri evdelerdi...

Bozca, Kerem'in bulunduğu odaya girmedi. Erdem köye gelen şehirli arkadaşlarının davetinde bulunmak için evden ayrıldı.

Ana kız ve Kerem aynı odada düğün gününü konuşuyorlardı. Kerem yüreğinin başında burukluk heydah eden bir ezikliğin tesiri ile kederliydi.

Karşısında oturan anaya sitem dolu bir soru açtı:

—Babam nerelerde?

—Bitişik odada olmalı.

—Kendisi ile görüşmek istediğimi söyledin mi?

—Evet. Bana hiç birşey sormasın dedi. Nasıl başladıysa öyle bitirin.

—Ben gitsem yanına?

—Korkarım ki kırar seni.

—Dövse bile umurumda değil.

—Sen bilirsin üzülecek ilk adam sensin.

Kapıyı tereddütle açıp içeriye girdi.

—Bazı hususları görüşmek için geldim.

Kanepeye sere serpe uzanmıştı. Sigarasının dumanları ocak ocak, evin tavanına çekilirken, azgın bir çehre ile kapının aralığından dışarıya baktı. Olanca gücü ile bağırdı:

—İstemez. Seninle görüşecek hiç bir işim yok benim.

Kerem:

—Benim var dedi.

Ciğerlerine acı acı oturan bir havayı teneffüs ederken adımını eşikten içeriye attı...

Bozca hışıma uzandığı kanepenin üzerinde doğrulup oturdu. Tam manası ile öfke doluydu:

—Ne var ne istiyorsun?

Kerem kapıyı kapatıp kararlı adımlarla yürüdü:

—Konuşmak istediğimi söylemiştim.

—Defol git buradan.

Gür ve azamet dolu sesi bitişik odadan duyulacak kadar yüksekti..

Tam karşısında duran sandalyeyi altına çekip oturdu:

—Babamsın. Hiç bir yere de gitmem. Kaderde küsmek varsa barışmak da var... Daha başka ne biliyorsan onu da yap! Ben çocukluk yıllarımdan beri senin verdiğin acılara katlanmaya alışkınım artık.

Ancak yine de seni sonuna kadar kırmamak için, elimden gelen gayreti göstermeye çalıştım, çalışacağım.

Bozca, sinirlerinden yarım kalan sigarasını kül tablasında unutup yeniden bir sigara yaktı.

—Hâlâ ne konuşmak istersin benimle. Evi ikiye böldün. Ananın ablanın beyinlerini yıkadın.

Huzuru yitirdiğimiz şu yuvada senin imzan var. Meryem Erdem'le küs, anan bana tıpkı bir yabancı gibi.

İstediğin beni de onlar gibi yapabilmekse, boşuna uğraşma. Bunun için geldinse fikirlerini de alıp git buradan.

—Bir katı gurur yüzünden bütün bunlara değer mi sanki? Kızma bana bir nefes bile olsa dertlerimizi baba oğul gibi konuşmayı başaralım...

—Ne konuşacaksan çabuk konuş ve git buradan.

—Çiftliği sigorta ettirdiğiniz doğru mu? Otomobilleri kıymetli eşyaları ve binaları da sigorta ettirdiniz mi?

—Eveeeet. Diye bağırdı.

Tahammülsüz bir gönülle Kerem'i dinliyordu. Kerem pişkinliğini yitirmeden devam etti:

—İhtimal olan kazalar için dünya mallarına gelecek zararı düşünüp hepsini sigorta ettirdiniz demek.

—Eveeet.

—Değişmeyen bir son var karşınızda. Mutlaka burun buruna yaşadığınız ölümler er ya da geç karşı karşıya kalacaksınız.

Yaratana yaptıklarınızın hesabını vermek için bir yolculuk başlayacak.

Bozca hiddetle ayağa doğrulup parmağı ile kapıyı işaretlerken, oğluna ortalığı velveleye verircesine bağırdı:

—Çekilip git buradaaan.

Kerem kıpırdamadı bile.. Babasının kin dolu gözlerine mahcup bir çehre ile bakarken mırıldandı:

—Biraz da beni dinle ve tahammül göster. Dövseniz de hatta öldürseniz de sizinle konuşmamı sürdürmek niyetindeyim. Babamsınız, beni de dinleyeceksiniz.

Bozca yorgun bir gönülle kalktığı yere otururken, Kerem deşildi:

—Artık sahteden gerçeğe, geceden gündüze gidelim de. Yanılmışız oğlu de. De de kırk yıllık zararı bir nefeste kâra çevir.

Bozca çıldırmış hükmü verilecek kadar dönmüş gözlerini Kerem'in ufkunda dolaştırırken, sabrını tamamen taşırmıştı:

—Giiit. Diye bağırdı. Reddettim seni, evlatlıktan, reddettim git.!

Kırık bir gönlün yorgunluğu içinde, ayağa kalkarken:

—Babalar oğullarını reddedebilir ama oğullar babalarını asla diye mırıldandı. Ölünceye kadar babamsın. Üzülme, gidiyorum ancak bir isteğim var senden. Dünya metaını hep sigorta ettirmişsin, ahiret sigortanı da ihmal etme.

Köyde davulsuz zurnasız ve içkisiz bir düğün başladı. Upuzun yılların arkasından ecdadın örfüne ve geleneklerine uygun bir düğün.. Daha doğrusu, Kur'an'a Sünnete uygun, yeni neslin düşünce yapısına yabancılaşmış bir düğündü...

Çiftlik bugün karınca sürüsü gibi kaynaşmaya başlamıştı. Köyün insanı çoluk çocuk genç ihtiyar herkes Havva'nın düğününe okundu.

Tamamın içinde sadece Koca Mustafa'lar hariçti. Kerem'in düğünü kurulur da köyün Adem Hocası evde durur muydu hiç?

Bahçeye belki de on yerde sofralar kuruldu. Adem hoca mihmandarlık görevini üstlenmişti. Baba vekili olarak ortalarda döndü, döndü...

Herkes tıka basa yedi, içti... Bozca öldü de kapanıp kaldığı odadan çıkmadı. Erdem, günün erken saatlerinde arabasına atladığı gibi, nefesi kasabada almıştı.

Çiftlikteki hizmetliler çalıştı, Havva talimat verdi.

Babanın yokluğunu, ağabeyin ilgisizliğini kimselere sezdirmemek için didindi durdu.

Gelin odası köydeki evde hazırlanmış donatılmıştı.

Güneş insanın tepesine dikildiği vakit olmuştu.Adem Hoca gökyüzüne bakıp Kerem'e mırıldandı:

—Vakit oldukça yaklaştı. Sanırım herkes yemek işini de tamamladı.

İçlerinde Kerem'in de katıldığı kalabalığın yolu köyün camisinden yana büküldü. Çifte oluklu pınarın kornaları başında ceketini omuzuna koyan, gerilerde sıra bekleyenler, etraftaki taşların üzerinde oturanlar.

Az sonra minarenin tepesinden Adem Hoca'nın dokunaklı sesi yeryüzünü kucaklarına yayılmaya başladı:

—Allahü Ekber Allahü Ekber...

* * *

Bugün Doğu çiftliğinde ziyafet vardı. Koca Mustafa köyün akın akın ziyafete gittiğini duyup, çiftliğinde iri bir koç kesti.

Derme çatmalıktan kurtulmamış uydurma bir çiftlikti.

Yavuz'un hem meslekdaşı, hem de okul ve fikir arkadaşı, kasabanın yeni avukatlarından Yaşar'ı da davete çağırmışlardı.

Köylünün son senelerde şerlerinden Allah'a sığındıkları iki delikanlı daha vardı davetlerinde. Keleşlerin oğlu Fiyakalı Aziz ve Köpekçi İsmail.

Çiftliğin bahçesine ahşap bir masa kurulmuştu. Köyün dört delikanlısı ve Koca Mustafa döke saça yiyip içtiler.

Artık kafalarının çakır keyfi olduğu zamandı. Ezan sesleri duyulunca Fiyakalı Aziz elindeki kadehini masanın üzerine bir suçlu edasıyla bıraktı.

Fiyakalının hareketi Yavuz'un dikkatini çekmişti.

—Ne çabuk kesildin Aziz?

—Kesilmek değil ağabey ezan.

—Bize ne ulan bundan?

—Vazifemizi yapamıyoruz bari duyunca hürmet edelim dedim.

Yavuz, tahsil arkadaşı Yaşar'a bakıp alaylı alaylı gülümsedi.

Fiyakalı susmuştu.. İçinde buruk bir acı duya duya sustu. Kimbilir belki de bir aşağılık duygusuydu onu susturan.. Kocaman avukat ona içilir diyordu. Avukat olur da yüksek mekteplerde okur da bilmez miydi hiç? Uzun yıllar mektep okumuş mürekkep yalamış diplomalı avukattı o...

Artık hepsinin kafaları da duman dumandı.. Daha doğrusu düşünceleri hareket tarzları, sohbetleri bile değişmişti.

Yavuz arkadaşlarının üçüne birden bakıp mırıldandı:

—Köyde düğün var bugün düğün.

Köpekçi ağızını eğe eğe konuştu:

—Var yaaa. Elin oğlunda da eşek şansı varmış, birader.

—Desene gene dört ayağının üzerine düştü?

Yaşar Fiyakalı'yı tasdik eder mahiyette konuştu:

—Kasabada düğün hazırlığı görürlerken rastladım. Ben bildim bileli bizim köy öyle bir güzel yetiştirmedi.

Yavuz hayretle konuşanların suratına baktı:

—Yaaa! diye hayretini açığa vurdu. Demek o kadar güzel ha.

—Çoook.

—Desene benden korkup sakladılar. Dışarıla bile çıkmadı.

Yavuz hiç düşünemeden bir söz harcadı ve masadakilerin hepsi de itiraza lüzum görmeden uydular:

—Gidelim mi?

Sadece Yaşar duraklayıp:

—Nereye? diyebildi.

Yavuz:

—Köyün gelini kızı şimdi hep düğün evini birikmişlerdir.

Fiyakalı Yavuz'un aklını tamamen karıştırdı:

—Şimdi seninki de onların arasındadır?

—Kimmi benimki?

—Meryem.

Düşündü.. Alak bullak bir kafanın, durgun bir dimağın duvarlarını zorlaya zorlaya düşünmeye çalıştı.

—İyi ya diye mırıldandı. Ben başkasını görmeye çalışırken varsın o da beni görsün. Belki özlemiştir, ha?

* * *

Çiğdem'in gelin gideceği ev ile bulunduğu ev arasında inadına geniş bir düzlük, içleri ferahlatıcı bir meydanlık başlardı...

Dört arkadaş kız evinin önünden geçip, meydanı ikiye böler gibi uzanıp giden yolun kenarında dar bir daire çizerek mekan tutmuşlardı.

Şuursuz pırıltılar halinde kaynaşan, bulanan gözlerini İlahi sesleri yükselen evin penceresine perçinlemiş gibi ısrarlı bakıyorlardı.

Sağdan soldan önden arkadan gelip geçmek isteyen herkes, gördükleri manzaranın hışımından yollarını değiştirerek savuşup gittiler...

Meraklar körüklendi heyecanlar yüreklerin başında alevlendi.On üç ondört yaşlarında gözüken bir erkek çocuğu, ürkek bakışlarla meydandaki tabloya bakıp, yönünü çiftlikten yana çevirerek koştu:

Namazdan cemaat daha yeni çıkmışlardı. Kerem evlerine doğru giderken arkasından tıpkı acı çığlıklar gibi ortalığı saran ses yetişti:

—Kerem ağabeeeey...

Bu ses onu yolların ortasında durdurmuştu. Arkasına dönüp hayretler içinde sesin sahibine baktı. Yetişip karşısında soluk soluğa duran çocuğa dikkat kesildi: Saçlarını şefkatle okşarken:

—Yusuf diye mırıldandı. Söylesene nedir bu telaşen?

—Kerem ağabey... Yavuz, Yaşar, Fiyakalı, Köpekçi hepsi de kız evinin dibinde dinlemişler. Sanki yerlerine mıhlanmış gibi oradalar...

—Kız evinin önünde mi dedin?

—He ya. Kız evinin önünde dedim. Hepsi de zilzurna sarhoş.

Öfkesinden gözbebekleri iri iri oldu. Yönünü köyden yana çevirmişti, çiftliğe gitmekten vazgeçti.

Kimsesiz yollarda yıldırım gibi çakıp, rüzgar gibi savrula savrula koştu koştu.. Çok zaman geçmeden meydana yaklaşmıştı. Ağırlaştı, usul adımlarla nefesini genişlete genişlete, yürürken hırs dolu bakışları kız evininbeş on metre gerisinde bekleyenleri gördü...

Bedeni kaynar kaynar yanan bir ocak gibi hareket içinde kavrulurken endişe içinde çalkalanıp durdu...

Kız evine iyice yaklaşmıştı.. Niyeti hadiseye meydan vermeden gelin evine geçip, Meryem'le bazı şeyler konuşmak ve dönmekti.. Buna mecbur olmuştu bir kere. Geriye dönemezdi...

Hiç muhatap olmadan gözgöze yüz yüze bile gelmeden üç beş metre uzaklarından geçmeye çalışırken, Kerem'i gören gözler ilgisizlik korkaklık bilircesine arkasından çirkin sözler harcadılar.

Kerem'in geldiğini ilk gören Köpekçi olmuştu. Sol eli ile yanında duran Yavuz'un böğrüne dürttü.

—Hele kafanı çevir de gerilere bak.

Sadece Yavuz değil, dört çift göz Kerm'in üzerinde parıl parıl yanıp söndü.

Yavuz'un gönlünü kanatan eski bir yara, sancılar vererek deşilmişti.

Kin ve garaz gözbebeklerinde alev alevdi. İşte hadise böyle gelişti.

Kerem, birkaç metrelik mesafeyi yüzlerine bile bakmadan kapatmıştı.

İsyan dolu bakışlar, Kerem'in üzerinde şimşeklendi, kaynaştı.

Yavuz'un yanındaki arkadaşlarına güveni sonsuzdu.. İçkinin de verdiği şuursuz davranış öfkesini körüklemiş her hadiseyi göze alacak kadar onu yüreklendirmişti. Meydanı velveleye veren bir ses:

—Kereeeem, diye kükredi.

Kerem sadece hızlı atılan adımlarını oldukça yavaşlattı ve sağ gerisine dönerek, dikkat kesildi.. Yavuz susmadı. Kerem'e baktıkça kin kusuyordu:

İyice dön de yüzünü görelim hanım evladı.. Günlerdir avrat kadınlar gibi evlerde saklandın.

Kerem koyu bir düşünce içinde çalkalanıp durdu. Ayaklarının dibini seyreden gözleri hayret yuvaları kadar esrarlıydı.

Yüzündeki deriler amansız biçimde gerildi. Derin bir nefes alırken, dişlerini kıracakmış gibi presleştirip sıktı. Tavırları, hareketleri ve düşüncesi, hepsi de belaya bulaşmadan savuşturmaktı...

Zor bir muhasebenin arkasından, kendisine ilinenlere muhatab olmadan yürümek kararı almıştı.. Kısa bir iki adımı zor attı. Yavuz buna bile zor müsaade etmişti. Kurşundan daha acı bir öfkenin verdiği sancı beyninin üzerinde bombalar gibi patladı:

—Bana enişte dememek için tam iki yıl buralara gelemedin. Tabi önemi kalmadı. Sen demesen bile ben senin enişten oldum. İntikamımı aldıktan sonra ablanı da tıpkı bir paçavra gibi kaldırıp sokakların ortasına fırlatıverdim. Tıpkı bir paçavra gibi...

Damarlarına deli deli hücum eden kan, beynini delecek kadar şiddetliydi..

Suratı al al oldu, kızardı. Başının çatlayacakmış gibi zonklamaya başlayan ağrılarını, dindireckmiş gibi parmaklarını taraklaştırıp saçlarının arasında dolaştırdı.

Kız evini dolduran kalabalık, kanatları açılan pencerenin başına üşüşmüş, konuşulanları bile rahatça dinleyebiliyorlardı.

İçlerinde hiç birisinin alakası, Meryem kadar olamadı. Lanet ve nefreti kin ve garazı aynı kazanda kaynatan gözler, sokakların ortasında alev alev yandı.

Konuşulan herşeyi iğrene iğrene duymuştu. Çiğdem, gelinlik elbisesinin içinde titreye titreye sokakların ortasında sahnelenen azametli tabloya ürpererek baktı.

Pencereden sarkan kafalar, gerilerinden gözüken seyirci kızların topluluğu, Yavuz'u daha başka hakaretlere doğru zorluyor gibiydi.

Kararlı ve kin dolu gözlerle yönünü hakaret edenlerden yana çeviren Kerem sıkıntıdan buhar buhar terler döküyordu.. Yavuz'un son sözleri bardağı taşıran en son damlalar oluyordu:

—Çiğdem'i de ben alacağım. Seneler öncesinden yemin ettim buna ta seneler öncesinden...

Kanı damarlarında kurumuş gibiydi. Hiç konuşmadı.. Bakaşıları değişti, kaşları bir başka türlü çatıldı. Kararlı ancak usul usul adımlarla Yavuz'un suratındaki dev öfkeye baka baka yürüdü... İğrendiği, tiksindiği adama iyice yaklaşmıştı.

Köyün iki azılısı bile manzaraya şaşırıp kalmışlardı. Hepsi de kararsızlık içinde burunlarının dibine kadar sokulan Kerem'e dumanlı dumanlı baktılar.

Yaşar, korkak bakışlarla bulunduğu gurubun bir iki adım gerisine çekilirken, hadisenin içinde olmamayı tercih ettiği belliydi... Manzaranın heybeti tüylerini diken diken ayakta tutarken, rengi külleşti..

Kerem derin bir sükûtun bozulmazlığı içinde, alev alev yanarken, ellerini demirden pençeler gibi Yavuz'un yakalarına astı. Yavuz cılız hareketlerle Kerem'e karşı koymak çabasında çırpınırken, pençelerin azametinden sallandı, yalpaladı...

Kerem, iğrendiği adamı yakalarından kendisine doğru çekerken, düzeltti.

Hiç kimsenin beklemediği bir çabuklukla yumruklaştırdığı, sağ elini Yavuz'un suratının ortasına balyoz gibi indirdi.

Yavuz tozlu yolların ortasında şimdi gülünç bir manzara gibiydi.

Tıpkı dibinden kesilen ağaçlar gibi devrilince, pencereden bakan gözlerin sahipleri rahatladı sevindi...

Kerem, tekmelerle tokatlarla Yavuz'u beleye beleye, hallaç pamuğu gibi atarken, Fiyakalı, Köpekçi'nin suratına manidar baktı...

Gelirlerken, böyle bir hadisenin içinde bulunmayı düşünmemişlerdi bile.

Yardım mı etselerdi, yoksa ayırsalar mıydı.. Aslında bunun dışında, üçüncü bir yol kalmamıştı. Hadise az sonra onları da kabına aldı. Fiyakalı Köpekçi'ye:

—Vur. Emrini verdi...

Köyün iki belalısı birden Kerem'in üzerine yürümüşlerdi. Yumruklar, tekmeler havalarda uçuşurken, Kerem dengesinden mahrum insanları yerden yere vurdu.

Yaşar bir köşeye çekilmiş, korkunç bir hale gelen manzaranın seyrini bile tüyleri ürpererek seyredebiliyordu...

Etraftan hadiseyi görenler, bulaşmamak için kayıplara karışırcasına kaçıp, uzaklara savuşuyorlardı.

Aziz ve İsmail o köyün azılı simaları, köyün orta yerinde rezil olmuşlardı.

Hepsinin yüzlerinden de kanlar sızıyor, yere düşüp kalktıkça kan tozlarla karışıp çamurlaşıyordu.

Kerem, dev bir öfkenin kabarışı ile insaf ölçüsünü kaçırmışcasına üçünü birden hırpaladı ezdi.. Artık Yavuz'un takatı iyice tükenmişti.

Uzanıp kaldığı yerlerde kıvranırken, Kerem ötekilerden fırsat buldukça dönüp Yavuz'u tekmeliyor, hırpalıyordu.

Yine Köpekçi ile Fiyakalı'yı düşürmüştü. Dönüp bikarar Yavuz'u tekmelerinin altında inletirken, Köpekçi can havli ile uzandığı yerden doğrulup yolun kıyısında göstermelik eşyalar gibi duran irice bir taşı iki eli ile kavralayıp doğruldu. Sinsi sinsi Kerem'in arkasından yaklaşıp kollarını taşla beraberce havaya kaldırıp, Kerem'in iki omuzu arasına hizaladı.

Gelin evinin penceresinden göklere doğru acı bir çığlık yükseldi:

—Kereeem.

Ve Kerem ağır bir taşın omuzlarının üzerine indirdiği darbe ile, nefes almayı şaşırdı.. Önce belini ikiye bükerken, ayakta kazıklaşmış gibi durdu...

Bacakları gerildi. Tıkanan nefesini alabilmek için çırpındı. Ne yapsa nefes alamıyordu.. Kazıklaşan vücut yüzü koyun toprakların üzerine düştü...

Az sonra debelendi, kımıldadı.. Ve yerden inleye inleye doğrulup kalkan Yavuz aslanlaştı.. Şimdi yerde yatan debelenen çırpınan Kerem'e gücünün yettiğince tekmeler yumruklar savurdu...

Üçü birden Kerem'i aralarına almıştı.

Çiğdem gelinlik elbiselerinin içinde ağladı. Asiye ana şaşırıp kalmıştı. Sadece gözlerinden iplik iplik yaşlar süzülüp durdu.

Meryem pencerenin önünden hışımla geriye çekilip duvarda kayışında asılı duran tüfeğe kinle baktı.. Koşup baş ucunda durdu. Elini uzatıp hırsla kavradı ve kendisine doğru çekti.

Pencerenin önündekileri sol kolu ile gerilere açıp, kendisine yol buldu. İrileşen, şuurunu yitirmiş gözler, kafasında don don duran iki budak deliğinden daha farksız bir hale gelmişti.. Yolların ortasına ölü gibi terkedilmiş kardeşine işte böyle baktı.

Yavuz zafer kazanmış insanlar gibi tek başına yönünü güney doğuya çevirmiş gidiyordu..

Yaşar, tam aksi istikametine yön tayin etmişti.. İki arkadaş şimdi Yaşar'ın arkasına takılmışlardı..

Meryem tüfeği pencerenin alt kasasına yasayıp, sallana sallana yolları adımlayan Yavuz'a nişan aldı. Ve az sonra köyün içi korkunç çığlıklarla çalkalandı...

Yavuz'un çok iyi tanıdığı bir sesti bu. Lakin eskisinden fersah fersah farklı.. Canının ta derinliklerinden sökülüp çıkan heybetli azametli bir sesti bu.. Çifteturna köyünün semalarını kucaklayan azametli bir çığlık...

—Yavuuuuz...

Hani sesin heybeti dağlara çarpıp, tüyler ürperten yankıları ile gerilere dönüşü olurdu ya? İşte öyle...

Yavuz gökleri kuşatırcasına yükselen sese, istihza ile çevrilip baktı.. Ve apayrı bir ses adeta vahşet tablosu olan manzaranın sanki fon musikisini tamamladı...

Tüfek patladı. Ve hemen peşinden bir daha gümledi. İkinci kurşun hedefini çok iyi seçmişti...

Yavuz elini kalbinin üzerine bastırdı. Önce öne doğru büküldü, sonra arkaya doğru kaykıldı ve yolun kıyısına sırt üstü düşüp kaldı...

Onunla beraber gelenler, korkunun telaşesinde çırpınırken, güç atılan adımlarla daha uzaklara kaçmayı denediler..

Henüz Meryem'in işi bitmemişti. Elinden silahını bırakmadan yel gibi kalabalığın arasından gerilere doğru çekilip, dışarıya yol veren kapıyı aradı.

Canının derinliklerinden sökülüp gelen acı, kardeş acısı ile birleşince gözleri hiç birşeyi görmez olmuştu.

Sokağa kavuşup, elinde silah, sallana sallana yolun ortasında uzanmış yatan kardeşine doğru fırtınalar gibi koştu...

Yavuz'a bakmak bile istemeden, kardeşinin uzandığı yerde diz çöküp, sırt üstü çevirdi...

Tüfeği hemen yanıbaşında bırakmıştı. Eli ile Kerem'in yüzlerini sıvazlarken, ıslak gözleri ile bakıp mırıldandı:

—Kereeem.. Kerem. Açsana gözlerini.

Başucunda derinden derine işleyen bir ses, Kerem'in kulak zarlarını uğultulu uğultulu aştı.

Kesik kesik nefes alıyordu. Sonunda ciğerlerine yiv yiv işleyen bir nefesin tesiri ile genişler gibi oldu.

Gözlerini zorla aralayabilmişti. Üzerine eğilmiş gibi duran Meryem'i duman duman görüyordu... Sonra perdeler yavaş yavaş aralandı.

—Abla diye fısıldadı. Daha sonra yardım etsene kalkayım diye ekledi...

Meryem telaşeli bir hareketle eğildi. Kolunu Kerem'in boynunun altından sokup zorladı. Gücünün yettiği kadar destek olmuştu.

Sırtından gelen amansız ağrılar yamandı. İniltili bir hareketle önce diz üstü ve hemen arkasından bacaklarını gere gere kazık gibi bir duruşla dikilmeyi başardı.

Ablasının desteğinde dururken, gözlerini ilerilere dikmişti. Bir müddet öyle de kaldı.

—Ne yaptın abla?

Dudaklarından kin dolu bir ses çıktı:

—Geberttim onu.

—Ablaaa?

Meryem Kerem'i harekete geçirebilmek için çekerken, eğilip yerden tüfeğini aldı...

—Yürü evimize kavuşmamız lazım.

Tüfeği kayışından boynuna astı, sağ elini kardeşinin boynuna dolayıp yürümeye başladılar..

Köy katran kazanı gibi kaynaşmaya çoktan başlamıştı bile.

Kerem, kırık adımlarla ablasına yaslana, dayana yürürken sızılı bir sesle mırıldandı:

—Sende evin anahtarı var mı?

Meryem:

—Var, dedi. Sen biraz gayret et. Az sonra buralar ana, baba günü gibi olur.. Eve yetişemezsek mahvolduk demektir...

Baskı altında tutulan ve korkulu yaşayan cemiyyetlerde en cesur çocuklardır.. Silah sesini duyan kavgayı gören çocuklar bir nefeste hadise yerini çember içine almışlardı bile.

Kerem, Meryem'den destek ala ala olay yerinden yakın mesafede bulunan evlerine doğru yürümeye çalışırken, çocuklar Yavuz'un başucunda daireler çizmişlerdi...

Koca Mustafa'ya ve çiftliğine haber çoktan ulaşmıştı.

* * *

Haber her iki çiftliği de paniğe düşürecek kadar şiddetli olmuştu.

Kerem'e haber ulaştıran aynı çocuk son gelişmeleri de aldığı gibi, köşk evinin tam karşısında dikilip, pencerenin önünden gördüğü Bozca'ya bağırdı:

—Meryem abla köyün orta yerinde Yavuz'u vurdu...

O yüreği taştan daha katı örüntülü adam, haberin tesirinden sarsılmıştı.. Ana bulunduğu odanın içinde aldığı haberle hareketsiz kaldı... Aktarılır gibi oldu. Bacakları titredi.

—Mehmeeed diye feryadı bastı.

Bozca gözünün karanlığından artık hiç bir sesi duymuyor gibiydi. Belindeki berabellüm tabancayı yokladı, sonra duvarda asılı duran kırmayı aldığı gibi çoktan nefesi kırmızı boyalı taksinin dibinde almıştı...

Kırmayı arabanın arka kanepesine atıp, yel gibi bir hızla direksiyona geçti...

Havva, hadisenin kendisini aşırı derecede hırpalayan ana, taksinin yanına koşup camı kırarcasına vurdu.

—Aç kapıyı diye feryadı bastı..

Arabayı çabucak çalıştırıp, ön kapıyı açtı.

Manzara zaman geçtikçe değişikliğe uğramıştı. Bozca, köydeki evlerinin önünde arabanın frenine bastı...

Kerem kanadı açık pencerenin önünde perişan bir kılıkla oturmuştu. Babasının ve anasının içeriye savuştuğunu gördü.. Gözü hep dışarılarda, karşılarına düşen gelin evinin kenarlarında uçuşup duruyordu.

Tüfeğin kabzasını yere dayamış sağ elini namlunun üzerine bastırmıştı..Gözleri figanları göklere çekilen Koca Mustafa'yı ve karısını, oğlunu seyrediyordu...

Etrafta çoğalan yakınlarının yardımları ile kanlar içinde çiftlikten gelip, duran jipin içine taşındı.

Kerem yanıbaşında pörsümüş büzülmüş korkuyu yeni yeni idrak eden Meryem'e dönüp yitirilmiş bir öfke ile mırıldandı:

—Ölmemiş.

Yavuz'un az öncesi ulu orta haykırdığı çirkin sözler, Meyrem'i hâlâ tesiri altında tutuyor gibiydi. Beyninde yıldırımlar çakan laflar hâlâ kulaklarında yankılanıp durdu:

—Paçavra gibi attım. Paçavra gibi.. Attım, attım, attım...

—Gebersin diye lanetleyici bir kelimeyi dudaklarının arasından süzüp çıkardı.

—Gebersiiin...

Bozca evin dış kapısını cebindeki anahtarla açmıştı. Havva da içeriye girdikten sonra yeniden kilitledi.

Kerem gözlerini meydandan çekmeden takibini sürdürürken baba ve ana oturmakta oldukları odaya girdiler..

İlk ses anadandı:

—Meryeeem...

Bu ses, figan halindeydi. Meryem'in göz pınarlarında kuruyan yaşlar daha yeni yeni sökün ediyordu.. Birden garip çocuklar gibi duygulandı, gözleri ıslak ıslaktı... Derinleşen hıçkırıklarla ayağa doğrulup kollarını:

—Anaaa, diye açtı.. Ana ben katil oldum...

Bozca evin ortasında hayalet gibi dikiliyordu.. Benzi solmuş yüzlerinin kanı korkudan iyice çekilmişti.. Elini kızının omuzuna bırakıp, heyecanın şiddetinden sarsılan Meryem'e cesaret verdi:

—Korkma dedi ben sağ kaldıkça kimseler senin kılına bile dokunamaz.

Bozca suskun bir seyirin arkasından ananın kollarının arasından sıyrılan Meryem'e biraz daha sokulup teskine çabalarken, Kerem, meydanlıktan hareket eden jibin arkasından yükselen çığlıkların azametinden irkilerek baktı.

Arkasında duran ananın sesi:

—Kerem diye sızlanırken. Öte yandan yüzünün derinliklerinde ısrar eden bakışlarla, suratındaki yaraları inceledi...

—Kerem, oğul nedir bu başımıza gelenler?

—Kader dedi. Biz böyle olsun istemedik ki.

Köyün içi bir anda ana baba gününe döndü.. Yollar dolusu insan sokaklar dolusu laf etmeye başladı..

Ana Kerem'e titrek bir nefesle sordu:

—Ne yapmayı düşündün?

—Siz benim düşüncelerimi bırakın. Az sonra kapımıza jandarmalar dikilip, bizden Meryem'i isterler. Buradan alıp kaçırın onu... Hiç kimsenin duyup bilemeyeceği yerlere kaçırın.

Ana, hayretini gizliyemiyordu:

—Ya sen?

Parmağı ile gelin evini işaret etti:

—Onların da müdafaaya ihtayacı var.

Ana itiraz doluydu:

—Ölsem bile seni burada yalnız bırakmam. Tek çözüm yolu var. Şu anda gelinimizi de alıp hep birlikte çiftliğe gidiyoruz.

Bozca Havva'nın suratına kızgın kızgın baktı.Ana erkeğine bağırdı:

—Bugün küskünlüğün günü mü? Gelin çiftliğe götürülecek dedim.

Sesinin hızı iyice kesilmiş kısılmıştı:

—Burası güven verici değil...

Evin etrafında, çiftlikte görevli bütün işçiler cem olmuşlardı. Her halukarda vuku bulabileck hadiselere karşı hepsi de tetikte bekliyorlardı. Havva açık pencerenin çerçeve boşluğundan, kafasını dışarıya sarkıtıp içlerinden görüp seçtiği bir kadına seslendi:

—Güllü halaa.

Yaşlı başlı kadın gözlerini pencereye dikip Havva'ya dikkatle baktı:

—Sessizce varıp kız evine gir. Asiye'ye söyle gelini çıkışa hazır etsin. Çiftliğe gidiyoruz...

Haber kız evine varıp ulaşmıştı. Asiye haberciye:

—Olur dedi, kız onların oldu gayri. Diledikleri yere götürsünler...

Havva Bozca'dan arabanın anahtarını alıp dışarıya çıktı..

Kerem pencereden eli tetikte hep anasını kolladı.. Araba hareket etti ve peşinden çiftlik mensubu bir sürü kadın erkek ikiye bölünerek, gelin evine doğru yürüdüler...

Koyu bir kalabalık kız evinin önünde durdu. Havva arabadan inip, gelinin bulunduğu odaya doğru koştu... Az sonra bütün gözler, kaynananın koluna girmiş getirilen gelinin üzerinde ısrar etti.

Gelin geliyordu. Keder dolu kızların, gelinlerin arasından, mahcup, soluk yüzlü, beyaz tüller örtmüş, uzun beyaz elbisesini yukarıya çeke çeke kalabalığın arasından gelip arka kapısı açılan, arabanın yine arka kanepesine oturdu.. Havva kalabalığa bakıp:

—Tamam dedi, yanında kimseyi istemem.

Koca Mustafa'lardan köyde direnişe dayanacak kimseler kalmamıştı. Uzak akrabaları çatışmayı göze alamadı... Çiftlikte bir sürü adam vardı. Aziz, İsmail sırra kadem olmuş kayıplara karışmışlardı.

Havva kalabalığın arasından arabayı sürerken karşıdan Kerem'e el etti.

Anlaşılan: "Gel" diyordu...

Meryem Kerem'in önünden ürkek ceylanlar gibi yürüdü... Bozca küskün bir çehre ile arkalarından çıkıp kapıyı kilitledi...

Bozca öne, Meryem Kerem ve Çiğdem, arka kanepeye oturmuşlardı.

Havva yolların tozlarını göklere savura savura kalabalığın arasından arabayı sürdü...

Araba çiftliğin cümle kapısından içeriye girince, işçiler, akın akın arabanın başına üşüştüler. Çiğdem, yenemediği yüksek potansiyelli heyecanın çalkantısı ile titreye titreye arabadan indi.. Yoğun düşüncelerin et yığını haline getirdiği beyni onu seneler öncesine alıp götürmüş gibiydi. Daha doğrusu bütün korku ve dehşet birikimi olan günün şu noktasında bile kafasında mazi bütün varlığı ile canlandı. Hayal meyal hatırlamaya çalıştığı çocukluk yılları, hatıraları sine sine büyüdüğü çiftliği, doludizgin gönlünün akışını istikametine uyarak gezip yürüyüşünden kovuluşlarına kadar hayal etti..

Bir sürü hadiselerle ayrıldığı çiftliğe, yine bir sürü hadiselerle giriyordu.

Havva önden, Çiğdem ve Meryem arkasından, Kerem hemen peşlerinden etrafı muzdarip gönüllerle seyrede seyrede yürüdüler.

Bozca, indiği arabaya sırtını yaslamış, sigarasını efkar efkar tüttürdü... Gözü Cello'ya takılıp kalmıştı... Israrlı bir bakışın ardından seslendi:

—Cello.

Cello sadık bir uşaktan farksızdı... Koşarak geldi. Ellerini önüne bağladı. Ezile büzüle karşısında durdu:

—Buyur ağa.

Manidar bir bakışın arkasından mırıldanır gibi konuştu:

—Çiftliğin etrafına gözcüler bırak. Sabaha kadar bitmeyen bir nöbet başlamalı.

—Emredersin ağam.

* * *

Çiğdem, Kerem'in her zaman kaldığı odasına alınmıştı. Ana içeri girer girmez yer gösterip:

—Otur, dedi.

Sıkıldı utandı. Oturmamıştı. Havva ısrarlı arzusunu yeniledi.

—Otursana kızım. Yorgun düştün. Böyle zamanlar saygı anlayışının sınırları değişir...

Oturdu.. Gözlerini perdeleyen gelinlik tülünün altından sönük pırıltılar yansıtan gözler, ürkek ceylanın bakışlarını andırıyordu. Kerem Meryem aynı odadalardı.

Ana, o dertlerin en müşkülüne düçar kalan kadının gözleri, keder doluydu. Oğlunun ıstırap çizgileri ile dolan yüzüne bakıp, bıktırıcı sükûtu ağlamaklı bir sesle bozdu:

—Kerem benim talihsiz oğlum. Böyle mi olacaktı ha?

Kerem muzdarip bir gönülle mırıldandı:

—Biz başından beri, sabrın peşinden gelebilecek huzuru araya araya bekledik, ana kader böyle istedi...

—Ne olacak dersin şimdi?

—Önce Meryem'i kaçırın buradan.

—Ya sonra?

Kerem'in dedikleri kısa bir zamanda olmuştu. Meryem tebdili kıyafetle Güllü halanın yanına katıldı. Güllü ana söz vermişti:

—Önce Allah'a sonra bana dedi.

* * *

Çiftlikteki sükût ve endişe sürdü... Aslında herkes zor bir gün yaşıyorlardı. Havva oğlunu gelinini başbaşa bırakıp, bitişikteki odaya geçti.

Ana her işi gizli tutmuştu. Ne erkeğine ne de köyden havadislerle dönen oğluna Meryem'den haber vermedi. Soranlara tek kelime ile cevap verdi:

—Gitmiş...

Erdem, hırçın duyguların fışkırdığı insan, ateş püskürüyordu. Havuzun kenarında sigara tüttüren babasına paniğe kapılmış bir gönülle bağırdı:

—Yavuz'u ameliyat için vilayete götürmüşler. Artık çiftlikte zorlu günler başlayacak demektir.

Ana oturduğu pencerenin önünden heyecan yüklü olan oğlunu dinledikçe tedirgin olmuştu. Yerinden kalkıp koşar adımlarla nefesi havuzun dibinde aldı. Telaşeli oğlunun suratına bakarken, Bozca bozuk bir moralin çile kabında pişer gibi konuştu:

—Söylediklerinin hepsi de doğru. Artık buralarda huzurlu günler yaşamak bize haram oldu demektir. Köpekçi, Fiyakalı, Koca Mustafa doğrusu, çok çetin düşmanlar kazandık.

Bakışları heyecanla parlarken, rengi inadına uçuk olan Havva'ya dönüp:

—Gidelim buralardan diye mırıldandı. Gidelim. Kırk yılda bir gün olsun beni dinle. İstanbul'un dilediğin yerinde çiftlik kurarız.

Erdem'in sevinçten gözleri parladı:

—En iyi fikir işte bu diye lafa karıştı. Reyhan'dan telgraf aldım. Anadolu yakasında çiftliğe uygun bir arazi olduğunu bildiriyor. Tam zamanı işte. Hiç değilse insan gibi bir arada yaşarız.

Ana, mülayim, ürkek bakışarı ıslana ıslana oğlunu kocasını seyretti..

—Erdem diye hayıflandı. Egoist ruhlu oğlum benim. Kasap et derdinde koyun can derdinde öyle mi? Sırası mı şimdi bunların..?

—O zaman milyonlarının bana düşen kadarını şimdiden ver kavga bitsin.

—Daha anan baban ölmediler. Bizler önünüzden çekilince dilediğiniz gibi bölüşebilirsiniz.

Çiftliğin açık kapısından içeriye giren askeri jip, konuşmalarını yarıda kesmişti..

Bir başçavuş iki jandarma eri aşağıya inip:

—Meryem Sırdaş için geldik. Hakkında şikayet var.

Bozca:

—Babasıyım dedi. Bulursanız bize de haber verin. Hadisenin hemen peşinden kaçıp gitmiş. Aramadığımız yer kalmamasına rağmen bulamadık.

Başçavuş Bozca'ya öfkeli davranırken, Kerem evip penceresinden dışarıyı efkarlı efkarlı seyretti. Heyecan üst ayakta duran Çiğdem'in soluk benzinde birşeyler arar gibi ısrarlı ısrarla baktıktan sonra mırıldandı:

—Gitmeliyim.

Mahcup bir ses duygulu bir fısıltı ile meramını sordu:

—Nereye?

—Kasabaya kadar.

Çiğdem derin bir sükûta yeniden gömülüp, boynunu bir yana büktü.

—Meryem'i yakalamaya geldiler. Kimbilir belki de beni.

Bahçede başçavuşun ve aileden olanların kederli gönüllerde bekledikleri yere geldiği zaman, Bozca resmi bir kâğıda imza atıyordu.

Başçavuş imzalanan kâğıdı geriye alırken, söylendi:

—Bizden günah gitti. Sakladığın ortaya çıkarsa, suçlu düşersin.

Ana, susmuş yaslı bir manzara gibi hareketsiz bekliyordu... Kerem'in geldiğini görünce kıpırdayıp kolundan tuttu:

—Nereye?

—Kasabaya.

* * *

Ana Kerem'i hep dışarıda, havuz'un başında bekliyordu. Gün kavuşmak üzereydi.. Arabanın tozu dumana kata kata çiftliğe girdiğini görünce az da olsa rahatlamıştı.

Ana oğlunun önüne gerilip sordu. Meraklarını giderdikten sonra, telaşesi büyümüştü.. Babasının ağabeyisinin, tavır aldığı oğlunun tek hamisi halinde kalmıştı...

* * *

Gece Adem Hoca'nın nikah tazelemesi ile başladı. Yeni evlileri hadiseler yüklü günün arkasından uyku tutmamıştı.

Uzun uzun bir sohbet başladı.. Karanlıkların gökkubbeyi kuşatışından, şafak sökünceye kadar uzayıp giden bir sohbet.. Daha sonra birlikte kalkıp ezanla birlikte Huzuru İlahiyeye durabilmenin hazırlıklarını yaptılar...

Ve gün doğmuştu. Yeni yeni havadislerin yayıldığı fiskosların yoğunluk kazandığı bir gün...

Aziz, Kerem'in başvurusu üzerine tutuklanmış Fiyakalı da yakayı ele vermişti. Aramaların sonuç vermediği tek hadise, Meryem'in bulunamayışı halinde yankılarını sürdürdü...

Yavuz'un kalbine dört santim mesafede işleyen kurşun çıkartılmıştı. Haberler akşama kadar köyde böyle gelişti.

* * *

Hadiseden bu yana tam yirmi gün su gibi akıp geçti. Asiye ana Çifteturna köyüne çift gelip tek olarak döndü. Erdem Reyhan'dan gelen ikinci telgrafa cevap vermeden babasına sordu:

—Baba, Reyhan'dan telgraf var. Bulduğu araziyi almazsak başka müşteri varmış? Evin reisi sensin, dayansana biraz. Dayan ki kurtulalım şu sıkıntılı dünyadan.

Bozca oğlunun gözbebeklerine derinlemesine baktı. Ta can evine nüfuz edercesine keskin ve kararlı:

—Cevabın vazgeçtik olsun.

Erdem şaşırmıştı. Beklemediği bir haberin karşısında umutlarının iyiden iyiye kırılışı, sükûtu hayalin katmerlisi, ufkunda kara bulutlar gibi çöküp kalmıştı:

—Baba yoksa sende mi onlara kandın?

—Kandım ya. Meryem'in başındaki bela iyi kötü hallolmadıkça, Meryem yolculuğumuza evet demedikçe, bunu unut oğul. Unut gitsin. Beni de misafir adamlar gibi gönlü ayakta etmekten, vazgeç...

—İyice düşündün mü?

—Düşündüm.

—Burada kalırsak, senin ya da annemin belki de benim ellerimin kana bulanabileceğini de hesaba kattın mı bari? Önümüzde böyle Allah'ın belası günler kâbus gibi bekledikçe, buralarda durulur mu dersin?

Baygın ve bir o kadar da keskin bakışlarını Erdem'e çevirip yüreğine korku salarcasına bakarken, donuk bir suratla mırıldandı:

—Her ne pahasına olursa olsun, sana gitmiyoruz dedim. Babanı her dakka değişebilen bir adam olarak tanıdıysan, yanlış.

* * *

Yavuz, hastahaneden taburcu edilmişti.. Bugün mahkeme vardı.

Koca Mustafa oğlu Kenan'ı aldığı gibi kasabaya indi..

Köyün belalıları Fiyakalı ve Köpekçi, onların etrafı, Koca Mustafa her kafada başka hesaplar vardı bugün.

Suçluları Yaşar savunacaktı. Hadiseyi bütün çıplaklığı ile görüp yaşamış, hatta olayların fiilen içinde olan bir insan, bir avukat olarak.

Kerem, bütün bunlara rağmen arkasız ve tekti.. Garip bir yalnızlığın verdiği durgunlukla mahkeme huzuruna geldi. Babasız kardeşsiz, aileden tek bırakılmış bir insan olarak. Sadece çiftlikten iki görgü şahidini de arabasına alıp gelmişlerdi.

Daha mahkemeye alınmadan önce, salonda Koca Mustafa ve etrafındaki avane, Kerem'e öldürücü gözlerle bakıyor, dudaklarını kıpırdatarak, onu iç gıcıklayıcı hareketlerle taşırmaya cıngar çıkartmaya çalışıyorlardı.

Kerem hiç birisine aldırış bile etmeden, beraberinde getirdiği şahitleri de alıp başka bir köşeye çekildi.

Mahkeme başladı. Meryem'in gıyabında, Yavuz ve İsmail'i sanık sandalyesine oturtan bir mahkeme.

Yaşar meslektaşı ve en yakın arkadaşını savunacaktı.

Savcı iddianamesini okurken, Yavuz hoşuna gitmiyen savunmalarından dolayı, yüzünü ekşitiyordu... Oldukça zayıflamış, halsiz düşmüştü.

Fersiz gözleri, zaman zaman Kerem'le buluşup, hışımla parladı, parladı söndü..

Hakim'in gür sesi salondakilerin dikkatini aynı noktaya topluyordu:

—Kerem Sırdaş.

Nezaketli bir davranışla doğrulup hakime hitab etti:

—Kerem Sırdaş benim efendim.

Hakim alıcı gözlerle bakıp Kerem'i tepeden tırnağa inceledi:

—Olayı bir de senin ağzından dinlemek istiyoruz...

—Anlatayım efendim.

Yutkundu derin bir nefes alıp kendisini çeki düzen verdikten sonra konuştu:

—Düğünüm vardı diye başladı. Aynı günün akşamı gerdeğe girecektim. Köyün camisinde öğle namazını kılıp, çiftlikteki evimize doğru yürüdüm.

Arkamdan acı acı yükselen çığlığın sesi bana yetişti. Gelin evinin önünde, sanık sandalyesinde oturanların, beklediklerini ve çirkin işler planlamak üzere olduklarını söyledi. Koşup nefes nefese hadisenin tezgahlamak istenilen yerine geldim. Çocuğun anlattıkları yalan değildi.. Gelin evine çok yakın bir yerde toplu halde dururlarken, yüzlerine bile bakmadan kız evinden yana sessiz sedasız yürüyüp uzaklaşmaya çalıştım.. Peşimden adice laflar atmaya başlamışlardı. Buna rağmen sabrıma baş vurmayı uygun bulup dişlerimi sıktım. Bu defa daha da çileden çıkartabilecek cinsten laflar edildi.

Ablandan intikam aldım diyordu. Sonunda işe yaramayan bir parçavra gibi sokaklara iade ettim. Eli yüreğinde, gelin evinin penceresinden bakan ablam, bu lafları ne yazık ki duyuyordu. İzzeti nefsi olan her insan gibi o da duyduğu sözlerden derin yaralar almıştı.

Yavuz, bununla bile rahatlayamamıştı. "Bu düğün bana olacak" diye avazının çıktığı kadar köyü velveleye veren sesiyle haykırdı.. Şimdi de Çiğdem'i senden alıp onu da ablanın durumuna düşüreceğim, diye çirkin sözlerine devam etti...

Sizde kabul edersiniz ki her insanın sabrının tükendiği taşabileceği zamanlar vardır.. Ben de taştım. Yürüyüp yakalarından tuttum sarstım.

Kavga bütün şiddeti ile başlamıştı. Yavuz'un yanında bulunan sarhoş kısır bir aklın, yorgun dimağına sahip arkadaşları da hadiseye karıştılar.

Şu anda suçladığım insanların savunmasını üzerine alan, duruşmanın son gününde avukatıma beni savunmasını bıraktırmayı başaran, avukat da hadisenin içinde bir şahıstı.

Ancak kavganın ortasına yakın mücadeleyi bırakıp, dışarıda kalmayı uygun bulmuştu.. Sonunda başıma vurulan bir taş darbesi ile artık hiç birşeyi hatırlayamaz hale geldiğimi, sonradan gözlerimi dünyaya açınca öğrendim.. Ve daha fenası ablam baş ucumda ve silah elindeydi. Bir nefsi müdafanın peşinden şimdi mahkeme edilmekteyiz.

Hakim:

—Yavuz Eken diye sesini yükseltti.

Yavuz o bedeni kendisini ağır darbeden şiddetli bir çöküntüye terkettiği genç muzdarıp bir kıpırdanışla yerinden doğrulup, sönük bir çehre ile hakime baktı.. Hakim hazır vaziyette bekleyen Yavuz'a seslendi:

—Kerem Sırdaş'ın anlattıklarını dinledin. Bunlara bir itirazın var mı?

Yavuz'un enesi kabardı öfkesi galeyana gelmişti:

—Tıpkı anlattığı gibi ilk saldıran kendisidir. Elbette kendi köyümüzde dilediğimiz yerlerde gezebilme hürriyetine bizler de sahibiz...

Hakim Yavuz'un sözünü kesip sordu:

—Tahrik edici sözler söylediğini iddia etti, bunları kabul ediyor musunuz?

Yavuz, Hakimi bile hayrete düşürebilecek şekilde bir cevap vermişti:

—Evet efendim, ediyorum.

Yaşar Yavuz'un suratına alevlenmiş bir öfke ile baktı... Hakim soruların başlangıç noktasından alıp, genişletmeye doğru yürüyordu:

—Doğru yoluna giden bir insana neden ilinip tahrik ettiğiniz de anlatır mısınız?

—Sarhoştum hakim bey.Arkadaşlarımla çiftlikte kafaları çekip, şöyle bir dolaşmaya çıkmıştık.

—Yani sarhoş olduğunu kendi ağzınla da itiraf ediyorsun.

—Evet sarhoştum.

—Pekala Yavuz sen içtiğin zaman, sorumsuz olabileceğini idrak ettiğin halde, iradenin dışında, hareket edebileceğini bile bile neden içip, yaptığını hatırlayamayacak kadar sorumsuz hale geliyorsun?

—Satıyorlar Hakim Bey. Ben de görünce dayanamayıp alıyorum. Bu durumda içkinin tesiri ile düştüğüm bu hatalardan dolayı bana bir suç isnad edilecekse, suçu ikiye bölmek en adaletli, bir davranış olmalı...

Çünkü beni suça teşvik eden içkiyi, beni idare edenler yapıp serbest olarak da satıyor. İşte o zaman suçun yarısı, sattıranların yarısı, beni bu hale getiren içkinin, geriye suç kalır derseniz o de benim.

Mahkeme ileri tarihlerden bir gün verilerek geriye atılmıştı.

KATİL

Çiftliğe uzanan toprak yolları, sıcakbir temmuz gününün parlak duru gök yüzünden dünyaya süzülen güneş ışınlarının, altın rengine boyadığı toz bulutları kaplamıştı.

Kerem, arabasını havuzun hemen kenarına park edip inmişti. Şahit olarak götürdüklerine teşekkür edip, aceleci adımlarla evlerinin merdivenlerinden tırmanmaya başladı. Daha sokak kapısını açar açmaz hayretler içinde kalmıştı. Aniden durup olduğu yerde hayalet gibi beklerken hayretini dudaklarının arasından taşırdı:

—Ablaa...

Gözbebeklerini parlak, kamaştırıcı olduğu kadar tesirli pırıltılar istila etmişti. Durgun haline son verip, hasret dolu bir gönülle ablasına sarıldı...

—Ne zaman geldin?

—Tam sabahtan.

—Demek ben kasabaya gittim, sen geldin.

—Annem öyle söylemişti.

Kollarını birbirlerinden çözüp, iki kardeş birbirlerinin yüzüne koyu bir hasret titreşimi içinde bakmaya başladılar. Kerem, meraklı meraklı sorularını tazeledi:

—Kimseler görmedi ya?

—Hiç sanmam.

—Rahatlamış gibisin?

—Oldukça.

—Sahi mahkeme nasıl geçti?

—İyi. Sanırım çok az bir gün giyerek atlatacak gibisin. Onu da tecil ederlerse..?

Neşesi belli olacak derecede, kaçmış gibiydi. Derin bir nefesle ciğerlerini şişirircesine içi geçirdi. Yüzü muzdarip, gözleri nefret pırıltıları ile dolu, sesi duygulu ve titrekti.

—Şimdi ne yapmamı düşünüyordun?

—Teslim olmanı. Kaçmak inan hiç bir yarar sağlamayacak. Ne olacaksa vaktinde olup bitsin.. Rahatsız bir gönülle günleri geçirmek bence cezaların en acımasızı olur.

—Sen haklısın galiba. Kaçmaktan usandım artık. Sadece zoruma giden ne var biliyor musun? Adice huzurumuzu bozup, bizi bu suça mecbur durumda bırakanlar serbest gezip dolaşırlarken suça zorla sürüklenmiş olarak hapiste yatmak..

—Unutma abla, beşer hiç bir zaman hatasız olamaz. Mevcut kanunları yapanlar da onun çizgisi istikametinde yargılayanlar da, insanlar değiller mi?

—Onlar...

—O zaman hatasız olmalarını beklemek doğru sayılmaz.

Aklına yeni gelmiş bir şeyi Kerem'e aktarmak için baygın pırıltılarla kardeşini süzdü. Umutsuzluk ve ıstırap yüklü tavrıyla romantik bir çehresi vardı:

—Kerem diye mırıldandı?

Kerem ablasının içinde bulunduğu sıkıntıya üzülmüştü.

—Efendim.

—Senden bir arzum var. Daha doğrusu yapılması lazım gelen bir istek bu?

—Seni dinliyorum.

—Babam hatta annem bile çiftliği satıp gitmeyi uygun bulsalar, hapisten çıkıncaya kadar beni kasabada bile olsa bekler misin? Sen, ben ve Çiğdem...

—Beklerim.

—Hatta ucunda tahsilini terketip, okuduğun mektebe ara vermek bile olsa yine de bekler misin?

—Beklerim.

—Neden istiyorum bunları biliyor musun?

—Hayır.

—Erdem babamla konuşurken duydum. İkisi de aynı fikirdeydiler. Tek engel annem kaldı, onu da aşarlarsa buraları sattıkları gibi çekilip gidecekler.. Hapiste yalnız kalacağım. Sizin yakınımda oluşunuzu duya duya içeride yatmak bana güven ve cesaret verecek. Beni bundan mahrum eder misiniz?

Kerem ağlayacak duruma gelmişti. Dişlerini sıktı...

—Neler düşünüyorsun öyle. Seni hiç bırakıp da gider miyiz. Çıkar aklından öyle endişeleri...

—Biliyor musun, bana asıl yaşamanın manasını sen öğrettin. Bunun devamı için bile olsa birbirimizden ayrılmamamız lazım.

—Doğru.

—Evde başka kim var?

—Erdem. Annemle Çiğdem az evvel çiftliği dolaşalım diye çıktılar.

Babam annemi ikna edemeyince köye indi. Erdem bana kırgın...

—Neden?

—Babama bir yığın sitem ettim. Bu topraklardan ayrılmanın bana ölüm cezasından farksız olabileceğini söyleyince, Erdem'e "Artık bu hayali unut" dedi. Sözlerim babamı bağlayınca, Erdem bana çok öfkeli davrandı..

—Gönlünü hiç üzer olma sen. İstiyorsan kalırız, bana inan...

Erdem Kerem'in geldiğini oturduğu odanın penceresinden görmüştü. Hatta bulunduğu odanın kapı arkasına sinsice yaklaşıp Meryem'le Kerem'in bütün konuşmalarını dinledi.. Öfke dolu bir hali vardı.. Sigarasını dudaklarından almadan ciğerlerine dumanını çeke çeke dişlerini kırırcasına sıktı sıktı...

Kerem:

—Namaz vakti yakın diye mırıldandı. Bari abdestimi tazeleyeyim.

Ceketini çıkarıp yatak odasına astı. Hazırlık için lavobaya doğru yürüyordu... Meryem daralan gönlünü rahatlatabilmek için Erdem'in bulunduğu odanın kapısını açtı.

Pencerenin önüne geçmiş, sedirin üzerine asık bir çehre ile oturuyordu. Meryem ağabeyisine uzatmalı pırıltılarla baktıktan sonra mırıldandı:

—Üzgünsün?

—Doğru.

—Neyin var?

—Rahatsızlandım.

—Belimdeki eski ağrılar yeniden nüksetti.

—Ne vardı ki belinde?

—Lumbago demişti doktorlar.

—Doktora git, ilaç filan al.

—İstemez ilaç yer yatağı. Doktor sert yerde sırt üste yatmamı tavsiye ederdi.

—Bundan daha kolay ne var.

—Fena olmaz, yüklükteki yatağı indirip yere sermeyi gözüm kesmedi desem, mübalağa olmaz.

—Ben sererim.

—İyi ya ser o zaman.

Derin bir inilti ile yerinden doğrulup sol elini beline sıkı sıkı bastırmayı ihmal etmemişti. Kırk yıllık hasta gibi, zor konuştu:

—Ben bitişik odaya varıp, pijamalarımı giyininceye kadar, sen yüklükteki yatağı indirip tam evin ortasına ser bari.

Rengi sahiden uçmuş sesi titrekti. Başı aniden kalkışın, sersemliği ile dönmüş, bu yüzden adım atarken yalpalıyordu.. Kapıdan çıkarken, garip bir manzara olmuştu..

Meryem ağabeyisinin arkasından ezik duygularla bakıp, öylece kaldı.

Erdem odadan ayrılır ayrılmaz, ceviz sandığın üzerindeki örtüyü çekip, kenara attı. En üstte bulunan yorganı yastığı indirip bir köşeye koyduktan sonra, sıra kalın yün yatağa gelmişti... Uzunlamasına katlanmış duran, yatağın uç kısmında göğsüne dayayıp, kollarını yatağa sıkı sıkı doladı.. Yatak oldukça kalın ve ağırdı. Acı bir kuvvetle sarıldığı yatağı kaldırabilmek için kendisine doğru çekti...

Yüzü birden kırıştı, damarlarındaki bütün kan, kalbinden beynine doğru hücuma geçti. Kolları aniden gevşedi, derinleşen bir nefesle önce kafasını yatağın üzerine bıraktı, sonra feri kaçmış dizlerinin üzerine doğru meyil verip, evin ortasındaki boşluğa kesik iniltilerle sereserpe uzanıverdi.

Evin içinde önce cılız, sonra şiddetli patlamalar olmuştu. Kerem yüzünü elindeki havluya silmek için hazırlanırken, aniden gözleri hayretle parladı, yüzlerindeki deri kızıl bir renge boyandı.

Elindeki havluyu oldum olası yerlere fırlatıp kurşun seslerinin yükseldiği odaya doğru koştu...

Kapalı duran kapının koluna çöküp, hışımla geriye dayandı.

Alev alev yanan bakışları, kimbilir belki de hayatında bu kadar acı dolu bir sahneye seyirci olmamıştı...

Adımını attığı odanın orta yerinde:

—Ablaaa, diye dehşet saçan bir çığlık attı.

Deliler gibi koşup ablasının üzerine abandı. Meryem'in saçlarını kapatan, yeşil bir örtünün altından kolunu sokup, ışıkları duman duman sönmek üzere olan gözlerine baktı.

Erdem tam bu sırada odanın açık duran kapısı önünde belirmişti. Ürkek gözlerle içeriyi seyredip, sessiz sedasız dışarılara doğru koştu. Meryem perişan bir sahne olup çıkmıştı. Şimdi sönmesi an meselesi olan gözleri, Kerem'e ısrarlı ısrarlı bakıyordu.

Kerem, hayret pırıltıları püskürten titrek bakışlarla ablasının gözlerinden ayrılmıyordu. Ağlamaklı yanık bir ses sorup sual etti:

—Ne yaptın abla. Bizim dinimizde intihar etmenin haram olduğunu bilmiyor muydun sanki.

Ilgıt ılgıt akan kanlar dudaklarının arasından kurtuluş bulup boynuna doğru akarken, cılız bir ses Kerem'e cevap oldu:

—Haram ya.

—O zaman neden yaptın?

Çok şeyler söylemek istiyordu. Ne var ki vaktinin dar olduğunu anlamıştı. Derin bir nefesi efkar efkar ciğerlerine çektikten sonra mırıldandı:

—Ben yapar mıyım hiç?

Kerem'in heyecanı daha da çoğaldı, telaşesi büyüdü:

—O zaman kimin yaptığını söyle.

Baygın duygulu bakışları belki de son saniyelerini doldururken ıslanmıştı:

—İkimizin arasında sır olarak kalacağına dair söz mü?

—Söz...

—Sır kalsın olmaz mı? Bizleri Yaratan'ın aşkı için, sır kalsın. Ellere söyleme.. Allah'ın huzuruna çıkınca bile utanarak söyleyebileceğim bir şikayet bu. Şimdi beni iyice dinle. Göçmek üzereyim. Varsın bilmeyenler intihar desinler ne çıkar bundan?

Erdem yatak yapmamı söyledi. Yer yatağı. Belinin ağrıdığını sert bir yatakta yatarsa geçebileceğini... Ulu bir hasta gibi inliyordu. Sızlanarak dışarı çıktı. Ben de sandığın üzerindeki yatağı yere sermek için harekete geçtim. Yatağın ucuna göğsümü verdim... Hepsi bu kadar.

Artık konuşamıyordu. Göğsü daraldı, nefes almak için zorlandı. Güç anlaşılır biçimde selavat getirirken, Kerem'in gözlerinden yürüyen yaşlar Meryem'in yanaklarında damla damla düştüğünü artık bilmiyordu.

Kerem ayağa doğrulabilecek gücünü bile yitirmiş, gibi halsizdi. Derinleşen hıçkırıklar bikarar çoğalıp aşılmaz çığlıklara zemin hazırlıyordu.

Farkında bile değildi. Önce, ana, arkasından Çiğdem ve onların peşinden, koyu bir telaşın fırtınasında boğulur duruma gelmiş, olan Erdem içeriye girdi...

Odanın tam orta yerinde içler acısı bir manzara sergilenmişti

Ana dayanılmaz bir feryadla odanın içini doldurdu.. Hıçkırıkları artık cılızlaşmış; kısılmış, oğlunu ve yerde kanlar içinde yatan Meryem'e delirmiş hükmü verebilen gözlerle bakıyordu.

Erdem anasını çiftlikte bulur bulmaz ona:

—Kızın vuruldu demişti.

İşte hepsi bu kadar. Başka da bir soru alış verişi olmadan, ana göğsünü çatlatan bir nefesle yolların üzerinden deli fırtınalar gibi koşup geldi... Gelin kaynana bu ateşten sözü itici gücü ile kanatla kuşlar gibi uçuşup gelmişlerdi.

Erdem odanın eşiğinden içeriye adımını atabilmek cesaretini yitirmiş olmalı ki, daha içeriye adımını bile atamadan, kapı ağzında heykelleşip kaldı...

Ana çiftliği velveleye veren bir çığlıkla:

—Meryem... Diye göklere merdiven kura kura ortalığı yırttı.

Oğlunun yanında Meryem'in başı ucunda dizlerinin üzerine çöküp yiv yiv derinleşen hıçkırıklar tazelenirken, çiftlikteki işçilerden duyanlar- sökün edip köşke dolmaya başlamışlardı...

Ev çok geçmeden mahşeri bir kalabalıkla dolup taştı. Kerem artık fersiz düşmüştü.. Gözlerinde sessiz sedasız tuğyan olan yaşları sökülürken, içeriye dolan kadınların arasından bitkin bir halde sıyrılıp salona doğru geçti.

Herkes telaş içerisindeydi. Korkusundan kimse elini bile süremeden başından ağıtlar söylerken, Bozca'ya daha yeni haber ulaşmıştı.

İçi içine sığmayan bir nefesle vücudunu güçlükle ayakta tutabilmeyi başararak evlerine kadar gelmişti.

O heybetli, taştan yürekli adam şimdi ağlıyordu.

Katı adam bu hazin manzaraya anlaşılan dayanamamıştı. Elini yüzlerine kapak yaparak kalabalığın arasından geriye sıyrılıp, odanın hemen önünde heykelleşmiş, soluk bir yüzle bekleyen Erdem'e hıçkıran bir sesle sordu:

—Ne yaptınız Meryem'e?

Acılı bir davranışla kollarını Erdem'in boynuna dolayıp ağladı:

Etraflarında duranlar suskundu. Perişan baba az sonra ıslak gözlerini kanı bedeninde kurumuşcasına kayalaşan oğlunun anlamsız, don bakışlarına perçinlemişcesine dikip kaldı... Birbirine presleşmiş gibi duran dudakları, fısıltı halinde çıkan bir sesle sordu:

—Meryem'i bu hale sokan sebebi söylemediniz bana...

İskeleti bacaklarının üzerinde ince ince titreyişi geçmişti... Çenesi dondurucu soğuğa kapılmış gibi oynuyor, dişleri tempolu biçimde birbirine vuruyordu. Anlaşılan korkmuştu. Ürkek bakışlarını babasının gözlerinden çekip mırıldandı:

—Bu sorunun gerçek cevabı sinemde ölünceye kadar sır olarak kalsın isterdim.

Bozca'nın kederli bakışları hayret pırıltıları ile yalım yalım yanmaya başlamıştı:

—Saklayacak kadar önemli demek?

—Utanç verici bir essar. O perdeyi yırtıp gerçeği duyurmak hepimiz için talihsizlik olur...

Bozca, tahammülsüz hassas bir gönülle oğlunu zorladı:

—Bildiğin bir şey varsa söyle. Asıl saklanan gerçeklerdir insanı utandıran...

—Sen müsaade ettikten sonra bence hiç bir sakıncası kalmaz.

—Yorgunum ayakta zor duracak kadar yorgun. Beni yormadan ne biliyorsan, söylesene be çocuk.

Zor durumda kaldığı belliydi... Çekingen tavrı, sanki gören her göze kuşku payı çıkartabilecek kadar garipti. Derinleşen nefesi, konuşmasını böle parçalaya vermesine sebep teşkil ederken sabısız bekleyiş içinde olan babaya güçlükle birşeyler mırıldanmaya çabaladı:

—Kerem, mahkemeden dönmüştü.. Hadisenin geçtiği odada uzun uzun birşeyler konuşuyorlardı. Çok geçmeden içeriden tüyleri ürperten kurşun sesleri ve acı acı çığlıklar yükseldi... Koşup, odanın kapısını açıp, içeriye baktım...

Meryem, çoktan dünyaya veda etmişti...

Bozca'nın gözbebekleri dışarıya fırlayacakmış gibi irildi. Çehresindeki heybet Erdem'in bile nefesini kesecek kadar korkunçtu.

—Yanii?

—Kerem dedi ya. O yıllardır hanemizin üzerine uğursuz baykuş gibi konup öten kâbus...

Şaşırmıştı. Kara düşüncelerin adamı, durgun bir akılla yerinde çivilenmiş gibi bekleyip kaldı... Elini çatlarcasına ağrıyan kaşının üzerine götürüp kıyasıya çöktü, övşeledi... Etrafına bakınmadan odasına doğru yürüyüp, açık kapıdan bir gölge gibi içeriye süzüldü...

Etrafında birikenler, çekindikleri için fazla yaklaşmadan hareketlerine seyirci kalıyorlardı.. Ne de olsa ağaydı. Bazı taşkın hareketler zoruna gider, işine karışılmasından hoşlanmayabilirdi.

Başucunda dikildiği telefonun ahizesini kaldırıp kasabayı aradı. Karşısında sinyal veren telefonda jandarma baş çavuşuna... Ağlamaklı bir ses, maruzatını anlatıyordu... Kerem'i şikayet edip hadiseyi kısaca Erdem'den duyduğu şekilde anlatmaya çabaladı. Sonunda:

—Bekliyorum diye mırıldandı.

Erdem her nedense babasını gölge gibi takip edip, yanından bir nefes bıle ayrılmıyordu.

Ana, kızının başucunda baygınlık geçirirken, Çiğdem perişan ve şaşkındı.

Kerem acı bir gerçek karşısında adeta aptallaşmış, iradesi felce uğramıştı.. Evin uzun antresinde, duygularının ezikliğine gönlünü kaptırmış, tenha bir köşede sessiz sessiz ağlıyordu...

Ananın iki kadın kolunda, Çiğdem peşinde antreye çıkışını uyuşuk bakışlarla seyretti. Ana ile gözgöze gelince, ana hıçkırıklarını yeniledi, koyulaştırdı.. Kerem'in dudakları yeniden kırıştı gözbebeklerinin taşırdığı yaşlar, içinde buruk buruk kımıldayan sancıların dış dünyaya aksedişi oluyordu.

Kadınlar, içeride ağıtlar söyleyerek ağlarlarken, ana oğlunun boynuna halsiz kolunu dolayıp göğsüne başını yasladı.

Çok geçmeden dışarıda kalabalığı şaşırtan hadiseler başlamıştı. Önce askeri plakalı bir jip, köşk evinin önünde park etti, sonra içinde bir başçavuş, iki silahlı jandarma eri ve iki sivil beş kişi inmişlerdi...

Pencereden dışarıya bakan Bozca, gelenleri görünce gözlerini Erdem'e çevirip ısrarlı ısrarlı baktı...

—Hükümet erkanı geldi. Katil kardeşin bile olsa gerçeği bütün çıplaklığı ile anlatmalısın.

Bozca yerinden doğrulup antreye doğru yürürken, Erdem peşindeydi. Kerem ananın ısrarı üzerine Meryem'in yattığı odaya girdi.. Üzerine bayaz bir çarşaf örtülmüş yatıyordu...

Savcı Hükümet tabibi ve başçavuş Bozca'yı tanırlardı. Cümle kapısı önünde üzgün bir çehre ile bulup teker teker başsağlığı dilediler. Fazla beklemeden kendilerini olay yerine götürmesini söylediler. Bozca hadise evinin kapısına gelip durunca Başçavuş, girmeleri lazım gelen odayı anlamıştı.

Kapının ağzında durup içerideki kalabalığa gür bir sesle bağırdı:

—Odada hiç kimse kalmadan dışarıya çıksın.

Herkes sese dikkat kesilmişlerdi.. Üzerinde resmi üniformalı adamın heybetine bakıp, ürkek tavırlarla odayı birer birer boşalttılar...

Ana Çiğdem'in kolundan destek ala ala dışarı çıktı. Kalabalığı, bitişik oda ve antre paylaşmıştı. Kerem odadan ayrılmayan tek insandı. Kardeşinin baş ucunda durup içeriye giren keşif heyetine durgun, fersiz bakışlarla baktı. Etrafta ısrarlı ısrarlı bir şeyler arıyordu. Daha doğrusu suratına lânet pırıltıları gönderecek birisini.. Ancak bu olmamıştı.. Aynı tavırı babasının bakışları kendisine hedef seçmişti.

Şuuru ezik aklı karma karışık haldeydi... Babasının tavırlarına aldırış bile etmeden, gözlerini hedef seçildiği bakışların ufkunda çekip başka istikametlere kaydırdı... Aklında sadece o hakimdi. Erdem.. Israrlı ısrarlı aradı aradı... Bulamayışı bile kendisini üzmüştü.. Bir ara kaçtığına hükmedip, heyeti seyre koyuldu. Meryem'in vasiyeti aklına geldikçe diline vurulan kilitin kendisinin çaresizliğe zorlayışının çilesini çekiyordu.

Başçavuş jandarmalar ve peşlerinden savcı ve Hükümet tabibi girmişlerdi.. Görevliler beyaz çarşaf altında yatan Meryem'in başı ucunda toplandı. Savcı elinin ucu ile çarşafı tutup, Meryem'in üzerinden, çekip almıştı. Bozca oylum oylum derinlerden sökülüp gelen bir hıçkırıkla coştu...

Başçavuş Bozca'nın omuzuna elini usulca bırakıp, mırıldandı:

—Katil olan oğlun kaçtı mı?

Kerem'in yaralı gönlünde umut belirmişti. Sanki herşey kendiliğinden olup bitmiş. Erdem suçu kabullenmişti.

Ne var ki Bozca'nın sol elinin Kerem'in boynuna dolanıp, sağ elini güçlü tokat silleleri ile yüzüne, öfkeli öfkeli vuruşu, herkesi şaşırtıcı olmuştu...

Dahası Kerem şaşırıp kalmıştı.. Babasının ağır hücumu, düşürücü silleleri, karşısında sendeledi, yalpaladı ayakta durabilmek için çabaladı.

Jandarmalar olaya daha fazla seyirci kalamamışlardı.. Bozca'ya aldıkları emirle tutup Kerem'i maruz kaldığı hücumdan kurtardılar...

Öfke taşan gözleri ıslak ıslaktı. Nefesini güçlükle tazelemeye çalışırken, dudakları az önce Kerem'in suratında patlayan darbeden daha tesirli bir isim verdi. Şahadet parmağı ile Kerem'i gösterirken bağırdı:

—İşte katil. Suçunu unutmuş gibi keşfinize yardım etmeye gelmiş...

Başçavuş:

—Katil Kerem mi diye hayretini ortaya koydu.

Bozca ağlayan bir sesle hıçkırdı:

—Yakalayın onu daha ne duruyorsunuz?

Kerem'in sanki dili tutulmuştu... Lugattan bir kelime bile bulup söyleyemeden, kendisini az önce kıyasıya hırpalayan babasının suratına garip garip baktı... Neden sonra tutulan dili:

—Ben mi diye açılmıştı...

Bozca, Kerem'le muhatap bile olmuyordu.. Başçavuşa güçlükle bilgi verdi:

—Erdem vururken gözleri ile görmüş.

Kerem daha da halsiz düşmüştü. Şimdi dokunulan sadece gururu değil vicdanının en temiz kalan yerlerine kirli bir el pençesini atmıştı.

Artık Meryem'in vasiyetini bile unutup, gerçekleri dile getirse, ona kimseler inanmayacaktı. Hadise aleyhinde gelişmeye başlayalı çok olmuştu.

Bileklerinde kilitlenen kelepçelere derinden bir "of" çekerek baktı.

Keşif çalışmaları yapan savcıya, kederli bir çift göz dikkatlice baktıktan sonra duygulu bir ses hitab etti:

—Savcı bey gördüğünüz gibi hadisenin aranılan adamı bulundu. Bütün bunlara rağmen, umarım beni bir saniye dinlemek zahmetinde bulunursunuz.

Savcı meşguliyetini bırakıp, Kerem'e baktı:

—Sizi dinliyorum.

—Son nefesinde yetişebildim. Yere yatak serecekmiş.

Parmağını karşısında duran ceviz sandığa doğru çevirip, işaretledi:

—İşte karşıda duran şu sandığın üzerindeki yatağı. Uç kısmına geçip kucakladığını söyledi. Sonra da kurşunların göğsüne saplandığını.

Savcı keşfini Kerem'in verdiği bilgiler istikametinde sürdürdü.. Önce yatağın katlarını dikkatlice arayabilmek için yere indirilmesini söyledi... Dedikleri olmuştu. Yatağın katlarını Başçavuş dikkatle açtı. Arasında Kerem'in fikrine uygun bir durum ortaya çıkınca, savcı derin derin düşündü.. Tabanca yatağın arasında görünmüştü.. Görevliler bile hayret içinde kalmıştı.

Savcı cebinden mendilini çıkartıp, tabancaya elini sürmeksizin sarıp, yukarı kaldırdı...

Keşif oldukça uzun sürdü. Sonunda Hükümet tabibi ve savcı ayrı ayrı raporlarını hazırlamış bulunuyorlardı.

Savcının kafası biryerde takılıp kalınca durakladı. Bozca'nın suratına bakıp sordu:

—Görgü şahidi olarak bildirdiğin oğlun nerede?

Bozca, dikkatle etrafını aradı. Bulamayınca seslendi:

—Erdeeem.

Hemen kapının ağzında büzülmüş, titriyordu.. Sesi duyunca toparlanıp, zor atılan adımlarla odaya girdi. Benzi inadına uçuk sesi titrekti:

—Buyur baba diye mırıldandı...

—Savcı beyin sana bazı soruları var. Cevapla onu..

Tedirgin bakışlar Kerem'in bileklerinde kilitlenen kelepçeleri görünce, oldukça rahatlamıştı. Savcı diye işaretlenilen adama dönüp mırıldandı:

—Buyurun efendim?

Yüksek derecedeki heyecanı, Savcının dikkatinden uzak kalmamıştı. Manidar bakışlarla Erdem'i tepeden tırnağa bir güzel süzdükten sonra, gözlerini Erdem'den ayırmaksızın sordu:

—Babanız cinayetin tek görgü şahiti olduğunuzu söyledi.

Üzerine parmağın çöktüğü zilin tokmağı gibi çeneleri birbirine vuruyor, üşümüş gibi bedeni titriyordu:

—Evet efendim, diye fısıldadı.

—Neden titriyorsun? Korktun mu yoksa?

—Korkmayacak sakin bir yürekle karşılayacak manzara mı bu?

—Anlat bakalım, hadise nasıl vuku buldu?

Sorular zincirlerinden bir kurtulsa, rahatlayabilirdi.. Bir ara Kerem'in öldürücü bakışlarındaki akıma kapılıp, gözlerini hışımla başka bir noktaya çekti.. Zor durumdaydı. Buna rağmen kendisini toparlamaya çalışıp konuşmaya gayret etti:

—Bitişik odadaydım. Silah seslerini duyar duymaz koşup, bulunduğumuz odanın kapısını açtım. Gördüğüm manzaranın halâ tesiri altında tüylerim ürperiyor... Kerem elinde tabanca, Meryem'in başucunda duruyordu. Meryem, son nefesini teslim etmek üzere olmalıydı. Başını zor kaldırdı, parmağı ile Kerem'i işaretledi.Yani beni vurdu demek istiyordu.

Savcı durakladı. Erdem'i bakışlarının tesiri altında tuta tuta sordu:

—Yani sen odaya girdiğin zaman Kerem'in elinde tabancayı gördün mü?

—Şey diye kekeledi. Gördüm tabi sıkı sıkı sarılmıştı.

Savcı durgun bir çehre, derinleşmiş bir tefekkürün suskunluğu ile bir müddet bekledikten sonra, başçavuşa dönüp emir verdi:

—Pekala keşif bitmiştir. Sanığı götürebilirsiniz.

Hükümet tabibi Bozca'ya hitaben mırıldandı:

—Tekrar başınız sağoğlsun. Kızınızı defnedebilirsiniz.

Kerem yıkılmış dökülmüştü. Jandarmaların arasından perişan adımlarla yürüyerek antreye çıkmıştı.

Açık kaplı bitişik odanın önünden geçerken içerideki kalabalığın göz bebeklerinde hayret pırıltıları yanıp söndü.

Kalabalığın arasından bir çift göz ve canın ta derinliklerinden kopan feryad, gönülleri yaralayacak kadar, yanık ve içler acısıydı.

—Kereeeem...

Bu sesin sahibi daha elinin kınası solmayan taze bir gelindi. Çiğdem yerinden fırladığı gibi, jandarmaların arasında giden kocasının peşinden koşup, cümle kapısına varmadan yetişti. Kelepçeli bileklerine can acısı ile sarılıp önünde gerildi.

Hıçkıran bir ses hayret dolu çehrenin tercümanı oluyordu:

—Bu kelepçeler neden senin bileklerine vuruldu?

Keder yüklü delikanlı taze eşine mahsun bir çehre ile bakarken sadece:

—Kader diye mırıldandı...

Çiğdem, sanki herşeyin çehresini bir anda değiştirebilmek için direniyordu:

—Sen böylesine adi bir suçun sanığı olamazsın.

Dertlerini unutmuş gibi Çiğdem'e teselli vermeye çalıştı:

—Olmadım ki. Suçu işledin demek başka şey, sahibi olmak başka şey Allah biliyor ya?

—Suçsuzların bileklerine kelepçe vurulur mu hiç?

—Üzülme varıp anamın dizlerinin dibinde dönüşümü bekle. Unutma, hiç bir suç cezasız, hiç bir sır gizli kalmaz.

Ana birşeyler sezmişti. Kapıya doğru yürüdü.. Gördüğü manzara karşısında aptallaşmış, kanı damarlarında kuruyup kalmıştı. O, hadiselerin felce uğrattığı kafasında daha şimdi ihtilal oluyordu. Solgun ve ıslak gözleri jandarmaların arasındaki oğlunu daha yeni farkedebilmişti.

Fersiz adımlarını çabuklaştırarak, Kerem'e kadar gelip, yüzüne hazin duygulu pırıltılarla bakarken, yeniden ağlamaya hazırlık yapan dudaklar mırıldandı:

—Kerem, o ne hal?

Yorgun ve bitkin idi. Uyuşuk feri kaçmış bacaklarının kendisini tartamayacağını hissedince, merhamet bekleyen bir çift gözle bakışları birleşti.

—Çiğdem diye seslendi. Yardım etsene bana...

Çiğdem oylum oylum derinleşen hıçkırıklarına mani olamıyordu. Başı dönüp, gözleri kararan ananın kollarından perişan bir hareketle tutup destek oldu. Bütün gençlik hülyaları beklenmedik bir anda korkunç şekilde yıkılıp gitmişti...

Ana önce fersiz kolların direncine kendisini terketti, sonra toprağın üzerine pelte pelte yığılıp kaldım.

Anlaşılan bu kadar acıyı bir arada çekemiyordu...

Kızı bilinmeyen bir şekilde hayatını yitirmiş şimdi oğlunun kollarında kelepçeler vardı...

Bugün çiftlik ayrı bir alemdi.. Sanki bütün beklenmedik manzaraların pazarı açılmıştı. Şimdi bütün gözler, elinde balta kavaklara doğru yürüyen Bozca'nın üzerinde şimşeklerini çakıp, duruyordu...

Askerî vasıta keşif heyetini ve Kerem'i götürürken, Bozca üzerinde Meryem'in isim künyesi asılı olan servinin dibine baltayı vurdu. Kerem jipin arkasındaki mika camdan hazin manzarayı seyrederken, kendisini zor zaptedebildi.. Ağlamaktan bile utanır bir hali vardı...

Çiftlikte sıra sıra durup esen rüzgarın tesiri altında yaprakları ahenkli bir tempo ile oynaştıkça kulağa hoş bir seda getiren ve gözlere en canlı manzara sunan servilerden artık üç tanesi yoktu...

O sıra sıra duran servilerin, yine sıra takibine göre sondan üç tanesi kesilmişti.

Meryem, kendi adına dikilip ve hayatı bitince, kesilen servi ağacının dibinde ebedi istirahatgahına terk edilmiştir.

Bozca işlerini bitirince dibinde mezar bulunmayan, kesilip toprağa uzatılmış servi ağacına soğuk pırıltılarla baktı.

Kerem'in doğduğu gün adına dikilin serviydi bu. Ona mezar kazılmamıştı ama, gönlünün ta derinliklerinden kabarıp coşan kin keşmeşekininbataklığında yok edip unutulmuşluğa gömmüştü...

Havva Çiğdem'i yanından bir nefes bile ayırmıyordu. Ne var ki, bütün bunlara rağmen, Kerem'in anaya bıraktığı emanet, korkak, ürkek solgun ve huzursuzdu.

Havva çakmak yanıp sönen gözlerinin derinliklerine baktıkça içinden, geçen duygularını, acı dolu hissiyatını idrak ediyordu.

Gün batmak üzereydi. Herşeyin çok değişik olduğu bir gün. Havva taziyeye gelen hanımların arasından usulca sıyrılıp aklına takılan bir meseleyi vuzuha kavuşturabilmek için acele etti.

Bitişikte erkeklerin oturmakta olduğu odanın açık kapısından içeriye hüzün dolu bir ses girdi:

—Erdem...

İçerideki misafirler bile sesi duyunca bir bir yüzlerine bakıştılar..

Erdem Bozca'nın kederli gözlerine manidar pırıltılarla baka baka, ayağa doğruldu. İsteksiz adımlarla yol bulup, odadan dışarıya çıkmıştı.

Bozca imdat istercesine üzerinde gezdirilen bakışlara icabet ediyordu. Sessiz sedasız yorgun bir hareketle oturduğu yerden kalkıp, Erdem'in arkasından antreye doğru süzülüp gitti.

Ana beklediği odanın kapısında, önce oğluna sonra peşini, takip eden kocasını yaslı bir çehre ile uzatmalı bakışlarını ikisinin ufkundan ayırmadan baktı baktı.. Daha sonra Erdem'e bir nefes denilecek kadar sokulup sordu:

—Kafam altüst oldu bugün.anlatsana bana Kerem giderken sana neler söylemek istiyordu?

Erdem birden sarardı ve ürperdi.. Öfkeyi kendisine kurtarıcı bir sığınak olarak seçmişti.

—Ne bileyim ben. Saçmalayıp durdu işte.

—Kulaklarımla duydum. İtiraf et diyordu sana.

—Saçmaladı dedim ya?

—Neydi? İşte bilmek istediğim bu. Hangi konuda saçmaladı?

—Çıldırmış bir katilin, konusu saçmalamaktan mada, hiç bir şey değildir zaten...

—Sonunda vurdu sana...

—İyi ya kudurmuştu.. Caniliği yetmiyormuş gibi bir kurban daha aradı...

Ana ısrarlı, baba sabırlı bir dinleyici rolünde oldukça, başarılı sayılabilirlerdi... Gözlerini anasından çekip, her yere şaşkınlığından kaçamak bakıyordu.. Erdem darlanmıştı. Bozca'dan imdat beklercesine yüzüne baktı. Nedense beklediği kımıldama, bir türlü olmuyordu. Ana yeniden sordu:

—Yanılmış olamam. Çok da iyi hatırladığımı sanyorum. Herkesi aldatmayı başarsan bile Allah'ı aldatamazsın diye hırçınlaştı.

Erdem bir kasırga gibi esti.. Gözleri dönmüş öfkesi saldıracak gibi büyümüştü:

—Eeeeh be yeterse yeter. Saçmalarınız yüzünden ölümüze ağlamayı bile beceremedim. Sen önce ne demek istediğini söylesene?

Ana yaralı gönlünün sitemini diline verdi:

—Ne söyleyebilirim ki?Aleme kapalı Allah'a açık bir pencereden insan çok az şeyler görebiliyor, o kadar. Adeta Kerem'de sırf utancı yüzünden bir gerçeği haykıramayışının sıkıntısını sezdim. Buna rağmen sanki senin suratında da tıpkı suçlu insanların çırpınış ifadeleri var...

—Olaylar seni öylesine etkilemiş ki, dinlenmeye oldukça ihtiyacın var.Adeta delirmiş insanların yapabileceği suçlamaları yapmaktasın.

Ana güçsüzdü... Hem insanın gücü olsa bile, önünde tesirsiz kalabileceği tek engel evlat oluyor. Kimin gönül dilinde ne var, beyni nelerle meşgul onu sadece Allah'ı bilebilir... Düşündüklerini olduğu gibi söyleyebilmek elinde bile değildi.

Bozca'nın sabrı tükenmişti.. Öfke saçan gözlerini ananın ufkuna yansıtıp hiddet kustu:

—Sen her zaman için Kerem'i Erdem'e tercih ettin. İnsafa gel de bu vahşet karşısında olsun testiyi kıranla, suyu dolduranı farket...

Ana, hassas, fersiz bir fısıltı ile erkeğinin suratına baka baka mırıldandı:

—Ben de söylediğin gibi yapmaya çalışıyordum. Testiyi kıranla, suyu dolduranı ayırmak istedim.. Olmadı, yapamadım bunu. Çünkü ikisi de evlat en küçük yanlış, anlayış bile anaya vicdan azabının en çekilmezini vurabileceği için. Ama sen bunu nerden bileceksin? Önce ikisine de evlat gözü ile bakabilmek aynı şefkati paylaştırıp, sonra ceza ve ödülü en hassas terazilerde tartıp paylaştırmak gerekir elbet.. Sehven bile olsa yaramazlık eden, yaramazlığını gizleyebildiği için mükafata layık olarak gösterilirse, suçlu hep aynı ödülü alabilmek için aynı huyu alışkanlık haline getirebilir.

Taziye için gelenler gitti. Ananın ayakta duracak hali yoktu sözü genişletmek başka suçlular aramak yerine bitkin bir halde Çiğdem'in odasına geçmeyi uygun buldu.

Erkeğine dönüp:

—Çiğdem'in yanındayım sizler yatın dedi.

Bozca anlamlı baktı ve sükutu bozmadı...

* * *

Çiğdem sokakların ortasına terkedilmiş kimsesiz çocuklardan farksızdı.

Bakışları artık tehlike anındaki kuşlarınki kadar ürkek, hareket ve tavırları tedirgin ve bezgindi.

Adeta bitkisel hayat yaşamaya başlayan hastalar kadar, rengi uçuk etrafından belki o kadar da habersizdi. Odasına çekilip kapıyı arkasından kilitlemişti. Büzülüp oturduğu sedirin üzerinde kara kara düşüncelerin adamı olmuştu. Bir ara, oturduğu odanın kapısının açılmak için zorlandığını farkedip gizli bir korkunun çoğalışı ile tedirgin olmuştu.. Bir parmak açılmayan kapıya üç defa vurdu.

—Çiğdem.

Adeta donmuşcasına katılaşıp, hareketsiz kalan vücut, sesi algılamayan beynin emri ile, önüne yıkılmış gibi duran kafasını yine cılız bir hareketle yukarı kaldırıp, dışarıya dikkat kesildi... İkinci defa ismini anons eden sesi artık tanımıştı. Büyük bir gayretle kendisini toparlayıp, ayağa doğruldu... O yorgun kafasında kurduğu mahkemeyi neticeye bağlayamadan, ara vermek zorunda kalmıştı. Dağınık perişan vaziyetteki hareketlerini tekrarlayarak, kendisini kapının arkasına kadar getirebilmeyi başarmıştı.

Anahtarı usul bir hareketle çevirip, kapıyı araladı. Muhatab olan yüzlerin her ikisi de soluk ve kederliydi. Kapının arkasında duran anaydı. Yıkılmış dökülmüş zavallı bir hali vardı. Yüreğinin sızısı suratında koyu ıstırap bulutları gibi kaynaşan, bahtının karası, yüzlerinde en işveli acılı desenlerden nakışlarını işlemiş bir ana...

Evlat sevgisi onunda her ana gibi yüreğinin en ucra köşesinde bile hakim ve bütün beşeri sevgilerin üzerinde egemendi. Bitkin adımlarla bir gölge gibi açılan kapıdan içeriye süzüldü...

Kapı yine arkasından kapandı ve kilit açıldığı gibi yeniden kilitlendi... Gelin kaynana aynı sedirin birer köşesine büzülmüş gibi oturmuşlardı. O kara buz kadar soğuk yüzlerin orta yerlerinde birer budak deliği gibi duran anlamsız gözler sanki sessiz sedasız birbirlerini inceleme yarışına başlamıştı.

Tam sabaha kadar yatmadan yerlerinden kımıldamadan, oturma eylemini sürdürdüler.. İkisi de çok az şey konuşup fazla düşüncelere dalıyorlardı..

Gece iyice kararmış sabah yakındı. Ana gelinine mırıldanır gibi konuştu:

—Çiğdem.

Kederden birbirine yapışmış gibi duran, hararetten kuruyup çatlak çatlak bölünmüş dudakları, derisini yırtar gibi birbirinden aralandı:

—Efendim?

—Bilir misin düşüncelerimin çoğu senin hakkında, senden yana düşünür oldum.

Kimbilir, bakarsın up uzun yılları Kerem'in sırtına sarabilirler. Bitip tükenmek bilmeyen yılları demek istiyorum...

Çiğdem hep sustu. Bir et yığını haline gelen beyin, yorgun bir düşünceyi dikkate çağırmıştı. Ana hassas sızılı sesi ile düşüncelerini sıraladı:

—Kader bu derken adeta inlemişti. Bizlere rıza gösterip sabretmek kaldı. Derim ki, mahkemenin neticesi alınıncaya kadar, seni İstanbul'a ananın yanına gönderebilsem. Her an yanında olmam imkansız. Aile çözüldü artık. Kim bilir bunca felaketlerin arkasından ben bile kurtuluşu bu yurdu terketmekte arayabilirim.

Erdem bir muamma. Hareketleri davranışları hep endişe ile karşıladığım bir tip.. Baba, yıllarca idare etmeyi bir vazife kabul ettiğim problem denilecek kadar çözümü güç bir denklem...

Sanırım ne demek istediğimi anlamışsındır. Hep korktuğum için yanındayım. Sen bana bir emanetsin. Bakması artık çok zor olan bir emanet.

Annene göndersem gider misin? Kerem'in durumu aydınlanıncaya kadar.

Çiğdem içinde bulunduğu durumu en az ana kadar idrak içindeydi.. Olumlu bir hareketle kafasını oynatırken gözleri ıslaktı.. Umutsuz bir bekleyişin belki de ilk gözyaşlarını daha yeni yeni akıtıyor demek yanlış sayılmazdı..

* * *

Kainat var olduğundan beri, sahibinden aldığı emri hiç aksatmadan yürüte gelmişti... Ve yeni doğan güne, uykusuz sabahlayan gözler günün doğuşuna da birlikte şahid oluyorlardı...

Havva güneşin ilk pırıltılarından önce Çiğdem'e mırıldandı:

—Yavaş yavaş hazırlanmalısın...

Çiftlikte işçiler uyanmış, herkes vazifesine başlayalı çok olmuştu.

Çiğdem sabah namazının hemen arkasından hazırlanıp, yükde hafif neyi varsa, valizlere doldurup, iki elinde, iki valiz güçlükle dışarıya süzüldü. Havuzun kenarına kadar yükünü kendisini zorlaya zorlaya taşıdı. Kollarını askıda koyan valizleri yere bırakıp yüzünü, üçü kesilmiş, üçü ayakta duran selvilerden yana döndü. Istırap kümeli pırıltılarla baktı baktı...

Gözbebeklerinde gittikçe koyulaşan bulutlar buhar buhar kaynadı ve hemen arkasından taştı.

Adeta kendisini salıvermiş bir hali vardı. Her zaman itina ile giyinen, taptaze hayat fışkıran gelin, değildi. Keder onu birden bire pörsütmüş hırpalamış, kıyasıya yıpratıp, diriliğini elinden çalmıştı.

Umutları kırılan insanların çoğunda, eski canlılığını yitirip viraneleştiği bir gerçektir. Çiğdem'de de işte öylesine bir dağınıklık bezginlik başlamıştı.

Taze mezarın üzerindeki kabarmış toprağa baktıkça, Kerem'i hayal etti.

Kerem, elinde tabanca, çehresi korkunç bir kinin azameti ile dehşet kazanmış o en iyi tanıdığı şahsiyet değişik bir hüvviyete bürünmüştü...

Karşısında yalvarmaklı bakışlarla kendisine bakan Meryem'in üzerine tabanca ile yavaş yavaş yaklaştıkça, Meryem çaresizlik zincirini kıramayışın masumiyeti ile boynunu biryana büküyor ve tabanca acımasız olarak çaresizliği yudumlayan Meryem'in göğsünde patlıyordu...

Hayalinde beliren sahnenin dehşet verici manzarası karşısında irkilip toparlandı... Kendisini çağıran sesin tesiri ile kıpırdayıp uyuşan vücuduna, çeki düzen vermeye çalışırken sesin ne taraftan geldiğini arayıp buldu.

Havva yıllardır itimadını kazanmış Ali Kahyayı ve eşini de yanına almış geliyordu..

Ali Kahya çarçabuk yerdeki valizleri alıp, pikabın açık bagajına yerleştirdi.

Havva, gelininin kolundan tutup, pikaba binerlerken, Ali Kahya, eşi ile birlikte ön kanepeleri paylaşmışlardı.

Bozca'nın pencereden dışarılara dökülen, soğuk don bakışlarının seyrinde pikap çiftliğin büyük kapısından kasaba yoluna doğru süzülmeye başladı...

* * *

Daha hapishanede tükettiği ilk gecenin sabahıydı. Gardiyan koğuşun kapısını aralayıp, kalın bir sesle bağırdı:

—Kerem Sırdaş.

İsmini duyar duymaz oturduğu ranzanın üzerinden doğrulup, perişan bir manzara gibi aralanan kapıdan dışarıya süzüldü. Dört duvarın arasında sabaha bağlamaya çalıştığı tek gece, sanki elinden her şeyini zorla almıştı...

Yüzlerinde ince ince derinleşen çizgilerin cümlesi keder dolu ve suratındaki derinin üzerini kalın tabakalı, koyu ıstırap bulutları istila etmişti. Adımları yürümeyi yeni yeni öğrenmeye çalışan çocuğunkinden daha da farksızdı. Süklümbüklüm bir vaziyette demir parmaklıklara doğru yaklaştı.

Parmaklıkların ötesinde annesi ile eşi vardı. Don bakışlarında derin manalar gizlercesine, ısrarlı ısrarlı istikametini gözetledi.

Çiğdem alışmadığı bu içler acısı manzaraya dayanamayıp ananın arkasına saklanır gibi durmuştu. Ana o yüreğinin en hassas yerlerinden derin yaralar alan kadın, buğulu bakışlarındaki esrar perdesini aralayamadan, ıslak gözlerin bulutlu hali ile oğlunu, seçmeye çabalarken mırıldandı:

—İyisin ya?

Hazin bir ses ananın kulaklarında dalgalanıp durdu:

—Gördüğün gibi.

Ana acılarını içine göme göme, ısrarlı şekilde mırıldandı:

—Kerem kafamda takılıp kalan cevapsız bir soru var. Bunun gerçek cevabını alamazsam beynimi zonklatan o kurt, inan ki beni yiyip bitirecek kadar güçlü... Dün çok şeyler sezdiğim halde, sanırım hâlâ hiçbir şey bilmediğime kaniyim.

Krem, anayı canının derinliklerinden kopup gelen masumiyet dolu pırıltılarla süzdü... Susuyor, sorusunu bekliyordu.. Ve ana sordu. Yalvaran sesindeki ısrar oldukça etkili ve duygu doluydu:

—Kerem, ananın hatırı için doğruyu söyle. Hâlâ tesirinden kurtulamadığım dünkü bakışlarındaki esrarı soruyorum. Erdem'e itiraf et dediğini duydum. Neyi..? Ona sonunda vurdun. Niye? Dilinde bir çift söz vardı, söylemek istediğin. Onu zehir içer gibi geriye yutkundun. Gerçeği söylemek o kadar güç müydü?

Ananın suratında bön bön gezinen kaçamak bakışların sahibi kısık bir sesle mırıldanırken, itiraz doluydu:

—Olanların hepsini bir çırpıda unutmanı istesem kabul eder miydin?

—Hayır...

—İnsanlar her bildiklerini söyleyebilecek durumunda olmayabilirler.

—Bense bir ana olarak herşeyin gerçek yüzünü bilmek istiyorum. Sanırım benim hakkım bu.

—Her hakkı söylemek haktır amma, vakit olur, hakkı söylemek hakkı bile, insana hak değildir. Bütün olanları unut. Çetin bir imtihan veriyorum hepsi o kadar.. Bana dua et. Tek şeyi bilmende yarar var. O da ben sırtıma sarılmak istenilen suçun sahibi değilim.

Sustu. Artık konuşacak durumda bile değildi. Ana derin bir of çekerek oğluna ağlamaklı bir çehre ile baktı. Huyunu iyi bilirdi, fazla yormak istemeden sorusunu değiştirdi:

—Çiğdem İstanbul'a gidiyor müsaaden var mı?

Kerem ciğerlerinin başına hançerin ucu dürtülmüş gibi, acı çekti. Derinlerden sökülüp gelen bir hıçkırığın debreşmesi ile ellerini yüzlerine kapak etti... Daha fazla tahammül gücünün olmadığını hissedince yıldırım hızı ile yönünü geri çevirip, koğuşun kapısından yana yalpalayarak yürüdü...

Sahibi olmadığı suçun yükü omuzlarını iyice düşürmüş iskeleti halsiz kalmıştı...

Arkasından, buğulu gözlerin kaynaştığı bakışlar kendisini hıçkırıklarla uğurlarken, belki de aynı ıstırabın çekilmezliğini paylaşmak için ağlıyorlardı.

* * *

Çiğdem gitti. Asiye onu kendisine çekilen telgraftan alacağı haberle, garajlarda bekleyecekti.

Bindiği otobüsün pencere kenarında, yanına emanet olarak verildiği yaşlı bir kadınla birlikte yolculuk yapacaktı...

Havva'ya otobüsün camından bakıp el salladı... Sağ omuzunu dayadığı cam, buhar buhar olmuş, bulutlanmıştı... Karşılıklı bakışlarda binbir ıstırabın namesi gizliydi... Otobüsün arkasından baygın gözlerle bakan ana, yeni bir yalnızlığa açılan kapıdan yürür gibi pikabın durduğu meydana doğru ilerledi...

* * *

Temmuz tükendi Ağustos kavurucu sıcaklarını alıp çekildi ve gitti.

Mevsim artık sonbahardı. Yapraklar dallarında sararmış, tabiat soluk bir renge boyanmaya çoktan başlamıştı. Bugün takvim eylülün on beşini göstermekteydi.

Kerem, hâlâ mahkeme önüne çıkartılmamıştı. Garip bir yalnızlık içinde hapishanedeki koğuşunda, çile dolu günler tüketmeye çabalıyordu.

Kimse arayıp sormamıştı... Annesi, hatta Çiğdem bile.. Sanki bir satır mektubu dahi ondan esirgemişlerdi.

Güçlü bir aile doğrusu yaman çözülmüştü. Hele balâstik raporundaki parmak izlerinin Kerem'e ait olmadığı anlaşılınca aile biraz daha kaynaşmış, bulanmıştı...

Adli makamlar ev halkının hepsini birer birer parmak izi için kasabaya çağırırken, sadece Çiğdem'in İstanbul'daki ikamet adresi veriliyordu.

Gerek köydeki çeşitli yorumlar kulağına kadar gelip, giren fısıltılar, ardı arkası gelmeyen fiskoslar, Bozca'yı Kerem'e biraz daha düşman etmeye başlamıştı. Diller ismini dudaklarına verdikçe delirecekmiş gibi oluyordu.

Hele hele son hadise, onu çileden çıkartabilmek için zemin hazırlamıştı. Tabancanın üzerindeki parmak izlerinin kendisine ait olduğunu raporunu duyunca, keçileri kaçıracakmış gibi perişan bir hal ile başbaşa kaldı.

Jandarmalar çiftliğe gelip Bozca'yı tevkif ederek götürürlerken diller çoktan tersine düzüne dönmeye başlamıştı bile:

—Tuh be kimin aklına gelirdi?

—Zaman yaşayan insana neler gösteriyormuş meğer...

—Evlat katili bir baba.

Götürülüşü ayrı bir merasim oluyordu. Konuşulanların çoğunu kulak dolusu duydu.

Suratındaki deriler kan kırmızı bir renge boyanmış, yüksek bir tansiyonun baş döndürücü olan rahatsızlığı, bedeninde ihtilal yapmıştı...

Başı çatlayacak gibi ağrıyor, bacaklarının feri kesilmişti. Hani cinnet getirecek adamın gözleri irilir, bakışları korkunç seyredişlere yataklık ederdi ya, Bozca jandarmaların arasında aynı hüvviyeti haizdi.

Havva'nın çileli günleri devam etmekteydi. Yük üstüne yük, keder üstüne keder. Doğrusu bütün aile çetin bir imtihan vermekteydi...

Bozca da elinden alınıp götürülünce, çiftlikte Erdem'le başbaşa kalmışlardı.

Artık çiftlik bile yaralı gönlüne merhem değil, hülyalarında gelişip büyüyen bir evlat gibi sarılıp, her noktasını evlat kokusu gibi hasretle kokladığı o çetin günlerinin armağanı, çiftlik bile gözlerinde eski değerini kaybetmiş, basitleşmişti.. Evet o canı gibi sevdiği zor şartlar karşısında yılmadan bıkmadan bugüne getirdiği eser, gözlerinde eski değerini derece derece kaybetmişti..

Bozca gitti diyorduk. Ecel terlerine eş sıkıntılara yataklık eden bedeninin içinde eriye çürüye gitti. Daha çiftlikten ayrılalı iki saatlik bir zaman bile olmamıştı ki, köşk adı verilen evin kabul odasındaki telefon acı acı çaldı.

Havva pencerenin önünde elini yaslı başına destek yapmış, kara kara düşünürken telefonun cırlak sesi ile sıçradı. Bezgin uyuşuk halini bozarak yerinden doğrulup, telefonun bulunduğu masanın yanına sokuldu.. Ahizeyi kaldırıp sinyal verdi:

—Aloooo.

Kalın otoriter bir ses muhatabından isim soruyordu:

—Kimsiniz?

—Havva. Havva Sırdaş.

Şimdi maruzat dinliyordu. Gözleri irileşti, bakışlarındaki mana birdenbire değişmişti. Aslında uçuk olan rengi, duyduğu haberle biraz daha solmuş külleşmişti. Sadece titrek bir ses:

—Geliyorum diye acele etti.

Elindeki ahize küt diye masanın üzerine düşmüştü.. Yanıbaşında peyda olan Erdem anaya meraklı bir dille sordu:

—Kimdi arayan?

—Başçavuş olduğunu söyledi.

—Ne istiyormuş?

—Baban yolda fenalık geçirmiş, şu anda Hükümet tabipliğinde yattığını haber veriyor.

—O zaman hâlâ neden buradayız.

—Git arabayı çalıştır...

Yıldırım gibi koşup uzaklaşan oğlunun arkasından kahırlı kahırlı bakarken, bitkin adımlarla yürümeye çalıştı.

* * *

Erdem yolların üzerinde tozu dumana katarak kasabayı iple çekerken arabanın arka kanepesinde oturan ana, derin düşüncelerin adamı olmuştu.

Kocası oğlu ve genç yaşta terki dünya eden kızı, hep onlardan yana üzüntüsünü genişletti...

Arabada Hükümet tabipliğinin önünde acı bir fren sıkarak durmuştu. İçeriye girdiklerinde, beyaz boyaları yer yer dökülmüş, odanın köşesinde duran somyada soluk çarşaflı yatağın üzerinde sırt üstü yatmakta olan Bozca'ya, ana oğul hayretler içinde bakıyorlardı.

Bozca eşini görünce, yattığı yerden fersiz gözlerindeki pırıltılar parladı.. Hükümet tabibi gelenlerin kim olduğunu tanımıştı.

—Fazla konuşturmamak, üzmemek şartı ile yanında oturabilirsiniz.

Erkeğine mülayim gözlerle bakan Havva, tabibe kaçamak bir bakışla göz attıktan sonra:

—Merak etmeyin diye mırıldandı.

Sonra unuttuğu bir şeyi hatırlamış gibi Havva tabibe sual açtı:

—Tehlikeli bir durum yok ya?

—Hayır. Aşırı üzüntüye müteakip kalp sıpazmı. Tabi yine de üzülmemeli.

Geceyi savcılığın da müsaadesi alınarak, kasabanın bakımsız bir otelinde geçirmeye karar vermişlerdi. İstekleri, arzuları doğrultusunda oldu.

Tabip lüzumu halinde gelebileceğini vaad ederek, gerekli ilaçları temin edip, yanlarına vermeyi ihmal etmedi.

Bozca ve tam karşısındaki yatakta yatan Erdem, sabaha kadar rahatça uyumuşlardı.

Bozca oldukça düzelmişti. Ancak tabib ısrarla:

—Üzüntü yasak diyordu.

Saat onda mahkeme vardı. Havva kocasının umutlarını besleye besleye mahkemeye hazırlandı...

Son yıllarda kasabada kurulan en meraklı mahkemelerden birisiydi. Küçük salon tıklım tıklım dolmuştu.

Suçlu kafesi denilen, eski kirli tahtalardan oluşan dar bölmeli kısım dörtken şeklinde çevrelenip ayrılmıştı.

Buraya ilk olarak alınan Kerem oluyordu.. Utancından etrafına bile bakamadı. Hep yerleri gözetleye gözetleye kalabalık bir seyirci kitlesinin arasından, hakimin huzuruna çıkartıldı... Az sonra gözler başka bir sanığın üzerinde şimşekleri çakmakta gecikmedi.. Şimdi Bozca aynı kafese doğru getirilmekteydi. Kırık adımlarla perişan bir manzara olarak suçlu sandalyesine yaklaştı.

Baba oğul yan yana durmuşlardı.. İkisinin suratı da Hakimden yana çevriliydi.

Baba oğlunu küskündü.. Yanyana durmaya bile zor tahammül gösteren gönlü vardı. Yüzüne bakmamak için adeta çaba harcıyor, sıkılıyordu.

Kerem göz altından mahzun, ürkek pırıltılarla babasına üzülerek bakıp durdu...

Halk nefesleri kesen bir heyecanla bekleyişlerini sürtürüyorlardı.

Katil baba mı yoksa Kerem miydi? Çetin bir problemin vuzuha kavuşması, bir sürü insanın yüreklerinde körüklenen merakdan alevlerin üzerine su serpebilecekti.

Hakim elindeki tahta çekici önündeki bankoya vurarak mahkemenin başladığını ikaz ediyordu.

İlk önce savcı mahkemeyi Bozca'yı suçlayan iddianameyi okutarak başlatmıştı. Herkes, hatta Kerem bile şaşkın bir çehre ile savcıyı dinledi...

Bozca gönlünden yeni yeni yaralar almaya başlamıştı. Kerem'in suratına lanet ve öfke dolu pırıltılarla bakıp, dişlerini sıktı.

Savcının iddianamesi bitmişti. Bozca sıkıntı terlerini dökerken, içinden sızılı bir titreme vüücudunu sarmıştı.. Hakim tam zor durumunda:

—Mehmed Sırdaş, diye sesini yükseltti.

Kafasındaki keder, gövdesindeki ıstırabdan daha büyüktü. Bozca güçlükle ayağa doğrulup hançerlenir gibi sancıyan kafasını Hakime çevirip oldukça dik tutmaya çabaladı.

—Savcının iddianamesini dinledin. Cinayet aleti olduğu tesbit edilen tabanca ruhsatlı ve size ait. Üzerinde yine parmak izi olarak sizin izlerinizden başkasına da rastlanmadı. Bundan tek sonuç ortaya çıkmış oluyor. Cinayeti sizin işlemiş olmanız ihtimali.

Sızı dolu cümleleri birbirine kıyasıya yapışmış olarak duran dudaklarını çözerek konuşabilmeye çalıştı:

—Doğru diye mırıldandı. Tabanca benim. Elbette üzerindeki izler de bana ait olacaktır.

Ağlamaklı, güçsüz, umutsuz bir tavrı vardı.. Hassas bir sesle konuşmasına devam etti:

—Kader bize öyle bir darbe vurdu ki, acımızı da unutturup kendi can derdimize düştük.

Hadisenin işlendiği zamandan saatlerce öncesi köye inmiştim. Şahit yazdırdığım arkadaşlarımla birlikte otururken, çiftlikten bir işçi yanıma gelip, nefes nefese durdu. Olayı bana Meryem'in intiharı şeklinde verdi. Eve vasıl olduğumda ortalık ana baba gününe dönmüştü.

—Tabancanı çocuklarından herhangi birisinin kullandığı yada taşıdığı zamanlar olur muydu?

—Hayır. Her zaman yatak odasının duvarında ve kınının içinde devamlı asılı olarak dururdu.

—Yani yatak odasına herkes girebilir mi demek istiyorsunuz?

—Yasak etmemiştik.

—O zaman sizin kanaatiniz de intihar olarak mı kabuldür?

—Hiç sanmam. Büyük oğlum hadiseyi gözleri ile gören insandır. Beni şaşırtan tek davranış, sizin hâlâ başka başka suçlular arayışınız.

Bozca'nın şahitleri hemen arkasından birer birer dinlendi. Hatta Erdem bile:

—Babam olaydan çok sonra geldi diye ısrarlı bir müdafaada bulundu.

Annem ve Çiğdem birlikte dolaşmaktaydılar. Ben hadisenin vuku bulduğu odanın bitişiğinde oturmaktaydım. Birden ortalığı yırtarcasına yükselen kurşun sesleri ile irkildim. Koşarak odaya geldiğimde, Meryem yerde, kanlar içinde yatıyor, Kerem başucunda bekliyordu.

—İlk ifadeniz elinde tabanca vardı şekinde olmuş, buna hâlâ katılıyor musunuz?

—Heyecanla öyle görmüş olabilirim. Sonunda anlaşılıyor ki haince bir tuzak kurmuş.

—Kerem böyle bir tuzağı ablası için neden kurmuş olabilir?

—Sebep vardı efendim. Önce istemediği bir adamla evlendi ve boşandı. Olayın olduğu günse, Meryem'in ayrıldığı kocası ile olan mahkemesi için gelmiş ve sıkıntılı olarak dönmüştü. Taze bir öfke ile gelip, yılların biriktirdiği kini, böyle adi bir tuzakla sonuçlandırmak istemiş olabilir.

Hem Meryem yere neden yatak sermeye kalksın? Yoruldum demişti.

Kerem Erdem'in suratına suskun ve kindar kindar baktı.

Hakim zaman zaman şahitlerin ve sanıkların suratında gerçekleri arıyordu.

—Kerem Sırdaş diye seslendi.

Hadiselerin çarkı gördüğünüz gibi hiç değişmeden hep aleyhinize dönmekte devam ediyor. Baban hatta ağabeyin cinayetin senin tarafından işlenmiş olduğu kanaatindeler.

Ağabeyin ifade verirken suratına öylesine baktın ki, sanki serbest bırakılsaydın, parçalayacak kadar öfke dolu bir tavrın vardı. Neden?

Derin bir nfesle iç geçirdi:

—Akrabanın düşmanlığı ve dostların eziyeti yılanın zehrinden daha da acıdır, efendim.

—Baban senin düşmanın mı ki diğer oğlunu savunurken seni suçlasın?

Hakim dilediği şekilde bir araştırmanın içindeydi. Sakin durgun ve ısrarlı bakışları, çelişkili tutarsızlık ve kararlılık arama sevdasında ustaydı.

Kerem'e öylesine dikkat kesilmiş dinliyordu. Cevap vermeye devam etti:

—Yalan öylesine bir oktur ki, bazen hedefini değil, atanı yaralar. Babam inanılmayacak her söze inandığı için hep yaralı kaldı. Öyle bir zamanda yaşıyoruz ki, "İnsanları kandırmak istiyorsanız, gerçeği söyleyiniz"

Hakim soğukkanlı görünmeyi devam ettirerek, sakin bir çehre ile sordu:

—Yani suçlu Erdem de baban bilmiyor mu demek istiyorsun?

Erdem'in kalbinin atışı hızlandı, gözleri çakmak çakmak yandı... Kerem'in ağzından çıkacak sözlerin ne olabileceği, onu endişeye düşürmüştü. İçinden gizli bir kuvvetin yine kuvvetlice sarstığını hissederek, dar bir gönülle bekledi. Hakim hem Kerem'e hem de kaçamak gözlerle Erdem'e bakıyordu.. Kerem ölçüsü dışında taşan laflar ediyordu. Ya çok kızdığı için kontrolsüz ya da farkında olmadan konuştu:

—Her akılsıza hayran olacak, başka bir akılsız daha bulunur. Babam çocukluğundan beri Erdem'in kusurlarını mükafatlandırdı.

—Pekala Kerem. İlk ifadende olduğu gibi cinayet suçunu hâlâ reddecek misin?

—Evet. İnsan işlemediği bir suça hiç bir zaman sahip çıkmamalı. Çıkarsa, aczini ortaya koymuş olup, mücadele gücünü yitirmiş demektir. Bu hal en korkunç işkenceler altında bile olsa.

—Sence bu cinayet mi, yoksa intihar mı?

—Kardeşim İslâma yürekten inanmış bir kimseydi, intihar olmaz.

—Hakimin suratında sert çizgilerin gerilişi ile, öfke belirtisi olmuştu. Aynı sertlik hitabına da sirayet etmiş olmalı ki, biraz öfkelice sordu:

—O zaman cinayetin faili kim? Baban mı?

—Hayır?

—Kim isim ver?

Susmuştu.. Yalan söylememek, sır vermemek için sustu.. Hakim ısrarla cevap bekledi ve Kerem'i manidar bakışlarla süzdü, süzdü... Beklediği olmayınca da sorusunu yeniledi:

—O zaman tek gerçek var o da cinayeti senin işlemiş olmandır.

Acıdan daha öte bir ıstırabın sancısını çeke çeke gülümsedi.

—Büyük cinayetleri büyük cahiller işlerler, Hakim bey. Ben dediğiniz kadar cahil miyim?

—O zaman senin sakladığın ya da çekindiğin bir nokta var. Katilin kim olduğunu biliyor da söylemiyormuşsun gibi bir tavır içindesin. Bu hal mahkemenin başından beri hiç bozulmadı. Sana bir tavsiyem var şayet hal bu biçimde ise, sabır her zaman başvurulması lazım gelen kurtarıcı sayılmamalı.

—Belki sabır çok acıdır amma çok tatlı bir meyvesinin olduğunu da kimse inkar edemez...

Kerem artık hakimin sorularına bile yabancı kaldı. Derin bir sükûtun adeta bozulmazlığı içine girmişti... Hakim sordukça o sustu...

Ana ne kadar da üzülmüştü. Belki de onu en iyi anlayabilen bazı sırları sezebilen tek insan oydu.. Kerem'in takındığı yeni tavrın arkasından doğrulup heyeti hakime beklenilmedik anda müracaat etti:

—Muhterem Hakim bey ve mahkeme heyeti. Bir ana olarak bazı maruzatlarım var. Yüreği yanık bir anayı dinlemek lütfunda bulunursanız, bende bazı fikirlerimle sizlere yardımcı olurum belki.

Hakim heyette bulunan arkadaşları ile fısıltılı bir istişare yaptıktan sonra hitab etti:

—Pekala buyurun, sizi dinliyoruz.

Sesi titrek ve bakışları hüzünlüydü:

—Nefreti nefretle değil, nefreti sevgi ve saygı içinde yok etmek büyük hünerlerdendir. Ne var ki bizim ailede bu hiç olmadı... Baba ve ağabey çocukluğundan alınız da günümüze kadar, yani uzun yıllardır Kerem'i sevmeyi beceremediler. İşte sır bu. Aramızdan bir katil seçilecek olursa mutlak Kerem'dir.

Bozca şaşırmış bir hissiyatla gözleri irilmiş rengi kızıllaşmış olarak eşini dinlerken, Erdem annesinin yanında sararmış morarmıştı...

Yumruklarını kıyasıya sıktığı hakimin gözlerinden kaçmamıştı.

Ana aynı hüzünle hiç bir davranışı umursamadan, fikirlerini pazarlamaya devam etti:

—Baba Kerem'in fazilet örneği davranışlarından müşteki olurken, Erdem'in hatalarını ödüllendirdi... Kusurlar hiçden doğarlar ama, elbette hiç bir zamanda hiç değillerdir.. Erdem şu anda bir yalan söyleyerek, hem mahkeme heyetini hem de babasını kandırmak yolunu seçmişse, bu onun alışa geldiği düşünce yapısından olmalıdır..

Bu suç babanın evlat yetiştirmesindeki dengesizliğine verilmelidir.

Erdem yanılmadı. Kerem'i Meryem'in başucunda görüşüne inanıyorum. Bir kardeş elbette evde silah seslerini duyunca koşacaktır. İki kardeşte aynı anda evin çatısı altındalardı. Ne var ki daha önce hadiseye yetişip müdahale eden Kerem olmuştur. Şansızlığı işte buradan gelmekte...

—İşin en can alıcı noktası şu. Erdem niçin yalan söyledi?

—Meryem ölmüştü ve Kerem Meryem'in başucunda ağlıyordu.. Herhadisenin arkasından Erdem'in babasına şirin gözükebilmek hastalığı, o pis alışkanlığı yine o acı manzara karşasında canlılık kazandı...En derin üzüntüsünün yanında, babasına şirin görünecekti. Daha ötesinde evin tek evladı ve düşkün olduğu maddeye sahip, tek erkek evlat. Takdirlerinize sunarım. Babasına işte bu büyük yanlışı bu sebepler için götürdü. Şimdi baba Kerem'e daha düşman kendisi ile daha candan bir dosttur. Bunun da ehemmiyetini sizlerden istirham ederim... Kerem'in sebepler karşısında, susuşu kendisini suçlu kılsa bile, kimseye kir bulaştırmayacak kadar duru düşüncelere sahip oluşu yüzünden, hayat gemisini batırabilir.. Takdir edersiniz ki, evlad sevgisi her ana gibi yüreğinde hakim olan bir insanım.

Ölende kalanda suçlayanda evladımdır. Ama bu problemin bir çözülüş şekli vardır. Bu da anlattığım gibi.. Kerem ve Erdem ezberimdeki iki ayrı şiir gibidirler. Onları hiç şaşırmadan her zaman okuyacak kadar iyi bilirim.. Baba olayla, hiç bir ilişki olmayan çok sevdiği evladının acısından ne yapacağını şaşırmış bir insandır.

—Bence Meryem ayrıldığı nefret ettiği kocasını kurşunladığı için mahkeme önüne çıkmaktan çekindiği için büyük bir yanlışa baş vurarak hayatına son verdi... Yere yatak serilecek deniliyor olsa da bu hadisenin şekline göre bir değerlendirme olabilir.. Meryem tetiği kendi bedenine çekemediği için yatağın arasına bezle tutup koymuş olabileceği tabancayı patlamaya hazırlayıp, inandığı için hatta arkasında bıraktığı en çok sevdiği insan olan Kerem'e intihar ettiğini bildirmemek maksadı ile tabancadaki parmak izlerini gizleyerek, ustalıkla bu acı sonu kendisi için hazırlamış olması en gerçekçi yol olsa gerektir...

Kerem katil değil hakim bey. Şu ıstırap içinde kıvranan çözülmüş aileye yardımcı olmak istiyorsanız, bizi daha fazla yormayın kimseden şikayetçi değiliz.. Hürmetlerimle...

Anlaşılan Havva bu işi en kısa yoldan bitirebilmek yolunu arıyordu.. Her ne pahasına olursa olsun sezgilerini, içinde büyüyen kuşkularını kalbinin en derin çukurların terkederek bitirebilmek...

Hakim anayı can kulağı ile dinledi.. Anlaşılan çok şey öğrenmiş gibiydi.. Mahkeme sonunda, Bozca'nın serbest bırakılması ve Kerem'in tutukluluğunun devamına karar verilmişti...

Meraklılar davayı kafalarındaki çözüme bağlayamamanın sıkıntısı içinde salonu terkederlerken, Bozca, verdiği kuvvetli ifadeden dolayı, Havva'ya küskün küskün bakıyordu.. Erdem'in rengi bir hastanın renginden daha soluk, kaşları çatıktı.

Mahkeme anayı yorgun düşürmüştü. Koyu efkar bulutlarını nefes nefes ciğerlerine indirirken, rengi uçuktu.. Yıpranmış pörsümüş bir hali vardı.. Ayağa doğruldu, sonra Kerem'in arkasından bakarken, gözleri kararıp başı dönünce hemen arkasındaki koltuğa usulca oturup kaldı... Kırık bir hareketle kolunu kaldırıp gözlerini övşeledi, kaşlarındaki sıkıntıyı dağıtabilmek umudu ile parmaklarını çöke çöke üzerlerinde gezindirdi.

Gönlü yaralı gururu kırıktı. İncinmiş bir insanın bütün vasıflarının hususiyetlerini üzerinde taşıyan bir harabeydi.. Analık şefkati yüreğinde hakim olan duyguların galebe çaldığı en nazik anları yaşayışı çöküşüne yardımcı olmuştu...

Jandarmalar Kerem'i götürürlerken ana ile oğlunun birbirlerine ezik duygularla bakışı, doğrusu görmeye değerdi...

Kuzunun koyundan ayrılış anı olur ya, işte öyle hazin bir manzara olup çıkmışlardı.. Dert derdi, zor vardır ki zoru biraz daha aratır derler ya, ananın durumu bundan ibaretti.. Bir yerde verdiği ifade, kimbilir dikkate alınmış olsa, Kerem'i kurtarabilirdi... O yüzden olmalı ki, Kerem'in gidişine üzülmeyi bırakıp daha başka şeyleri düşünmek zorunda kalışı beterin beteri gibi manzara sergiliyordu...

Bozca ve Erdem ananın acılı bakışlarını düşmana verilmiş cephane kabilinden saymış oldukları kaşlarının çatık suratlarının düşmancasına asık duruluşlarından belliydi. Her ikisi de ananın mahkeme boyunca bütün davranışlarını, küskün tavırlarla incelemişlerdi.

Kerem salondan çıkıp gözlerden kaybolunca ana isteksiz bir çaba ile yerinden doğrulup kalktı.. Fersiz bakışları hâlâ kocasının ve oğlunun dargın bakışlarında başka başka manalar arıyor gibiydi. Ne tarafa gidecek, ya da nasıl hareket etmesi lazımdı bilemedi...

Düşman ilan edilen de, edenler de kendi ciğerinden birer parçaydılar.

İşte böylesine dağılmış bozguna uğramış çözülmüş bir ailenin arasında, rabıta vazifesini görebilecek bir fedakar insana ihtiyaç olduğunu, ta yürekten duyan bir insandı...

Meseleleri yorgun beynini süzgecinden böyle özümleyerek, geçirmeye çalıştı...

—Bu benden başkasının vazifesi olamaz diye düşünmüştü...

Yaralı gönlü, yorgun kafası, hep çözüm bekleyen hadiselere yataklık eden kadın, kırık adımlarla kocasına ve oğluna yaklaştı.

Zor bir tebessümün, dudaklarının arasından kurtuluş bulduğu bir zamandı.. Bozca'nın sağ kolunun açık kalan boşluğundan, elini sokup:

—Gidelim diye mırıldandı.. Üzüntülerinin hepsi de boşunaydı. Suçsuzluğunun anlaşılacağını biliyordum.

Bozca zor bir barışıklık alâmetinin belirtileri ile yumuşamış gibi duruyordu... Sıkıntılı hallerde uzun sayılacak epey bir zaman konuşmadan yürüdüler.

Arabaları Adliye binasının sağ köşesindeki meydanlığın parkına çekilmişti.. Nedendir bilinmez ama ana direksiyona geçmek isteyen oğlunun kolundan tutup, geriye çekti. Erdem, bu davranışa bir mana veremeden anasına hırsla baktı...

Baba, oğul arabanın arka kanepesine oturmuşlardı. Havva arabayı çalıştırdıktan sonra kafasını yarım daire çizdirerek arkaya çevirip, Bozca'nın küskün gözlerine ısrarla baktı:

—Otele diye mırıldandı.

Bozca kafasını oynatıp suratına bile bakmadan isteksiz bir mırıldanışla cevap verdi:

—Nedenmiş o?

—Biraz istirahat etmelisin. Hem başka bir işim daha var.

—İstemez çiftliğe gidelim.

—Çok önemli işimin olduğunu söyledim.

Kinayi bir ses karşılık oldu:

—Oğlunu seyretmeye doyamadıysan, sen kal biz gideriz.

Acı dolu bir ses titreşti:

—Doydum...

Bozca, kesin ve kararlı bir çehre ile konuştu:

—Şayet mühim işin oğluna başbaşa bir ziyaret olacaksa, sana bir teklifim var. Senin için zor bir kumar bu aslında:

—Bir kadının yaptığı işten erkeği haberdar olmalı.

—Saklı değil. Sır da... Ancak senin için hazırlanmış bir sürpriz bu. Üzgünsün son zamanda yorgun düştün. Hep bunları düşünerek seni sevindirebilecek, yılların arzusu olan bir hayalini gerçekleştirmek için harekete geçtim. Bırak ki sonuçlandırayım bari.

Bozca derin düşüncelerin adamı olmuştu. Kurtuluşu (evet) demekte bulmaktan başka çıkar yol olmadığına karar verip fikrini bildirdi:

—Pekala. İnandım. Bizi otele bırak ve işini çabuk bitirmeye bak.

Erdem, anayı ve babayı sıkıntılı bakışlarla süzdü. Kuşkulu geçen dakikaların arkasından genişletici bir nefes aldı. Ana, baba ve oğulu otelin kapısı önünde durarak bıraktı. Onlar otelin kapısından içeri girer girmez, arabanın gaz pedalına dokundu.

YABAN ANA GÖÇ TUTTU...

Aradan bir saat bile geçmemişti ki, otele geri döndü. Suratında üzüntünün ufkunu terketmeyen örtüsü ve memnun gözükebilmenin ördüğü bir takım karışık çizgilerin ağını andırıyordu..

Yüzüne bakan her gözün sahibini kuşkuya salıp düşüncelerini alt üst edecek kadar çelişkili bir manzara arzediyordu..

Yorgun, duyguları yaralı ve bıkkındı.. Bütün bunlara rağmen yapmacık bile olsa yüzlerine bakıp tebessüm etmeyi denedi.

Bozca'nın sert yiti bakışları çehresindeki görünmek istediği hüvviyetin sahtelik ihbarını Havva'nın tavır ve davranışlarından çoktan almıştı.

Aslında yalan söylemekten, hiç hoşlanmazdı. İçinde bulunduğu zor durumun zarureti onu bu yola çekmeye mecbur kılmış olmalıydı.

Bankadaki bütün parasını son kuruşuna kadar, aynı bankanın İstanbul, Üsküdar şubesine havale ettirmişti.

Bu haber doğruydu. Ancak çiftliği sattım diyecekti. İşte bunu becerebilmek için güç bir durumda kalmıştı.

Noterden çıkardığı vekaletname ile, Kerem adına yıllardır çiftlikte itimadına şayan olan Ali kahya ve eşinin çalıştırabilmesi yetkisini veriyordu. Kerem çiftliğe dönünceye kadar.. Onu servetinden mahrum etmemenin yolunu böyle bulabildiği için, bu şekilde hareket etmişti..

Aslında satamazdı da... ölse bile yapamayacağı bir işte bu...

Genç kızlık hülyalarının temeli, büyük bir direnişin mahsulü olan çiftliği satabilmek elbette Havva'ya ölmekten bile zor gelirdi.

Kerem'in adına yekün tutan bir meblağı Başçavuş kanalı ile resmi kanaldan oğluna gönderdikten sonra elinde kalan havale, evrakı ile oteldekilerin yanına dönmüştü...

İstanbul adresine çıkardığı para, aslında İstanbul'da iki çiftlik kurabilecek kadar yekün tutmuştu. İşte içeriye bütün bunların hülâsasını yapa yapa girip, karşılarına yapmacık bir tebessümle dikilip, kalmıştı.

Üzerinde yaz kış çıkarmadan giyindiği, külrengi pardösesi, başında aynı renkten örtüsü vardı. Kederinden olsa ki benzi geçik bakışları yorgun ve hüzünlüydü.. Daha yerine oturmadan Bozca'ya mırıldandı:

—Şimdi gidebiliriz.

Sırt üstü yattığı yataktan bezgin bir hareketle doğrulup oturdu...

—Demek mühim işin bitti...

—Öyle.

—Şu beni memnun edeceğini söylediğin haberi hâlâ vermeyecek misin?

Bozca sorusunun cevabını beklerken, Erdem anasının suratına merakla baktı... Havva kocasından sakladığı sırrı değişik biçimde vermeye çalışırken, en ağır yükü taşıyan hamallar kadar terlemişti.

—Çiftliği sattım...

Baba ve oğlunun suratında sevinç dalgaları çizgiler kaynaştı. Erdem anlaşılmaz duyguların verdiği taşkınlıkla kollarını anasının boynuna doladı ve kükredi:

—Anneeeem.

Ana bu menfaat taşkınlığını bildi.. Bildi ve dudaklarından acı bir tebessüm bırakıp, boynunu boğarcasına sıkıp, üzerinde ağırlık yaptığını hisseden kolları, elleri ile tutup kendisinden araladı...

Bozca daha soğukkanlı bir davranış içindeydi. Adeta başka şeyler sezmiş gibi, kuşkusunu açığa koymamaya çalışarak sordu:

—Kaça ve kime?

Havva meseleyi derinleştirmekten kaçındığı için emrivaki yaptı:

—Değeri düşük değil. İstanbul'da aynı çiftliği kuracak kadar var. Ve bir o kadar da hesapdaki paramız tuttu... Kime sattığına gelince pek sevmediğin bir insan.

Hem siz arzunuz sadece çiftliğin satılması doğrultusunda değil miydi? Giyim eşyalaımız hariç, bir de altımızdaki arabanın bizim olması şartı ile, geriye kalan ne varsa herşeyi sattım. Yeni kuracağımız yuvada eskisinden bir hatırlatıcı bile olsun istemedim... Gelin siz de bir fedakarlık edip, ne olur başka bir soru sormayın.

Ananın dedikleri olmuştu... Kimse başka şey sormadı. Onun da insan olduğunu patlama noktasına getirip bırakmaktan çekindiklerini söylemek daha da doğru bir iş sayılabilirdi...

* * *

Sonbahar ağaçları sarıya boyamıştı. Yerlerdeki gazelleri savuran rüzgar ortalığı katıp karıştırıyordu. Erdem valizleri bahçeye indirip arabanın bagajına istif etti.

Bütün çiftlik ahalisi havuzun başında cem olmuşlardı. Herkes derli bir aileyi ebediyyen uğurlayışa birikişin üzüntüsü içinde bekliyorlardı...

İşçi kadın ve erkeklerin arasında bir fiskos yayıldıkça yayıldı...

Hepsinin yüzü de sarı, hareketleri kuşku ve hüzün doluydu:

—Bizi de beraber mi sattılar...

—Doğru ya.Gelen efendi hepimize güzel bir tekme attı mı mahfolduk demektir.

—Olan bizim gibi zavallılara oldu desene...

—Oldu ya.. Atlar tepişse, arada zavallı eşekler kalır derler. Doğru bir söz bu...

—Umutlarımız üzülüp elimize verildi desene sen...

İçlerinden bir tanesi yaralı gönüllerle umutlu, bir ışık yakmaya çalıştı...

—Şimdiden kara kara ne düşünüp durursunuz ki. Allah büyüktür.. Gelecek adam gâvur değil ya. Bakarsın herkes eski işine devam etsin diyip çıkar.

Havva'nın üzerinde sanki bu köye ilk girdiği gariplik nişanı vardı. Şiddetli bir yağmurda gelmiş, öfkeli bir kasırga ile gidiyordu. Daha önemlisi; genç bir kız olarak gelmiş eskimiş yaşlılığa merdiven kurmuş saçları beyazlarla çeşitlenmiş hülyaları, bahtı kara bir kadın olarak yolculuğa hazırlanmıştı.

Bozca soğuk bir yüz asık bir çehre ile havuzun başında biriken kalabalığa dönüp, arabanın kaportasına sağ elini bastıra bastıra, titrek bir sesle konuştu:

—Kusura bakmayın. Hepinizle ayrı ayrı ısmarlaşmayı isterdim. Anlarsınız ki şu anda bu bile mümkün değil. İtiraf edeyim ki, yüreğim dayanmıyor...

İçi doldu gözleri sulandı. Çehresini kavaklardan yana çevirip ağlamaklı hislerle baktı.. Anlaşılan hatıralarının sindiği yerden ayrılması ona da çok zor gelmişti.

—O kocamış kavağı kesin diye sesini yükseltti. Sizlerden tek arzum bu...

Artık tahammül edemiyordu. Hıçkırıklarının duyulmaması için ellerini yüzlerine kapak yaptı. Geri geri vücudunu arabanın açık kapısına yaklaştırıp sırtını koltuğa yaslayarak, arabanın içine oturmaya çalıştı...

Ana koyu bir ıstırap dalgası, suratında derin acılı nakışlar işleyen kadın işçilerin arasına karıştı... O diğerlerinden ayrıydı. Herkesin anası, sıfatını yıllardır duyarak işleyerek gelmişti....

Çiftliktekilerin hatta Çifteturna köyündeki dulların, yüzü gülmemiş yetim çocukların fukaraların düşkünlerin anasıydı... Elbette köyden kopuşu en zor olanda bu yüzden ana olacaktı... Yaralı bir yüreği titrek bir sesi vardı:

—Gözyaşlarımı bağışlayın diye sözlerine başladı. Yüzünüzdeki keder bulutları dağılsın, korkmayın sakın, ananız sizleri düşündü... Herkes yine bu topraklarda kendi çiftliği gibi çalışsın. Burası dün sizindi. Bugün yine sizin, yarın yaşadıkça yine sizlerin olmakta devam edecek...

Endişelerinizi anlamadı sanmayın. Bir ana çocuklarının kederini sezmezse, şefkat duygularından mahrum demektir.

Bizler ayrıldıktan sonra, kahyanız yine Ali... Herkesin işi yine eski işi olarak kalacak...

Allah'a ısmarladık. Cümleniz ananıza hakkını helal etsin.

Ağızlardan yükselen sesler ayyuka çıkacak kadar keskin ve gürdü:

—Helâl olsuuuun...

Arabanın baş ucunda duran Erdem aptal bir görünüşle kalabalığa baktı... Sanki konuşmalardan birşeyler anlamak ister gibi bir hali vardı.

Buna rağmen umursamaz bir davranışla herşeye dudak büktü. Kalabalığa gür bir sesle haykırdı:

—Cümleten hoşçakalın...

Kadınlar, çocuklar analarına gözyaşı içinde sarıldılar. Hepsinde de ayrı ayrı emeği vardı. Erkeklere toplu bir veda sesi gönderdi:

—Allah'a ısmarladık...

Kalabalığın arasından Ali kahya ile eşine işaret verip, kalabalıktan birkaç adım öteye götürdü... Onlara hayatının en büyük sırrını verircesine kuşkulu ve ürkekti. Kolundaki çantayı indirip açtı. İçindeki vekaletnameyi çıkartıp, bir nüshasını kahyaya uzattı. Fısıltılı bir sesle kahyanın dikkatini çekti.

—Beni iyi dinle. Çiftlik satılmadı. Aramızda bir sır bu. Çiftlik Kerem'in emrine noterlik belgesi ile verildi. Sen de Kerem'in adına çalıştırabilmek yetkisine sahipsin.. Buradakilerin rızkını çıkartacak şekilde çalıştır. Kerem'e sık sık para gönderip ziyaretine git. Biz buradan çıktıktan sonra bütün bunları, aşikaren söylemende bir beis yok.

Unutma, vekaletnameye göre Kerem alıp satmaya, sen de onun adına çalıştırma yetkisine sahipsin. Varıp Kerem'e herşeyi böylece duyur. Anan sana gelemedi de.. Buralar sizlere emanet... Bakarsın bir zaman sonra yine dönebiliriz. Şu anda herşeyi kestirmek hiç de mümkün değil.

Köşk evi Kerem dönünceye kadar kapalı kalsın. Sakın Bozca'ya kanıp kavağı kesen olmaya. Buralara iyi bakın...

Kahyanın eline vekaletnameyi sıkıştırıp o da arabaya bindi. Bozca'nın yanındaki koltuğa yorgun bir hareketle oturdu...

Ana hep kavakların dibine baka baka hıçkırırken, Bozca kendisinde bu cesareti bile bulamıyordu.

Erdem fırtınalı havada tozların havada savruluşuna baka baka gaza dokundu.

Eksozun arkasında oluşan, ayrı bir kasırga yerlerdeki tozu toprağı birbirine karıştıra karıştıra, çiftlikten uzaklaştı.

Eller sallandı.. Gözler ıslak ıslak uzaklara baktı. Ananın hıçkıran sesi direksiyon başındaki oğluna hitab etti:

—Unutma köyün içine de uğrayacaksın.

Bir an evvel bu yerlerden uzaklaşmak arzusu ile yanıp tutuşan Erdem, anaya sert bir cevap gönderdi:

—Ne var köyde?

—Ne var köyde ha...? Bunu sen nereden bileceksin? Köyün yaban anası gidiyor gamsız oğul.. Anası gider de köy onu uğurlamaz mı sanırsın sen?

Doğru söylemişti elbet. Anası giderde koca köylü meydana toplanıp hem de toz demeyip, fırtına kasırga demeyip, kadınlı erkekli, dostlu düşmanlı bir araya gelip uğurlamadan olur muydu hiç?

Köylü de öyle düşünmüştü işte. Kadınlar, bir yanda çocuklar bir yanda kaynaşıp koşuşuyor, erkekler bir yana toplanmış köyün meydana ocak ocak biriken insanlara dolmuştu. Uğurlama merasimi düzenlemişti köylü... Ve yabana haber göndermişlerdi:

—Geldiği zaman güzel karşılayamadık. Bari giderken helallaşarak gönderelim.

Ve de çok hazin bir tören başlamıştı. Rüzgara ve kasırganın ıslıklaşıp ortalığı katıp karıştırmasına kulak asmayan köy halkı, hazin bir manzara oluşturarak anasını uğurladı...

Önce Havva ana, arabadan inip kadınlar topluluğuna karıştı. Islak gözleri sıkıntılı pırıltılarla etrafındakileri süzerken, ağlamaklı bir ses mırıldanır gibi zor konuştu:

—Tuz ekmek yedik, birer birer helallaşalım bari...

Bozca arabadan bile inememişti.. Utandı, sıkıldı, garip bir hüvviyet arzederek arabanın açık camından erkeklere bakıp:

—Cümleten Allah'a ısmarladık diyebildi...

Köyün erkek tayfası sıralı biçimde birer birer el sıkışıp ısmarlaşmıştı.

Ve Erdem kadınların arasından ıslak gözlerle dönen anayı, arabaya bindirdiği gibi kapıyı kapatıp, kornaya basa basa kalabalıktan yol istedi.

* * *

Hakim üzgündü... Sanki dünyanın en ağır yükünü taşıyormuş gibi omuzları düşüktü. Kaşları çatık çatıkdı.. Sanki tebessüm etmeyi unutmuşçasına çehresi kararmış morali oldukça bozuktu.

Mahkemeden çıkar çıkmaz, odasına uğrayıp kısa bir zaman sonra ayrıldı.. Evlerine gidiyor olmalıydı...

Tefekkürün verdiği ilgisizlikle etrafına bile bakmadan yollardan alakasız bir gönülle yürüyüp geçti.

Evlerine gelmişti duvarın üzerine gömmeli gibi duran zile baş parmağını çöktü.. Kapıyı kendisine açan eşiydi. Kadıncağızın suratına bile bakmadan doğru çalışma odasına geçti.

Yine yürütmekte olduğu çetin bir davanın mesuliyeti onu çepeçevre sarmıştı... Daha yerine oturmadan kütüphanesinin önünde dikilip kalın kablı bir kitabı usulca yerinden çekip aldı.

Pencerenin önündeki sedire yorğun haliyle oturup okumaya başladı.

Eşi tavır ve hareketlerinden yine zor durumda olduğunu sezmişti.

Usulca kapısı açık odadan içeriye girdi. Sedirin boş bir köşesine yine sessizce oturdu. Erkeğinin suratına baktı, efkar efkar tütüyordu. Gayesi onu genişletebilmek için birşeyler yapabilmesiydi. Biraz konuşturmanın beklediği rahatlığa geçiş sağlayabileceğini umarak mırıldandı:

—Abdulkadir...

Satırların üzerinde dikkatle seyreden gözlerini eşinin üzerine çevirip, "Ne diyorsun" dercesine baktı...

—Üzgünsün.

—Doğru.

—Ablasını öldüren caninin mahkemesi vardı öyle mi?

—O.

—Karar günü olabileceğini söylemiştin.

—Olmadı.

—Bence bu tip insanlar için üzülmeye bile değmez.. Yazık değil mi sana? Kederden rengin değişmiş. Bir caninini verdiği üzüntü aile saadetimize yansıyacak kadar olmamalı...

Abdulkadir eşini derin bir teessürün gölgelediği pırıltılarla seyretti...

O içli bakışlardaki esrarda neler gizliydi neler...

Başkalarının derdini, dert edinen insanlar vardı dünyada... Bir yabanın derdi, kısa bir zaman bile olsa, aile saadetlerine yansımıştı. Ta evlerinin kapısını aralayıp içeriye kadar gelip girmişti. Kadın bu yüzden Kerem'e düşman kesilmişti...

Hakim'in kafasında problem olan meseleyi, sanki kolayca neticeye bağlayacakmış gibi tavır takındı:

—Bence çok uzattınız bu mahkemeyi.

—Bekâra karı boşaması kolay derler. Doğru bir söz bu...

Sen haksızlığa uğramış bir insanın feryadının ne demek olduğunu bilir misin? Yanlış verilen bir kararın sonunda, gadre uğradığını bilemediğin insanın gözlerinin içine baktın mı hiç?

O garip, misli görülmemiş bakışlardaki ahın öldürücü gücüne muhatap oldun mu hiç...?

Bazen yüzde yüz suçsuz olduğuna yürekten inandığın bir insan çıkıp gelir karşına. Deliller, şahitler, hadisenin akışı, tamamen aleyhinde sıralanıp gelmiş.. İşte o zaman kanaatin ne olursa olsun insanların kendi elleriyle hazırlayıp yasalaştırdıkları kanun sımsıkı sarar hakimi.

Ve o zaman yargılanan insanın en bahtsız günüdür.. İşte o zamanlar yanlış verebileceğim kararların azabından Allah'a sığınarak, İlâhi kanunların arasına gömülüp nasıl hareket etmem lazım geldiğini ararım.. Ve ta gönülden bir dua ile aralanır dudaklarım:

—Allah'ım; Hiç yanılmayan herşeyi olduğu gibi görüp, bilen, sadece sen varsın... Verdiğim kararda yanılırsam, şimdiden affına sığınırım. Amin...

—Sence Kerem bu kadar ehemmiyet arzeden zor davalardan birisi mi?

—Zor...

—Öyle sanırım ki öz ablasını acımadan kurşunlayan bir caniye merhamet etmek bile merhametsizlik olur.

Hakim derin bir nefesin arkasından acı acı gülmeye çalıştı:

—Nefsinin emrettiği gibi konuştun. Kerem, bana göre katil değil. Anladığım kadarı ile iki ihtimal var. Ya Kerem korkunç bir sırrı vermekten kaçıyor. Ya da Meryem büyük bir ihtimalle intihar etti. Hareketlerinde tavırlarında, müsterih bir gönülle davranış esnekliği var.

—Bence binlerce ağızdan daha ayrı düşünmek arzusu bu.. Herkes Kerem'in öldürmüş olduğu sakınca duymadan söyleyebiliyor.

—Buna rağmen gören yok. Ve delil de yok.

—Ağabeyisi görgü şahiti diyordun ya.

—Bütün ifadeleri tutarsız ve saçma.

—Bir kardeş şahitlik etti mi günah senden gitti demektir. Ver idamcezasını bitsin bu iş.

—Bir iş sadece bitsin diye yapılırsa; ortaya çıkan eser gülünç olur.

* * *

Kerem kapandığı karanlık odada bütün sıkıntılara ve acılara inanılmaz bir sabırla göğüs germeye çalıştı...

En yakını tarafından bile unutulmuşluğa terkedilmiş adamdı... Tam üç aydır ne arayanı ne de soranı olmuştu. Daha da fenası, Çiğdem'e yazdığı onbirinci mektubunun cevapsız kalışı gönlünde ılık ılık kanayan bir yaradan farksız olmuştu.

Ne bir dost ne bir selam... Bu iki şeye hasret kalmak kadar acı. Hele hapishane köşesindeki bir insan için bundan daha fenası olmazdı...

Bütün dertlerinin debreştiği, efkarın hesapsız biçimde ufkunu sardığı bir anda, gardiyan kalın sesiyle adını anons etmkişti:

—Kerem Sırdaş, mahkemeye çıkarılacaksın.

Saatine baktı henüz on kırkbeşti...

Yine meraklılardan dinleyiciler vardı. Melul masum, etrafı arayan gözleri, ne candan bir akraba, ne de yakın birisinin yüzüne merhametle bakabilecek bir dost bulamayınca, efkarı bilmem kaç defa kaç ile çarpmıştı... Bu hal Kerem'i oldukça yıprattı üzdü...

Hakimin kendisine yönelttiği soruları adeta güçlükle duyabiliyordu.

—Bu tam yedinci mahkemen... Ayların hatta yılların hep böyle geçmesi sanırım sana hiç bir şey kazandırmayacaktır. Zaman ömürdür, Kerem. Bunun için mahkemeyi uzatmak sana faide sağlamayacaktır. Suçunu itiraf et belki sen de rahatlarsın.

Hakimin suratına ıstırap yansıtan pırıltılarla baktı... Cevap için dudaklarını adeta utanarak açıp kapamıştı:

—Suçsuzum!...

—Yaşamayı sevmek, ölüm korkusundan kaçmak insanı yalan söylemeye mecbur etmemeli...

—Dünyayı sevmek bütün hataların başıdır. Yalanların gölgesine sığınmaksa şahsiyetini yitirmiş insanların tükenmeyen sermayesi gibidir. Ben bunların her ikisinden de Allah'a sığınırım.

—Pekala Kerem. Dinine düşkün bir insana benziyorsun, bu çok güzel bir yol seni kutlarım. Ancak şunu hiç unutmamalısın ki vicdan azabı insanın içinde bir cehennem ateşidir.. Suçlu affedilmiş olsa bile o ateş insanın sinesinde ölünceye kadar yanar... Bundan ötesi de Allah'a aittir. Mahkemenin karar verebilme çaresi çabası içinde bulunuyoruz. Bütün bunlardan sonra sana soruyorum:

—Nasıl bir sonuç bekliyorsun? Tahmin et...

—Olayı nasıl değerlendirdiğiniz açısından hiç bir fikrim yok. İradenize hakim, vicdanınızın sesine tutsak olarak verebileceğiniz karar kaderimdir...

Hakim dosyayı yeniden gözden geçirdi, heyeti hakimle uzun uzadı konuştu. Artık mahkeme karara bağlanmak üzereydi... Hakim Kerem'in gözlerinin içine ısrarlı ısrarlı baktı:

—Karar. Diye sesini yükseltti...

Kerem duru pırıltılarla Hakim'e dikkat kesilmişti:

—Hayatta en çabuk kuruyan ıslaklık gözyaşlarıdır diye başladı.

Hal gelmedik baş kar yağmadık kış olmadığı gibi; bazı yıkılışların daha parlak, daha sağlam yapılışların teşvikçisi ve başlangıcı olduğunu unutmamakta fayda vardır...

Şu anda bir mahkemeyi daha sonuca bağlamış bulunuyoruz. Beni can kulağı ile dinlemeni istiyorum Kerem. Alışkanlıkların, vurduğu zincir, önce duyulmayacak kadar hafif, sonra kırılamayacak kadar güçlü olurlar. Bizler de insanız elbet. Vardığımız sonuç delil yetersizliği, hadiselerin kurgusu ve bütün baş vurduğumuz yolların sonunda varabildiğimiz nokta senin suçsuz oluşundur...

İnsan kafası dünyaya göre programlanmış olmasına rağmen, her gizliyi isabetli çözebilir anlamına gelmemeli. Şayet bizim akıl ufkumuzun ulaşamadığı bir yol seçerek bu suçu işlemişsen, bu kötü alışkanlık sende cemiyyete avdetinden sonra yeniden kendisini gösterebilir... İşte o zaman Allah'a teveccüh etmeden bile dünyada yandığının haberini sana şimdiden verebilirim...

Serbestsin.

Kerem hakimin kararına inanamıyordu bir türlü. Şaşkın şaşkın yargı makamına baktı...

* * *

Sevinmişti tabi, lakin üzüntüleri sevincinden baskın sayılırdı. Tıpkı işe yaramayan yırtık kirli bir paçavranın sokağa atılışı gibi o da aileden atılmıştı..

Alnına hayatın en acı ve en utanç verici damgalarından belki de en bayağısı vurulmuştu.. Tanıyıp bilenler, sorup öğrenenler artık isminin sonuna bir lakap daha ekleyeceklerdi:

—Kardeş katili...

İşte bu yüzden olmalı ki, Hakimin verdiği beraat kararı Kerem'i sevindirmeye yetmemişti.

Sanki bu adice bir iftira üzerine yanlışlıkla seneleri bir çırpıda sırtına sarıp bırakmış olsaydı beraat kararı ile arasında ona göre pek bir fark olmayacaktı. Hakimin dudaklarının arasından kurtuluş bulan kelimeler, kendisine hürriyetini geriye veriyordu. Ne var ki, hadiseler zinciri Kerem'den kıymeti biçilmeyecek kadar korkunç değerleri söküp almıştı. Bunların herbirisine karşılık, hakim sadece ona:

—Serbestsin demişti...

Aslında yapabileceği başka hiç bir şeyde yoktu. Kerem'in bağrına bütün acımasızlığı ile saplanıp kalan hançerin sancısını alnına insafsızca vurulan lekeyi, boynuna asılan utanç verici yaftayı, yüzüne bin bir mana ile bakan gözlerin boğucu hissiyatını elbette hakimin silmeye gücü yetmeyecekti...

Terkedilmiş olmasına rağmen, hasret dolu olduğu insanlar vardı... Annesi ve Çiğdem. İşte bu iki varlığın onu unutmuş olmaları yıkılışını biraz daha hızlandıran sebeplerin başında geliyordu...

Mahkeme salonunu terketmek için hazırlanırken, bakışları bulut bulut kaynaşıyordu. Çıkış kapısına yaklaştığında duyguları oldukça ezik hissiyatı sarsıntıya uğramış haldeydi...

Koskoca cihanda tek başına olduğunu hatırlamıştı. Milyonlar milyarlar, arasında yalnız bir adamdı şimdi o...

Hadiselerin ağırlığı, olayların seyri omuzlarını biraz daha düşürmüşe benziyordu. Salonu tam terkedeceği zamanda, geçit vermeyen bir kolun önüne gerilişi ile durakladı.. Yorgun bakışlı gözleri, muhatabını incelerken, sitem dolu pırıltılar sağdı.. Kuru dudakları kaderin vurduğu presleri çözerek sebep sordu:

—Ne istiyorsunuz?

Yol vermeyen kolun sahibi jandarma erinin ta kendisiydi:

—Bizimle karakola kadar geleceksin?

—Serbest bıraktılar... Sanırım başka da karakolluk bir işim kalmadı.

—Dünya bu, insanlar yaşadıkça mutlaka yapacakları başka bir iş vardır. Seni teslim alabilmek için mahkemenin sonunu beklemiştik.

—Az önce sebep sordu.

—Asker olacaksınız.

—Talebeyim.

—İki ay önce teciliniz bitmiştiği.. Mahkemenin alacağı sonuca göre hareket edilmesi beklendi.

Daha da ezilen duygularını besleyebilmek, dışarının temiz, hür havasını ciğerlerine doldurmak bile nasip olmuyordu...

Karakolda eline sevk kâğıdı verilirken baş çavuşa sordu:

—Hiç değilse birkaç gün tehiri mümkün olmaz mıydı?

—Vaktinde varıp teslim olsan iyi edersin. Askerlik bu şakaya gelir yanı yok bilmelisin...

—Çifteturna köyüne kadar gidip gelecek kadar demiştim...

Başçavuş gülümsedi:

—Üç beşgün içinde kıtanda bulunacak şekilde, hareket et yeter.

* * *

Bütün servetini elindeki valizin içine doldurmuş, yorgun argın bir gidişi vardı.. Orta boyda bir valiz, içinde çamaşır, birkaç kitap, işte bütün dünyalığının hepsi buydu...

Bir ağacın gölgesine çekilip, cebindeki parayı yokladı.. Yaptığı hesaba göre hâlâ kendisini kıtasına teslim edebilecek kadar parası vardı...

Devamlı köylere çalıştığını bildiği bir jipin şoförünün üzerinde bakışlarını sürdürdü.. Az sonra karar verip valizi için eğilip kendisine istikamet verdi...

Jipin kapuduna yaslanmış, sigarasını tellendiren, karayağız gence mırıldandı:

—Çifteturna köyüne kadar gider miydiniz?

—Ekmek parası ağabey; gideriz elbet.

Fiyat hususunda anlaşmışlardı. Delikanlı Kerem'in elindeki valizi alıp, jipin içine attığı gibi kontağı çevirdi.

Yirmi kilometrelik yol sanki hiç konuşulmadı denilecek kadar sükutlu geçmişti. Çiftliğin bulunduğu bölgeye yaklaşınca Kerem yol tarifinde bulundu.. Jip içeri girmiyordu, ancak Kerem; çiftliğin kapısı önünde frenleyen şoföre her şeye rağmen kendisini beklemesini mırıldandı...

Hüzünlü bir çehre, efkar yüklü bakışlar ve zor tekrarlanan adımlarla çiftliğin büyük kapısından içeriye bir gölge gibi süzülüp geçti...

Bugün çiftlik adeta bakan her göze sönük bir manzara yansıtmaktaydı. Köşk evinin hemen önünde havuzun içindeki kirli, suyun üzerine rüzgarın alıp getirdiği yapraklarla otlarla kaplıydı.

Ortaklıkta kimseler yoktu... Hele köşk evinin etrafında cinler cirit atıyordu... Kuzeye doğru garip pırıltılarla bakıp, hisli duygularla ta uzakları taradı.. İlerilerde tek tük gözüken işçilerin birşeylerle meşguliyeti göze çarpıyor ve lojman evlerinin önünde birkaç çocuk kendi alemlerinde oyun oynamaktaydı.

Annesinin köşk evinde olduğunu umud edip, evlerinin merdivenlerini tırmandı.. Beton basamakları yarılamış sayılırdı. Arkasından kalın bir ses yetişip gelince son hazırladığı adımı yarıda kesip durdu... Boynunu yarım daire çizdirerek geriye çevirip sesin sahibine baktı:

—Ali kahya diye mırıldandı. Sen miydin?

Ali kahya nefes nefese koşup yanına gelmişti.. Durdukları merdivenlerin boşluğunda Kahya Kerem'e elini uzatıp:

—Hoş gelmişsin diye diye hitab etti.

—Hoş bulduk Kahya.

—Demek kurtultun öyle mi?

Yüzlerindeki acı ve ıstarıp dalgası biraz daha koyulaştı:

—Buna kurtulmak derlerse öyle oldu..

—Geçmiş olsun..?

—Sağol...

Kerem aklındakini yapabilmek için acele etti:

—Bizimkilerden hiç kimse görünürlerde yoklar...

Ali kahyada beklenmedik bir değişiklik olmaya başlamıştı... Birden nefesi sıkıştı, hareketlerinde değişik bir hal başladı.

Beyninde kısır bir düşüncenin boy verişi sayılabilirdi bu. Arzularına tutsak olmuş gibi kıvrandı durdu... Sonunda ellerini ovuştura ovuştura Kerem'i cevapladı:

—Artık sizlerden kimseler kalmadı ağa...

Kerem hayret içinde sordu:

—Neredeler?

—O üzücü hadiselerin hemen arkasından göçü yükledikleri gibi, ver elini İstanbul.. Gidiş o gidiş...

—Ya çiftlik?

Kerem Kahya'nın suratına dikkatle baksa, sıkıntı terlerini görebilmesi mümkündü... Ama bunların hiç birisi olmadan sorusunun cevabını kırık bir umutla bekledi:

—Satıldı...

—Kim aldı, tanır mıyım ben?

Kerem'in sanki birşeylerden haberdar olduğunu sezmiş gibi gözlerinin içine baka baka konuştu:

—Şey diye yutkundu. Nereden bileceksin ağa bir yaban.

—Hayret diye mırıldandı. Anam buna nasıl razı oldu dersin?

Kahyanın göz bebeklerinde umut ışıkları yalım yalım yandı:

—Oldu işte. Duyarız ki İstanbul'da yeni bir çiftlik kurmuşlar...

—Adres bilir misin?

—Yo bilmem.

Yıkılmış dökülmüş bir hali vardı. Vücudunu usulca geldiği yolların istikametine çevirip, merdivenleri geriye indi. Kahya peşinde adeta gölgesi gibi kendisini takibe başlamıştı..

Kavakların dibine doğru yürüyordu. Hazin bir manzara ile karşı karşıya kalmıştı.. Ayakta kalan üç servi ağacına baktı... Sonra adına dikilmiş olan servinin toprağın üzerine boylu boyunca uzanmış olarak yatışı, yüreğindeki yağların geriye kalanını eritmeye yetmişti. İçi dayanmaz olmuştu... Ablasının, ağabeyisinin mezarı başında durup, ellerini Yaratana dua için açtı.. Duası bitmişti. Daha fazla duramayacağını anlayıp kahyaya elini uzattı:

—Allah'a ısmarladık Kahya. Askere gidiyorum.

Kahya'nın Kerem'i başından savuşturabilmek için çırpınan bir gönlü vardı... Elini uzatıp tokalaşırken mırıldandı:

—Güle güle ağa...

Artık arkasına bile bakmayı düşünmüyordu.. Çabuklaştırılmış adımlarla çiftliğin çıkış kapısına doğru yürüdü... Kahya'nın gerilerden takip eden gözleri heyecan yuvalarına dönmüştü.. Baygın baygın jipin kalkışını, Kerem'in uzaklaşışını, yerinde dondurulmuş mumya adam gibi gözetledi...

Kahya'yı o derin uykusundan tanıdığı bir ses uyarmıştı:

—Aliiii?

Kafasını sağ omuzunun üzerine yıkıp baktı; Karısının olduğunu farkedince, genişledi, derin derin nefes aldı.

Kadınını dinledi, ama bir daha yüzüne bile bakmadı.. Hâlâ gözleri gittikçe kaybolan jipin arkasında seyrini sürdürdü?

—Kerem değil miydi o?

—Oydu.

—Kurtulmuş demek?

—Öyle söyledi.

—Neden ayağının tozu ile geri döndü ki?

—Bilmeeem.

—Asıl şimdi sebebini bilemediğim başka bir şey var? İnsan, kendi mülküne gelir de suyunu olsun içmeden dönüp gider mi dersin?

—Anan İstanbul'da deyince döndü...

—Bırak uzakları gözetlemeyi, birazda beni dinle. Neler konuştunuz. Daha neler söyledin ona?

—Ulan üzerime fazla varıp durmasana, askere gidiyorum dedi.

—Hapisten çıktı. Param pulun var mı dedin mi? Açlığın var mıydı diye sordun mu...?

Yumuşadı değişti:

—Diyemedim. Sanki ağzım dilim tutuldu da diyemedim, işte.

—İyi ama neden gelmiş?

—Anasını burada bilirmiş...

Kadın tedirgin bir gönülle ürperir gibi olmuştu. Kuşkulu ve üzgündü:

—Ali diye yalvarmaklı mırıldandı. Bizleri Yaratan'ın aşkına doğruyu konuş. Çiftliğin kendisine verildiğini dedin mi?

Bir mahcupluk bulutudur üzerine çöreklenmeye başlamıştı. Eşinin suratına bile bakmaya utanıp, ayaklarının dibini gözetledi. Canı çekilmiş gibi titreyen dudakları fısıldadı:

—Bilmiyo.

—Havva ana sana ısrarla söyle demedi mi?

—Dediiii.

—Neden söylemedin?

—Varsın biraz da bize ağa diye dursunlar. Esas sahibi gibi çalışmaya emir vermeye alışmıştım. Herhal, ondan olmalı ki söylemeye dilim varmadı.. Dersem bitecekti herşey. Habar alasıya kadarbil olsa? Söyle kız, öyle olursa yalan dünyada, Ali'de devran sürse, dünya mı yıkılırdı?

—Emanete hıyanet olur mu Ali?

Kızdı öfkesini kısık bir sesle eşine duyurdu:

—Sana hiç bir şey bilmiyo dedim.

Kadın acı duygularla erkeğinin dehşet manzarası olan çehresine baktı. Hassas bir sesle ağlamaklı olarak mırıldandı:

—Kerem bilmiyo emme, Allah biliyor ya... Hadi ona da bilmiyor desene..? Huzuruna çıkınca ne diyeceğini de hazırladın mı bari..? Söyle hele onu da kandırabilecen mi bariiii...?

Kadın ağlıyordu. Az sonra hıçkırıkları bile geçilmez olunca, hırçın bir gönülle kocasının yüzüne bakıp, gönlünün feryadını iletti:

—Aha şuracıkda diyom... Sana biçilen maaşın dışından başka kazanca el sürersen beni yanında artık yok bil. Ben haram yemekten, başkasının hakkına el vurmaktan Rabbıma sığınırım... Korkarım işte... Varınca huzuruna ne diyecem diye korkarım...

Ali kesin bir kararla baş başa kalmıştı... Pes demiş bir lisanla morali bozuk bir çehreden ses geldi:

—Sürmem gayri. Billaha sürmem. Birde huzurumuzu barim bazmasak.

—O zaman koşup arkasınden yetiş... Arabaya atlayıp yakala onu...

—İşte benden bunu barim isteme...

—Neden?

—Utanırım.. Diyemem bir daha...

—Allah'ın affına sığınmaktan utanmaktan daha hayırlıdır.Git kandırdım seni de, belkim Alah affeder hanı?

—Varmasan üstüme... Aradan vakıt geçince askerlik şubesine varır nereye gittiğini sorarım.. Daha sonra bir mektupla...

Bir çift göz nasıl bakıştı nasıl kaynaştı ve nasıl anlaştı, görmeye değerdi...

* * *

Her zaman kışlada bahar olmazdı.. Sevkedildiği er eğitim alayının bahçesindeki barakaların arasında, dizi dizi şemsiyelerini açan akasya ağaçları artık çıplaktı.

Teslim olduğu gün, kışlada hoyrat bir rüzgar esip ağaçların dallarında kalan son yaprakları koparıp koparıp savurmuştu...

Kerem giyindiği elbiselerin içinde kendisine bile yabancı bir sima olup çıkmıştı.

Yüzünde ürkeklik gözbebeklerinde kuşku dolu pırıltılar vardı... Saçlarını kesmişlerdi, garipliğin verdiği çekingenlikle umutları ezik hülyaları karamsardı.

Günlerini içinde hergün biraz daha kararıp kalan dünyasının tutsağı olarak geçirebilmenin adayı olacağa benziyordu. Koskoca iki yıl işte böyle bitecekmiş gibi gözlerinde asırlaştı büyüdü, çekilmez gibi oldu.

Koskoca alayın içinde belki de aranmayan mektubu gelmeyen tek neferdi.

Günlerde haftalar ve aylar umutlarını biraz daha üze üze sıralandıkça, artık kendisini yalnız olarak tanımaya alıştırmaki çin zorladığı zamanlar oluyordu...

Dağıtıma katılmamıştı. Alay yazıcısı olarak kalemde görev aldı.

Yolu hep aynı ıstırap kervanını süre süre yarılamıştı... Son günlerde candan bir arkadaşı da oldu.. Selçuk. Babası Yüksek trajlı bir gazetenin sahibi olan zengin çocuğu.. Sarışın, uzunca boylu balık etinde gök gözlü şen şakrak bir gençti.

Daha doğrusu Kerem'in gazetecilik okulu talebesi olduğunu öğrendikten sonra, kırık umutlarını, iş vadi ile besleyen bir delikanlıydı.

Fikir yapısının dğil, dertlerinin ortakçısı bir arkadaşı olmuştu..

İki akraba gibi birbirlerine ısınmış yapışık kardeşler gibi dolaşmaya beraberliklerini sürdürmeye başlamışlardı. Her zaman çarşı iznine birlikte çıkıp, kışlaya yine birlikte dönerlerdi. aynı koğuşta ve ranzaları yan yanaydı...

Selçuk'un günleri iyiden iyiye yaklaşınca Kerem'in tedirginliği arttı.

Bu gece Selçuk'un koğuşta son gecesiydi... İkisi de sabaha kadar gözlerini bile yummadan ışıttılar.. Kerem herkesin uykuya vardığı birsaatte Selçuk'a fısıldadı:

—Son günler zor biter derler. Hele son gece...?

—Doğru birsöz bu..

—Aslında başka gecelerden farksız...

—Heyecan...

—Hayırlısını dilemeli. Daha benim beş ayım var.

—Üzülme dedi, sayılı gün değil mi yaşayan için o da biter. Yalnız unutma sözünde durmalısın.. Terhis olur olmaz, doğru gazeteye geleceksin...

Kerem:

—Nasip, diye mırıldandı:

* * *

İstanbul kocamış bir baharın yaz aylarına kollarını uzattığı günleri yaşıyordu..

Adeta heybetli şehre, çektiği hasreti gidermeye çalışan bir hali vardı.

Yürümekte olduğu Galata köprüsünün kıyısında durup, böğrünü köprüye dayadı. Denizi seyrediyordu.. Kirli ve durgun suları. Hemen arkasından derin bir umursamazlıkla kıpırdayıp kıyasıya yürümeye devam etti.

Müteessir ve üzgün bir çehresi vardı. Anlaşılan düşüncelerin verdiği eziyet onu bir kat daha hırpalıyordu...

Kısa siyah saçlarını ılık bir rüzgar yalayarak geçtikçe, sıcağın tesirinden kurtuluyor, ancak elindeki valiz, her adımda biraz daha ağırlaşmaya devam ediyordu.

Kesin bir karar almıştı.. Annesinden ve kendisine iş vadinde bulunan Selçuk'tan daha evvel Çiğdem'i arayacaktı. Adeta onu bir nefeste bulmaya susamış hali vardı. Hareketlerini çabuklaştırdı hızlandı. Koyu bir teessür dalgası dudaklarını terkederken:

—Tam iki koca yıl diye mırıldandı...

Ne Çiğdem ne Asiye ananın varlığından habersizce geçipgiden iki dev yıl...

Mektuplarının bile cevapsız bırakılmaya terekedildiği, çileleri ile iç içe tüketmeye çalıştığı, up uzun iki yıl.. Dile kolaydı bu. Tanıyıp bildiği herkes tarafından, adinin bayağısı bir insan olarak, unutulmuşluğun cn acısına terkedilmek, elbette kolay olmasa gerekti...

Yeniden duraklayıp düşündü.. Şimdi kafasında canlılığını muhafaza eden Asiye ana'nın adrese nasıl gidebileceğini kurmakla meşguldü...

Galata köprüsünden kurtulup Eminönü şeridine kavuşan çizgiden yolcuğunu sürdürdü... Otobüs durağında görevli bir kontrol memurlarından gideceği semte hangi otobosün kalkabileceğini sordu. Görevli, kalkı hazırlıkları yapan otobüsü parmağıyla işaretlerken:

—Koş dedi, kalkmak üzere.

Boğucu bir kalabalık, kulakları tırmalayan uğultulu gürültüler fırtınası, hayal alemindeki perdeyi yırtalı çok olmuştu...

Elindeki valizi sallaya sallaya koşup, otobüsün arka kapısından bindi. İçeriye aceleci olarak göz gezdirdi. Hiç de kalabalık sayılmazdı.

Biletçiden bilet atıp ön kanepelere doğru yürüdü. Tam şöförün karşısındaki koltuğa oturmuştu...

Otobüs kalabalık caddelerden yol alıp durup kalktıkça Kerem'in gönlünde hareli hareli umut çiçekleri açmaya başladı. Gelmiş olabileceği düşüncesi ile saçları apak olmuş şoföre ineceği yerin neresi olduğun mırıldanmıştı.. Şoför daha yeni müşteri indirdiği bir duraktan kalkarken:

—Üç durak sonrası diye cevap verdi.

Sora sora Bağdat bulunur derler ya, doğru olduğunu Kerem bir daha tasdik etmiş gibiydi... Otobüsten indi, fazla dolaşmadan aradığı adrese gelmişti bile.

Ahşap, önü patika taş döşeli yolun kenarında bir evdi. Üzerinden geçip giden yılları her bakan göze kolayca haber veren ahşap bir konak.

Etrafı öylesine kederli süzdü ki, görmeye değerdi. Artık beklemeye tahammül edemeyecek kadar gönlü darda, sabrı tükenmişti. İçinde büyüyüp geçilmez olan kuşkunun körüklediği hasret duygusu, bardağı taşırmıştı.. Tereddüt ve kırık umudunun iç içe gelişip kaynaştığı bir anda parmağını yorgun ve usul bir hareketle kapının ziline götürüp, heyecan dolu bir tavırla çöktü.

Aradığını bulmak, ya da başka başka haberlerle karşılaşabilmenin iç burukluğu ile bekledi... Hissiyatına hakim olan duygular bunlardı.

Yüreği yalvarmaklı rengi uçuktu. Hep beklemediği bir son içini burkuyor, sıkıntısını daha da körüklüyordu.

Zile işte böyle bir haleti ruhiyenin endişe denizinde boğulurcasına bastı.. Bakışları ürkek duyguları daha şimdiden yara almıştı... Açılan kapının aralığından tıpkı öyle baktı...

Yaban bir sima ile karşı karşıya gelişi ıstırabını artırdı, endişesini körükledi.. Sarışın taze bir delikanlının suratına küskün küskün baktı. Kerem susunca delikanlı yabancıya sual açtı:

—Birisini mi aramıştınız?

—Evet. Eşimin elimdeki son adresi burasıydı.

—İsmi neydi acaba?

—Çiğdem.

—Bizden evvel oturanlar olmalı.

—Yani taşındılar mı demek istiyorsun?

—Biz buraya taşınalı iki aya yaklaştı.

Rengi biraz daha külleşti, çehresini koyu bir ıstırap dalgası kuşattı.

—Nereye taşındıkları hakkında fikriniz var mı?

—Biz kendilerini tanımayız. Sanırım bitişik evdeki ihtiyar kadın size yardımcı olabilir.

—Zahmet oldu diye mırıldandı...

Yere bıraktığı valizini alıp yürümeye çalıştı.. Bakışları hareketleri yüzündeki cümle hat efkar doluydu. Tarif edilen evin kapısına yıkık dökük, perişan bir vaziyette gelip durdu. O kadar umutsuzluğa kapılmıştı ki, sanki son uğradığı kapıda kaybedeceği, hiç bir şeyi kalmamıştı. Zile dahi bir umursamazlık içinde çöküp bekledi.

Az sonra açılan kapıdan tarife uygun yaşta bir hanım çıkmıştı. Yaşlı beyaz bir örtünün kuşattığı çehrenin açıkta kalan gözleri kendisine muhatab oldu. Müteessir bakışlarını ayaklarının dibine indirip mırıldandı:

—Rahatsız ettim sizi efendim. Komşunuz, eşimin adresini sizden başka kimsenin bilemeyeceğini söyleyince geldim.

—Kimden söz ettiğinizi anlayamadım doğrusu.

—Çiğdem. Diye mırıldandı.

—Adın ne senin?

—Kerem.

Yaşlı kadın kapıyı biraz daha araladı.

—Kerem mi? Yani ablasını öldüren adam sen misin?

Kerem'in suratındaki deriler gerginleşti, öfkesi beyninde acılı düğümler attı.. Birden uykudan uyanmış gibi toparlanıp kendisine çeki düzen verdi.

Derin derin bir nefesle "of" çekti... Neden unutulduğunu az da olsa anlamış gibiydi.

—Acaba nereye taşındıklarını biliyor muydunuz?

—Korkularından olsa gerek ki söylemediler..

—Neden taşındılar bir sebep mi vardı buna?

—Son günlerde Yavuz diye bir avukatın şerrinden tedirgin olmuşlardı.

Her gün ayrı bir dünür gönderdi.. Razı olmayınca utanmadan kapıyı zorlayıp kaçırmaya teşebbüs etti.

Kerem hadiseleri dinlerken titriyordu.. Kadın sakin bir lisanla bildiklerini sıraladı:

—Sonra yüzleri güldü fukaraların... Önce kapılarında lüks bir araba durdu. Yunus dediler... Asiye içeriye almadı. Çiğdem babam diye kucakladı. Yılların arkasından Asiye'nin üzerine aldığı karı trafik kazasında can verince göçlerini yükledikleri gibi alıp gitti...

—Demek sonunda barıştılar...

—Barıştılar ya. Adam torununu da kucağına aldığı gibi...

—Torunu mu? O da kim?

—Bilal. Çiğdem'in oğlu...

—Sağol diye mırıldandı. Rahatsız ettiğim için kusura bakmayın.

—Estağfurullah evladım.

Valizini alıp kırık adımlarla yürüdü.. Çiğdem'in İstanbul'a ilk geldiğinde tarif ettiği villayı hayal meyal hatırlıyordu... Umutları yeniden beslendi ne var ki bir oğlunun olduğunu da öğrenince hasreti daha da geçilmez olmuştu...

* * *

Eminönü'nden Üsküdar iskelesine geldiğinde saat ondört onbeşi göstermekteydi. Kalkmak üzere olan vapura güçlükle yetişebildi. Nefes nefese, güverteye çıkıp, oturacak bir yer aradı... Sonunda gözüne münhal bir koltuk ilişince, ayaklarını dibine valizini koyup, yüzü denizden yana çevrik olarak oturdu.. Yorgun bakışlarında bin bir ıstırabın diriliş sancılarının uyanışı vardı..

Kerem'in gözleri seyirde gönlü talebelik yıllarını geçirdiği evlerinin etrafında uçuşuyordu.. Kirada bile olsa, adreslerini bilirler diye düşünmüştü...

Yüreğinin başında çöreklenip kalan acı bir duygunun çilesini çeke çeke vapurdan indi. Izdırap yüklü beyin aklına gelen her varsayımı kurcalayıp durdu...

—Anam hayatta olsa, bu kadar ilgisiz kalmazdı diye düşünüp kederini artırdı.. Şimdi Kerem'i yorgun düşüren hissiyat buydu...

Üsküdar iskelesi karınca sürüsü gibi insan seli ile kaynaşırken, kulakları uğuldatan gürültülerin arasından kaçarcasına adımlarını hızlandırıp, Beylerbeyi dolmuş kuyruğunda yerini aldı...

Çok geçmeden sırası gelmişti. Bindiği dolmuşun arka kapenesinde valizini dizlerinin üzerine koyup, yollara sitemli bakışlar bıraka bıraka seyretti.. Umutlarının biraz daha kırılmasından korktuğu ikinci kapıya yaklaşmıştı.

Eskiden iç içe yaşadığı sokaklarında hevenk hevenk arzuların uçuştuğu, yollarında dolaştığı mahalleyi görünce efkarı daha da fazlalaştı.. Dolmuş şoförüne:

—Sağda müsait bir yerde durur musunuz diye mırıldandı.

Valizini eline aldığı gibi dolmuştan ikiye katlanarak indi... İsteksiz ve ürkek bir hali vardı.. Sanki görebilecek her gözden saklanmak istercesine, urbalarının arasında büzülmüş, siperine çekilmiş kablumbağa gibi dertop yürüyordu... Tavırları daha bir başkalık, hareketleri ayrı bir gariplik simgeleyen hilkat garibesi bir manzara gibi eskiden oturdukları apartmanın cümle kapısından içeri savuştu.

Merdivenlerden tırmanırken, katlardaki daire kapılarından kimselerin dışarı çıkmayışını arzulayışı vardı.

Daha girdiği apartmana yaklaşmadan bitişikte duran binaya bakmamak için ısrarla kendisini sıkı kontrol altında tutmuştu.

Aslında parmağını üzerine çökmek için götürdüğü zilin kendisine neyi getirip neleri götürebileceğini bile hesaba getirecek hiç bir fikri yoktu.

Vücudunda ince ince bir titreme başlamış, bütün bedenini sıkıntı sarmıştı... Tüyleri diken diken rengi solukdu... Onu bu hale getiren çok sebepler vardı. Zilin yırtıcı sesinin arkasından Erdem ya da Reyhan çıkabilirdi.

Hatta Bozca çıkar, suratına kapıyı iğrenerek kapatabilirdi... Her ihtimali yaralı gönlünde duya duya bekledi... Kapının arkasından yükselen ayak seslerini duyunca heyecanı bir kat daha artmıştı.

Az sonra kapı usul bir hareketle aralandı... Kerem alıcı kuşlar gibi heyecan yüklü pırıltılarla, kapının aralığına baktı.

Kapı iyice açılıp, geriye dayanmıştı..

Kerem'in yüzlerindeki deri kızarmaya gözbebeklerinden kurtuluş bulan pırıltılar güneş gibi parlamaya başlamıştı...

Kapının arkasında bekleyen kadının, gözlerinden dizi dizi yaşlar boşalırken, Kerem'in elindeki valiz betonun üzerinde kırık bir ses çıkararak düşüp devrildi...

Kadın ağlıyordu... İçinden oylum oylum yükselen bir hıçkırıkla. Nefes alıp verişi bile boğulmaktan kurtulmaya çabalayan insanınkinden farklı sayılmazdı. Durgun bir deniz gibi sakinleşen kadın beklenmedik anda alev alarak patlayan yanardağ gibi haykırdı:

—Kereeeem...

Hasretle yanan gönlündeki bütün duyguları bu ses galeyana getirmişti.

—Anaaam. Diye kollarını kartal kanadı gibi açtı.

Her ikisinin gönül kazanında, acı ve ıstırabın, sevinç gözyaşının kaynadığı bir andı. Ana ve oğul birbirlerine işte böylesine bir duygu ile sarmaş dolaş olmuşlardı.

Bu içleri ürperten ses odasında karyolasına gönülmüş umutsuz yatan Bozca'nın kafasında acımasız bir bomba gibi patlayıp kaldı...

Benzi soluk suratı keder çizgileri ile dolu, zayıflamış, pörsümüş adam, kapıdan gelen sese yeniden dikkat kesildi... Kulaklarına fısıltılar geldikçe kuşkusu büyüdü endişesi arttı. Cılız halsiz bir ses önce tıkanır gibi dudaklarından feraha kavuşup sonra hırçınlaşarak yükseldi:

—Havvaaaa...

Oğlundan aralanan ana, Kerem'in kederli yüzüne bakarken, kısık bir sesle mırıldanır gibi konuştu:

—Baban.

—Bana karşı hiç değişmedi mi? Hâlâ eski kini sürüp gider mi?

Ana yalvarmaklı bir sesle oğlunu cevaplamaya çalıştı:

—Değişen hiç bir şey olmadı. Sen burada biraz bekle ben hemen bakıp gelirim.

—Varlığım kendisini hâlâ bu kadar rahatsız etmekte devam ediyorsa kapının arkasında olsun görüşüp giderdim.

—Dur dedim hemen bakar gelirim.

—Gitmene gerek yok ki. Bırak kendisi buraya gelsin. Babam değil mi? Ne kadar değişik davransa bile özlerim. Bu vesile ile yüzünü bari görmüş olurum.

Ananın acıdan dudakları kırış kırış oldu. Zor bir cevap için kendisini zorladı:

—Baban hasta. Gelecek durumu olsa şimdiye kadar durur muydu hiç?

Ananın dolan gözleri oğluna kaçak pırıltılarla bakarken, kıvrak bir hareketle geriye çevrilip, oldum olası adımlarla Bozca'nın, yattığı odaya yürüdü...

Kerem anasını arkasından don bakışlarla takip ederken, beynine saplanıp kalan bir söz tazeliğini korudu:

—Baban hasta...

Ana içeriye gir bile diyememişti.. Kerem bunları düşünmek bile istemiyordu.. Sessiz adımlarla, irade dışı bir hareketle yürüdü.

Ananın girdiği oda kapısının kasasına yakın bir yerde durup sırtını duvara yasladı. İçine iğne iğne batan sesleri duya duya dışarıda konakladı.

Bozca'nın başı yastıkta, gözlerinin feri kaçmıştı. Kinayi bir sesle karşısında dikilen eşine sordu:

—Geldi demek?

Ananın bağrı yanık duyguları ezikti.. Cevap olarak kederli başını sükûtla önüne eğmeyi yeterli buldu.

—Ona gidip buraya bir daha yol uğratmamasını söyle.

Ana hisli ve duygulu konuştu:

—Birbirinize verdiğiniz eziyet daha yetmedi mi?

Muzdarip bir lisanla konuştu:

—Onu görünce dayanılmaz acılar çekiyorum. Sana gitmesini söyle dedim.

Ananın sakin sesi inler gibi fısıldadı:

—Affetsen?

—Sana ne söyledi isem onu yapsana.. Şayet beni daha çabuk öldürmek istiyorsan bildiğin gibi de yapabilirsin...

Kerem'in duyduğu sözler gönül teline en acımasız mızraplar gibi vurup, yüreğinin başına zıpkın gibi oturuyordu.

Hasret notalı terler, arzuladığı sesi alamayışın acısı ile inledi. Sırtını yasladığı duvardan ayırıp, erken verilmiş bir kararla açık duran kapının boşluğunda hayalet gibi gerilip durdu...

Ana Bozca'nın irilen, sonra baygın bakışlarının ısrarını sürdürdüğü noktaya dönüp hayretle baktı.. Şaşırıp kalmıştı. Sanki yılların biriktirip beslediği kin, Bozca'nın gözbebeklerinden bir anda silinip yokluğa kavuşmuştu...

Kerem üzgün ve suskundu.. Hasta yatağında iri vücudu sıskalaşmış dev gibi adamın eridiğini hayretler içinde seyrederken, dişlerini sıkarak dayanmaya çalıştı...

Bozca sanki konuşmayı unutmuştu.. Farkında olmadan bakışları yumuşamış, suratındaki gerilen hatlar inadına gevşemiş, kendisini rahatlamaya salıvermişti.. Ana buzların eridiğini hissettikçe gözlerinin içi güldü...

Kerem babasına içten içten çorap gibi sökülüp gelen sessiz göz yaşları ile bakışını sürdürürken, Bozca oğlunun kendisine acıyarak bakışını hissetse bile yine de elinde olmadan hasret pınarından boşanan seyrini sürdürdü...

Kerem'in belki de ömrünce, hasretini çektiği bir sahne kurulmuştu. İçinde özlemini yıllar boyu çektiği bir kelimeyi dudaklarından kurtuluşa terkederken, bedeninde belki de eşine rastlanmayacak kadar engin bir rahatlığa kavuştuğunu hissediyordu:

—Baba.

Sükûtun bozuluşu, adeta herşeyi temelinden değişikliğe uğratan sihiri taşıyor gibiydi.

Bozca, fersiz bedenini harkete geçirerek toparlandı. Bakışları, yüzündeki ifadeler, herşey bir anda değişmişti.. Sinirleri eskisinden daha gergin, gözbebeklerindeki pırıltılar kin doluydu.

Ana kısa zamanda farklı değişmelerin ikliminde ürperdi sıçradı. Bozca, fersiz kafasını sağ omuzunun üzerine eğer gibi tutup, gözlerini nefretle yumarken, yine beklenmedik bir hırsla bağırdı:

—Git buradaaan. Dayanamıyorum karşımda duruşuna. Çekilip git.

Ana oğlunun yüzüne son bakışında, hıçkırmaya hazırdı. Ancak dişlerini kırarcasına sıkarak, buna mani olmaya başardı. Daralan bir nefesle yalvarmaklı bir ses oğluna ikazda bulundu:

—Git bari Kerem. Bu dünyada yıldızları barışmak bilmeyen iki insansınız siz...

Kerem'in yıkılmış dökülmüş manzarasında bile olgunluk simgeleyen hareketler vardı. Babasına hiç mi hiç kırılmamış gibi davrandı. Sanki birşeyler mırıldanmayı görev bilmişcesine, duygulu bir sesle hitab etti:

—Gidiyorum baba, yeter ki sen üzülme. Sadece bir arzum var. Kovulmuş gibi değilde, hiç değilse elini öperek gitmeme müsaade etmeni istiyorum.

Cevap olarak yorganı kafasına çekebildi.

Kerem'in gözle kapakları yumulup açıldı.Önü açılan musluklar damla damla yaşlar sıralıyordu.. Anlaşılan bu çekebileceğinden daha fazla ıstırabın incileri oluyordu. Aynı eziklikle anasının gözlerinin içine baka baka geriye çevrildi. Usul atılan adımlarla sokak kapısına yaklaştı. Kapının önüne bıraktığı valizini eğilip güçlükle alabilmişti. Merdivenlerden bezgin adımlarla inmeye başladı.

Anaya:

(Allaha ısmarladık) diyebilmek fırsatını bile bulamadan gidiyordu.

Binanın önüne kadar inmeyi adeta zor başarmıştı. Caddenin hemen kenarında şemsiyesini açan akasya ağacının altında duraklayıp, valizini yere bıraktı. Ağaca sırtını yaslayıp, caddeyi seyretti.

Perişan bir hali vardı. Ağlamayı bile beceremeyecek kadar perişan ve bedbaht... Arkasından uzanan elin, omuzuna yavaşça konduğunu hissedip müteessir çehresini geriye çevirdi. Kuruyan fersiz dudakları:

—Ana diye mırıldandı. Geldin demek?

Çile doluydu. Hassas bir ses:

—Geldim diye fısıldayabildi.

Başının örtüsünü düzeltti, şimdi de oğlunun kırılan kalbini düzeltebilmek için konuşuyordu:

—Unutma hadiselerin çarkı bir kere böyle kötü dönmeye başladı mı artık aksine hareket ettirmek güçleşir.

—Sanırım bir ailenin çözülüşünün ne demek olduğunu iyi bilenlerden birisi de ben olsam gerek... Üzüldüğüm filan yok benim. En normal günlerimden birisini yaşıyorum. Asıl sen üzülme.. Ben çile çekmeye alışmış bir insanım. Dünya benden çok alacaklı çıktı. Demek borcum daha tükenmemiş olmalı.

—Sitem etme Kerem, içim öylesine dolu ki anlatabilmeye bile hayırım kalmadı sanki.

—Unutalım ana seni suçlamadım ki.. Şey babam fena halde zayıflamış neyi vardı?

—Bu sorun cevapsız kalsın isterdim.

—Bende cevap bekliyordum.

—Çok zor bir cevap bu. Biliyor musun baban senden nefret etse bile sen hep onu sevdin.

—Sence bu cevap mı oldu ana?

—Oğul üzüntünü biraz daha artırmak istemiyorum.

Acı acı gülümsedi:

—Benim üzülüp üzülmemem kaderi değiştirebilecekse konuşma. Yanız şunu ezberlemende yarar var. Müslüman tedbirini alır, takdiri Allah'a bırakır. Kadere inandık biz...

Ana mecbur kalmıştı:

—Lösemi. Diye sızlandı. Ben de biliyorum Kerem. İnsan Allah'dan gelen felakete de sefalete de hüsnü kabul göstermek zorundadır.

Yalnız herşeye rağmen insan kendisine has özelliğinden dolayı, hüzünlenen duygulanan bir varlıktır.

Kerem üzüldü. Yüzünde soğuk bir rüzgar esmiş rengi uçmuştu. Dişlerini sıka sıka üzüntüsünü içinde depolamaya çalıştı... Bir müddet aralarında sessizlik hüküm sürmüştü.. Ana kara burs gibi soğuyan oğluna hitab etti:

—Doktorlar günü çok yakın diye bilgi verdiler.. Kırmamakta iyi ettin.

Kerem artık başka şeyler konuşmak ihtiyacını duymuş gibi konuyu değiştirdi:

—Erdem nerelerde?

Ananın ufkunda efkar bulutları belirdi ve az sonra gözlerinde şimşekler çakıp, sağanak halinde yağmurlar başladı.. Kerem koyu bir merak atmosferi içinde sorusunu yineledi:

—Söylesene ana; sana Erdem'i sordum?

Yaslı bir ses kırışan dudaklarını aralaya aralaya sızlandı:

—Çok uzun bir hikaye bu; sokaktaki akasya ağacının altında anlatılmayacak kadar uzun. Baban kolay yıkılacak adam mıydı?

—Aileden kovulanlara sır vermek yasağı varsa, anlatmayabilirsin.

—Kerem diye öfkelendi.. Sitemi bırak dedim sana. Sakinleşti ve olup bitenleri özetlemeye çalıştı:

—İstanbul'a gelir gelmez, ilk işi evlenmek oldu. Sonra çiftlik kuracağız diye tutturdu. Bizi de alıp satılık olan bir çiftliğe götürdü. Doğrusu hepimiz beğenmiştik. Sonra pazarlığı bitirdiğini söyleyip bankadaki para için geldi. Çek yazdırıp, üzerine ciro ettirdi.. İstedikleri olmuştu.. Akşam eve döndüğünde herşey tamam dedi. Muameleleri sordu, bir iki gün içinde bitiyor dedi... Meğer hepsi de bir masalmış. Ben sordukça kötü davrandı.

Hatta dövdü beni. Emeklerim sana haram olsun diyince:

—Verdiğin süt kaç paralıksa hesabını gör, peşin olarak ödemeye hazırım dedi. Bizden hile ile çaldığı paralarla, bana süt arası ödeyecek kadar adileşmişti doğrusu.

—Demek o kadar basitleşebildi ha?

Ana acı acı gülümsedi:

—Baban ben tokatlanıncaya kadar hâlâ Erdem dedi de başka şey demedi. Müdafaada ısrarlıydı. Ağlarken üzerime geldi. Sordu, ona da anlatmıştım. Çok kızdı. Arkasından koşup sokağa fırladı. Şu anda durduğumuz yerde kendisini yakalamıştı. Balkondan ağlaya ağlaya caddede neler olacağına baktım.

Babanın:

—Erdeeem diye bağırışı hâlâ kulaklarımda canlılığın korur.

Sesini duyunca bekleyip, azgın öfke dolu bir suratla babana baktı. Sanırım:

—Anana neden vurdun diye sormuş olmalıydı.

Utanmamıştı bile:

—Vurdum diye cevap verdiğini öğrendim.

Caddeden bütün gelip geçenler onları seyrediyordu. Baban, yumruğunu havada savurmuştu. Ne var ki tersi oldu. Şiddetli bir yumruğun darbesi ile şu akasya ağacının dibine uzanıverdi.

Çekilip gitmişti.. Koşup perişan haldeki babanı, koluna girerek eve zorla çıkartabildim. Onu deviren güçsüz bırakan yediği yumruk değildi. Yüksek düzeydeki gururu olsa gerekti. İşte o üzüntü çok geçmeden dev gibi adamı yataklara düşürdü. Şimdi de gördüğün gibi günlerini sayacak hale geldi.

—Batıl itikatlar zayıf kafaların dinidir. Bu asır Allah'ı unutup paraya tapan insanların çağı. İnanç kaybolup şeref öldü mü artık insanlık iflas etti demektir.

—Doğru...

—Şimdi nerelerde?

—Parayı ve karısını da aldığı gibi, gidiş o gidiş. O adının üzerine laf kondurmayan baba şimdi birisi adını anar diye içi burkuluyor.

—Para kötü bir efendi, iyi bur uşaktır derler.Erdem taptığına kavuşmuş.

Ana telaş içindeydi:

—Şimdi beni bekler diye mırıldandı. Dönmem gerek.

—Bekletme dön sen. Beni affetmesini de söyle.

—Senin suçun yok ki?

—Ona göre var ya?

Ana durakladı. Aklına birşeyler gelmişti sordu:

—Çiğdem nerelerde?

Sustu:

—Konuşsana geciktim.

—Son defa seninle hapishaneye geldiğinde görmüştüm.

—Daha sonra?

—Başka yok. Vefadan yana kimseden değişik bir ilgi görmedim doğrusu.

—Annesinin yanındaydı.

—Mektuplarıma bile cevap vermedi. Askerden bugün döndüm. Ayağımın tozu ile cevap alamadığım adrese vardım. Yoklardı. Asiye ana Yunus'la barışıp birlikte gitmişler. Öğrendiğim kadarı ile Yunus'un son karısı trafik kazasında can verince bu şekilde gelişmeler olmuş. Ha unuttum söylemeyi bir de torunun olmuş. Adını Bilâl koymuşlar.

—Ya diye hayret etti. Onları çabucak bulup telefon et.

—Nasip.

—Çiftlikten ne haber?

—Hangi çiftlik?

—Köydeki.

—Satmışsınız ya?

—Babana duyurmamak için öyle ad verdim.

—Hapisten çıkar çıkmaz giden seni orada aradım. Ali kahya satıldı dedi. Tanımadığım bir yabana diye de ad verdi bana...

Ana şaşırmıştı. Dişlerini sıkta öfkesi geçilmez olmuştu:

—Sana vekalet bıraktım oğul. Ali kahyaya sıkı sıkı tembih ettim. Kerem'i parasız bırakma sakın dedim...

—Bunların hiç birisi de olmadı.

—Bunca zamandır parasız ne yaptın..?

—Karavana ile askerliğimi bitirdim. Asker maaşımı biriktirip buraya kadar geldim. Askerden dönüşte sülüs alarak trende üçüncü mevki ile İstanbul'a ulaştım...

Ana fena üzülmüştü:

Alacağı olsun Ali kahyanın diye kızdı. Şimdi telefonla arayıp benzetiğim onu.

—Kızma ana menfaat kavgası yapan bir dünyada yaşıyoruz artık. Babamı fazla bekletme git.

Ana üzerine giyindiği yelek kazağın cebinden bir miktar para çıkartıp oğluna uzattı:

—Çok sıkıntı çekmiş olmalısın al bunu.

Kerem annesinin elini nezaketli bir hareketle avucunun içine alıp geriye doğru götürdü:

—Sağol ana istemez. Benim anladığım kadarı ile sende muhtaç bir duruma düşürülmüşsün.

—Almazsan beni çok üzmüş olacaksın. Hem muhtaç filan değilim. Birazdan çiftliği arayıp biriken parayı isterim. Bana da yalan söyleyecek durumda değildir herhalde.

Hem konuştu hem de elini Kerem'in ceketinin dış cebine yavaşça sokup parayı bıraktı. Kerem anasını kırmış olmamak için sustu.

Ana, oğlunun suratına bakarak, ısrarlı bir sualde direndi:

—Kerem bana doğruyu söyle. Meryem'i Erdem mi öldürdü.

Kerem sustu. Cevap bekleyen anasına elini uzatıp mırıldandı:

—Allah'a ısmarladık ana. Ben seni telefonla bile olsa sık sık ararım.

Ana öpülen elini yanına indirdi. Dönüp giderken ıslak gözleri evlerinin balkonunda perçinleşmiş gibi kaldı.. Kerem'de aynı noktaya bakıyordu. Artık dayanamamıştı.. Gidiyordu. Hışımla, gözlerini gözetlediği balkondan çekip, bakışlarını ayaklarının dibine indirdi. Bozca'nın usulca havaya kaldırıp sallamak istediği elini görmeye fırsat bulamamıştı.

Kerem giderken Bozca bitkin bir hareketle, elini balkon demirinin üzerine bırakıp, kafasını halsiz bir kıpırdanışla önüne düşürdü...

Sadece bu kaçamak hareketler, ananın gözünden kaçmamıştı... Hızlandırılmış adımlarla yürüyüp, merdivenlerden tırmandı. Havva odasına çıkıncaya kadar, Bozca çoktan yatağının içine gömülüp kalmıştı.

Yüzünü gözetleyen eşine karşı hassas, duygulu bir tavrı vardı. Halsiz bir sesle mırıldandı:

—Gitti mi?

—Gitti.

—İyih diye içini geçirdi.

Havva kafasında takılıp kalan başka bir işle meşguldü. Telefonun ahizesini kaldırıp numaratörü çevirdi. Karşısında sinyal verince, Çifteturna köyünü bağlamasını söyledi.

Bozca'nın tam karşısında oturup, telefon bağlanmasını beklerken, Bozca acı bir tebessümün arkasından mırıldandı:

—İçimde büyüyen bir soru uzun zamandır çıkış bekledi.

Havva merakla Bozca'ya bakıp sual etti:

—Şimdi ben de merak ettim doğrusu?

—Biliyor musun sen çiftliği satmamıştın.

Artık gizlenecek bir şey kalmamıştı Havva:

—Doğru diye mırıldandı:

—Belki de bana karşı söylenmiş ilk yalanındı bu. Doğrusu pek de becerebildiğini söylenemez. İnsan çiftliğini satsa bile, içindeki eşyasını, yatağını, hatta giyeceğinin bir kısmını orada bırakır mıydı? Sanki kendimi bu yalana hep inanmış gösterebilmek için zorladım. Hep İstanbul'u mekan tutabilmek tutkusu ile hoş görülen bir hüsnü kabuldü bu. Sanki geldik de iyi olmadı ya. Arzularımız bize mezar olacakmış meğer...

—Sen de inanmış gözükmeyi pek becerebildin sayılmaz hani.

—Kerem'e mi devretmiştin?

—Hayır sadece vekalet bıraktım. Haber bile vermemişler.

Bozca sükût etti. Havva sordu:

—Çiftliğimize dönmeyi ister miydin?

—Hayır. Artık çok geç. Ben beni sizin kadar mı biliyorum sanırsınız?

—Hiç bir şeyin yok, büyütüp durma yine.

—Moral vermeye kalkışma, günlerim oldukça yakın.

—İnatçısındır. Seninle tartışmam. Şimdi kapatalım bunu.

—Değiştirelim o zaman. Oğlun askerden mi gelmiş?

—Askerden.

—Çiğdem neredeymiş?

—Bilmiyor.

Ana yumuşadığını gördüğü erkeğine sorular hazırladı:

—Biliyor musun, Kerem hem gitti, hem de babamı üzmeyin dedi. Sense iyi davranmadın ona.

—Ölüm döşeğinde Azrail'in pençesini hissedince, değişen bir baba olmak istemedim.

—Biliyor musun onu hiç bir zaman bir evlat gibi sevmeyi beceremedin.

Bozca istihzalı ve ıstırap karışımı bir tebessümle gülümsemeyi başlayıp, biraz bekledi... Eşinin yüzüne bakarken, sakin ve duyguluydu:

Sana ömrümün en gizli sırrını vereyim mi?

—Ver.

—Hepinizin yanıldığı bir hikâye bu...

—Meraklandım doğrusu.

—Sevmek.

—O zaman hayatta en çok sevdiğim insanı bana söyle desem cevabın ne olurdu?

—İstersen bunu sen tahmine çalış.

—Ben Erdem derdim.

Derinden bir "of" çekti...

Tırnağının ucundan saçlarının tellerine kadar derler ya işte öylesi...

—Sevmiştim elbet, ama sorduğum sorunun cevabı bu değildi.

—Meryem deseydim doğru bir cevap olur muydu?

—Meryem'i severdim. Açığa vururcasına bir sevgiydi bu.

—O zaman Ekrem'di.

—Çok üzülmüştüm.. İyileşse kesilen koluna kavuşsa, belki hayatımı bile feda etmeye hazırdım...

Ana birşeyler sezmişti.. Bozca'nın yüreğinde hassas bir pazar açmıştı, bundan faydalanarak deşeledi:

—Bilmem diye hayretli konuştu. Geriye ne kaldı ki? Adını saydıklarımın arasına katsam, kızarsın diye korkuyorum.

—İmtihanda doğru cevabı yazmaktan korkulur mu hiç?

—O zaman Kerem kaldı.

Bu ismi hecelerken Bozca'nın suratına dikkatle baktı. Belki de ilk defa. Erkeğinin gözlerinden kurtuluş bulan yaşlara rastlıyordu.Ana bu defa da şaşırıp kalmıştı:

—Üzdüm mü seni? Diye mırıldandı...

Konuşmamıştı. Sadece "Hayır" der gibi kafasını oynattı.

—O zaman neden ağladın?

Güçsüz bir çocuk gibi hıçkırmıştı:

—Gitti... Ona dön bile diyemedim. En son, güçlükle balkona çıktım. İçimdeki kurdu öldürmek için dehşetli bir mücadele verdim.. Elimi kaldırdım ona "gel gel" diyecektim. Geç kaldığımı anlayınca da kahroldum.

Ana aptallaşmış bedeninin içinde uyuşmuştu. Bozca'nın gözlerinin içine dikkatle bakarken aklını attığına hükmetmek istiyordu:

—Yani Kerem'i geriye mi çağıracaktın?

—Evet.

—Ben ısrarla seyrettiğim o hareketini geciktiğim için balkona çıkmış olarak yorumladım. Beni çağırdığını sanmıştım doğrusu.

—Sen zaten gelecektin.

—İyi ama az önce kovdun onu.

—Doğru.

Havva'ya şaşırtan Bozca'nın akli dengesinde endişeye düşüren, işte bu davranış farklılığından başka hiç bir şey değildi. Bozca'yı biraz daha deşeledi:

—Az evvel hayatımın en gizli sırrını vereceğim demiştin?

—Sevmek konusunda.

—Evet. Ben de ver demiştim ya?

—Vermiş olmam lazım?

—Yani Kerem mi?

—Yanılmadın...

Havva Bozca'yı dikkatle inceliyor, hayreti gittikçe büyüyordu:

—İyi ama, az önce kovdun onu? İnsan sevdiğine işkence edip, acı çektirmekten haz duymamalı..

—İşte sır olan da bu ya. Belki de aklınla bağdaştıramayacağın bir his bu.. Pis bir gururun sihirli gücü altında iradeyi felce uğratan bir tutku.. Onu çok sevdiğimi sadece geç hissettim. Ancak, aptalca bir kibire esir düşüp pis bir gururun emrinde çarkı başlangıcından bu yana ters çevirdim. İnanır mısın Havva, bir düşmanı bağışlamak, bir dostu bağışlamaktan çok basitmiş meğer. Doğrusu yıllardır ne bağışlamayı becerebildim, ne de hatayı kabullenmeyi. Bir ömrü huzursuz edişimin önüne bile geçebilmeme izin vermeyen bir gurur, hem çektirdi hem de çekti...

Ona iyisin, mükemmelsin, fazilet timsali örnek delikanlısın diyebilmemi engelleyen düşman bir his yenik düşürdü beni.

Bunları zaman zaman hissetmeme rağmen içimde beni esaret zincirine vuran o gururun çemberini parçalayamadım...

Her hadisenin her haksızlığa uğrayışının arkasından, hep bunları düşündüm. Ancak yüzyüze gelince beceremedim.. Tıpkı az önce arzularımın dışında davranışım gibi.. Değişmek, küçülmek gibi geldi bana.

Şimdi saklı kalan düşmanı dışına, bugüne kadar çıkış bulamayan hissiyatımı öğrendin mi?

—Öğrendim, şaşılacak bir şey bu. Ancak bir sorum daha var. Kerem'in Meryem'i öldürmediğini de biliyor muydun?

—Önce Erdem'e inanmıştım. Son mehkemede fikrim tamamen değişti.

—Şimdi katilin kim olduğu kanaatindesin?

—Erdem. Diye mırıldandı.

* * *

Kanadı kırılmış kuşlar gibiydi. Üsküdar iskelesinde bindiği vapurdan Eminönü'nde indi. Yorgun hadiselerin felce uğrattığı kafasında, kalabileceği oteli düşünerek yürüdü... Daha önce yapılması lazım geldiği bir işi olduğunu daha yeni hatırlayabilmişti. Selçuk'a uğramalıydı. Yaşamak için çalışmak gerekliydi.

Saatine baktı ikindi vakti nerede ise gecikmek üzereydi. Yeni Caminin avulusundan yana yürüdü. Güvercin sürülerinin arasından geçip, abdest almak için muslukların sıralandığı bölgeye yaklaştı...

Namazını eda edip çıkmıştı. Cami'in merdivenlerinde durup avludaki güvercinleri sonra karınca gibi kaynaşan insanları seyretti. Hemen arkasından bir vapurun düdük sesine kaldırıp kafasını, denizden yana çevirdi bakışlarını.. Martı kuşlarının dalgalarla cilveleştiğini, sandalların suyun üzerindeki raksını seyretti. Kerem'in dünyasında bir başka yeri vardı İstanbul'un..

Sonra, tefekkürde ısrar eden beyin Sultanahmed'e bağlanan yollarda yürüme emri verdi.. Aklına Hocası düşmüştü. Elinde ağırlaşan valizi ve beyninde yığın yığın düşüncelerle kaynaşıp karışan insan selinin arasından akıp gitti..

Gönlünde İslâm sevgisinin hevenk hevenk uçuştuğu günlerde bir arkadaşımın teslim ettiği Allah dostunun tekkesinde yoğrulmuş hamur olmuştu.. Kerem artık o kapıyı dost kapısı bilerek aşındırmış, İslâmı yüreğinde nakış nakış işleyen insanı, elbette unutmamıştı.

Hocası hayatta kimsesi olmayan bir piri faniydi.. Eski İstanbul yapısı ahşap evini dersane yapmış, haftada iki gün medrese vazifesi görürdü...

Kerem şimdi Sultanahmet sırtlarına doğru bu kapıda bitecek yolu adımlıyordu.. Arzuladığı kapıya geldiğinde bedeni yorgundu.

Zile parmağını çöktüğü bu üçüncü kapıydı... Kapı yine arkasından kumanda eden bir iple açıldı. Kulaklarında yıllardır tazeliğini koruyan aynı ses dalgalanır gibi oldu:

—Geeel.

Eşiği içeriye adımlayıp, merdivenlerin hemen dibinde ayakkabılarını çıkardı.Valizi elinde olduğu halde, tahta merdivenlerden üst kata tırmandı. Merdivenlerin bitiminde boydan boya uzanan antre adı verilen tahta döşemelerin orta hizasında bulunan kapı ağzına kadar açıktı.

Kerem elindeki valizi kapının hemen kıyısına bırakıp, mahcup, duru bir yüzle içeriye girdi.

İnadına geniş bir oda tabanı yün desenli kilimlerle örtülüydü. Duvarlara sırtını yaslamış olarak duran, yüzlü halı kablı yastıklar ve diblerine döşenen minderlerle tam bir eski Osmanlı evine örnek teşkil ediyor gibiydi.

Odanın girinci sağ cenahına düşen köşeye seccadesini sermiş, rahlesi önünde ve üzerinde Kur'an-ı Hakim açık duruyordu.

Sakalları beyaz beyaz uzamış, seksenlerinde gösteren piri fani gözlerinde mıknatıs cazibesi pırıltılarla içeriye giren misafirine dikkatle baktı.. Bembeyaz sakalın çevrelediği çehre, nurlanmış gözlerinde muhabbet meşalesi yanan beyaz sarıklı ihtiyar, Kerem'e tebessüm ederek baktı:

—Gel bakalım kaçak evlat gel.. Vefasız Kerem sende... Nerelerde kaldın yıllardır.. Demek sende bir yaşlı arkadaşının olduğunu hatırlayabildin öyle mi?

İhtiyar diri bir hareketle doğrulup ayağa kalkmıştı.. Kerem saygı dolu bir davranışla eğilip elini öptü...

Kerem'i yeniden tepeden tırnağa süzüp; dizlerinin dibinde ona yer gösterdi:

—Otur bakalım.

Önce Hocasının oturmasını bekleyip, sonra hemen karşısında diz çöktü...

—Aradan epey zaman geçti. Unutmuştur diye düşünmüştüm.

—Askere gittim Hocam. İstanbul'a daha bugün geldim.

—Güzel. Bizde sitem eksik olmaz, küstüğümü sanmayasın.

Sohbet ne kadar da uzamıştı... Kerem geçen yılların hülasasını Hocasına birer birer nakletti... İhtiyarın yüz hatlarına bakıp, yargıya varmak doğru olursa çok üzülmüştü..

—Şimdi ne yapmayı düşünüyorsun?

—Eşimi arayacağım. Evimize dönebilmem imkansız gibi bir şey. Sonra iş aramam lazım.

—O halde bu ihtiyar adam seni bir yere bırakmamak niyetinde. Oteller sana göre kalacak yer değil...

—Size yük olmak istemem Hocam.

—Can gövdeye yük, dünya insana mülk değil derler. Şayet burada kalınca bu faniye bir yardımın dokunmasından korkuyorsan, kalmayabilirsin tabi...

Kerem emrivakinin kesin olduğun çoktan anlamıştı. Kısık yumuşak bır sesle teslım olduğunu bıldırıyordu.

—Baş üstüne Hocam, size hizmetim dokunursa memnun olurum, diye mırıldandı.

GİDEMEDİĞİMİZ YER

İstanbul'a geleli bugün tam dört gün dört gece olmuştu. İlk gecenin sabahı namazdan sonra Hocası ile ders yaptı. Daha sonra müsaade alıp dışarı çıktı.. Gün iyice yükselmiş, İstanbul kaynaşmaya başlayalı çok olmuştu. Semalarını pırıl pırıl ışıklar yansıtan güneşli bir yaz sabahında İstanbul, gönüllere ferah meltemler ikram eden rüzgarı ile başka bir alemdi. Şimdi Selçuk'un verdiği adrese doğru yürümekteydi. Gazeteye taze bir umut kaynağı ile gelip, Selçuk'un tarif edilen odasının kapısını çaldı.

Kaybedilmemiş bir sevginin, samimi davranışı içinde arkadaşını bulunca ne kadar da sevinmişti.. Askerlik hatıraları, mazideki zaman ve uzun sohbetlerin arkasından Selçuk verdiği sözü hatırlayıp:

—Hazır mısın diye sordu:

—Nereye?

—Gazetede çalışmaya. O ranzadaki yatağın üzerine verilen sözleri, zor geçen günlerin desteksiz atılan sözleri olarak kabullenmişsen üzülürüm doğrusu...

—Öyle kabul etsem kalkar gelir miydim sanıyorsun?

—O zaman hüvviyet cüzdanını ve yanında varsa bir kaç resim ver bana.

Hemen daktilosunu önüne çekip dilekçesini kendi eliyle yazmıştı.. Kerem'e oturmasını söyleyip, iş isteme belgesiyle birlikte babasına çıktı. Dönüşü oldukça memnundu. İlk sözü:

—İki gün sonra işbaşı dedi.

* * *

Kerem nedense, Hocasına bu gelişmelerden söz bile edememişti. Selçuk'un verdiği müddet dolunca sabahtan gazeteye uğrayıp selam verdi.

Selçuk masasını bile hazırladığını söyleyerek, yanına alıp onu çalışacağı büroya getirdi...

Kerem büroda kendisine gösterilen masaya asrın alışılmışlığının dışında bir utangaçlıkta oturmuştu..

Etraftaki masalarda bir musikinin ustalıklı bestesini yaparcasına vuran tuşlar susmuştu...

Bürodaki vazifeli memurların gözleri adeta koyu bir merak pırıltıları yansıtan, Kerem'in üzerinde perçinleşmiş gibi bekliyordu.

Kendisinden başka çalışan büroda üç hanım iki erkek daha vardır. Hep bu sebepten olmalı ki, sıkıntısından buram buram terledi.

Selçuk gazetenin idari işler müdürüydü.. Arkadaşının tedirgin utangaç halini görünce adeta şaşırmıştı.

Kerem'i oldukça iyi tanıyan bir insandı. Fikir yapısını dışa yansıyan dünyasını ezberlemişti artık. Çalışması için gösterilen yeri beğenmediğini anlamıştı. Ancak iş hayatında böyle hallere alışması lazım geldiğini düşünerek anlamamazlıktan geldi.. Belki de ömrünün sonuna kadar iç içe olması gereken bir hayattı bu...

Utanmak sıkılmak, hatta inancı uğruna herşeyi göze alarak insanlardan kaçmak, ona beklediği hayatı hiç bir zaman vermeyecekti.

Önce bürodakilerden şık giyimli, uzun boylu balık etinde, bir delikanlı havalı tabir edilen hareketlerle yerinden kalkıp, Kerem'in oturduğu masanın kıyısında durdu. Elini uzattı.

—Adım Tuncer, soyadım Armağan diye hitab etti. Aramıza hoş geldiniz.

Mahcup bir çehre ile önüne uzatılan ele mukabele edip, tokalaşırken:

—Memnun oldum Kerem Sırdaş.

Hemen Tuncer'in arkasında sıra bekleyen, gözlüklü zayıf, orta boylu minyon tipli genç elini uzatırken adını mırıldandı:

—Hoş geldiniz. Adım Serdar, soyadım Yürekli.

—Memnun oldum.

Serdar'ın peşinden sıralanan genç kızlardan birincisinin ve ikincisinin elleri havada kalınca üçüncüsü kırışık bir yüzle çekilip yerine oturdu.. Odanın içinde hoşnutsuzluk havası ile, yüzlerinde keder ve öfkenin kaynaştığı hatlar belirmişti.

Kerem'in hareketleri garip karşılandı, yadırgandı. Selçuk'un içinde bile diğer memurlar gibi soğuk bir rüzgar esti...

—Hayırlı olsun diyebilmişti... Etrafındaki memurlara özellikle hanımlara utanarak göz gezdirirken, istihzalı gülüşü ile düşüncelerini açığa vurmayı ihmal etmiyordu...

İçinde yaşadığımız cemiyyetin ve düzenin bütün uyduruk adet ve kurallarına yabancı, İslâmın emir ve çizgisi üzerinden yürümeye çalışan, inancı doğrultusunda hareketlerini iradesinin emrine veren bir insandı...

Aslında kendisine çalışması için verilen yeri de bunun için beğenmemişti...

Devamla nefsi ile göğüs göğüse mücadeleye girip, arzularının ve şehvetinin oyuncağı olmamak için çırpınacaktı.

Asrın medeniyet adını verdiği bir takım saçmalıklara da işte bu yüzden uymamıştı.

Hanımlar oturdukları masanın başında Kerem'i öfkeli bir gönülle vicdanlarında sessiz sedasız yargılarlarken, işe başladığının daha ilk dakikalarında kendisine hiç de iyi bir puan vermiyeceklerdi.

İslâmı öğrenememiş olan insanlara, elbette davranışlarının normal sayılmayacağı kestiremeyecek şey değildi. Ancak inananlar, İslâm'ın çizgisi üzerinde olanlar da yaratılış gayesine ters düşmemek için elbette hareketleri ile bazı ölçülerini kararlı gönüllerle ortaya koymalıydı...

Selçuk hayalet gibi dikilip kalmıştı. Gönüllerde hayat bulan hoşnutsuzluğun arkasından bir kaç satır konuşmayı görev bilerek arkadaşlarına mahcup bir lisanla seslendi:

—Şu anda aranıza katılan kişi çok yakın bir arkadaşımdır. Onu çok iyi tanıyan birisi olarak hakkında birkaç söz söyleyip sır vermem sanırım çok doğru bir hareket olacak...

Temiz niyetli, iyi yürekli bir insandır. Bazı hareket ve davranışları her ne kadar size yabancı olsa bile onu seveceğinizden eminim. Daha doğrusu inançlı, olduğu gibi görünmeyi gaye edinmiş katıksız bir müslümandır. Ona sizlere uymayan tarafları için sakın kızmayın kırılmayın.

* * *

İş anlaşması hülyalarında besleyip büyüttüğü gibi olmamıştı.

Şimdilik vazifesi bir büro memuru ve muhabirlik. Selçuk'un babasına ısrarı üzerine haftada bir gün düşünce köşesinde yazı da yazabilecekti..

Doğrusu bundan daha fazlası da amatör bir gazeteci için beklenilemezdi...

Sıkılmıştı.. İlk hareketlerin sonucu olmalı ki kasıtlı bir ilgisizliğe muhatab olmuştu. Önce masanın üzerindeki müessesenin çıkardığı gazeteyi karıştırdı, sonra sıkıldığını garip manzarasını başkalarının fark etmemesi için olmalı ki cebinden kalemini çıkartıp sümenin arasından boş bir kâğıt çekip birşeyler karalayarak zamanı eritmeye çabaladı...

Bürodakiler hakkında az ya da çok bilgi edinmişlerdi.

Mesai arkadaşlarından olan genç kumral güzel kızın, karışık bir düşüncenin belki de kin ve nefretin verdiği duygularla Kerem'i kinayi bakışlarla göz altından süzüşü hiç de farkedilmeyecek cinsten değildi.

Herkesin güzelliğine gıpta ederek baktığını bilen Sinem, şimdi boş dönen elinin kendisine sıkıntı veren duyguları ile muzdarip çırpınışa bıraktığı bir gönlü vardı.

İş paydosunda birbirleri ile şakalaşıp ayrılan genç gazeteciler, Kerem'e iyi akşamlar dileğinde bile bulunmadan çekilip gitmişlerdi...

Kerem bu yüzden olmalı ki büroyu en son terkeden insan oldu..

Sanki hapishanenin bunaltıcı havasından kurtulmuş gibi dışarıya çıkınca derin bir nefes alarak yüreğini serinletti..

Bu akşam Hakkı babanın dergahında ders yoktu. İkisi baş başa kalmışlardı. Müsaade isteyip günün nasıl geçtiğini muzdarip bir gönülle Hocasına anlatmaya çalıştı...

—Hocam.

Hakkı baba Kerem'e dikkat kesilmişti:

—Seni dinliyorum.

—Ben çok hatalı bir iş yaptım galiba.

—Anlat bakalım nasıl bir hatadır bu?

—İşe girdim.

Hakkı baba gülümsedi:

—Çalışmak işe girmek yanlış bir iş yapmış olmak sayılmaz ki.

—Kimbilir aslını anlatınca siz de kızarsınız belki.

—Nasıl bir iş ola ki, beni kızdırsın?

—Bir gazete. Trajı büyük bir gazete...

—İyi ya. Bunda kızacak ne varmış?

—İnanç yapımıza uymayan bir gazete bu.. Üstelik bir günde çalıştım. Yalnız akşam gelirken pişman oldum, yarın gitmeyeceğim.

Hakkı baba manidar pırıltılarla heybetli bakışlarını Kerem'in ufkundan çekmeden baktı baktı... Çok okuyan, okuduğunu anlayan ve hayatı hayat edebilen bir yaşayışa sahipti..

—Sen adını ettiğin gazeteye hangi fikrinle gideceksin?

—Tabii ki kendi fikrimle.

—Çalışırsan fikrinden başka fikre hizmet eder, değişebilir misin?

—Allah korusun.

—İşte o zaman gideceksin oğul. Gideceksin.Çünkü gidemediğimiz hiç bir yer bizim değildir.

Adeta itiraz dolu bir hali vardı:

—Ama Hocam...

—Sen sordun ben sana düşüncelerimi söyledim oğul. Kendi gidemediğimiz yerlere eserlerimizin giremediği yerlerde kendimizin girmeye çalışması lazım gelen bir zamanda yaşıyoruz. Onlar bizi bize unutturmaya çalıştıkça, bizler onları varlığımızdan haberdar edip, ayrıca nefes almaksızın tebliğ görevimizi yerine getirmeye çabalayacağız.

İşte bunun için gideceksin.. Başka çalışma yerlerinde farklı bir durum bekliyorsan hüsrana uğrayacağını unutma sakın.

* * *

Gazetede bugün beşinci günüydü. Yine içine kapalı, çekingen, üzgün bir hali vardı. Oysa kısa zamanda bıktığı bu meslek uğruna az mı hayaller kurmuştu..

Şimdi suratında aradığını bulamamışlığın hüsran çizgileri yüreğinin başında acı acı burkuntular vardı...

Aynı odada çalıştığı arkadaşları, adeta ilk günden beri Kerem'i tavır ve hareketleri ile protesto ediyorlardı. Anlaşılan Kerem'i iyice irdelemişlerdi.

Aralarında şakalaşıp, sohbetlerini sürdürmelerine rağmen, Kerem'e karşı olan ısrarlı direnişleri fazlalaşarak sürdü...

Kerem vazife olarak aldığı işleri bitirmiş şimdi derin derin düşünüyordu.

Kafasında Çiğdem'in hakim olduğu bir andı. Görüp tanıyamadığı oğlundan yana hülyalarını genişletti..

Masanın yanındaki boş sandalye yerinden oynayınca, yanına oturan birisinin olduğunu farkederek, hülyalarına ara verdi. Masanın sağ kanadına göz ucu ile baktı.

Yanına oturan Sinem'di. O gazetenin belki de en güzel ve en mağrur kızı...

Tuncer kuşkulanmış pirelenmişti. Alışılmışlığın dışında sert ve öfke dolup pırıltılarla kıskançlığını açığa vururcasına Kerem'in masasına bakıyordu... Serdar o haliyle, tavrıyla hanım evladı kılıklı delikanlının pıs pıs gülüşünü çoktan farketmişti.

Gönlünde uzun zamandır kilitlenip kalan, sahibine açamadığı bir sırrı vardı. Tuncer'in hep bu yüzdendir ki Sinem'e ılık ılık bakan gözlerin sahibine düşman kesilirdi...

Güçlü kuvvetli, bıyıkları inadına kalın ve aşağıya sarkık, uzun kumral saçlı geniş omuzlu bir gençti...

Fiziki tam bir erkek güzelliğine sahip olduğunu, her bakan göze vurguluyordu. Ancak Kerem bulunduğu toplulukta dikkatleri üzerine çekecek kadar cazibeli bir çehreye sahipdi.. İşte bu sebepten olmalı ki, Tuncer'in kuşkusu körüklendi endişesi kıvılcım aldı...

Adeta büroda bulunan herkes bozulmaz bir sükûta gömülüp kalmışlardı.

Sinem düşündüklerini muhatabına söylemekten çekinmeyen mizacı ile adeta meşhurdu. Arkadaşlarının düşüncesine göre ya Kerem'le kıyasıya bir alaya başlayacaktı, ya da kendisine bakan her göze Allah'ın sanatını sergileyen fizikine dayanamadığı için, tezelden duygularını açığa vurup, ilgisini artırarak ilanı aşk edecekti...

İşte bu meraklı manzara herkese işini bıraktırmış, personel seyir eylemine başlamıştı...

Kerem Sinem'in varlığından bile habersizce önüne çektiği rehberi karıştırıp durdu. Aradığı isme beklediği semtte telefon ve adres çıkışı onu çok sevindirmişse benziyordu.

Sinem masanın karşısındaki sandalyede sabırla beklemeyi sürdürdü. Baygın bakışları ile Kerem'in hareketlerini sürekli takip ediyor, adeta çehresindeki bütün hatları nokta nokta ezberlercesine keskin keskin bakıyordu...

Bir ara Kerem'in yüzünde beliren tebessüm gamzelerini, merakla izledi...

Aceleci bir hareketle sümenin hemen yanında duran kutudan küçük not kâğıdı alıp rehberdeki adresi ve numarayı yazdı.

Sinem baygın bakışlarını ısrarlı biçimde sürdürürken, Kerem aldırış bile etmeme vurdumduymazlığına baş vurmuştu. Telefona sarılıp önüne çekti ve numaratörü çevirip bekledi.. Karşıdan bir erkek sesi sinyal vermişti:

—Alooo...

İçinde debreşen derinleşen bir umutla sordu:

—Yunus Sabancı beyin evi mi?

—Evet.

—Evdeler mi acaba?

Karşıdan sert bir cevap geldi:

—İşyerinde.

—Sen kimsin?

—Oğlu.

—Pekala annen evde mi?

—Babamla gitti.

—O zaman Çiğdem evde olmalı?

—Evde. Ne olacak?

—Kendisini telefona kadar çağırmak mümkün mü?

—Hayır mümkün değil. Çünkü kim olduğunu tanıdım senin.

—Kimim?

—Yavuz dedikleri avukat bozuntusu...

Kerem'in suratındaki bütün hatlar öfke ile dolmuştu:

—Sen Yavuz'u nerden tanıyorsun ki?

—Fazla uzattın. Bir daha rahatsız etme bizi.

Ahize küt diye Kerem'in suratına kapatılmıştı. Numaratörü, yeniden çevirip bekledi.. Ancak bir açılış kapanış sesinden başka hareket olmadı.

Üzüntüsü çoğaldı, düşüncesi daha da derinleşti. Kafasındaki problemi çözüme kavuşturabilmesi için dirseklerini masaya dayayıp başını avuçlarının arasına alarak iç dünyasına çekildi.

Az sonra elindeki adres yazdığı kâğıdı ceketinin cebine götürürken, gözü masanın ucuna bakıp çekildi. Sabırla bekleyen misafirine masanın formikasına baka baka hitap etti:

—Bir şey mi söyleyecektiniz?

—Yüzüme bakmaktan korkuyor musunuz?

—Olabilir.

—İlk gün tokalaşmayı reddedişinizin sebebi olarak, dindar bir insan oluşunuzu öğrendi.

—Müslümanım.

—Doğru söyleyin, hâlâ kadınları pür tesettür siyah çarşaf içinde mi görmek isterdiniz? Yani böyle bir cemiyyet mi bekliyorsunuz hâlâ?

—Tesettürsüz bir kıyafet yaprağı dökülmüş çıplak ağaçlar gibidir.

—Anladım. Bu davranışlarınızdan kolay yansıyordu zaten. Ne var ki çağın insanının fikir yapısı, bizim hayat tarzımıza doğru akışta.

—Batı illerinden vahşi bir rüzgar esti. O azgın fırtına İslâm dünyasına karanlık bir kapı araladı.

Ve insanımızda derece derece bozukluk başladı. Bozuklukların sonu alınmaz hale gelince, artık sapıklıklar bile normal sayılmaya başladı.. Şimdi sizin normal saydıklarınızın pek çoğu bozuluşun sonucu olarak bir normaldir.. Tepesi delinmiş bir derece ile ölçü ancak bu kadar olabilir..

Sinem başlatmıştı bir kere bırakamadı. İnsanda güzel konuşmaya ve zamanında susabilmeye yetmeyecek kadar zekanın gelişmemiş oluşu, büyük bir talihsizliktir. Sinem barut fıçısının üzerine ateşle gitmeyi tercih etti. Kerem'se darda kalmış gönlünü rahatlayacağını umduğu için konuştu...

Büroda şaşacak bir hal olmuş gibi her göz kapıdan içeriye giren ihtiyarın üzerinde ısrarını sürdürdü...

Yaz ayının başlarında üzerine astarsız bir pardösü, başında sipersiz, lacivert kumaştan yapılmış bere, beyaz sakalı oldukça heybetli bir adam girmişti...

Kerem telaşa kapılmışcasına ayağa doğrulup kendikini karşıladı. Hocası gelmişti. Alıp masasına doğru getirirken, mırıldandı:

—Hayırdır inşaallah Hocam?

Hakkı baba Kerem'in masasına gelinceye kadar büroyu kaçamak bakışlarla güzelce süzdü... Daha oturmadan Kerem'i cevaplıyordu:

—Kısa bir seyahat zuhur etti. Sende anahtar olmadığını bildiğim için buraya kadar geldim.

—Zahmet verdim size.

—Estağfurullah oğul zahmet de ne demek?

Kerem bol bir sandalye gösterdi:

—Biraz oturup istirahat buyurun.

—Mahzuru olmazsa nefes alalım bari.

Hocası gösterilen yere oturunca sıkılgan bir gönülle sandalyesini masanın oldukça kenarına çekip, yerine adeta iğrelti olarak ilişti...

Hakkı baba Kerem'in sıkıntılı halini görüp, daha yeni yeni zor durumda çalıştığına hak veriyordu... Sinem dahil büroda hiç kimse Kerem'in misafirine hoş geldiniz bile dememişlerdi.

Sinem ilgilenmediği garip bakışlarına hedef seçtiği insana yine garip sayılacak bir davranışla içinde beslenip büyüyen bir soruyu, damdan düşer gibi sordu:

—Amca size bir sorum var?

Hakkı baba Sinem'in yüzüne bile bakmadan kafasını önüne eğip mırıldandı:

—Buyrun.

—Kerem size Hocam diye hitab ettiğine göre, talebenizden şikayetim var.

Hakkı Baba'nın çehresinde zor hissedilir bir tebessüm belirdi:

—Hayırdır inşallah?

—Siz gelmeden önce tartışıyorduk.. Anladığım kadarı ile Kerem bizim gibi giyinenleri, inanıyoruz desek bile, bunun lafla olmayacağını, hayat haline getirilmemiş inancın sahibine yararı olmadığını ifade etti... Size göre de benim gibi giyinen, hayatı değerlendiren ve ne bileyim ben, gençlik icabı bazı arzulara, İslâma aykırı bile düşse yer vermek aydın müslümanlık olmaz mı?

Hakkı baba dizlerine bakarken, gözlerini efkarlı hareketlerle yumup yumup açtı. Sinesi parça parça olmuştu ama bunu belli etmemeye çabaladı... Ağır vakur bir çehre ile Hadis-i Kudsi'nin ışığında cevap verdi:

Hakkı baba asrın kızını cevaplıyordu:

—Müslümanlık hiç kimsenin inhirasında değil elbet. inanan inanır... Bakın iki Cihan Serveri bir Hadis-i Kudsisinde İman konusunda ne buyurmuşlar:

—"İman üryandır. Yani (çıplaktır) Onun elbisesi takvadır. Zineti (süsü) Haya, yani (utançtır) Malı fıkıhdır. (Dini, şeri bilgisi ve sezgisidir) Meyvesi ile salih ameldir. Yani eylem, tatbikat, işdir.

Bunlar olmadıkça kuru kuruya inandım demek insana fazla bir şey kazandırmış olmasa gerek... Ne demişler? "Aynası iştir kişinin lâfa bakılmaz."

İnsanın kabullendiği bir işi teferruatı ile yapabilmesi makbuldür.

Sinem kısık bir sesle:

—Doğru... Diye mırıldandı ve sükûtu seçti.

Hakkı baba, ani bir kararla ayağa doğrulup kalktı. Kerem'e:

—Gecikmemeliyim diye mırıldandı...

* * *

Deniz durgun ve sakindi. Güneş pırıl pırıl ışınları ile yeryüzünde kaynaşırken, uyuyan denizin çarşafını gözleri kamaştıran bir parlaklıkla yalayıp geçiyordu...

Kerem bugün oldukça heyecanlı ve sabırsızdı. Beykoz'da deniz kenarındaki şatoların sıralandığı caddenin kaldırımında yürürken, birdenbire durakladı. Elinde kırıştırdığı kâğıdı düzeltip üzerindeki yazıyı dikkatlice okudu.. Sonra gözlerinin üzerinde ısrar ettiği villanın bahçe kapısındaki numarayı okurken, gözbebeklerindeki pırıltılar görmeye değerdi...

Sevinmişti. Sakin ve usul adımlarla villanın demir parmaklı bahçe kapısının dibine kadar gelip durakladı. Parmaklıklara doğru kafasını eğip, bahçeye umut dolu gözlerle baktı baktı...

Yıllardır ayrı kaldığı eşini, daha önemlisi yüzünü bile görüp, tanımadığı öpöz oğlunu, Bilâl'i görebilmek için heyecanlandı...

İnsandı... Herkeste olduğu gibi onda da bir yürek vardı. Hasret onun da göğsünde yerleşmiş, o et parçasında uzun zamandan beri titizlikle ağını nakış nakış örmüştü...

Bahçede rengarenk açmış çiçeklerin arasında dolaşmakta olan genç, önce garip garip dışarılara seyredip, kafasında çeşitli yorumlar yapmaya başladı... Bakışları öfke dolu hareketleri kuşkulu ve sertti. Tereddüt dolu adımlarıyla Kerem'i göz ucuyla kontrolü altında tuta tuta bahçe kapısının dibine kadar gelip durdu.. Kızdığı adamın ısrarla, hâlâ demir kapının dibinde beklediğini görünce sinirleri daha da gerginleşmişe benziyordu.

Daha onbeş ya da onaltı yaşlarında gözüken, sarı düz saçlı çakır gözlü bir gençti.. Arkasında dikildiği kapının demirine sağ ayağını basarak yay gibi gerildi... Kanının kaynadığı erkekliğini isbata çalışacağı duyguları gittikçe geliştiği çağları yaşıyordu... Kızgın alev alev tüten gözlerini Kerem'i üzerine çevirip sert bir lisanla sual açtı:

—Buralarda bir aradığın filan mı var? Sabahtan beri kapının arasına kafanı sokarcasına içeriye bakarak neyi arıyorsun?

Kerem yumuşak bir lisanla karşılık verdi:

—Yunus beyin evini aramıştım?

—Yunus beyin evi burası ama sen kimsin?

Kerem tebessüm için kendisini zorlamıştı:

—O zaman Yunus beyin oğlu olmalısın.

—Bunu bilmek için illâ da kahin olman gerekmezdi.

—Az evvel telefonu yüzüme kapatan sesin sahibi olduğunu anladım.

—O halde sen Yavuz'sun?

Üzgün ve durgun geçen zamanın arkasından:

—Hayır Kerem diye mırıldandı.

Delikanlının yüz hatlarında beklenmedik bir yumuşama belirtileri gözüküyordu:

—Neee Kerem mi?

—Evet.

—Demek hapisten çıktın?

Acı acı gülümsedi:

—Askere bile gidip geldim.

Demir kapı tedbir olarak her zamanki gibi yine arkasından sürmeliydi.

—Çiğdem evde mi. Diye sordu.

Delikanlının dudaklarından üzüntülü, hatta mahcup bir tavırla mırıldanış duyuldu:

—Evde.

Müteessir bir çehresi vardı. Kafasını cevap yerine olumsuz biçimde iki tarafa oynattı. Kerem şaşırıp kalmıştı:

—Neden bir mahzuru mu var yoksa?

—Daha birkaç gün kadar evveldi. Babam bu evlilik daha fazla devam etmez diye ablama çıkıştı. Vekaletname istedi ve aldı da. Avukata verecekti. Sonrası ne oldu bilmiyorum...

Yıkılmış hırpalanmıştı. Övşelenip kenara fırlatılmaya hazır bir kâğıt elbisesinin içinde büzülüp kaldı.. Oysa ne heveslerle buralara kadar kalkıp gelmişti:

—Çiğdem de aynı fikirde mi?

—Sanırım öyle. Ama bazen de bu düşüncenin tamamen dışında olduğunu belirten tutumları yok değil.. Zaman zaman üzgün,bana kalırsa sizin hesabına çekilen bir ıstırabın faturası bu. Bunlar benim fikrim tabi.

—Kendisini buraya kadar çağırabilmen mümkün müdür? Tabi gelirken Bilâl'i de birlikte getirmesini söyleseniz.

Atilla derin düşüncelerin adamı olup çıkmıştı.. Sonunda vicdanından aldığı emre uyarak hareket etmeyi uygun buldu:

—Olur gidip haber vereyim.

Acele edilen adımlarla koşarak evlerine giderken, Kerem arkasından yara almış bir umudun verdiği hüsran pırıltıları ile baktı...

Ne demişlerdi ki Çiğdem'e kendisinden bu denli nefret etmişti? Acılı duygularla ve efkar dolu bir hissiyatla sabrı yine kendisine sığınak yaparak içeriden gelecek haberi beklemeye başladı.

Atilla evlerine girdiğinde, Çiğdem evin ortasındaki halının üzerine oturmuş Bilal'in mamasını yedirmekle meşguldü.

Güzelliğinden, tazeliğinden zaman ona hiç bir şey kaybettirmemişti. Ancak yüzlerinde eskimiş bir kederin izlerine raslamak mümkündü.. Evin içinde bile tesettüre riayeti unutmamıştı. Yüzünde maneviyat mührünün vurduğu nurdan bir parlaklık vardı. Ayak seslerini duyup gelenin kim olduğunu bilmek için kafasını açılan kapıdan yana çevirdiğinde, başucunda kardeşinin beklediğini gördü.. Yüzüne manidar bir şekilde bakarken, Atilla dalan bir nefesle heyecanını gizleyemeden seslendi:

—Sana çok önemli bir haberim var?

Gizli bir heyecanın içinde dalgalanışından yüzlerinin rengi bile uçmuştu:

—Ne oldu söylesene?

Beklemediği bir haberdi bu:

—Kerem geldi. Dışarıda seni bekliyor.

Bilal'in ağzına mama götürmek için uzattığı kaşık küt diye halının üzerine düştü.

—Neh Kerem mi?

—Evet Kerem dedi. Bahçe kapısının dışında Bilal'le birlikte seni bekliyor. İçeriye bile alamadım.

Utandı sıkıldı. Kararsızlık içinde kıvranıp durdu.. Eli ayağı bile titremeye başamıştı. Görülmemiş bir heyecanla hatta adını bir anda koyamadığı bir korku ile vücudu alev alev yanarken şiddetli bir sarsıntı geçirmişti... Mektuplarına bile cevap vermemiş hatta en zor günlerinde bile onu mazinin unutulmuşluğuna terketmişti. Daha da kötüsü Kerem'in katil olduğuna kendisini inandırmıştı.

Dalan bir nefesle şaşkına uğramış bir akıl Atilla'ya beyin süzgecinden geçirilmemiş bir cevap verdi:

—Gelemeyeceğimi söyle..?

Atilla durgun ve isteksiz bir hareketle Çiğdem'i süzdü:

—Bence içinden geldiği gibi hareket etmeye kendinizi zorlamalısın. Tesir altında kalarak, bir yuvanın varlığına son verebilmek akıllıca bir iş olmasa gerek.. İlk görüşte vardığım kanaat şu. Hiç de fena bir insana benzemiyor doğrusu...

—Başlı başımıza hareket etmemiz babamı kızdırabilir. Önce babamla konuşup onun rızası doğrultusunda hareket etmek zorundayız. Başsız insanlar gibi davranabilmemiz mümkün değil tabi. Sen şimdi gidip gelemeyeceğimi söyle yeter.

Atilla ısrarlı şekilde ablasının karşısında dikilirken mırıldandı:

—Bana kalırsa yine düşündüğün şekilde cevap veremedin. Tabi yine sen bilirsin...

Artık gidiyordu. Kapının arkasına varınca aklına birşey gelmiş gibi duraklayıp geriye döndü:

—Bilal'i görmek istemişti.

Çiğdem anlaşılmaz bir düşünce ile karşı koydu:

—Hayır olmaz.

Alıp gideceğini, daha başka başka düşüncelerin hırçınlığı ile asabi bir hüvviyete bürünmüştü..

—Sence çocuğunu karşıdan bile olsa görüp sevmek hakkı değil mi?

Sertleşti asabi bir çehre ile bağırdı:

—Sana ne demişsem onu yap. Olmaz dedim duymadın mı?

—Sen bilirsin diye mırıldandı. Elçiye zeval olmazmış derler.

Atilla bahçe kapısına uzanan, yolun üzerinde durgun ve çok yavaş adımlarla yürüyordu... Bahçe kapısına, üzgün bir tavırla sokulup, aynı anlamı taşıyan gözlerle baktı.. Yalnız ve isteksiz gelişi Kerem'i kuşkulandırmıştı. Düşük bir seda ile dışarıya ses verdi:

—Üzgünüm, gelmiyor.

—Sebep olarak birşey söylemedi mi?

—Babamla annemi bahane etti.. İkisi de iş yerindeler. Geldiklerinde cevabı onlar verirler dedi.

—Ya çocuk diye mırıldandı. Oğlumu görebilmek için de aile meclisinin kararı beklenmez ya...

—İnanmazsınız belki ama ısrarlarıma rağmen, buraya kadar getirmeme bile müsaade etmedi.

İnsandı. Ta yürekten yara almıştı. Hayatın her yükü altında direnebilecek kadar sağlam olması, herşeyi akışına bırakabilmesi onun da elinde olan bir şey değildi elbet.. Delikanlının yüzüne bakarken yorgun bir hali vardı:

—Adın neydi senin? diye mırıldandı.

—Atilla.

—Beni dinle Atilla belki bir iki gün içinde yine telefonla arayabilirim.

Çalıştığı gazetenin adını ve adresini telefon numarasını verip:

—Tabi lazım olursam sizler de beni arayabiirsiniz diye mırıldandı.

Atilla Kerem'in birşeyler yazıp önüne uzattığı küçük not kâğıdını alırken:

—Olur diye ses verdi.

Çiğdem bulunduğu odanın penceresinin arkasına saklana saklana dışarılara baktı. Hatta seyirde bekleyen gözleri bile ıslak ıslaktı...

Kimbilir belki de elinde olmadan, itiraz edişini, babasının günlerdir sürdürdüğü şiddetli muhalefetine ya da gücünün dışında kalan sebepler için ağlıyordu.. İster ayrılığa, isterse kaderin bin türlü cilvesine neye yorumlanırsa yorumlansın. Çiğdem camın arkasında saklanmış sessiz sessiz ağlıyordu.

Yıkılmış dökülmüş bir hali vardı. Duyguları harap, yüreği küskündü.. Herşeye rağmen hasret tüten gönlü böylesine perişan şekilde terkettiği evin etrafında uçuşup durdu.

Bir yandan baba ocağından kovulmuşluğun ıstırabı, öte yandan aile yuvasında esen ayrılık fırtınası, iş yerindeki soğuk, hoşnutsuz hava, omuzlarına ezici yükler gibi binmişti.

Kerem'in kafasında büyütüp beslediği gazetecilik mesleği, masa başında oturup yazmak değildi. Uzun yıllar boyunca yaman hülyalar kurmuştu bu meslek için. Hararetli, gerçekçi cesur bir gazetecilikti kanında dolaşan.

Serseri kuşlar gibi hadiselerin etrafında uçuşup, maneviyat yoksulu fukaraların, kan gölü haline getirdiği sokakları, dünya insanının bağrına açmaya çalıştığı kapanılmaz cinsten yaraları, görerek ve inceleyerek gerçekçi bir kalemle yazacak, yorumlayacaktı.

Gazetecilik anlayışı, insanları kışkırtmak, maceracı ruhluları biraz daha galeyana getirmek fitneyi önü alınmaz boyutlara ulaştırabilmek için yazmak değildi..

O şuna iyice inanmıştı ki, batılı tasvir saf zihinleri ihlal eden korkunç bir canavardan başka şey değildi.

Daha doğrusu Kerem'in hülyalarını dolduran bu meslek, tebliğ görevini mükemmel bir şekilde icra edebilecek organdı...

Caddelerin geçilmez olduğu, sokakların kan gölüne çevrildiği zamanımızda, dünya arenasında düello eden zıt fikirli gençlerin, karartılmış ruhlarına İslâm'ın sönmeyen ışığından bir demet pırıltı tutabilmek bile onu mutlu edebilecekti..

Daha yorgun kafasında neler vardı neler. Sanki bütün hülyaları bir anda dipsiz bir çukurun derinliklerine yuvarlanıp gitmişti.

O gün gazeteye bile uğramamıştı. Geceyi üzgün ve yalnız geçirdi.. Sabah oldukça erken kalktı. Namazı Sultanahmet camiinde kılıp, dışarıya çıktığında vakit, iş için daha çok erken saatlerdi.

Ilık bir bahar sabahıydı. Sultanahmet parkını seyrede seyrede yürüdü. Yerlerde kanepe üzerinde yatan sefil insanlar, otel parası vermemek için arabasını ev yapan yabancı hippiler, caddenin kenarından içe doğru sıralanmış, ahşap sabahçı kahveleri herbiri hilkat garibesi birer manzara kesilmişlerdi. Bir paket sigaraya çirkin pazarlıkların yapıldığı Sultanahmet, sabahın erken saatlerinde geçmişine yabancı sazların eşliğinde ağıt söylüyor gibiydi..

Ezik duygularla etrafı seyrederken, kafasını sağ omuzunun, üzerine çevirip uzun yıllardır minarelerinde Ezanı Muhammediyenin bile susturulduğu, Ayasofya camiine baktı. Sadece garip manzara gibi arzı endam eden tarihin canlı mimarisi, Fatih'in gayesinin dışında kullananlara beddua ettiği Ayasofya'nın yas tutuşu Kerem'i duygulandırmıştı.

Sinesini delik deşik eden bütün dertlerini unutmuş, şimdi, Alem'i İslâmın ne günler yaşadığının ıstırabı içinde kıvranıyor gibiydi.

Çemberlitaş'ı istikamet alarak yürümeye başlamıştı.Anlaşılan darda kalan gönlünü gezip yürüyerek genişletmek niyetindeydi.

Kapalı çarşının Beyazıt girişine yakın bir sokak arasında içkisiz bir lokanta bularak kahvaltı yapmak için içeri girdi.

Saatine baktı, artık vakit oldukça ilerlemeye başlamıştı. Sokaklar ve caddelerde kıyasıya bir insan seli akmaya başlamıştı.

Lokantadan çıkıp üniversiteler istikametine doğru yürüdü... Bitip tükenmek bilmeyen tarihin muhteşem kalıntılarını gerçekçi bir gözle seyrede seyrede yürüdü.. Yolların üzerinde adeta tefekkürün bozulmazlığına dalmıştı. Birden otuz kırk metre uzaklarında patlayan silah sesleri ile toparlandı irkildi. Dehşet saçan manzarayı seçebilmek için dikkat kesilmişti. Çok geçmeden silahlar sustu; kaynaşan insan seli hadisenin uzaklarında halkalandı kaynaştı.. Kanı asfaltı sulaya sulaya can veren, delikanlının çırpınışını seyre koyulmuş yığın yığın insana garip bir eda ile baktı.

Can veren bir insandı, buna rağmen ne yardım için, ne de kaçanları yakalamak için teşebbüse geçen hiç kimse olmamıştı..

Elini kolunu sallaya sallaya istifini bile bozmadan kalabalığın arasından giden katildi... Ona "dur" diyen bir kimsenin çıkmayışı.. Korkunu bedeli olan bozulmayan bir sükûtun faturası, gözler önünde can verdi. Sağ ya da sol meselesi...

Gazeteye dönüp geldiğinde, büroda daha kimsecikler yoktu. Masasının başına oturup önüne daktilo makinasını ve boş bir kâğıt çekti.

İçinde yiv yiv derinleşen dertlerini tuşlara makamlı bir tempo ile basarak nakış nakış işliyordu..

Artık büroda birlikte çalıştığı arkadaşları sırası ile gelmeye başlamışlardı. Kerem'e kimse selâm sabah vermemesine rağmen, diğer personel birbirleri ile sanki Kerem'e nisbet verircesine hasbihal içindelerdi.

Olup bitenlere aldırış bile etmedi. İç aleminden kopup gelen hisleri kâğıdın üzerinde satırlaştırmaya devam ediyordu. Daktiloya takılıp çıkartılan kâğıtlar bir oldu iki oldu üç oldu... Bürodakiler iç güdülerinin verdiği kinayi bakışlarla göz altından kaçamak seyirlerle fırsat buldukça Kerem'in hareketlerini kontrol altında tutmaya çalışıyorlardı.. Alaylı seyrin devam ettiği bir sırada Selçuk büronun kapısından içeri girdi.. Herkesi dikkatlice gözden geçirişine bakılırsa, dünkü şikayetlerden sonra üzücü bir durumun ortaya çıkmasından korkuyor olmalıydı.

Kerem'i ve hayat hikayesini en iyi bilen arkadaşı hatta yakını denilebilecek kadar samimiyetleri vardı.

Yorucu ve üzücü hadislerin omuzuna ağır yükler olarak çöküşün rağmen, bütün bunlara nasıl dayanabildiğini düşündükçe şaşırdı.

Kimbilir, ayrı zihniyetlerin adamı olmalarına rağmen, belki de Kerem'e acıdığı için arkadaşlığını sürdürüyor olabilirdi. Sadece böyle bir haleti ruhiye içinde olsa bile, bunu hiç bir zaman Kerem'e beli etmemişti...

Büroda çalışan personeli, önce kibar bir lisanla selamladı:

—Hepinize iyi sabahlar...

Ağızlardan birer birer karşılık gelmeye başlamıştı:

—İyi sabahlar Selçuk bey...

—İyi sabahlar...

Doğruca Kerem'in masasının dibine gelip durdu.. Köşede boş duran bir sandalyeyi çekip, hemen karşısına oturmuştu:

—Selamün aleyküm efendi...

Kerem büroya girdiğinden bu yana, belki de ilk defa konuşuyor olmalıydı:

—Aleyküm selâm.

—İyisin ya?

—Çok şükür.

—Bakıyorum nefes almadan yazıyorsun.

—Can sıkısı çoban armağanı. İşe yaramadıktan sonra.

—Bitirdikten sonra bana getir.

Selçuk'un suratına garip sayılacak bir eda ile baktı:

—Hayret etmene sebep yok, sana söz verdiğimi biliyorsun.

Bürodakiler şaşırmış gibilerdi. Adeta duyduklarına inanmak bile istemyen tavırlarla Selçuk'a bakıyorlardı...

Çalışmakta olduğu, fikir yapısına inadına zıt bir gazetede makale ve fıkraları yayımlanacaktı. Sinem ve Tanju küplere binmişçesine tavır almışlardı. Sanki dünkü hadiselerin arkasından Selçuk Kerem'i mükafatlandırıyordu.

* * *

Hemen ertesi gün Kerem'in yazısı seyahatte bulunan yazarın köşesinde neşir imkanını bulmuştu. Büroda bu sabah herkesin ilk işi Kerem'in makalesini dikkatlice okumak oldu. Sanki suratlardaki manzara zehir yutan insanın halini andırırcasına, mimikler sertleşti ve odanın içinde öldürücü bir sessizlik hakim olmaya başladı...

Sinem yeni gelmişti. Masanın üzerindeki gazeteyi alıp, hayretler içinde önce göz gezdirdi sonra içine sıkıntı veren yazıyı okumaya başladı.. Kızgın ve kindar bir eda ile okudukça yazının metni kulaklarda değerini bulmaya çalıştı:

* * *

Buhrana sürüklenen dünyamızda aydını cahili, bütün insanlık sorumludur. Bir düşünürün dediği gibi, "Fikrimize yerleştirdiğimiz gaflet serumuyla, ölüme karşı kendimize bağışıklık iksiri verdiğimize inanıyor, gidenleri kendi yerimize bedel göndermiş gibi teselli buluyoruz..

Ne yazık ki böyle düşünmekte çok yanlışımızın olduğunu hesaba getirmiyoruz."

Sokaklardan oluk oluk kan aktığı şu günlerde şikayet etmekte hepimiz haksızız.

Acımasızca çekilen tetiklerin, dünyanın temeline konulan bombanın pimini çeken ellerden nefret etmeye hiç kimsenin hakkı yok.

Bu nesli yetiştirenler, sokakların kanlı insanların acımasız olmasını istemişti.İşte bütün canlılığı ile çağın seçtiği insan modeli bu...

Yetiştirirken, onlara zorbalık dersi verdik, vuracaksın dedik... Vahşeti şeref madalyası olarak takdim edip boyunlarına fazilet nişanesi olarak takmalarını istedik... Her can veren masumun, her çekilen tetiğin, her akan kanın ve her kıyılan canın, huzursuzluklar çağına ulaşan cemiyyetlerin sorumlusu bizleriz. Topyekün insanlık.

Mahkemelerin suçluları teker teker, yargılamaları bile büyük bir haksızlık. Bütün insanlığı, birlikte mahkeme etmek gerekmektedir...

Her suçlunun ayaklarına kapanıp, af dileyecek kadar suçluyuz...

Marifimizle, kendilerine örnek olan öğretim üyelerimizle gerçeklerden onları uzak tutuşumuzla, hepimizin derece derece suçluluk payı vardır...

Önce bu modelin adamı olacaksın dediğimiz insanlara, şimdi neden böylesin diye şikayetçi olmaya hakkımız var mı?

Babalar anneler, ve öğretmenler olarak, zahmete katlanıp çocuklarımıza hangi fazilet yarışının ödülünü vaadettik.

Ne olur sizlere kanı, kini ölmeyi, öldürmeyi, öğreterek kalanlarınıza bölünmeyi, hapishane hücrelerini layık gördüğümüz için bizleri bağışlayın. İffetlerini bir anlık maceranın, parlak bir geleceğin ufuklarına yelken açarcasına, bozuk bir arzunun uğruna peşkeş çeken kızlar, sizlere aile hayatının saadetini çok gördüğümüz için, sizleri hayasız ve imansız yetiştirdiğimiz yetmiyormuş gibi zevk ve şehvet budalalarının, seks manyaklarının iğrenç arzuları yerine gelsin diye soyup, sokakların ortasında teşhir ettiğimiz için, sonra düştüğünüz adi bataklıklarda sizler kurtulabilme çırpınışları verdikçe biraz daha çıkmaz bataklıklara sizleri gömen cemiyetler olduğumuz için bizleri affedin.. Sosyete muhitlerinde günah işleyenlere flört eden, gecekondularda sapanlara, fahişe damgasını vuran, iğrenç görüşlerle, düşüşleri, bile ayıran toplum bizleriz.

Ey yetişen genç nesil.. Bizim yitirdiğimiz değerleri sizler arayıp bulup kavgasını vermelisiniz. Maneviyatla donanmış gönüller olup, bir olun. Tek vücut, tek kalp gibi ses veren cemiyetler olmanın kavgasını verip, aranızdaki fitnecilere karşı birleşin. Kardeşin kanı kardeşine haramdır.. Sevgimiz bir, imanımız bir, kavgamız bir olsun.. Allah'ımız bir kitabımız, Hak dinimiz İslâm olduğu gibi...

En kutsal direnişi başlatın artık.. Ey bizi şahsi sapık fikirlerinin fitnesine alet eden bozguncu kafalar, artık beyinlerimiz sizin kurup açabileceğiniz oyuncaklar değil.

* * *

Sinem yazıyı bu noktasına kadar tahammülle okuyabilmişti.

Bugün gazete binası her günkünden daha harketli birgün yaşamaya başlamıştı.. Doğrusu Kerem'in neşredilen yazısı, fikir açısından gazetenin bünyesine tamamen denilebilecek kadar yabancıydı...

Cemiyetler her zamanki gibi görüşleri açısından, kesin tavırlar alıp katı taraflar tutmaya başlayayı, çok olmuştu. Dünya insanı son yıllarda öyle bir çıkmazın içine girmişti ki, her yerde her örgüt yalan yanlış bir macereya kendisini kaptırmış, kendi serbest zulmünün hürriyetini istiyordu...

İnsanlar sahip oldukları his ve kabiliyetleri, dengeli ve yerinde kullanamayışlarının sonunda toplumlar bir hercümercin noktasına varıp dayanmıştı..

Artık bütün dünya milletleri ihtilallere gebelik çeken, karanlık gecelerin sabaha kavuşmasını bekliyordu...

İstenilse de istenilmese de kitleler bir takım yanlış akımları gerçek olarak algılamış, kesin tercihlerle karşı karşıya bırakılmışlardı...

Kerem'in makalesi işte bu yüzden taraf tutan gazetenin katı bir fikrin savunuculuğunu üstlenmiş oluşu yüzünden, bünyesinde ve okuyucusu önünde rahatsızlık meydana getirmişti...

Gazeteye peşpeşe sitem dolu telefonlar, tehditler, protestolu konuşmalar yağdı..

Kerem duyduğu, şahit olduğu tepkilerin hiç birisine şaşırmamıştı.. Sadece ileriye dönük umutlarından birinin daha gönlünün ta derinliklerinden uzanan gizli bir el tarafından kopartıldığını hissediyordu.. Çünkü hadiselerin akışından gazetede bir daha yazı yazabilme şansını kaybettiğini anlıyordu...

Bugün canı daha da sıkkın gözüküyordu. Masasının başında, kendisine hor bakan gözlerle karşılaşmamak için, birşeyler yazmaya çalıştı..

Sinem'in oldukça rahatsız bir görünüşü vardı.. Esrarlı bakışları, kin ve hissiyatının mücadele verdiği bir harp meydanını andırıyordu.

Kerem'in üzerinden çekilmeyen ısrarlı ve baygın bakıları arkadaşlarının dikkatini çekmişti...

Sıkıntı içinde bunalan odanın havası bir anda bozuldu... Gazetenin fikir yazarı personelin bile kendisine hayran olduğu Profösör, Selçuk'la birlikte içeriye girdi.

Bir anda yüzlerde tebessüm çiçekleri açmış, bahtları karartırcasına odanın içine çöreklenen sıkıcı hava bozulmuştu...

Personelden herkes yerlerinden kalkarak daha bir yere oturmasına müsaade bile etmeden sıralanıp: (Hoş geldiniz) dediler?

Sadece Kerem'de bir değişiklik olmuyordu.. Selçuk sağ elini Kerem'in omuzuna bırakınca, isteksiz bir hareketle önünde, hâlâ yazmakta olduğu kâğıdı daktilodan çekip, sümenin arasına koydu.

Durgun bir hareketle Selçuk'u ve birlikte gelen şahsen tanıdığı Profösörü bir süre seyretti..

Büroda sakinlerini hayrete düşüren birşeyler oluyordu. Profösör, Selçuk'la birlikte Kerem'in başuncunda bekliyor ve Kerem umursamaz davranışını bozmaksızın hâlâ yerinde oturmaya devam ediyordu. Kerem'in bu davranışı Selçuk'u mahcup etmeye başlamıştı..

Selçuk, daha fazla sabredemeyip konuştu:

—Kerem bey sayın fikir yazarımız Hocamız, gazeteye uğramışken bugünkü yazınız hakkında sizinle bir sohbet arzusu duyduğunu söyledi...

Kerem, memnun olmuştu.. Oturduğu yerden kibarca doğrulup, yanındaki boş sandalyeyi uygun bir yere çekerek, elini Profösöre uzatıp:

—Hoş geldiniz dedi.

Profösör şen bir çehre ile mukabele etti:

—Hoş bulduk efendim.

Selçuk masanın diğer yanında kalan boş sandalyeyi çekerek profösöre hitab etti:

—Şayet bir mahzuru yoksa, ben de bu sohbetten faydalanmak niyetindeyim.

—Rica ederim Selçuk bey bence hiç bir mahzuru yok...

Daktilo tuşları susmuş, herkes koyu bir merak içinde dikkat kesilmişti.. Daha doğrusu iki zıt fikrin karşılaşmasının başlatacağı, kibar kavgayı bekliyorlardı...

Artık her yüzde bir rahatlık ve her gözde bir tarafgirlik pırıltılarının kaynaşması vardı.. Az sonra pes etmiş ya da kuvvetli bir fikir adamının ezici cümleleri altında terler döken bir Kerem'i daha şimdiden merak etmeye başlamışlardı...

Kerem soğukkanlı bir hareketle beklerken, ilk sözü profösör başlattı:

—Bugün gazetede neşredilen makalenizi okudum.

Kerem profösürün ne demek istediğini daha şimdiden kestirebiliyordu.. İstihzalı bir şekilde gülümsedi:

—Umarım beğenmişsinizdir...

Profösörün suratında acı bir tebessüm belirip hemen arkasından söndü:

—Hitab ve uslûp bakımından oldukça ustasınız.

—Ben fikir açısından sormuştum.

—İşte o konuda hiç te mutaabık değiliz..

—Üzüldüm...

—Ben de aynı rahatsızlık içinde olduğumu söylemekte bir sakınca görmüyorum.. Daha oldukça genç ve tecrübesizsiniz.. Biz aydınlar olarak, uzun yıllardır çetin bir fikrin savaşını vere vere geliyoruz. Artık durgun sular gibi uyuyan insanımızı uyardık sayılır.. Dünyamız sosyalizm merdiveninden altın çağa geçebilmenin heyecanı içinde sabırsızlanırken, sizin gibi taze bir gencin çağımızın benimsediği fikir akışına ayak uydurmayışını teessürle karşıladım.

Artık insanlık bizim müdafaasını yaptığımız fikre karşı minnettar.

Bununla beraber, sizin aydın düşmanı tavrı almış haliniz var.Artık ortaçağı zihniyetinin dünya insanına refah getirecek nitelikte olduğunu hiç kimse savunamaz.. Bırakın kadın erkek dilediği biçimde yaşasın. Bir sürü yasaklar yüzünden zevk ve eğlenceden mahrum oluşun hiç bir anlamı yok artık. Ahlâk adına bir sürü gönül kırıcı isimler vererek yaşamayı frenlemek çağımızın anlayışına göre değil...

Kerem'in damarlarında dolaşan kan beynine hücum etmişti.

Buradakiler profösörü hayran gönüllerle dinlerken, Kerem'in nasıl bir cevap verebileceğini merakla bekleyen halleri vardı...

Kerem durgun denizlerin beklenmedik anda med vaktine kavuşuşunun tipik bir örneğini sergiliyordu.

—Doğru diye mırıldandı. Anlattıklarınızın hepsi de bir bakıma doğru. Gençliği siz uyardınız. Kitleler akın akın fikirlerinizi benimsedi ve taraf topladınız.. Sadece an alıcı noktaları görmek istememekteki direnişiniz topyekûn insanlık namına acı bir kayıp olarak gün geçtikçe çığ gibi büyümekte devam ediyor...

Gençlik huzursuz bir uyanışa muhatab oldu.. İşte bu uyanış bunaltıcı bir buhranlar çağını insanlığa armağan etti.

Değişik bir açıdan dünyayı görmeye başlayan insanın adeta mayası değiştirilmişti. Aslında ecdadına yabancı bir modele sığdırılması, layık görüldü...

Maharetli ve devamlı bir propoganda ile, bütün milletlere cehennemi cennet, en sefil hayatı bir zevk gibi göstermek mümkündü. Sizler de sadece bunu yapabildiniz...

Yeni bir insan modeli seçtiğinizi idda etmenize rağmen bir kâbus getirmiş olmaktan ileriye gidemediniz..

Şimdi gençliğin şekil almamış istek ve arzularının şaşkınlığı bütün dünya insanına tehlikeli bir bunalım çağını getirdiğini şimdi kim inkar debilir.. Şekil almamış arzu ve isteklerin getirdiği bunalım, işte sizlerin uyanış adını verdiğiniz huzursuzluk adına şimdi sokaklarda durmadan kurbanlar kesiliyor.

Profösörün suratındaki bütün hatlar öfke ve isyan doluydu. Kendisini ucuna susturucu takılmış bir silah gibi, sakin gözükebilmeye zorladı.

—Bizim bütün isteğimiz, hür ve özgür bir dünya insanına model seçmekti.

Kafası örümceklenmiş bu yüzden gülmeyi bile unutmuş, dinin mistik havasının uyuşturuculuğu altından insanımızı kurtarıp onlara yeni bir hayat tarzı verebilmek kavgasını armağan ettik...

—Ne yazık ki toplum, dilediğiniz vakit yıkıp, yeniden yapabileceğiniz kalıbın harcı değildir...

Profesör, Kerem'in yüzüne hayretle baktı:

—Kerem bey istemezdim ama, bana bir gerçeği söyletmek zorunda bıraktınız. Ben bir profösürüm. Birçok şeyi sizden daha gerçekçi olarak değerlendirebileceğimi bilmeniz gerekir.. Okula devam etmiş olsaydınız hâlıhazırda benim bir talebem olacak, gazetecilik hakkında benim fikirlerimi not ederek, birşeyler öğrenmeye çalışacaktınız...

—Mum etrafını aydınlatır, ama kendisini yanmaktan kurtaramazmış efendim...

—Siz sahip olduğunuz fikri savunmakta bile çok katı bir görüşe sahipsiniz. Oysa ben çok sofu, sakallı insanların bile sosyalizm konusunda bizden farksız düşündüklerini, hatta bazı konularda yardımcı olanları bile gördüm...

—Yanlış demek doğru olmaz. O da mümkündür. Yalnız şunu da unutmamalısınz ki, sofunun cahili şeytanın maskarası durumundadır. Bizi bağlamaz. Ben izmlere değil Allah'ın nizamına inanırım...

Profösör dişlerini kırasıya sıktığını belli etmemeye çalışırken:

—Pes diye homurdandı.. Başkalarının fikrine hürmet etmeyi beceremeyen insanlara konuşmak hiç bir netice vermez.. Sadece merakıma mucib olan bir mesele var..

Çalışmak için kendinize ya çok isabetli, ya da çok yanlış bir yer seçmişsiniz.

Kerem kanı beyninde dibek dövmeye başlayan proföser cevap olarak Emrah'dan bir beyitle hitab etti:

—Emrah eder hani yurdun?

Kem yerlerde mekan kurdun.

Kötü avladın yahşi vurdun,

Kırılsın kolların senin...

Sanki bozulmadık mekan mı kaldı ki, bana çalışmak için yanlış bir yer seçmiş olduğumu hazırlattınız?..

Sohbetin bitişinde ne Profösörün, ne de taraf tutan adamlarının suratlarında eski neşenin kalıntılarına bile rastlamak mümkün değildi.. İçlerinde sohbeti en hararetli takip edenlerden bir tanesi de Selçuk'tu.

Kerem konuştukça, adeta yüzüne mahcup mahcup baktı... Beyninde bir anda altüst olan düşüncelerin yorgunluğunu çeken bir çehre ile Profösöre sonra da Kerem'e ısrarlı ısrarlı baktı... Suskundu. Profösörü uğurlamak için ayağa doğrulup, Kerem'e kararsızlık içinde çırpınan bir gönülle hitab etti:

—Az sonra seni odamda bekliyorum..

Bu istek duyup dinleyen her kafa için çok yönlü bir mana taşıyordu.

Kerem sadece:

—Olur diye mırıldandı.

Etrafındakilere aldırış bile etmeden kısa bir müddet için düşünceye dalmıştı.. Artık yazı yazmayı bile canı istemiyordu. Kasıtlı manidar bakışların hedefi olmaktan da iyice rahatsız olmuş bir görünüşü vardı.

Bu sıkıntılı halini giderebilmek için en azından meşgul olması hiç değilse bir şeyler yapması gerektiğine inanmıştı...

Birden annesini hatırladı.. Telefonu önüne çekip ahizeyi kaldırdı. Numaratörü çevirip karşıdan sinyal bekledi...

Babasının telefona çıkabileceğini düşünerek, heyecanlandı. Telefonun zili aralıksız çalmasına rağmen, ahize oldukça geç kaldırıldı...

Annesinin sesini alınca rahatlamıştı:

—Ana diye ses verdi.

Ana da oğlunun sesini tanımıştı.

—Kerem sen misin oğul.

—Benim ana.İyisin ya?

—Pek sayılmaz...

—Babam nasıl?

—İyi değil, her geçen gün biraz daha hastalığa yenilmekte. Sen neredesin söylesene?

—İşe girdim. Telefon numarasını yazmak ister miydin?

—Yazıyorum...

Kerem konuştuğu telefonun numarasını yazdırırken, etrafında dinlemeye çalışanlar, alaylı alaylı gülmekten kendilerini alamayışları, Kerem'in gözünden kaçmıyordu. Bu hallerinden ne demek istedikleri kolayca anlaşılıyordu.

—Dinle beni Kerem. Baban son günlerde sana karşı iyice yumuşadı. Az sonra bu konuda kendisi ile yeniden konuşup, seni çağıracağımı kendisine söyleyeceğim.. Artık reddedileceğini hiç sanmıyorum...

Sevinmişti.. Gönlünde yeni yeni umutlar belirirken, mırıldandı:

—Olur ana sen sonucu bana bildir. İsterse hemen gelebilirim...

* * *

Artık yerinden kalkabilirdi.. Selçuk'un odasına uğrayacağını hatırlayıp yürüdü...

Odasına vardığında yalnızdı. Selçuk arkadaşının geldiğini görür görmez yerinden kalkıp, mahcup bir yüzle kendisini karşıladı.

—Gel Kerem otur şöyle...

Kerem Selçuk'un karşısında bulunan lüks koltuklardan bir tanesine oturup, arkadaşına dikkatle baktı:

—Hiç kendini zorlamadan düşündüklerini rahatlıkla söyleyebilirsin.

—Biz eski iki arkadaşız, gizli düşüncelere aramızda yer olmamalı.

—Kovuldum mu?

Selçuk:

—Kovulmak mı diye mırıldandı. Onu da nereden çıkartıyorsun. Aslında seni buraya özür dilemek için çağırdığımı bile söyemekte hiç bir sakınca görmüyorum.. Daha doğrusu rahatça konuşabilmek için burası.. Bir anlamda suçluyum ben...

—Nasıl bir suçluluk bu?

—Profösörün seninle konuşmasını biraz da ben istemiştim.

—Bunda üzülecek bir durum yok ki...

—Seni ısrarlı olduğun fikirlerinde zor duruma düşürebilmek için, anladın mı bilmem, mağlup ve mahcup edip savunduğun fikirden vazgeçebilmeni kolaylaştırmak için seçilmiş bir yoldu bu... Açıkçası beklediğim olmadı. Beynimdeki karanlığa öyle bir delik açtın ki, beni mağlup ettin...?

Kerem ne kadar da sevinmişti.. Mütevazi bir sesle cevap verdi.

—Öyle mağlubiyetler vardır ki, en parlak zaferler bile, yanında sönük kalırlar...

Selçuk gülümsedi:

—Neyse bu konuda şimdi fazla birşey konuşmaya gerek yok. Hazırda yazın var mı...?

Kerem şaşırıp kalmıştı.. Adeta olmayan şeyler olmaya başlamıştı. Daha hadise olan makalesinin yankıları ayyuka çıkarken, beklemediği teklif kendisine engin umut kapılarını açıyordu.

—Var diye sevindi.

—O zaman hemen alıp bana getir. Köşe yazarımız seyahatini uzattı. Aynı köşede devam edebiliriz. Değil okuyucular dünya sarsılsa bile yazabilmen için elimden gelen her imkanı sana sağlamaya çalışacağım.

—Demek kendinden o kadar eminsin.

—Evet. Eminim.

—Sen de yazsana Selçuk.. Doğru bildiğin herşeyi çekinmeden...

—Benim için daha çok erken..

—Unutma ki geç başlatılmış kavgaların sonu mağlubiyetle biter.

—Senin başlamış oluşun, benim seni destekleyişim, ikisi de aynı kapıya çıkmaz mı?

—Orası öyle...

* * *

Kerem büroya geldiğinde henüz ortalarda kimseler yoktu. Bugün yine oldukça heyecanlı bir hali vardı. Gazetede ikinci makalesinin neşiri yapılmıştı... Bazı kafalarda zelzele kadar şiddetli nitelikte bir yazı...

Erkenden gelmişti.. Şimdi içine sığmayan bir merakla bugün nasıl gelişmelerin olabileceğini daha şimdiden bekliyordu...

Daktiloyu önüne çekip, temiz bir kâğıdı merdanenin ağzına verdi... Odanın uğultulu ıssızlığında iç gıcıklayıcı bir sesle, yazdığı başka bir makaleyi temize çekebilmesi için hazırlığını bitirmişti... Tam tuşlara basacakken telefonun yırtıcı zili, sessizliği rahatsız edercesine çalmaya başlamıştı.

Ahizeyi durgun, isteksiz bir hareketle kaldırıp, kulağına götürdü.

—Aloğ...

Ahizenin kulaklarına kadar getirdiği ses ağlıyordu:

—Kerem'i aramıştım...

Kerem hayret içinde kalmıştı... Rengi değişti, suratında oynaşan bir takım çizgiler ve yepyeni bir çehre oluşturuyordu.. Heyecanlı, tedirgin, ürkek bir insan olup çıktı.. Sesin sahibinin kendisini araması normaldi. Ama neden ağlıyordu..? Dünyasını değiştiren tek sebep işte bu olmuştu...

—Ana diye karşılık verdi. Ben Kerem...

Ana bitkin bir sesle cevabını iletmeye çalıştı.

—Kerem konuşacak gibi değilim. Koşup eve gel. İzin vermezlerse, kovulsan bile gel... Öyle bir gel ki kanadın varsa uç...

—Söylesene ana bu kadar aceleye sebep ne? Neden sesin ağlıyor...?

—Baban diye mırıldandı.. Artık yok.

Kerem kafasını avuçları arasına sıkıştırıp bir an öylece kaldı. Üzgündü. Ağlamayı bile beceremeyecek kadar üzgün.. Gözyaşları gönlünün başında çoraklaşıp donup kalmıştı da dışarı çıkmayı bilmedi.. Kısa bir müddet sonra kendisini toparlamaya çabaladı. Haddi aşmamak için hareketlerini kontrol altında almayı başarmıştı.

Titreyen parmakları kaleme sarıldı, sürmenin arasından çekip aldığı boş bir kâğıda kısa not yazıp Selçuk'a bıraktı.

—Babam sizlere ömür. Aşağıda yazmaya çalıştığım adrese uğrayıp Hakkı Babaya gelemeyeceğimi bildir. Kerem...

Babaydı.. Ömrü boyunca kendisini anlayamamış bile olsa babasıydı.. Yüreğinde gizliden gizliye sürdürdüğü kendisine bir ömür kabul ettiremediği sevgisi, şimdi çiçek çiçek filizlenip duygularının en hassas düzlüğünde boy vermeye başlamıştı..

Dalgındı, kapıdan savrularak çıkarken az kalsın Sinem'e çarpıp devirecek kadar hızlı koştu.

Sinem rüzgarından devrilecekmiş gibi gözlerini kapamış, korkmuştu..

Peşinden ürkek pırıltılarla şaşkın şaşkın bakıp kaldı. Sonra umursamaz bir tavırla masasına doğru yürüdü...

Saat ona yaklaşmak üzereydi. Selçuk, Kerem'in kendisine diye bıraktığı notu, yine Sinem vasıtası ile alıyordu...

Eline alıp dikkatle okudu. Üzülmüştü.. Derin bir teessür içinde verdiği adresi okudu. Kaldığı ev olduğunu anlamıştı:

—Hiç bir yardımımız bile olamaz diye mırıldandı.. Gittiği yerin adresi bile yok.

Gazete bugün yine en hareketli günlerinden birisini yaşıyordu. Peşpeşe yağan telefonlar, hatta küfürler ve tehditlerle dolu konuşmalar.

Bugün artık gazete okurlarından bazılarını isyan durumuna kadar getirmiş oluyordu. Çok geçmeden gazete sahibi Kerem'i öfkeli bir lisanla bürodan aradı.."Yok" demişlerdi. Hemen arkasından Selçuk'u arayıp yanına gelmesini söyledi...

Selçuk neden çağırıldığını anlamıştı.. Babasının yanına giderken oldukça üzgün gözüküyordu.

Odasına girdiğinde yanında kimseler yoktu.. Daha kapıyı açıp kapamadan azarı yedi.

—Söylesene bana iki gündür gazetede neler dönmeye başladı..? Nedir bu Kerem rezaleti..

Selçuk müteessir bir çehre ile babasının karşısında dikilip kalmıştı? Mahçup bir lisanla sual açtı:

—Anlayamadım doğrusu?

—Bir de alay eder gibi konuşma benimle. İşine son ver gitsin gazeteden.

Hayret içinde sordu:

—Kimin?

—Kerem dedim duymadın mı daha?

—Baba sinirlenme. O benim hayatta en sadık arkadaşım. Onu buraya ben getirdim. Üstelik yazısının yayımlanmasını isteyen de benim.

—Unutma ki fikirleri gazetenin okuruna tabanı tabanına zıt. Bunu bildiğin halde neden bu rezalete meydan verdin? Şimdi gidip dediğimi aynen uygula. Yani işine son vermelisin.

Yüzlerdeki keder çizgileri cirit atarken mırıldandı:

—Bunu yapabilmem imkansız. Hele bu günlerde asla.

—Anlamıyorum bugün seni. Dört günlük işçiyi işten atabilmek neden imkansız olsun... Olur şey değil bu...

—Sebebini size daha önce de söylemiştim. Hem çok iyi bir insan bu yazdıklarını dikkatle okuduğunuz zaman göreceksiniz ki, gerçekçi bir yazar.. Bugünde babası öldü, kendisi burada yok.

Baba, oğlunun karşısında zor duruma düşmüştü... Kıramadı sonra da ölüm hadisesini duyunca duygulanıp yumuşadı:

—O zaman başka bir iş ver. Mesela muhabir yap. Yani bu rezalet bitsin...

—Olur baba, başka bir işte kullanmak yoluna gidebiliriz.

* * *

Kerem'in masasının bulunduğu büro oldukça heyecanlı dakikalar yaşıyordu.. Zebellağ gibi üç delikanı içeri girip; Kerem'i sordu.

Cevabı kendilerine Tuncer veriyordu:

—Kerem bugün yok. Babası ölmüş..

Gençlerden bir tanesi dönüp:

—Hangi camiden diye soru açtı.

Bu davranış Sinem'i kuşkulandırdığı kadar da üzmüştü. Çünkü kızdığı kadar da igilendiği insandan söz ediliyordu.. Soru sahibine mağrur bir çehre ile muhatab oldu:

—Ne yapacaksınız Kerem'i?

Delikanlı önce kasıldı, havalı bir tavır aldıktan sonra Sinem'i cevapladı:

—Bizim gazetede bize en yürekli biçimte ateş püsküren insanı görmek elbette hakkımız olmalı...?

Başka bir delikanlı Sinem'e gizleyemediği öfkenin hararetinden kurtulmadan sordu:

—Ne zaman gelebileceği hakkında bilginiz var mı?

—Belli olmaz. Babası öldü demiştik. Bakarsın hiç gelmez.

—Neden?

—Çünkü şu anlarda kovulmuş olması ihtimali bile var. Kızan sadece sizler değilsiniz ya. Patron bile ateş püskürerek aradı...

* * *

Kerem üzgün yorgun ve bitkindi. Eve gelir gelmez içleri yakıp tutuşturucu çığlıklar ve feryadlar başlamıştı.. Hep ağlamakla işini bitirmeyeceğini anlayan Kerem, kolarını sıvayıp defin muamelesini yaralı bir gönülle koşuşturarak zor tamamlayabildi. Sonunda babasını hayatta hiç sevmediği bir yere getirip, bırakmıştı. Musalla taşının üzerine...

Namaz oldukça yakındı. Kerem kederli bakışları ile caminin avlusunda birşeyler aradı. Sonunda bulmuştu.

Gri ya da kül rengini andıran baş örtüsü ve aynı renk pardösesinin altında, rengi uçuk, yüz hatları keder yüklü bir kadınla gözgöze gelmişlerdi.

Ezik duygularla harab olmuş bir haleti ruhiye içinde anasına yaklaştı.

—Getirdim.

—Ana, sessiz akan gözyaşlarını mendiline sile sile ağlarken, Ezan:

—Allahu Ekber, dedi.

Kerem namaz için annesinden ayrılmıştı. Ana apartmanlarından gelen komşu kadınlarla cami avulusunun bir köşesine çekilmiş beklerken aynı hane sakinlerinden birkaç erkek de, cemaatin çıkmasını sabırsızlıkla bekliyordu. Çok geçmeden namaz bitmiş, cemaat birer ikişer musalla taşlarından yana gelmeye başlamıştı.

* * *

Bozca dünyadaki işini bitirmişti.. Hiç şakası ve kurtuluşu olmayan bir son, gelip yakalamıştı onu.. Ana ve oğul artık yalnız kalmışlardı.. Ana Bozca'yı ebedi ayrılığa terketmişliğin ıstırabını duya duya Kerem'in kullanmakta olduğu arabanın ön kanepesine oturdu...

Üzgün pırıltılarla baygın baygın yolları ölçerken, Kerem'le konuştu:

—Biliyor musun Kerem ölmezden çok evvel bana hayatının en büyük sırrını verdi.

—Merak ettim doğrusu.

—Merak edecek kadar enteresan bir sırdı doğrusu.. Çocuklarının içinde en çok senı sevdığını söyledi..

Kerem üzgün bakışlarını annesinin suratına çevirirken hayret içinde çırpınan bir gönlü vardı.

—Belki inanmayacaksın..

—İşte bu inanılmaza ben kolayca inanırım ana. Bak Mü'min suresi ayet otuz beşte şöyle der:

"Kibir basireti bozar. Akla durgunluk verir, iradeyi zaafa uğratır. O kimseler hakikatleri göremezler."

—Babanı evlat derdi bu hale getirdi oğul. Son zamanda Erdem kötü vurdu bize.

Yollar tekerlerin altında ölçüldükçe ana oğul bir müddet üzüntünün bayatlamış suskunluğuna gömülmüş gibilerdi. Ana darda kalan gönlünü az da olsa genişletebilmenin sırrını konuşmakta aradığı için sükûtu bozdu:

—Erdem'i hiç sormadın?

—Kaçtıklarını söylemiştin.

—Hadise keşke bununla kalmış olsaydı.

Yoldan gözlerini bir anlık çekip anasının solgun laleler gibi rengi uçmuş yüzüne baktı.

—Ayrılmışlar mı?

—Daha da beteri...

Meraklandı:

—Anlatsana.

—Reyhan Erdem'in bizden kaçırmayı başardığı bütün parayı, senden kolayca alabilirler diye bankada kendi hesabına aktarmış. Çiftlik filan hepsi masalmış.

—Sonra?

—Sonra bir gece ortalardan kayboluş gitmiş. Arkasından annesi, babası da kayıplara karışınca, pirelenmiş. Gidip önce bankadaki hesabı yoklamış. Paranın tamamının hesaptan çekildiğin öğrenince, dünyası başına yıkılmış. Herşeyden umudunu kesince kalkıp eve geldi.

—Yüzü hâlâ kızarmayı beceremiyor desene?

—Anamsın dedi. Analar evlatlarını affederler diye yalvardı. Baban çok hastaydı, içeriye alamadım. Para istedi. Buluncaya kadar yetsin dedi. Yakamdan sıyırabilmek için verdim... Ne bıraktın ki elimde bile diyemeden verdim... Gidiş o gidiş; dönmedi bir daha geri... Hali hiç hoşuma gitmedi.

—Kendi düşen ağlamaz derler...

—Beni en çok korkutan nedir bilir misin?

—Hayır?

—İkinizin karşı karşıya geleceği gün...

—O zaman hiç korkmamalısın. Ne aynı çatının altında kalmaya niyetim var ne de karşı karşıya gelmeye...

—Çiğdem'i buldun mu?

—Buldum.

—Nerede?

—Evlerinde.

—Özledim onu gidip alalım belki üzüntülerimizin dinmesine de bir vesile olur.

—O bizi hiç özlememiş. Hatta koyu bir nefretin verdiği karamsarlıkla unutmuş bile...

—Nereden biliyorsun?

—Kaldıkları evin adresini bulup gittim. Kapılarının önünde bile olsun benimle görüşmeyi kabul etmedi... Hatta Bilâl'i bile göstermedi bana.

Üvey kardeşi ayrılmak için babasına vekaletname bile verdiğini söyledi.

—Çiğdem'e darılmış gibisin.

—Dünyayı ahenkli bir geçim için, hiç karşılık beklemeden ben mi idare edeyim ana? Benimki de etden kandan ibaret bir avuç yürek değil mi sanki? Her hadise omuzlarıma en ağır yükünü bırakarak geçti, küsmek benim de hakkım değil mi?

Ana dertli konuştu:

—Öğrenemediğin daha çok şey var?

—Söylesene?

—Her insanın hataya düşebileceğini.

Kerem yorgun kafasında hadiseleri mütala edemeyeceğini anlayıp:

—Unutalım şimdi diye mırıldandı. Birkaç gün kendime geleyim hele. Hadiselerin akışı beni öylesine yorgun düşürdü ki anlatamam...

—Öyle beklemeye sabrı var mıdır ananın. Çiğdem'i Bilal'i de aldığımız gibi hemen gidelim buradan... Gidelim de bir daha dönüp gerilere bakmayalım dilersen...

—Artık çok zor ana...

Ana şaşırmış gibi oğlunun suratına bakıp, adeta birşeyler arar gibi uzatmalı pırıltılarla seyrini sürdürürken mırıldandı:

—Bizi buradan bırakmayan bir engel mi var?

—Bizi bekleyen bir hizmet dizisi var?

—Yeni yeni neşvünema bulan, yeniden diriliş nesline karışıp, nesli cedidin arasında bulunabilmek şansını beklemek.. O gönlü iman dolu altun neslin filizlenmeye başladığı şu günlerde, o bahçenin arasında kara diken gibi bile olsa bulunabilmek, gönlümde karabulutlar gibi çöreklenip kalan ıstıraplarımı dindirebilir. Bulunduğum gazetede sabrı çare bilerek tebliğ görevimi sürdürmeyi düşünüyorum. Allah'ı unutmuş yirminci asrın kaçaklar nesline hitab etmek fırsatını buldum. Fırsat ki rüzgar gibidir, tam yanından geçerken yakalayamazsan bir daha eline geçmez.. Vebal altında kalmamak için gerçek bildiğim herşeyi bana verebilecek en dar sütundan bile olsa, haykırmak istiyorum. İslâmın aynası olan bir milletin çocuğuyum, ayna yeniden aldığını dünya insanına en duru görüntülerle yansıtabilmesi için yazacağım...

—Ayna candır oğul.. Can giderse, ayna kalır mı sandın?

—Can gövdeye mülk değildir anne, yeter ki gönlümün aynası kırılmasın. Aldığını yansıtamayan ayna işe yaramaz. Ben sadece bundan korkarım.

CAĞALOĞLU YOKUŞU

Bugün tam üçüncü gündür gazeteye uğramamıştı. Ananın bütün ısrarlarına rağmen Çiğdem'e gitmek tekliflerini hep tatlı bir lisanla ertelemeyi başardı.

Yılmıştı bir kere, haksız yere horlanmaktan, kırılmaktan... O da herkeste olduğu gibi bir yürek taşıyordu. Yara almış incelmiş, hassas mı hassas bir yüreği vardı.

Evden canı iyice sıkılmıştı. Anasından müsaade isteyip gazeteye uğrayacağını söyledi. Bir ana kucağında ya da dizlerinin dibinde muhafaza edilmesi zamanı çoktan gelip geçmişti. Ana oğlunun yüzlerine bakarken tavrından ve hareketlerinden böyle anlaşılıyordu.

—Git diye mırıldandı. Beni dinlersen istifanı vermek için bir gidiş olmalı bu...

—Ana diye fısıldadı.. Gönlümü üzer olma. Akşam konuştuk ya.

Üsküdar vapuruna binip güverteye çıkmıştı.. Marmara sularını hassas duygulu bakışlarla süze süze Eminönü açıklarına yaklaştı...

Denizin dalgalı sularına gömülüp çıkan bakışları seyrini sürdürdükçe gazetedeki huzursuz odasını düşündü... Sonra bakışlarında kin ve nefret rüzgarı estiren ihtiras dolu genç kızı, Sinem'i düşündü... Canını sıkan bir yığın hadisenin altında ezilircesine iç alemine çekilmiş, tefekkür halindeydi...

Sahiden annesinin istek ve arzularına uyup bu şehre elveda mı etmeliydi...? Gönlünden bir ses "Olmaz olmaz" diye haykırıp isyan etti...

Binbir tomurcuğun diriliş soluduğu şu günlerde, dişleri kanlı kin ve kerpetenleri ile bütün yeryüzünün ruhunu kopartmaya çalışanlara karşı İslâm güneşinin nurlu ışıklarını dünyaya karanlık bir köşeden bile olsa, Cihana yansıtmaya çalışacaktı. Kafataslarında sadece parçalanmış cesetlerden dekorlar kurmayı, maharet bilen, hırçın bakışların özlediği buruk kokulu kan gölçüklerinden kurulan dünyanın, vahşet ve cehalet sahnesinden başka bir şey olmadığını yürekli bir kalemle yazacaktı.

Vapurun iskeleye yanaşırken ortalığı velveleye veren düdük sesiyle toparlandı.. Yoğun kalabalığın inmesini bekleyip, insan seli iskeleden Eminönü'ne ve Sirkeci istikâmetine doğru akmaya başlayınca yerinden kalkıp, o da herkes gibi vapurdan indi, yürüdü. İstikamet tayin etti...

Eminönü'nden Cağaloğlu yokuşuna kavuşmuştu. Etrafını seyrede seyrede gazete binasının önüne kadar geldi... Ayakları geri geri durmak istedikçe odasına çıkartacak merdivenleri isteksiz adımlarla tüketiyordu...

Daha önce Selçuk'a uğramayı uygun bulmuştu.. Oda kapısına parmağı ile vurduktan sonra yavaşça açıp içeriye baktı. Arkadaşını tek başına oturuyor bulunca sevinmişti.

Selçuk açılan kapıya baktı. Odasına gireni tanıyınca doğrulup yerinden kalktı... Masasından ayrılıp karşılamış olmak için ileriye bir iki adım atıp durakladı.. Üzüntüsünü paylaşmışlığın mahcubiyeti ile yüzünü seyrederken, elini uzatıp:

—Başın sağolsun.

Gideceğin yerin adresini bırakmadığın için yardımımız bile olamadı.

—Sağol.

—Hakkı babaya demişsin. Gidip buldum. O da üzüldü.

Karşılıklı oturmuşlardı. Selçuk arkadaşına sordu:

—Odana uğradın mı?

—Hayır. İçimden gelmedi desem yalan olmaz.

—Farkındayım sevmedin yerini.

—Doğru.

—Onu da düşündüm. Birazdan senin için buraya bir masa koyduracağım. Birlikte çalışmamız daha uygun olacak.

—Sağol. Yazı için bir şey söyleyen oldu mu?

—Bunları sonra geniş bir zamanda konuşmamız daha uygun olurdu.

—Bilmek istiyorum.

—O zaman açık konuşmakta yarar var.

—Geniş çapta eleştirilere uğradı...

—Sürpriz değil bu?

—Dahası var. Gazeteyi bombalamadan tut da ölümle yargılayan telefon ve mektuplar bile aldık... Birkaç tanesi de hâlâ masanın üzerinde duruyordu.

—Bu asırda insanları kızdırmak isteyenin doğruyu söylemesi kâfi.

—Daha fenası son yazının savcılıkça incelendiği haberini aldık.

Bir anda istikbali, bütün arzu ve hayalleri dipsiz bir çukura yuvarlanıp gitmişti.

—Artık gazetede yapacağım iş kalmadı desenize.

—Onu babamla birlikte düşünüp kararlaştırdık. Muhabirlik yapmanı uygun bulduk.. Hadise yerlerine gidecek, haber ve yorumlar vereceksin.

Masasındaki telefonun zili cırlak cırlak çalınca ahizeyi kaldırıp konuşmaya bir süre ara verdi.. Karşıyı dikkatle dinledikten sonra cevap olarak:

—Ben ilgilenirim diye son verdi...

Kerem'in suratına baktı durakladı. Kerem arkadaşına sordu:

—Hayır mı?

—Pek değil elbet. Fındıkzade civarında bir cinayet olayı ve öğle namazına müteakip dün öldürülen üç talebinin cenaze törenleri varmış.

—Kim gidecek diye soruyorlar.

—Az önce bu gibi vazifelerin bana verileceğini söylemiştiniz ya.

—Üzüntülü ve yorgunsundur diye teklif etmedim.

—Yalan dünya kesi bigam ne başet.

Eğer başet beni adem ne başet.

Şair yeryüzünde üzüntüsüz insan yoktur diyor, şayet varsa o da insan değildir.

—O zaman hiç bekleme. Benim fotoğraf makinasını alıp bu iki hadiseyi resimle ve yorumla...

Kerem kendisine verilen vazife için çarçabuk hazırlanmıştı. Fotoğraf makinasını ve masanın üzerinde hazır bulunan bir bloknot defterini yanına aldı. Artık gidebilirdi. Kederden durgun sular kadar sükût içinde olan çehrenin mahzun bir görünüşü vardı.. Selçuk'a aynı haleti ruhiye içinde baktı.

—Şimdilik Allah'a ısmarladık.

Selçuk baygın bakışlarını Kerem'in yüzünden bir türlü çekemiyordu..

—Unuttuğun başka bir şey mi vardı?

—Evet beraber gitmeye ne dersin?

—Sevinirim.

—O zaman birlikte gidelim.. Daha doğrusu ben sana yardımcı olmak için geleceğim..

Selçuk büroyu telefonla arayıp Sinem'le konuştu... Kerem verdiği talimatı ayaküstü dinliyordu:

—Kerem'le birlikte bir hadise yerine gidiyorum. Gelinceye kadar odamda oturup telefonları not almanı rica edecektim.

Daha odanın kapısının önüne ancak gelmişlerdi. Selçuk Sinem'le karşı karşıya kalınca durakladı.. Kerem yol bulamayınca Selçuk'un arkasından bekledi...

Sinem'in elinde not alınmış bir kâğıt parçası ve birkaç mektup zarfı vardı. Havalı tavrından, kibirli bakışlarından hiç bir şey kaybetmemişti.

Daha Selçuk'la muhatab bile olmadan, Kerem'i mağrur bakışları ile tepeden tırnağa süzerken önce:

—Başın sağolsun diye mırıldandı..

Kerem mahcup bir çehre kısık bir sesle Sinem'e karşılık verdi:

—Sağol...

Gurur dolu tenezzülsüz bir uzanış elindeki not alınmış kâğıdı ve zarf demetini Kerem'e kadar uzattı:

—Bunlar size geldi.

Not alınmış kâğıdı ayrıca uzatırken izahat verdi:

—Bunda da yazınız hakkında telefonla fikirlerin beyan edenlerin notları var...

—Teşekkür ederim zahmet oldu size.

—Estağfurullah vazifemiz.

Kerem hareketleri ile yol ister gibi kıpırdadı. Aldığı zarf ve notlara bakmak arzusunu bile hissettirmeden cebine koyup yürüdü.

Gazete binasının önüne kadar inmişlerdi... Selçuk Kerem'e yol değiştirmesi için seslendi:

—Arabayla gidiyoruz.

Trafik oldukça sakindi. Kerem ön kanepeye oturmuştu. Selçuk arabayı kullanıyordu.. Kerem etrafla ilgilenmedi. Elindeki zarfları bir açıp göz gezdirdi. Tehditler tehditler ve yine tehditlerden oluşan satırların altında gözleri Sinem'in yorumuna takılıp kalmıştı:

"Bu yolda yürüyüşün sonu belediye mezarlığında biter. Hayırlı seneler."

Sessiz sedasız okuduğu mektuplardan en enterasan bulduğunu yeniden okudu...

"Saçmalamaktansa susmak bir sanattır.
Bu fikrinle yazmaya devam edersen,
Kör kurşun sana haktır..."

* * *

BEN DE BIKTIM ŞU DÜZENİN DERDİNDEN

Artık dünyanın ufukları ihtilal bulutlarıyla kaplıydı. İnsanlık vurdumduymaz bir akışa kendisini kaptırmış, o umursamaz hali ile kanlı bir sonun doğum sancıları ile kıvranmaktaydı.

Doğusuyla batısıyla karışan bir dünya vardı artık önümüzde.

Otomatik silahlarla insanların kendi vatanlarında tarandığı bunalım çağının belirtileriydi bunlar.

Komünizm timsahının alt çenesi, Siyonizm timsahının üst çenesinin arasında kıyasıya sıkışan dünya, dayanılmaz sancılar içinde kıvranıyordu artık.

İşte Selçuk ve Kerem zor günlerin İstanbul'unda yine özgürlük adına kesildiği haberini aldıkları kurbanın, kanlı manzarasının resimlemek için gidiyorlardı.

Selçuk arabasını Aksaray köprüsünden Millet caddesine doğru sürdü...

Anlaşılan telefonda hadisenin olduğu adresi iyi anlaşılmış olmalı ki, bir kilometre mesafeden sonra direksiyonu hemen sağa sapan bir sokağa çevirdi. Çok gitmeden ileride seyreden gözleri yoğun bir kalabalıkla karşılaşınca arabasını hemen müsait bir yere çekip ikisi birden indiler...

Kerem çok heyecanlı bir halde gözüküyordu.. Fotoğraf makinasını kayışından omuzuna asmış, seyirci çemberini yarıp, ileriye atladı...

Selçuk arkasından kendisini takip ediyordu. Hadise yerinde emniyet tedbirleri alan güvenlik kuvvetlerinden bir görevli sokağı kanları ile sulamış yatan kurbana doğru yaklaşırken müdahalede bulundu... Kolunu bir yaya gibi önünde gerip, geçilmez olduğunu hatırlattı ve kalın bir sesle emir verdi:

—Dur.

Kerem aceleci bir tavırla görevliyi cevapladı:

—Gazeteciyim.

Kolunu önünden çekip iyice süzdükten sonra konuştu:

—Anlaşıldı fazla yaklaşmadan işini gör.

Selçuk Kerem'in ileri atılmasını yeterli bulmuştu. Seyircilerin bir ya da iki adım daha ilerisinde bekleyip, Kerem'e dikkat kesildi.

Kerem üzeri gazete ile örtülmüş kanı toprağa katık olan meçhul kurbana doğru merakla yaklaşıyordu...

Tam başı ucuna gelip dikilmişti... İçi burkuldu., sebebini bilemediği bir duygu ile ürperdi... Vazifesini hatırlamıştı. Omuzunda asılı fotoğraf makinesini indirip, çekime hazırlamak için kılıfından sıyırdı. Şimdi sıra vahşet saydığı manzarayı resimlemekti. Birden makinayı ayarladı, unuttuğu birşeyi hatırlayıp vazgeçti. Olay yerinde biraz daha yaklaşıp eğildi. Parmaklarının uçları ile kıskaç gibi tuttuğu gazeteyi kurbanın üzerinden gözükebilecek kadar aralamaya çalıştı. Aklından geçenleri düşündüğü gibi yapmıştı. Ancak yüksek bir elektrik akımına kapılmış gibi bedeninde amansız bir sarsıntı peyda oldu... Hışımla geriye doğruldu. Can çekiştiren hastalar gibi derinden nefes alırken, yüzleri beklenmedik bir şekilde morardı.. Bedenindeki bütün kan beynine hücuma geçmiş kafasında şiddetli bir ihtilal başlamıştı..

Gözleri irildi, titreyen parmakları az önce tuttuğu gazeteyi güçlükle kurbanın açılan yüzüne düzensiz biçimde kapatmaya gayret ediyordu...

Makinasını kılıfına koymadan, umulmadık bir şaşkınlık ve kararsızlık içinde olduğu yerde bekledi...

Hadisenin kurbanı genç bir hanımdı... Kumral saçları kana bulanmış ışıkları sönen gözleri dünyaya anlamsız bakıyordu.

Hayat sanki taptaze gençliğine borçlu, sarıldığı dünyaya istemeyerek veda fetmiş, hissini vermekteydi.

Kerem onu daha yüzüne bakar bakmaz tanımıştı. Buruk bir acı, garip bir ürperti ile başucunda muzdarip bir gönülle bekledi... Bu olayın ne resimlenmesi, ne de yorumu Kerem'e göre değildi...

Yönünü seyirci kitlesinden yana çevirdiğinde sinirleri inadına gergin ve huzursuzdu.

Bir elinde çekime hazır fotoğraf makinasını siyah kayışından sıkı sıkı tutmuş, boşta kalan elini çatlayacakmış gibi ağrıyan kaşlarının üzerine çökmüştü.

Birşey belli etmemek için çırpınsa bile, dikkatleri üzerine çekiyordu.

Zor atılan adımlarla Selçuk'un beklediği noktaya kadar gelip durdu. Hayretle gözlerinin içine bakan arkadaşına üzüntülü bir sesle mırıldandı:

—Gidelim buradan.

Selçuk hayrette olduğu kadar da itirazlı gözüküyordu:

—Anlaşılan dayanamadım. Ver o fotoğraf makinasını bana ver de bari ben resimleyeyim.

Kesin bir tavırla itiraz etti:

—Olamaz.

—Neden.

—Hiçbir şey sormamalısın. Gidelim buradan.

—Gazetecilik bu değil. İleride herşeye alışacaksın.

—Seni anlamıyor değilim. Sadece bu olayı resimlemeyeceğimizi söyledim sana.

Selçuk gönülsüz bir tavırla Kerem'e katıldı:

—İyi ya sen bilirsin.

Seyirci çemberini yarıp dışarıya çıkınca derin bir nefes almıştı. Selçuk rahata kavuşmuş bir gönülle Kerem'e sordu:

—Anlatsana Kerem sende acayip bir değişiklik oldu... Ölünün yüzünü görünce korktun mu yoksa?

—Kerem diye yineledi..? Söylesene kimdi o?

Kuruluktan çatlamaya başlayan hararetli dudaklar adeta çok mühim bir sırrı veriyor gibi kıpırdadı:

—Yengemdi.

Selçuk'un rengi değişmişti:

—Neee? Diye hayretini açığa vurdu. Yani ağabeyinin hanımı mı?

—Tıpkı anladığın gibi...

—O zaman neden sahip çıkmadın?

—Fazla derinleştirmesen iyi olur. Sanırım meseleyi az çok biliyor olmalısın...

—Biliyorum, biliyorum ama, hiç değilse ağabeyine bir haber ulaştırmak lazım. Dilersen adres ver ben yapayım bunu...

—Zahmet etme sen o bizden daha önce öğrenmiş olmalı.

—İnanır mısın konuşmalarından hiç bir şey anlaşılmıyor.

—Ne de olsa gazetecisin anlarsan olur ki sabredemez yazarsın, onun için buradan bir an önce uzaklaşmaya bakalım.

—Yemin ederim ki kimseye birşey söylemem.

—İnsan dünyayı zaptedebilir ama dilini zaptedemez. Hele gazeteci olursa..? Sana sadece şunu söylemek isterdim. Burada biraz daha fazla kalırsak, cinayet suçundan yakayı ele vermek hiç te hayal sayılmaz.

Selçuk daha yeni yeni birşeyler anlamaya başlamış gibiydi:

—Doğru diye mırıldandı.. O zaman acele et. Buradan doğru camideki törene.

* * *

Mahşeri bir kalabalığın tıklım tıklım doldurduğu meydan, fırtınalı bir deniz gibi kaynaşıyordu..

Caminin içi cemaatla doluydu, ancak dışarıda kalanlar içeridekilerin beş on mislinden bile fazlaydı.

Kerem Cami'in avlusuna gelince, saatine baktığında namaz için daha yarım saatten fazla zaman vardı...

Birden acı bir feryadın azameti ile irkilir gibi oldu. Dikkat kesilip çığlıkların yükseldiği noktayı aradı...

Uçurumların derinliğinden acı acı yükselen çığlıklar olur ya işte tıpkı öyle bir velvele meydanı sarmaya başlamıştı.

Yüreği yaralı bir ananın feryadı durgun insan seline çarptıkça, yankılaşıyor, tüyleri ürpertircesine kulakları amansız şekilde tırmalıyordu..

Kerem aradığını bulmuş gibi ısrarlı ısrarlı baktı. Bağrı yanık bir ana musalla taşına getirilen oğlunun başında ağlıyordu. Kerem masum bir çehre durgun pırıltılar yansıtan bakışları ile anayı hüzünlü bir tavrıyla yakından resimledi.. Kadının ağıtlar söyleyerek ağlayışı onu duygulandırmıştı.. Üzerine bayrak sarılmış tabuta kollarını sıkı sıkı dolamış, figan ediyordu:

—Kör kurşun, sen hiç yavru emzirdin mi? Analık nedir bildin mi sen? Bir yiğit nasıl yetişir haberin var mı?

Hıçkırdı hıçkırdı...

Selçuk ve Kerem kalabalığı biraz daha aralayarak ileriye yaklaştılar.

Her yüzde keder yüklü çizgiler ve üç tabutun başında ağlayan üç ana, üç baba ve yakınları vardı..

Kerem yeniden fotoğraf makinasına müracaat ederken, yüreği yiv yiv derinleşen bir acı ile sızladı durdu...

Bütün bir geçmişi boyunca taşıdığı mukaddesleri omuzundan atan millet evlatlarının içler acısı manzarasıydı yüreğini burkan..

İkinci sırada duran tabutun başında ağlayan ana, başka bir alemdi doğrusu... Yakınları kollarından tutup ayakda durabilmesini kolaylaştırırlarken, soluk benzini başucunda içten içten efkarını sökerek ağlayan adama çeviren ana, yeniden derinleşen bir hıçkırığın başlaması ile soru açtı:

—Söylesene ne ağlarsın babası. Taşın üzerinde sessiz sedasız yatan kurban, bize hangi günahın bedeli?

Babanın dudakları büzüldü efkarı arttı. Birbirine yapışan dudaklar:

—Korkunun bedeli diye mırıldandı. Kendi büyüttüklerimizi gözlerimizde devleştirdikçe, kendimiz korktuk. Onları sokaklara arzularının akışına göre saldık da durun artık diyemedik... Kanında macera dolaşan çocuklarımızı çalan fikirlerin elinde kınalı kurbanlık koçlar gibi teslim ettik. Sonra sahip çıkamadık işte. Duydun mu kadın? Yarın daha başka analar, babalar ağlayacak.

Nizam kavgası diyorlar adına nizam...

Ana ıslak gözlerle efkarlı babanın dudaklarına dikkat kesildikçe baba içindeki sıkıntıları birer birer döktü:

—Her kafa düşünce yapısına göre bir dünya kurmanın çetin kavgasını veriyor... Nizam olarak kafasındaki kurduğu dünya yapısını istiyor. Oysa mümkün mü bu..?

Anadolu'nun bağrında yetişip büyüyen bağrı yanık ananın başı, kalınca siyah zemin üzerine beyaz çiçekli nakışlı bir yazma ile örtülüydü. Kimbilir evvelden sesinin başkalarının yanında yükselmesinden bile hicab eden kadın belki de acıdan olmalı ki, şimdi herşeyi unutmuşa benziyordu. Unuttu da mahcup dudaklarında yürekleri sızlatan bir ağıttır tutturdu:

—Ben de bıktım şu düzenin derdinden.
Baba gelse oğlu gelmez ardından.
Yavrum ellerine kına yakayım.

Sen salın git ben ardından bakayım.

Kerem üzgündü.. Derin bir nefesi ciğerlerine çekerken, muzdarip bir çehre ile dönüp yanıbaşında bekleyen Selçuk'a mırıldandı:

—İnsanlığın bağrında bu zor ve şiddetin açtığı acıyan yaraları kim saracak?

Selçuk:

—Yine insanlık diye cevapladı. Yüreğinde acıma hissi, vicdanlarında haksızlıkları ölçebilen insanların sayısı çoğunluğa ulaştığı zaman insanlık bu zor ve şiddetin açtığı yaraları sarmayı başaracaktır elbet...

—Kanunlar tarafsız ve ceza-i müeyyideler adil olarak işletirse cemiyetler maruz kaldıkları sıkıntılardan kurtulup giderler...

Kerem kederli kederli soluk alırken, Selçuk'un suratına bakıp mırıldandı:

—Kanunlar ruhsuz birer maddeden ibarettirler. Onlara ruh ve hayat veren insanların kendileridir... Yaşatılmayan bir kanun, hayat haline getirilememiş bir madde, kâğıt üzerinde sıralanmış kuru birer kelime dizileri olarak kalmaya mahkûmdur.

Allah'ın Nizam ve emirleri gönüllerde hüküm süremedikçe sokaklar kanlı, anaların gözleri yaşlı, cemiyetler kara günler yaşamaya mahkûm demektir..

Yeryüzünde kanunlar ve gelenekler, medeniyyetlerin ortasında suni cehennemler oluştururken, Allah'ın insanlara lütfettiği, hürriyetler, İlâhi sezgilerle korunmadıkça, uğursuz ellerin vahşet tabloları arzularını giderebilmek için karıştırdığı toplumları sesleri, nefret ve lanetle açıkça yükselemedikçe, acılarımız ve ıstıraplarımız içimizde gittikçe derinleşerek kalacaktır...

* * *

Gazeteye Selçuk'la birlikte dönmüşlerdi.. Kerem yorumunu gazetedeki odasında tamamladıktan sonra işi bitmiş sayılırdı.. Evlerine geldiği zaman daha yeni yeni gün kararmak üzereydi. Binanın merdivenlerini yorgun adımlarla tırmanıp çıkmıştı.. Kapılarının ziline basıp bir müddet bekledi. Az sonra kapı açılmıştı. Ana dışarıda duran oğlunun suratına garip duygularla baktı...

—Girsene?

Kerem anasına merakla sordu:

—Geldi mi?

—Kim?

—Oğlundan söz ettim.

—Kimse gelmedi...

Kerem durgun tavrını bozmadan usul adımlarla yürüyüp içeriye girdi.

Ana şaşkın ve suskun bir seyirle kapıyı kapatıp oğlunun arkasından yürüdü.. Odasına girmişti.. Her günkinden değişik bir hissiyatı vardı.

Eve girer girmez üstünü değişir günlük elbiselerini giyinmeyi tercih ederdi. Bugün bu alışkanlığına bile riayet etmiyordu. Hemen bulduğu bir koltuğa rahatsız bir görünümle oturup kaldı.

Ana aşırı bir meraka düçar kalmış gönülle, oğlunun suratını inceleyip sordu:

—Kerem bir şey mi duydun?

—Birşey gördüm ana?

—Neyi?

—İçler acısı bir sonu...

—Yoksa dediğini yapmış mı?

—Hem de nasıl...

Ananın kalbi çatlarcasına atmaya başlamıştı... Kerem'in hemen yanındaki koltuğa oturup daralan bir nefesle sordu:

—Yakalamışlar mı?

—Sanmam.

Kerem endişeler denizinde boğulmamak için çırpınan anaya kısık bir sesle mırıldandı:

—Üzgünsün.

Çile yüklü ana kendisini biraz olsun toparlayama çalıştı...

—Analık nedir bilir misin sen? Evladın anadan kopan bir parça olduğunu en büyük kusurlarını bile affedecek kadar duygulu ve hassas olduğunu bilir misin?

—Bir ana kadar değil tabii...

—Gidelim buralardan Kerem, bu şehir bana çok çektireceğe benzer...

—Ne düşündüm biliyor musun?

—Nerden bileyim.

—Birlikte bu yıl Hacca gidelim? Sonra da...

—Bana Çiğdem'in adresini versene...

—Rehberde var. Yunus'un üzerine.

—Sen gelmiyor musun?

—İkinci defa kovulmayı göze aldığım zaman haber veririm.

* * *

Kerem sabah gazeteye geldiğinde Selçuk henüz odasında yoktu.. Sinem'i karşısında bulunca, kapı ağzında duraklayıp kaldı. Girdiği kapıyı açık bırakmıştı. Daha ileriye gitmek niyetinde olmayışı hareket ve tavırlarından belliydi. Kararsızlık içinde kısa bir müddet olduğu yerde bekledi.

Sinem'le muhatab bile olmadan az sonra usulca geriye döndü. Sessiz sedasız gidecekti. Sinem Kerem'in bu çekingen hallerinden adeta zevk duyuyor gibiydi. Arkasından:

—Dur diye seslendi.

İleriye atmak için hazırladığı adamını yarıda bırakıp durdu. Kafası boynu üzerinde geriye yarım daire çizmişti.

—Masanız bu odaya getirildi.

—Haberim var.

—O zaman neden gidiyorsunuz?

—Başka bir sebep daha var.

—Anladım diye mırıldandı. Selçuk beyin bıraktığı mesajı size iletebilmek için buradayım. Taksim meydanındaki mitingin haber ve yorumunu size bıraktı.

Sinem'e cevap bile vermeyi düşünmemişti. Selçuk'un masasının gözünden fotoğraf makinasını ve yanına bloknot ve teyp de alıp yürüdü... Sinem yine dayanamamıştı, sordu:

—Gidiyor musunuz?

—Evet.

—Bugün gazetede çıkan yorumunuz enfesti.

—Teşekkür ederim.

—Daha çok kendi düşünce yapınız açısından demek istemiştim.

—Farkındayım.

—Bence bu savcılığın el koyacağı ikinci yazınız olur.

—İyi ya sevinirsin?

—Hakkınızda düşündüğüm bir meseleyi olduğu gibi söylemem de bir sakınca var mıdır?

—Ne söyleyeceğinizi bilmeden karar verebilmek çok güç.

—Sanki sen dışarı vazife için adımını atmadan, az sonra acı bir haberin gelecekmiş gibi içimde bir his var. Oysa, sen bütün bunlara rağmen tehlikeli günler yaşadığının farkında bile değilmiş gibi umursamazsın.

Adeta mucize bekleyen bir halin var. Birisi tetiğe çökecek ama silah patlamayacak.. Unuttuğun tek şey bu.. Rakiplerinin hiç birisi hayal perest değil ve sen yalancı tüfeklerle köşe kapmaca oynayan birisi değilsin artık.. Karşındaki insan düşmanın bile olsa bazı düşüncelerinden birşeyler çıkaracak yolu seçmelisin.

Dostça tavsiyelerdi bunlar. Ancak Kerem hislerin yakınlığını önlemek için bile olsa, Sinem'e beklediği cevabı reva görmemişti:

—Daima kendi düşüncelerini doğru zanneden insan daha çok yanılan insandır...

Sinem öfke dolu bir suratla yürüyüp giden Kerem'in arkasından, dişlerini sıkıp dudaklarını kıyasıya gevdi...

—Duygusuz insan diye homurdandı.. Aslında Kerem'in hislerine karşılık vermeyişi Sinem'i kahreden en büyük sebepti.

* * *

Taksim meydanı insan seli gibi dolup taşmıştı.. Ne kadar da kalabalık vardı... Tıpkı gür bir ekin tarlasında başakların rüzgar önünde dalgalanışını andıran korkunç bir kalabalık...

Büyük bir partinin lideri meydanda miting düzenlemiş ve kendisini çılgınlar gibi alkışlayan dinleyicinin önünde ne kadar da hararetli bir konuşma tarzı içindeydi...

Zaman zaman meydan, alkış tufanından yıkılacakmış gibi gürlüyordu.

Kerem gazetecilerin yer aldığı noktaya kadar gelebilmeyi başarıp, durdu. Seksen ya da daha fazla bir yaşta, gür uzun sakalları dizlerine kadar uzamış bir ihtiyarın hareketleri dikkatini çekiyordu.. Konuşmacıya vakit vakit çılgınlar gibi alkış tutuşu daha hayatlarının baharında denilecek kadar taze iki delikanlının ilgisi Kerem'in dikkatine sahne teşkil etmeye başlamıştı.

Lider, üstü kapalı bir söz ederek aydın adı verilen zümreyi tatmin için çabalarken, kelimenin anlamını bilmeyen ihtiyarın yeniden alkış tutturuşu iki gencin sabrını iyice taşırmışa benziyordu...

Muzdarip çehresinden koyu bir teessür beliren delikanlı, alkışlarına ara veren ihtiyara, iyice yaklaşıp, gözlerinin içine baka baka sordu:

—Amca.

—Ne var?

—Konuşmacının az önce harcadığı sözü niçin alkışladığını soracaktım.

İhtiyar gözlerinin içine alil alil bakan delikanlıyı savuşturmak için cevapladı:

—Ne bileyim ben mühendisce bir laf etti galiba. Teogratik mi dedi ne?

—Ben aslında o kelimenin anlamını merak etmiştim.

—Nerden bileyim ben?

Delikanlı ihtiyarın yüzüne acıyarak bakarken ihtiyar alındı:

—Reyimizi bunlara vereceğiz oğul. Başa gelirlerse müslümanca yaşayacağız demektir.

Delikanlı anlaşılan ihtiyarın fikrinde değildi. Hep aldatılmışlıktan, doğruyu insanların anlayamayışından solmuş bir çehresi vardı. Hüsran dolu bir haleti ruhiye içinde kıvranırken ihtiyara sönük bir umutla mırıldandı:

—Amca sen bu yaşında hâlâ bilmez misin ki, raylar değişmeyince, üzerinde yürüyen trenler hep aynı güzergâhlardan geçerek varıp aynı istasyonda dururlar...

Ne ihtiyar delikanlıyı, hatta ne de delikanlı ihtiyarı anlayacak hazırlıkta sayılmazlardı.. İhtiyar delikanlının beklemediği cevapla meşguliyetini bitirip yeniden alkışlarına dönebilmenin sabırsızlığı içinde kıvranıyor gibiydi:

—Reyimizi bunlara vereceğim oğul. Bunlar Ehven-i şer...

—Kötünün biraz daha iyisi mi diye mırıldandı...

İhtiyarın suratı öfkeli çizgilerle dolarken, delikanlı içini boşaltmanın telaşesi içindeydi:

—Ver amca ver... Değil mi ki seçtiklerimiz bizi kendi kafa yapılarına göre kanunlar yaparak idare edecekler. Sen yine reyini götür onlara ver...

Değil mi ki bizleri değiştirebiliyorlar, ya da düşüncelerimizi bozacak şekilde fikirleri doğrultusunda kitlelere istikamet verebiliyorlar... Ver... Biz istesek te istemesek te bizi bazı harslarımızdan koparıp yön verebiliyorlar. Sen götür reyini yine onlara ver...

Yalnız şunu unutmamak iyi bir iştir. Bozuk kafalı insanlar, yine bozuk düzenlerin temel taşları vazifesini üstlenmiş kimselerdir.

Delikanlı adeta ağlıyor durumdaydı... Gözlerindeki pırıltılar, ıslak sesi titrekti.. Baygın baygın suratına bakmaya devam eden ihtiyara son sözlerini gönül aynasından yansıtabilmek için çırpınan, hali vardı:

—Her insanın kendi düşüncesi doğrultusunda hareket ettiği şu asırda, fikrin yanında yerini alamayanları gördükçe, hep gözlerim ıslanır nedense. Fikir ağacını kesen amca sen reyini onlara ver.

İhtiyar uyuşup kalmıştı. Doğrusu delikanlının ne demek istediğini bile tam manası ile anladı sayılmazdı.

Delikanlı gözlerinin içine yaslı yaslı bakan arkadaşına muhatab olurken, ihtiyar çoktan konuşmacının sözlerine yeniden alkış tutmaya başlamıştı bile.

Delikanlı arkadaşına muzdarip bir gönülle mırıldandı:

—Şu siyasiler yok mu doğrusu halkı kandırmayı oldukça iyi biliyorlar... Her vakit yalanı en iyi becerenler kazanıyor.

—Oyunun kurallarını koyanlar yine onlar değiller mi?

—Onlar..

—Öyle olmakta devam ettikçe de onlar kazanacaklar demektir.

Taksim meydanı iri dalgaların kıyasıya kesiştiği fırtınalı deniz gibi kaynaştı karıştı...

İnsan selinin doldurduğu meydanlığın kıyılarında ufak tefek hadiseler daha yeşermeye fırsat bulamadan bastırıldı...

Sinem geçit vermeyen kalabalığın arasında bıkıp usanmak bilmeden birisini aradı. Fotoğraf makinasını kayışından omuzuna asmış elinde, siyah yassı, deri çantası vardı.. Bakışları yine her zamanki gibi mağrur, hareketleri, tavırları kibir doluydu.

Aslına bakılırsa mitinge ortalarında diyebilecek kadar geç yetişebilmişti.. Aceleci hareketlerle kalabalığı ve konuşmacıyı değişik pozlar yakalayarak bir kaç defa fotoğrafladı... Mağrur pırıltılar yansıtan ela gözlerin, etrafı didik didik ederek aranışına bakılırsa, belki de mitingi yorumlamaktan, fotoğraflayıp, gerekli notları almaktan çok daha mühim bir işinin olduğu rahatlıkla anlaşılıyordu...

Çok geçmeden konuşmacı işini bitirmişti.. Kalabalık tıpkı, gökyüzünde kaynaşan, koyu siyah bulutların, yeryüzünde sergilenen canlı bir örneğini andırıyordu...

Meydanlık o kapkara bulutların çöreklenip kaldığı alan, bir anda görülmeye başlamıştı.. Bu arada merakla bakışları ile kalabalığı karıştıran Sinem nihayet aradığını buldu... Taşkın bir hareketle gözlerinin ısrarla beklediği noktayı istikamet tayin edip koştu...

Dağılan insanları apayrı bir hissiyatla seyretmekte olan Kerem'in yanına koştu..

Binlerce insanın arasında yalnızlık çeken Kerem'in üç beş metre uzağında dikilip, yine kendisine has kibirli yapısıyla seyrine başladı...

Böyle köşelere çekilmiş kara kara neyi düşünüyordu..? Yüreğinin başına zehirli hançerler gibi batan ıstırabının adı neydi?

Gönlü maceralar denizinde yüzen bir kızdı... Bir arzusunun yerine gelmeyişi halinde büsbütün dünyanın bir nefeste batışına göz yumabilen, egoizm mektebinde okutulmuş neslin, tipik modeli, Kerem'in kara gülmez çehresinin derinliklerinde, bütün insanlığın felaketine inleyen yüreğin sahibi olduğunu, nereden bilebilirdi...?

MODEL

Kerem, koyu düşüncelerin çıkmazındaydı... Az önce siyaset uğruna nelerin feda edilebileceğine şahit olmuştu...

Peş peşine sıralanan yalanlardan kızarmayan bir çehreyi seyredip, iğrenmiş, içi burkulmuştu.. Gerçeklerin saptırılışına alkış tutan insanları seyrettikçe, hakikatların ters yüz edilişini, sahteyi gerçek, gerçeğin karanlık perdelerin arkasına terkedilişini görmüştü... İşte dağılan çözülen bulutlar gibi yolları doldura doldura çeşitli istikametlere akan insanların arkasından keder yüklü gözleri acı ağıtlar söyleyerek baktı. Yüreği düşünce yapısı hasta olan insanlığı kurtuluş reçetesini nasıl takdim edebilmenin düşüncesiyde inliyordu.

Sinem o içi kan ağlayan muzdarıp manzaralı insanın sadece gözlere hoş gözüken çehresi ile alış verişteydi.. Arzu dolu bakışlarla, apayrı bir dünyanın hayalini kurmaktaydı.. Zaman zaman pürüzsüz yüzlerinde çizgiler peydah oldu... Hayat dolu bir gencin, asrın insanına ayak uyduramayışından, gönlünü hayatın gidişine ayarlayıp, herşeyi akışına salıvermekten korktuğunu düşünüp, elindeki ömrü değerlendiremediği için, Kerem'i duygularından kurduğu mahkemede gönlünce yargıladı.

Daha neler neler düşündü...? Aheste, tekrarlanan kısa bir kaç adımdan sonra, Kerem'in sol omuz hizasında durdu.. Kasılan mağrur çıkan alçak tonlu bir ses, Kerem'in dikkatini çekti:

—Kerem...

Kısa bir müddet için, düşüncelerine dudaklarının arasından ara verip, sesin sahibine baktı...

Tanımıştı. Soğukkanlı bir tavırla üzüntülü bakışlarını ayaklarının ucuna indirdi...

—Sizin ne işiniz vardı burada?

—Miting için gönderildim.

Suratında hayret ifadeli çizgiler belirdi:

—Bu vazifenin bana verildiği siz söylememiş miydiniz?

—Peşinizden karar değiştirildi.

—Sebep ne buna?

—Oldukça uzun bir mesele...

—Vazifenizi yapmış olmalısınız?

—Evet. Gecikmiş olmama rağmen.

—O zaman müsaadenizle...

Kerem Sinem'in yüzüne bile bakmadan, Taksim meydanından Beyoğlu istikametine çevrilip yürüdü... Gerilerden öfke dolu bir ses yetişti:

—Durur musun bir dakika...

Arkasına bile bakmamıştı. Yolun bir köşesine çekilip, kararsız bir hareketle bekledi...

Sinem'in öfkesi daha çok kendisine önem verilmediği için kabarmış olsa gerekti.. Kerem'in arkasından yetişip sağ omuz hizasına yaklaşıp durdu.

—Size çok önemli bir haberim olduğunu söylesem yine de umursamadan yürüyüp gider miydiniz?

—Hayatta hiç bir şey beni umduğunuzu kadar meraklandırmaz.

—Soğukkanlılığınıza diyecek yok, bütün bunlara rağmen fikriniz tartışmaya değer doğrusu. Değerlendiremediğiniz bir nokta var.

—Neymiş o?

—Erken alınan haberler çoğu zaman insanların hayatlarını kurtarabilir.

—Buna rağmen meraklanmadığımı söylersem, beni kendi halime bırakır mıydınız?

—O zaman bence hayati olan bu haberi şimdilik unutalım.

—Memnun olurdum.

—Acıktınız mı?

—Niçin sordunuz?

—Belki az sonra yemek yemek için bile zamanınız olmayacak. Beraberce bir yerde oturup, yemek yiyelim...

—Kusura bakmayın iştahım yok.

—Korkmayın parasını ben verirdim.

—Hayatta en yoksul insan parasından başka hiç birşeyi olmayan insandır.

—Bu fikriniz yanlış, üstelik herkesin hayran olacağı kadar da güzelim.

—Bu bir meziyet değil ki. Güzellik size Yaratan'ın bir lütfu. Dilediğine verir. Siz de Yaratan'ın bu lütfunu çirkin olanlara bir üstünlük silahı olarak kullanmamalısınız. Çünkü güzel ya da çirkin olarak dünyaya gelebilmek, insanın kendi olan elinde bir şey değil.

Sinem küplere binercesine sinirlenmişti.. İç dünyasında gelişip büyüyen kin, zaafını mağlûp edebilseydi belki de Kerem'in suratına bir daha bakmayacak şekilde davranabilirdi. Ne yazık ki bunu yapamıyordu.. Kırışan dudakları, ağlamaya hazır çocuğunkinden farksız gibiydi...

—Sanki sen Allah'ın sana verdiği o güzelliği silah olarak kullanmıyorsun da ne yapıyorsun?

Kerem daha fazla tahammül edemeyecekti. Yüreğinde hakaret derecesine varan bir sevginin yeşerdiği genç kıza bir an tereddüt dolu pırıltılarla üzülerek baktı:

—Unutma ben ne taştan ne de mermerden yapılmış bir heykel değilim.. İstek ve arzularını anlamayacak kadar da cahil zannetmemelisin.. Ben herşeyden evvel evli bir erkeğim. Üstelik bir de çocuk babası...

—Biliyordum.

—O zaman...?

—Ne çıkar bundan? Sanki yeryüzünün en namuslu en hatasız erkeği sen misin:.? Senin de inançlarına karşı bilerek ya da bilmeyerek hataya düştüğün zamanlar olmuyor mu?

Yoksa kendini yeryüzündeki bütün kir ve hatalarından arınmış bir insan olarak mı görüyorsun?

Aldığı kararsız nefes, ciğerlerini patlatacak kadar, şiddetliydi... Öylesine muzdarip bir hali vardı.. Hasta bir insan gibi yüzündeki deriler ıstırap ve isyan doluydu:

—Kim demiş diye mırıldandı... Bütün hata ve günahlardan arınmış olmak, insan için mümkün mü..? Sokaklar dolusu günah, caddeler dolusu küfür... Bozukluğu gün geçtikçe, medeniyet olarak kabullenmeye devam eden bir cemiyet, tarifi yapılan insanlarla içiçe yaşamak mecburiyetinde bırakılmış, bir insanın, hata ve günahlardan sıyrılmış olabilmesi doğrusu bunu düşünebilmek bile gülünç...

Yürüdü... Yorgun adımlarla, muhatabından kaçarcasına yürüdü...

Sinem kendisine ayak uydurmuştu.. İrade dışı bir keyfilikle Kerem'i takip etti. Sağ omuz hizasından Kerem'in mırıldanan dudaklarına baka baka ilerledi.

—Gökler, bütün şiddeti ile yeryüzüne yüklü olduğu yağmurları indirmekte... Düşün bir kere yollar caddeler sokaklar dolusu su.

Yeryüzündeki tozun kirin yağmurun, kıyasıya hercümerc olduğu karıştığı, birlikte akışa geçtiği bir dünya... Ve her düşüncenin insanının arzı endam ettiği yollar... Amansız akan trafik, etrafta koşuşan yürüyen insan seli...

Ve beyaz elbiselerini giyinmiş paçalarını iyice sıvamış bir insanı düşün.. Üzerine çamur, kir sıçramasın diye mücadele veren bir insan olsun bu. Bu caddede yürümek mecburiyetinde kalan insanın günah ve kir lekelerinden tamamen kurtulabilmesi mümkün olur mu dersin?

Üzerimize günah yağmurlarının yağdığı şu cemiyyette, dolayısı ile olsa bile, hepimiz günahkarız.. Ne var ki, elbiseme çamur sıçradı diye insanın kendisini göz göre göre çamurların arasına salıvermesi, affedilir cinsten bir hata değildir...

Dünya insanına gerçekleri kabul ettirmeye gücüm yetmeyebilir... Yaşadığımız, nizam fikirlerimle çelişki halinde olabilir.. Bütün bu güçlüklere rağmen, inançlarımı ferden, bile yaşıyabiliyor, olsa günah ve isyanlardan kaçabiliyorsam belâyı umumiler arasında, teklerin boğulmama savaşı demektir bu...

Sinem merak dolu bir soru hazırlamıştı:

—Sahi, siz bu asırda kafanızdaki dünyanın kurulabileceğine inanabiliyor musunuz...?

İnsanlar aradıkları düzenleri bulmak için değil, kurmak için dünyaya gelmişlerdir. Elbette, istediğim gerçeğin, aradığım mutluluğun, birgün bütün yeryüzünde yeşereceğine inanıyorum...

Yürüyorlardı.. Kerem ustaca bir davranışla mevzunun akışını değiştirdi... Ne var ki Sinem o mağlûbiyeti hiç mi hiç kabul edemeyen yapıya sahip olan kız, pes demiyordu... Her hareketi ile Kerem'in fikir yapısını aşağılamak çabasını güdüyordu...

—İnançlı bir insansın, bunu biliyorum. Ancak yaşamak sadece inanmak demek midir?

—Bazı usul ve adetleri de vardır elbet, ama o mahrem düşünceler insanların kendi kuracakları aile yuvasının çatısı altıda şekil alır.

Kerem, adımlarını çabuklaştırdı.

Sinem, kendisinden hızla uzaklaşmakta olan Kerem'in arkasından hayretler içinde bakıyordu. Gözlerinden kaybetmemek için ısrarla takip etti ve arkası sıra yürümeye devam etti...

Sıkıntısından kıvır kıvır taranmış olan kuzguni siyah saçlarının arasından, boncuk boncuk terler tomurcuklaşıp, suratına doğru akmaya başlamıştı... Beyoğlu istikametine doğru yürüdüğü caddenin sağ kaldırımdan sol kaldırımına geçti...

Kendisini gerilerden amansızca takip eden bir çift göz, kin ve garazın kaynaştığı iki çanaktan daha farksız bir hale gelmişti.

Sinem arzularının yerine gelmeyişinin hırçınlığı içinde çalkalanıp durdu... Ancak sinesini parça parça ettiği adamın halinden bile habersizdi... Onun dünyasına bir türlü yaklaşamayan genç kız avcının avından uçurduğu kuş misali, ihtiras dolu bakışlarla takibini sürdürdü...

Bir anda bütün benliği en şiddetli bir kuvvetin acımasız şekilde yakalayışı ile birlikte sarsıntısına uğramıştı... Kirpikleri yalım yalım savrulan bir ateşin hararetinden kaçarcasına, gözlerine kapak oldu...

Hayret edecek hiç bir şey yoktu bunda. Neden böylesine ürkek ürkek bir noktaya baktı, niçin gözlerini kıyamet koparırcasına korkudan hışımla kapadı. Bu sokaklar artık Allah'ı unutmamışlara göre gezecek yerler değildi...

Yaralı gönlünün feryadı yüzündeki ıstırap çizgilerinin, kıyasıya kesiştiği bir meydana benzeyişinden belliydi.

Gözlere hitab eden basının çirkin sanatlarından bir manzara sanki bütün duygularını tahrip edip, inançlarını sarsar gibi olmuştu...

Azrail'in can almaya geldiği hasta gibi titremiş ürpermişti...

İnsanının yüzde doksandokuzunun, müslümanım dediği memlekette sözlü ve yazılı merkezlere el koymuş azınlığın resimlediği günah tablosu Kerem'i can evinden hançerlemişe benziyordu.

Acılı buruk pırıltılar halinde yansıyan bakışları birkaç metre ilerde pramit gibi dikilen bir gazete bayiinin üzerine inip kalktı... Caddenin kaldırımının köşesinde kararsızlık içinde durakladı...

—Korkunun bedeli... "Ödün" adını verdikleri pısırıklık bu...

Büsbütün milletler ve cemiyetler, bozulan ahlâk yapısının sanki çökertilen sarayı altında can çekiştiriyor gibiydi...

Yanından, yöresinden gelip geçen, kaynaşan insanların suratına alışılmamış bir tavrıyla bakıyordu... Özünü kemiren bir kurdun acısını kuruyan gövdesi ile anlatan asırlık ağaçlar gibi kazıklaşıp, insanların suratında birşeyler okuyormuş gibi baktı. Garip olan... Sıkıntı ve üzüntüsünü, yüreğinin derinliklerine gömüp, üzerini küllendirmeye çabalayan insanlar, nefret ve lanetini açıkça haykıramamanın çilesini çeken insanlardı bunlar... Her ferdin kendi endişesinin denizinde boğulduğu bir dünya... Ve binlerce kargaşanın hercümerci içinde aslını unutan insan. Tebliğ görevini unutalı çok olmuştu...

İşte bu kelime Kerem'in kafasında bütün canlılığı ile yeşermişti... Uzun zamandır kafasında derinleşen seri araştırmayı hatırlayıp ani bir kararla işe başladı.

—Tebliğ diye mırıldandı...

—Müslüman, gördüğün kötülüğü elinle, gücün yetmedi ise dilinle düzelteceksin... Onu da beceremezsen, kalbinle buğz edeceksin.."

Hatırladığı Hadis, yaralı gönlüne neşter vurdu.. Dudakları acı bir tebessümle kırıştı... Asrın insanına en sonuncusu kalmıştı...

Muhatabı bilmedi ama, müslümanım diyenler buğaz etti, feryadı, içine gömülmüş insanlar işin kolayını seçmişlerdi... Kerem bunları düşünürken yüreğinde bin bir çığlığın nevcelenişinin ıstırabını dudaklarından dışarı atmıştı...

Yürüdü, yıkılışından dökülüşünden habersizce yürüdü.. Sızılı bir iç burkusu ile, iç aleminde isyan ordusunu harekete geçirecek kadar korkunç resimleri sergileyen bayiinin, gişesine yaklaştı...

Bayiinin önünde kimselerin bulunmayışı işine yaramıştı...

Büfenin alış veriş edilen kuş kafesi biçimindeki kapısına kafasını iyice yaklaştırdı.. Genç daha onyedi ya da onsekizlerinde bir delikanlıyla muhatab oluyordu.. Muzdarip bir çehreyle baktı... Kafası geç bırakılmış bir isyanın başlangıcında, dudakları kurtuluş bestesini söylüyordu:

—Selamün aleyküm...

Geniş ağzı sakız çiğnerken, sararmış dişleri sırıtır gibiydi... Kerem'e yılışık yılışık bakıp alaylı bir eda ile sordu:

—Bir şey mi istedin?

Duygulu bir ses karşılık verdi:

—Ticaretle uğraşan insanlar, her zaman müşteri olan kimselerle karşılaşmayabilirler.. Beni o kabilden say. Sizden bir isteğim var... Bunu bir rica olarak da kabul edebilirsiniz.

Sırnaşık bir yüz alayını sürdürdü:

—Neymiş o...?

—Beni iyi dinle.. Bilmemek ayıp değil.. Gayesiz bir nesil neşvünema buldu. Hakikatlerin ters yüz edildiği bir zamanda yaşıyoruz. Sahteyi bize gerçek diye yutturdular, zehri şerbet diye içtik... Şerbetin tadını almadığımız için, tanıyamadık, üstelik düşman olduk.. İnsanlık tebliğ görevini de unuttu... Bu yüzden birbirimize yardımcı da olamadık.. Düşmanın bize hazırladığı tuzaklara kolayca düştük... Aslımızı unutup, dinsizlere, isyancılara maşa olduk.. Adeta onlar, sustu yerlerine biz konuştuk...

Dinle beni delikanlı Allah'ın azabı çetindir.

Delikanlının suratındaki çizgiler bir anda değişti gerildi:

—Vaazını dinledik, şimdi istediğin neyse onu söyle de işimize bakalım...

Derin bir "of" çekti:

—Doğru diye mırıldandı. Meşgul ettim. Ben gazeteciyim müstehcenlik üzerine araştırma yapıyorum. Büfenin dışına özenerek astığın mecmua ve gazetelerden bahsedecektim.

—Ne olmuş onlara?

—Onlar var ya... İşte o senin özenerek astığın müstehcen resimler saf zihinlerin kafasını bulandıran, seks manyaklarının arzularına hitab eden, çirkin manzaralar, Allah'la senin aranı açmaya yeter de artar bile.. O edep dışı resimleri sergilememeni istemiştim...

Delikanlı ağzını ayıra ayıra güldü:

—Amma da komik ha... Memlekette belki de yüzbinlerce büfenin içinde bir benim bu işi tutmamam sence neyi değiştirebilir ki?

—En mükemmel toplulukları hep tekler bozmaya başlamışlardır. Bizler de fert, fert düzelerek, cemiyetlerin istikamet yapısını değiştirebiliriz...

Delikanlı derin meraklara dalmıştı.. Aklına birşeyler gelmiş gibi toparlandı...

—Şimdi de Tebliğ örgütü mü kuruldu?

—Önce o bir örgüt değil.

—Ben burada sadece bir işçiyim. İstesem de yapamam ki.

Elinde olmadan delikanlıya sert bir çehreyle bakmıştı...

Bir ara büfenin dışındaki açık saçık gazete ve mecmuaları toplayıp yırtmak, ayaklarının altına alıp, sokakların ortasında çiğnemek istedi.

Ne var ki bunun da bir çözüm olmadığını biliyordu... Hüsran dolu bir yüzle geriye çekilip, yıkık dökük bir hissiyatla caddenin kenarından sallana sallana yürümeye başladı...

Peşini gölgesi gibi takip eden Sinem'in hitabesini buruk bir iç acısı ile dinliyordu:

—Doğrusu bu kadar şartlanmış bir yapıya sahip olduğunu bilmiyordum. Meğer düşüncelerimin de ötesinde fikirlere sahipmişsin. İstersen kov beni, buna rağmen bugün seninle dolaşacağım... Körü körüne saplandığın o manasız düşünceleri dilersen birlikte yıkalım... Medeni bir insan gibi yaşamasını öğrenince bana hak vereceksin...

Ben de inat ettim, her türlü hakaretine tahammül edeceğim...

Bak Kerem bir kere az evvel yaptığın hareket bir çılgınlıktı. Kabul etmelisin bunu... Üstelik suç teşkil eden bir çılgınlık bu.

Medeniyetin zirvesinde olan, dünya insanına, sen de ayak uydurmaya çalışmalısın...

* * *

Yirminci asrın iki modeli Beyoğlu kaldırımlarından tipik bir manzara olarak yürüyorlardı.. Sinem, Kerem'in hafif kızarmış pembeleşen derinin mahcupluk hüvviyeti verdiği suratına can alıcı pırıltılarla bakarken, Kerem arzularını açığa vuran kızın, gözbebeklerinde misafir olmaktan bile korkuyordu...

—Medeniyyet diye gülümsedi... Keder yüklü bir gülüştü bu...

—Hiroşoma insanının mezar taşında patlayan medeniyyet... İnsanın hayaller aleminde yaktığı renkli lambaları söndüreli çok oldu.. Edep ve haya sarayını çatırdatan medeniyyet, hayvanla insanı birbirine karıştıran medeniyyet... Saygıyı, sevgiyi yitiren, sokakları kan gölüne bulamayan medeniyyet... Yirminci asrın insanının kafasında manasını böyle bulan medeniyyetin, bizim dünyamızda anlamı başkadır... Edep, haya, saygı ve sevgi ve hakkı olmayan şeye el uzatmamak... Fazilet yolunda büyük yarış ve bütün yolların sonunda Allah'a varış ilkelerinin adıdır bizde o.

İstersen, ben susabilirim, bu konuda biraz da Alexi Carel'i dinle:

"Çağımız medeniyyeti kötü durumdadır.. Çünkü bize uygun değildir. Bu medeniyyet bizim gerçek tabiatımız bilinmeden kurulmuştur.

İlmi buluştan, insan ihsasından hayalinden (teorisinden) ve arzularından doğmuştur.. Bizim tarafımızdan kurulmuş olmasına rağmen, bizim ölçülerimize göre olmamıştır."

Ben bu satırların içinde gizlenen manada, hep Allah'ın nizamı olmadıkça insanlar, kendi elleri ile imzaladıkları ölüm fermanının kurbanları olmaktan kurtulmayacaklar anlamını çıkartırım...

Kerem adımlarına yeniden hız verdi... Kararan dünyası on onbeş metre ilerisinde duran sinemanın sorumsuzca sergilenmiş gözlere teşhir edilen afişlerinin üzerinde şimşekler çaktı...

Sanki bugün bütün dünyaya tebliğ görevini tek başına icra edecekmiş gibi, içinden arzular fışkırdı...

Fazla düşünmedi... Hızlandırılmış adımlarla, caddeden gelip geçen insan selinin arasından, kararsız bir süzülüşle akıp gitti...

Sinem garip pırıltılarla kendisini takip ederken, şaşkın şaşkın peşinden yürümeye gayret ediyordu...

Kerem'in sinema salonundan içeri girdiğini hayal mayal görebilmişti... Daha hızlı yürümeye gayret edip, o da sinemanın geniş kapısından içeriye savuştu... Kerem'in iç kapıdaki kontrolla konuştuğunu uzaktan takip ediyordu:

—Dur hemşehrim. Buradan biletsiz geçilmez...

Kerem cebinden kartını çıkartıp gösterirken mırıldandı:

—Gazeteciyim.. Sinema sahibi ya da müdürü ile bir röportaj yapmak için geldim...

Kontrol tavrını değiştirdi:

—Patron burada... Merdivenlerden çıkınca tam karşınızdaki odaya girin...

—Teşekkür ederim...

Sinem az sonra aynı kapıda kontrola takılmıştı.. Omuzuna takılı fotoğra makinasını görünce önce titizlikle süzdü:

—Siz de röportaj için mi geldiniz?

Şaşkındı... Hayretle muhatabının yüzüne bakarken:

—Evet dedi.. Kerem'le beraberiz.

—Geçebilirsiniz.

—Teşekkür ederim.

Karışık düşüncelerin yorgunluğunu çeke çeke merdivenlerden kedi gibi tırmandı... İrade dışı hareket eden insanlardan farksızdı.

Bu ziyaretin nereye ve aynı zamanda nasıl bir sonuç verebileceğini bilemeden yürüdü...

Sinem merdivenlerin bitişinde başlayan bir salonun solunda Kerem'in açıp kapadığı odanın kapısı üzerindeki yazıyı okuyunca birşeyler anlar gibi olmuştu... Nefesi darlanmış, yorgun düşmüştü. Kapıya iyice yaklaşıp kulağını içeriden duyulması muhtemel seslere verdi...

Kerem soğukkanlı bir hareketle girişte tam karşısına düşen, koltuğunun yumuşaklığına gömülmüş, şişman, dökük saçlı, parlak kıyafetli orta yaşlı bir insanla muhatap oldu...

Adam okumakda olduğu gazeteyi önündeki masanın bir köşesine oldum olası bırakıp, Kerem'i dikkatlice süzmeye başladı:

—Selamün aleyküm...

Adam tanımadığı simayı incelerken karşılık verdi:

—Kimi aramıştınız?

—Yanılmıyorsam sinemanın sahibi olmalısınız.

—Evet.

—Gazeteciyim.. Seri röportajlar ve inceleme çalışmalarım var. Bu arada sizinle de bir sohbet yapabileceğim umudu ile rahatsız ettim.

Sinamacı biraz olsun gevşedi toparlandı. Nezaketli bir hareketle ayağa kalkıp elini uzattı:

—Hoş geldiniz.

Kerem mukabele edip tokalaştı:

—Hoş bulduk efendim.

Birbirlerine isimlerini takdim etmişlerdi... Sinemacı karşısına düşen koltuğu işaretleyip:

—Buyurun dedi. Oturmaz mıydınız?

—Teşekkür ederim...

—Konuya geçmeden önce daha uygun olacak. Birşeyler içmez miydiniz?

—Hayır hayır. Teşekkür ederim. Vaktim oldukça sınırlı.

—Pekala Kerem bey o zaman meseleye geçebiliriz. Adı geçen gazetede yeni olmalısınz

—Evet yeni sayılırım.

—Anladığım kadarı ile sinemayı araştırıyorsunuz.

—Öyle de sayılmasına rağmen, çok geniş yönlü bir araştırma bu.

—Merak ettim doğrusu.

—Belki hayret edeceksiniz. Çok yabancı olduğunuz bir inceleme bu... Dilerseniz hemen sorularımıza geçelim.

—Buyurun.

—Açık saçık afişleri sinemanızın muhtelif yerlerinde ve şehrin dikkat çekici kesimlerinde yapıştırarak teşhir etmek size neyi kazandırıyor?

Sinemacının suratındaki memnuniyet çizgileri karıştı, kırıştı, anlamsız bir hale geldi:

—Gençlerin ve bu tür açıklıktan hoşlananların cazibesini çekerek müşteri çoğaltmak amacını taşıyor.

—Bu cemiyetlerin yıkılan ahlâk sarayında, sizinde büyük vebalinizin olduğunu göstermez mi?

—Bu sizin gazeteye göre sorular değil ama, yine de söyleyeyim.

Nesilleri cinsel yönden eğitmek medeni dünyanın akışına ayak uydurabilecek insanlığı hazırlamak için gerekli bir vazifedir bunlar, nesillere hizmet veriyoruz.

—İnsanların cinsel duygularını galeyana getirmek, edep ve haya dışı filmler ve sokakları bakılmaz hale getiren afişlerle donatmak, yetişen nesillerin kafalarını bu türlü manasızlıklarla bulandırmak, buhranlar çağına nefer hazırlamak değil midir?

Sinemacının bakışları bir başka türlü hal almıştı... Sertleşti. Suratı, öfke dolu çizgilerle kırıştı:

—Kartını gösterdiğiniz gazete fikrinizi öğrense sizi işten kovardı....

—O bizim dışımızda bir mesele...

—O zaman ben size bir soru sorayım.

—Buyurun.

—Siz hangi örgütün adamısınız..?

Kerem, korku ile endişenin suratında boncuk boncuk terler söktüren adamın boğulur gibi oluşuna dikkat kesilmişti:

—Sadece bir araştırma bu.

—Bu kafa ile neler yapmak niyetindesiniz?

—Günaha açılan bütün kapıları kapatmak...

Sinemacı korkmuştu.. Son günlerin baskınlar, vurdu kırdıları hep böyle başlamış ve kötü bir sonla bitmişti. İçecek bir şeyi reddedişinden, arzu ve isteklerinin kendisine yabancılığına kadar herşeyi gözden geçirerek inceledi...

Kerem soğukkanlılığından hiç bir şeyi yitirmemişti:

—Yaptıklarınızın hepsi de İslâma aykırı. Allah'a isyan ettiğinizi bilerek yaşamanızı hatırlatmak istedim... Allah'ın azabı çetindir...

—Biz de müslümanız. Fakat ekmek kapımız bu...

Kerem sinemacının suratından mıknatıs gibi yerleşip kalan bakışlarını ayıramıyordu... Allah'ı unutup, Yaratan'ından korkmayan insanların, can bedeli olan tehlike sezgisinden ürperip, ne hal alıp nasıl da çirkin bir manzara haline geldiklerini sinemacının çehresinden üzülerek okumaya çalıştı... Adamın yüzüne tiksinerek baktı... Kararsız, hatta beklenmedik bir çabuklukla yerinden doğrulurken sinemacı can havli ile oturduğu koltuktan fırlamıştı..

Acı bir tebessümle seyre durdu.

—Meğer Allah'ın lütfettiği can insanlar için ne kadar kıymetliymiş..

Ben adam öldürmeye gelmedim diye mırıldandı sadece bir araştırma bu. En güçlü milletlerin çöküş şaikasını hazırlayan ahlâksızlıktan vazgeçelim diye geldim. İnsanları günah deryasına batıran resimleri filmleri bırakıp Nuh tufanına hazırlık yapan insanlar olmaktan kaçınalım diye geldim. Kerem kapıya yürüyüp kola sertçe çöktü.

Konuşulan herşeyi dinleyen genç kız ısrarla takibini sürdürdü.

Kerem sinemadan dışarıya yıldırım adımlarla çıkmıştı... Kafasında tam talebelik yıllarından beri düğümler atan bir pasaja doğru yürümeye başladı...

Bundan senelerce evveldi. O da zamanın insanları gibi, kafasında takılıp kalan, pasajın kirli havasını teneffüs etmiş bir insandı. O tarihi çatının altında Yaratan'ına isyan etmiş (Allah'ım senin verdiğin akıl, bu kafaya fazla geldi, birazını atacağım) diye içmişti.

Bu yüzden böylesi yerlere kahırlı ve kinliydi... Çok duymuş işitmişti:

—Falan yerde kafaları dumanladık, görmeliydin...

Bozukluğu fazilet gibi reklam eden insanların toplandığı yerlere bir kaç defa bile olsa girip çıkmıştı... Cemiyyetin kiri ona da buluşmayı başardığı için yıllardır üzgündü...

İşte Kerem şimdi isyan ettiği yere doğru gidiyordu... Asrın medeniyyet adını verdiği batakhanelerden bir tanesi, içki marazının yuvasına doğru yürüyüp gitti... Sinem yine gerilerde kalmıştı. Zoraki arkadaşını büyük bir merakla takibe devam etti. Sanki bundan zevk duymaya bile başlamıştı...

Tesadüfler Kerem'in kafasında yeni bir ışık gibi yandı. Ciddi bir inceleme için kendisini hazırladığını sanıp kararlı adımlarla günah evine doğru yürüdü. Cemiyetin müptela olduğu bütün hastalık yerlerini bir bir inceleyip seri halde yazacaktı. Ufkunda taptaze bir canlılık başlamıştı. Gayretli atılan adımlar istikamet çizdiği pasajın kapısına kadar kendisini getirip bıraktı.

Sinem burasını çok daha iyi bilirdi. Ne var ki, bu defa her zamanki gibi bir geliş değildi bu. Kuşku ve içini ince ince burkan bir korkunun tesiri ile sarsılır gibi olmuştu...

Külhanbeylerinin çiftlerin her cinsten insanın uğradığı bir yerdi burası.. Bu yüzden olmalı ki içeriye girmeden kapısından derinlemesine bir merakla baktı.

Onun ne içerideki kalabalık, ne de başka hiç bir şey ilgilendirmiyordu. Kafasında sadece Kerem hakimdi...

Merak dolu hayret dolu bir seyir başlamıştı. Israrlı, sabır isteyen bir seyir. inatla neticeyi beklemeye koyuldu.

İçerinin kokusu midesini bulandırırcasına, etkilemişti.. Etrafına kör kör baktı... Suratında nefret ve ıstırabın çizgileri belirdi... Kulaklarının zarını zorlayan gürültü, sigara dumanından kirlenmiş, nefesleri tıkayan pis hava başına ağrı vermeye başlamıştı.

Pasajı çalıştıran şahsı salonun ilerideki dip köşesinde atılan masasında otururken görüp hayal meyal tanımaya çalıştı.

Aynı masada yabancı bir sima daha vardı.. Kalın bıyıklı, esmer benizli, inadına geniş omuzları, varlığına heybet kazandıran otuzbeşlerinde gösteren karanlık suratlı bir adam... Yanlarına ağır adımlarla yaklaşıp, patronun masasının önünde durakladı... Selâm vermemişti.. Bu hareketi bilerek ve isteyerek yapıyordu...

Cebinden çıkardığı kartı, içkiden gözlerinin altında derin et halkaları peydah olmuş, kara mor arası karışık benizli, kırışık yüzlü adamın önüne uzattı:

—Gazeteciyim. Şayet vaktiniz varsa, geniş çapta başlattığım inceleme yazımda sizlere de yer vermek niyetindeyim...

Patrom inadına sarı dikine kirpi tüyü gibi uzamış kırlaşan saçlarını, yorgun bir el darbesi ile tarakladıktan sonra, yanına boş bir sandalye çekti:

—Oturun hele...

Oturmuştu.. Fotoğraf makinasını masanın boş bir köşesine bırakıp cebinden gazetenin isim başlıklı, bloknot defterini çıkardı... Hemen arkasından kalemini cebinden çekip, muhatabına dikkatle baktı.

Meyhaneci Kerem'e sordu:

—Adın neydi senin?

—Kerem Sırdaş.

—Her zaman okuduğumuz bir gazetede çalışıyorsun...

—Evet trajı oldukça yüksek.

—İsterseniz daha önce biraz içki alalım.

Kerem sarsılır gibi olmuştu. Kesin bir itirazı peşin peşin yapıştırdı:

—Hayır hayır teşekkür ederim... İstemiyorum.

Meyhaneci şaşırmış gibi Kerem'in yüzüne bakarken, mırıldandı:

Buraya uğrayıp da içmeden çıkan görülmemiştir.

—O zaman defterinizin baş köşesine yazın ben içmeden çıkacağım.

Daha işin başlangıcında anlaşamıyorlardı:

—Neden diye hayretini dudaklarından taşırdı...

Kerem bildiği doğrunun dışına çıkmadan bile Allah'a sığınan bir insandı. Tereddüt etmeden düşüncelerinin cevabını verdi:

—Günah olduğu için.

Meyhaneci salonu çalkalandıran bir kahkaha savurdu:

—Hah hah haah... Bir yaşıma daha girdim. Günahmış Kerem bey kardeşim bu salondan içeriye girenlere kimse günah yazmaz, onun için hiç korkma. Çünkü bu kafaların dokunulmazlığı vardır.

Dönüp yanındaki külhan beyi kılıklı adama hitaben konuştu:

—Demek günümüzde hâlâ orta çağ kalıntı kafalara rastlamak da mümkün... Kerem'e bakıp alaylı mırıldandı:

—Yaz Kerem Sırdaş incelemene bu lafları da yaz. Aydın bir gazetenin asırlar ötesinde unutulmuş personeli, çekinme yaz... İstersen şöyle bir etrafına bak, burada günah olur mu be? Herkes mesut herkes kendi kafasında kurduğu dünyanın kralı. Balık nasıl sudan çıkınca boğulursa, bu insanlar da içkisi olmayınca dünyanın ağır yükü ve kasaveti altında ezilip kalır...

Kerem içerinin havasından çok sıkılmıştı.. Çetin bir işe başladığının daha yeni yeni farkına varmış gibiydi...

—Ben belki dünyanıza korkunç mesafeler kadar uzak bir insanım. Hareketlerim ve sorularım size tuhaf gelebilir... Bütün bunlara rağmen incelememi yapmak istiyorum.. Bu benim kendi dünyamın soruları ve sizin cevaplarınız olacaktır...

—Meraklandırdın beni doğrusu.. Sor bakalım şu güngörmemiş sorularından... Yalnız başından söyleyeyim içkiye hakaret istemem...

—Görüp bildiğim kadarı ile varlıklı bir insansınız...

—Övünmek gibi olmasın ama öyleyimdir..

—O zaman kendinize neden helal bir kazanç kapısı düşünmüyorsunuz?

Meyhanecide şafak atalı çok olmuştu... Hemen yanıbaşında oturan külhanbeyin bakışlarındaki mana ciddiyet kazandı...

—Yani benim kazancımın haram olduğunu mu söylemek istiyorsun?

—Evet... Yaptığınız işin hem günah, hem de binlerce ailenin madden ve manen sarsılmasına, içirip sokaklara sarhoş bıraktığınız insanların çoğu kere gülünç durumlara düşüşüne, kazalara cinayetlere, felaketlere bir fabrika vazifesini görmekte olduğunuzu bilmenizde yarar var... Bunlardan daha da önemlisi bir kul olarak Allah'ın yasaklarından kaçmanızda gerekmekte...

Meyhanecinin gözleri yuvalarını zorlarken, külhanbeyi hayretini gizleyemeden Kerem'e kin ve nefret dolu pırıltılarla baktı... Meyhaneci konuşuyordu:

—Yani benim yaptığım işlerin şerefsiz bir iş olduğunu, kazancımın kötü bir kazanç olduğunu mu söylemek istiyorsun?

—Kerem geminin pusulasını kıralı çok olmuştu... Cesaretini yitirmeden konuştu:

—Doğrusu helal kazanç denilemez. Her bakımdan vebal ve günah yükü dolu bir işin sahibisiniz... Allah'ı hatırlayıp, ondan korkup, yasaklarından kaçmanız en akıllıca bir iş tutmak olmaz mıydı?

Külhanbeyi meyhaneciden daha önce ateş aldı... Öfke dolu bir hareketle kendisinden emin olarak yukarı doğrulup Kerem'in başı ucunda kasıla kasıla dikildi:

—Ulan örümcek kafalı herif, sabrımı taşırdın. Madem ki gazetecisin, kitap da hazırlıyormuşsun. Şimdi sana okkalı bir yumruk atacağım sakın kitabına onu da yazmayı unutma...

İşin şekli değişmişti. Mesele rotasından ayrıldı... Kerem dikkatlice yerinden kalkıp, muhatabının suratına baktı:

—Yazarım diye karşılık verdi. Ancak sahibinin adını öğrenmeden de yazılmaz ki...

—Demek sen beni tanımıyorsun?

—Daha önce hiç müşerref olmamıştık.

Çelik gibi bileklerini Kerem'in yakasından asarken, dışarıdan hadiseyi seyreden Sinem'in bile dudakları uçuklamıştı...

Külhanbeyinin gözleri, Kerem'e sarhoşluğun verdiği bulanıklıkla şaşı gibi bakıyordu... Üstelik ayakta dengesini bile düzgün sağlayamazken, Kerem'e şuursuzca meydana okudu...

—Beyoğlunun kralı benim, şimdi tanıdın mı bari?

Kerem külhan beyi küplere bindirecek bir cevap verdi:

—Örgütler ortaya çıktığından bugüne külhanbeylerin adlarının tarihe karıştığını sanıyordum.. Demek ki seni arada unutmuşlar...

Adam sabrını iyice yitirmişti.

—Çakal diye bağırdı...

Beceriksiz savrulan bir yumruk Kerem'in koluna takılarak etkisiz kalınca yediği kararsız bir yumrukla Kerem'in ayaklarının dibinde ses verdi...

Bütün meyhane hadiseye dikkat kesilmişti... Kerem, masanın üzerine koyduğu flaşlı makinasını alıp, salonu terketmek için hazırlandı... Ne var ki meyhanecinin ortalığı velveleye veren gür sesi buna izin vermeyecekti...

—Vurun şu yobaza hepimize hakaret etti...

Ortalık bir anda karıştı... Şişeler bardaklar masalar kırıldı... Dışarıda hayretler içinde bekleyen Sinem endişeli ve kuşkuluydu... Perişan edilmiş bir adam son yediği şiddetli bir tekmenin itici gücü ile Sinem'in ayaklarının dibine kadar savrulup, sonra yerleri süpürcesine sürüklendi.. Hemen arkasından parçalanmış bir makine yerlerde kırık bir ses çıkararak yuvarlandı...

Makine işe yaramaz hale gelmişti. Ancak Kerem kırık dökük vücudunu zor hareketlerle dizlerinin üzerine doğrultabildi...

Sinem'in yardım için uzatılan elini, hırsla iteleyerek, kendisinden uzaklaştırıp, ıstıraplı bir gayretle ayaklarının üzerine kalkmayı başardı.. Yerlerde hurdalaşmış makinasına yaklaşıp elini beline bastırarak eğildi. Makineyi kayışından yakaladı. Yanıbaşında ısrarla duran Sinem'e mırıldandı:

—Hâlâ buralarda mısın?

—Buradayım.

Daha fazla muhatap olmayı bile lüzumsuzluk olarak değerlendirmişti. Büyük bir umursamazlıkla, yönünü Galatasaray istikametine çevirip yürüdü...

Sinem bütün bunlara rağmen Kerem'in suratındaki lekelerine elbisesinin kir pas içinde kalışına üzülmüş gibi bakıyordu. Duygulu bakışlarını üzerinden çekmeden, birlikte yürürken, Kerem'e öğüt verircesine hitab etti...

—Bana kızdığını yanında dolaşmama bile tahammül edemeyişinin farkındayım... ancak git gide bir çıkmazın içine girdiğinden habersizcesine hareket ediyordun. Sana söylemek istediğim şu.

Başın dertte... Ne kadar merak etmediğini iddia etsen bile iyi günlerde değilsin. Bu asrın seyri senin arzu ve isteklerine çok yabancı... Sanki bin yıllık uykudan uyanmış mazilerin gerilerinde kalmış, bir adamın davranışları var sende... Şayet rahatça yaşamak niyetindeysen zamana ayak uydurmak zorundasın... Günümüzde yabancı olan kaleminle, fikrinle ve dilinle susmak zorundasın... Anlıyor musun, yaşamak için susacaksın...

Zor durumdaydı... suratında kafasında, kanla çamurlaşan, morlaşan yaraların acısını bile unutmuştu...

—İnsanlık gözlerimizin önünde dehşet verici uçurumlara sürüklenip giderken, bu korkunç manzara, yeryüzünde yıldırımlar çakıp, insanlık tüyler ürpertici bir zelzelenin şiddetinde can verirken, bütün iyi niyetler günler geçtikçe yoklara karışıp, Allah'ın kullarına gönderdiği o İlâhi emirlere darbeleri indirilip, unutulmuşluğa terkedilirken, etrafımızdaki en mukaddes emanetler ihanete uğrar batırılmak istenirken, Allah'ın Nizamına isyan bayrağını çeken insanlık küfrünü alenen artırırken, doğruluğuna inandığım davayı müdafaa etmek suç sayılsa bile neden susacakmışım...

—Senin istediklerini istemiyorlar.. Zorla hiç kimseye fikrini kabul ettiremezsin..

—Hareketlerimin başlangıcında zor yoktu. Onlar başlattılar.. Ben sadece kendimi müdafaa ettim.. Gerçekleri duyurmaya çalıştım..

—Bu kafa sana hiç birşey kazandırmayacak, bunu iyi ezberle... Sadece dünyaya erken elveda diyebilmeni çabuklaştırabilir.

—İnsanlık uğruna kazanılmış bir zaferi olmayanların ölmekten bile utanması gerekir... Hiç değilse ben utanmadan hayata veda ederim...

—Böyle devam edersen, gözünü açacağın odayı da hiç beğenmeyeceksin...

Kerem, Sinem'e sert sert bakıp yürüdü... Kendisini zorlayarak daha uzun adımlar atmaya çabaladı... Sinem şunu anlamıştı. Kerem beklediği çizgiye hiç mi hiç gelemeyecekti. Arkasından:

—Dur diye seslendi.. Gazetede seni acı bir son bekliyor...

Dönüp duyacağı şekilde söylendi:

—Sen yanımda bekleme de varsın beni kim beklerse beklesin.

Aldırış etmeden yolculuğunu sürdürürken, Sinem yetişemediği elmaya "Ekşi" dedi... Öfkeyle buruşan dudakları, dişlerinin arasında rahatlık bulurken, caddenin kenarından geçen bir taksiye el kaldırdı...

Kerem, efkar yüklüydü. İç aleminden dünya insanına acı acı sitemler gönderirken, sinemacının ve meyhanecinin ayrı ayrı karakollara ismini vererek baş vurduğunu bilmiyordu...

Sinem bindiği taksinin camından oldum olası adımlarla yürüyen Kerem'e baka baka geçerken, gururu kırılmış o havalarda uçuşan kalbi yara almışa benziyordu.. Boğazının en dar noktasında kör düğümler atan duyguları, kin ve öfke denizinde kıyasıya kükreyerek boğuşan dalgalar gibi kaynaşıyor, alabolara yapıyordu... Her hali ile mağlubiyetin arzularına cevap alamayışın faturasını çok pahalı ödemişe benziyordu.. Hayatta ilk defa bir erkek ilgisine gönlünün derinliklerinden fışkıran ılık bir sevgiye "Hayır" diyebilmişti... İşte bu beklenmedik karşılık, ilgisizlik Sinem'i kahretmeye yetip artmıştı.

Sessiz sedasız kıpırdayan dudaklar, iç alemine teselli mesajları göndererek gönlünü avutmanın yolunu seçmişti:

—İntikamım vahşi olacak diye fısıldadı.. Melankolik adam sende...

Sarfettiği kelime beyin kabını çepçevre sarıp kuşatmıştı...

—Melankoli.. Diye yeniden fısıldadı..

Şoför yarım yamalak algıladığı fısıltıya kulak kabartıp, yeniden yollara baktı. Sinem derin derin tefekkürlere dalmıştı...

Kerem'in davranışlarını giriştiği hadiseleri hatırladı... Kederli göz bebeklerinin içinden yansıyan pırıltılar kırık çizgiler gibi yansıyordu... Hayretten kuruyup yapışan dudakları ısrarla aynı kelimeyi sessiz sessiz tekrarladı:

—Melankoli, melankoli, melankoli...

Sıkıntılı bir yolculuk geçirmişti. Gazete binasının önünde arabasını frenleyen şoföre parasını ödeyip indi. Elindeki mendil gözyaşlarını ne kadar emse bile, yuvaların içinde kalan beyaz kan çanağı gibi kızarmıştı...

Aceleci adımlarla merdivenlerden tırmanıp, birinci kata çıktı... Bekleme salonuna arzu dolu gözlerle baktı.. Yaralı gönlüne su serpen bir manzara onu sevindirmişti.. Evet polisler gitmemiş hâlâ bekliyorlardı...

Yorgun bir hareketle Selçuk'un odasının kapısını açıp içeri baktı daha gelmemişti.. Bozuk bir moralle odasına geçip, sessiz sedasız masasına oturdu...

Aradan çok az bir zaman geçmişti... Selçuk merdivenden çıkıp odasına geçerken gözleri, bekleme odasındaki polis memurlarına takılmıştı... Bir an meraklı meraklı baktı. Sakin bir tavırla yanlarına sokulup sordu:

—Birisini mi bekliyordunuz?

İki polisten bir tanesi konuştu:

—Adınız ne?

—Selçuk... Gazete sahibinin oğlu ve idare müdürüyüm...

—Kerem Sırdaş'ı bekliyoruz...

—Bir durum mu vardı?

—Basın suçundan...

Selçuk bir an kararsızlık içinde bekledi... Ne yapabilirdi ki...

—Az sonra burada olabilir diye karşılık verdi...

AĞLAYAN TARİH

Parasının yokluğundan, ya da gönlünün hoşluğundan değil, canı yürümek istemişti... Yüreğinin başına çöreklenip kalan efkârı dünyasını çepeçevre saran kara bulutları, dağıtabilmek için yürüdü...

Beyoğlu'ndan Galatasaray'a şerit gibi uzanan caddenin, sağ kaldırımından sitemli bakışlarla etrafı seyrede seyrede yolculuğunu sürdürdü.

Yolların kenarlarında heybetli heybetli duran muhteşem yapılara can evinden dökülüp gelen bir istekle bakıyordu... Sonunda, tarihi Galata kulesinin üzerine bıraktı gözlerini... Yüreği kan ağlamaya başlamıştı...

Bu asırları sırtına sarmış kule şimdi ne alemdeydi... Hep onu düşündü...

O, cihan şumul bir devletin, asırlardır sancaktarlığını yapmış ecdadının sanat abidesi olarak esirgediği kuleye bakarken ağlamaklı olmuştu...

Ey edebe hayaya, ahlâkın her çeşidine saygılı devirler yaşayıp, gelmiş koca kule, şimdi yirminci asrın İstanbul'unu adeta yas tutarak seyrediyorsun...

Acep yüreği yanıp tutaşan kule miydi, yoksa Kerem mi...? Olsa olsa Kerem, kulenin derdini paylaşmiş olmalıydı...

En lüks yerlerinde en korkunç günahların işlendiği İstanbul. Ey ecdadına ihanet edip, gece kulübü olan kule, senin Ayasofya Camii'ne bakarak yas tutuşun bilsen ne kadar gülünç... Asıl sen, hep kendi haline ağlamalısın. Tıpkı, Allah'ına, Kitabına, Dinine saygılı bir babaya ihanet eden, haylaz, ayyaş evlatlar gibisin...

Daha bir nefes öncesine kadar vücuduna inen tekmeler, yüzüne balyoz gibi vurulan yumruklar ve meyhanecinin efradına verdiği hücum emri hâlâ kulaklarında canlılığını taşıyor gibiydi...

—Vurun şu yobaza...

Dertleri debreşe debreşe yürüdü... Denizde dalgalarla oynaşan martılara, Yeni Camii'nin önünde kanat çırpan güvercinlere, türküler yaktı bakışları...

Bilseydi gazetede kendisini kimlerin beklediğini, kuşları, denizdeki dalgaları bırakır kendi zor durumda kalışı için, ağıtlar düzerdi.

Yürüdü... Kırık dökük vücudunun sızılarına aldırış bile etmeden, Türkiye'nin beyni gibi sivrilen Cağaloğlu yokuşuna tırmandı.

Fikir tümseği denilen yokuşun doruk noktasına kadar çıkmıştı.

Gazete binasının birinci kat penceresinden dışarılara taşar gibi bakan bir çift göz, önce sevinçten parlar gibi oldu...

Kerem binadan içeriye adımını atar atmaz, garip bir rahatsızlık sarmıştı Sinem'i. Kendisinin bile mana veremediği, sebebini bilemediği bir rahatsızlık... Yorgun düşmüştü birden bire... Yüzlerindeki sevinç izleri, gözlerindeki neşe saçan pırıltılar, sönüp gitmişti birden.. Usulca pencerenin önünden çekilip, irade dışı adımlarla bekleme odasından yana yürüdü... Kerem'in götürülüşünü seyredip, hiç değilse düşünce yapısının asra uymadığını vurgulayan bakışlarla gözlerinin içine bakıp rahatlayacaktı. Daha önemlisi fikirlerine vurulan kelepçeyi seyredecekti...

Salona bu düşüncelerle çıkmıştı.. Yorgun adımlarla basamakları bitirmek üzere olan Kerem'e acımaklı pırıltılarla baktı...

Polisler Kerem'in resmini daha önce gazeteden isteyip bakmıştı... Sinem'in karşısına dikilip arzı endam edişi memurlara yardımcı oldu.. Vazifeli memurlardan bir tanesi Sinem'e manidar bakıp, parmağı ile Kerem'i işaret etti. Sinem'in yavaşça önüne eğilen kafası cevabı oluyordu...

Yorgun ve bitkin bir hali vardı... Polislerin önünde durup, geçit vermediklerini görünce hayretle baktı... İri kıyım sert mizaçlı polis, bütün azameti ile kaşlarını çatıp sarp dağların heybeti gibi Kerem'in önüne gerilip kalmıştı:

—Adın ne senin?

Tavır ve hareketlerinden de anlaşıldığı gibi, dünyayı bir pula satacak kadar gamsız ve soğukkanlıydı:

—Kerem diye mırıldandı... Kerem Sırdaş...

—Seni kanun namına tutukluyorum...

—Sebebini sorsam?

—Basın suçu... Birkaç gün önce gazetede neşredilen yazınız.

—Tutuklama emrini görmek isterdim...

Polisin önüne uzattığı emri dikkatlice okudu:

Selçuk sesleri duyar gibi olup odasından çıkmıştı. Karşısında vücut bulan manzaraya dikkatle baktı. İçinde gelişip derinleşen ıstırabın sıkıntısından muzdarip olduğu her halinden belliydi.

Keyifsiz ve yorgun bir hareketle arkadaşının karşısına gelip durdu... Kerem Selçuk'un hüzünlü haline bakıp acı bir tebessümü güçlükle aralanan dudaklarının arasından bıraktı:

—Fotoğraf makineni flaşını hep kırdılar...

—Önemi yok.

Elinde kayışı dolalı duvar saatinin sarkacı gibi, havada sallanıp duran makinayı Selçuk'a uzattı:

—Al sende kalsın.. Anam telefon edip sorabilir, ya da siz açın ona haber verin... 163 oğlunu tuttu dersiniz, o bilir.

—Olur, merak etme sen...

Bileklerinde kilitlenen kelepçelere hüzünlü hüzünlü baktı. itiraz bile edememişti.. Selçuk'a son kez bakarken:

—Kader diye mırıldandı:

Burnunun dibine kadar sokulan Sinem, alışılmamış bir kasılma, alaylı bir tavır yılışık bir gülüşle Kerem'in gözbebeklerinin ta derinliklerine baktı...

—Sana vermek istediğim haber işte buydu... Nasıl beğendin mi?

—Çok diye kızdı...

—Bence şanslı bir insansın. Gideceğin yer sokaklardan çok daha emniyetli... Bu kafayla birkaç gün dışarıda kalsaydın, çok erken bir göç başlayacaktı... Dua et, savcılık erken davrandı. Merak etme başka arayanlar da vardı...

—İyi ya soranlara adres vermeyi unutma sakın, orada canım sıkılabilir...

—Beni baş düşmanın gibi görsen bile farketmez artık. Sana şunu isbata çalışıyorum... Bu kafa bu asra göre çok geri kalmış. Huzurlu gezdiremezsin...

Muzdarip çehre kasıtlı bir tebessüme geçti:

—Ne demiş koca şair... Dinle bak:

"Yıllar yılı saatim yürümüş ben durmuşum.

Gökyüzünden habersiz uçurtma uçurtmuşum."

Ya ben ömrümü ziyan eden koca bir aptalım, ya da sen hayata mana verememiş, gerçeklerden ürken bir delisin...

Sinem'in gözleri çanaklarından taşarcasına irileşti. Bakışlarının bir anda manası değişmişti... Cansız heykeller gibi beklediği yerde katılaştı, hareketsiz kaldı. Vücudundaki bütün kan beynine hücum etmişti... Matlaşan bakışlarının peşinden, dudakları büzüldü, kırıştı... Konuşamadı bile.. Belki kurşun yağmuruna tutulsa bu kadar acı çekmeyebilirdi... Anlaşılan Kerem en hassas noktasına ya da kanamakta olan yarasına el atmıştı...

Kerem kimin ne düşündüğünü hesaba katacak durumda değildi... Uçurtmayı azgın rüzgarların önüne kaptırmış çocuklar gibi durgundu...

Havanın durumunu bilemeden uçurtmanın ipini göklere salıvermişti. Polislerin önünden düşüncelerin ağırlığından ezilir gibi yürüyüp gitti.

Sinem bekleme salonunda kazıklaşmış vücudunu ayakta tutarken, Selçuk nasıl hareket etmesi gerektiğini, hesaba getirememenin acısını çekiyordu...

Kerem Cağaloğlu'nun parke taşlarına ayak bastı...

Binanın önünde bekleyen emniyet arabasına doğru yürürken tavırlarından gazeteci oidukları anlaşılan iki genç, Kerem'e baka baka konuştular:

—Böyle olacağı belliydi.

Arkadaşı gözlerini Kerem'in üzerinden ayırmadan muhatabını cevapladı:

—Çilesiz fikir olmaz. Can nasıl canansız olmazsa, insanda fikirsiz olmaz.. Gülü seven dikenine de katlanmalıdır.

—Unutma ki yalnız bir adamdı o...

—Orası belli olmaz. Belki arkasını dayadığı bir örgüt vardır.

—Belki de bir parti...

—Partiler çürüdü artık, birer birer çatırdıyor...

Arkadaşı alaylı alaylı gülümsedi:

—Çatırdayan sadece partiler mi sanıyorsun? Dünyada mevcut bütün nizamlar çöküyor.

Yanlarından geçmekte olan pejmurde kılıklı, lime lime elbiseli ak sakallı, ufak tefek, cılız bir ihtiyar, kulağı dolusu duyduğu konuşmaya beklenmeyen bir cevabı mırıldanarak yanlarından geçti:

—Dünyadaki bütün nizamların akılları başlarına gelse de, Allah'ın nimazı önünde diz çökseler bari. İşte o zaman bütün buhranlar biter, ağlayanlar susardı... Sokaklardan oluk oluk akıtılan kanlar diner, yeryüzünde insanların durup durup kanatmak istedikleri dünya cehennemi korkunç alevleri ile parlayacak ateşi bulamazdı...

Selçuk odasında üzgün üzgün otururken, telefonun zili çaldı.

Yorgun hatta suçlu bir hissiyatı vardı. Elini ahizeye uzatıp sonra kulağına götürdü:

—Alooo.

Sesi alır almaz durakladı... Kim olduğunu sorup öğrenince üzüntüsü bir kat daha artmıştı... Annesi Kerem'i arıyordu...

Kaçamak cevaplar vermek zorunda kalmıştı:

—Şey Kerem şu anda burada yok. Zannederim bu gece de eve gelemeyecek....

—Neden?

—Bir vazife...

—Ama nasıl olur diye emri vaki yaptı. Bu akşam mutlaka evine gelmeli. Hem de erkenden.

—Ben arkadaşıyım Selçuk. Önemli bir hal mi vardı.

—Sizi hatırladım. Hep sizden bahsederdi zaten... Selçuk bey oğlum. Zannederim haberin vardır. Çiğdem'i getirdim.. Daha oğlunun yüzünü görmeye hasret bir baba o. Mutlaka göndermelisin onu... Olmazsa onun görevini sen üzerine al. Hem de müjdelemiş olursun...

Keder sinesinde geçilmez denilecek kadar büyümüştü... Duygulu bir ses karşısındakine cevap için zorlanırken, gözlerindeki pırıltılar ıslanır gibi olmuştu:

—Nasıl söylesem bilmem ki. Görevini üstlenecek durumda bile değilim.

Kesin bir görev bu. Bir başkası yapamayacak kadar kesin...

Telefondaki ses pusulayı şaşırmış gibi yükseldi:

—Yoksaaa?

—Aklınıza kötü şeyler gelmesin... Benim de bir anam sayılırsın. Kerem'i az önce basın suçundan tutukladılar...

Selçuk ahizeyi kulağından uzaklaştırmak zorunda kalmıştı.

—Neee?

Başka cevap sormadan, karşısı kapanınca, Selçuk ananın zor durumda olduğunu anlamıştı...

* * *

Hapishanenin koğuşundan içeri soğukkanlı bir tavırla girdi. Kendisini dikkatle ve donuk pırıltılarla süzen, kuşkulu bakışların hedefi seçilmişti...

Artık koğuşlar bile sağcı solcu zihniyetlere göre tanzim edilmişti... Kerem'e sağcıların toplandığı koğuşta yatak verildi.

Şişman orta yaşlı bir gardiyan Kerem'i ranzasının başına kadar getirip, alt kattaki boş yatağı işaretleyerek, yanından ayrıldı.

Sıkıntılı bir gönlü vardı... Gardiyanın gösterdiği ranzaya oturup düşünceli bir tavırla bekledi.. Kuşkulu bakışların sahiplerinin birer birer yanına gelişlerini göz altından farkettirmeden seyrediyordu... Karşısında bir sürü insan birikmişti... İri kıyım karayağız bir genç ilk konuşanları oldu:

—Adım Ender.

—Geçmiş olsun...

—Sağol diye kafasını kaldırıp dikilenleri, birer birer seyretti...

—Suçun ne?

—Fikir...

Sığabilenler ranzadaki yatağa sığmayanların bir kısmı karşısında çömeldi. Geri kalanı ayakta meraklı meraklı beklediler...

Uzun uzun bir konuşmadır başlamıştı... Hangi gazetede yazdığını öğrenince, işin şekli değişti. Sorular derinleşti, meraklar koyulaştı... Başucunda toplanan gençler, gurup gurup dağıldı.

Koğuşun içini bir kuşku fırtınasının fiskosudur almıştı. Herkes ikişer üçer gruplar halinde koğuşun muhtelif yerlerine çekilip, yorumlar yapmaya başladılar:

—Mitten olabilir...

—Aramıza casus soktular, herkes dikkatli olmalı...

—İsterseniz daha şimdiden ıslatalım.

Bir tanesi itiraz etti:

—Olmaz beklemeliyiz.

—Kimbilir belki de bir örgütün adamıdır...

—Dayağı yiyince herşeyi yumurtlar...

—Ender konuşuyor, isterseniz şimdilik ona bırakalım...

Yanından ayrılanlar Kerem'e casus gözü ile bakıyorlardı. Koğuşun orta yerinde olta atan Çıtak Hasan kalabalığın Kerem'in başından dağıldığını görünce dikkatlice baktı. Heyecan dolu bir vaziyette Kerem'e sokulup başındaki şapkanın siperini düzelttikten sonra, dudağındaki sigarayı parmaklarının arasına sıkıştırarak pozlu bir hareketle geriye çekti.

Koğuşta herkes fiskosu bırakmış pür dikkat Çıtak Hasan'ı seyre başlamışlardı.. Ender'le olan konuşmalarını kesip söze karıştı:

—Arkadaşım bir dakika gelir misin?

Kerem hapishane havasına yabancı bir insan değildi.. O yüzden de soğukkanlılığını muhafaza ederek Çıtak Hasan'a baktı... Yerinden bile kımıldamamıştı...

—Bir şey söyleyeceksen dinliyorum.

Çıtak Hasan kekeledi daha da telaşelendi:

—Şey burada olmaz ki, çok mahrem bir sır bu...

—Seni hiç tanımıyorum bile. Başkalarından gizli, bana açık olabilen sır ne olabilir?

—Orasını karıştırma hemşerim, senden başkası duymamalı. Çok mahrem dedim...

Kerem mecbur kalmışcasına umursamaz bir haraketle yerinden doğruldu... Çıtak Hasan sol elini Kerem'in omuzuna koyup, koğuşun ortasına doğru yürüdüler... Birkaç adım attıktan sonra, ikisi birden durmuşlardı.

Çıtak, Kerem'in kulağına dudaklarını iyice yaklaştırıp mırıldandı:

—Ağabey vallahi çok yolsuz kaldım, bana bir miktar borç para versene.

Kerem öfke dolu bir nefesi ciğerlerine çekerken, kendilerine bakıp bıyık altından gülenleri gözünden kaçırmamıştı.. Çıtak Hasan'ın kulağına yaklaşıp, kısık bir sesle mırıldandı:

—Sahiden de bu çok mahrem bir sırmış. Sakın bunu ne sen söylemiş ol, ne de ben duymuş olayım...

Çıtak Hasan koğuşun ortasında kızarık mahcup bir suratla bakarken, Kerem ranzasının üzerine dönüp oturdu... Çıtak koğuşun orta yerinde hareketsiz heykel gibi kalmıştı... İsteksiz açılıp kapanan dudakları, Kerem'e bakarken, kendisine has bir tavırla mırıldandı:

Olur olur hiç kimselere söylemem. Beni herkes tanır bilir iyi sır sahibiyimdir doğrusu...

* * *

Bütün anlattıklarına, inanan bir kaç kişi bulunmasına rağmen, inanmayan çoğunluk, Kerem'i içlerine salıverilmiş bir casus olarak görüyordu...

İlk geceyi sıkıntılı ve uykusuz geçirmişti. Sabrı gönlüne sermaye etmeye çalışıyordu... Tefekkürün derinliklerinde rahatlık aradı... Böyle yalnızlığın verdiği sıkıntı kendiliğinden silinip gitmişti...

Sabahın erken vaktinde abdest alma hazırlıkları yapanları görünce sevinmişti... Yerinden kalkıp, çarçabuk kendisi de hazırlandı. Namazı koğuşun orta yerinde cemaat halinde kıldılar...

İştahsız bir sabah kahvaltısının arkasından, komşu ranzadaki, arkadaşından kitap istedi. Saat onu gonklayıncaya kadar okudu. Okudu...

Gardiyan ismini anons edince kitabı ranzasının üzerine bırakıp merak içinde yerinden doğrulup kalktı. Hem yürüdü, hem kimin gelmiş olabileceğini hayal edip durdu... Tel örgülerin arkasında bekleyen yabancı simalı üç delikanlıyı görünce durakladı... Daha sonra irade dışı kararsız adımlarla tellere yaklaştı... Tanıyıp hatırlamadığı hafızasında resmi bulunmayan gözlerinin yadırgadığı gençlere merakla bakarken sordu:

—Beni sizler mi aradınız?

İçlerinde çiçek bozuğu yüzlü iri yarı delikanlı konuştu:

—Kerem Sırdaş siz değil misiniz?

—Evet benim.

—Siz ne kadar bizim dünyamıza yabancı görünmeye çalışsanız bile, bizler sizi ziyaret için buradayız.

Kerem kuşkulanmıştı.. Garip garip muhataplarını süzüp:

—Sizleri tanımıyorum bile diye mırıldandı...

—Her dava adamının birbirini tanıması imkansızdır.

—Daha hangi davanın adamları olduğunuzu dahi bilmiyorum.

—Sol fraksiyona bağlıyız.

—Zahmet edip buralara kadar gelmişsiniz.. Düşündüğünüz biçimde hiç bir örgüte bağlı ya da kayıtlı bile değilim.

—O zaman çıkar çıkmaz kaydederiz sen hiç merak etme. Boşuna bizi aldatmaya çabalama... Dün akşama doğru seni gazetede arayınca Sinem bize herşeyi söyledi...

Sağlam bir fraksiyona bağlıyız, tam teşekkül... Bir ihtiyacın varsa hemen söyle...

Kerem Sinem'in adice hazırladığı oyuna haddinden fazla öfkelenmişti.. Dişlerini kıyasıya sıktı, ziyaretçilerin sözcülüğünü yapan delikanlıya acıyarak bakıp mırıldandı:

—Bazı kuruluşlarda vücut iskelet, her aza vardır, ancak ruh yoktur... Benim de bir huyum vardır, ruhsuz yerlerden hoşlanmam... Sizi buraya kadar gönderene de aynı sözleri söylermisiniz?

Sözcülük yapan genç keskin pırıltılarla Kerem'i yiyecekmiş gibi baktı...

—Sen bilirsin, o koğuşun adamı olmadığını tez elden bildirmek de bizim vazifemizdir... Korkma pul parası da bizden...

—Şaşırdığımızı sanmayın, zihniyetinizin temelinde karıştırmak bozmak ve yıkmak var... Sadece yapamadığınız bir şey kaldı... Yutmak. Onu da hiç bir zaman yapamayacaksınız...

Sanki iğrenmişt, yüzlerine bile bakmak istemiyordu. Hışımla yönünü koğuştan yana çevripi, kararsız adımlarla yürüdü...

Asabı oldukça bozuktu. Koğuşun elebaşısı olduğu anlaşılan yağız delikanlı, Kerem'in üzgün bir çehre ile içeriye girdiğini görünce, kalkıp yanına geldi... Ranzanın üzerine yaklaşık biçimde, oturmuşlardı... Ender meraklı bir sesle Kerem'e sordu:

—Moralin bozuk olarak döndün?

—Öyle oldu.

—Şayet mahrem değilse, sebebini dinlemek isterdim.

—Adice hazırlanmış bir oyun olmalı...

—Solcuyuz diyen üç kişi ziyaretime diye gelmişler...

—Oysa senin tutuklanışının sebebi onlara göre değil.

—Anladığım kadarı ile gazeteden bir kız, bazı olayları aydınlığa çıkarmak için kasten tutuklandığıma onları inandırmış...

—Doğrusu bizler de durumundan endişeliyiz.

—Biliyorum.

—Nereden?

—Davranışlarınızdan.

—Davranışlarımızda bir gariplik yoktu.

—Onu manalı bakışlara hedef seçilenlerden başkaları bilemezler...

—İyi ya o zaman mertçe bir konuşmaya ne dersin?

—Kaypaklıktan hiç hoşlanmadığımı söylemek isterim.

—Açık konuşmakta fayda var. Kimlerle berabersin?

—İnananlarla.

—Bu yeterli bir cevap değil, hangi örgüte kayıtlısın?

—Düşündüğünüz şekilde hiç birisine.

—İnsanlar hiç bir zaman tek başlarına dava adamı olamazlar... Taraf bulması lazım... Gönüller ordusu olmayan davalar ayakta duramazlar... İnsan tek başına bunları yapacak yeterli gücün sahibi değildir... Onun için, saklama benden, kimdensin?

—Müslümanım.

—Buraya kadarını anladık. Sorup öğrenmek istediğimiz şey şu: "Hangi grubun adamısın?"

Müteessir çehrenin üzerinde, sönük sönük parlayan bir çift göz kederliydi.

—Birden bire çok üzüldüm. Bu soruyu cevaplamak o kadar zor şey olmasa gerekti.

Mahmurlaşan bakışların sahibi, duygulu, hazin bir sesle konuştu:

—İnandım diyebilenler, yürekli ve isabetli atılımlarla, tıpkı bir vücudun azaları gibi işbirliği yapıp, Allah'ın nizamının akışı istikametinde ahenkli ve müsterih bir gönülle bir araya gelemedikçe benim üzüntülerim hiç mi hiç bitmeyecektir.

—Böylesine bir beraberliğin vücut bulabileceğinden, hâlâ umutlu musun?

—Bütün düşünceler dallarında yeşermeden kalsa da, bu duygular çiçek açar her mevsim.

—Aslında hiç de kötü bir insana benzemiyorsun. Bütün bunlara rağmen, bazı kuşkularımızın olduğunu da söylemiştim. Yine içimde gelişip büyüyen bir merakın istikametinde soru sormak geldi:

—Şimdi desem ki, o sabırla bekleyip özlediğin birlik ve beraberliği nasıl izah ederdiniz? Ve nasıl bir gençlik istiyorsunuz sorusuna ne derdiniz?

—Yeis ve mutsuzluk içinde kıvranan, buhranlar çağı adını verdiğimiz şu asrın insanına, taptaze irade kaynağı hüvviyetini haiz şahsiyetli, fazilet timsali bir gençlik...

Öyle bir gençlik ki: İnsanlık hak ve hürriyetlerine saygılı bilumum esarete zorbalığı ve bölünmeye düşman, Allah'ın kitabına, Dinine karşı muhabbetli... Hürriyet ve maneviyata istikamet ve işaret taşı görevini üstlenecek bir gençlik... Ve bizleri Yaratan Mevladan en büyük duam da bu:

—Allah'ım, acizliğimle nankörlüğümle, cehaletimle ve bitip tükenmek bilmeyen günahlarımla bile olsa, bu bahtiyarlar sınıfının arasında yer alamazsam, hiç olmazsa, cenazemi olsun onların omuzları taşısın.

—Benim için bu bizim cenazemdi desinler... İşte o zaman söylenenleri işitmemiş olsam bile, bütün ıstıraplarım dinerdi...

DELİKANLIM

Zaman çabuçak eriyip geçmişti. Ender ve Kerem sohbeti koyulaştırdıkça koyulaştırmışlardı... Hatta denilebilir ki, Ender Kerem'e inanmaya başlamıştı... Adeta Kerem'i gönlünün derinliklerinden sökülüp gelen bir sevgi ile dinlemeye bile başlamıştı...

Koğuşun duvarlarına çarpa çarpa dalgalanan gardiyanın sesi sohbetlerini bozdu.. Önce durakladı, sonra yüzlerinde bir sevinç dalgası belirdi, hüzünlü pırıltılar yansıtan gözleri alev alev parladı.

Ender'den müsaade isteyip acele dolu birtakım hareketle ayağa doğruldu. Çabuklaştırılmış adımlarla hasret duvarı adı verilen tel örgülerin heybetli gerilip durduğu yere gelince, heyecandan içi içine sığmayacak kadar merak doluydu... Tel örgülerin arkasına hayretler içinde baktı. Bu defa hasret duvarının ötesini bir başka türlü gözetler olmuştu...

Sanki olmayan bir şey olmuştu.. Göklerin yerle birleşmesi kadar müşkül bildiği bir iş.. Yıllardır boğazında sıra sıra düğümler atan, yüreğinin en ücra köşesine mahkûm ettiği bir vefasız... Kerem'in dünyasına da bir bahar çiçeği gibi filizlenmişti... Mahcup suratında şebnemler kadar taze boncuklaşmış terler ve kucağında tomurcuk kadar körpe, hayat dolu bir bahar çiçeği vardı...

Mizacı itibarı ile taşkınlığı sevmezdi.. Onun için hasretini, sevgisini ve heyecanını yüreğine sığdırıp taşkınlığını dışarıya fark ettirmemeye çabaladı.

Tel örgüleri, kararsız bir kuvvetle kavrayan parmakları, efkâr efkâr bakışları, içeriye dökülen ananın parmaklarının üzerine oturup kalmıştı... Parmakları anasının parmaklarının gözleri, o hasret tüten gözleri Çiğdem'in kucağında cıvıl cıvıl kaynaşan oğlunun, Bilâl'in üzerinde seyahat etti... Taş yapılı yüreği, sanki ilk defa hissiyatını dışarı veriyordu... Duygulu dolukan bir sesle Bilâl'e hitaben bırıldandı?

– Bilâl diye seslendi... Babanı kafes içinde görmeye mi geldin oğul.

Çiğdem'in mahcupluktan kızaran yanaklarında, kırmızı kırmızı benekler peydah olup, yüzleri hararetten alev alev yandı...

Ağlamamak için dişlerini alt dudağının üzerine kıyasıya kilitlemişti. Ne var ki, göz pınarlarından boşanıp akan, inci inci yanaklarının üzerine doğru sıralanan yaşlara mani olamıyordu.

Ana, acı seyrin takipçisi yaptığı gözlerini, Kerem'in üzerinde perçinleştirmiş gibi bekletti..

Kerem ağlayanlara bakıp kalbini sertleştirmeye çabaladı. Anlaşılan, kararan bantının çileli günlerine gözyaşları bırakmamaya ahdetmişti.

Çiğdem uzatmalı seyri esnasında, Kerem'le göz göze gelmeye cesaret bile edememişti... Kendisini suçlu hissetti...

Bayatlamış sessizliği ana bozuyordu.

– İyisin ya?

– Gördüğün gibi...

– İstanbul benim korkulu rüyamdı oğul. Kaçıp kurtulmak istedikçe beni yakaladı. Hem de pençesini yakalarıma asıp, kıskıvrak bir şekilde... Ötekilere söz dinletemedim, ne var ki senden umutluydum.. Gidelim dedim sana şu şehirden... Günahlardan, zorbalarından, kanlı sokaklarından kaçalım dedim... En çok sevdiğim şehirden uzak uzak diyarlara... Çiğdem Bilâl sen ve ben...

– Sen kaçmayı kurtuluş mu bilirsin ana? Bozanlar biz kaçtık diye dururlar mı sandın? Yarın gittiğimiz yerler de bırakıp kaçtığımız bu yerler gibi olmaz mı sanırsın?

– Cesaretli olduğunu mu isbat edeceksin dünyaya? Herkes sana kahraman mı desinler istiyorsun?

– Aslında korkanlar da kahramanlar da sıradan insanlardır. Sadece inandıkları davalar üzerine mücadele verenler hariç...

– Sokaklar kan gölü olmuş oğul... İnsanların göğsündeki yürek, eskisi gibi değil? İnsan azmanları var şimdi.. Sadist ruhlu cellatların kol gezdiği, vicdan terazisi bozulmuş. Cemiyete neyi anlatmak istiyorsun sen? Dünya karışmış, herkesin can derdine düştüğü ya var şimdi.

—Aldırma ana gecenin karanlığı ne kadar koyulaşırsa, sabah o kadar yakın demektir.

—İnat oğlum benim, dünyada dikili tek fidanım... Koskoca ailede bir sen kaldın. Erdem yakayı ele verdi... Suçu sabit, sırtına uzun seneleri sardı demektir. Sen bari bırak şu inadı. Her sözün, yaralı gönlüme alev alev dokunuyor. Bırak şu gücünün yetmeyeceği işleri. Dünyanın dengesini sen mi ayarlayacaksın? Bunun hesabını başkaları yapıyor zaten...

—Hep yanlış yapa geldiler ana, en hassas hesaplar bozuk kafaların eline bırakılalı, dünya insanlığa işkence kabı olmadı mı?

—Neden korkuyorum biliyor musun?

—Yok.

—Acımasız düşmanların olduğunu bile duydum. O dünyaya meydan okurcasına açılan kalbini insafsızca susturacaklar bir gün.

Kerem acı bir tebessüm etmişti:

—Kaderi insanın kendi elinde midir? Sadece tedbir gönüllere teselli veren bir sermaye... Kutsal bir davanın mücadelisini verirken, hayata gözlerini kapamak...

Ölümün sonsuzluğa açılan kapısını, soğukkanlılıkla ve ulvi gaye uğruna dimdik aralayabilmek, hiç değilse inandığın büyük dava uğruna, mücadelesini verirken ölebilmek şerefine erişmek, o asıl olan ölümsüzlük kapısından huzurlu bir gönülle girebilmek.

Davayı ayakta tutabilmek için, kanını akıtıp şehadet şerbetini içmek, zaferlerin en şereflisidir bence.

Düşünebiliyor musun ana, ölümü ile geride kalanlara daha parlak bir düşünce tarzını armağan etmek, davasının bayrağı elinde ölmek.

Alemlerin Rabbı olan Allah'ın huzuruna, böyle yaralı ve onun davasını yüceltеyim derken şehid olup, kanlar içinde çıkmak, işte benim beklediğim en büyük mutluluk budur...

Ana arzusu yerine getirilmemiş çocuklar gibi, derin bir nefesle boynunu bir yana yıktı:

—Ölmek, mukaddes bir dava uğruna şehid olmak... Dünyadan, erken göçmek, ne sana ne de davana hiçbir şey kazandıramaz...

—İçim çok dolu anne ne olur zorlama beni. Kısmet olup buradan çıkarsam, herşeyi uzun uzun konuşuruz... Artık yüreğimde maneviyatsız herşey bir hiç haline gelmiş... Sinemde her değer yerli yerine oturmuş durumda. Bu canı adadım ben... En kuvvetli fikrin neferi olarak. Tabancasız, silahsız ama imanlı.

—Her mantıksızlıktan, bir bozguncular sınıfı ortaya çıkar diyen sen değil miydin?

Yanlışlıkla çoğu kere en tesirli silah olurlar, diyen yine sen değil miydin?

Dünyayı tek başına kurtarmaya mı söz verdin? İnançlarını çiftliğimizin sakin ve günahsız, huzurlu köşesinde dilediğin gibi yaşayabilmene karşı çıkan mı olur? Hep birlikte Allah (C.C.)'ın emirlerini, Kitabın buyruğunu, Efendimiz (S.A.V.)'in sünnetini yaşayamaz mıyız sandın?

Daha Çiğdem'le bir kelime bile konuşmak nasip olmamıştı. Yeniden yüzlerin hayret ifadesi yüklü çizgiler kaynaştı.. Kafasını sağ omuzunun üzerine yıktı... Sanki cenderenin içinde sıkışan yüreği genişlemiş gibi gönlünü serinleten pırıltılarla karşıya baktı... Gam kervanı kelimeler sıralayan dudakları, şerbet içer gibi ferahlayan yüzünün derileri hoşnut bir manzara gördüğünün isbatı gibiydi:

—Hocam, diye mırıldandı...

Beyaz sakallarının süslediği nurlu çehre, vakur bir olgunlukla seyrini sürdürürken, yavaşça Kerem'i karşısına alacak şekilde tellerin dibine yaklaşıp durdu... Karşısındakini celbeden bakışları mıknatıs gibi düştüğü yeri yakalayacak kuvveti haizdi... Öylesine bir bakışla Kerem'i çepeçevre sarıp mırıldandı:

—Selçuk sabahtan uğrayıp haber verdi.

—Sizi buraya kadar yorduğum için inanın çok mahcubum.

—Böylesi ziyaretlerde rahmet vardır oğul. Bu acizin başka ne hizmeti oluyor ki?

Ana ihtiyar adamı çekingen bakışlarla seyrederken, Çiğdem'e gayri ihtiyari bir adım yaklaştı. Mıknatıs yüklü bakışların, Kerem'in üzerine nasıl düştüğünü takip ederken, ağzından çıkan her sözü beyninin mihengine vura vura dinledi...

Kerem'in Hocam dediği ihtiyar önce tepeden tırnağa kadar muhatabını incelemişti. Tıpkı iştahla okunan bir kitap gibi...

Kafesteki kuşun suratında oynaşan efkar çizgileri, ihtiyarı endişeye düşürmüş olmalı ki, kuşkularını ve düşüncelerini duru bir lisanla talebesine mırıldandı:

—Yüzünde keder izleri, gözbebeklerinde efkar dolu delikanlım, üzgün müsün? Kafese kilitlenen kuşların ahuzarı içler acısıdır. Ama sen kuşlar gibi değilsin. O dünyaya sitem ederek bakan gözlerindeki kederli pırıltıları değiştir... Sen buraya canilikten, soysuzluktan, ne de iffetsiz herhangi bir davranıştan dolayı atılmadın... Burası müslümanlar için çilehanedir, çileye gireceksin... "Sen mukaddes gayelerle, ilahi vazifelerle, büyük ulvi emanetlerle dünyaya gönderilmiş, ebedi bir varlık ve Halife-i ruy-u zemin olan müslümansın.

Senin kudsi vazifen asla değişmeyecek bir hüvviyeti haizdir. Çünkü varlığın, kainatın sonsuz hakikatlarıyla bağlıdır...

Tarihler değişebilir. Medeniyetler yıkılıp, medeniyetler kurabilir. Harabeler mamureye, mamureler harabeye dönebilir. Saltanatlar, tahtlar yıkılıp milletler, devletler, tarih sahnesinden silinebilirler... Fakat Halif-i ruy-i zemin olarak sen, ebedi şahsiyetini o kudsi ve asıl varlığını asla değiştirmeyeceksin. Senin bu ulvi vazifelerin ilelebet devam edecektir. Çünkü sen Peygamberlerin mukaddes vazifeleri ile muazzaf ve mükellefsin. İnsanlığı zulmetten nura çıkaracak, delaletten hidayete ulaştıracak, kudsi bir meşale ve hidayet rehberisin. Çünkü sen müslümansın...

Sen Hakkın şahidisin.. Hayat ve hürriyet müjdecisisin. Sen Hakkın ölümsüz müdafii batılın ezeli ve ebedi düşmanısın.

O halde beni iyi dinle. Vazifen; dikenler arasından güller toplayacaksın. Ayağın çıplaktır, batacak. Ellerin açıktır ısıracaklar. Buna sevineceksin.

Firavunların kucağında büyüyen çocuk, masumları safına alacaksın. Aldığın için dövecekler, yazdığın konuştuğun için zindana koyacaklar, yılmayacaksın... Karanlık zindanlara saldılar mı ışık, paslanmış vicdanlar görürsen ümit, imansız kalplere rastlarsan nur vereceksin...

Sen verdiğin için horlanacak, sen vazifeni müdrik olduğun için cezalanacak, sen konuştuğun için mahkûm olacaksın... Buna hiç bir zaman üzülmeyeceksin.. Devrinin çarpık zihniyetine: (Cinayete karşı, bilim. Tabancaya karşı, kalem) anlayışı ile cevap verecek ve bütün batıl olan her şeye baş kaldıracaksın...

Anadan, yardan, serden ayrılacaksın. Candan gönülden Kur'an'a sarılacaksın... Sana deli divane sevdalı diyecekler, aldırmayacaksın.Derdini yazmak için, derini kâğıt, kanını mürekkep yapacaksın.

Kimseyle görüştürmezlerse (mecnun) olup çöllere düşeceksin. Leyla arar gibi hakikatı arayanları, gerçeği soranları bulacaksın. Bulamazsan üzülmeyeceksin.

Seni yolundan alıkoymak için, makamlar, suretler verilirse nefsini unutup, vazifeni hatırlayacaksın. Önüne çelikten set yaparlarsa, dişlerinle deleceksin, dağlara tünel gerekirse, iğneyle oyacaksın.

Gerçek davana sımsıkı sarılacaksın. Herkes bozulsa bile, sen onlara uymayacaksın.

Unutma her nerede olursan ol, küfrün ve cehlin temelini çürüteceksin. Kur'an etrafındaki surlar için, kemiklerini taş, etini harç kanını su yapacaksın.

İçinde yaşayışın bile küfür olan bir inkilap düzende, Kur'an ve İman etrafında, ilimden irfandan kaleler dikeceksin.

Kaleler fedai isterler. Nasıl içine fedai olabilecek misin?

Gardiyan Kerem'in yanına iyice sokulup, ikazda bulundu:

—Vakit tamam.

Kerem söyleyecek hiç bir şey bulamamıştı.. Hem gardiyana hem de hocasına... Suskun ve durgun sular gibi ziyaretçilerine baka baka adımları geri geri çekilirken, gözleri tel örgülerin ötesinde bekledi.

* * *

Hasret bu. Ümitler çoğaldıkça, insanın gönlünü bir başka türlü sarar.

Uykusuz geçen bir geceyi daha anasından, Çiğdem'den ve daha yeni tanıyıp görebildiği oğlu, Bilal'den yana düşünerek sabaha bağladı.

Bugün mahkemeye çıkacaktı. Selçuk ayrı ana ayrı, ayrı avukatlar tutarak müdafaaya hazırlanmışlardı...

Mahkeme önüne çıkartıldığında oldukça meraklı bir görünümü vardı.

Çok geçmeden heyecanını yenip, kendisini hazırladı.

Savcının iddianamesini, Kerem kadar hakim de dikkatle dinliyordu... Kerem bu sırada basın suçuna iki hadisenin daha eklendiğini öğreniyordu.. Ters yüz edilerek mahkeme önüne çıkatılan iki hadisenin... İddiaya göre, sinemayı basmış, meyhaneye saldırı düzenlemişti. Bunların her birisini dinlerken dertli dertli gülümsedi...

Hakim iddianamenin henem arkasından Kerem'e müracaat ederek isnad edilen suçlamaları bir de kendisinden dinlemeyi uygun buluyordu...

Soğukkanlılığını muhafaza ederek, yerinden doğrulup kalktı...

Hakim'in kendisine tevcih ettiği soruları, yine soruluş sırasına göre cevaplandırmaya başladı:

—............

Hakim, Kerem'in çehresini en ufak mimiklerine kadar inceledikten sonra, meraklı bir soru yöneltti:

—Anlattıkların sana haklılık kazandıran meseleler değil. Söyler misin bana, niçin çoğunluğa ters düşüyorsun... Artık bu çağın insanı senin gibi yaşamıyor...

—Çoğunluk her zaman haklı mıdır?

—Az önce tebliğ görevimi yaptım dedin... Sen bu emirleri nereden alıyorsun?

—İslâm dininin yasalarından. KUR'AN-I AZİ'MÜ ŞANDAN efendim.

Hem ben gittiğim yerlerde, doğruyu, güzeli, huzuru, ahlâkı anlattım. Kimseye ihanet planları sunmadım ki.. Üstelik dediğim gibi dayak bile yedim.

Hakim sert bir mizaçla sorusunu sorarken, sesinin ölçüsünü farkında olmadan kaçırmıştı.

—Hangi örgütün adamısın? Arkanda başka kimler var?

Yumuşak bir lisanla hakime hitab etti:

—Hukukda öfkeye yer yoktur efendim. Arkamda da hiç kimseler yok.

Mahkeme tam bir ay geriye atılmıştı. Kerem'in gözlerinde yıllar kadar uzayıp giden koskoca bir ay...

Günler o bitip tükenmek bilmeyen, upuzun günler başlamıştı... Ziyaretçiler, sohbetler ve ardı arkası gelmeyen kitap okumaları ile eriyip giden günler... Yunus, Asiye ana, Atilla, Çiğdem, Bilal ve ana...

Hapishane bütün yakınları için yol olmuştu... Koğuştaki mahkûmlarla iyi anlaşmaya başlamıştı. Ender artık Kerem'e inanıyor canının derinliklerinden kopup gelen bir istekle, kendisini dinliyordu.

Ancak fitne burada da yetişip kendisini bulmakta gecikmedi.

Gün ikindi vaktine girmek üzereyken, dışarıdaki militanların bile ismini tanıyıp bildiği Ender'in üzerine yazılıp atılmış bir mektup çıkageldi...

Ender soğukkanlılıkla okudu.. İçi burkulur gibi olmuştu...

—Koğuşunuzda bulunan sol görüşlü gazeteci arkadaşa, kötü davranmayın. Dışarıya çıkınca herşeyi yazar...

Ender, kara düşüncelere dalmıştı.. Mektubu avucunun içinde kırıştırıp, üzgün ve kuşkulu bir gönülle düşünceye daldı...

Ender gün geçtikçe gerek hareket ve davranışlarından, gerekse ihlas ve yaşayışından, içindeki tereddüt tohumlarını yeşertmeden kuruttu.

Böylece hakimin verdiği bir ay mühlet tükenip mahkeme günü gelip çatmıştı... Avkuatlar mahkemeye tahliye talebi ile giriyorlardı.

Uzun bir mahkemenin arkasından, avukatların sundukları talepleri uygun bulunmuş, Kerem kefaleten serbest bırakılması için karar alınmıştı...

Mahkemenin sonu değildi. Ancak Kerem gözlerinde hasret hasret tüten yuvasına dönebilecekti.

Mahkeme salonundan çıkarlarken Selçuk Kerem'i daha fazla meşgul etmek istemedi. İki arkadaş, kucaklaşıp Selçuk geçmiş olsun dileğinde bulunurken, Kerem'in kulağına fısıldadı:

—Tam bir hafta izinlisin, gidip iyice bir istirahat et...

Kerem gülümsemeyi cevap olarak yeterli saymıştı... Gözleri, salonda birşeyler aradı ve sonunda aradığını bulmuştu.

Sabırsız bir gönülle etrafı gözetleyen ananın yanına kendisini zor attı... Kollarını kulaç kulaç gerip ananın boynuna sımsıkı sarıldı. Hasretin bu kadar çekilmez, bu kadar acı olduğunu ancak çekenler bilirdi...

Anaya ilk sorusu:

—Senden başka gelen olmadı mı?

Ana oğlunun ne beklediğini anlamıştı...

—Çocukları mahkeme salonuna almadıkları için, sorduğun insanlar dışarıda kaldılar...

Aceleci bir gönlü vardı. Annesinin koluna girip:

—Gidelim dedi dışarıda rahat bir nefes çekmeye ahdım var...

Ana oğlunun ivedi ivedi çarpan kalbinin akışına uydu... Adeta yürümek değil seğirtmeye başlamışlardı...

Adliye binasının merdivenlerini düze kavuşturur kavuşturmaz gözleri uzaklarda yalım yalım yandı... Yol kenarına park edilen arabalarını bulup tanımıştı.. Yavaşça ananın kolundan sayrılıp, yollarda rüzgar gibi esti...

Çiğdem'in gözleri avcının namlusu önünden kaçan ceylanın ürkek bakışlarını andırıyordu.. Kerem'in koştuğunu görünce yüksek dereceli bir heyecanın potasında kaynarcasına terledi. Bilal kucağında cıvıl cıvıl kaynaşırken, utanan bakışlarını ayaklarının dibine perçinlemiş gibi, ısrarlı bir seyir için bıraktı.

Arabanın şoför mahalinde oturuyordu. Kerem direksiyon tarafından olan kapıyı çarçabuk açıp koltuğa nefes nefese oturdu... İlk hareketi Çiğdem'in kucağındaki Bilal'i avuçlarının arasında sıkıştırarak çekip aldı... Çocuk neye uğradığını şaşırmıştı...

Kerem'e korkulu pırıltılarla bakarken, dudakları ağlamaya hazırdı...

—Asıl sevinecek günün senin, ağlamasana be çocuk. Bundan böyle baban da yanında olacak...

Yanaklarından şapur şupur öptü, öptü.. Çiğdem nefesi az da olsun genişletmiş gibiydi. Ürkek gözlerini Kerem'e çevirdi. Kısık bir ses usulca mırıldandı:

—Geçmiş olsun.

Ta canın derinliklerinden kopan derler ya, tam öylesine birbirlerinin yüzlerine baktılar. Böylesi bakışlar kitaplar dolusu mana taşırdı.. İşte öylesine hisli duygulu ve geçmişi, bir nefeste hülasa edercesine kuvvetli geleceğe merdiven kuran ılık ılık düştüğü yerleri muhabbetle dolduran barış müjdecisi, pırıltılar gönüllerde soğuyup sertleşen buzları bir çırpıda çözdü:

Arka kanepenin sarsıldığında ananın geldiğinin farkına varmışlardı. Daha yerine oturur oturmaz:

—Bilal'i dedi.. Ver onu bana arabanı sür.

Kerem dudakları kırış kırış burulan Bilal'i arka kanepedeki anasına uzatıp kontağı açtı.. Ana hem Bilal'ı sevdi, hem konuştu:

—Artık itiraz dinlemem dedi. Evimize varır varmaz göçümüzü yükleyip, elveda diyeceğiz bu koca şehire...

Kerem yarım daire çizdirdiği boynu, anayı görebilecek duruma getirince durdurdu: Yumuşak bir çehre ile kısa bir müddet bakıp sordu:

—Yani mahkeme burada bitti mi sence?

—Bitmedi ise gününde çıkıp gelirsin...

—Sabret ana hele sonucu bekleyelim... Görelim Mevla neyler?

—Buna bir itirazım yok, ancak mazeret de dinlemiyorum.

—Hapiste yatarken neler düşündüm biliyor musun?

—Nereden bileyim.

—Nefis bir planım var. Uygular uygulamaz çiftliğe döneceğiz.

—Boşuna kafanı yorma. Ben senin anansam dinleyeceksin.

—Önce ne düşündüğümü sormalıydın?

—Anlat öyle ise.

—Birlikte bir yolculuk düşündüm...

—Meraklandırdın beni?

—Hac vakti iyice yaklaştı. Birlikte kendi arabamızla gitmeye itirazın var mı?

Ana durakladı. Yüzündeki deriler muhabbet doluydu:

—İşte buna itiraz olmaz...

—Mevla ruhsat verip vazifemizi yapıp dönünce, anaya da itiraz olmaz...

—O zaman pasaport işlerine daha şimdiden başlayabilirsin.

* * *

Akşam evlerine geçmiş olsun için gelenler dağıldı... Geç vakitlere kadar oturan Asiye ana, Yunus ve Atilla da gitmişlerdi.

Ana Bilal'i yanlarına bile vermemişti.. Uzun yılların arkasından ilk defa yalnız kalacaklardı... Çiğdem'in kalbi parçalanacakmış gibi atıyordu. Utandı, sıkıldı daraldı...

Uykusuz bir gece başlamıştı... Bütün dertlerin dirhem dirhem pazar edildiği, mazinin efkar efkar tüten dillerle gündeme getirildiği upuzun bir gece... Yaralı gönüllerden mazeretlerin bile sitem sitem sökülmeye başladığı hata ve günahların en hassas terazilerde tartıldığı birgece...

Çiğdem mahcuptu... Büyük bir yanlışın düşünülmeden verdiği ayrılık kararının bütün cezasını bir kaç dakikada çekercesine yüreği dardaydı... Bir iç ürpertisinin şiddeti ile sarsılıp sıçradı...

Kerem'in uzanıp kaldığı yatağa, ürkek ceylan gibi tedirgin bir gönülle kendisini yaklaşmaya zorladığı besbelliydi.

Yatağın içine oturup, ellerini Yaratan'ına dua için açtı...

Bitirir bitirmez gözlerini tavana mıhlamış gibi durduran Kerem, mırıldandı.

—Biliyor musun en az düşmanlar kadar da bana sen çektindin.

Çiğdem'in gizleri ıslak ıslaktı. Yüzlerindeki deriler keder çizgilerinin amansız istilasına uğramıştı.

—Unutsak diye mırıldandı...

Hayata yeniden başlayalım.. Ve sen de dünyaya meydan okurcasına kabaran kalbini biraz sükuta davet et ki çileli günlerin arkasından az da olsa rahat bulalım...

—Taşkın hareketlerimi gördün?

—Duyarım ki, azılı düşmanlar edinmişsin. İnsanlar dışarılarda dolaşamaz olmuş; sokaklar halimize kan ağlıyor artık. Oysa sen, bütün bunları unutmuş, gökyüzünde avcının namlusuna umursamadan kanat çırpan şahinlere dönmüşsün. Derler ki, avcının parmağı tetikte beklerken, sen hâlâ namlusunun üzerine üzerine uçarmışsın.

—Yüreğini serin tut.. Gayesiz insan imtihanı kaybeden insandır.

Yeryüzünde karanlık fikirlerin egemen olmasına müsade etmek büsbütün insanlığın felaketidir.

—Kendini zulme ve ihanetlere karşı baş kaldırmış o milyonlarca insanın arasında ve en ön saflarında yürürken mi hissediyorsun?

—Sadece kuru bir histen ibaret değil bu.

—Kör kurşun demişler buna, şaka bilir mi sanırsın. Böylesine ileri atılmaların cezasını hep canınla ödeyecekmişsin gibi korkuyorum.

—Korku ecele çare değil. Tıpkı neme lazımın ömrün uzamasına ilaç olmadığı gibi..

—Sanki ölüm sana şaka gibi geliyor, ciddiye alsana biraz. Sanki mucize bekleyen bir halin var... Tetik çekilecek fakat tabanca ateş almayacak...

—Elmas nasıl yontulmadan mükemmelleşmezse, insanlar da çile çekmeden olgunlaşamazlar...

Kısık fakat hazin bir ses yalvarır gibi mırıldandı:

—Anneni dinlemelisin... Çiftliğe dönelim gitsin... Müslüman kalabalık şehirlerde yaşar diye bir kayıt yok ya...

Gece gitgide karardıkça, dertler yüreklerin başından iplik iplik söküp geldi... Bir ara gözgöze gelmişlerdi... Gözbebeklerinin ummanında, ikisi birden herşeye ara veriyorlardı...

İki gün evlerinden dışarıya bile çıkmamıştı... Yarıda kalan inceleme yazılarına yeniden hız verdi... Yazacaktı... Yazmasa rahat edemezdi.. O vazifesini müdrik bir ruha sahipti...

Doğrusu Kerem'in dünyası zamana göre çok garip bir manzaraydı. Üstelik arzulara ve göze hitabeden dünya arıyanlar için korkunçtu...

Adeta Kerem'in hayatını şair bir kaç mısra ile ne güzel sıralamıştı...

"Bırak şeytan bırak benim peşimi

Gelinden bana ne kızdan bana ne.

Erdirme istemem zevk-ü selime.

Tanburdan bana ne sazdan bana ne..."

Kerem'in eriştiği şuur, işte yaşayışı ile böyle dedirtmişti... Hayatı yasaklardan ibaret bilenler, Kerem'in dünyasına elbette ateş püskürecekler-di...

Kerem tefekküre daldıkça kafası çatlayacak gibi oluyordu... Satırlar iplik iplik uzadıkça, kalem feryad etti... Aslını unutanlara, gayeden saptırılanlara, bütün isyancıların namına gönlü gamlıydı... Çiğdem baş ucunda çay tepsisi ile beklerken o hâlâ düşüncelerin derinliğinde kalemin ucu kâğıdı yaladıkça, etrafı göremez olmuştu... Çiğdem yazılarını okumak için uğraştı:

Allah'ın kulları, Allah'ın kulları, Allah'ın kulları işte bu şeref size yeter diye başlamıştı...

Nasıl olmuşsa, Çiğdem'in baş ucunda beklediğinin farkına varmıştı. Kafasını yukarı kaldırıp, yorgun pırıltılarla, Çiğdem'in suratına baktı.. Derin bir nefes alırken, çay bardağına uzandı... Çiğdem kısık bir sesle mırıldandı:

—Kalemin yazarken gönlünün kan ağladığı yüzlerinden okunuyor. Söylesene bana kimler için üzülmektesin?

—İnsanlar.

—Bence üzülecek tek insan sensin, çünkü herkes senden daha rahat...

Çayını yudumlarken acı bir tebessümün arkasından mırıldandı.

—Bazen insan kendisine üzülmek için zaman bile ayarımaz...

* * *

Bugün üçüncü gündü. Ve evde artık iyiden iyiye sıkılmıştı. Annesinden müsaade isteyip gazeteye kadar uğrayacağını söyledi.

Çocuk değildi ki, ana oğlunu, dizlerinin dibinden bir yere, ayırmasaydı... Mümkün değildi bu. Yarı gönüllü yarı gönülsüz bir hali vardı.. Durgun sular gibi gözleri mahmurlaştı...

—Sen bilirsin dedi...

—Sıkıldım...

—Farkındayım... İsterken birlikte çıkalım.. Çiğdem sen ben ve Bilâl.. Boğaza gidelim, dilersen, Fatih ormanlarına doğru yada gönlünden geçen başka başka yerlere doğru gidelim dilersen.

—Gezmeye de gideriz tabi, ama bu gün gazeteye uğramak geldi içimden...

* * *

İstanbul'un gözlere ziyafet veren manzarası, parlak bir gökyüzünün ikram ettiği pırıltılarla cilveleştikçe, gönülleri mest ediyordu... Gazete binasına girerken, çekingen ve durgun bir hali vardı. Merdivenleri bir suçlu gibi çıkıp, nefesi Selçuk'un odasında aldı.

Hayret dolu bakışları bir noktaya ısrarla takılıp kalmıştı. Adeta kapının aralığında hareketsiz gibi kalmıştı.

Yüz hatlarında bir rahatlık, gözbebeklerinde muhabbet pırıltıları kaynaştı... Selçuk öğlen namazını bitirmiş seccadesini topluyordu...

—Allah kabul etsin diye mırıldandı.

—Amin....

Hayretini içine sığdıramaz olmuştu:

—Ne zamandan beri diye sordu.

—Babanın vefat ettiği günü hatırlıyor olmalısın.

—Tabii...

—Hakkı babaya o zaman gelemeyeceğin haberini, benimle göndermiştin.

—Evet doğru...

—Kolay kolay bırakmadı... İçimde ılık ılık bir sevgi devamlı onu arıyordu... Kafamda endişe fırtınası estiren, bütün şüpheleri rahat gönülle kendisine sordum... Hatta inkârımı bile sabırla dinledi.

Uzayan bir arkadaşlık ve dünyamdaki karabulutlar, yavaş yavaş kalkmaya başladı... Sonra aydınlığı görüp sevdim...

İki arkadaş kaşılıklı oturmuşlardı. Daha sohbet en tatlı noktasında iken, Sinem açılan kapıdan içeriye süzüldü...

Çehresi, aniden karardı, gözleri kin ve garaz pırıltılarının kaynaştığı birer kazan olup çıktı.

Sinem'in büründüğü hüvviyete Kerem acıyarak bakıyordu... Selçuk gelişini bile umursamadan aklındaki soruyu Kerem'e sual etti:

—Sahi hazırda yazıların var mı?

—Var... Seri bir makale dizisi...

—Bitmiş durumda mı?

—Çok eksiklerim var... Az sonra inceleme yapmak için çıkacağım bazı yerler var...

—Temenni edeyim de hadiseli olmasın...

—Üzülme olmaz.

Sinem'in hayalet gibi karşısında dikilen varlığı bile ruhunu sıkmaya başlamıştı. Zamansız bir hareketle ayağa doğruldu. Zengin kalkışı derler ya tıpkı öyle olmuştu. Elini Selçuk'a uzatıp:

—Allah'a ısmarladık dedi... Değerlendirebileceğine aklın kesiyorsa yazı birkaç güne kadar tamam demektir.

—Bir kolayına bakacağım... Tek isteğim dikkatli ol. Ne demek istediğimi anladın sanırım...

—Anladım...

Kerem odadan ayrılırken Sinem'in yüzüne bakma lüzumunu bile hissetmiyordu...

—Geçmiş olsun bile diyememişti...

Selçuk Kerem'in arkasından seyreden gözlerini unutulmuşluk hisse vererek aceleci olarak Sinem'e çevirdi...

—Kusura bakmayın sizi geciktirdim.

—Estağfurullah diye mırıldandı. Zararı yok.

Gelişindeki sebebi kasıtlı bir içgüdünün emrinde vermişti... Zoraki bir yutkunuşla, sebebi ziyaretin maksadını tersyüz etmeye çabaladı...

—Mühim bir işim çıktı da, izin istemek için yanınıza uğramıştım.

Selçuk üzgün bir çehrenin altında gizli duyguların sırrını bilemezdi:

—Tabi diye mırıldandı. Gidebilirsiniz.

—Teşekkür ederim efendim.

—Güle güle.

Zaman geçirmeden lüzumlu eşyalarını alıp, arkadaşlarına hiç bir sır vermeden sokağa fırladı... Sokağın dört bir yanına avını gözetleyen tilki kurnazlığı ile baktı... Gözleri aradığını bulunca, rahatlamış gibi bir nefes aldı...

Kerem, Sultan Ahmed istikametine doğru süzülürken, gizli bir merakla peşine takılıp, takib etti...

Aheste adımlarla Çemberlitaş'a kadar gelmişti. Tarihin derinliklerinden kopup gelen kalıntıları seyrede seyrede Beyazıd istikametine şerit gibi uzanan caddeye dönüp, yolculuğunu sürdürdü.

Hal ve hareketinden birşeyler sezdiği belliydi... Önce duraklar gibi oldu, sonra yarım daire çizerek kafasını usulca arkasına çevirip, göz altından uzaklara baktı...

Soğukkanlılığını bozmamıştı. Önce derin bir nefesi ciğerlerine kadar çekip, fazlasını dışarıya bırakırken buruk bir acının verdiği sıkıntı ile gülümsedi...

Yanılmadığını doğrulamak için, caddenin sağ şeridi üzerinde bulunan gıda maddeleri satan bir dükkana girdi...

İçeriyi bir bir gözden geçirirken, ne almak istediğinin verdiği kararsızlık halinden okunur gibiydi... Birden bire içi burkulur gibi olmuştu... Ona iç ağrısı veren manzara raflarda sıralanmış şişelerdi... Bunların hepsi bu zamanda olağan şeylerdi. Ancak müteessir bakışları, duvarın bir köşesinde tozlanmış cam ve çerçevenin üzerine perçinleşmiş gibi bekledi... O keder dolu bakışları:

"ALLAH'IN DEDİĞİ OLUR" yazısını okumuştu...

Dükkanda kendisinden başka kimseler yoktu... Sinesinin başında kör düğüm atan merakını gidermek için dükkan sahibine sordu:

—Affedersiniz, size özel bir sorum var.

Adam garip bir çehre ile tanımadığı adama bakıp mırıldandı:

—Buyurun.

Parmağı ile duvardaki levhayı işaretliyordu:

—Bu levhayı siz mi astınız?

Adam, şaşkınlığını sürdürerek Kerem'in suratına bakarken, cevap verdi:

—Evet.

—Dindar birisine de benziyorsunuz?

—Bunda şaşacak ne var. Müslümanız elhamdülillah.

—Sevindim buna.

—Böyle şeyleri söylemek doğru olmaz, övünmek gibi olmasın ama beş vakit namazımı kılarım...

—Kusuru bakmayın. Belki hakkım değil ama anlamadığım bir nokta var. Sizi büyük bir günaha götüren, hatanız desek de sanırım yanlış olmaz...

—Merak ettim doğrusu...

—Duvarda asılı levhayı okudum. Allah'ın dediği olur yazıyor.

—Yazacak tabi.

—Buna bir itirazım yok benim. Kürre-i arza mühürünü vurmuş gökyüzüne nakış nakış yazılmış onun emirleri. Benim anlamadığım; daha doğrusu insanlarımızın bir türlü anlamak istemedikleri şeyler var...

Hem Allah'ın dediği olur diyorsunuz, hem de yasakladığı haramları satıyor isyan ediyorsunuz.

Adamın kızdığı yüzünün kızardığından belliydi:

—İsyanda olduğumu nerdenbildin?

Manidar bir tavırla içki şişelerinin dizildiği raflara doğru baktı.

—Orada duran şişeler öyle söylediler. Bizleri Yaratan onları alan satan, yapan ve aracılık eden azaptadır demedi mi?

—Dedi demesine ya, onlarda dükkanda bulunmadı mı dükkan sinek avlıyor...

Derin derin bir of çekti:

—O zaman bu dükkanda iki şeyden birisi fazla. Bence ya o levhayı indir, ya da şişeleri dışarı at...

Sinem, Kerem'in görüş sahası içine düştüğünün artık farkındaydı.. Tıpkı pusulası kırılmış kaptanlar gibi, gemiyi suların akıntısına bırakıverdi...

Yaralı kuşlar gibi feryadda ve tetikte bekleyen bir gönlü vardı. Hareketleri, tavırları, bazen dünyayı bir pula satarcasına gamsız bazen kuşku kuyusuna yuvarlanmışcasına duyguları alabora olurdu. Beklenmedik bir anda değişiverirdi hülyaları... Ansızın huysuz hırçın öfke dolu kalbi cenderede sıkışmış gibi topladığı kanı damarlarına en şiddetli basınçla pompoladıkça, adeta kendisini yitirirdi.

Çoğu kere yüzlerinde duru bir güzellik, dudaklarında havalı bir tebessüm, bakışları engin bir dünyanın, tozpembe göklerinden yeryüzüne hevenk hevenk uçuşup, arzularının akışına uygun bir kibirle seyrederdi etrafını.

Sevinç güneşinin üzerine, beklenmedik anda kapkara bulutlar gibi kâbuslar çökerdi.

Kupkuru bir evhamın peşinden kendisinin bile farkına vardığı bir bunalıma doğru sürüklenip giderdi.. Tıpkı rüzgarın önüne katılan çaresiz sarı yapraklar gibi...

Ne zaman beyninde uyuyan o kurt uyansa, yüz hatlarında bezginlik, hareketlerinde takatsızlık başlar, buruk bir acı beyninin en ücra köşesine doğru yol alıp acılar yiv yiv derinleşirdi...

Güzel bir fiziki, berrak bir güzelliği vardı. Bu yüzden olmalı ki, iltifatların gönlünü havalarda gezdirdiği yapıya sahipdi.

Son zamanlarda huyu bile değişmişti.. Artık iltifatlar onu kızdırıyordu.. insanların küçülüşün, peşinde kur yapanların güzelliğinden faydalanmak istediklerini anlamıştı.. Gazetede çalışan personelden bazılarının maksatlı bakışları bile artık Sinem'i rahatsız etmeye kâfi sayılırdı. Bu yüzden en sıkı fıkı görüştüğü erkek arkadaşları ile bile ilgisini kesmişti... Herkese karşı sert bozuk alışılagelenin ötelerinde tavır almıştı...

Sorumsuzluklar denizinde yelken açan, maceraperest korsanlar kadar şuursuz sokakların ortasına bırakılmış, yanlış uyartılmış nesilden, sadece bir tanesiydi...

Kerem'in yavaş yavaş tekrarladığı adımlara ayak uydurmayı çoktan bırakmıştı... Koşarcasına aradaki mesafeyi kapatmaya çabaladı...

Gözbebeklerinde korku vardı, endişe vardı... Kerem'i takip etmesine rağmen, titrek ve ürkek bakışlarını sık sık arkasına çevirip bakıyordu...

Biraz daha çabuklaştı, adeta kalabalığın arasından yel gibi savrulup geçiyordu.. Kerem'in burnunun dibine kadar sokulmuştu. Sağ omuz hizasına gelince adımlarını da ona göre ayarlı atmaya başladı...

Kerem Sinem'in yanına sokulduğunun farkındaydı. Ancak umursamaz halde yolculuğunu sürdürdü.. Sinem heyecanlı ve endişeliydi. Titrek bir sesle dudaklarına ismini verdi.

—Kerem...

Gözleri yürüdüğü istikameti gözetliyordu.. Asık bir suratla:

—Demek takip etmekten vazgeçtiniz.

Acele ve heyecan dolu bir ses maruzatını arzetti:

—Niyetim sizi takip etmek değildi.. Sizinle bazı mühim meseleleri konuşabilmek için peşinizden geldim...

—Sizce önemli olan her şey benim için basit ve önemsizlik arzettiğini artık kafanıza koyduğunuzu sanıyordum...

—İkimizin meselesinden de çıkmış bir durum var ortada.

—Merak ettim.

—Takip ediliyorsun. Vuracaklar seni...

Yavaşça safasını Sinem'e çevirip, öfkesini dişlerinin arasından süzerek sordu:

—Kimler?

—Seni hapishanede ziyaret eden gençler...

Soğukkanlı hareketinden hiç bir şey kaybetmeyişi, Sinem'i deliye çevirmeye yetmiş, artmıştı...

—Hâlâ ne yapmak niyetindesin? Hiç bir değişiklik dahi olmadı halinde?

—Ne yapmamı bekliyordun?

—Kaçmanı...

—Neden?

—Deli misin sen? Çıldırtırsın adamı. Vuracaklar seni dedim, duymadın mı?

—Duydum.

—İyi ya kaçsana...

İtirazlı bir tavır almıştı... Gülse mi ağlasa mı bilemedi.. Başına belayı satın aldığına mı üzülse, yoksa arkasında eli tetikte fırsat kollayan canileri mi düşünseydi. Karar veremedi... Uzakların durgun bir hareketle kalabalığın arasından kayıp giderlerken didik didik aradı... Belki elli belki de yüz metre gerilerinde gözlerine yabancı gelmeyen bir simayı hayal meyal seçip hatırladı. Sonra da Sinem'e kızgın susturmaya çalıştığı öfkesi ile baktı:

—Anlayamadım seni doğrusu... Hem peşime takılan o yürekleri kana susamış insanları kışkırtıp beni hedef gösteriyorsun, sonra da öldürmelerinden korkuyorsun. Söyler misin bana nasıl bir uyuşmazlık bu...

—İki üç gün nöbet tuttular, kimseye diyemedim. Bu gün yine geldiler. Çıktığını görünce hepsi peşine takıldılar. Onları hapishaneye gönderdiğim doğru, orada kızdırmışsın... Kudurmuş köpekler gibi dönüp geriye geldiler... Bana da ateş püskürmüşlerdi.

—Beni iyi dinle şimdi. Hemen çekilip git yanımdan... Tetiği sen yanımdasın diye, ya da kalabalık arasında yürüyoruz diye çekilişini bir anlık geciktirmiş olabilirler... Kimbilir işlerini zorlaştırıyorsun diye, seni de kurşunlayabilirler. Onun için çekil git yanımdan.

Sinem'i çaresiz bırakan korku bir anda çığ gibi büyüdü.. Elverir iç dünyasında amansız bir sarsıntıya bile yol açmıştı... Bakışlarındaki mana birden değişti, rengi aniden sarardı uçtu...

Ölümün, o korkunç felaketin alarm zili beyninde amansız bir şekilde çalmaya başlamıştı. Belki de ilk kez ecelin bu kadar kendisine yaklaştığına hiç mi hiç şahit olmamıştı. Bacakları titriyor, bedenini ayakta güçlükle taşımaya gayret ediyordu... İrade dışı bir davranışla parmaklarını pençeleştirip, Kerem'in sağ kolundan, tıpkı bir kene gibi yapıştı:

—Yalnız bırakamazsın beni, kaçalım buralardan, kaçalım...

Sinem oldukça zor durumdaydı ve Kerem bunu anlamıştı... Bakışlarındaki anlamsızlık vücudundaki pelteleşme ona sert davranmasından kendisini alakoydu.

Sinem'in kezzap dökülmüş gibi çımgışan yüzlerindeki ifade şefkate muhtaç bir çocuk hüvviyetinde olduğunun hissini vermişti.. Koluna yapışan parmaklarını usulca söküp attı...

Yine soğukkanlı yumuşak bir lisanla hitap etti:

—Korkma, tıpkı bir suçlu gibi kalabalığın arasından kaçmak, kurtuluş değil...

Titremeye terkedilmiş dudaklar, yalvarmaklı konuştu:

—O zaman bir çare düşün. Ölüm çok feci bir sonuç korkuyorum.

Aslında tedbirli yürüyordu. Kurtuluş çareleri aramıyor değildi. Sinem'i başından savabilmek için cevap verdi:

—Kurtuluş bekliyorsan tek çaren var.

—Söyle.

—Benden uzaklaş...

—Kandıramazsın beni, bu hiç bir şeyi değiştirmez artık. İkimizi de ayrı ayrı yerlerde kurşunlarlar.

Ne yapsa peşini bırakmayacaktı. Sabretmenin en akıllı hareket olacağını düşünerek tahammül göstermeye çalıştı.

—O zaman endişeye düşmeyi unut, uslu uslu yürü...

—Tıpkı kurbanlık koyunlar gibi mi?

—Nasıl yorumlarsan öyle olsun...

—Beni çıldırtan başka bir şey var.

—Konuşmakta serbestsin.

—Hareketlerinde hâlâ hiç bir değişiklik olmadı.

—Nasıl bir değişiklik bekliyorsunuz?

—Korku... ölüm korkusunun benzini külleştirdiğini görmek istiyordum...

—Korkunun ecele faydası olmadığını bildiğim için öyle bir değişikliğe bende hiç bir zaman göremeyeceksin.

—Yanında tabancan var mı? Bu rahatlığı, inanılmayacak derecedeki cesareti nereden alıyorsun?

—İmanımdan...

—İnanç diye bastırarak konuştu. Çok garip bir duygu bu. Akıl kabının almayacağı kadar esrarlı bir sır... Maneviyat dediğiniz o gizli kuvvete sahib olmak akıl almaz bir şey bu... Ölüm peşinde geziyor ve sen hâlâ rahatsın. Ecele sokakların ortasında randevu vermişsin, buna rağmen üzgün ve tedirgin değilsin...

—Dünyaya gelirken sordular mı sana?

—Hayır sormadılar tabi?

—O zaman dönüş emri gelmişse tetikler çekilecek demektir.

—Böyle şuursuz bir cesaretle göz göre göre ölümü beklemek aptallık olmaz mı sence?

—Tedbir alacaksın.. Bu durumda ancak bu kadar yapılabilir...

—Caniler diye kızdı... Bıraksalarda herkes elindeki hayatı rahatça yaşasa olmaz sanki...

—Ne zamandan beri akıllandın, bu belayı başıma saran sanki bir başkasıymış gibi tavır almaya başladın.

—Ben kana kine ve zulme karşı olan bir insanım.

—Peşimizdekiler de hataya düştüler... Bunun aksini düşünebilir misin? Ayrıca sen de peşimizdekilerin istediklerini istemiyor musun?

—Sadece fikirlerini benimsiyorum, zulümlerini değil.

—Unutma ağuyu altun tas içinde sunarlar, gel gör ki tas da onun suç ortağıdır.

—Değildir dedim sana...

—Fikirlerini savunmak taraf tutmak beraberlik sağlıyor yetmez mi?

—Aydınlarımızda aynı fikirdeler.

—Bu neslin en büyük şanssızlığı da bu zaten. Önlerinde, kendilerini hakikatlere sevk edecek şahsiyetleri bulunmayışı... Onun içinde, mahiyeti meçhul önlerinde durulması gayri mümkün bir cereyana kapılmış, çirkin bir patlamanın uyduları haline sokulmuş, bedbahtlar ordusu meydana getirdiler.

—Ne yapsan kızmıyorum işte.

—Bana karşı özel bir yanın var biliyor musun?

—Araştırmadım.

—Tanıdığım insanlar arasında dünyama en yabancı olan sensin. Adeta hiç bir müşterek yanımız yok gibi. İşte onun için de seni incelemek bile bana zevk vermeye başladı.. Namluların gölgesinde bile senin yanında olmak bana ayrı bir heyecan veriyor.

Ne önümde reverans yaparak eğilen ne de peşimde kur yaparak gurundan birşeyler kaybettiğinin farkına varmayan insanlar artık ilgilendirmiyor beni. Şu sıkıntılı dünyamda adeta bambaşka bir alem olmaya başladın. Hakaretlerine bile tahammül göstererek seni ezberlemek istiyorum.. Koskoca bir kitap olmaya başladın, hayatımda sahifeler dolusu bir kitap... Kahramanı baştan başa sensin... Ve yazacağım seni...

—Ezber çabuk hafızalardan silinebilir. İnsan yazacak kadar sevdiği bir hayatı, hayat haline getirirse, değer kazanır...

—İşte bu imkansız. Çok düşündüm. Sonunda insanın hayali kuvvetlere teslim olmaması gerektiğine karar verdim... Senin hayatını da "Yabancı dünya" olarak kaleme aldım.

—Bir gün ister istemez teslim olacaksın. Şayet size zevk gibi gözüken hayatın cehenneme uzanan yollar olduğunu görmeye çalışsaydınız. İşte o zaman sahtenin yüzüne çekilen perde düşer, gerçeği bütün çıplaklığı ile tanımaya koyulurdunuz. Kaybolmanın, kayıplara karışabilmenin planlarını kura kura kalabalığın arasından yolculuklarını sürdürdüler...

Sinem, Kerem'in yüzüne korkarak ve arzu dolu gözlerle bakarken yumuşak ve sinsi bir uyumla konuştu:

—Kızma bana ne olursun. Sadece hakkında düşündüklerimi söylemek istiyorum. Korkunun verdiği gevezelik olarak da kabul etmende bir sakınca yok. İçimden bazı hallerine acımak bile geliyor. Meselâ gözlerin kıskanacağı kadar yakışıklı ve hayat dolu bir genç olmana rağmen, ne yazık ki, elindeki hayatı değerlendiremiyorsun.

Doğrusu basit manada bir günah korkusu yüzünden ömrünü harab edeceksin... Biraz gönlünün gençliğinin sesini dinleyemez misin sanki..?

Çağımızın aydın kesimine ayak uydursan. Yaşamak, insanın arzu ve isteklerinin akışına, kendisini salıvermesi demektir.

Hayatın hakkını, hayata vermelisin. Sezar'ın hakkını Sezar'a teslim etmek gibi bir şey bu...

Kerem Sinem'in suratına kızgın kızgın baktı:

—Salıvermek... Ayıpdan günahdan bilmeyen sürüler gibi... Yirminci asrın kaçaklar ordusuna nefer topluyor olmalısın...

Beni de meraka düşüren tek şey var. İnsan, Allah'ın huzuruna, çürümüş beyaz bir örtüye sarılarak çıkmaya mahkûm olan insan, acaba kendisini ne sanıyor da, bu kadar isyankârdır...? Bir gün toprak içinde açılan bir çukura atılmaya mahkûm olan varlık oluşunu unutup, herşeyden habersizmiş gibi gerçek vazifesini umursamadan yaşayan insan... Kendisini zeka ve deha yönünden ayyuka çıkarmaya çalışan insan, meğer bu değişmeyen hakikatı idraktan bile aciz olduğunun farkında değil...

Sinem önce hırçınlaştı, sıkıldı... Ölüm onu çok korkuturdu. Hele son günlerde hayatında kâbuslu rüyaları olmaya başlamıştı.. Yine peşindekileri hatırladı... Tedirgin bir gönülle titrek bakışlarını gerilerde gezindirdi... Gördü ki aradıkları kendilerine oldukça yaklaşmış durumdaydı... Can veren hastalar gibi nefes alıp vermeye başladı...

Sinem'in hali artık Kerem'i korkutuyor olmuştu:

—Kendine gel diye öfkelendi.. Aklını atmaya az kaldı.

Kabarmış sabur köpüğü gibi şişip sonra birdenbire indi:

—Atmayacağım... Durup dinlenip aklımdan bahsediyorsun. Deli miyim ben?

—Siz de bana yobaz demiştiniz...

Sakinleşti, yumuşamaya çalıştı:

—Yalnız bu bakımdan aramızda fark var.. Ne zaman birisi bana deli dese, bu şaka olsa bile içimde buruk bir acı başlıyor. İstesem bile üzerimden atamayacak kadar işkence veriyor bana... Anladın mı şimdi?

Kerem Sinem'in yüzüne dikkatle baktı. Gözlerindeki pırıltılar ürkek, suratı endişe vericiydi...

—Ablam akıl hastahanesinde diye üstüme üstüme varıyorsun...

Kerem'in düşünceleri yeni bir safhaya giriyordu:

—Neyi vardı ablanın?

—Önce bir erkeği sevdi. Sonunda elinden başkasına kaptırınca soluğu Bakırköy'de aldı...

Kerem'e yalvarmaklı bir çehre ile baktı:

—Doktor ne dedi biliyor musun?

—Nerden bileyim?

—İrsi dedi... Yani!...

Sessiz gözyaşları sıralamaya başlamıştı:

—Bunun için mi korkuyorsun?

—Evet diye sızılı bir cevap verdi.

—Bunun bence tek ilacı var.

—Söyle hemen yapmaya hazırım.

—Teslim olacaksın. İşte o zaman bütün lüzumsuz evhamlardan sıyrılır, gerçek hüvviyetini haiz model olarak mevlaya dönersin.

Kısık kısık çıkan sesine susturucu takmış gibi mırıldanarak öfkesini açığa verdi:

—Sen de kırık plak gibi aynı şarkıyı çalıyorsun? Dinden başka hiç bir şey bilmez misin?

—Lüzumsuz hiç bir şeyi bilmem.

—Kargadan başka kuş tanımayacak kadar inatçısın. Hayata birde başka türlü bakmayı becerememenin çilesini çekiyorsun.

Kerem artık cevap vermek lüzumunu hissetmiyordu. Bir kaç metre uzaklarında sergisini açan işportacının mahallinde kaldı bakışları... Enteresan bir manzara seyrediyordu. Göz altından, takipçileri seyredip bulamayınca işportacının bir metre gerisinde duraklayıp hem enteresan bulduğu sahneyi seyretti hem de kayıpları araştırdı...

İhtiyar zayıf ak sakallı bir adamdı. Yolun orta yerinde açılmış sergiden çorap beğenebilmek için eğilmişti. Ceketinin sırtına kadar sıyrılışı, pantolunun arka cebine koyduğu cüzdanın uç kısımlarını olduğu gibi açığa çıkmasına sebep teşkil ediyordu.

Avurtları birbirine geçmiş, silah diken diken dağınık saçlı delikanlı, ihtiyarın cüzdanına dikkatlice yaklaştı.. Etrafı sinsi bakışları ile kolaçan ederken, işportacı kısık çatallaşan sesi ile, durmadan bağırıyordu:

—Yetişen alıyor bayım yetişen... Ucuzladı bugün, ucuz...

Keskin bakışları yankesicinin hareketlerinden pirelenmişti... Kızın kızgın huylandığın adama bakarken, kimseye farkettirmeden hem müşterilerle ilgilendi hem de yankesiciye seslendi:

—Dokunma kardeşim çorap alacak... Yetişen alıyor. Vatandaş koş...

Yankesici işportacının ikazına aldırış bile etmiyordu. Elini, ihtiyarın cebine yaklaştırırken, işportacının cırlak sesi yeniden kalabalığın yoğun olduğu kaldırımda yükseldi:

—Dokunma dedik, çorap alacak...

İlk ihtarı kalabalığın gürültüsü arasında eriyip giderken şimdi daha keskin bir sesle bağırmaya devam ediyordu:

—Yetişen alıyor yetişen...

Umursamayan yankesicinin ayağına kıyasıya tekme atarken, yılan gibi kayan bakışları muhatabını tehdit etti. Bileğini sıkı sıkı kavrayıp mırıldandı:

—Dokunma dedik sana, çorap alacak...

Yankesici avlanırken tehlikeye maruz kalınca arkasına baka baka uzaklaşırken, ihtiyar çorap beğenememiş olarak yukarı doğruldu... İşportacı hüsran dolu bir çehre ile mırıldandı:

—Ne oldu baba vaz mı geçtin?

—Yün dedin, halbuki bunların hepsi orlon.

İşportacı genç dudaklarını geve geve öfkesini eritmeye çabaladı.

—Üzerlerinde yüzde yüz yün yazısı varya. .

—Yazan yazmış, ancak mal bakan göze ne olduğunu söyleyip duruyor..

Kerem, etrafını yeniden keskin bakışları ile taradı. Ancak, kimseleri göremez olmuştu... Sinem aynı merakın seyrini sürdürürken Kerem mırıldandı:

—Seninkiler kayıplara karıştı.

—Pusuya yatmış olabilirler.

—Bence tenha bir yere çıkmamızı bekliyorlar... Her ne ise, az önceki hadiseyi nasıl buldun?

—Üzücü ve çirkin...

—İşportacı yankesiciye neden karşı çıktı?

—Menfaati için.

—İşte bu da başka türlü bir anarşi örneğidir.

—Dilersen bırakalım bunları şimdi. Bir teklifim var... Önce, bir taksiye atlayıp şu ölüm korkusuna son verelim... Sonra da gönlümüze göre bir yer bulup felekten bir gün çalarız...

Merak etme kimseler duymaz bile... Sen de bir an için bile olsa, o dünyanı genç yaşında karartan düşüncelere bu günlük ara ver... İster misin?

—Sendeki duygular isyan dolu, günah dolu.. Cemiyyetleri en korkunç zelzeleler gibi sarsan anarşinin bir başka cinsi de bu işte...

Bence bozulan cemiyyetlerin yapısında en korkunç ihtilalleri yapmayı başaran en tesirli hislerdir bunlar.

Bütün ağlayan gözler, kanayan gönüller cemiyyetlerdeki çöküş hep iflas eden ahlâkın yasını tutuyor olmalı...

Senin nefsani arzularına uymaktan Allah'a sığınırım. Sence hürriyet insanın istek ve arzularına esir olması demek midir? Seninle birkaç adım birlikte yürümeye tahammül gösterdim diye, gönlümde isyan bayrağının çekildiğini mi sandın?

Sana bol şanslar dilerim gazeteci kız...Günah işlemek için başka zihniyette bir erkek ara... Bu tavsiyelerimin hepsini de kitabına almayı unutma sakın... Bir de o havalardan inmeyen aklına dikkat et. Beklemediğin bir anda seni bırakabilir...

Sinem'in dudakları büzülürken buğulu bakışları hâlâ mağrurdu... Kalabalığın arasında kendisine has bir kibirle savrulur gibi toparlanıp, Kerem'e havalı havalı baktı:

—Asıl sen şu halinle Bakırköy'de zincirlere vurulacak bir delisin. Sokaklarda serbest dolaşışın bile insanlık için tehlike olacak, örümcek kafalı bir delisin sen...

Kerem hakaretlere aldırış bile etmeden Aksaray istikametine yürüdü... Etrafını şüpheci bakışlarla didik didik aradıktan sonra trafiğin uygun zamanını görüp yolun ortasından karşı caddeye doğru koştu... Kenarda müşteri bekleyen bir taksinin arka kapısını açtığı gibi:

—Çek. dedi...

Rezaletlerden, cinayetlerden kaçmıştı... Beklediği en uygun zamanı buluncaya kadar Sinem'e tahammül edip, hem de beraberliğinde daha emin yol katetmiş kurtuluş beklemişti.

Sinem hayretler içinde kalmıştı... Önce şaşkın ve ürperen gözlerle etrafını süzdü, sonra titreyen bacaklarının üzerinde yapma bebekler gibi adım tazeleyerek caddenin kenarına kadar gelebildi.. Korkulu bakışlar, taksi arıyor olmalıydı.. Çok geçmeden oda buldu... Taksi şoförünün kendisine açtığı kapısından içeriye zorla binebildi... Açık kapıyı kapatmak için çabalarken, gözbebekleri yuvalarından fırlayacakmış gibi dışarıya zorladı... Fırsat kollayan üç delikanlı taksinin hemen kenarında keskin bakışlarla durmuşlardı... Dehşet verici bir korku ile ellerini yüzlerine kapatırken, şoförün sesi duyuldu:

—Ne tarafa gidiyorduk...

Yüzü mosmor bakışları çıldırmış insanınkinden farksızdı:

—Cağaloğlu diyebildi...

Devekuşu tabirine uygun biçimde, yüzünü yeniden avuçlarının arasına gömüp öylece kaldı...

Şoför herşeyden habersizdi... Arabasını hareket ettirip, yol almaya başladı... Sinem oldukça uzaklaştığını farketmesine rağmen tetik çekilmemiş, tabancalar hâlâ patlamamıştı... Ellerini titrek bir hareketle yüzlerinden çekip yılgın bakışlarla arabanın arka camından gerilere doğru baktı... Üçü birden aynı noktada çivilenmiş gibi durmuş giden taksiye bakıyorlardı... Ve caddenin hemen kenarında güvenlik mensupları vardı... Derin bir nefes aldı...

* * *

DELİ

İstanbul yaz aylarının son günlerini yaşıyordu.. Hava oldukça güzel ve iç açıcıydı... Elinde Ceymisbont adı verilen çantası, Cağaloğlu yokuşunu aheste adımlarla tırmandı... Gazete binasının önüne geldiğinde tedirgin gözlerle etrafına bakındı.

Odasına girdiğinde Selçuk'u yerinde buluşuna sevinmişti. İki arkadaş, karşılıklı oturup derin sohbetlere daldı...

Kerem fırsat bulur bulmaz çantasını açıp içinden bir dosya çıkardı. Selçuk'un önüne uzatırken:

—İncelemeyi bitirdim dedi. Değerlendirmek de sana düşecek...

Selçuk dosyayı karıştırırken yumuşak bir lisanla hitab etti:

—Yalnız, ufak tefek rutuşlar olursa kusura bakmazsın tabi. Beni yanlış anlamamalısın. Daha mahkemenin birisi bile sonuçlanmadı...

Derin bir sükût içinde ıstırap yüklü kafasını önüne yıkışı belki de cevabı oluyordu... Selçuk:

—Hemen anons etmeye başlayacağım dedi.

Zile basıp gelen hizmetliye:

—Bize çay getir diye emir verdi.

Sinem Kerem'in Selçuk'un odasında olduğu haberini çoktan almıştı. Aceleci bir hali vardı. Yüksek bir heyecan nefesini daraltırken telefonun ahizesini kaldırıp numaratörü çevirdi. Karşısındaki sese isim bildirip:

—Tamam dedi çabuk gelmelisiniz, beklemeden çıkabilir...

Ahizeyi yerine koyup, masasının üzerinden sigarasını alıp, yaktı. Dudaklarında ocak ocak dalgalanan dumanları üfürdükçe havada halka halka süzülüp kayboluşlarını seyretti. Garip bir hali vardı.

Bürodaki arkadaşları bile, hareketlerinden birşeyler çıkarmaya çalışıyorlardı.

Pencerenin önünde dikilmiş dışarıdan birşeyler bekliyordu. Bir müddet sonra gözleri yolların ortasında parlar gibi oldu.

Pencerenin önünden çekilip, bürodan dışarı çıkarken, arkadaşları şaşkın şaşkın birbirlerinin yüzlerine bakıp, dudak büktüler.

Pür dikkat otomatik silahlı iki polis gazete binasına girip, merdivenleri tırmanmaya başladı. Salondaki hizmetliden birşeyler sorup sonra Selçuk'un bulunduğu odanın kapısını çaldılar. Hemen peşinden ikisi birden kapıyı açıp, içeriye girdi...

Selçuk durgun bakışlarla odasına giren polisleri seyrederken, merakla onlara hitab etti:

—Buyurun.

Polislerin bir tanesi kapının kenarında beklerken, diğeri Selçuk'un masasının önüne kadar sokulup kaldı...

Selçuk'un gözlerinin içine bakan polis sordu:

—Burada Kerem Sırdaş kim?

Kerem cevap verdi:

—Benim.

Oturduğu yere yaklaşıp gözlerinin içine baka baka konuştu:

—Hakkında tam dört kişinin ihbarı var, sizi tutuklama emri aldık, diye mırıldandı...

Kerem bozuk bir morelle kanepeden doğrulup ayağa kalktı.

Polise meraklı bir sesle sordu:

—Hiç bir sebep söylemediniz?

—Şimdi adli tıpa götürülüyorsunuz...

-Nereye? diye hayretini ortaya koydu.

Polis sert bir cevap verirken kapının dibinde bekleyen polis yaklaşıp Kerem'in bileklerine kelepçeyi kilitlemek için uğraşıyordu.

—Adli tıpa dedim diye ikiledi...

—Gerekçe olarak hiç birşey söylemediniz.

—Mahkeme önüne çıkmış sonra kefaleten bırakılmışsınız... Aynı şikayetçilerin yeniden başvurusu üzerine dışarıda serbest kalmanızın mahzurlu olduğu öne sürülüyor. Akıl hastası olduğunuzu iddia edenlerden bir tanesi de meslektaşınız... Şimdi merakınız bittiyse gidebiliriz.

Selçuk'un suratına manidar bir tavırla baktı.. Aklından bile geçmeyen bir hadise kendisini yeniden çepeçevre sarıp tutukluyordu.. Sinem'le Beyazıt Aksaray yolculuğunu hatırlamıştı.. Yüz hatları gerginleşti asabı iyice bozuldu.. Anlaşılan, şikayetçileri adi bir intikam hırsı yüzünden yeniden harekete geçirmişti.. Yine adice oynanan bir oyunla deli yaftasını boynuna asacaklardı. İtham onuruna dokunmuş olmalı ki, kanı damarlarında kurumuş gibi kendisini bıraktı.. Selçuk'un yüzüne bakarken, içli bir sesle mırıldandı:

—Deli!...

Manası iyice kaçmış gözler, durgunlaşmış pırıltılarla polise bakıp mırıldanır gibi konuştu:

—Şayet müsaade ederseniz, durumu evime telefonla bildirmek isterdim... Arayacak soracak durumda kimsemiz yok bari üzülmesinler.

Polis itiraz etmiyordu:

—Olur dedi. Yalnız biraz acele etmelisin.

Kelepçeli elini numaratöre uzatırken, müteessir bir suratı vardı..

Selçuk Kerem'den daha önce davranıp, evlerini aradı. Karşıdan ses gelince ahizeyi kulağına uzattı... Titrek ıstırap dolu bir sesi vardı...

—Alo. Diye sinyal verdi.

Anasının sesini almıştı. Kendisini metin olmaya zorlayarak, konuştu:

—Ana dedi ben Kerem. Üzülmeden ve acele etmeden beni dinle. Şu anda gazetedeyim ve bileklerimde yine kelepçeler var. Tutuklandım.

Heyecan dolu bir ses:

—Neden diye hıçkırdı.

—Ana bunlar bana akıl hastasısın diyorlar.

—Kerem...

—Beni dinle sanırım Bakırköy'e gidiyorum.

—Saçmalamasana sen.

—Düşünce ve davranışlarım, içinde yaşadığımız cemiyyetinkine uymuyor diye.

—Dinle beni gideceğin yerde akrabamız bir doktor var... Amca çocukları oluruz.. Sana deli diyenler sonunda utanacaklar. Şimdi doktoru ararım, ben de geliyorum.

Kerem polislerin arasında götürüldü.. Sinem sinsi bakışları ile sakla-na saklana kapı aralarından Kerem'in götürülüşünü seyretti...

Arkasından hırs dolu bir cümleyi sıralayabilmek için dudaklarını oy-nattı:

—Deliiii...

Kelepçeli bileğindeki saatine baktığında ondört otuzu gonkluyordu. Sorgu hakimliğinden, hemen sonra havale edildiği, Bakırköy Akıl hasta-hanesine gönderilmek üzere vasıtalı iki jandarma eri beraberinde yola çı-kartılmıştı.

Muzdarıp bir gönlü vardı. Yol boyu askerler olur olmaz sorular sorup alay etmek istedikçe acı acı yutkundu.

Artık hastahaneye gelmişlerdi... Garip bir tavırla arabadan indi. Ba-kışları efkar efkar tüterken hareketleri sitem doluydu. Hava pırıl pırıl gök-yüzü lekesiz ve berraktı. Havada kanat çırpan kuşları görünce ılık bir sev-gi ile onlara muhabbet pırıltıları gönderdi... Dalmıştı...

Askerlerden bir tanesi, yavaşlayışını, duruş olarak kabul etmiş olsa ki, sert bir hareketle kolundan asıldı:

—Yürüsene be sırası mı şimdi, kuşları seyretmenin?

Hassas bir sesle neferi cevapladı:

—Hep onlar gibi olmayı istemişimdir...?

—Üzülme, onlar da çoğu kere kafese tıkılmaktan kendilerini kurtara-mıyorlar...

—Onların hürriyetlerini kıskanıp, kafese kilitleyenler de insanlar de-ğiller mi?

—Onlar... İşte şimdi tam akıllı insanlar gibi konuştun.

Kerem'in yüzlerinde beliren gamzeler, sinesine zehirli hançerler gibi batıp batıp çıkıyordu.. Hani ızdırap yüklü insanların gülümsemesi, ağla-maktan farksız gibidir ya, Kerem de işte tıpkı öylesine gülümsedi.

Hastahanenin iç bahçesine yaklaşmışlardı.. Giriş kapısının önünde asker gözüne ayna gibi çarpan yazıları heceleyek mırıldandı:

—Ruh ve sinir hastalıkları, Bakırköy hastahanesi...

Kerem nefesi muhatab seçmeden, mırıldanışını sakin bir lisanla ce-vapladı:

—Bence o yazı yanlış.

Nefer istihzalı bir tavır takınarak Kerem'in yüzüne baktı:

—Nedenmiş o..? Yazarlarken sana danışmadılar diye mi?

—Ruhlar hastalanmazlar. Hasta olan akıl sinir ve idrak bozukluğudur.

—İyi içeri girince emir buyur da bu yazıyı hemen değiştirsinler bari...

Hastahanenin geniş bahçesinin kenarlarında sıralı, hasta evleri oldukça iptidai ve bakımsızdı... Ağaçların gelişip büyüdüğü parkın etrafında oturacak ahşap kanepeler, boy vermiş yeşil otlar vardı...

Girişten sağa doğru yürüyünce bir müddet yol katettiler.

Bu yollar herkesin bildiği yollar değildir... Burada zararsız sayılan delillerin, her birisinin başka dünyaların adamları olarak gezip dolaştığı yollardı bunlar... Efkar efkar içindeki buruk mu buruk acıların, fazlasını sigara dumanına katarak üfüren, gözyaşının en acımasızını incileştiren insanlar geziyordu bu yollarda...

Kerem, duygulu içini burkan pırıltılarla etrafında dolaşan hastaları seyrettikçe irkiliyordu...

Her kafada kurulan dünya, ayrı ayrıydı burada... Birisinin yaptığı hareket diğerine komikdi.

Daha hayatın baharında seyreden genç kızların, delikanlılık çağında sülün gibi gençlerin, yaşlı insanların ve ninelerin bambaşka alemlerde yaşadığı enteresan bir yer...

Kimi kuru dudaklarında yanık bir türkü tutturur, kimisinin Kur'an sedaları ile etrafı inletenlerin buluştuğu yer... Zincire vurulmuş deliler hariç, anarşi bile yoktur burada.

Herkes uyum içinde, kendi kafasındaki dünyanın lideri...

Kerem korkulu ve endişeli duygularla, ürkek bakışlarla etrafı seyrederken, sanki yüreği göğsünün içinde parça parça olmuş gibiydi...

Nihayet Kerem'i teslim edecekleri hasta evine gelmişlerdi.

Saçları inadına beyazlamış uzun boylu, iri kıyım bir adam jandarmaların elinden, havale kâğıdı ve mahkeme raporunu alıp, dikkatlice okudu...

Havale kâğıdının bir nüshasını ve teslim kâğıdını imzalayıp jandarma erine uzattı.

Yanında, güçlü bir hastabakıcı erkek ve ince narin yapılı hemşire daha vardı.

Kendisi ile baştan beri ilgilenen adamın beyaz önlüğünün cep kapağı üzerindeki işlemeli yazıyı okuyunca annesinin kendisine verdiği isimin sahibi olduğunu anlamıştı...

Doktor Kerem'in kollarındaki kelepçeyi çözdürmeden evvel keskin bakışları ile onu dikkatlice süzdü...Gözbebeklerinin derinliklerinde birşeyler arıyormuş gibi, ısrarlı ısrarlı baktı...

Kerem doktorun ne aradığının farkındaydı. Yüreğinin ta başından sökülüp gelen buruk bir acı ile gülümsedi. Doktor parmakları ile göz kapaklarını aralaya aralaya baktı...

Sonra jandarmaya dönüp, seslendi:

—Kelepçeyi sökebilirsiniz.

Neferler doktorun sözünü tutmuşlardı... Doktor:

—Gidebilirsiniz, dedi.

Kerem az da olsun rahatlamış gibi derin bir nefes alıp verdi. Doktorun keskin pırıltılar aksettiren gözlerine baka baka sordu:

—Aradığınızı bulabildiniz mi bari?

—Ne aradığımı sanıyorsun?

—Getirildiğim yerin Bakırköy olduğunu biliyorum...

Doktor hastabakıcı ve hemşireyi hayrete düşürecek işler tutmaya başlamıştı.

Önce masanın başına oturdu ve hemen arkasından sanki misafir muamelesi yaparcasına karşısındaki sandalyeyi işaretledi...

—Lütfen oturunuz.

Kerem doktorun sözünü tutup karşısındaki boş sandalyelerden bir tanesine oturdu... Hareket ve davranışlarını, konuşmaları nasıl algılayıp algılamadığını inceleyen bir hali vardı:

—Adın Kerem. Soyadın Sırdaş mıydı?

—Evet efendim.

—Annen Havva ile amca çocuğu olduğumuzu biliyor muydun?

—Hayır efendim. Kendisine tutuklanıp buraya sevkedilebileceğimi telefonla bildirinceye kadar bilmiyordum.

—O zaman şimdi daha da rahat hareket edebilirsin. Şimdi soracaklarıma düşünerek cevap vermeni istiyorum.

Raporda deniliyor ki: Davranış ve hareketlerin, istek ve arzuların cemiyyetteki insanlarınkine uymuyor...

* * *

Deli zanlısı olarak buraya gelen insanlar, zaman geçirilmeden müşahade altına alınıp, hiç farkında bile olmadan imtihan edilirlerdi.

Kerem de çoktan müşahade altına girmiş, ilk imtihanına başlamıştı bile...

Hafıza bozukluğu (geçmişte kalan hiç bir şeyi doğru aktaramayış) idrak bozukluğu (Yanlış algılama) olmayan bir şeyi varmış kabul edip, hayalleme ve muhakeme bozukluğundan, yoğun bir imtihana tabi tutulmuştu...

Doktor ilk önce çocukluk yıllarından sormaya başlamıştı... Bıkmadan, sabırla dinledi... Kerem geride kalan yıllarını anlatırken doktor özellikle soru soruşuna ve muhakeme ediş şekline dikkat kesilmişti...

Elbette, bir insanın akıllı, ya da deli oluşuna karar verecek insanlar bunlardı. Hakkında tutulan raporu ve iddiaları yeniden gözden geçirip, sakin bir lisanla sohbetini sürdürdü:

—Bir de deniliyor ki. İnsanlara uymuyor ve zaman zaman aklına gelen yerleri basıp, felaket haline gelebiliyor.

Arada bir beyninin çatlarcasına ağrıdığını hisseder, ne yaptığını bilmediğin haller olur mu? Korkma Sakın. Bunda çekinecek hiç bir şey yok. Sağlığın yönünden çok mühim. Daha oldukça gençsin. İlerlememiş hastalıkların tedavisi tıpca mümkündür. Çekinme akrabayız, ancak müsterih bir vicdanla rapor vermeni engellemez bu.

Mesâla gazete bayiinin müstehcen resimli mecmua ve gazete asıp reklam etmesi, sinemacının yine seksi simgeleyen açık saçık afişler asması, meyhanecinin içki içirmesi, bunların hepsi yasaklanmamış şeylerse, elbette yapanların hürriyetidir. Bunlara karşı çıkmak da yasalarımıza göre suçtur. Şayet rapordaki iddialar doğru ise, bunları yapmamalıydın... Bu en azından çoğunluğa uymamak olur...

Konuşması biten doktor, Kerem'in gözlerinin içine dikkat kesilmişti... Kerem herşeyin farkında olarak konuştu:

—Hiç bir toplum çirkin emeller ve ahlâksızlığı fertlerine hürriyet diye takdim etmemiştir...

Ahlâksızlık ve vahşet hürriyet kelimesinin sınırsızlığı içinde yerlerini alamazlar...

Gazete için, geniş bir inceleme eseri hazırlıyordum. Adı geçen yerlerin, hepsine de bu yüzden uğramıştım. Tabi bunların yanısıra da doğru bildiğim herşeyi de, tavsiyelerde bulundum. Şiddet ve baskın birer uydurmaca...

—Pekala Kerem seni şimdi müşahade odasına aldırıyorum... Hal ve harekatından inandığım bir nokta var, bizi zor durumda bırakmayacağına ayrıca söz verebilir misin?

—Hiç bir kuşkunuz olmasın.

—Birazdan annen de burada olacak, onu hareketlerinizle üzmemeye bak.

İnceleme yazına devam edebilmen için, sana yardımcı bile olabilirim...

Kâğıt kalem gibi... Tabi notlarını bana da okutmak şartı ile...

—Yazar eseri kendisi için hazırlamaz efendim. Sizde okursunuz.

* * *

Aynı gün, ana ve Çiğdem kucaklarına Bilal'i de aldıkları gibi soluğu akıl hastahanesinde almışlardı. Doktoru hiç bir zorlukla karşılaştırmadan hastasını ziyaretçileri ile başbaşa bırakarak görüştürdü... Tavır ve hareketlerine ne kadar dikkat etse bile, Kerem ailesine karşı şiddetli bir eziklik içerisindeydi... Ana oğlunun içinde bulunduğu haleti ruhiyenin farkındaydı. Onu rahatlatabilmek için ne lazım gelirse, konuşarak moral vermeye çalıştı:

—Hakkı baba diye mırıldandı... Unuttun mu yoksa Kerem? Hâlâ tel örgülerin arkasından sana söylediği o çekici cümleler benim kulaklarımda bile canlılığını korumakta...

"—Anadan, yardan, serden ayrılacaksın... Candan gönülden Kur'an'a sarılacaksın... Sana deli divane diyecekler, aldırmayacaksın.

Sanki o zamandan hocana malum olmuştu da böyle söyledi.

* * *

Bugün Bakırköy'de onuncu gününü yaşıyordu... Doktor hareketlerinde artık kendisini tamamen serbest bırakmıştı... Adli tıpa sevk edilen hasta zanlıları ayrı bir bölümde sıkı güvenlik altında tutulurlardı. Ancak anasının doktora başvurusu üzerine özel paralı bir odada kalmasını yazılı kefalet vererek sağlamıştı.

Adi suçlular derecesinde bulunmayışı, bu başvuru için ayrıca kolaylık sağlamıştı... Bu yüzden hastaheneyi dilediği gibi gezdi.

Üzüldü duygulandı, hüzünlendi... Tebessüm etmeyi bile unutmuş gibiydi... Başkalarının güldüğü hareketlere kendisi şahit oldukça içi hep kan ağlıyordu...

Yine garip bir havası vardı parkın... Zincir delileri koğuş pencelerinin camlarına kafalarını dayamışlardı... Bakışları, göz bebeklerinin yuvalarından fırlarcasına koğuşun önündeki yoldan gelip geçenlere bakarak abuk subuk söylenişleri, küfredip, tehditler savurmasına rağmen koğuşlarının önünde taraf tutmuş harp oyunu oynayanlar trencilik oyunu için kuyruğa girenler de vardı. Gelip geçtiği yollarda her yeri hüzünlü bakışlarıyla seyretti... Sonra kadınlar koğuşunun bahçesinde genç ve güzel bir kadın hastanın, ağlayışına dikkat kesilip onun garip manzarasında kaldı bakışları... Tıpkı bir mahkûmun dar yollarda olta atması gibi bahçenin dar bir şeridi üzerinden gidip gidip geliyordu... Kerem ağlamanın, ne demek olduğunu bu yerde görmüştü...

Gözlerinin amansızca sıraladığı iri yaşlar, çemşe gibi her suratın kırışışında musluğunu açan, pınarlar gibi akıyordu.

Hasta dalgın bir toparlanışın arkasından, yolculuğunu durdurup kolundaki saate baygın baygın baktı. Saatin durgunluğunun farkına nereden varsaydı, baktı işte... Sonra göz pınarlarının kurnasını açtı... İçlerin dayanamayacağı bir figandır tutturdu:

—Ablaaa, abla ablam gelecekti benim...

Sonra bahçenin tel örgülerinin dışına şuursuz ıslak mı ıslak pırıltılar boşaltarak baktı... Muhatab olarak yaşlı gözlerinin içine acıyarak bakan kadını seçmişti...

—Teyzeee. Ablam gelecekti. Saat birde dedi bana, bak hâlâ yok işte... Gelmedi ablam tezye gelmedi...

Kadın üzüntüsünü gizleyemiyordu:

—Ama kızım daha saat bir tam bir saat var... Ağlaman yersiz. Ablan gelirim demişse mutlaka gelir...

Yüzlerinde az da olsa bir sevinç çizgileri belirmişti:

—Sahi gelir mi teyze... Gelir mi benim ablam...

—Gelir ya...

Umursamaz bir hareketle sadece:

—İyih diye mırıldandı....

Ve yakınında dolaşan başka bir kadın hasta, arkadaşının ıslak gözlerine bakarken, içi ezilmiş gibi görünüyordu... Kulağının arkasına sıkıştırdığı sigarayı, önüne büyük bir ikram gibi uzatırken:

—Al şunu be deli kız; hiç öyle herşeye ağlanır mı?

Kafasında sıkıntıyı yeniden hatırlayıp doluktu:

—Ama teyze benim ablam hâlâ gelmedi...?

Kadın durdu durdu, arkadaşının yüzüne ağlamaklı ağlamaklı bakıp:

—Bende başka şey sandım, o zaman ağlanır tabi diye doluktu.

İkisi birden ateş aradılar, fellik fellik ve dışarıdan başka bir ziyaretçi kibritini yakıp tel karelerin arasından içeriye uzattı.

Hasta içti... Dumanını göklere savura savura içti...

Kerem yürüdü... Hazin içli bakışları bahçeleri, parkı, bugün bir başka türlü tarıyordu...

İlerideki bir koğuşun bahçe kapısındaki yolun üzerine değişik bir manzara başlamıştı... Sarışın kırklarında gözüken, şişmanca bir kadın, ziyaretine gelen oğlunu, koğuşun açık bahçe kapısının önünde görüp kollarını kanat kanat açarak koştu...

Arşa merdiven kuran bir ses kulakları tırmalaya tırmalaya ayyuka çıkıyordu:

—Oğluuuuumm.

Onbeş onaltılarında sarışın uzun boylu delikanlı, anaya aynı hareketlerle mukabil bir karşılık vere vere seğirtti.

—Anaaaa....

İkisinin birleştiği noktadaki manzara görmeye değerdi doğrusu.

Yer yarılmış, gök çatlamıştı sanki... Ana oğlunu bağrına basa basa figanını arşa düğümledi... Kollarını arasında oğlunu kıyasıya sardı sıktı... Bazen yanaklarından öptü, arasıra aralanıp yüzüne hasret dolu duygularla baktı baktı ağladı...

—Oğlum, beni alıp buralardan götür... Gidelim buralardan. Bana hep deli diyorlar burada...

Ağlamaklı bir sese, doluka doluka cevap oldu:

—Aldırma onlara. Sen deli değilsin ki. Doktorlar, birkaç gün tedavi olsun diye bırakıyorlar burada...

—İstemem, istemem dedim... Götür buradan beni.

Yalvarmaklı olmuşdu sesi birden. Oğlunun gözlerinin içine, baka baka konuştu:

—Hem babana da söyle bir daha dövse bile birşeyler demem. Gözüm kör olsun ki birşey demem... İnandın mı bana...?

Oğlu dayanmaya çalıştı, gel gör ki, Kerem artık dayanamıyordu ve hızlı adımlarla yürüyüp içini parçalayan manzarayı seyretmeye son verdi.

Genç bir erkeğin parkta dolaşırken tutturduğu yanık türkünün efkar dolu sesi dalgalanıyordu artık kulaklarında:

"Aşkın beni deli etti billahi...

Ne yaman mestane bakar gözlerin..."

Hem ağlıyor, hem alışılmadık bir gayde bir efkarlı efkarlı söyleyip gidiyordu...

Kerem kendi derdini unutalı çok olmuştu... Burası bambaşka bir alemdi doğrusu...

İbret dolu, hikmet dolu hisse dolu...

Sonra uzaklardan gelen bir sese, kulaklarına angaja etti... Gözlerini çevirip, sesin geldiği istikameti büyük bir merakla aradı...

Arayış içinde olan gözlerini, bir koğuşun penceresinin üzerinde bekletti..

Gençti... Gözlerin kıskınacağı kadar güzel bir kız... Yaratan, övmüş de yaratmış derler ya, işte öylesine bir güzel...

Koğuşun açık pencere camından, dışarıdaki kalın demirlere sıkı sıkı sarılıp, ayaklarını pencerenin kasası dibindeki köşe betonuna basmıştı...

Saçları omuzlarına kadar dökülmüştü... Gözlerinin önüne geldikçe kafasını geriye atarak saçlarını arkaya yelpazelendiriyor, kollarınının gerilip dar bir açı meydana getirmesi sonucu, vücud tempolu bir şekilde ileri geri yaylanıp duruyordu.

Ta yüreğinin derinliklerinden sökülüp gelen bir sesle, dudakları yanık gönlünce derlenen bir türkü tutturmuştu:

—"Karadır kaşların ferman yazdırır.

Aşkın beni Bakırköy'ü gezdirir...

Lokman Hekim gelse ilaç yazdırır.

Derdimin dermanı yar kendi gelsin...

Bakırköy'den aşağı aşar giderim.

Yar beni terketmiş bilmem ne derim...

Buranın havası, Kerem'i iyice etkilemişti... Nasıl ki, gün neler getirir, zaman neyi götürür, kimse bilemezse, buradaki insanların bir an sonra nasıl bir kafa nasıl bir manzara olacağı da kestirilemezdi doğrusu...

Genç hastanın mazisi Kerem'i meraka sürüklemişti... Aynı bahçe kapısından park yoluna çıkan bir hemşireye yavaşça sokuldu...

Tereddüt halinde olmasına rağmen cesaretini toplayıp, kısık bir sesle hemşireyi yolundan alıkoydu:

—Affedersiniz, sizden birşey sormak için rahatsız ettim...

Hemşire hayret ifadeli gözlerle Kerem'e bakarken, Kerem manalı bakışların insafsız dalgaları arasında boğulur gibi olmuştu. Yılışık bir yüzle bakıp alaylı alaylı konuştu:

—Seni dinliyorum...

—Karşı pencerede türkü söyleyen kızdan soracaktım...

—Neyini soracaktın... Bekarmış...

—Öyle değil. Neden aklını attığını merak ettim de...?

—Haaa, senin anlayacağın, aşık olmuş, aşık... Sevdiği erkeği başkasına kaptırınca keçileri kaçırmış....

Rengi uçmuş, bakışları nefret püskürüyordu... Kendisini deli yerine koyan hemşirenin suratına bile bakmadan:

—Zahmet oldu diye mırıldandı...

Hemşirenin bunaltıcı bakışlarındaki manaya zor katlanmıştı. Hızlı adımlarla uzaklaşıp gitti...

* * *

Kerem'i sadece takip eden doktorlar değildi.Onun hayatına bu kara damgayı vurmak isteyenler de gölgesi gibi peşini bırakmıyorlardı...

Selçuk kendisine bıraktığı inceleme yazısını büyük bir reklam yaparak yayımlamaya başlamıştı.. Yazısını okuyanlar, bir hayli rutuş yapılarak çıkartılmasına rağmen, tedirgindi... Artık varlığından korkanların sayısı çoğalmaya da başlamıştı.. Onu deli zanlısı olarak akıl hastanesine sokanlar, Kerem'in deli yaftasını boynuna asmasını dört gözle bekleyenlerin şayet normal raporla çıkarsa, menfaatleri bozulacaktı.

Bu insanı akliye ve asabiye koğuşunun tecrübeleri ile de donanmış olarak çıkacağını, cemiyyeti fikrin doğrultusunda daha kuvvetli etkileyebileceğini düşündükçe hâlâ korkanlar vardı. Onun deli olmadığını adları kadar bilenlerin korkusuydu bu...

Böylesine azimli bir insanın, cemiyyete yeniden karışmasını endişe ile karşılayanlar, şimdi hastahanede iken, amansız takipçisi olmuşlardı...

Parkın sessiz bir köşesinde oturduğu ahşap kanepenin üzerinden etrafı ılık bakışlarla süzerken mırıldandı:

—Akıl ne kadar kıymetli bir lütufmuş Yarabbi... Dışarıda gezen akıllı deliler, burayı ibretle gezseler...

Her insan ayrı bir dünya demiştik... Her insan içler acısı bir canlı hikaye burada... Kerem incelemesinde, sanki her hastahın hayatına kısa kısa bile olsa yer vermeye çalıştı.

—Neden düşmüştü bu insanlar buraya...? Kafasındaki bu soruya rahatlık kazandırabilmek için yazdı...

Kimisi fazla içkiden bozmuş sıhhatini; kimisi kumar illetinden karartmış dünyasını ve acı sonlar yakalamış insanları...

Kimisi Allah'ı bırakıp dünyaya maddeye tapar olmuş ve kimisi karasevdalı olmuş... Hepsi de nizam ve intizam bozukluğunun sevimsiz eserine birer birer model seçilmiş insanlardı bunlar...

Parkın orta göbeğinde bir kanepenin üzerine oturmuş ve seyrini hâlâ drinden derinden duruyordu...

Saçı sakalı uzamış, sıska mı sıska bir hastanın bedeni üzerinde mıhandı gözleri... Benzi sarı mı sarı, bakışları bir başka türlü mana ifade ediyordu... Dünyayı hiç mi hiç umursamayan bir hali vardı...

Etrafında başka kimsenin yaşadığının farkında bile değildi sanki... Dertlerin pazara dökmüş bir hali vardı... Fersiz dudaklarının arasına kendi haleti ruhiyesine has bir avazla türkü tutturmuş gidiyordu:

—Seyyah olup gezdin yaşlı göz ile...

Neler gördün ne topladın be gönül.

Safayı dağıttın tatlı dile ile.

Çile aldın gam topladın be gönül... Gönül gönül, ah gönül...

Hemen arkasından türkünün havası değişti. İçki müptelası, sinir hastasıydı adam... Adeta az önceki parkda dalgalanan sesini karşılar gibi, aksi istikametten gelen genç kız, dertlerini santim santim kalbinin derinliklerinden sökmeye başlamıştı.. Az önce hasta bile, kendisine has mimiklerle dikilip kulak verdi:

—Deli gönlüm firar etsek bu yerden..

Seni diyar diyar gezdirmem mi...?

Beraat kâğıdını alsak tabibten.

Gezdiremezsem de ezdiremem mi?

Gönlüm gönlüm gönlüm aaah deli gönlüm.

Kerem efkar efkar tüter olmuştu:

—Ah İslâm şemsiyesinin altında yaşayan insanlar diye, sızlandı.

Şemsiyesinin direğini yiyen kurtları, bilememiş olmanın sıkıntısını çeken insanlardı bunlar...

Bindiği dalı kesen aydınlar... Hep "unutmak" diye başlarlar. Aklını unutmak, Yaratan'ını unutmak, varlığını unutmak ve sonunda kendisini unutup, halden hallere düşen medeni çağın şahaserleriydi bunlar...

Kumarı millileştiren, ahlâkın çöküşüne göz kırpan iradelere, mendil sallayan titrek eller, şimdi dışardakilere selam rüzgarı estirmekteler...

Barlarda, pavyonlarda meyhanelerde, kendisini eşini yuvasını çocuklarını unutmasına yardımcı olanlara selamı unutmamıştı hiçbirisi...

İçki fabrikasının yetersizliğinden şikayetçisiydi çoğu. At yarışlarının tiribünlerinde servetini yitirenler, akıllarını orada rehin bırakmışlardı anlaşılan...

Enteresan olanı şu... Kim aklını neyin uğruna atmışsa, dudaklarında hep o var... Kerem bütün incelemesini, bu noktadan başlatarak sürdürmüştü...

Yine kederin koyusu, efkarın en güç yetmezi çöreklenip kalmıştı gözlerinde... Hasta bakıcının ismini anons edişini güç farkedebilmişti.

Müteessir bir çehre ile toparlanıp, sesin geldiği tarafa baktı. Az ilerisinde kendisini bekleyen hemşireye cevap verdi:

—Efendim.

—Doktor bey sizi odasında bekliyor...

* * *

Bugün hastahanede tam üçüncü haftasını tamamlamıştı. Doktoru karşısına alıp Kerem'le son kez konuştu:

—Rakiplerin yaman iddialarla seni buraya göndermişlerdi. Unutma bunu, varlığının rahatsız etmiş olduğu insanların sayısı oldukça çok. Bunu bize daha sonradan intikal eden hallerden dolayı söylüyorum...

Hatta sıkılmış olmasaydın, seni bir müddet daha burada tutmak dışarıya çıkarmaktan daha akıllıca bir iş olurdu derim... Ancak istenileni ilmi yönden ilgili merciye hiç bir tesir altında kalmaksızın cevaplandırma görevini yerine getirmiş durumdayız. Bir ağabey olarak sana tavsiyem şu... Burada hasta ablası olan, gazeteci kızdan sakınmalısın. Ciddi bir bunalım içinde olduğu anlaşılıyor...

—Doktor?

—Efendim.

—O kızı tedavi altında bulundursanız olmaz mı?

—Nasıl?

—Formaliteye uygun düşmesi için ben yardımcı olurdum...

Doktor acı acı yutkundu:

—Evhamlı tiplere göre, yer değil burası... Hasta olduğunu kafasına iyice yerleştirirse, artık onu hasta olmadığına kimse inandıramaz...

—Anlıyorum...

—Evet Kerem... Bunlar şimdilik bizim dışımızdaki önlemler. Asıl olan sensin... Konuşmalarıma kulak ve iyi dinle beni.

Dikkat, insanın harcamakla bitiremeyeceği en büyük sermayedir. Hep dikkatli olarak yaşamak zorundasın. artık... Sudan sebeplerle peşinde bir sürü düşmanının biriktiğini unutmadan yaşamak zorundasın.

Raporun hazır. Annene durumu telefonla bildirdim. Avukatınla birlikte savcılıkta olacaklar... Hastane ile ilişkin şu andan itibaren bitmiş durumda. Tıp bütün iddiaları çürütüp senin yeniden cemiyyete dönüşünü sağladı.

Ancak çok idealist bir insan olduğun muhakkak. Başını derde sokan da bence bu.

Hadiselere biraz gerilerden bakmalısın. Hatta ve hatta elinden gelirse, İstanbul'a bile veda etmelisin... Aksi halde herşeyi seyredenlerden olmalısın.

Kerem'den gayesizliği sığınak edinmesi isteniliyordu.. Buna üzüldü ve acı bir tebessümün arkasından doktorunu cevapladı:

—Birbirini yiyenlere bakıp da, ibretle ve hikmetle gülebilmek ne mutlu.

Doktor Kerem'i dinlerken bir yandan da telefonun numaratörünü çeviriyordu... Nihayet aradığı yeri bulmuştu... Karşısına çıkan kişiye kendisini tanıttıktan sonra, arzuhalde bulundu:

—Kerem Sırdaş'ın raporu hazır... Jandarmalarınızı gönderip raporunu ve kendisini teslim alabilirsiniz...

Artık bekliyorlardı. Doktor çay söyledi içtiler. Sohbetleri iyice koyulaştı... Zaman nede çabuk eriyip geçmişti...Çok geçmeden, jandarmalar doktorun bulunduğu odanın kapısını vurup, giriş müsaadesi istemişlerdi.

Kerem'in bileklerine yeniden kelepçe vurulurken, Doktorun gözlerinin içine, ılık pırıltılarla baktı...

Artık Bakırköy'de zaman dolmuştu.. Jandarmalar raporu alıp, doktorun sağlimen teslim ettiğine dair hazırlanmış evrakı imzaladıktan sonra, birer birer ısmarlaşarak ayrıldılar... Doktor Kerem'e:

—Güle güle diye mırıdandı... Ayrıca beklerim...

Kerem bir espiri ile karşılık veriyordu:

—Aman doktor bey, burada beklemeyin.

Belki de günlerdir ilk defa yüzü gülüyordu... Hatta kelepçenin bileklerini sıkışına aldırış bile etmeksizin...

Bakırköy'le savcılığın arasındaki uzun yollarda hayaller kurdu...

Daha evlerine varır varmaz, Hastahanede günlerdir hazırladığı, yazı dizisini daktilo edecekti...

İnsanları, içler acısı durumlara düşüren sebepleri ifşa edecekti. Daha sonra anasından, Bilal'den ve Çiğdem'den yana düşündü...

Savcılığın önüne geldiklerini jandarmanın:

—Tamam, diyen sesinden anlamıştı.

Çarçabuk toplarlandı... Önden jandarmalar, arkasından da Kerem inmişti.

Yürüyordu.. Etrafına merak dolu gözlerle baka baka. İlerledikleri zeminin, hemen sağ köşesinde parkedilmiş duran, arabalarını görmüştü.

Çiğdem'in ve Bilal'in birlikte içinde oturduklarını uçarcasına seyrederken durakladı... Hasret dolu bakışların bekleyişine jandarmalar daha fazla müsaade etmiyorlardı.. Sert bir emirle irkilip toparlandı:

—Yürüüü.

Çiğdem eşinin kolunda kilitlenmiş kelepçeyi görünce dayanamamıştı. Gözleri ıslak ıslak dolu pırıltıları nemlendi.

Kerem, artık arkasına bile bakmadan yürüdü... Ananın yokluğunu

"Savcılık binasında" olmalı diye yorumladı. Hasret acısını yüreğinin başında duya duya jandarmaların arasından perişan bir manzara teşkil ederek yürüyüp gitti...

Bilseydi ki kana susamış insan avcıları, elleri tetikte, bilseydi ki kendisine yaşama hakkını çok gören, caniler gölge gibi peşinde bilseydi ki fırsat bulup meydanı, kana bulamak için gezip dururlar. Bilmedi...

Savcılık binasının merdivenlerinden tırmanıp çıkarken, gökyüzüne baktı.

İri iri bulutların sivrilen uçları, yolculuk bekleyen yağmurlarla yüklüydü...

Salona adımını atar atmaz, geniş uzun koridorlarda birşeyler aradı... Çok geçmeden aradığını bulmuştu.

Ana oğlunu görür görmez, sevinçle ıstırabın yüzlerinde düğümleri çözülmeye başlamıştı... Kuşlar gibi kendisini hafif hissederek, koşup karşısında dikildi:

—Kereeem...

Taşkınlığını sevmeyen dudakları olgun bir tavırla kımıldadı:

—Ana.

Kederden buruşan dudaklarını dişlerinin arasına vererek anasını süzdü:

—Çok mu üzdüm seni.

—Aldırma, üzüldüğüm filan yok. Geldin ya...

Selçuk arkadaşını jandarmalar arasında fazla meşgul etmemişti.

Avukatla birlikte, vakit geçirmeden savcılığa müracaatta bulundular...

Kerem'in serbest bırakılabilmesi için raporun muameleye konulmasını bekliyorlardı...

Sevinmişti.. Yaralı gönlünde önce bir umut ışığı belirir gibi oldu hemen sonra izi bile kalmadan silinip kayboldu...

Jandarmalar anasının hasretli bakışlarına doyamadan onları ayırmışlardı... Hatta izzeti nefsini kırarcasına çekiştirerek...

Avukatın başvurusu yetkili makamlarca, yerinde bulunmuştu... Bileklerinde izler bırakan kelepçeler söküldü... Artık eski kefalet kararı yürürlüğe girip, serbest bırakılmasına karar verildi.

Savcı:

—Şimdilik serbestsin demişti...

* * *

Havada bulutlar vardı... Yağmur yüklü bulutlar... Güneş arasıra koyu siyah bulut dağlarının arasına girip, kayıplara karışıyor, bazen parlak bir çarşafın üzerinde, sergisini yeniden açıyordu...

Avukatı ile birlikte koridora çıkarken, serinlemiş bir gönlü vardı. Ana oğlu birbirlerine nasıl sarıldılar görmeye değer bir manzaraydı.

Selçuk önce duygulu bakışlarla ısrarlı şekilde seyrini sürdürdü ve hislere hitab eden manzaraya en kısa zamanda son veriyordu.

—Yeter artık dedi. Ana oğul sarılmayı bırakın da başkalarına da sıra gelsin bari..

Ana oğlundan tebessüm ederek ayrıldı... Selçuk Kerem'in önce elini sıkıp sonra kucakladı:

—Geçmiş olsun.

—Sağol....

Selçuk anlayışlı bir insandı:

—Bugün aslında seni meşgul etmek hiç te doğru değil, diye devam etti... Sinem'in gazetedeki işine son verdim... Şimdilik bu kadar haber yeter. Dilediğin vakit, kapımız açık. Hadi dışarıdakileri daha fazla bekletme...

Sevinemiyordu bir türlü, derin bir nefes çekerek ciğerlerini doldurdu:

—İşten çıkarmak çare değil diye mırıldandı. Her adım bir başka Sinem'le dolu şimdi...

—Biz sadece burnumuzun dibindekinden mesuluz... İstersen unutalım bunları hazırda yazın var mı?

—Var ya...

—Korkarım akıl hastalarını inceledin.

—Doğru o içler acısı hastalığın mikrobunu araştırdım.

—Bulabildin mi bari?

—Mikropları birer birer buldum.

—İlacını?

—İlacı eskiden beri mevcuttu...

—Yani kullanmıyorlar mıydı. Adı bilinmeyen bir ilaç mı bu?

—Adı herkesce bilinen bir ilaç gel gör ki insanların çoğu kullanmasını bilmiyorlar. Unutmuşlar... Hastalıklardan zevk alanlar ilacından kaçarlar ya, tıpkı öyle... Bu kaçaklar nesli meğer zehri onun için şifa niyetine kullanıyorlarmış.

—Orasını anladık, ilacın adını hâlâ söylemedin...

—İslâm, dedi. Maneviyat dedi... İlahi yasaklardan kaçmak...

—Anladım...O aklı başında insanların işi... Başkalarının ona sanki hiç ihtiyacı bile yok gibi... Sonra uzun uzun konuşuruz, şimdi sana güle güle.

Selçuk avukatla birlikte koridorun çıkış kapısına doğru yaklaşırlarken, Kerem arkalarından duygulu bakışlarla onları uğurladı.

Adliyenin merdivenlerinden inerlerken, gözleri arabalarının, parkettiği yeri aradı... Anasının sıkı sıkı tuttuğu kolunu, usulca bırakıp hızlandırılmış adımlarla koştu. Yolların ortasında gönlü hevenk hevenk uçuşa uçuşa. Taksinin direksiyonun önündeki kapının koluna çöküp aceleci bir gönülle koltuğa oturdu.

Çiğdem'le gözgöze gelmişlerdi. Kısık olduğu kadar yanık bir ses:

—Geçmiş olsun diyordu...

Gözlerinin içi gülmüştü...

—Sağol diye karşılık verdi. Yanımsıra sizlere de çektirdiğim için hakkınızı helâl edin.

—Helâl olsun diye mırıldandı. Utanmıştı. Kafasını önüne eğip, bir müddet öylece kaldı.

Bilâl Çiğdem'in kucağındaydı. Kollarını uzatıp, belinden sıkı sıkı tutarak kucağına çekip aldı.

Bilâl babasını görünce gözlerinin içine baka baka gülümsedi. Sevindi...

Oğluna hasret dolu bir hali vardı... Sıkı sıkı bağrına basıp belki de defalarca yanaklarından öptü öptü.

—Hocam'ın altun nesil diye adlandırdığı çocuk sensin diye söylenip sonunu getirdi:

—Seni zor günler bekliyor. Oğul ayrılığa çileye, alışık olmalısın artık. İslâm'ın aynası vazifesini üstlenmiş bir milletin çocuğusun. Kur'an'dan aldığın nuru, dünya insanına en parlak ve en duru bir şekilde aksettirmeye çalışacaksın... Dikkatli ve uyanık olacaksın, bu güçlü aynada, güneş dünyanın sonuna kadar batmayacak... Aldığın nuru vereceksin. Sonra da bayrağı peşinden gelenlere teslim edeceksin... Ve sen de, onlara tıpkı baban gibi diyeceksin... Bu güneş bu millet var oldukça ve dünya durdukça batmayacak...

Ana nefes nefese gelip arabanın arka kapısını açtı. Yorgun bir hareketle kanepeye oturup kaldı... Çiğdem utangaç bir hareketle toparlanır gibi olmuştu. Ananın gözünden ürkek hareketleri kaçmadı... Mahcup bir çehre ile arkaya çevrilip hitab etti:

—Sen ön kanepeye gel, Bilâl'la biz arkaya geçelim.

Ana itiraz doluydu:

—Hayır hayır otur oturduğun yerde. SadeceBilal'i kucağıma ver.

Çiğdem utanmıştı. Kabuğuna çekilmiş kablumbağa gibi sıkıldı büzüldü.

Kerem kucağında cilveleştiği olğunun anasının kucağına uzatıp kontağı açtı...

Daha yeni yeni toprağa ince ince yağmurlar süzülmeye başlamıştı. Halkın dilinde "Aptal ıslatan" diye adlanır ya tıpkı öylesine ince, iplik gibi ahenkli bir çözülüşle toprağa serpilen bir yağmur...

Gökkubbeyi karartan bulutlar yırtıla yırtıla dağların arkalarına çekilirken, güneşle birlikte yeryüzüne inen yağmur, tülbentten süzülür gibi bir manzara arzetmeye başlamıştı.

Önce:

—Bismillah. Diye dudakları kımıldadıktan sonra, ara harekete geçti.

Trafiği oldukça kalabalık olan caddenin sağ şeridinden normal bir hızla tekerler döndü...

Bilmiyordu ve bilmezdi elbet. Gaibleri bilmek sadece Yaratan'a hastı... Yirmi otuz metre gerilerden kanarya sarısı bir taksi gölge gibi peşlerini bırakmadan, takibini sürdürdü... Asık suratlı keskin bakışlı bir şoför ve arka kanepede dizlerinin dibinden otomatik silahlarla tetikte bekleyen iki delikanlı. Daha doğrusu yaşadığımız asrın kaçaklar neslinin vicdanları acımasız yetiştirilen azmanları vardı...

Kerem sık sık dikiz aynasından anasına ve Bilal'a baktı, gülümsedi. Hatta Bilal'e dil çıkartarak oyalandı... Sonra sağ omuzundan yana başını çevirip kaçamak pırıltılarla Çiğdem'i zaman zaman hasret dolu bakışlarla süzdü...

Trafik öyle bir noktaya geldi ki cadde iyi tenha bir hal almıştı... Yol, genişti etraflarından tek tük geçen vasıtaların sesleri kulaklarına sinek vızıltısı gibi geliyordu...

Gözleri uzayıp giden yollara dalıp kalmıştı... Ne düşündü, yolların üzerinde ısrarlı şeritler çizen bakışların, beynindeki manası neydi, bilinmez... Sadece derin düşüncelerin adamı olduğu muhakkaktı.. Çiğdem o yollara perçinleşmişcesine ısrarlı bakan gözlerin bebeklerine bakmak için, ufak bir esneklikle kafasını öne yıkmıştı... Gözleri birden hayret pırıltıları ile kaynaştı ve dudaklarından sökülen alevli bir feryat arşı velveleye verircesine korkunçtu:

—Kereeem...

Sanki her şey bir anda olup bitmişti.. Önce kanarya sarısı boyalı bir taksi Kerem'i solladı ve açık camından dışarıya çıkan bir namlu ateş kustu.

Ayağını frene sıkı sıkı basmıştı... Göğsünü direksiyona yaslayıp can acısı ile kıvrandı...

Asfaltın üzerinde arabası önce sekiz çizdi, sonra sağ kaldırım taşlarına acı bir sesle dayanıp kaldı...

Arabanın içi göklere merdiven kuran bir figanla dolup, taşmaya başlamıştı... Bu ananın içleri parçalarcasına yükselen sesiydi:

—Kereeeem...

Ana, kucağında çığlığı basan Bilal'i kanepenin üzerine fırlattığı gibi kapının koluna basıp dışarıya deliler gibi kendisini attı:

—İmdaaat...

Bir nefeste caddenin üzerinde trafik yok olmuştu... Etraftaki vasıtaların hepsi de kaçtı... Aksi istikametten gelen vasıtalar, hadise yerini elli altmış metre uzaklarda frenliyerek durdu...

Ana çıldıran bakışlarla kaçıp giden arabanın arkasından delirmiş gibi bakıp kaldı... Yolların ortasındaki imkansızık içinde hıçkıra hıçkıra dizlerine vura vura çırpınıyordu...

Herkes uzaklardan bozulmayan derin bir seyre başlamıştı. Caddenin üzerinden akan trafik durdu... Geliş ve gidişe uzaklarda son verilmişti...

Ana neye uğradığını bilemedi... Bilal'in yuvarlandığı koltukların arasından yükselen sesi, aralıksız devam ederken, arabanın içinde hazin bir manzara tablosunun en duygulu bir şekilde hazırlıyordu...

Ana herşeyden habersiz acı bir sonun figanını söylercesine hıçkırırken, ön kanepede Çiğdem son nefesini Allah'a teslim için uğraşıyordu...

Ilgıt ılgıt boynundan aşağıya kanlar akan Kerem, kafasını sağ omuzunun üzerine hafifçe yakıp, sönük pırıltılar boşaltan gözlerle eşine baktı... Ne çabuk ta tanınmaz hale gelmişti. Az önce yüzünde batıp kaybolan gamzelerle utana sıkıla tebessümler sergiliyen insan, şimdi kızıl bir renge boyanıp kalmıştı.

Sırtüstü koltuğa dayanmış, yaralı başını kanepeye yapıştırmış gibi bırakıp kalmıştı... Bir nefes öncesi Kerem'e hayretler içinde bakan gözleri şimdi o kadar endişeli değildi. Nuru dökülmeye başlayan pırıltılarla, Kerem'e bakıyordu. Şahadet getirebilmek için kımıldayan dudaklarındaki fısıltı duyulacak güçteydi:

—La İlahe İllallah Muhammedün Resulullah...

Göz pınarlarından iki damla yaş yanaklarına düştü...

Kerem güç açıp kapayabildiği dudakları ile belki de son defa Çiğdem'e hitap etti:

—Sana da ben sebep oldum...

Artık Çiğdem'in bakışları, ısmarlaşmak üzereydi: Dünyayı bir pula satacak kadar umursamazdı:

—Boşver diye mırıldandı. Sen nasılsın?

—İyi değil...

—Sonunda güneş batıyor mu dersin Kerem...?

—Üzülme batmayacak.

—Gözlerimizdeki ışıklar bile kesilmeye başladı, hâlâ umutlu musun sen?

—Güneşin doğuşundaki başlangıca sebep biz değiliz elbet. Bizim göçümüzden sonra da batmayacak. Bir ölür bin doğarız.

—Hakkını helâl ettin mi?

—Helâl olsun. Sen diye mırıldandı Kerem...

—Helâl diyebildi...

Sitem dolu bakışları kör bir kurşunun kafasına saplanışından sonra sönmeye başlamıştı. Yorgun bir hareketle yumulup, Cihan'a elveda deyişi içler acısıydı...

Kerem hiç de iyi bir durumda değildi... Kurşun beynine oldukça yakın bir bölgeyi parçalayarak geçmişti. Gözkapaklarını açmak için zorladı.

Bilal'in arka kanepeden gelen çığlıkları, kulaklarında bir uğultu kadar misafir olup geçiyordu.

Kimselerin feryadına yetişmediği ana, çaresiz kaldığını anlayınca, daha yeni aklı başına gelmiş gibi dizlerine vurup, Kerem'in dibinde oturduğu kapının koluna çökerek açtı. Tüyleri ürpere ürpere, oğluna bakıyordu... Kerem fersiz bakışları ile anasını seçebilmişti... Sağ kaldığını görünce sevinmiş olmalı ki acı bir tebessümle dudakları aralanır gibi oldu... Sonra sızılı bir sesle hitab etti:

—Ana aklımda iken sana unutmadan söyleyeyim bari. Çiğdem'in sana selamı vardı.

Ananın dudakları şimdi bir başka türlü büzülüp kırışmıştı. Kerem sol ayağını arabadan aşağıya sarkıtabilmişti. Anlaşılan inmek istiyordu, ana oğlunun hareketine şiddetle karşı çıktı:

—Dur diye hıçkırdı, kımıldama biraz.

Anasının kollarından sıkı sıkı tutup dikilebilmek için inad edince, ana oğluna destek olarak arzusunu yerine getirmek için çabaladı...

Kerem'in dizleri iskeletini ayakta tutabilecek gücü yitireli çok olmuştu... Bunu daha yeni yeni farkediyordu...

Çiseleyen yağmurun ıslattığı asfaltın üzerine pelte pelte yığılışına, ananın yetmeyen gücü bile artık seyirci durumda kalıyordu...

Kendisini asvaltın üzerine sereserpe bıraktı. Sıcak sıcak akan, aktıkça buhar buhar göklere çekilen kanı toprağı sulamaya başlamıştı.

Ana neye dönmüştü. Oğlunun üzerine abanıp kolunu kanlar akan boynunun altından uzatıp, kafasının altına yastık yaptı.

Kerem diye yalvarmaklı bir sesle hıçkıra hıçkıra gözlerinin içine baktı...

Srt üstü uzanıp kalmıştı... Gözleri göklerin derinliklerindeki sırrı çözecekmişcesine, dalgındı... Anasının yüzüne hüzünlü ve yorgun pırıltılarla baktı, baktı... Susmuştu artık. Bütün insanlığa küsmüşcesine... Kötüye fenaya göğsünü siper ederek yaşayan insan, suskundu şimdi... Hep uğultulu kulakları ile annesine dikkat kesildi. Ana:

—Vefasız oğul diye hıçkırıyordu... Ahtında durmayan oğlum.. Ahda vefa yok mudur sende...?

İçleri yakarcasına duygulu bir sesle, hıçkıra hıçkıra konuştu:

—Hani birlikte Kâbe'ye gidecektik. Yoksa vaz mı geçtin? Söylesene bana gitmeyecek miyiz?

Kerem annesinin yaşlar sıralayan gözlerine belki de son defa bakıyordu:

—Gidilmez mi hiç ana... Az sonra oradayım ben, çünkü Kâbe ruhun sılasıdır... Bilmez misin sen? Sadece ayrı ayrı gideceğiz o kadar...

Kanı yerleri ıslatan yağmur sularına karışmış, çamurlaşarak akıp giderken, gözlerini hallenmiş güneşe dikip duygulu bir hissiyatla baktı.

Gökyüzü bomboştu... Anlaşılan yağmur kuşları kaçırmıştı... Can acısını bırakıp Bilal'in kulaklarında devam eden uğultulu sesine dikkat kesildi.

Çaresizik içinde acı acı çırpınışlar tazeleyen ananın, gözlerinin içine baka baka mırıldanmaya çalıştı:

—Ana beni bırak artık. Bilal'i ağlatma. Sanki sesini duydukça acım daha da artmakta...

—Kereeeem!...

—Onu iyi büyüt ana iyi bak ona, babasızlığını bilmemeli...

Ana:

—Kerem diye feryad tazeleyerek, elini oğlunun dudaklarına koymak istedi... Kerem'in itiraz dolu bakışları, buna müsaade etmiyordu:

—İyice kulak ver bana dünyaya veda etmek üzereyim. Acım çok, buna rağmen dişlerini iyice sık... Çiğdem'le beni yanyana koyun. Çiftlikte babamın ben ölmeden kestiği kavak ağacım vardı ya işte oraya.

İçimden öyle geldi birden, doğduğum evin önündeki topraklarda gömülü olarak mahşeri beklemek istiyorum. Oralarda çok acı çektiğimden mi özledim ne...?

Ana dayanamamıştı:

—Kerem... Sus iyi olacaksın diye feryad etti.. Pis bir siyaset anlayışı uğruna artık dünyada insan kanı akmayacak...

—Davam haktı ana... Hak ve batılın kavgası hiç mi hiç bitmez. Unutma...

Hakkını helal etsene ana gittikçe duymayı yitiren kulaklarımla sesini son kez duymak istiyorum...

Son arzusu bir türlü olamıyordu. Ana oldukça gecikti:

—Allah diye bir fısıltı duyuldu. Kerem'in dudakları arasından...

Ana artık yaralı kuşlar gibi çırpınışını, daha da artırdı... Sakin asfaltın üzerine başı kesilmiş tavuklar gibi döndü döndü döndü...

Can bu ölen ölür kalan yaşamak zorundadır... Ana oğlunun son sözlerinden bir tanesini Bilal'in kısılan hıçkırıklarını duyunca hatırladı.

Kapısı açık arabanın içinde fersiz elleri ile bir şeyler aradı. Sonra bulup çıkarmayı başarmıştı... Can acısı ile bağrına basa basa yüzüne baktı

—Bilâl diye hıçkırıklarını yeniledi...

Arabanın içine ürpererek baktı... Çiğdem herşeyden habersizce koltuğa arkasını vermiş yatıyordu... Kanı yanaklarına kına olmuştu sanki...

Bilal'i kucağına almıştı. Yolun sağına soluna efkârlı efkârlı, baktı. Uzaklarda halkalanmış seyrini merakla sürdüren insan yığınlarına, sızılı bir gönülle baktı... Baktı da içinden iplik iplik sökülüp gelen bir demet sitemi ağlayan sesi ile makamlaştırıp, seyirciler ordusuna ulaştırdı:

Yağmur yağar süze süze
Bu gün bize yarın size
Hançerini sinemize
Vuranlar Allah'dan bulsun.

S O N

... Aradan tam iki yıl geçti. Ben tam bir telekız olmuştum. Hem esrar içiyor, hem de namusumu satıyordum. Televizyon, basın, sinema, beni özlediğim hayata kavuşturmuştu. Meğer ne hayatmış. Annem, benim yüzümden hastalanmış, babam da felç olmuştu. Bir gün uygunsuz vaziyette yakalayan ağabeyim, beni komaya sokmuştu. Ben şikâyetçi olmadığım halde, mahkeme onu suçlu buldu ve 7 yıl hapsine neden oldum. Onun da karısı babasının evine gitti. Bir aileyi kendimle beraber yok etmiştim. Sağolun televizyon, basın, sinema ve erkek görüntüsü verip, erkek olmayan namus tacirleri...

... Evet, ben ve benim gibi lüks merakı ve daha iyi yaşamak için hayatını feda eden kadınlar, kızlar... İbret olsun diye yazmıyorum bunları... İbret alıncak o kadar çok şey var ki; benimki yanında hiç kalır.

... İntiharı denediğimin üçüncü ayında, babasını bilmediğim bir çocuğa hamile kaldım. Çocukla birlikte intihar edemedim. Çocuğu dünyaya getirdim. Bir süre sonra, hiç görmemek ve aramamak şartıyla çocuğu bir yuvaya teslim ettim.

... Beyoğlu'nda sarhoş bir erkekle yaşamaya başladım. Beni öldürmesi için ona paralar veriyordum. Ama adam sadece içiyordu. Bir gün ben de içtim. Yolum her nasılsa Cağaloğlu'na düştü. Oralarda turistlerle beraber aileme benzer aileler gördüm. Hepsi de bana daha mutlu geldi, saatlerce izledim. Biraz rahatladım. Vitrinlere bakıyordum. Şimdi de bir kitapçı vitrinindeydim. Hayatımda hiç kitap okumadım. Değişiklik olsun diye, biriki kitap aldım.

O gece işe çıkmayacaktım. Eve gittim. Uzun süre nedenini bilmeden ağladım. Sonra, aldığım kitaplara baktım. "Aynada Batan Güneş"i okumaya başladım. İkinci gece de işe çıkamadım. Sarhoş, devamlı para istiyordu. Biriktirdiğim paradan verdim. İşe neden çıkmadığımı sordu. O gece adamı kovdum. Ama ertesi gün başka sarhoşlar, beraber yaşamayı teklif ve şart koştular.

... O kitabı bitirmiştim. Arkasından heyecanla BİR DÜNYA YIKILDI adlı kitabı okudum ve bitirdim. 4 gün sonra farklı bir Çiğdem vardı.

tekrar kitapçıya gittim, çeşitli kitaplar ve dergiler aldım. Okudum.. Okudum...

... Ağabeyimin hapisten çıkmasına bir yıl kalmıştı. Evimizin olduğu semte gittim. Beni bir komşu tanıdı. Ailem ve akrabalarım İstanbul'dan köye taşınmışlar. İşti şimdi intiharın tam zamanıydı. Olmadı., olmadı, olmadı...

... Beni hayata ve insanlığıma döndüren kitaplara o kadar çok şey borçluyum ki... Eminim birçok insan beni anlamayacak. Anlaşılmak gibi bir derdim de yok zaten...

... Ben şunu soruyorum. Ben o hayatı bırakalı 2 yıl oldu. Kendime göre müslümanca yaşamak isteyen bir insanım. Bu ülkede, arzusu yalnız bu olan bir bayan nasıl yaşar???

Adı	: Çiğdem
Soyadı	: ....
Doğum Tarihi	: Şubat 1964
Doğum Yeri	: ....